KINGDOM OF CROWS

ENTDECKE
KINGDOM OF CROWS

BAND 1
HOUSE OF BEATING WINGS

BAND 2
HOUSE OF POUNDING HEARTS

BAND 3
HOUSE OF STRIKING OATS

BAND 4
HOUSE OF SHIFTING TIDES

HOUSE OF POUNDING HEARTS

KINGDOM OF CROWS 2

VON OLIVIA WILDENSTEIN

AUS DEM ENGLISCHEN ÜBERSETZT
VON GERDA M. PUM

ISBN: 978-3-985852-00-0
2. Auflage 2024

Published by Arrangement with
Wildstone Publishing SA

Dieses Werk wurde vermittelt durch die
Matamorphosis Literary Agency LLC.

ADRIAN VERLAG
Adrian & Wimmelbuchverlag GmbH
Friedrichstraße 126
10117 Berlin

Übersetzung: Gerda M. Pum
Korrektorat deutsche Ausgabe: Lara Krüger
Frontcover: Olivia Wildenstein
Umschlaggestaltung: Juliana Fabula
Farbschnitt und Innengestaltung: Juliana Fabula
Unter Verwendung folgender Stockdaten: shutterstock.com/paseven;
shutterstock.com/Panacea Doll | iStock.com/Panacea_Doll
Satz deutsche Ausgabe: Juliana Fabula

Printed 2024 in Germany

www.adrian-verlag.de

FSC
www.fsc.org
MIX
Papier | Fördert
gute Waldnutzung
FSC® C014496

Finde deine Magie

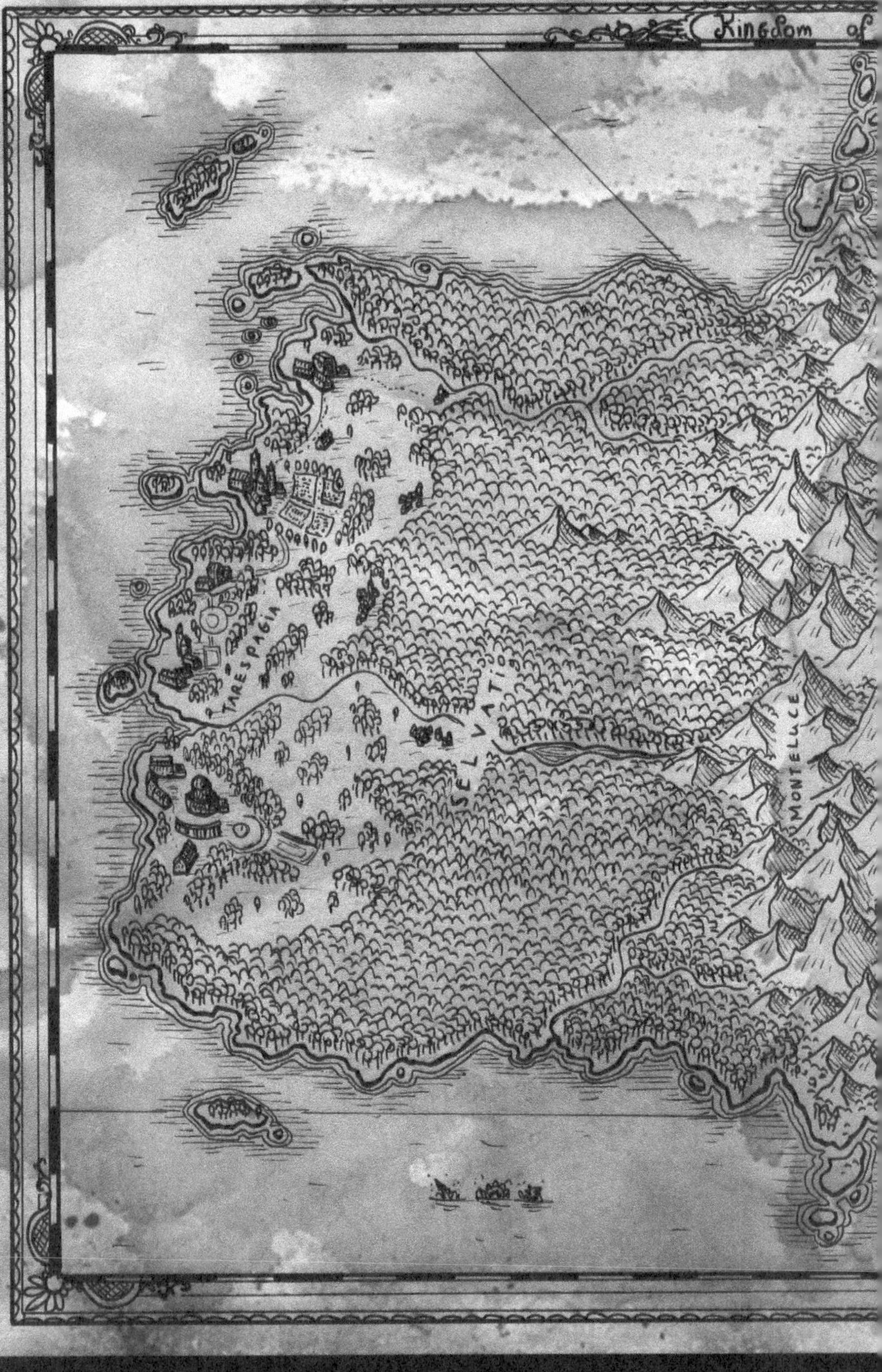
Kingdom of
TARESPAGIA
SELVATI
MONTELUCE

ISOLACUORI
FILIASERPENS
ARECUORI
N
MARELUCE
Chaim 2022

LUCIN-GLOSSAR

Altezza – Eure Hoheit
bibbina(o) – Baby
buondia – Guten Tag / Guten Morgen
buonotte – Gute Nacht
buonsera – Guten Abend
Caldrone – Cauldron
carina – SHübsche
castagnole – in Zucker gewälzte frittierte Teigbällchen
corvo – Krähe
cuggo – Cousin
cuori – Herz
dolcca – Süße
dolto/a – Narr/Närrin
furia – Wut/Furie
generali – General
Goccolina – Regentropfen
grazi – Danke
-ina/o – liebevolle Endung
Maezza – Eure Majestät
mamma – Mama
mare – Meer
mareserpens – Meeresschlange
merda – Scheiße
micaro/a – mein Lieber/ meine Liebe
mi cuori – mein Herz
nonna – Oma
nonno – Opa
pappa – Papa
pefavare – Bitte
picolino/a – Kleines
piccolo – klein
princci/sa – Prinz/Prinzessin
santo/a – heilig
scazzo/a – Straßenköter
scusa – Entschuldigung
serpens – Schlange
soldato/i – Soldat/en
tare – Land
tiuamo – Ich liebe dich
tiudevo – Ich schulde dir
zia – Tante

CROW-GLOSSAR

adh (aw) – Himmel
ah'khar (uh-kawr) – Geliebte/r
ag – und
álo – hallo
bahdéach (bahdock) – wunderschön
beinnfrhal (benfrol) – Bergbeere
behach (bey-ock) – klein
bilbh (beehlb) – dumm
bìdh (bye) – Essen
chréach (kreyock) – Krähe
cúoco (coowocko) – Kokosnuss
Dádhi (daji) – Papa
dalich (daleh) – Entschuldigung
dréasich (dreesseh) – Kleid
éan (een) – Vogel
fás – noch nicht
fihladh (feelaw) – verlassen
fìn (fion) – Wein
fios – wissen
focá – verdammt
guhlaèr (guhlair) – okay
ha – ich
ha'rovh béhya an ha théach'thu, ha'raì béih (haroff beya an ha thock thoo, haray beh) – Ich habe nicht gelebt, bis ich dich traf, ich war nur am Leben.
Ionnh (yon) – Fräulein
ínon (eenon) – Tochter
khrá (kraw) – Liebe
leath'cinn (lehken) – Halb-Krähe
Mádhi (maji) – Mama
mars'adh (marsaw) – bitte
mo bahdéach moannan (mo badock meanan) – mein/e wunder-

schöne/r Gefährte/in
moannan (monan) – Gefährte/in
Mórrgaht (mawr-got) – Eure Majestät
mo – mein/e
moath (mof) – Norden
murgadh (murrgaw) – Markt
né (neh) – nein
o ach thati – oh, aber das tust du
ríkhda gos m'hádr og matáeich lé – noch viel länger und ich bringe ihn um.
rí (ree) – König
rahnach (rawnock) – Königreich
rih bi'adh (reebyaw) – König des Himmels
sí (see) – sie
siorkahd (shuhrkaw) – Kreis
siér (siuhr) – Schwester
sé'bhédha (shehveha) – gern geschehen
tà (taw) – ja
tàin (tawhhn) – Arsch
tach (tock) – der/die/das
Tach ahd a'feithahm thu, mo Chréach (tok add a faytham thoo, mo kreyock) – Der Himmel erwartet euch, meine Krähen.
tapath (tapoff) – danke
thábhain (hawben) – Taverne
thu (too) – du
thu leámsa (too leh-awmsa) – du bist mein
tuiladh (twilaw) – mehr
uhlbheist (ulbeeheist) – Monster

HISTORISCHE ZEITLEISTE

MAGNABELLUM

Vor 522 Jahren fand ein großer Krieg zwischen dem Königreich Luce und dem Königinnenreich Shabbe statt.
Costa Regio gewinnt den Krieg und
wird der erste Fae-König von Luce.

PRIMANIVI

Vor 22 Jahren fand eine Schlacht zwischen einem Luciner Bergstamm und den Fae statt. Costas Sohn Andrea, der seit einem Jahrhundert über Luce regiert, wird getötet. Sein Sohn Marco Regio übernimmt die Herrschaft, gewinnt die Schlacht und wird zum König von Luce gekrönt.

KAPITEL I

„Die Fängerin wurde zur Gefangenen. Die In-Besitz-Nehmende zur In-Besitz-Genommenen. Die …“

„Bist du nicht ein bisschen dramatisch, Picolina?“ Phoebus lässt sich neben mir auf die Matratze in meinem Himmelreich-Kerker fallen. „Götter, diese Matratze.“

„Sie ist zu weich.“

„So etwas wie zu weich gibt es nicht. Es sei denn, wir sprechen über Penisse.“

„Was wir nicht tun. Wir sprechen über die menschengesichtige Hyäne, die mich in ihrem steinernen Nest gefangen hält.“

Phoebus verzieht seine Lippen zu einem Lächeln. „Menschengesichtige Hyäne. Süß.“

„Es soll nicht süß sein. Es soll beleidigend sein.“ Ich starre an die Decke, die ich schon die letzten drei Tage angestarrt habe. Es überrascht mich, dass mein zorniger Blick die Holzbalken nicht längst zu Sägemehl zermahlen oder das steinerne Dach darüber pulverisiert hat.

Das Lächeln meines Freundes wird nur breiter. „Obwohl ich liebend gern über deinen sexy Kerkermeister sprechen würde, bin ich mit einer besonderen Absicht hier.“

„Schreckliche Menschen sind nicht sexy. Was deine Mission betrifft: Geht es darum, mich aus diesem Zimmer zu bewegen, lautet meine Antwort mit Nachdruck *nein*.“

Phoebus streckt seine lächerlich langen Gliedmaßen und gähnt. „Er nimmt alle seine Mahlzeiten in seinen privaten Gemächern ein, du wirst ihm also in keiner der Tavernen über den Weg laufen.“

Natürlich speist Lorcan Reebyaw nicht mit seinem Volk. Könige tun das nie. Ich kann immer noch nicht glauben, dass ich ihn wieder zum Leben erweckt habe.

Obwohl ich die Schöpferin meines eigenen Unglücks bin, werde ich Bronwen nie verzeihen, mich mit ihrer dummen Prophezeiung in die Irre geführt zu haben. Ja, ich hätte sie wohl hinterfragen sollen, anstatt Hals über Kopf in die Mission zu springen, so wie ich kopfüber in den Kanal sprang in der Nacht, als Ptolemy Timeus meine Schlange Minimus bedrohte.

Von nun an wird jeder meiner Sprünge gründlich durchdacht sein.

„Sag Syb und Gia, sie sollen mit einem Fass Wein vorbeikommen. Oh, und sag ihnen, sie sollen Antoni, Mattia und Riccio mitbringen."

„Wird nicht passieren, Süße. Ich bin der einzige Mann, der dein Schlafgemach betreten darf."

Ich werfe Phoebus einen finsteren Blick zu. „Sagt wer?"

„Die große böse Krähe."

„Schlangenarsch", murmle ich.

„Ich habe mich immer gefragt … *haben* Schlangen Ärsche oder nur Schwänze? Oder sind ihre Ärsche in ihren Schwänzen?" Seine grünen Augen funkeln, und obwohl ich nicht bezweifle, dass Phoebus diese Gedanken in seinen zweiundzwanzig Lebensjahren oft durch den Kopf gegangen sind, spüre ich, er stellt diese albernen Fragen im Moment nur, um meine Stimmung aufzuhellen.

Doch meine Stimmung wird sich nicht aufhellen lassen.

„Eigentlich stimmt das nicht ganz. Ein anderer Mann darf dich noch besuchen."

Ich ahne, dass er den Namen meines Krähenvaters aussprechen wird – Kahol Bannock. Und tatsächlich sind es diese vier Silben, die Phoebus' Mund verlassen.

Mein Vater ist ein weiterer Mann, den ich mich weigere zu sehen. Ich bin nicht bereit, dem Riesen mit der krummen Nase, dem eckigen Kiefer und dem harten Mund gegenüberzutreten.

Ich kann immer noch nicht glauben, dass er einen Teil dazu beigetragen hat, mich zu erschaffen. Und das nicht mit der Frau, die ich mein ganzes Leben lang Mamma genannt habe, sondern mit einer Shabbin-Hexe.

Einer Shabbin-Hexe!

Obwohl ich Lore noch nicht zur Rede gestellt habe, um meine vollständige Geschichte zu erfahren, habe ich begriffen, es muss Bronwen gewesen sein, die Mammas – ich meine, Agrippinas – Baby mit mir vertauscht hat, und dies den Verstand der lieblichen Fae, die ich von ganzem Herzen liebe, zerrüttet hat.

Es sei denn, Bronwen hat ihren Verstand gebrochen, damit sie mich – den Krähen-Shabbin-Wechselbalg – geheim hält?

Es ist das erste Mal, dass sich diese Theorie formt, und sie ergibt so schrecklich viel Sinn, dass ich den Berg stürmen möchte, um sowohl Lore als auch die vernarbte Wahrsagerin zu finden.

Ich setze mich auf und balle meine Fäuste so fest, dass meine Fingerknöchel weiß werden. „Gut. Gehen wir in die Taverne."

Phoebus blinzelt zu mir hoch. „Wirklich?"

„Ja, wirklich."

Er rollt sich in eine sitzende Position und reibt sich die Handflächen. „Oh, was für einen Gefallen mir Syb schulden wird."

„Gefallen?"

„Sie hat gewettet, du würdest nie aus deinem Versteck kommen."

„Ich verstecke mich nicht."

„Stimmt, du schmollst."

„Ich schmolle nicht."

Phoebus grinst.

„Soll ich dich daran erinnern, dass Freunde keine Freude an der Melancholie ihrer Freunde haben?"

Er rutscht vom Bett und stapft zu mir herüber, streckt seine Hand aus. „Dir ist doch klar, dass deine menschengesichtige Hyäne nicht die fleischgewordene Bosheit ist."

„Wage es ja nicht, dich auf seine Seite zu stellen! Er hat mich eingesperrt. Er hat mich belogen. Er hat mich *benutzt*." Ich lasse den Teil aus, in dem ich zuerst den Krähenkönig benutzt habe. Noch habe ich meinen Freunden die Prophezeiung, in die ich mich gestürzt habe, nicht vollständig erklärt.

Wenn es nicht zur Sprache kommt, warum es dann erwähnen?

Der Gedanke an den Fae-Prinzen, den ich zum König gemacht

habe, bringt mein Inneres zum Kochen. Im Moment verabscheue ich den Himmelskönig vielleicht mehr als den Erdkönig, aber ich bin kein Fan von Dante Regio, der mich nach allem, was ich für ihn getan habe, im Stich gelassen hat.

Dante verdient keinen Funken meines Respekts. Was meine Liebe betrifft, die hat er an dem Tag verloren, an dem er mich eine Verräterin nannte und mich ansah, als wäre ich irgendein dämonischer Abkömmling, der nach Fae-Blut giert.

Ich schlage in Phoebus' Hand mit etwas mehr Schwung als nötig ein. „Ich hasse Männer." Bei seinem dramatischen Keuchen füge ich hinzu: „Außer dich."

Er tut so, als würde er sich mit seinem apfelgrünen Hemdsärmel die Stirn abwischen. „Für eine Minute hast du mir einen Schrecken eingejagt."

„Solange du mich nicht in einem steinernen Palast einsperrst oder mich zurücklässt, werde ich dich für immer lieben."

Sein Adamsapfel hüpft. „Du weißt, ich würde dich mitnehmen, wenn ich könnte."

Ich entziehe ihm meine Hand. „Bitte, Pheebs. Ich flehe dich an, lass mich hier nicht zurück. *Bitte.*" Meine Stimme bricht, obwohl meine Augen trocken bleiben.

Er seufzt, bevor er mich in eine Umarmung zieht. „Na gut. Ich werde nicht gehen. Ich bleibe, solange du bleibst."

„Das ist nicht …"

„ … was du willst. Ich weiß. Aber es ist das Beste, was ich tun kann, wenn ich meine Gliedmaßen behalten möchte, und das will ich."

„Die würden nachwachsen."

„Nicht, wenn ein eiserner Schnabel oder eine Kralle sie abreißt."

Ich löse mich aus der Umarmung und richte mich auf, um ihm ins Gesicht zu schauen. „Hat Lorcan oder irgendein anderer Crow dir gedroht?"

„Nicht mir direkt."

Ich beiße die Zähne zusammen.

„Hör mal, ich denke, du würdest dir selbst keinen Gefallen tun, wenn du gehst. Ich habe gehört, es gibt viel Unruhe in der Hauptstadt. Die meisten Fae sind unglücklich darüber, dass Marco tot ist und die Crows zurückgekehrt sind.“

Ich richte meinen Augen auf die Fenster, die den Blick auf das Meer und die Insel Shabbe freigeben. Zweifellos gehört es zu Lorcans Strafe, mich den rosa Felsen betrachten zu lassen, genauso wie mich in dem Raum neben seinem unterzubringen.

Glücklicherweise gibt es keine Tür zwischen unseren Räumen und die Steinwand blockt jedes Geräusch ab, aber ich schwöre, ich kann ihn auf der anderen Seite spüren. Mehrmals bin ich mitten in der Nacht mit dem deutlichen Eindruck aufgewacht, seine gelben Augen aus einer dunklen Ecke leuchten zu sehen. Falls er mir unerwünschte Besuche abstattet, habe ich ihn allerdings noch nie dabei erwischt – genauso wenig wie ich ihn durch die blöde Gedankenverbindung sprechen gehört habe.

Obwohl ich gerne glauben würde, dass er meine Gedanken nicht liest, weil ich gelernt habe, meinen Geist abzuschirmen, bin ich nicht so naiv. Ich bezweifle, es gäbe eine Möglichkeit, einen allmächtigen Gestaltwandler, der Stürme heraufbeschwören und Visionen senden kann, daran zu hindern, in meinen Kopf einzudringen.

Entweder ist Lorcan gelangweilt davon, sich all meine unangenehmen Gedanken anzusehen, oder er ist zu beschäftigt damit, über sein Volk mit den kohleschwarzen Augen und dem Federkleid zu herrschen. Schließlich hat er jetzt so viel mehr Köpfe, in die er eindringen kann, da sein Volk wiedererweckt wurde.

Mein Kopf wird brutal nach hinten gerissen. „Was zur Unterwelt machst du da, Pheebs?“

„Ich bürste dieses verfilzte Durcheinander auf deinem Kopf, bevor einer der Crows es für ein Nest hält. Und jetzt halt still.“

Mein Kopf wird erneut zurückgerissen. „Womit bürstest du es? Mit einer Gartenharke?“

„Nein, obwohl ich Lorcan fragen sollte, ob wir eine bekommen können. Deine Haare sind vielleicht kurz, aber unglaublich buschig.“

Ich drehe meinen Kopf weg und überlasse jede Menge Haarfollikel dem Folterinstrument, das Phoebus schwingt. „Du sollst Lorcan um nichts bitten. Steh nicht in seiner Schuld."

Phoebus ist klug genug, nicht zu versuchen, mich zu beschwichtigen. Sobald er damit fertig ist, meine Kopfhaut zu malträtieren, schlendert er zu der angrenzenden Grotte, die jemand in einen Kleiderschrank verwandelt hat. „Also, was ziehen wir an?"

„Ich ziehe mich nicht um."

„Picolina, du trägst seit drei Tagen Gias Kleider. Wir müssen dich ..."

„Ich werde keines dieser Kleider anziehen. Ich weiß nicht, wem sie gehören."

„Sie gehören dir. Lorcan hat sie anfertigen lassen ..." Mein stechender Blick unterbricht Phoebus' Erklärung, zumindest nehme ich das an. „Die *mannsgesichtige Hyäne* hat sie extra für dich nähen lassen."

Ich recke das Kinn. „Ein Grund mehr, sie nicht zu tragen."

Er seufzt. „Nun, dann besprüh dich wenigstens großzügig mit Parfüm, denn du riechst wie das Innere einer Muschelschale." Als er meinen stechenden Blick sieht, fügt er hinzu: „Was die Crows sicher reizvoll finden. Ich habe gehört, sie mögen Weichtiere."

Ich beobachte seine Lippen und suche nach einem Zucken, das auf Humor hindeuten könnte. Doch Phoebus bleibt beunruhigend ernst. Also gehe ich in mein privates Badezimmer, dessen Pracht ich mich weigere wertzuschätzen. Wann immer auch nur ein Hauch von Staunen in mir aufsteigt, unterdrücke ich ihn sofort wieder.

Ich durchwühle die vielen Glasfläschchen mit duftenden Ölen, die auf einem Tongefäß stehen, und schiebe die Seifenstücke mit getrockneten Kräutern und Blumen beiseite, die mich an jene erinnern, die Nonna früher gekocht und für ein paar Münzen verkauft hat.

Als ich eines der Fläschchen öffne, schwillt mein Herz voller Gefühl für diese Frau, die mich großgezogen hat, an, als wäre ich ihr eigen Fleisch und Blut, obwohl ich es gar nicht bin. Ich hasse die Art, wie ich gegangen bin, und wünschte, ich könnte einfach in ihre Arme laufen. Ob diese Arme mich wohl umarmen oder von sich stoßen würden?

Ich tupfe etwas von dem Öl auf meine Pulspunkte, dann schnuppere ich verstohlen an meinem Hemd, um zu prüfen, ob ich wirklich wie eine gestrandete Muschel rieche. Tue ich nicht.

Blödmann.

Wahrscheinlich wollte Phoebus mich nur dazu bringen, mich umzuziehen. Aber auch nur eines dieser geschenkten Kleidungsstücke anzunehmen, käme einem Friedensangebot gleich, und ich werde diesem Vogelmann nur dann Frieden anbieten, wenn er mir meine Freiheit schenkt.

Ich stecke den Korken in das Fläschchen und kehre ins Schlafzimmer zurück, wo Phoebus gerade ein Wandgemälde betrachtet, das ich mich weigere, hübsch zu finden. „Ich bin bereit."

„Für … *den Krieg?*"

Zum ersten Mal seit Tagen lächle ich. „Nein, ich bin bereit, mein Gewicht in Wein zu trinken. Wie kommst du darauf, dass ich aussehe, als wollte ich töten?"

„Es sind deine Augen. Sie funkeln."

Ich schnaube, während Phoebus mir seinen Arm hinhält und ich meinen einhake. „Ich verspreche, niemandem wehzutun, der es nicht verdient hat."

„Vielleicht ist es keine gute Idee, dieses Zimmer zu verlassen."

Wie die Ranken, die Phoebus aus seinen Handflächen wachsen lassen kann, entfaltet sich mein Lächeln. Seine Wurzeln winden sich durch meinen Brustkorb und umschlingen mein Herz. Gerade als sie beginnen, das erstarrte Organ zu beleben, stürzt ein Crow durch dieselbe Luke, durch die Lorcan mich vor Tagen hereingetragen hat.

Ich halte ganz still und hoffe, der Gestaltwandler möge ein Fremder sein. Die Chancen sollten zu meinen Gunsten stehen, da ich nur zwei Crows kenne – eigentlich sogar nur einen. Ich verstärke meinen Griff um Phoebus' Bizeps, als sich die schwarzen Federn in Rauch auflösen, der sich zu einem Mann mit Zitrinenaugen verdichtet. Warum muss ausgerechnet *er* der Erste sein, den ich im Himmelreich sehe?

Lorcans Blick wandert an meinem Körper hinauf. „Gut erholt,

Behach Éan?“

Ich richte meine Aufmerksamkeit auf eine der Fackeln an der Steinwand und tue so, als stünde das königliche Monster nicht direkt vor mir, nur wenige Atemzüge entfernt.

„Mach dir keine Gedanken um sie.“ Phoebus tätschelt meine Hand. „Ihre Laune ist immer mies, bevor sie etwas gegessen hat.“

Ich richte meinen geweiteten Blick auf meinen Freund.

Ehemaligen Freund.

Phoebus klemmt meinen Arm unter seinen, um zu verhindern, dass ich zurück in meine Zelle schieße. „Wir waren gerade dabei, das zu ändern.“

Wenn er ihn einlädt, sich uns anzuschließen, werde ich …

Eine weitere Krähe landet neben Lorcan und verwandelt sich in einen Menschen. Mein Herz setzt erneut aus und ich bete zu den Fae-Göttern … obwohl sie mir wahrscheinlich nicht zuhören werden, da ich nicht eines ihrer Kinder bin … , dass es nicht mein Vater ist.

Und siehe da, er ist es nicht.

Eine Frau mit langen schwarzen Haaren, die wie Lorcans saphirblau schimmern, und Gesichtszügen so scharf wie ihr Alter Ego, erhebt sich aus der Hocke. Auch wenn ihre Schultern nicht die ihres Königs streifen, steht sie dicht bei ihm.

Ein wenig zu dicht für eine Untergebene, wenn man mich fragt.

Was, wie mir klar ist, niemand *tut*.

Sie lächelt mich nicht an und dankt mir auch nicht dafür, dass ich maßgeblich zu ihrer Rückkehr beigetragen habe. Vielleicht hat sie den Gebrauch ihrer Stimme noch nicht wiedererlangt. Sie dreht sich zu Lore um und sagt etwas in ihrer Sprache, was beweist, dass ihre Stimmbänder tatsächlich in Topform sind.

Er nickt, den Blick unverwandt auf mich gerichtet. „Imogen, darf ich vorstellen: Fallon. Cathals Kind.“

Ihre Augen verengen sich zu Schlitzen, als sie mich ansieht, also verenge ich meine gleich mit. Kindisch, ich weiß. Schließlich nickt sie; ich nicht.

Er schreitet auf den Torbogen zu, unter dem Phoebus und ich stehen. „Ich hoffe, unser Essen wird dir schmecken, Fallon.“

Ich lächle zu ihm hoch und entblöße dabei alle Zähne. „Du kennst doch meine Vorliebe für Aas."

Ein langsames Lächeln breitet sich auf seinem Mund aus, und obwohl er keine Zähne zeigt, kann ich sie spüren, wie sie sich in die Wölbung seiner Lippen pressen. „Wir haben reichlich Vogelfutter auf Lager. Phoebus, sorg dafür, dass sie eine großzügige Ration bekommt, ja?"

Mein Freund, der nicht mehr mein Freund ist, grinst.

„Imogen, in meine Gemächer! Sofort. Wir haben zu arbeiten." Ihm sehe ich nicht nach, aber ich beobachte, wie sie ihm folgt.

Sie klebt so dicht an ihm, dass ihr Kopf in seinem Schwanz stecken würde, irgendwo in jener Vertiefung, die ich einst für einen Zündschalter hielt, wäre er in seiner anderen Gestalt gewesen. Ich verdränge die Vorstellung und zerre Phoebus mit mir. „Lassen wir sie ihre *Arbeit* machen."

„Da ist aber jemand ..."

Ich ramme ihm den Ellbogen in die Rippen und raube ihm damit Atem und Sprache zugleich. Auch wenn eine Tür zuschlägt, diese Gestaltwandler haben ein außergewöhnliches Gehör.

Außerdem bin ich *nicht* eifersüchtig.

Dafür müsste ich mich für den geflügelten Kerl interessieren, und das tue ich ganz bestimmt nicht.

KAPITEL 2

Die Himmelstaverne oder *Awhawben*, wie Phoebus sie nennt, ist in den grauen Fels von Monteluce gebaut. Holzbalken stützen dicke Seile, an denen Reihen von Glaslaternen hängen. Jeder Docht brennt mit einer Flamme und spendet Licht in der sonst dämmrigen Höhle. Ja, es gibt Fenster, aber sie sind genauso winzig wie die in meiner Zelle.

Wie das Wandbild hinter meinem Bett sind die Wände mit Landschaften aus Kreide und Tinte verziert. Ich studiere sie eingehend, aber nicht, weil ich sie hübsch finde; das tue ich nicht. Genauso wenig finde ich die hölzerne Empore mit ihren Treibholzmöbeln auch nur im Geringsten ansprechend.

Dieses Gefängnis mag sich im Himmel befinden, aber es bleibt immer noch ein Gefängnis. Kein Sternenlicht wird es jemals zum Funkeln bringen. Dabei habe ich Lorcan damals noch angefleht, einen Blick darauf werfen zu dürfen, als wir den Berg erreichten.

„Oh meine Götter, du hast sie dazu gebracht, aus ihrem Zimmer zu kommen!“ Sybilles Stimme dröhnt in meinen Ohren.

Ich sehe sie aus einer Ecke winken … falls man bei einem eiförmigen Raum von Ecken sprechen kann. Ich bin froh, dass der Tisch unter der Empore steht und nicht mitten im Raum, wo *alle* gaffen können, denn alle gaffen. Es wird so still, dass ich das Wimpernklimpern in den rußverschmierten Gesichtern hören kann, die sich mir zuwenden.

Überwältigt von der Aufmerksamkeit schmiege ich mich an Phoebus› Seite und zerre ihn dorthin, wo Syb mit Antoni, Giana, Mattia und Riccio sitzt. „Du hast nicht die Leute hier erwähnt», zische ich.

„Es ist nicht nur Essenszeit, sondern auch eine Taverne. Da du früher in einer gearbeitet hast, nahm ich an, dir würde das klar sein.“

Irgendwie kam es mir nicht in den Sinn, wir würden auf mehr

als meine Freunde und ein paar Weinfässer treffen. Besagte Freunde beobachten mich genauso still wie die übrigen Gäste. Obwohl erst drei Tage vergangen sind, wirken Giana, Antoni, Riccio und Mattia um Jahre gealtert. Der Stress der letzten Wochen hat ihnen allen sichtlich zugesetzt.

Sybille schubst Riccio beiseite, damit ich mich zwischen die beiden auf die Bank quetschen kann.

Giana lächelt mir von der anderen Tischseite zu, wo sie neben Antoni sitzt. „Und, was hältst du davon?"

„Wovon?"

Sie deutet auf die Taverne. „Vom Himmelreich."

„Mir gefällt unser irdisches Reich besser. Das ist farbenfroher."

Phoebus, der sich neben Riccio niederlässt, streicht seine schulterlangen Locken zurück und entblößt seine spitzen Ohren. Ich bin stolz, dass mein Freund nicht verheimlicht, was er ist, aber ich fürchte, ein Crow könnte sich in einen Vogel verwandeln und die Spitzen abpicken. „Sie ist nur von ihrem Schlafzimmer …"

„Zelle", verbessere ich.

Phoebus verdreht die Augen. „Von ihrer *Zelle* hierhergekommen, also hat sie noch nicht viel gesehen."

„Ich habe mehr als genug gesehen." Ich falte die Hände in meinem Schoß, auf der kratzigen Hose, die Giana mir geliehen hat, als sie mit Bronwen ankam. Sie schlabbert um meine Oberschenkel, nun so dürr wie vor meiner ersten Blutung.

Auch wenn Nonna keine kurvige Frau ist, würde meine magere Erscheinung sie entsetzen. Alles in allem wäre mein ausgemergelter Körper wohl kaum wichtig im Vergleich zu der Nachricht über meine Abstammung. Mein Herz krampft sich schmerzhaft bei dem Gedanken zusammen, dass sie es herausfindet.

„Wie geht es dir?", reißt mich Antonis Stimme aus meinen düsteren Gedanken.

„Zutiefst genervt. Und dir?"

„Ungeduldig, mein Boot zu bekommen."

„Ich würde nicht darauf warten, wenn ich du wäre. Lorcan braucht dich nicht mehr, also hat er keinen Grund, dir ein Boot zu beschaffen."

Die wenigen Gespräche um uns herum verstummen, nachdem ich den Namen des Himmelskönigs ausgesprochen habe.

Mattias buschige blonde Augenbrauen ziehen sich zusammen. „Er hat uns eines versprochen, und seine anderen Versprechen hat er gehalten. Warum so negativ?"

„Ich weiß nicht …" Ich zucke mit den Schultern. „Könnte damit zu tun haben, dass er mich als Geisel festhält."

„Weil du die einzige Person bist, die sowohl Obsidian als auch Eisen handhaben kann, Fallon." Riccio hebt einen Krug mit irgendwas an die Lippen.

Dank Sybille, die ihr Getränk vor mich schiebt, finde ich heraus, es ist Wein, aber er ist nicht prickelnd wie der, den wir in Luce trinken; er ist schwer und erdig, wie sonnengewärmte Beeren, die auf lehmigen Boden gepresst werden.

Köstlich.

Natürlich werde ich, falls gefragt, so tun, als würde er mir ganz und gar nicht schmecken. Ich leere den Inhalt des metallenen Bechers, bevor ich ihn auf eine Tischplatte knalle, die so schwarz ist, als wäre sie aus Obsidian, aber die Oberfläche ist körnig und voller Astlöcher wie Holz. Ganz zu schweigen davon, dass Obsidian für Crows giftig ist.

„Hey, Connor", ruft Phoebus dem dunkelhäutigen Mann mit den geschwärzten Augen zu, der ein Tablett mit Getränken zu einem nahegelegenen Tisch trägt. „*Tuiladh fìn ag bìdh mars'adh.*"

Als Connor mit einem Nicken antwortet, verkrampfen sich meine Finger um den Krug, die fremden Silben hallen in meinem Kopf wider … *twilaw fine ag bye marsaw.* Kein einziges davon ist mir bekannt, da ja mein Wissen über die Sprache meines Vaters aus höchstens zehn Wörtern besteht. „Seit wann sprichst du Crow?"

„Seit gestern. Connor gibt mir Unterricht." Phoebus verfolgt den Barkeeper – oder ist er der Wirt? – mit seinen Augen. *Besitzt* hier überhaupt jemand etwas oder gehört alles Lore?

„Warum?". frage ich.

„Weil ich dachte, es wäre das Richtige, solange wir unter ihnen leben."

Sybille beugt sich zu meinem Ohr. „Außerdem versucht Pheebs, bei diesem Kerl zu landen."

Ich blinzele Phoebus an. „Was ist mit Mercutio?"

Er fährt sich mit den Fingern durch sein goldenes Haar. „Was soll mit ihm sein?"

„Du mochtest ihn."

„Nun, du mochtest Dante." Phoebus wendet sich wieder mir zu. „Und sieh, wie das geendet hat."

Ich presse meine Lippen zusammen. „Nur dass Mercutio dich nicht ins Reich der Feinde verbannt hat."

„Die Crows sind nicht der Feind, Süße." Sybille legt ihre Hand auf meine und drückt sanft meine Finger.

Ich entziehe ihr meine Hand und lege sie zurück in meinen Schoß. Wie kann sie das behaupten, wenn sie mich hier gefangen halten?

„Ich bin froh, dass du endlich Dantes wahre Interessen erkannt hast", sagt Giana, während Antoni mein Gesicht nach einer Reaktion absucht.

Da ich weder über Dante nachdenken noch unsere beendete Beziehung sezieren möchte, wechsle ich das Thema. „Also, was habt ihr sonst noch so gemacht, außer zum Crowismus zu konvertieren?"

Riccio schnaubt. „Crowismus."

„Ausruhen, die Gegend erkunden, neue Leute kennenlernen." Gia stibitzt einen Käsekrümel von einem Holztablett, übersät mit Fruchtschalen und angeschwärzten Gemüsestängeln. „Die Verständigung ist eine Herausforderung, da die meisten Crows kein Lucin sprechen, aber die wenigen, die es können, helfen uns beim Übersetzen."

Ein Mädchen mit geflochtenen, pechschwarzen Haaren und noch schwärzeren Augen gleitet durch die Taverne, als wäre sie mehr Schlange als Vogel. Sie bleibt neben unserem Tisch stehen und lächelt. Nicht, dass ich erwartet hätte, dass sie kräht oder krächzt …

In Ordnung, das habe ich.

„Gia, *álo*."

Giana heftet ihre grauen Augen auf den Neuankömmling. Mir entgeht nicht das intensive Funkeln, das in ihnen silbern aufblitzt. „Hallo, Aoife."

„Habt ihr Platz für eine mehr?"

„Natürlich." Giana rückt zur Seite, um Eefah Platz zu machen.

„Du musst Fallon sein. Es ist mir eine Freude, dich lernen zu kennen."

„Dich kennenzulernen", korrigiert Phoebus sie.

„Ah, *tà. Dich kennenzulernen.*" Die Worte kommen mit Betonungen auf all den falschen Silben heraus. Wo die Sprache Lucin wie Harfenmusik klingt, klingt Crow wie Steine, die einen Flusslauf hinabpoltern – rau, nass und guttural.

Das Lächeln der Frau enthüllt Zähne, die leicht schief stehen, ihre Gesamtattraktivität aber keineswegs schmälern … sie ist eine Schönheit, die sowohl Giana als auch Riccio eindeutig aufgefallen ist.

„Aoife ist Imogens Schwester", erklärt Phoebus.

Unter ihrer schwarzen Gesichtsbemalung ist dieselbe kleine Feder sichtbar, die den Wangenknochen jeder Crow ziert. „Du hast Immy getroffen?"

Die Erinnerung an Lorcans *Kollegin* kratzt an meiner ohnehin schon gereizten Stimmung.

„Wir sind ihr und Ríhbiadh auf dem Weg hierher begegnet." Alle an unserem Tisch – und nicht nur an unserem Tisch – verstummen, als Phoebus Lorcans Nachnamen fallen lässt.

„Nun, ich bin die Nette." Eefah lehnt sich über den Tisch, ihr langer Zopf streift Schultern, die breiter sind als Gianas, aber nicht ganz so breit wie Riccios. Wahrscheinlich vom vielen Fliegen.

Ich versuche mich zu erinnern, ob Imogens genauso breit waren, aber der Flur, in dem wir uns trafen, war dunkel und ich war ziemlich beschäftigt damit, meinen Kerkermeister finster anzustarren.

„Du und ich, wir haben so viel gemeinsam, Aoife." Sybille grinst ihre ältere Schwester herausfordernd an, die ihre Augen verdreht.

„Ich persönlich bevorzuge ja Gian …" Bevor Phoebus das letzte *a* herausbringen kann, zupft Sybille eine Orangenschale von einem ansonsten leeren Tablett und schleudert sie auf das hübsche Gesicht unseres Freundes. Sie trifft seine hohe Stirn und rutscht seine Nase hinunter, bevor sie auf den Tisch plumpst. „Das bestätigt nur meinen Standpunkt, Syb." Er reibt sich den schleimigen Saft von der Haut. „Oh, und dafür wirst du später büßen."

Sie lächelt, als fordere sie ihn heraus, es ihr heimzuzahlen. Was er auch tun wird. Phoebus schlägt immer zurück, aber im Gegensatz zu Syb, die aus dem Stamm der *erst-handeln-dann-fragen*-Leute ist, zeichnet sich Pheebs durch eine außergewöhnliche Geduld aus.

„Also, Imogen arbeitet mit deinem König?", frage ich.

„Deinem Kön*ig?*"

„Morrgot. Oder wie auch immer deine Leute ihn nennen." Das Crow-Wort hinterlässt einen schlechten Geschmack in meinem Mund, denn lange Zeit dachte ich, es sei Lorcans Name. Nun, sein Vogelname … *Namen*. Es war Dante, der meine irrige Annahme korrigierte, indem er mir die Übersetzung anbot: *Eure Hoheit.*

„*Deine* Leute?" Eefahs Stirn runzelt sich. „Cathal ist dein Vater, nicht wahr?"

„Ja." Sybille stößt ihre Schulter gegen meine.

Eefahs Stirn glättet sich. „Du bist auch eine Crow, Fallon. Lorcan Ríhbiadh ist auch *dein* König.»

„Lorcan Reebyaw wird *niemals* mein König sein." Meine Erklärung wird von bösem Zischen begleitet.

Hmm … Es gibt wenige Dinge, die ich mehr genieße, als herausgefordert zu werden, Behach Éan.

Mein Blick schnellt zum Eingang der Taverne, wo ich Lorcan erwarte. Als ich ihn nicht sehe, suche ich jeden Schatten nach goldenen Lichtpunkten ab. ***Das war keine Herausforderung von mir.***

Und dennoch fühle ich mich herausgefordert.

Obwohl ich die Worte denke, formen meine Lippen sie auch: „Es ist keine Herausforderung."

„Was ist keine Herausforderung?", fragt Syb.

„Nichts", brumme ich.

„Ich nehme an, Fallon kommt nach ihrer leiblichen Mutter."

Riccio reibt sich den stoppligen Rand seines Kinns. „Ich habe gehört, die Prinzessin von Shabbe war eine echte Schönheit."

Das Blut weicht aus meinem Gesicht. „Ihr wisst es?" Ich starre in die Runde, suche nach gerunzelten Brauen, finde aber keine. „Ihr *alle* wisst es?"

„Lazarus hat es uns gesagt", erklärt Sybille leise, als spüre sie, ein lauterer Ton könnte mich zum Ausrasten bringen.

Ich durchsuche die düstere Taverne nach dem riesigen Fae-Heiler mit dem silbernen Haar, finde ihn jedoch nicht unter den Gästen.

„Er ging davon aus, wir wüssten es bereits, da Antoni es wusste", fügt Gia hinzu.

Ich richte meinen Blick auf den Bootskapitän. Obwohl seine Iris dieselbe Farbe wie Dantes hat, wirken sie heute Abend irgendwie dunkler, wie der Ozean, der sich zwischen Luce und Shabbe erstreckt, anstatt wie die des Mittagshimmels. „Seit wann?"

Er atmet tief ein, sein Kiefer so angespannt wie mein Rückgrat. „Seit jener Nacht im Wald mit Bronwen."

Die Nacht, in der er mir folgte, als Bronwen mit Furia auf mich wartete. Wie ich den Hengst vermisse, auf dem Dante davonritt. Ein weiterer Grund, den neuen Fae-König zu verabscheuen.

„Zendaya war von großer Schönheit." Eefah seufzt, als Connor mit einem Krug zurückkommt, von dem ich hoffe, er enthält mehr Crow-Wein, und einem Teller, der mit gegrilltem Gemüse und Früchten hoch beladen ist.

Kein totes Tier in Sicht. Auch keine Samen.

„*War*?" Ich wende mich von dem farbenfrohen Haufen ab, der wie alles anderen in diesem Königreich schwarz gefärbt wurde. „Ist sie … tot?"

„Nein." Die Antwort ertönt hinter mir.

Ich drehe mich auf der Bank um, mein Blick wandert nach oben … und höher … und noch höher.

„Deine Mutter lebt." Der raue Klang seiner Stimme, die den männlichen Lucin-Akzent betont, lässt mir die feinen Härchen an den Armen zu Berge stehen.

Eefah keucht auf und sagt etwas auf Crow, das ich nicht verstehe, denn jeder Funken meiner Aufmerksamkeit ist auf den Mann gerichtet, der in Rauch gehüllt ist.

„*Àlo*, Tochter.“

KAPITEL 3

Die Zeit steht still, während ich den Mann betrachte, der mich gezeugt hat; diesen schwer fassbaren Vater, von dem ich gerade erst erfahren habe.

Obwohl ich ihn in Visionen gesehen habe, sind die flüchtigen Blicke, die ich auf ihn werfen konnte, nicht vergleichbar mit der tatsächlichen Person. Er ist größer, massiger und in Wirklichkeit vollkommen furchteinflößend.

Seine Nase scheint von einem ganzen Berg zertrümmert worden zu sein, sein bärtiges Kinn ist scharf genug, um Baumstämme zu zersägen, seine Haare sind eine kinnlange Gewitterwolke, und seine Augen … sind vom dunkelsten Schwarz, dunkler als die Schar der Crows, die am Tag, an dem Lorcan sein Volk aufrief, die Sonne verdunkelten. Es sind Augen, die alle Wut der Welt aufgesogen und gespeichert haben.

Diese Wut und das Blut, das alles entflammt, sind die einzigen Dinge, die dieser Mann und ich gemeinsam haben. In keiner anderen Weise ähneln wir einander.

Die Luft neben Kahol verdunkelt sich und es wogt mehr Rauch auf, als ein weiterer Crow erscheint. Ich weiß, bevor die Person sich überhaupt manifestiert hat, dass es Lore sein wird. Ich bin mir nicht sicher warum oder wie, denn seine neblige Gestalt ist nicht dunkler oder dichter als die anderer Gestaltwandler. Vielleicht habe ich einfach sein Kommen erwartet, da er es so liebt, über mir zu schweben.

Ich schwebe nicht; ich wache über dich, hat Lorcan die Dreistigkeit, mir in den Sinn zu murmeln.

Ich bin kein Kind, Reebyaw, und ich bin nicht mehr in Gefahr, also lass mich verdammt noch mal in Ruhe.

Lorcans Gesichtsausdruck verfinstert sich bei meiner Verwendung des Schimpfworts. Ich beschließe, es von nun an häufiger zu benutzen.

„Sollen wir diese Wiedervereinigung an einen privateren Ort verlegen?“ Seine Stimme ist leise, hallt jedoch überall wider.

„Hier passt es mir bestens.“ Das sage ich nur, um ihn zu ärgern. In Wahrheit würde ich es vorziehen, nicht von einer Schar Fremder angestarrt zu werden.

„Sehr gut.“ Seine Augen blitzen auf, etwas in ihnen ist sowohl glühend als auch eisig. *„Fihladh!“* Lorcans Befehl hallt über jede Glaslaterne und Fensterscheibe und lässt die Leute von ihren Sitzen aufspringen. Zu meinen Tischgenossen sagt er: „Bis auf Weiteres ist *Adh'Thábhain* geschlossen. Bitte verlasst das Lokal.“

Ich nehme an, das Wort, das er gebrüllt hat – *feelaw* – bedeutet *verlassen* oder so etwas in der Art.

Bankbeine kratzen über den Steinboden, als Mattia sich vom Tisch wegdrückt, um sich hochzustemmen.

Nur Syb bleibt sitzen. Ich merke nicht, dass sie eine meiner Hände ergriffen hat, bis ich ihre langen, schwieligen Finger spüre, die sich um meine schließen. „Wenn du willst, dass ich bleibe, kann ich das tun.“

„Ich auch.“ Phoebus schwebt, halb stehend, halb sitzend.

Ich bin mir unsicher, was ich will.

„Geht. Bitte.“ Kahols Stimme ist so schwer und rau, und hört sich an, als wäre sie von Kummer durchtränkt, aber ich muss die Emotion missverstehen, denn dieser Mann sieht so unfähig aus zu weinen, wie ich, durch diese winzigen Öffnungen im Fels zu passen.

Vielleicht habe ich es versucht.

Gut zu wissen.

Ich verenge meinen Blick auf Lorcans, während ich Sybs Hand drücke. „Geht. Mir wird es gut gehen.“

Obwohl zögernd, gehen sowohl sie als auch Phoebus auf die großen Türen zu, die Connor hinter sich schließt, sobald der Raum leer ist.

Lorcan legt eine Hand auf Kahols Schulter, woraufhin der massige Mann zusammenzuckt, dann nickt er in Richtung der Bank mir gegenüber. Ohne den Blick von meinem Gesicht abzuwenden, umrundet er den Tisch und lässt sich so schwer auf das Holz fallen, dass es ächzt.

Als Lorcan sich auf den Platz setzt, den Phoebus geräumt hat, knurrt mein Magen, und obwohl der Duft des Essens verlockend ist, glaube ich nicht, ich könnte etwas hinunterbringen. Außer Wein. Der würde wahrscheinlich gut runtergehen. Und helfen.

Ich greife nach dem Krug, aber Lorcan kommt mir zuvor und gießt etwas dunklen, fermentierten Saft in den Becher vor mir, bevor er einen für meinen Vater füllt.

Ich trinke, während mein Vater mich anstarrt, als wäre ich das seltsamste Geschöpf, das er je gesehen hat.

„Ich dachte, du wärst in der Nacht gestorben, als Regio und seine Armee uns im Tempel von Isolacuorin überfielen. Ich hörte seinen General sagen …“ Er schließt die Augen. „Ich hörte ihn zu Marco sagen, dass Daya das Kind ausgeblutet hat. Dass es erledigt war.“

Obwohl ich hier sitze, der lebende Beweis, dass es nicht *erledigt* war, bleiben die Züge meines Vaters gequält, während er seine albtraumhafte Erinnerung durchlebt.

„Aber natürlich hatte sie einen Weg gefunden, dich zu retten.“ Als er die Lider hebt, sind seine Augen feucht. „Dank Mórrígan, dass Agrippina da war. Dank Mórrígan, dass sie dich geheim gehalten hat.“

„Warum *war* sie da?“

„Sie war da“, sagt Lorcan, „um Cathal und Daya vor dem Hinterhalt zu warnen.“

„Sie kam zu spät, um uns zu retten.“ Das traurigste Lächeln verzerrt den Mund meines Vaters. „Aber rechtzeitig, um dich zu retten.“

„Wie *hat* sie mich gerettet? Hat sie mich aus der Blutlache gefischt?“

„Daya hat dich in Agrippina hineingelegt.“ Lorcan sagt das langsam, als glaubte er, das bedächtige Tempo seiner Erklärung könnte meinem Verstand helfen, seine unglaubliche Aussage zu begreifen.

„Was meinst du mit *sie hat mich hineingelegt*?“

„Deine Mutter hat dich mit Magie in Agrippinas Schoß gelegt.“

Bei meiner gerunzelten Stirn fügt Lore hinzu: „Durch Zauberei."

Moment mal … *was*? Ich sehe abwechselnd meinen Vater und Lore an. Ich wurde von einem Körper in einen anderen gezaubert? Obwohl ich spürte, dass ich ein Wechselbalg war, ist die Nachricht, *wie* ich den Mutterleib gewechselt habe, verblüffend. Das erklärt allerdings, wie mein Großvater mich aus Agrippina herauskommen *sah*.

Ich habe mein ganzes Leben umgeben von Menschen mit elementarer Kraft verbracht, doch die Vorstellung, wie ein Virus übertragen worden zu sein, ist völlig unbegreiflich. „Wie hat sie das gemacht? Hat sie mit den Fingern geschnippt und *puff*?"

Lore lächelt. „Shabbin-Magie liegt in deinem Blut, also braucht es kein Fingerschnippen. Allerdings gibt es viel Fingerstechen, denn die Sigillen werden mit Blut gezeichnet."

Ich betrachte meine Fingerspitzen und erwarte, dass sie schimmern, doch alles, was glänzt, ist die raue Haut auf meinen Schwielen. Obwohl ich bezweifle, mein Vater oder Lore würden die Nase über meine entschieden unfemininen Hände rümpfen, schiebe ich sie unter meine Oberschenkel. „Woher wisst ihr, dass ich wirklich Dayas Tochter bin?"

Lore trommelt mit den Fingern. „Abgesehen davon, dass du die meisten ihrer Eigenschaften teilst?"

„Ich dachte immer, ich teile viele Eigenschaften mit der Frau, die mich geboren hat."

Lore rückt in seinem Sitz vor, sodass sein Leder knarrt. „Daya hat Bronwen eine Vision geschickt, bevor Meriam ihre Magie band, damit deine Tante auf dich aufpassen und dich zu mir schicken konnte, wenn die Zeit gekommen war."

Die Emotion, die in den Augen meines Vaters schimmert, ist so stark, dass sie dem riesigen Mann Tränen entlockt. Während sie seine Schminke verlaufen lassen, murmelt er Worte in seiner Sprache, die trotz ihrer kehligen Aussprache sanft klingen.

Schwört er tödliche Rache an allen Beteiligten des Hinterhalts, oder weint er, weil ich gerettet wurde?

„Was ist mit Agrippinas Kind passiert?"

„Agrippina war schwanger?" Der bärenhafte Crow mir gegenüber wischt über seine nasse, borstige Wange und verschmiert das Schwarz.

„Ich bin ein Wechselbalg, das bedeutet, ich wurde ausgetauscht. Ist …" Meine Zunge gleitet heraus und befeuchtet meine Lippen. Ich bringe es nicht über mich, das Wort *Mutter* auszusprechen, geschweige denn, die Shabbin, die mir das Leben schenkte, als solche zu betrachten. Ich habe eine Mutter, deren Name Agrippina ist. Auch wenn sie mich vielleicht nicht liebt … vielleicht nie geliebt hat … kann ich es nicht übers Herz bringen, sie zu ersetzen, nur weil wir nicht dieselben Gene teilen.

„Zieht Daya Agrippinas Baby auf?"

„Agrippina war nie schwanger", antwortet Lore ruhig.

Meine Augenbrauen stoßen fast zusammen. „Ich verstehe nicht … ich dachte, damit es einen Wechselbalg gibt, müssen Babys getauscht werden?"

Ein mildes Lächeln umspielt Lores Mund. „Shabbin-Magie ist ziemlich außergewöhnlich."

Ziemlich? Sie ist völlig verblüffend. „Wo ist Daya? In Shabbe?"

„Das ist der einzige Ort, von dem wir wissen, dass sie nicht dort ist." Lorcan zupft einen Spargel von dem Stapel, den Connor auf unseren Tisch gestellt hat, und führt ihn an seine Lippen.

„Wie?"

„Weil wir tagelang um die Shabbin-Schutzzauber geflogen sind … keine Spur von deiner Mutter." Kahol muss mit den Zähnen knirschen, denn sein Kiefer ist eine einzige harte Kante.

Ich runzle die Stirn. „Wie ist das möglich?"

„Bronwen glaubt, Meriam könnte Dayas Magie gebunden haben." Lore beißt mit seinen Zähnen, die weiß gegen seine dunklen Lippen blitzen, die knusprige Spitze des Spargels ab.

„Meriam?" Warum kommt mir der Name so bekannt vor?

„Meriam war Costas Shabbin-Geliebte. Die Frau, die uns verdammte und deren Blut die Schutzzauber speist." Lores Erklärung lässt die Erinnerung an unser Gespräch durch meinen Kopf wirbeln.

„Meriam ist außerdem Zendayas Mutter. Deine Großmutter."

Mein Rücken strafft sich, als hätte sich meine bewegliche Wirbelsäule in einen Schlangenzahn verwandelt. „Ich bin mit der Zauberin verwandt, die dein Volk verdammt hat?“

„*Unser* Volk. Du magst dein Erbe ablehnen, aber du bist deshalb nicht weniger Shabbin oder Crow, Fallon.“

Ich presse die Lippen zusammen und fühle mich nirgendwo zugehörig.

Du gehörst dazu. Lorcan knurrt. ***Du gehörst …***

Bevor er *dem Himmel* hinzufügt – den er an sich gerissen hat – oder den rosa Punkt am Horizont, frage ich:

„Wenn meine Mutter nicht in Shabbe ist, wo ist sie dann?“

„Ich weiß es nicht.“ Mein Vater umschließt mit seinen riesigen Fingern den Weinkrug. Metall kratzt auf Metall wie Kreide auf einer Schiefertafel. Es dauert einen Moment, bis mir klar wird, dass das Geräusch von ihm kommt, von seinen Nägeln, die sich verlängert und zu eisernen Krallen geformt haben, obwohl der Rest seines Körpers menschlich geblieben ist. „Ich weiß es nicht. Ich kann sie nicht spüren.“ Kahol zerdrückt seinen Becher, und Wein schwappt heraus.

Spüren?

Sie sind Gefährten.

Ich blinzle. ***Können Gefährten einander spüren?***

Ja.

Wenn er sie nicht spüren kann, wie weiß er dann, dass sie lebt?

Hoffnung. Sagt mir Lorcan, ich soll hoffen, oder meint er, mein Vater weiß es tatsächlich nicht?

„Wir werden sie finden, Cathal.“ Lorcan legt seine Finger um eine der Lederarmschienen meines Vaters, die er wohl kaum benötigt, angesichts der Stärke seiner Knochen und Muskeln. „Wir werden sie finden und nach Hause bringen. Aber zuerst müssen wir die Schutzzauber niederreißen, damit der Rest unseres Volkes zurückkehren kann. Wir brauchen die Verstärkung.“

„Du meinst, *Vogelkraft*?“ Die Korrektur rutscht heraus, bevor ich sie unterdrücken kann.

Weder die richtige Zeit noch der richtige Ort, Fallon.

Meine Unverschämtheit beschert mir zwei Paar stechende Blicke. Immerhin hat sie meinen Vater aus seinem Abgrund der Verzweiflung gehoben.

„Sind nicht alle zurückgekehrt?“, frage ich.

Lorcan trommelt mit den Fingern. „Die Crows, die in Shabbe Zuflucht gesucht haben, sind dort eingeschlossen.“

Im Gegensatz zu meinem Vater, dessen Nägel spitz und zinnfarben sind, sind Lores Nägel stumpf und nackt. Sie sind nie über meine Haut geglitten, dennoch erinnere ich mich deutlich an das Gefühl seiner geisterhaften Finger, die über meinen Körper schlängelten. Er hört auf zu trommeln und glättet sowohl seine Handfläche als auch seine Lippen.

Was? Dachte er, ich hätte es genossen, ohne meine Zustimmung berührt zu werden? Ich konzentriere mich wieder auf meinen Vater. „Also, wie bringen wir die Walle der Schutzzauber zu Fall?“

„Wir warten, bis Priya Meriams Aufenthaltsort aus einem der Fae herausgefoltert hat, die die Schlangen an ihre Küsten geschleppt haben.“

Gute Schlangen.

„Oder bis Dante herausfindet, wo sein Bruder sie versteckt hat“, wirft mein Vater ein.

„Mein Groß …“ *Du bist nicht mit ihm verwandt,* erinnere ich mich. Es könnte das erste Mal sein, dass ich froh bin, kein Rossi zu sein. „Der General stand Marco am nächsten. Er müsste es wissen.“

„Dein Großvater wurde nicht zurückgebracht.“

„Er lebt?“

„Wenn er lebt, hat er sich noch nicht in Luce blicken lassen.“

„Was ist mit Kommandant Dargento?“, frage ich hoffnungsvoll. „Ist er in Shabbe angespült worden?“

Rauch beginnt von Lores eisernen Schulterpanzern aufzusteigen, als ob sich der Mann gleich in seine Vogelgestalt verwandeln würde. „Nein.“

Mein Puls beschleunigt sich, als ich mich an den abscheulichen Fae mit schwarzen Haaren und bernsteinfarbenen Augen erinnere, der damit gedroht hatte, jeden zu töten, den ich liebe. „Ist er tot?“

Noch nicht. Noch. Nicht. Laut sagt Lore: „Imogen hat mitgehört, wie Dantes Soldaten über die wundersame Rückkehr des Kommandanten gesprochen haben. Obwohl wir ihn noch nicht zu Gesicht bekommen haben, sollen wir glauben, dass er lebend nach Isolacuori zurückgekehrt ist."

KAPITEL 4

Bei der Nachricht von Silvius' Überleben verhärten sich sowohl mein Magen als auch mein Herz. „Gut", sage ich schließlich.

„Gut?" Lorcan spuckt das Wort aus, als schmecke es bitter.

„Ja. *Gut.*" Ich drücke meinen Becher, um zu testen, ob er formbar ist; er ist es nicht. „Denn ich will diejenige sein, die ihm mit einer eisernen Klinge das Herz durchbohrt."

Mein Vater holt zitternd Luft. „Was hat der Mann dir angetan, *ínon*?"

Eenon?

Es bedeutet Tochter auf Crow.

Lorcans Übersetzung macht den Titel nicht weniger schockierend. Schockierend, aber auch … schön. Ich habe einen Vater. Er ist real. Er ist nicht genau das, was ich erwartet habe, aber er scheint sich zu sorgen. Oder zumindest wirkt es so, als würde er sich sorgen.

Cathal liegt seine Familie sehr am Herzen.

Ich werfe Lorcan einen Seitenblick zu, meine Wut schwindet ein wenig. „Silvius Dargento ist ein abscheulicher Mann, der gedroht hat, alle zu töten, die ich liebe."

Mein Vater umklammert immer noch den verbeulten Krug, der unter seinen krallenbewehrten Fingern noch mehr nachgibt. „Hat der Mann dir jemals … wehgetan?"

„Nein. Er hat es nie gewagt, weil er Angst vor den Konsequenzen hatte. Bis vor ein paar Tagen war ich die Enkelin des Generals und die Freundin des Prinzen."

Ein finsterer Ausdruck verdüstert Lorcans Gesicht, und obwohl ich seine Gedanken nicht erfasse, spüre ich, sie haben etwas mit einem oder *beiden* der erwähnten Fae zu tun.

Mein Vater spricht ein paar Worte auf Crow und Lorcan antwortet, goldene Augen blitzen hinter flüchtigen schwarzen Rauchschwaden auf. Wie sehr wünschte ich, ich könnte ihre Sprache verstehen.

Lorcan richtet seinen immer noch durchdringenden Blick auf mich. ***Ich werde morgen früh einen Lehrer schicken.***

Ich sagte, ich wünschte es. Ich sagte nicht, ich will es.

Lorcan zieht die Schultern nach vorne und legt seine Unterarme auf den Tisch. ***Soll ich das so verstehen, dass du Silvius nicht töten willst?***

Wie kommst du zu diesem Schluss?

Du sagtest, du wünschtest, diejenige zu sein, die sein Herz durchbohrt.

Ich knirsche mit den Zähnen, denn es gibt kaum etwas, das ich mehr hasse, als wenn Leute meine eigenen Worte gegen mich verwenden.

Mein Vater bekommt unseren leisen Austausch nicht mit, weil seine Augen auf den verschütteten Wein gerichtet sind, der seinen verformten Krug umgibt.

Wie sagt man Pappa auf Crow?, frage ich.

Dádhi.

„*Daji*?" Die Bezeichnung fühlt sich seltsam auf meiner Zunge an, aber nicht gänzlich unangenehm.

Kahols pechschwarze Augen lösen sich von der verfärbten Pfütze und heften sich auf mein Gesicht.

„Worüber haben Lorcan und du gesprochen?"

Für eine ganze Minute bleibt er still, entweder immer noch verwirrt über die Bezeichnung, die ich ihm verliehen habe, oder damit beschäftigt zu entscheiden, was er mir erzählen soll. Er lässt den Krug los und greift nach einer zerknüllten Serviette.

Während er sich die Hände abtrocknet, sagt er: „Ich habe vorgeschlagen, den Kommandanten hierher zu bringen, um dir deinen Wunsch zu erfüllen, aber Lorcan hat sich gegen meine Idee gestellt."

Ich schaue mich um, auf die Steine und Laternen. Ich mag diese Grotten als meine Gefängnismauern betrachten, aber für alle anderen ist dieser Ort ein sicherer Zufluchtsort. „Silvius sollte nicht in das Himmelreich gelassen werden; ich hingegen sollte hinaus dürfen."

Lorcans Nägel schnellen hervor und zerkratzen das Ebenholz. „Nun, das darfst du nicht."

„Warum? Warum hältst du mich hier eingesperrt? Ich habe dich befreit. Ich habe dich zurückgebracht."

„Bis die Schutzzauber fallen, bist du die einzige Shabbin, die Obsidian aus meiner Haut entfernen kann, falls Dante seine Untertanen oder sich selbst nicht kontrollieren kann." Lores dunkler Brustpanzer knarrt bei seinen tiefen Atemzügen. „Ich werde nicht riskieren, mein Volk ein drittes Mal zu verfluchen."

Ich mag meine Situation immer noch verabscheuen, aber zumindest verstehe ich jetzt den Grund, warum ich eingesperrt bin. „Also, werde ich frei sein, sobald die Schutzzauber fallen?"

Die beiden Männer tauschen einen vielsagenden Blick aus, der meine Wirbelsäule aufrichtet.

Lass mich nicht im Dunkeln. Nicht nach allem, was ich getan habe. Es ist nicht nur unfair, sondern auch lieblos.

„Sobald du meinen Fluch endgültig gebrochen hast, wirst du … frei sein."

Sein Zögern lässt mich darüber nachdenken, welche Art von Freiheit er andeutet. ***Nur damit das klar ist, ich betrachte den Tod nicht als eine Form der Freiheit.***

Es wird kein Sterben geben. Lorcans düstere Stimmung mildert sich ein wenig. ***Ich verspreche es, Behach Éan.***

Ich nicke, etwas besänftigt. Es gibt immer noch das Thema der Flüche und derjenigen, die Flüche brechen – also mich.

„Was meintest du mit *endgültig*?"

Mein Vater trocknet immer noch seine Finger, obwohl ich vermute, es haftet kein Wein mehr daran. „Bevor du geboren wurdest … bevor du überhaupt gezeugt wurdest … hatte Bronwen vorausgesehen, dass Daya und ich eine Tochter haben würden, die die Macht besitzt, den Obsidianfluch der Crows für immer zu brechen."

Ich starre ihn an. „Deshalb hast du mich die Fluchbrecherin genannt? Nicht weil ich dich *von der Pfeilspitze befreit* habe."

Richtig.

Wow. So viel dazu, mich machtlos und nutzlos zu fühlen. „Und sag mal, wie werde ich diesen Fluch brechen?"

Lorcan seufzt. „Bronwen hat noch nicht gesehen, wie du es tun wirst."

„Lass mich das klarstellen. Du planst, mich im Himmelreich festzuhalten, bis Bronwen eine Vision hat?"

Ja.

„Was, wenn sie erst in etwa sechs Jahrzehnten sieht, wie ich deinen Fluch breche?"

„Wir waren fünfhundert Jahre gefangen, Fallon. Und dann wieder zwanzig …"

„Ich werde nicht die besten Jahre meines Lebens in einer Höhle in den Wolken gefangen sein, fern der Zivilisation."

Lore lässt ein gedämpftes Schnauben hören. „Sind wir etwa nicht zivilisiert genug für deinen Geschmack?"

Ich schüttele den Kopf.

Meinem Vater scheint mein Kommentar nicht so viel auszumachen wie Lorcan, denn was er aus all meinem Gesagten herauspickt, ist: „Die besten Jahre?"

„Im Gegensatz zu dir bin ich nicht unsterblich." Meine Herkunft trifft mich wie ein Schlag vor den Kopf. „Oder doch?"

„Solange deine Magie gebunden ist" – der Crow-König blickt zu den verglasten Öffnungen, die auf das Dickicht der Racoccin-Wälder hinausgehen – „bist du nicht unsterblich."

Mein Vater schluckt, wahrscheinlich weil ihn mein bedauerlicher Zustand an meine Mutter und ihre gebundene Magie erinnert. „Ein weiterer Grund, warum du hier bleiben musst, *ínon*. Hier oben kann dir nichts zustoßen."

„Kein Schaden vielleicht, aber auch nichts Gutes", murmle ich, während ich ausrechne, wie viele Pantoffeln ich beim Auf- und Abgehen in diesen steinernen Gängen verschleißen werde. „Ich werde verrückter werden als eine Fae, die von Kobold-Urin high ist." Als Kahol die Stirn runzelt, füge ich hinzu: „Ich habe es nicht probiert; mir wurde nur von der Wirkung erzählt. Außerdem bin ich keine Fae, also würde Urin wahrscheinlich keine Wirkung auf mich haben. Was mich jedoch beeinflussen wird, ist das Eingesperrtsein hier oben. Ich werde das Hochlandfieber bekommen.

Das willst du nicht. Glaub mir. Frag meine Freunde. Sie werden dir sagen, wie unmöglich und verrückt ich werden kann."

Wenn ich darüber nachdenke, könnte der Verlust meines Verstandes sie dazu bringen, mich aus ihrem Nest zu werfen …

Meine missliche Lage entlockt Lorcan ein Grinsen. „Es ist nicht deine missliche Lage, die mich amüsiert, Fallon, sondern deine Gedankengänge."

Kahol macht ein würgendes Geräusch und sein Gesicht rötet sich … wird purpurrot. Oh, Cauldron, was hat er zu sich genommen?

„Lorcan!" Ich schreie, weil Lores Hintern immer noch auf seinem Sitz ist.

Kahol springt so plötzlich auf, dass seine Bank umkippt. Der Knall dröhnt so laut wie die wilden Schläge meines Herzens, als ich ebenfalls aufspringe, bereit, über den Tisch zu springen und auf seine Brust zu drücken. Ich habe den Mann gerade erst gefunden. Ich kann ihn nicht verlieren … an …

Ich überfliege das Essensplateau, um herauszufinden, was er gegessen haben könnte … einen Spargel? Eine Karotte? Ich kann meinen Vater nicht an ein Gemüse verlieren.

Er ist unsterblich, Fallon. Lores Worte lindern etwas von meiner Qual. „Du wirst ihn nicht an Gemüse verlieren."

„Nein." Die Stirn meines Vaters glänzt vor Wut. „Nein!"

Ich verstehe nicht … „Was ist hier los?"

Lorcan neigt den Kopf, seine goldenen Augen fest auf die seines Freundes gerichtet. „Ich wollte es dir sagen."

Meine Augenbrauen ziehen sich verwirrt zusammen.

„Du wolltest …?" Mein Vater spuckt die Worte aus und stößt ein Lachen aus, das den Strom des Adrenalins in meinen Adern gefrieren lässt. Wieder nüchtern wischt er sich mit beiden Handflächen über das Gesicht, verschmiert seine schwarze Schminke noch mehr und knurrt wie ein Selvatin-Leopard.

„Was zur Hölle passiert hier? Ist es irgendeine Nebenwirkung davon, ein krähenförmiger Obsidianblock gewesen zu sein?" Obwohl meine Stimme schrill ist, beachten mich die beiden Männer gar nicht.

Nein. Ist da ein Lächeln in Lorcans Gedankenstimme?

Ich bilde mir seine innere Belustigung wahrscheinlich nur ein, denn er sieht aus wie ein Überbringer schlechter Nachrichten.

„Du weißt, wie es läuft, mein Freund." Der König ist ruhig, ruhig, ruhig, während mein Herz sich in einen diebischen Halbling verwandelt hat, der von einem ganzen Bataillon Fae gejagt wird, *und* ein paar Schlangen.

„Du weißt, dass man sich das nicht aussuchen kann."

„Sí mo ínon!" Ich spüre, wie mein Vater etwas darüber brüllt, ich sei seine Tochter.

„Ich weiß, Cathal, aber es hätte schlimmer kommen können. Sie hätte mit Aodhan verpaart werden können."

Aus Kahols bemaltem Gesicht weicht jegliche Farbe.

„Wer ist Aydawn, und warum sprechen wir darüber, dass ich mit diesem Mann verpaart werden soll?"

„So groß mein Wunsch auch ist, meine Crows aus Shabbe zurückzubringen, würde es mich nicht stören, diesen einen zurückzulassen."

Okay, also ist Aydawn ein Crow, und anscheinend nicht gerade Lores Liebling. Das bringt mich meinem Verständnis darüber, was meinen Vater so in Aufruhr versetzt, keinen Schritt näher.

Kahol schließt die Lider, wirft den Kopf zurück und scheint den Himmel um Kraft anzuflehen. „Wenn du ihr wehtust, Lore, dann bete lieber, dann Gnade dir Mórrígan."

„Hast du deine Tochter schon kennengelernt? Die Chancen stehen ziemlich hoch, dass ich eher dein Mitleid als deine Gnade brauchen werde." Lorcan sagt dies mit einem schiefen Lächeln, das mein Vater nicht erwidert.

„Kann mir einer von euch bitte erklären, was zur Hölle hier los ist?" Als Lorcan mich mit seinem zitronengelben Blick fixiert, stemme ich die Hände in die Hüften. „Was?"

„Ich muss … „ Kahols Kehle zuckt. „Ich muss fliegen." Er blickt mich an, dann Lorcan, und dann murmelt er etwas, das den Namen meiner leiblichen Mutter, Mórrígan, und eine Menge Kopfschütteln beinhaltet, bevor er durch die Taverne schießt, sich lange genug in Rauch auflöst, um unter den geschlossenen Türen hindurchzuschlüpfen.

Ich greife nach jedem noch so kleinen Krümel Information, der mir während dieses seltsamen Treffens zugeworfen wurde, und drehe und wende ihn, aber am Ende bleiben sie immer noch Krümel.

„Erinnerst du dich, als du in jene Erinnerung von Bronwen und mir auf diesem Hügel eingedrungen bist?"

„Ja. Sie erklärte, sie könnte dich nicht heiraten, was ihren Vater enttäuschte."

„Warum konnte sie mich nicht heiraten?" Lorcan steht auf, umrundet den Tisch und geht auf mich zu, sein Gang gemächlich.

Ich drehe mich um, als er auf der anderen Seite meiner Bank stehen bleibt. „Weil du nicht der Richtige für sie warst."

Die menschengesichtige Hyäne grinst jetzt. „Ich sehe, du hast ihre Rede Wort für Wort auswendig gelernt."

„Komm einfach zur Sache."

Seine Augen leuchten auf, und plötzlich stehe ich wieder auf diesem Hügel, diesmal so nah, dass ich das auffällige Grün von Bronwens Iriden ebenso erkenne wie die spitzen Enden ihrer Ohren.

Oh meine Götter, Bronwen ist eine Fae!

Während sich mein Mund zu einem Keuchen öffnet, formen ihre Lippen die Worte: *„Cian ist mein Gefährte."*

Zu verblüfft von der Form von Bronwens Ohren, drehe ich mich nicht zu Lorcan um, als er antwortet:

„Ich habe davon gehört. Er hat nicht aufgehört, davon zu sprechen, seit du in seinen Geist eingedrungen bist."

Alle Luft entweicht meinen Lungen, als Lorcan mich aus dieser Erinnerung entlässt und mich in eine andere schickt, in der ich nackt vor ihm stand und fragte, worüber er sprechen wollte, und er sagte … er sagte…

Ich reiße mich aus dieser Erinnerung, bevor seine Lippen die Worte formen, doch sie verfolgen mich zurück ins Hier und Jetzt: *„Du bist diejenige, die erneut in meinen Geist eingedrungen ist, Behach Éan."*

Geschockt stoße ich gegen den Tisch und kippe dabei einen

Weinkelch um.

Feuchtigkeit rinnt mein Bein hinunter und sickert in Gias Wollhose. „Wie kannst du …“ Meine Kehle ist so trocken, dass ich mehrmals schlucken muss, bevor ich meine Frage vollständig formulieren kann.

„Wie kannst du es rückgängig machen?“

Lore hebt eine einzelne schwarze Augenbraue. „Rückgängig machen?“ Er klingt belustigt, was lächerlich ist, denn an dieser Situation ist *rein gar nichts* amüsant. „Gefährtenbindungen sind keine Tischreservierungen.“

Mit zitternden Fingern umklammere ich die Tischkante. „Aber das kann nicht sein … wir können nicht … ich widerspreche.“

Der Kerl hat die Dreistigkeit, über meine zerbröckelnden Hoffnungen und Träume zu lachen. Nicht, dass ich immer noch darauf gehofft hatte, Dante zu heiraten, denn diese Hoffnung ist zusammen mit der Galeone seines Bruders untergegangen, aber ich *wollte* mein eigenes Schicksal wählen.

Eine Erkenntnis beruhigt mein inneres Chaos und ich zucke mit den Schultern. „Na und, dann haben wir eben eine mystische Verbindung.“

Lorcans Lachen verebbt und seine Augenbrauen glätten sich. „Wie meinst du das, *na und?*“

„Du kannst in die Gedanken all deiner Leute eindringen, also ist es nichts Besonderes, in meine einzudringen. Was meine Fähigkeit betrifft, in deine einzudringen, werde ich sie einfach … keine Ahnung … unterdrücken.“

Seine Pupillen weiten sich und verdrängen das Gold. „Crows haben eine Gefährtin, Fallon. *Eine.* Ich habe jahrhundertelang auf meine gewartet … auf *dich* … und deine Reaktion ist *na und*?“ Auch wenn kein Rauch aus seinen Nasenlöchern quillt, so löst er sich doch von seiner schwarzen Kampfkleidung.

„Wie genau hast du erwartet, dass ich reagiere? Ich liebe dich nicht, Reebyaw. Ich mag dich kaum. Um ehrlich zu sein, bis vor ein paar Minuten habe ich dich regelrecht verabscheut.“

Stille breitet sich zwischen uns aus, schwer und kalt wie Tarecuorin-Seide. Ich blicke zur Tür, durch die ich fliehen möchte, dann zu dem Mann, vor dem ich fliehen möchte.

Der Mann, der akzeptiert hat, was Cauldron ihm beschert hat.

Wen Cauldron ihm beschert hat.

Diese Situation ist völlig absurd. Vernunftehen sind eine Sache – eine Sache, die meiner Meinung nach sofort abgeschafft werden muss – aber Gefährtenbindungen? Bei den Göttern, ich kann mich nicht entscheiden, ob ich über die Lächerlichkeit des Ganzen lachen oder meine Gedanken *extrem* laut hinausschreien soll.

Lorcan muss erkennen, dass mein Wille wohl stärker als jedes Argument ist, das er vorbringen könnte, denn seine Konturen verblassen. Als kühle Luft über die Seite meines Halses streicht und über mein Kinn weht, nehme ich an, er hat die Tür der Taverne aufgestoßen. Doch dann zwingt der Luftzug meinen Nacken nach hinten, und ich muss mein Gesicht seinem verschwommenen zudrehen, und mir wird klar, dass die Luft nicht aus dem Flur kommt, sondern von seinen Schatten.

Du weißt, wie ich zu Herausforderungen stehe, Behach Éan.

Frustration überzieht meine Wangen. „Um Cauldrons willen, das war keine Herausforderung!" Ich befreie mein Gesicht aus seinem geisterhaften Griff. „Schleich dich an jemand anderen ran, Morrgot. Jemanden, der sich für deine Aufmerksamkeit interessiert."

Jemanden wie Imogen, denke ich bei mir, aber da meine Gedanken immer ihren Weg in seinen Verstand finden, muss er meinen Vorschlag mitbekommen.

Seine nebligen Augen durchsuchen meine für einen Herzschlag länger, bevor sie wie polierte Münzen, die in den trübsten Kanal geworfen werden, im Nichts aufblitzen. Obwohl ich versuche, den Kerl aus meinen Gedanken zu verbannen, nachdem er gegangen ist und meine Freunde zurückkehren, bleibt er wie ein muffiger Geruch hängen und trübt meine Stimmung.

Die sich nur noch weiter trübt, als Imogen etwa eine Stunde später die Taverne betritt, die Haare zerzaust, das Make-up verschmiert und der Mund wund wie bei den Dirnen im *Bottom of the Jug*. „Lorcan hat mich gebeten, dir auszurichten, dein Boot soll morgen früh eintreffen, Antoni." Im Gegensatz zu ihrer Schwester ist ihr Lucin makellos.

Antoni hebt den Blick, der seit seiner Rückkehr an seinen Platz schwer auf meinem Gesicht lag. Wie die anderen ist er neugierig auf alles, was gesagt wurde. Im Gegensatz zu den anderen hat er jedoch nicht nachgebohrt. „Ich dachte, es wäre erst in einer Woche fertig."

„Wie die Fae sagen, er hat die Fäden gezogen." Imogen wirft mir einen flüchtigen Blick zu, bevor sie sich auf ihren schwarzen Stiefeln umdreht und dorthin zurückkehrt, woher sie gekommen ist – wahrscheinlich in Lorcans Schlafgemach.

Der Mann hat offenbar keine Minute verschwendet.

KAPITEL 5

Splitter von Sonnenlicht zwängen sich durch meine Lider und ich stöhne. Ich bin noch nicht bereit für den Beginn dieses Tages.

Nicht nach letzter Nacht.

Nicht, nachdem ich erfahren habe, dass Cauldron entschieden hat, ich sei unfähig, meinen eigenen Gefährten zu wählen. Sicher, meine Erfolgsbilanz ist alles andere als spektakulär, aber ich bin mir sicher, irgendwann hätte ich den perfekten Mann gefunden.

Ich versuche, mich auf den Bauch zu drehen, stoße aber auf einen Körper … einen großen, breiten, warmen Körper. Ich schieße hoch wie ein Springteufelchen. Als ich einen Vorhang aus schulterlangen blonden Haaren erblicke, überkommt mich eine Welle der Erleichterung, gefolgt von einer Flutwelle der Übelkeit.

Ich renne ins Badezimmer und übergebe mich in die Toilettenschüssel. Gerade als ich denke, mein Magen sei leer, schießt mehr Flüssigkeit hoch und brennt in meiner Kehle. Ich hänge über der Metallschüssel und beobachte, wie die zähe Flüssigkeit durch ein faustgroßes Loch abfließt, das, wie Eefah erklärte, zu einem sogenannten Septiktank führt.

Leider führt der Septiktank nicht ins Meer. Nicht, dass ich durch das Loch passen würde, aber Löcher können bei Bedarf erweitert werden. Da die Abwässer des Himmelsreichs in eine mit kostbaren Steinen ausgekleidete Grotte fließen, die sie reinigt, bevor sie wieder in Rohre geleitet werden, die Wasser über den Kopf spülen, wäre Bohren sinnlos.

Das System der Crows ist seltsam, aber genial. Besonders, da ich am zweiten Tag meiner Gefangenschaft die Dusche benutzt habe und das Wasser nicht übel roch. Jetzt starre ich sie an und überlege, mich darunter zu schleichen. Ich sollte es wahrscheinlich tun.

Wie in Zeitlupe löse ich meinen ausgetrockneten Körper vom Boden und krieche zur Wand. Hand über Hand ziehe ich mich hoch und drehe einen Metallhahn auf. Als kühles Wasser über mich spritzt, schließe ich die Augen, hebe den Kopf und drücke meine Handflächen gegen den glatten Stein.

Cauldron, ich werde nie wieder Alkohol trinken.

Das Wasser wird weniger, dann hört es auf zu tropfen. Habe ich den gesamten Wasservorrat des Himmelsreichs aufgebraucht? Es scheint unwahrscheinlich, aber mir sind schon viele unwahrscheinliche Dinge passiert, also schließe ich es nicht aus.

Ich sehe eine strahlende Sybille vor mir stehen, bewaffnet mit einem flauschigen grauen Tuch und einem blendenden Lächeln.

„Syb?" Ich streiche nasse Haarsträhnen von meiner Stirn und reibe mir die Augen, um sicherzugehen, dass ich meine Freundin nicht mit einem Handtuchhalter verwechsle. „Jemand ist heute Morgen ungewöhnlich fröhlich."

„Ist dir klar, dass du noch dein Hemd und deine Unterwäsche anhast?"

Ich senke mein Kinn, was mein Gehirn gegen meine Stirn und meinen Körper gegen die Wand hinter mir schleudert.

Ihr Lächeln wird immer breiter. „Jemand ist immer noch betrunken."

Ich muss die Augen schließen, weil ihre Zähne zu grell sind.

Sie seufzt und dann greifen ihre Finger nach dem Saum meines Hemdes und ziehen es mir aus. „Brauchst du Hilfe mit der Unterwäsche oder schaffst du das?"

„Ich schaffe das." Es ist ein Kunststück, das mich fast zu Boden stürzen lässt, aber dank Syb kann ich es vermeiden, meinem ohnehin schon pochenden Kopf noch eine Beule hinzuzufügen.

Sobald ich nackt bin, hüllt sie mich in etwas ein, das sich anfühlt wie ein Stück Wolke. Ich wünschte, sie könnte ihre Luftkraft nutzen, um meine Haare zu trocknen, aber das Himmelreich unterdrückt die Magie der Fae. Schade, denn Phoebus' Ranken wären bei meiner großen Flucht sehr nützlich gewesen.

„Ernsthaft … was hat dich so in Hochstimmung versetzt? Und *woher* kommst du?"

„Aus Mattias Zimmer." Syb wackelt vielsagend mit den Augenbrauen. „Die gute Laune ist auch dem stattlichen blonden Seemann zu verdanken.“

Meine Augenlider schnellen auf, aber die Bewegung fühlt sich an, als würde Nonna sie mit ihrem borstigen Besen schrubben, also schließe ich sie wieder und blinzele stattdessen.

„Bei den Göttern, ich hätte den Krug Wein konfiszieren sollen, als du beschlossen hast, es sei eine gute Idee, mit Riccio Glas um Glas zu wetteifern.“

„Ich war in Wettkampflaune.“

„War das der Grund, warum du dein Gewicht in Himmelswein getrunken hast?“

„Absolut.“

„Also lag es nicht an Imogens zerzaustem Haar und verlaufenem Make-up?“

„Ihr Haar und Make-up waren zerzaust? Ist mir nicht aufgefallen.“

Syb seufzt. „Andere kannst du vielleicht anlügen, aber ich kenne dich zu gut. Ein Blick auf das Gesicht dieser Crow, und du hast dein eigenes in deinen Krug getaucht.“

Ich trete in eine kleine Pfütze, die noch nicht in den schmalen Rillen im Steinboden versickert ist. „Diese Crow und ihr vom Sex zerzaustes Haar sind mir egal.“

„*Vom Wind zerzaust.* Ich weiß aus zuverlässiger Quelle, dass sie letzte Nacht die Fae-Lande erkundet hat und *nicht* in Lorcans privatem Gemach war. Wo wir gerade von ihm sprechen … du hast mir noch nichts über dein Gespräch mit dem furchteinflößenden Monarchen erzählt. Raus damit. Ich *sterbe* vor Neugier.“

Noch immer damit beschäftigt zu verarbeiten, dass Imogen vielleicht doch nicht die Sexbesessene ist, für die ich sie gehalten habe, sage ich: „Er hat mir nur erzählt, wie wichtig ich für das Brechen seines Fluchs bin und dass er mich deshalb nicht gehen lassen kann, blabli bla.“

„Blabli bla? Ein neuer Ausdruck?“

„Ihr lasst mich alle im Stich.“ Ich setze einen kleinen Schmollmund auf, erstens, weil ich es hasse, dass sie geht, und zweitens, weil ich das Gespräch von Lore ablenken will, bevor ich die Gefährtenbindung erwähne, die ich auf keinen Fall einzugehen gedenke.

Ihr Lächeln schwindet. „Du hast mich gebeten, nach deiner Großmutter und Mutter zu sehen und deine Sachen zu packen. Wenn du willst, dass ich bleibe, bleibe ich."

Ich seufze. „Nein, nein."

„Fal ..."

„Nein. Geh. Komm nur schnell zurück. Vielleicht mit ihnen? Glaubst du, sie könnten sich überreden lassen, hierher zu ziehen?"

Sie presst die Lippen zusammen und wirft einen Seitenblick auf den Haufen nasser Kleider auf dem Boden. „Mach dir besser keine großen Hoffnungen, ja?"

Ich kaue auf meiner Lippe, während wir zurück in mein Schlafzimmer gehen, wo Phoebus immer noch reglos daliegt. Wenigstens bleibt *er*. Ich versuche, Trost darin zu finden, einen Freund und Verbündeten in Reebyaws Reich zu haben.

Nachdem ich mich auf das Bett sinken lasse, verschwindet Syb in den angrenzenden, begehbaren Kleiderschrank. „Kleid oder Hose?", fragt sie mit gedämpfter Stimme, als hätte sie sich zwischen die lächerlich dichte Reihe von Outfits gezwängt.

„Weder noch."

Sie taucht aus der steinernen Kammer auf und balanciert einen Haufen Kleiderbügel, die wie Knochen klimpern.

Ich schüttele den Kopf, was den pochenden Schmerz zwischen meinen Schläfen verstärkt. „Ich werde keines dieser Kleider tragen."

„Dann wirst du wohl den Rest des Tages dieses Handtuch tragen müssen."

Es bedeckt kaum meine intimsten Stellen. Ich schaue mich im Zimmer nach Gias Hose um, kann sie aber nirgends entdecken.

„Da war ein Weinfleck am Bein, also habe ich sie weggeworfen."

„Was meinst *du mit du hast sie weggeworfen?* Wohin?"

„In deinen Wäscheschacht."

„Ich habe einen Wäscheschacht?"

Sie nickt in Richtung des Schranks. „Es gibt eine Falltür in der Wand, die zu einem Waschraum führt. Es ist erstaunlich, dass du dein neues Schlafzimmer noch nicht erkundet hast."

„Das ist nicht mein neues Schlafzimmer, sondern mein vorläufiges Gefängnis."

Sybille verdreht die Augen. „Es ist das schönste Gefängnis, das ich je gesehen habe."

„Trotzdem ein Gefängnis."

„Müsst ihr so laut streiten? Ich versuche zu schlafen", ertönt ein tiefes Grummeln.

„Offensichtlich." Syb grinst. „Wir gehen jetzt, Pheebs. Ich dachte, du möchtest uns vielleicht eine gute Reise wünschen."

„Nein. Ich will nur zurück zu dem Traum, den ich gerade von Connor hatte."

„Wie unhöflich." Syb pustet sich eine Strähne ihres schwarzen, welligen Haares aus den Augen. Obwohl sie ihre natürlichen Locken hasst, finde ich, sie stehen ihr. „Also", sagt sie und hält zwei verschiedene Outfits hoch, „Kleid oder Hose?"

„Handtuch."

Sie wirft die Kleiderbügel ans Fußende meines Bettes. „Du bist *so* eine Crow."

Ich stecke mein nasses Haar hinter die Ohren. „Was soll das denn heißen?"

„Dass du stur bist", murmelt Pheebs.

Aus dem Augenwinkel erspähe ich etwas Apfelgrünes. Ich tapse zu Phoebus' abgelegtem Hemd hinüber. „Du hast doch nichts dagegen, wenn ich mir dein Hemd ausleihe, oder?"

„Das Einzige, was mich gerade stört, ist dein Geplapper."

Ich lächle.

Syb rümpft die Nase, als ich das Handtuch gegen das seidene Hemd meines Freundes eintausche. „Ist dir klar, dass du den ganzen Tag nach Männerschweiß riechen wirst?"

Phoebus verkriecht sich unter den zerknitterten Laken. „Ich schwitze Rosenwasser."

Sybille schnaubt. „Niemand schwitzt Rosenwasser, Pheebs, nicht mal Reinblüter."

Ich rieche an dem Stoff, und obwohl er nicht gerade nach einem Rosenstrauß duftet, riecht er auch nicht übermäßig muffig.

Sybille geht zum Bett und springt dann darauf. Direkt auf Phoebus, der erschrocken aufschreit. „Ich wollte nur eine Umarmung. Man weiß ja nie, ob wir zurückkommen."

Ich lasse den Stoff los, an dem ich immer noch schnüffle. „Warum solltet ihr nicht zurückkommen?" Der Saum des Hemdes streift die Gänsehaut auf meinen Oberschenkeln.

„Nun, wir haben den Crows geholfen zurückzukehren."

Obwohl mein Kopf hämmert, bin ich jetzt völlig nüchtern. „Ihr habt auch Dante geholfen, den Thron an sich zu reißen."

Phoebus schließt Sybille in eine Umarmung und schmiegt sein Kinn in ihre Halsbeuge. Er muss seinen Kiefer so bewegen, wie er es früher tat, als er merkte, dass sie an dieser Stelle kitzelig ist, denn sie quietscht und versucht, sich von ihm herunterzuhebeln. „Wenn Dante es wagt, dich auch nur an einem Haar zu berühren, wird Fallon ihren Lieblings-Crow auf ihn hetzen."

„Ich habe keinen Lieblings-Crow."

Er schnaubt. „Lügen. So viele Lügen."

„Wenn sie nur nicht immun gegen Salz wäre …" Sybs Augen funkeln, während sie ihre Wange an Phoebus' Brust drückt und zu mir aufblickt.

Auch Phoebus starrt, aber er scheint mit den Gedanken woanders zu sein. „Wenn Dante einen von euch angreift, Syb, garantiere ich dir, Lore wird mit einer Enthauptung oder dem Abhacken von Gliedmaßen reagieren. Kannst du dir es vorstellen, wenn er sich für Regios Schwanz entscheiden würde?"

„Schwänze sind keine Gliedmaßen, Pheebs." Sybs Stimme wird dumpf, als käme sie aus einem Abwasserkanal.

Ich erbleiche, als ich mich an Marcos abgetrennten Kopf erinnere, und dann muss ich wohl in Ohnmacht gefallen sein, denn als ich die Wimpern hebe, hocken Syb und Phoebus über mir und streichen mir über die Haare, die Wangen, die Arme.

„Oh meine Götter, Picolina. Geht es dir gut?"

„Offensichtlich nicht. Sie ist gerade ohnmächtig geworden, Pheebs. Warum musstest du abgetrennte Körperteile erwähnen?"

„Weil ich nur halb wach bin." Phoebus hilft mir, mich aufzusetzen und hält mich, während Syb prüft, ob mein Schädel Schaden genommen hat. „Niemand wird enthauptet oder verliert Gliedmaßen."

„*Wir* vielleicht schon, wenn wir Lores Fluchbrecherin umbringen." Syb kaut auf ihrer Lippe, als ob sie tatsächlich glaubt, dies sei eine Möglichkeit.

„Mir geht's gut. Versprochen."

„Du bist umgekippt wie ein Sack Pastinaken", klagt Syb, als jemand klopft. „Herein!"

„Nein", zische ich, denn was, wenn es Lore ist? Oder mein Vater? Pheebs trägt Unterwäsche, aber ich nicht. Ich sollte mir wohl welche anziehen. Ich ziehe am Saum des Hemdes, um so viel wie möglich von meinen Beinen zu bedecken.

„Eigentlich nicht ..."

Die Tür schwingt auf.

„ ... herein", beendet Syb leise, als mein Besucher die Tür mit den Fingerspitzen aufstößt.

KAPITEL 6

„Deiner Fluchbrecherin geht es gut." Phoebus schluckt und stellt sich mit seinem großen Körper hinter mich.

Da mein Freund nicht prüde ist, vermute ich, er fürchtet Vergeltung von dem Mann, der mit finsterer Miene unter seiner frisch aufgetragenen Kriegsbemalung in meinem Türrahmen steht.

„Super gut." Sybille drückt meine Schulter und bohrt ihre Nägel in meine Haut. „Stimmt's, Fal? Stimmt's?"

Das Unbehagen meiner besten Freunde hätte mir vielleicht ein Grinsen entlockt, wäre da nicht Imogen an Lorcans Seite. Ich erlaube mir nicht zu fragen, ob sie überhaupt Zeit getrennt verbracht haben. Meinetwegen können sie jede verfluchte Sekunde jeder verfluchten Minute jeder verfluchten Stunde zusammen sein.

Lorcans Fingerspitzen gleiten von der beschlagenen Tür und obwohl er nicht lächelt, leuchten seine Augen. Wahrscheinlich nur eine Täuschung des Lichts, da die Sonne, die durch die schmalen Fenster scheint, direkt auf sein Gesicht fällt.

„Deine Freunde bestehen darauf, sich zu verabschieden, bevor sie zu ihrem neuen Schiff gebracht werden." Als er den Arm senkt, schaben seine Armschienen sanft über den Lederharnisch.

„Wie nett von dir, die Nachricht persönlich zu überbringen. Man sollte meinen, ein König hätte Besseres zu tun."

Langsam hebt sich ein Mundwinkel. „Kaum. Außerdem sind die Enthauptungen für heute bereits erledigt."

Sybs scharfes Luftholen hallt durch mein Schlafgemach.

„Er macht nur Spaß, Syb." Phoebus scheint sich aber nicht sicher zu sein, denn einen Moment später streift sein heißer Atem mein Ohrläppchen. „Stimmt's?"

„Lorcan war als der Crimson Crow bekannt. Da sein Gefieder nicht scharlachrot ist, nehme ich an, er hat sich den Spitznamen aus einem anderen Grund verdient." Ich lächle Lore eisig zu, während ich meine Handflächen gegen den glatten Stein presse, mich auf die Seite drehe und mich so elegant wie möglich hochstemme, in Anbetracht dessen, dass ich keine Unterwäsche und nur ein Männerhemd trage.

Lorcans Lächeln verschwindet, als ich zur Tür gehe. „Deine Kleidung, Fallon."

Ich blicke an meinen nackten Beinen hinab. „Was ist damit?"

„Dir scheint einiges zu fehlen."

„Und doch … fehlt mir nichts. Gehst du bitte zur Seite, Morrgot? Ich habe Freunde zu umarmen."

Die Haut unter seiner Tätowierung zuckt, noch mehr, als er in den weiten V-Ausschnitt späht, der sicher mehr Dekolleté zeigt, als mir normalerweise recht wäre.

Ich habe deinen Schrank mit Kleidung gefüllt.

„Nicht mein Schrank und nicht meine Kleidung."

Fallon. Mein Name kommt als Knurren heraus. ***Die Kleider wurden für dich genäht. Sie haben noch nie einen anderen Körper geschmückt.***

„Ich will meine Freunde nicht warten lassen."

Seine Finger ballen sich zu Fäusten, aus denen dunkler Rauch quillt. Ich erwarte mit jedem Moment seine Verwandlung, doch überraschenderweise bleibt er auf zwei Beinen. Und noch überraschender weicht er zurück, sodass ich an ihm vorbeigehen kann.

„Guten Morgen, Ionnh Báeinach." Imogen neigt ihren Kopf ganz leicht. Obwohl ihr Haar ordentlich geflochten und ihr Make-up frisch aufgetragen ist, sehe ich sie vor meinem geistigen Auge so, wie sie gestern Nacht aussah, als sie von … ich hätte es Arbeit genannt, aber Imogen ist keine Dirne.

„Imogen", sage ich, während ich an ihr vorbeigehe. „Hattest du eine angenehme Nacht?"

„Ja. Sehr angenehm." Ihr Blick huscht durch die schattenhafte Dunkelheit, sicherlich in Richtung ihres geliebten Königs.

Ein Arm schlingt sich durch meinen, sein vertrautes Gewicht löst mich von dem verbitterten Mädchen, zu dem ich innerhalb dieser Mauern geworden bin. Zu denken, dieser Arm würde bald außerhalb meiner Reichweite sein. Ich bin ganz kurz davor, Sybille anzuflehen, nicht zu gehen, aber ich denke an ihre Eltern und wie besorgt sie sein müssen. Ja, Giana wird bald nach Hause kommen, aber eine Tochter ersetzt die andere nicht.

Mir Kleidung zu besorgen und nach meiner Großmutter und Mutter zu sehen, sind nur Ausreden, um Sybille ihre Freiheit zu geben. Ich mag gefangen sein, aber sie sollte es nicht sein.

„Ich werde versuchen, ein Treffen mit Dante zu arrangieren, sobald ich nach Hause komme", murmelt sie. „Um zu sehen, ob er etwas mit Lorcan ausmachen kann."

„Was ausmachen?"

„Deinen Schutz sicherstellen, damit du dich frei in Luce bewegen kannst."

Ich möchte Sybilles Optimismus nicht zerstören, aber Lore wird mich nie aus diesen Mauern lassen. Nicht, bis die Schutzzauber entfernt sind. „Syb, wenn du es schaffst, mit Dante zu sprechen, sag ihm, er soll Dargento nicht vertrauen."

Sie nickt, gerade als wir den Luftstützpunkt erreichen, oder wie auch immer die Crows diesen dreistöckigen Steinraum mit schmaler Glaskuppel nennen, die ich nur einmal geöffnet gesehen habe. Ich recke meinen Hals und starre in das helle Blau, lasse es in mich eindringen und die Trostlosigkeit dieser unüberwindbaren Mauern wegspülen.

Tatsächlich stehen Mattia, Riccio, Antoni und Giana dort und warten, umgeben von einigen Crows. Die einzige, die ich erkenne, ist Eefah, die über eine Geschichte lacht, die Riccio erzählt. Ihr Lachen verebbt beim Anblick meiner nassen Haare und unkonventionellen Kleidung.

Giana tritt auf mich zu, ihr grauer Blick wandert zwischen mir und einem Punkt über meinem Kopf hin und her, von dem ich annehme, es muss Lore sein, da er zu hoch für Imogen ist. Oder ist es Phoebus? Ich wage einen Blick über meine Schulter und meine Augen treffen auf die des Crow-Königs. Obwohl sein Körper von Rauch umhüllt ist, sind die angespannten Linien seines Halses und seines Kiefers scharf umrissen.

Er ist furchtbar angespannt für jemanden, der seine Nacht mit Herumvögeln verbracht hat. Ich beabsichtige nicht, diese Bemerkung in seinen Geist zu schleudern, aber genau dort landet sie.

Herumvögeln? Du verwechselst mich wohl mit dem Kerl, dessen Augenhöhlen gleich leer sein werden.

Mein Nacken knackt, so schnell reiße ich meinen Blick wieder nach vorne, nur um festzustellen, dass Antoni starr auf meine Beine schaut.

„Die Gezeiten wenden sich, Greco, also verabschiede dich schnell." Lores Stimme gleitet über den grauen Stein, so dunkel wie die Wolke, zu der er langsam wird. „Ich möchte nicht, dass dein neues Schiff in Shabbe landet, statt am Kai von Tarecuorin."

Ich sauge zu viel Luft ein. ***Drohst du ihnen?***

Ich mag besitzergreifend sein, wenn es um das geht, was mir gehört, Behach Éan, aber du wirst noch lernen, dass ich nicht kleinlich bin.

Das sagt der Mann, der bereit ist, Augäpfel auszulöffeln. Und … nochmal … ich gehöre nicht dir.

Ein Moment der Stille vibriert zwischen uns, erfüllt von vielen ungesagten Dingen.

Deine Freunde wären in Shabbe sicherer, also ist es kaum eine Drohung.

Giana ergreift eine meiner Hände, hebt sie an und drückt sie fest. „Versprichst du mir, dass du dich benimmst?"

Ihre Abschiedsworte überraschen mich.

Mein Gesichtsausdruck muss meinen Frust verraten, denn sie seufzt: „Ich weiß, wie sehr du diesen Ort verlassen willst, aber bitte tu es nicht." Obwohl sie leise spricht, hege ich keinen Zweifel, dass die Crows um uns herum sie hören können. Ihr Gehör ist schließlich einmalig. „Es gibt noch so viel zu tun, und ich will mir nicht auch noch um dich Sorgen machen müssen."

Auf wessen Seite steht sie? Eindeutig nicht auf meiner. „Dann mach dir keine Sorgen um mich." Ich ziehe meine Hand weg.

Ihre grauen Augen blitzen silbern auf, getroffen von meiner scharfen Erwiderung.

„Pheebs bleibt hier. Er wird schon dafür sorgen, dass sie nicht zu viel Unfug anstellt." Sybille legt ihren Arm fester um meinen, bevor sie loslässt.

„Ich bin kein ungestümes Kind", murmele ich.

„Doch, Fallon, genau das bist du."

Mein Ego zerschellt zu meinen Füßen. Ich mag jung sein, aber das ist nicht meine Schuld. Und was das Ungestüme angeht …

„Was Gia sagen will, ist, dass du temperamentvoll und ein bisschen dickköpfig bist." Syb wirft ihrer Schwester einen strengen Blick zu, die nur mit den Schultern zuckt.

„Pass gut auf dich auf, Fal." Antoni rutscht auf dem spiegelglatten Stein hin und her, als würde er mit sich ringen, ob er sich dem *ungestümen Kind* nähern soll.

Ich schiebe Gias verletzenden Kommentar beiseite. „Ich werde dich vermissen, Antoni." Auch wenn ich es nicht sage, um Lorcan zu verärgern, spüre ich durch unsere mentale Verbindung das Missfallen des Crow-Königs.

Götter, endlich frei davon zu sein … Ob es wohl verblassen wird, frage ich mich, oder muss ich aktiv daran arbeiten, meine Gedanken vor ihm abzuschirmen?

Zwei weitere Personen treffen ein. Den Mann kenne ich nicht, aber die Frau ist mir bekannt.

„Danke für deine ganze Hilfe, Bronwen." Gia berührt die Schulter der älteren Frau. „Ich wünsche dir viel Glück und Freude mit Cian."

Meine düstere Stimmung hebt sich kurz, als ich ihrem Blick zu dem Mann an Bronwens Seite folge – ihrem Gefährten, meinem Onkel.

Zugegeben, Keeann wirkt so herzlich wie der Stein unter meinen nackten Zehen, aber immerhin … habe ich einen Onkel.

Der mit der Frau verheiratet ist, die mich in die Irre geführt hat.

Sie hat dich nicht in die Irre geführt.

Sie hat gesagt, ich würde an Dantes Seite über Luce herrschen.

Sie hat gesagt, du würdest Königin sein. Von Dante war nie die Rede.

Zwei kräftige Männer mit schwarzen Streifen im Gesicht und einer kleinen Feder, die auf ihre Wangenknochen tätowiert ist, verwandeln sich in monströse Vögel.

„Fal." Mattia und Riccio heben zum Gruß zwei Finger an die Stirn, als sie ihre gefiederten Reittiere besteigen. Während Mattia über den bevorstehenden Flug grinst, weicht Riccios Röte direkt aus seinen Wangen.

Syb und Gia klettern auf die Rücken der Gestaltwandler-Schwestern.

Sybs Blick wandert zwischen der Luke und mir hin und her. „Ich sollte bleiben."

Ich schüttele den Kopf. „Ich verspreche, mich zu benehmen."

„Und richtige Kleidung zu tragen?" Sie nickt in Richtung meines Outfits.

„Sobald sie aus der Wäsche wieder auftauchen."

„Ich meinte …"

Krähen-Imogen – oder ist es Eefah? – schlägt mit den Flügeln und unterbricht damit kurzzeitig die Rede und den Atem meiner Freundin.

„Ich meinte die in deinem Schrank! Hab dich lieb, Fal!", ruft Syb, kurz bevor sie durch die Luke verschwindet.

Antoni wagt es, sich mir zu nähern. Ich denke, er wird mich umarmen, aber ein Blick hinter mich – vermutlich auf Lorcan – lässt ihn innehalten. Soll das meine Zukunft sein? Kein Mann, der es wagt, mich zu umarmen? Nun, außer Phoebus?

Antoni streckt seine Hand aus. Da wir uns noch nie die Hände geschüttelt haben, starre ich einen Moment zu lange darauf.

Schließlich greife ich nach seiner Handfläche, die sich sehr trocken anfühlt, wie…

Oh …

Meine Augen weiten sich, als mir klar wird, dass es nicht seine Haut ist, die ich spüre.

„Bis bald, Fal." Obwohl er nicht blinzelt, lese ich die Warnung, über den Zettel zu schweigen, den er mir gerade zugesteckt hat.

Als ich meine Hand aus Antonis löse und meine Faust an der Seite verstecke, winden sich Ranken aus Lorcans Rauch um meinen Hals und mein Schlüsselbein.

Fass mich nicht an. Mit der freien Hand wische ich die spinnenwebartige Textur seiner Magie fort, doch ich könnte schwöre, sie immer noch auf meiner Haut zu spüren.

Meine Hände sind an meinen Seiten, Behach Éan.

Ich drehe mich um und funkle ihn an.

Mit irgendeinem Teil deines Körpers.

Dann berühre keine anderen Männer.

Obwohl ich diese mentale Verbindung so schnell wie möglich ersticken möchte, sind meine Backenzähne und Lippen zu fest aufeinandergepresst, um Worte durchzulassen. ***Wen ich berühre, geht dich nichts an. Außerdem war es nur ein Händedruck. Kaum der Rede wert, um.gleich deine Federn zu sträuben.***

Während Lores goldene Augen über Antoni schweifen, drückt seine Aufmerksamkeit gegen meinen Rücken und zwingt mich, die Schultern zu straffen. „Dein Gold und dein Anwesen warten, Greco."

Ich zucke zusammen. „Ein Anwesen?"

„In Tarecuori." Antoni wirft einen langen Blick auf den König, den wiederzubeleben er geholfen hat.

Ich frage mich, ob er es bereut.

Vielleicht, aber ich bezweifle, dass er seinen neu gewonnenen Wohlstand bereut. Während Antoni auf einen weiteren riesigen Vogel steigt, sagt Lorcan: „Imogen wird morgen Abend bei dir sein, um deine Besuche in Rax zu besprechen. Ich habe sie auch beauftragt, von nun an unsere Verbindungsperson zu Vance zu sein.»

„Wer ist Vance?"

„Der inoffizielle Anführer der Racoccins", erklärt Lorcan, gerade als der Crow mit Antoni abhebt.

„Gute Reise, Antoni!" rufe ich, als ein weiterer Freund davongetragen wird.

Als die Luft sich beruhigt und ich mich allein mit Lorcan, Keeann und Bronwen wiederfinde, mustere ich ihre Gesichter. „Was genau plant ihr?"

„Ein Bündnis", sagt Lorcan.

„Ihr verbündet euch mit den Menschen?", frage ich.

„Sie könnten einen Freund in dieser Fae-Welt gebrauchen, findest du nicht?" Keeanns Stimme ist nicht ganz so tief wie die meines Vaters, aber sie grollt und schwillt genauso an.

Bevor ich seine Frage beantworten kann, die zugegebenermaßen sicher rhetorisch gemeint war, holt Bronwen scharf Luft.

„Was ist los, *ah'khar*?“ Keeann wirbelt zu ihr herum.

„Pierre Roy kommt.“

KAPITEL 7

„Pierre Roy, der König von Nebba?“, frage ich Bronwen, deren Augenlider immer noch weit aufgerissen sind.

„Oder der Schlächter von Nebba. Der Mann hat viele Namen.“ Lore ist so nah herangerückt, dass die Wärme seiner Haut und die Kälte seiner Stimmung eine Seite meines Körpers streifen.

Ich starre auf die harten Züge seines Gesichts, die durch die Kohlestreifen, die er trägt, noch verstärkt werden. „Das scheint bei Königen in Mode zu sein.“

Lore lächelt, obwohl an unserer kleinen Bemerkung wirklich nichts Lustiges ist. An Bronwen gewandt fragt er: „Kommt er, um seine Tochter abzuholen?“

„Nein.“ Schweißperlen bedecken Bronwens Mosaik aus cremefarbener und rosa Haut. „Er kommt zur Hochzeit seiner Tochter.“

Lores Mund wird schmal. „Korrigiere mich, wenn ich mich irre, Bronwen, aber ich erinnere mich ziemlich deutlich daran, wie ich den Kopf ihres Verlobten vom Rest seines Körpers getrennt habe.“

Mir steigt die Galle hoch, denn auch ich erinnere mich daran.

„Eponine wird Dante heiraten.“

Meine Finger werden schlaff und der kleine Zettel, den Antoni mir zugesteckt hat, segelt zu Boden. „Dante?“

Bronwens weiße Augen leuchten wie zwei Monde. „Ja.“

Mein Puls stolpert … taumelt … fällt.

Dante wird Eponine heiraten?

Obwohl meine Liebe zum Herrscher der Fae verwelkt ist, erscheint mir die Vorstellung, dass er die Frau heiraten soll, die seine Schwägerin sein sollte, grotesk.

„Ich bezweifle, König Vladimir von Glace wird über diese Wendung der Ereignisse erfreut sein“, bemerkt Lore und zieht mich zurück in den tiefen Steinbrunnen, in den das Sonnenlicht zwar eindringt, es aber keine Wärme spendet.

„Angesichts der Trefferquote von Bronwens Vorhersagen“,

murmle ich, „wird es vielleicht gar nicht dazu kommen."

Obwohl Bronwen blind ist, wendet sie ihr Gesicht mir zu. „Alle meine Vorhersagen sind eingetroffen, Kind."

„Und dennoch stehe ich hier, ohne Krone und ohne Land."

Bronwen öffnet ihren missgestalteten Mund – vermutlich, um mir eine Standpauke zu halten –, doch stattdessen atmet sie scharf ein.

„*Ah'khar?*" Keeann umfasst ihre Wangen mit pfotenähnlichen Händen.

„Sie haben in die Zukunft geblickt." Sie streicht mit den Fingerspitzen über ihre Stirn und berührt dabei den neuen Haarwuchs auf ihrer rasierten Kopfhaut.

Ihre Worte wecken die Erinnerung an etwas, das Lorcan während unserer Reisen verraten hatte. Er hatte mir erzählt, Bronwen wäre einen Handel mit den Shabbins eingegangen: die Nutzung ihrer Augen im Tausch gegen die Gabe, in die Zukunft zu sehen.

Der Gedanke, dass ein Bewohner der rosa Insel uns gerade ausspioniert, lässt überall auf meinem Körper eine Gänsehaut entstehen.

„Kannst du erkennen, wer in die Zukunft geblickt hat?", frage ich.

Ihre Augen haften an Keeanns, und obwohl ich mich irren könnte, glaube ich, sie führen eine stumme Unterhaltung. Nach fast einer ganzen Minute antwortet sie: „Nein."

Bilde ich mir das nur ein, oder dauerte ihre Pause ein paar Takte zu lang?

Keeann streicht mit seinen Händen über das Gesicht seiner Gefährtin, bevor er sich Lorcan zuwendet, der die Luft zwischen uns mit den schwarzen Schwaden seines Rauchs durchdringt.

„Cian, versammle die Siorkahd." Der Crow-König dreht sich um, stürmt jedoch nicht direkt den dunklen Flur entlang. Sein Blick streift über mein nach oben gerichtetes Gesicht, bevor er auf den Stein unter meinen Füßen fällt.

Er hockt sich hin, und mein Herz bleibt stehen. Mit Mittel- und Zeigefinger greift er nach Antonis gefalteter Notiz und hebt sie auf.

Ich nehme an, er wird sie lesen oder konfiszieren oder … ich weiß nicht, *verschlucken.*

Er hält sie mir hin.

Als ich sie nicht nehme, umschließt er mein Handgelenk mit Fingern, so kühl und weich wie sein Rauch, und drückt mir das Pergament in die Hand.

Du siehst es dir nicht mal an?

Er schließt meine Finger um das Papier, sanft, wie ein Mann, der mit zerbrechlichen Dinge handelt. ***Ich vertraue dir.***

Dabei vertraut der König der Crows niemandem.

Während er in seinen fackelbeleuchteten Flur davonwirbelt und mit den Schatten verschmilzt, rufe ich ihm nach: „Seit wann?"

Ohne auch nur einen Blick zurückzuwerfen, antwortet er: ***Seit du nackt in mein Schlafzimmer kamst. Du sagtest, es sei symbolisch, es solle zeigen, du willst mir nichts Böses. Ich entscheide mich, dies zu glauben, Behach Éan.***

Hitze kriecht meinen Hals hinauf, flutet meinen Nacken und taucht meine Wangen in Rot. ***Das war nicht echt!***

Ich warte darauf, dass er mit einem seiner üblichen, samtweichen Spitzen kontert, doch alles, was ich bekomme, ist dröhnende Stille. Als ich mich umdrehe, sind Bronwen und Keeann verschwunden, und ich bin allein.

Allein mit Antonis Nachricht.

Was meinte Lorcan damit, er vertraut mir?

Vertraut er mir, sie *nicht* zu lesen, oder vertraut er darauf, dass ich ihm nicht verheimliche, was darin steht?

Ich knülle das Papier in meiner Faust zusammen und kehre in meine Schlafzelle zurück, meine Füße taub von dem eiskalten Stein.

Man sollte meinen, der Sommer würde das Himmelreich wärmen, doch aufgrund der Höhenlage und den schmalen Fenstern dringt die Hitze von Lucin nicht in den blassgrauen Fels.

Als ich mich meiner Tür nähere, entriegelt sie sich wie von Zauberhand – doch es ist kein Zauber, es ist ein oberkörperfreier Phoebus. „Ich geh was zu essen suchen."

Und ich dachte, er hätte sich unter einem Haufen Kissen verkrochen. „Was zu essen oder was von Connor?"

„Mit Glück beides." Er zwinkert mir frech zu, was mich den Kopf schütteln lässt, mich aber auch zum Grinsen bringt – etwas, das ich schon viel zu lange nicht mehr getan habe.

„Hey, Pheebs?"

„Ja, Picolina."

„Danke, dass du geblieben bist, auch wenn du nur wegen … *des Essens* bleibst."

Er lacht. „Ich bleibe deinetwegen. *Essen* kann man überall bekommen."

„Bringst du mir was mit?"

„Das mag dich überraschen, aber ich habe nicht vor, ein Eunuch zu werden."

„Ähm, was?"

„Die Familienjuwelen verlieren. Wobei, wenn ich darüber nachdenke, sollten sie eigentlich *meine* Juwelen genannt werden, da … "

„Ich weiß, was ein Eunuch ist, aber warum solltest du kastriert werden, nur weil du mir Essen mitbringst?"

„Oh, ich dachte, du meintest, ich solle mit Connor zurückkommen."

Sein Kommentar entlockt mir ein Lachen. „Das mag dich überraschen", greife ich seine Worte auf,

„aber ich habe nicht auf einen Dreier angespielt, du Schurke."

Der Junge grinst, was die Konturen seines schönen Gesichts schärft. „Also nur Essen?"

„Ja. Nur Essen."

„Und Wein?"

„Kein Wein." Ich lege meine Hand auf meinen rumorenden Magen. „Alles, was ich zu mir nehme, wird wahrscheinlich darin konserviert sein, wenn man bedenkt, wie viel ich letzte Nacht getrunken habe."

Laut lachend macht sich Phoebus davon. Sobald er außer Sicht ist, schließe ich die Tür und gehe zu dem schmalen Fenster, das auf Mareluce blickt. Auf dem flüssigen Teppich aus Blau schaukelt ein ganz in Schwarz lackiertes Holzschiff. Ich versuche, meine Freunde auszumachen, da ich vermute, dies sei ihr Schiff, aber ich bin zu hoch oben und sie zu weit unten.

Antonis Notiz knistert in meiner Faust. Schließlich falte ich sie auseinander und lese seine gekritzelten Worte.

Ich blinzle, denn es ist ein Gedicht.

Nicht, dass ich dachte, ein Seefahrer wäre nicht in der Lage, Verse zu schreiben, aber hier hatte ich eher eine handgezeichnete Karte der Schwachstellen des Himmelreichs erwartet.

Wunschdenken.

Lores Reich hat wahrscheinlich keine Schwachstellen.

Du hast dich in mein Herz geritzt,

Wie ein Messer durch das dunkelste Holz.

Aber anscheinend, Fallon, sind wir nicht füreinander bestimmt.

Doch du bist dazu bestimmt, frei zu sein.

Setz dich heute Abend an meinen Tisch und trinke zu meiner Ehre.

Ich mag fort sein, aber meine Zuneigung und Aufmerksamkeit, sie verweilen.

Mein Herz rast, flutet meine Adern mit so viel Blut, dass ich mich gegen die Wand lehnen muss, um nicht umzukippen.

Was hätte Lorcan getan, hätte er dies gelesen? Ich mag mich nicht als sein Eigentum betrachten, aber der Crow-König ist verdammt besitzergreifend. Hätte er Antoni für seinen gefühlvollen Abschiedsgruß bestraft?

Ich presse meine Handfläche gegen das undurchdringliche Glas. „Du verrückter, verrückter Mann. Warum riskierst du dein Leben, um Gefühle zu gestehen, die keiner von uns jemals hätte ausleben können?"

Nicht, dass ich sie auslebte, als ich die Chance dazu hatte. Ich war so besessen von Dante und überzeugte mich selbst davon, mein einziger Lebenszweck bestünde darin, ihn auf den Thron zu bringen. Ich schenkte diesem undankbaren Fae sogar meine Jungfräulichkeit. Zugegeben, Hymen sind keine Preise, aber trotzdem gab ich Dante alles. Aber meine Zunge war zu spitz und meine Ohren nicht spitz genug.

Ich stelle mir vor, wie er auf seinem metallenen Kai steht und zusieht, wie das Schiff aus Nebba näher an seine Küsten gleitet, seine langen Zöpfe, geschmückt mit Juwelen, peitschen gegen seine weiße Uniform. Es sei denn, er trägt jetzt Gold wie Marco.

Ich tausche das Weiß gegen Gold, schließe die Augen und stelle ihn mir wieder vor. Meine Vorstellungskraft ist so lebendig, dass sie sogar Gerüche hinzufügt … Zitrone, Salzwasser, Eukalyptus … und Geräusche …. Dantes sanfte Stimme, Gabrieles luftige. Als mein Gehirn die Stimmen von Tavo und Silvius hinzufügt, reiße ich die Lider auf.

So sehr ich mir auch wünsche, nicht hier zu sein, möchte ich auch nicht dort sein.

Ich gehe zu dem ungemachten Bett, glätte die Laken mit der militärischen Präzision, die mir Nonna beigebracht hat und die ich verzweifelt versucht habe, an Phoebus weiterzugeben, aber der Mann hat null Interesse daran, Betten zu machen oder Zimmer aufzuräumen, oder … Nun, das einzige Interesse, dem Phoebus nachjagt, ist die Verfolgung jeder einzelnen Freude, die dem Faevolk zur Verfügung steht.

Nachdem ich Antonis Notiz noch einmal gelesen habe, schiebe ich sie unter die Matratze. Ich sollte sie wahrscheinlich in den Nachttopf werfen, aber es ist mein erster Liebesbrief, und obwohl ich nicht für den Kapitän schwärme, finde ich es furchtbar romantisch, einen Liebesbrief zu besitzen.

Wie gerne würde ich ihn mit Mamma teilen. Sie liebt Romantik so sehr.

Abrupt beende ich meine Tagträumerei.

Agrippina, nicht Mamma.

Meine Finger zu Fäusten geballt, lasse ich meinen Blick zurück zur Insel schweifen, die wie ein Wirbel aus Erdbeereis auf dem Ozean zu schweben scheint.

Der Geburtsort meiner Vorfahren.

Zauberinnen …

Ich möchte sowohl schaudern als auch zittern bei dem Gedanken, dass ich von Frauen abstamme, die Blut verwenden, um Zauber zu wirken.

Zu denken, dass eines Tages ein Tropfen dessen, was durch das Netz unter meiner Haut fließt, mich genauso gefürchtet machen wird wie sie. Es tröstet mich, dass Phoebus, Syb und die anderen wissen, was ich bin, und mich nicht verstoßen haben.

Der Wunsch, mehr über mein Erbe zu erfahren und zu lernen, wie meine Kräfte entfesselt werden, verleitet mich dazu, durch die Wand brechen zu wollen, hinter der Lorcan wohnt … oder meine Tür und dann seine zu benutzen. Ich zweifle nicht daran, dass er um die Wahrheit herumreden würde, denn an dem Tag, an dem meine Magie befreit wird, werde ich anfällig für Obsidian *und* aus Luce herausgesogen.

Ein doppelter Verlust für den Crow-König.

Ich nehme an, es ist auch nicht gerade ein doppelter Gewinn für mich, es sei denn …

Da ich nur eine Halbkrähe bin, werde ich vielleicht nur halb zu Stein. Immer noch nicht ideal.

Würde meine untere Hälfte zu einem Block aus Obsidian, könnte ich das Herumlaufen vergessen. Würde meine obere Hälfte zu Stein … nun, wäre das definitiv nicht ideal.

Lorcan würde wahrscheinlich wissen, was mit Mischlingen passiert.

Der Boden schwankt. Die Steinwand verschwimmt.

Plötzlich stehe ich in einem Raum, angefüllt mit Büchern über Büchern: dicke Lederrücken, in die vergoldete Buchstaben eingebettet sind. Einige Titel ergeben Sinn, während andere eindeutig nicht in Lucin verfasst wurden, was an den schrägen Strichen und Apostrophen mitten in den Wörtern zu erkennen ist.

Ich drehe mich um mich selbst, denn wo zur Hölle bin ich? Ich verliere fast das Gleichgewicht, als meine Nase schwarzes Leder streift und sich ein fester Arm um meinen Rücken legt. Ich recke den Hals und schlucke, als ich einem vertrauten goldenen Blick begegne.

KAPITEL 8

„Du kannst nicht fernbleiben, nicht wahr, Behach Éan?" Sein Duft, sonnengewebter Wind und Sommergewitter, streift meine Nasenspitze.

Ich verdrehe die Augen in Lorcans Richtung und bohre meine Handflächen in das harte Leder, das eine noch härtere Brust bedeckt. „Lass los."

Sein Arm fällt so plötzlich weg, dass ich rückwärts stolpere und mit dem Steißbein gegen ein Bücherregal knalle.

„Warum bin ich hier?"

„In meinem Kopf? Weil du meine Gefährtin bist."

„Dein Verstand ist eine Bibliothek?" Ich beschließe, den zweiten Teil seiner Antwort zu übergehen.

Ein träges Lächeln umspielt seinen Mundwinkel. „Wenn ich wach bin, ist mein Verstand überall dort, wo mein Körper ist. Wenn ich schlafe, ist mein Verstand an jedem Ort, an den mich meine Träume führen."

Huh. „Was ist die Reichweite dieses Gedankenverbindungs-Dings?"

„Gefährtenbindung."

Ich werfe ihm einen vernichtenden Blick zu, der hoffentlich ausdrückt, was ich davon halte, dass er darauf besteht, es Gefährtenbindung zu nennen.

Sein Lächeln wird breiter. „Ist dir eine Wimper ins Auge gefallen?"

Ich runzle die Stirn.

„Dein linkes Auge zuckt ein wenig manisch."

Ich reiße die Augen weit auf und recke das Kinn. Der neue Blick, den ich ihm zuwerfe, vertreibt sein Lächeln nicht. „Die Reichweite, Morrgot? Lenke nicht ab. Was ist die Reichweite dieser Gedankenverbindung?"

„Gefährtenbindung."

„Gedankenverbindung." Meine Sturheit amüsiert ihn nur noch mehr.

„Es gibt keine Reichweite. Solange unsere Herzen schlagen, können wir in den Geist des anderen eindringen."

Nun, *merda*. „Warum kann Kahol dann nicht in Zendayas Geist eindringen?"

Meine Frage lässt sein Lächeln verschwinden. Er wird so ernst, dass schwarzer Rauch beginnt, sich um ihn herum zu verdichten. Rauchschwaden schießen durch die Luft zwischen uns und wickeln sich um meine nackten Waden und Knöchel.

Ausnahmsweise weise ich ihn nicht zurecht, denn seine Absicht ist nicht, mich zu verärgern. Ich bezweifle, dass er sich überhaupt bewusst ist, wie tief seine Emotionen ihn fühlen lassen. „Du glaubst, sie ist tot, nicht wahr?"

„Ehrlich gesagt, weiß ich es nicht, aber ich bete, der Grund, warum er nicht in ihren Geist eindringen kann, ist der, dass Meriam ihrer Tochter eine blutige Sigille aufgemalt hat, die ihre Verbindung stört."

„Mit blutig meinst du …?"

„Mit Blut."

Der Gedanke, Menschen mit dem zu bemalen, was durch unsere Adern fließt, beunruhigt meinen Magen noch mehr. „Damit wir getrennt werden, müsste eine Shabbin-Hexe also ein wenig Blut auf meine Haut zeichnen? Oder vorzugsweise auf deine Haut?" Ich rümpfe die Nase. „Der Anblick von Blut macht mich schwindelig, außer während meiner Tage, was … völlig am Thema vorbei ist und von keinerlei Interesse."

Sein Rauch zieht sich zurück in sein Fleisch, oder wo auch immer sein Rauch hingeht.

„Wie auch immer." Ich reibe die Haut über meinem Schlüsselbein, die eindeutig rot und fleckig geworden ist, und fokussiere mich stattdessen auf die Bücher und nicht auf das erneute Hochziehen seiner Mundwinkel. „Ich sollte … ähm, gehen." Ich schließe die Augen und konzentriere mich auf meine Schlafzelle. Nach etwa dreieinhalb intensiven Sekunden öffne ich meine Lider einen Spalt.

Lorcan durchbohrt mich mit einem Grinsen.

„Wie komme ich hier raus?“, murre ich.

Er lehnt seine schlanke Hüfte gegen einen hohen Schreibtisch, übersät mit vergilbten Karten. „Du musst gehen *wollen.*“

Ich starre ihn an. „Ich will nichts sehnlicher.“

„Wolltest du nichts sehnlicher, dann wärst du bereits zurück in deinem Körper, Behach Éan.“

Einen genervten Atemzug ausstoßend, der eine Strähne meiner inzwischen getrockneten Haare anhebt, zwinge ich mich, daran zu denken, wie Phoebus mit Essen zurückkehrt. Mein Magen lässt ein tiefes Knurren ertönen, und dieses Knurren katapultiert mich zurück in meinen Körper, der überraschenderweise immer noch genau an der Stelle ist, an der ich ihn verlassen habe.

Oh meine Götter, ich habe meinen Körper verlassen.

Ich kann meinen Körper verlassen.

Das ist *irre.*

Und völlig unerwünscht … aber wirklich, *wirklich* irre.

Und das Schlimmste ist, dass ich nicht mal meinem besten Freund davon erzählen kann, weil er sich fragen würde, warum ich in Gedanken wandern kann, und ich lieber nicht ins Detail gehen möchte, warum.

Wenn ich so darüber nachdenke, darf niemand davon erfahren. Absolut niemand.

Dein Vater ist nicht gerade der Typ, der tratscht.

Ich zucke zusammen, als ich Lorcans Stimme in meinem Kopf höre, und blinzele umher, um zu sehen, ob er mehr als nur seine Stimme projiziert hat, aber kein grinsender, glühender Mann verdunkelt meine Schlafkammer. ***Und was ist mit dir?***

Wirke ich auf dich wie jemand, der gerne sein Herz ausschüttet?

Nein. Ja. Ich weiß nicht. Du bist kein völlig verschlossenes Buch.

Deine Geheimnisse sind bei mir sicher, Behach Éan. Nun muss ich zurück, um meinen nächsten Krieg zu planen.

Ich schnaube, bis … ***Moment. Du planst einen Krieg?***

Wie sonst werden Imperien aufgebaut und Throne erobert?

Welchen Thron planst du zu stehlen?

Ein Moment vergeht, dann: ***Dein Prinzlein ist vorerst sicher.***

Meine Zimmertür fliegt so schwungvoll auf, dass das beschlagene Holz gegen die Wand knallt.

Phoebus schwankt unter dem Gewicht des Tabletts, das er trägt. „Ich habe dir alles gebracht, was du dir nur wünschen könntest."

Was ich mir wünsche, ist meine Freiheit, und niemand außer dem Crow-König kann sie mir geben.

KAPITEL 9

Ich stehe an der Schwelle meines Kleiderschranks, mein Bauch so voll, dass er sich durch den grünen Stoff meines geliehenen Hemdes wölbt. Ich betrachte die Reihe von Kleiderbügeln und das Schuhregal. Lorcan scheint für jeden erdenklichen Anlass vorgesorgt zu haben. Es gibt ebenso viele Kleider wie Hosen und Blusen, alle in einer monochromatischen Farbpalette.

Nachdem Phoebus jede Schublade geöffnet und geschlossen hat, lässt er seine Finger über den Rock eines Kleides gleiten, das vollständig aus schwarzen Federn besteht. „Atemberaubend."

„Grauenhaft. Die armen Vögel müssen gerupft worden sein, um das zu schneidern!", füge ich zischend hinzu. „Lore mag seine Krähen für überlegen gegenüber den Fae halten, aber Fae weben keine Kleidung aus der Haut ihres eigenen Volkes."

Phoebus verzieht angewidert die Nase, als er das Kleid loslässt. „Du hast ein einzigartiges Talent dafür, etwas Schönes zu ruinieren."

„Warum sind wir überhaupt hier drin?"

„Weil du einen Soßenfleck auf deiner rechten Brust hast." Er tippt auf die Stelle, als könnte ich sie vergessen haben. So fest wie ich daran geschrubbt habe, ist sie mir nicht entgangen. „Das wird bei unserem Ausflug Aufmerksamkeit erregen."

„Aufmerksamkeit worauf? Wie ungeschickt ich beim Essen bin?"

Er grinst. „Das auch."

Ich zucke mit den Schultern. „Es ist mir egal, was die Leute von mir denken."

„Wie blasiert du geworden bist, Picolina."

„Desillusioniert, nicht blasiert."

Seufzend dreht er sich wieder zu den Kleiderstangen um, greift sich ein schwarzes Hemd, öffnet eine Schublade und fischt etwas Pfirsichfarbenes, Glänzendes heraus.

„Pheebs, ich werde nicht …“

„Das Hemd ist für mich. Möchte deinen Verwandten keine Minderwertigkeitskomplexe bescheren.“ Er deutet auf seinen schlanken, muskulösen Oberkörper … nicht ganz so kräftig wie er gern hätte, aber dennoch stolz darauf. Besonders wenn man bedenkt, dass er als Kind eine eingefallene Brust und dünne Beine hatte.

Egal wie oft Syb und ich ihm versicherten, er sähe gut aus, wollte er es einfach nicht glauben … bis er aufhörte, in die Höhe zu schießen und stattdessen in die Breite ging.

„Das hier ist für dich.“ Er wirft mir das Stück Satin ins Gesicht. „Im Schloss kann es ziemlich zugig werden. Nicht, dass du dich noch erkältest.“

„Mir war nicht klar, dass man sich an den Weichteilen erkälten kann.“

Er kichert, aber ich gebe nach. Falls es Treppen gibt oder Windzüge, die den Saum seines Hemdes hochwehen.

„Vielleicht solltest du Pantoffeln anziehen?“, schlägt er vor, während er die fließende schwarze Bluse zurechtrückt, die etwas kurz ist und gerade bis zum Hosenbund reicht, was er aber irgendwie hinbekommt.

Ich betrachte die Schuhreihe. Das wäre ein weiteres Zugeständnis. Ich bin noch nicht bereit, vor Lorcan die weiße Fahne zu schwenken, selbst wenn es nur wäre, um ihn damit zu schlagen. Wozu ich allerdings bereit bin, ist das Beste aus meiner Gefangenschaft zu machen.

„Neue Schuhe bedeuten neue Blasen. Meine Füße erholen sich noch.“ Nachdem ich meine Beine in Unterwäsche gesteckt habe, die sich anfühlt, als wäre sie aus erwärmtem Öl gewebt, gehe ich hinaus in Lores Reich.

***

Phoebus reckt den Hals. „So weit bin ich bisher gekommen.“

Ich drehe mich um mich selbst, um den riesigen Steinraum zu betrachten, der mit Rankgittern von vertikal wachsendem … „Ist das Kürbis?“ Ich gehe näher zu einem der blättrigen Wandpaneele und streiche mit den Fingerspitzen über das herzförmige Blatt, das aus einer grünen Knolle sprießt.

„*Tà.*“ Eine Frau mit schwarzem Haar mit silbernen Strähnen, geschwärzten Augen und demselben Feder-Tattoo, das jede Crow-Wange ziert, wickelt eine Schnur um den Stiel einer anderen anschwellenden Knolle und befestigt sie am gekreuzten Holz. „Kürbis.“ Nachdem sie die Schnur mit einer verlängerten Eisenkralle durchgeschnitten hat, richtet sie ihre Aufmerksamkeit auf mich und spricht eine Reihe von Crow-Worten, von denen ich keines verstehe, bis auf das allerletzte. „*Beinnfrhal.*“

„Ich kenne *benfrol*“, verkünde ich mit kindlicher Begeisterung. Ich wirbele zu Phoebus herum, der mit einem sanften Lächeln auf mich hinunterblickt. „Es bedeutet Bergbeeren. Ich habe sie auf meiner Reise durch Monteluce probiert. Sie sind die köstlichsten Früchte überhaupt.“

Die schwarzen Augenbrauen der Frau ziehen sich über einer schmalen Nase zusammen, die so gerade und symmetrisch ist, dass sie mich an Lorcans Nase erinnert.

Was ein ziemlich seltsamer Gedanke ist.

Sicherlich durch die Anstrengung hervorgerufen. Phoebus und ich sind seit Stunden unterwegs, und ich meine *Stunden*. Der Himmel, der durch die große Luke in diesen dreistöckigen Höhlenraum scheint, hat sich in ein wunderschönes bronzefarbenes Lavendel verwandelt.

Bald wird sich die Nacht über das Himmelreich legen. Eine Nacht, die ich vielleicht zusammengerollt in irgendeinem Flur verbringen muss, denn ich glaube nicht, dass ich es zurückschaffen werde. Meine Füße *bringen* mich um. Natürlich weigere ich mich, das Phoebus gegenüber zuzugeben, der sie immer wieder betrachtet und all die bequemen Schuhe aufzählt, die ich hätte tragen können.

Bei Kilometer vierzehn drohe ich, Lorcan zu erzählen, mein Freund treibe Verehrer für mich auf, sollte er nicht aufhören, mir meine Dummheit unter die Nase zu reiben. Trotz all seines darauffolgenden Augenrollens hat Phoebus seitdem mehr als einmal seine *Juwelen* umklammert.

„Fallon?“ Die Frau spricht meinen Namen aus wie alle anderen Crows, verdreht zu einem fremden Wort, das klingt wie ein Bach, der über glatte Steine hüpft. Sie nickt zu einem anderen Abschnitt der seltsam geformten Höhle hin und deutet mir, ihr zu folgen.

Und das tue ich. Ich habe viele verschiedene Gefühle empfunden, als ich gegen meinen Willen hierher gebracht wurde, aber Misstrauen gegenüber diesen Leuten war nie eines davon.

Am Fuß eines der Rankgitter verschwimmt ihre Silhouette zu einer schwarzen Wolke. Ich trete einen winzigen Schritt zurück, als sie sich in ihr anderes Selbst verwandelt. Obwohl groß, habe ich festgestellt, dass die Weibchen nicht ganz so riesig sind wie die Männchen, und kein Männchen ist so imposant wie Lorcan.

Sie schwingt sich nach oben, ihre schwarzen Federn schimmern saphirblau, als sie sich der geöffneten Luke nähert.

„Was glaubst du, versucht sie dir zu zeigen?“ Phoebus‘ Atem verfängt sich in meinem Haar.

„Ich bin mir nicht sicher.“

Sie fliegt bis ganz nach oben an die Mauer, ihre Flügel schlagen wie die eines Kolibris, während sie in der Luft verharrt und mit ihrem eisernen Schnabel etwas ergreift. Mein Herz setzt einen Schlag aus, als ich den schlanken Zweig, übersät mit rosa Beeren, erblicke – *Benfrol.*

Hat sie sie geholt, weil ich so begeistert war, als sie sie erwähnte?

Die Frau landet nicht. Stattdessen löst sie sich in Rauch auf, der sich wieder zu ihrer zweibeinigen Gestalt verdichtet. Mit einem Lächeln, das feine Fältchen um ihren Mund zeichnet, nimmt sie den Zweig zwischen ihren menschlichen Zähnen hervor und reicht ihn mir.

Ich erwidere ihr Lächeln. „Danke …“ Als ich ihr Geschenk entgegennehme, zeige ich auf sie. Sie runzelt die Stirn, also deute ich auf mich und sage: „Fallon“, dann wieder auf sie.

Sie berührt ihren Halsansatz und sagt: „Arin.“

„Danke, Arin.“

Sie lächelt, ihr dunkler Blick gleitet über meine Züge, studiert sie.

Ich pflücke eine Beere vom Stiel und stecke sie mir in den Mund, und beim Großen Cauldron, sie schmeckt genauso, wie ich sie in Erinnerung habe … sirupartig mit einem Hauch von Säure.

Phoebus greift nach einer rosafarbenen Frucht, schnuppert daran und wirft sie sich dann in den Mund. Als er genüsslich stöhnt und nach mehr greift, weiche ich ihm aus und beeile mich, so viele in meinen Mund zu stopfen, wie ich kann. Es ist albern und kindisch, und wenn meine Wangen nicht so voll wären, würde ich mich vor Lachen auf dem Boden kugeln.

Er schlingt die Arme um meine Taille und kitzelt mich, bis ich den fast kahlen Zweig hergebe. „Bei den Göttern, wie alt bist du, Fallon?“

Zwischen Lachanfällen lecke ich den süßen Beerensaft von meinen Lippen. „Das viele Laufen“, bringe ich mühsam hervor und versuche, ein ernstes Gesicht zu machen. Ich wische mir etwas vom Kinn ab, das sich wie rosa Sabber anfühlt, und stecke meinen Finger in den Mund.

„Das weckt deine animalische Seite?“

Die Erwähnung meiner Krähennatur erstickt meine Freude.

Phoebus seufzt tief und reicht mir die letzte Beere als Friedensangebot. „Hier, nimm diese magische Frucht und kichere wieder.“

Ich verschränke die Arme. „Es ist nur Obst. Außerdem habe ich keine Kicheranfälle mehr übrig.“

„Schade. Es war so ein bezaubernder Klang.“ Die tiefe Stimme treibt mein Herz an, lässt es schneller schlagen.

„Àlo, Mórrgaht.“ Mein unterwürfiger Freund deutet eine Verbeugung an.

„Du hast also meinen Lieblingsplatz im Königreich entdeckt.“ Lorcan taucht wie aus dem Nichts hinter mir auf.

„Wie amüsant.“ Phoebus schwingt den Zweig, den er hält, wie einen Zauberstab in Richtung der Lauben, die vor Obst und Gemüse überquellen. „Es scheint auch Fallons Lieblingsplatz zu sein.“

Ich durchbohre ihn mit einem Blick, der ihn zum Zwinkern bringt. „Mein Lieblingsort ist mein Zuhause in Luce.“

Lorcan stößt einen übertriebenen Seufzer aus. „Als wäre mein Königreich ein so trostloses Gefängnis."

Phoebus deutet mit dem Zweig in meine Richtung. „Die Sturheit ist ziemlich ausgeprägt in ihr."

Während Lore ihm ein freundliches Lächeln schenkt, murmle ich: „Hätte dich zurückschicken und Syb behalten sollen."

Phoebus mimt, als wäre sein Herz gebrochen, oder was auch immer es bedeuten soll, wenn er beide Hände auf seine Brust presst und wie eine läufige Sau stöhnt. „Ich werde sehen, ob ich deine wunderbare Gärtnerin dazu bringen kann, uns noch mehr von diesen köstlichen Früchten zu pflücken."

Er stapft durch den luftigen Raum auf Arin zu, die lächelt, bevor sie sich abwendet und wieder nach oben fliegt, um ihm einen weiteren Zweig zu holen.

Lorcan verschränkt die Hände hinter dem Rücken, sodass seine breite Brust nach vorn gedrückt wird. „Wie war dein Abenteuer?"

„Ich bezweifle, dass du hier bist, um meine Meinung zu deiner Heimat einzuholen, also komm zur Sache."

„Du hast recht." Eines seiner Augen verengt sich ein wenig. „Ich bin eigentlich hier, um meine Mutter zu besuchen."

Wahrscheinlich war ich weniger schockiert an dem Tag, als ich erfuhr, dass Lore sich in einen Mann verwandeln kann. „Du hast eine Mutter?"

„Dachtest du, ich wäre einem Kohlkopf entsprungen?"

„Nein … ich …" Als ein Lächeln an seinen Mundwinkeln zupft, murmle ich: „Ich weiß, wie Babys entstehen, Lore. Ich weiß, sie wachsen nicht im Gemüsebeet heran."

„Welch ein Glück für deinen zukünftigen Gefährten."

Röte schießt mir in die Wangen. „Wo ich herkomme, nennt man sie Ehemänner. Und ja, ich nehme an, er wird außerordentlich erfreut sein, wenn ich die Beine für ihn breit mache, statt ihm eine Schaufel und eine Tüte Samen in die Hand zu drücken."

Lorcan verschluckt sich an Luft oder vielleicht an einer der Bienen, die in diesem magischen Gewächshaus herumwirbeln. Als er den Kopf in den Nacken wirft und tiefes, raues Lachen aus ihm hervorsprudelt, wird mir klar, dass er wohl kein Insekt verschluckt hat.

Ich hasse es, wie sehr ich sein Lachen mag.

Ein schönes Lachen macht noch lange keinen guten Menschen, erinnere ich mich, bevor ich vergessen kann, dass der Mann vor mir mir eines meiner grundlegenden Rechte genommen hat.

Er wird ernst, doch seine Augen funkeln noch immer belustigt. „Was soll ich nur mit dir anstellen, kleiner Vogel?"

Es ist eine rhetorische Frage, doch ich erwidere: „Du könntest damit anfangen, mich freizulassen, Morrgot."

Das löscht das Licht in seinen Augen und lässt das Gold matt werden. Wir starren einander weiter an, und obwohl die Spannung greifbar ist, fühlt es sich nicht unangenehm an. Wie könnte man sich auch unbehaglich fühlen vor einem Mann, der einen nackt gesehen hat? Der alles über einen weiß, von wunden Brustwarzen bis hin zu albernen Schwärmereien für Fae-Prinzen?

Ich hatte den Crow-König für einen Freund gehalten. Jemanden, der mein Vertrauen und meinen Respekt verdiente. Jemanden, auf den ich zählen konnte. Aber dann musste er alles ruinieren, indem er habgierig und egoistisch wurde.

Er muss meine Gedanken hören, denn seine Lippen pressen sich zusammen und seine Iriden, die ich für matt hielt, werden stumpf wie angelaufenes Metall. Seine Hände lösen sich aus der Verschränkung, als er an mir vorbei dorthin schreitet, wo Phoebus und Arin versuchen, sich zu unterhalten.

Lorcans lautlose Schritte kommen zu einem Ende, als er Arin erreicht. Die ältere Crow neigt den Kopf nach hinten, um zu ihm hochzusehen. Langsam umfasst sie sein Kinn, zieht sein Gesicht zu sich herunter und drückt ihre Wange an seine. Auf meiner Wanderung durch dieses felsige Königreich bin ich vielen Crows begegnet, und die einzigen, die ihre Wangen aneinander schmiegten, waren Mütter mit ihren Kindern.

Was bedeutet …

Was bedeutet, die Frau, die Phoebus als Gärtnerin bezeichnet hat, ist überhaupt keine Gärtnerin.

KAPITEL 10

Mein Mund muss offen stehen, denn Phoebus kommt herüber, um ihn mit einem Finger zu schließen.

„Wusstest du das?", zische ich, während ich beobachte, wie Mutter und Sohn interagieren.

„Glaubst du wirklich, ich hätte sie eine Gärtnerin genannt, hätte ich es gewusst?" Er kaut heftig auf seiner Unterlippe herum. „Dank Cauldron, dass sie kein Lucin versteht."

Arin streicht mit ihrem Daumen über die Vertiefung von Lores Wange und glättet die Ränder eines schwarzen Streifens.

Er hat eine Mutter.

Lorcan hat eine Mutter, die er kein einziges Mal erwähnt hat – nicht einmal während unserer Reise durch Luce.

Er hat eine Mutter.

Lorcan Reebyaw hat eine Mutter.

Eine Mutter?!

„Sollte ich mir Sorgen machen?"

„Worüber?" Endlich reiße ich meinen Blick von Arin und Lore los.

Phoebus' Kopf ist geneigt und seine Augen sind zusammengekniffen. „Dass diese Beeren mein Gehirn schmelzen und mir den Verstand rauben, da sie offenbar deinen schon vernichtet haben?"

Meine verschränkten Arme zucken. „Der Mann hat eine Mutter, Pheebs."

„Viele Männer haben Mütter. Eigentlich haben *alle* Männer Mütter. Du weißt doch, wie Babys …»

„Du jetzt nicht auch noch", murmele ich.

„Warum regt dich das so auf?"

„Weil ich *Tage* mit ihm verbracht habe. Nur er und ich. Und nicht ein einziges Mal hat er erwähnt, dass seine Mutter am Leben ist."

„Und warum hätte er dir das *erzählen* sollen?"

„Weil … weil …“ Ich werfe die Hände in die Luft. „Du hast recht. Er hatte keinen Grund, mir etwas Privates mitzuteilen. Den hat er immer noch nicht.“ Den letzten Teil füge ich hinzu, weil ich spüre, wie Lores Blick auf meinem Gesicht ruht.

Ich packe Phoebus‘ Hand und ziehe ihn in Richtung des gegenüberliegenden Flurs, neue Energie durchströmt mich. Da sich mein Blut hauptsächlich zwischen meinem Gesicht und meinem Herzen konzentriert, spüre ich meine Füße kaum, was ziemlich praktisch ist, da ich vorhabe, so viel Abstand wie möglich zwischen mich und den Gestaltwandler zu bringen.

Wenn er mir vertraut hätte, hätte er mir von seiner Mutter erzählt.

„Das ist nicht der Weg zurück“, meint Phoebus, als wir unter einem Steinbogen hindurchschlüpfen und die Decke abrupt abfällt; wahrscheinlich wegen der Topografie des Gipfels über unseren Köpfen.

Der Himmel ist tiefviolett, gesprenkelt mit Sternen, als wir unter einem Bogen hindurchgehen, der zu einer Grotte führt, so geräumig wie der vertikale Obstgarten, nur dass dieser Gemeinschaftstische aufweist, umgeben von Marktständen. Jeder Stand ist mit Feuerstellen ausgestattet, auf denen Gemüse, Fisch und Fleisch geröstet werden, die die Waren des Hafenmarktes in den Schatten stellen.

Die sich kreuzenden Lichterketten spenden ebenso wenig Licht wie der Mond, dessen Licht durch die Kuppel fällt, die in die zerklüftete Felsdecke gemeißelt ist, aber Fackeln wurden nicht nur in die unebenen Wände, sondern auch um jeden Stand herum angebracht.

„Antoni hat mir von diesem Ort erzählt. Er heißt *Murgadh'Thábhain*, was Markttaverne bedeutet. Es ist das Epizentrum des Königreichs. Es ist sowohl ein Marktplatz – der einzige übrigens – als auch eine Taverne.“

Ich rolle die fremden Wörter auf meiner Zunge: *Murrgaw Hawben.*

Phoebus‘ Blick fokussiert sich auf die Öffnungen, die den Felsen durchsetzen, und auf die schwarzen Schlieren, die ein- und ausströmen. „Hm. Das müssen die Wohnungen der einfachen Leute sein."

„Warum sagst du das?", frage ich.

„Keine Türen. Übereinander gestapelte Räume."

„Oder es ist ihre Version eines Bordells."

„Oder das."

„Wir haben keine Bordelle im Himmelreich, weil wir den Akt der Paarung als heilig betrachten." Lorcan materialisiert sich aus einer schattigen Ecke.

Ich frage mich, wie lange er schon da steht, und *warum*?

Ich achte darauf, jegliches Erstaunen aus meinem Gesicht zu wischen und drehe mich um, mich so verhaltend, als wäre er nicht anwesend. Vielleicht verschwindet er, wenn ich mich nur lange genug so benehme.

„Wer lebt dann hier?", fragt Phoebus.

Ich werfe ihm einen Blick zu, weil er sich mit Lore unterhält.

„Die Jungvögel."

Eine von Phoebus' blonden Augenbrauen zuckt hoch. „Ihr trennt Kinder von ihren Eltern?"

Ich wollte gerade weitergehen, bleibe aber stehen, um die Antwort zu hören.

„Nein. Küken, wie wir unsere ganz jungen Kinder nennen, leben bei ihren Eltern, bis sie entscheiden, dass sie bereit sind, das Nest zu verlassen. Dann bekommen sie hier oder im Norden eine Unterkunft, wo sie kostenlos wohnen, bis sie ein Handwerk erlernen und zu nützlichen Mitgliedern der Gesellschaft werden."

Phoebus' andere Augenbraue hebt sich. „Mitglieder jeder Kaste haben Anspruch auf eine kostenlose Unterkunft?"

Lorcan betrachtet seine Leute um uns herum, seine Augen glänzen wie facettierte Steine in der Dunkelheit. „Crows haben keine Kasten."

„Ihr habt einen König", werfe ich ein, unfähig, meinen Mund zu halten. Meine Selbstbeherrschung ist erbärmlich, was wohl der Grund ist, warum Lorcan so leicht Zugang zu meinem Geist hat.

Lores Kinn zuckt. „Sehr gut beobachtet, Behach Éan."

Sein Sarkasmus lässt meine Lippen schmal werden.

Unsere Diskussion – oder soll ich es nennen, was es ist? – Auseinandersetzung bleibt nicht unbemerkt. Der Geräuschpegel ist merklich gesunken, da die meisten Crows offen in unsere Richtung starren.

Ein kleiner Junge nähert sich und streckt Lore einen Krug entgegen, seine Arme zittern leicht. Flüssigkeit schwappt heraus und tropft auf den glatten, glänzenden Stein unter seinen Füßen. Er neigt den Kopf in einer kleinen Verbeugung und sagt etwas, das mit Morrgot endet.

„*Tapath*", sagt Lorcan, bevor er den Metallbecher vom Jungen nimmt und trinkt.

Anders als unsere Könige hat er niemanden, der vorher prüft, ob Gift, Salz oder wer weiß was darin ist, womit man schon versucht hat, unsere Herrscher zu vergiften.

Ob du es glaubst oder nicht, Fallon … seine goldenen Augen finden meine über den Rand seines Bechers … ***du bist die einzige Crow, die mich tot sehen will.***

Ich antworte nicht, weder laut noch über die Gedankenverbindung. Stattdessen straffe ich meinen Rücken und gehe fort.

Du hast nie nach meiner Mutter gefragt. Seine Worte verlangsamen meinen Rückzug.

Ohne mich umzudrehen, antworte ich: ***Und du hast nie nach meinen wunden Brustwarzen gefragt, und trotzdem habe ich dir alles darüber erzählt. Sag mir, werde ich als Nächstes deinen Vater kennenlernen?***

Mein Vater starb, bevor die Shabbins unserem Clan Magie schenkten. Sein Tonfall ist so ernst geworden, dass ich es bereue, gefragt zu haben. Ich höre ihn schlucken. ***Mutter würde gerne mit dir zu Abend essen.***

Ich esse mit Phoebus zu Abend.

Die Einladung galt euch beiden.

Wir haben keinen Hunger. Ich brumme, während ich gleichzeitig Phoebus sagen höre: „Wir sind am Verhungern. Wir würden sehr gerne mit dir und deiner Mutter zu Abend essen."

Ich blicke über meine Schulter, in der Hoffnung, mein Freund hätte zugestimmt, mit dem Sohn von jemand anderem zu speisen, aber tatsächlich nickt er Lorcan zu, der die Frage wohl gleichzeitig laut ausgesprochen und in meinen Kopf geworfen hat. Egal. Phoebus kann von mir aus mit jeder Crow im Königreich zu Abend essen.

Ich gehe weiter, Erschöpfung hin oder her. Unglücklicherweise wird meine Flucht jäh gestoppt, als ich meinen Kopf wieder nach vorne drehe. Ich pralle mit einer Frau zusammen, die Getränke trägt, die sich alle über mich ergießen, bevor sie scheppernd auf den Steinboden fallen und ein Geklirre erzeugen, das noch lange in meinen Ohren nachhallt, nachdem der letzte Metallbecher ausgerollt ist.

Obwohl das Licht gedämpft ist, entgeht mir nicht, wie die Frau erbleicht.

Da der Zusammenstoß meine Schuld war, murmele ich eine Entschuldigung, die sie möglicherweise gar nicht versteht, und zupfe an meinem Hemdkleid, um es von meiner durchnässten Haut zu lösen, bevor ich versuche, etwas von dem rötlichen Saft auszuwringen.

Ein schwerer Stoff fällt über meine Schultern und lässt mich zusammenzucken. Ich will mich gerade dafür bedanken, aber meine Worte ersterben auf meinen Lippen, denn natürlich, wer sollte mir zur Hilfe eilen, wenn nicht der König höchstpersönlich.

Ich greife nach den Rändern meines neuen Umhangs.

Bitte behalte ihn an. Es mag dunkel sein, aber Crows haben einen unvergleichlichen Scharfblick. Ich wäre lieber der einzige Mann, der mit den Konturen deines Körpers vertraut ist.

Dafür ist es zu spät.

Seine Pupillen verengen sich.

Dante kennt jeden Millimeter meines Körpers sehr genau.

Lores Umrisse flackern, als er Rauch ausstößt, der sich so sehr verdichtet, dass ich den Atem anhalten muss, um nicht an ihm zu ersticken.

So schnell wie er aus ihm herausgeströmt ist, zieht sich sein Rauch zurück und formt seinen viel zu nahen und viel zu großen Körper neu. ***Ich wollte den Thron deines Prinzen als letzten ins Visier nehmen, aber du hast mich überzeugt, mit seinem zu be-***

ginnen.

Ich keuche die verbliebene Luft aus meinen Lungen und sauge dann erneut frischen Atem ein. ***Vielleicht gewinnst du einen Thron dazu, aber du gewinnst auch einen Feind dazu.***

Wenn man so viele Feinde hat wie ich, macht einer mehr auch keinen Unterschied. Komm jetzt bitte und setz dich an den Tisch. Mutter wartet.

Ich möchte nicht mit dir essen, Lore. Ich möchte nicht …

Bevor ich meinen Satz beenden kann, verwandelt sich Lore in seine Krähengestalt, schnappt mich und trägt mich in eine der Behausungen, wobei er einen halbnackten Mann von seiner Matratze aufschreckt.

KAPITEL II

Lore muss ihm gesagt haben, er soll verschwinden, denn der Junge nickt, verwandelt sich und fliegt direkt aus dem kleinen, grottenartigen Raum raus, der ein Bett, einen Schreibtisch, einen Stuhl und einen Schrank enthält.

Kaum lässt er mich los, taumle ich zurück. „Was stimmt nicht mit dir?“, kreische ich den monströsen Vogel an, gerade als ein lauter Knall durch die Luft hallt, gefolgt von Lichtblitzen und einem Grollen, das selbst die Steine vibrieren lässt.

Hat Lorcan den Sturm heraufbeschworen? Es ist schließlich eine seiner vielen Kräfte.

Er zerfällt zu Rauch, bevor er wieder Gestalt annimmt. „Du willst deine Freiheit, in Ordnung. Wenn die Sonne über Mareluce aufgeht, werde ich dich aus meinem schrecklichen Zuhause fliegen und dich zu deinem geliebten Dante und deinem geliebten Beruf zurückkehren lassen. Vielleicht hast du sogar Glück und erhältst Besuch von deinem Prinzlein. Das heißt, falls er nicht zu beschäftigt damit ist, alles zu vögeln, was einen Puls hat. Schließlich ist er jetzt König. Jeder will mit einem Mann in einer solch mächtigen Position ins Bett. Wer weiß das besser als ich“, fügt er mit einem Verziehen der Lippen hinzu, das mir das Blut in den Adern gefrieren lässt. „Alles, was ich im Gegenzug verlange, ist, dass du deinen Groll beiseitelegst und mit meiner Mutter speist. Glaubst du, du bist dazu in der Lage?“

Donner grollt erneut über Monteluce, beschleunigt meinen Puls und meine Atemzüge. Ich versuche, sie zu entschleunigen, aber es ist zwecklos. „Wirst du bei diesem Essen dabei sein?“

Seine Nasenflügel beben bei seinen Atemzügen, die ebenso flach sind wie meine eigenen. „Meine Mutter würde sich Sorgen machen, wenn ich ginge, nachdem ich ihr versprochen habe, ich hätte Zeit, mit ihr zu speisen, also ja, Fallon, du wirst meine Anwesenheit ertragen müssen.“

„Und du wirst mich wirklich morgen früh aus dem Himmelreich fliegen?“ Der weingetränkte Stoff flattert gegen meine prickelnde Haut.

„Ich dürfte die Aufgabe einer anderen Crow übertragen, aber ja ... du wirst aus diesen Mauern eskortiert werden.“

„Phoebus auch.“ Meine Stimme ist dünn, aber anders als der Rest von mir zittert sie nicht.

„Wenn er gehen will, bekommt er eine Eskorte.“

Wenn er gehen will ... Was, wenn er lieber bleiben möchte? Der Gedanke war mir noch nicht einmal in den Sinn gekommen.

Haben wir eine Abmachung, Fallon?

Ein Abendessen gegen ein Leben in Freiheit ... „Wo ist der Haken?”

„Der Haken?“

„Dein Handel klingt zu gut, um wahr zu sein.“

„Ich bin kein Fae. Ich schließe keine Handel ab.“

„Du hast gerade meinen Gehorsam gegen meine Freiheit getauscht. Das nennt man einen Handel.“

Er sagt mir nicht, ich hätte unrecht, denn er weiß, ich habe recht, auch wenn ein Handel sich nicht auf der Crow-Haut abzeichnet wie auf der Haut der Fae. „Es gibt keinen Haken.“

„Also werde ich nicht überall, wo ich hingehe, von deinen Crows bewacht werden, da ich deine Fluchbrecherin bin?“

„Wir haben Meriam gefunden, also brauchen wir dich nicht mehr.“

Seine Antwort fühlt sich wie eine Ohrfeige an.

Zwei Ohrfeigen.

„Ihr habt Meriam gefunden?“ Als er schweigt, offensichtlich nicht daran interessiert, jemandem außerhalb seines engsten Kreises weitere Informationen mitzuteilen, sage ich: „Sie hat dich schon einmal mit Obsidian erstochen. Erwartest du nicht, sie wird es wieder tun?“

„Ich erwarte, dass sie nichts lieber täte, als mich in einen Eisenblock zu verwandeln, aber ich werde ihren Körper vom Blut befreien, was sie und ihre bösartige Magie beenden wird. Die Schutzzauber werden fallen und die Shabbins werden frei sein. Ich werde dafür sorgen, genügend von ihnen in meinen Diensten zu behalten, um unseren Fluch zu bekämpfen."

„Du hast wirklich an alles gedacht, nicht wahr?"

„Ich hatte Zeit, Strategien zu entwickeln."

Wir mustern uns eine lange Weile schweigend. Seine Krähengestalt ist mir vertraut, aber ich habe vermieden, seine menschliche Form eingehend zu betrachten.

Und jetzt … jetzt wird sie mir für immer fremd bleiben, denn wir haben eine Weggabelung erreicht auf dem Pfad, den wir gemeinsam beschritten haben, seit Bronwen mich auf diese Narrenmission geschickt hat und ich – Närrin, die ich bin – einwilligte, kaum Fragen stellte und keine Antworten erhielt.

Der Kampfgeist weicht aus mir. „Falls Bronwen jemals herausfindet, wie ich deinen Fluch brechen kann, komm und finde mich. Ich werde dir helfen."

Obwohl er jede Linie meines Gesichts kennt, verweilt sein Blick auf jeder einzelnen. *„Tapath."*

Ich vermute, *tapoff* bedeutet danke. „Wie sagt man *keine Ursache* auf Crow?"

„Sé'bhédha."

„Shehveha", wiederhole ich, während der Sturm draußen und in meinem Inneren nachlässt.

KAPITEL 12

Lorcan verwandelt sich in eine Krähe. Anstatt mich zu packen, fliegt er tief und streckt seinen Flügel aus. Obwohl ich mir nicht vorstellen kann, dass es angenehm ist, darauf zu treten, zuckt er nicht zusammen, als ich seinen Flügel als Leiter benutze. Mit einer Hand halte ich die handgewebte Decke, die über meine Schultern drapiert ist, und schlinge die andere um seinen Hals. Meine Haut versinkt in seinen schwarzen Federn.

Ich versuche, nicht zu fest zuzudrücken, aber am Ende würge ich ihn doch, als er aus der kleinen Höhle im Felsen hochsteigt, um mich zurück zu den flackernden Fackeln und der quirligen Menge zu tragen. Wir landen neben dem Gemeinschaftstisch, an dem Arin und Phoebus Platz genommen haben.

Während sie lächelt, starrt er mich mit demselben Maß an Entsetzen und Bestürzung an, mit dem er mich an jenem Tag im Tresorraum der Alcotis betrachtet hat, als wir Lores erste Krähe von der Wand nahmen.

Ich setze mich neben ihn und drücke unter dem Tisch seinen Oberschenkel, um ihm zu versichern, dass es mir gut geht, aber er scheint nicht beruhigt zu sein, da seine Knie weiterhin auf- und abwippen.

Crows von jedem Marktstand kommen mit Tonschüsseln voller cremiger Dips und dünn geschnittenem Fisch, mit Schneidebrettern aus Holz, belegt mit gebratenem Fleisch und prallen Gemüsestücken, bestreut mit Kräutern, und mit Körben mit flachem Brot, das gebräunt und von Öl durchzogen ist.

Arin spricht zu uns, aber da sie auf Crow spricht, muss Lore übersetzen. „Ich hoffe, ihr habt großen Hunger, denn jeder Händler plant, euch seine Spezialität zu bringen."

Ich erwidere ihr Lächeln. „Die Wanderung durch eure Heimat hat ein Loch in unsere Mägen gerissen."

Phoebus, sonst immer so schnell mit Nettigkeiten, ist zu perplex, um eine beizusteuern.

Ein Krug und Metallbecher werden vor uns hingestellt und mit Crow-Wein gefüllt. Obwohl ich gesagt hatte, ich würde nie wieder trinken, trinke ich, hauptsächlich um meine angespannten Nerven zu beruhigen.

Der Nektar ist genauso köstlich, wie ich ihn in Erinnerung hatte. „Ihr solltet diesen Wein in Luce verkaufen."

Obwohl die meisten Crows weiter unten am Tisch ihr Essen mit ihren Krallen aufspießen und schneiden, nimmt Lorcan Gabel und Messer zur Hand, ebenso wie Arin. „Warum sollten wir das tun?"

„Um Profit zu machen."

„Wir haben keine Verwendung für Münzen."

Ich lehne mich in meinem Stuhl zurück. „Na gut. Dann tauscht ihn gegen Dinge ein, die ihr braucht."

„Vielleicht, wenn wir uns besser eingelebt haben."

Ich bin versucht, bei seinem Euphemismus zu schnauben. Offensichtlich meint er, sobald er alle drei Königreiche übernommen hat, und vielleicht sogar ein Königinnenreich. Da ich geschworen habe, mich umgänglich zu benehmen, lenke ich das Gespräch von seiner Politik ab. „Wird er aus violetten Trauben gemacht oder aus grünen wie der Fae-Wein?"

„Er wird tatsächlich aus *beinnfrhal* gemacht."

Das muss der Grund sein, warum ich ihn dem Fae-Wein vorziehe.

Arin berührt den Arm ihres Sohnes und sagt etwas. Ich verstehe ein Wort: *Zendaya.*

„Mutter sagt, du ähnelst Daya."

Ich tupfe mir mit einer Serviette die Lippen ab. „Das habe ich schon gehört." Ich versuche, mich an die einzige Vision zu erinnern, die ich von ihr hatte, aber ich war so auf das Gespräch konzentriert, dass ich mich nicht an ihr Gesicht erinnern kann. Nur an die Farbe ihrer Augen.

Möchtest du noch einen Blick auf sie werfen?

Ich blinzle Lore an. ***Ich glaube, das ist das erste Mal, dass du um Erlaubnis bittest, in meinen Geist einzudringen.***

Er legt sein Besteck ab und wartet auf meine Antwort, die ich ihm in Form eines Nickens gebe.

Die Markttaverne verblasst. Eigentlich wird sie nur heller. Sonnenlicht fällt in dicken Strahlen durch die verglaste Luke, erhellt den blassgrauen Stein und verfängt sich in den Staubkörnchen, sodass sie wie Lametta glitzern.

Das Lachen einer Frau lässt mir eine Gänsehaut über die Haut laufen, denn irgendwie kommt mir der Klang bekannt vor. Sie sitzt mit dem Rücken zu mir, ihre kastanienroten Wellen fließen hinab bis zum Steißbein.

Leise nähere ich mich, ein Geist in Lorcans Erinnerung, und halte erst an, als ich vor dem Tisch stehe, an dem sie mit einer Schar anderer Frauen und Männer sitzt. Wie bei allen ist auch ihr Gesicht mit schwarzen Streifen bemalt und trägt die schwarze Feder, die ich auf jeder Crow-Wange gesehen habe … jeder bis auf Bronwen.

Haftet die Tinte nicht an ihrer geschädigten Haut? Ich lasse diesem Gedanken keinen Raum, um zu wachsen, wissend, dass ich wenig Zeit habe und so viel aufnehmen muss.

Zendayas Blick fesselt mich erneut mit ihren geschwungenen braunen Augenbrauen, die rosa Iriden umgeben von langen Wimpern, ein Farbton, den es weder in Luce noch in Nebba oder selbst in Glace gibt. Ich habe die Farbe nicht geerbt, aber sie hat sich über das Blau ergossen und meine Iriden in ein Violett verwandelt, das die Fae immer wieder innehalten lässt.

Auch ihre Hautfarbe unterscheidet sich von meiner, ein gebräunter Olivton, der gebrannter Erde gleicht. Meine ist weit weniger speziell … eher pfirsichfarben wie die meines Vaters.

Das einzige Merkmal, das ich anscheinend von niemandem geerbt habe, ist die Form meines Gesichts. Zendayas ist perfekt oval und das meines Vaters ein perfektes Quadrat. Meins? Nonna nennt es herzförmig wegen meines spitzen Kinns und der hohen Wangenknochen. Ich dachte immer, ich käme nach meiner Mutter, Agrippina, weil auch sie ein spitzes Kinn und markante Wangen hat.

Offensichtlich tue ich das nicht.

Ich verdränge die Traurigkeit, die immer an meinem Herzen nagt, wenn ich an die Geheimnisse denke, die meine Herkunft umgeben, und konzentriere mich auf dieses Fenster, durch das Lorcan mir einen Blick gewährt.

Zendayas Lippen, voll und rosa, öffnen sich zu einem Lächeln, so strahlend, dass es überirdisch wirkt.

Mein Herz verkrampft sich beim Anblick ihrer Fröhlichkeit und noch mehr beim Klang ihres Lachens. Ich frage mich, ob sie in den letzten zwei Jahrzehnten jemals gelacht hat.

Ich frage mich, ob sie am Leben ist.

Mein Blick heftet sich an den perlmuttfarbenen Muschelanhänger, der in der Vertiefung ihres Halses ruht. Obwohl die Muschel weiß ist, leuchtet die Spitze rostrot.

Meine Mutter steht auf, eine Handfläche liegt flach auf dem Tisch, die andere auf ihrem Bauch … einem straffen, gerundeten Bauch. Ihre Finger streichen über die Wölbung, und obwohl ich nicht mehr in ihr stecke und ihre Liebkosung nie gespürt habe, bekomme ich eine Gänsehaut von der Phantomberührung.

Sie blickt auf beim Geräusch von Flügelschlägen. Riesige Krähen stürzen wie Kanonenkugeln durch die Luke, Federn lösen sich in Rauch auf, bevor sie zu Fleisch verschmelzen. Eines dieser monströsen Geschöpfe landet direkt neben ihr. Sobald Kahol sich verwandelt, schlingen sich Zendayas Arme um seinen Hals und ziehen sein Gesicht zu ihrem herunter.

Mein Herz gerät ins Wanken und schüttet berauschende Schläge in meinen Blutkreislauf beim Anblick und Gefühl von so viel Liebe. Wie anders wäre mein Leben verlaufen, hätte Meriam sich nicht zwischen sie … zwischen uns alle gedrängt. Der Gedanke lässt mich wie eine Verräterin fühlen, wie ein undankbares Kind. Nonna und Mamma haben mir alles gegeben, und wie vergelte ich es ihnen? Indem ich mir mein Leben woanders vorstelle, umgeben von anderen Leuten. Leuten, die keine Fae sind.

Hitze verschleiert meine Sicht. Ich schließe die Augen, als ein feuchtes Rinnsal an meiner Wange hinabläuft.

Als ich sie wieder öffne, liegt die Markttaverne im Dunkeln und Lorcans verhüllter Blick leuchtet hell. Auch Phoebus und Arin beobachten mich. Während Arins Mund zu einer grimmigen Linie zusammengepresst ist, ist Phoebus' so fest zusammengekniffen, dass er kaum das flache Brot hineinbekommt, das er mit einem gelblichen Dip bestrichen hat.

Ich wische die Tränen fort und schenke ihm ein Lächeln, das seine Sorge kein bisschen mildert. Als Lorcans Blick zu seiner Mutter wandert und sich ihre Köpfe einander zuneigen, presst Phoebus seinen Mund neben mein Ohr und zischt: „Weinst du? Warum weinst du? Hat Ríhbiadh dich zum Weinen gebracht? Es ist mir egal, dass er mit eisernen Gliedmaßen ausgestattet ist. Wenn er dich verletzt hat …"

Ich drehe den Kopf, sodass unsere Nasen beinahe zusammenstoßen. „Er hat mir eine Erinnerung an meine Mutter gezeigt."

Phoebus' Pupillen verengen sich vor dem grünen Hintergrund. „Oh. Gut. Ich ziehe es vor, mich auf Kämpfe einzulassen, bei denen ich eine Chance habe zu gewinnen."

Ich lächle.

„Welche Mutter hat er dir gezeigt?"

„Zendaya." Ein Schauer läuft mir über den Rücken, als ich mir vorstelle, wie ihre Hand auf … mir ruht. „Ich glaube, ich komme mehr nach meinem Vater. Apropos …" Ich wende mich Lorcan zu und warte, bis Arin geendet hat mit dem, was sie ihm erzählte, bevor ich frage: „Werde ich ihn sehen, bevor ich abreise?"

„Abreise?" Phoebus' Stimme erreicht eine Tonlage, die er seit der Pubertät nicht mehr geschafft hat.

„Lorcan hat mir erlaubt, nach Hause zurückzukehren. Ist das nicht wunderbar?"

Die Lippen meines Freundes öffnen sich und seine Finger ebenso. Sein belegtes Brot fällt auf den Teller, den er mit allerlei Dingen vollgeladen hat. „Du klingst nicht so, als fändest du es wunderbar."

„Und doch finde ich es äußerst wunderbar."

Er reibt sich die Finger an seiner Serviette ab, die Augenbrauen wie windgepeitschte Wedel gebogen.

„Wirst du mit mir nach Hause kommen oder bleibst du hier?"

Er zögert und runzelt die Stirn in Lorcans Richtung. „Ich werde mit dir zurückgehen, Picolina, aber meiner Meinung nach ist es eine beschissene Entscheidung."

Ich schlucke angesichts seines Tadels, aber erinnere mich daran, dass er von Herzen kommt. Phoebus macht sich Sorgen, und das aus gutem Grund. Bevor ich Monteluce verließ, erklärte mir Dante, ich wäre fernab von Luce sicherer, weil die Fae mich als Verräterin sehen, die ihren König ermordet hat.

Diese Worte hatten den letzten Sargnagel für meine Gefühle ihm gegenüber eingeschlagen. Schließlich war er es gewesen, der den Kopf seines Bruders gefordert hatte, nicht ich, und trotzdem gab er mir die Schuld. Ich frage mich, ob das die Geschichte ist, die er erzählte, als er in Isolacuori den Thron bestieg und sich selbst mit einer blutgetränkten Krone zum König machte.

Ich suche in den Tiefen von Lorcans Augen nach einer Antwort, doch er offenbart nichts, also versuche ich, in seinen Geist einzudringen, pralle jedoch gegen eine obsidianschwarze Mauer ohne Anfang und Ende und ohne den kleinsten Riss. Ich möchte ihn fast darum bitten, mir zu zeigen, was er gesehen und gehört hat, aber tief in mir will ich es nicht wissen, denn es könnte meine Entscheidung beeinflussen.

Ich wende mich wieder Phoebus zu. „Gut, dass ich nicht nach deiner Meinung gefragt habe, Pheebs."

Er stopft sich das Brot in den Mund und kaut darauf herum wie ein tollwütiges Tier, dann greift er nach seinem Beerenwein und stürzt ihn hinunter, der Adamsapfel in seiner blassen Kehle bewegt sich wie eine Rasierklinge. „Wann brechen wir auf?"

„Morgen früh", sage ich.

Er nickt. „Gut. Das gibt mir ein paar Stunden, um dich anzuschreien."

„Phoebus", seufze ich.

Er hebt eine Hand. „Spar dir das für unser Gespräch unter vier Augen auf."

Ein weiterer Seufzer entweicht meiner schmerzenden Brust. „Es klingt nicht so, als würde es viel zu besprechen geben."

Er dreht sich von mir weg und schenkt Arin seine ungeteilte Aufmerksamkeit. Obwohl Lorcan Phoebus nicht auf die Schulter klopft, kann ich erkennen, dass die Verärgerung meines Freundes ihn erfreut.

„Nichts und niemand kann mich umstimmen."

„Oh, ich mache mir keine Illusionen, dass du bleiben wirst, Fallon", sagt er. „Was deinen Vater betrifft, du hast gefragt, ob du ihn sehen wirst. Er durchkämmt die drei Königreiche auf der Suche nach Daya, daher fürchte ich, er wird nicht rechtzeitig zurückkehren, um dich zu verabschieden."

Ich bin so schockiert von dieser Neuigkeit, dass meine Finger den Griff um meinen improvisierten Umhang lockern. Der schwere Stoff gleitet meine Arme hinab und legt sich wie ein Schal in meine Ellbogen. „Ist das nicht gefährlich?"

„Er ist nicht allein."

Ich bin froh zu hören, dass mein Vater sich nicht im Alleingang auf diese Erkundungsmission begeben hat, aber dennoch …

Das Gold in Lorcans Iriden flackert, bevor es erstarrt, ebenso wie jede Linie seines Körpers. „Crows kommen ohne ihre Gefährten nicht gut zurecht."

Ich glaube nicht, dass er beabsichtigt, mir ein schlechtes Gewissen zu machen, doch genau dieses Gefühl schwillt hinter meinem hämmernden Brustkorb an. ***Ich wünschte, ich hätte die Gefährtin sein können, die du verdienst, Lore.***

Er reagiert nicht darauf. Ich nehme an, es gibt nicht viel zu erwidern.

Dennoch ärgert mich sein Schweigen, und so sehr ich mich auch bemühe, mich ganz auf Arin und ihre Fragen zu meiner Kindheit und meinen Leidenschaften zu konzentrieren, Fragen, die Lorcan übersetzt, schweifen meine Gedanken ab.

Zu meinem kleinen blauen Haus in Tarelexo mit seinen freskoverzierten Wänden und duftenden Blauregen.

Zu meiner treuen rosa Schlange mit ihren Ringen vernarbter Haut.

Zu den düsteren, nebelumwobenen Wäldern von Racoccin.

Zu den weißen Zelten wo ich einen Nachmittag mit Dante verbrachte, überzeugt, es wäre der erste von vielen.

Zu dem Gebirgspass, den ich auf dem Rücken meines prächtigen Hengstes erklomm.

Zu meinem ersten ehrfürchtigen Blick auf das Himmelreich.

Zu dem Stamm der Reinblüter, der mich wegen Säcken voller Gold überfiel.

Zu Selvati und dem Mann, der sein Leben opferte, um Lore und mir zu helfen.

Zu Tarespagia und den schrecklichen Rossi-Frauen.

Und zu jenem letzten Ritt zu Pferde an dem Tag, als meine Welt aus den Fugen geriet und sich für immer veränderte.

Immer wieder lenke ich meine abschweifenden Gedanken zurück ins Hier und Jetzt. Zu dieser Frau, die darauf erpicht ist, mich kennenzulernen, obwohl ich mich entschieden habe, ihren Sohn und sein Volk zu verlassen. Bald werden mich die Crows, wie die Fae, als Überläuferin betrachten. Das Mädchen, das sein Erbe für eines aufgab, das ihr nicht einmal zusteht.

Vielleicht sollte ich nach Shabbe segeln.

Tu es nicht.

Ich zucke zusammen bei der Schärfe von Lorcans Stimme. Bei der Inbrunst, die diese Worte umgeben.

Nicht bevor ich die Schutzzauber zerstört habe.

Ich betrachte die harten Konturen seines Gesichts, die durch seine düstere Stimmung noch härter wirken. ***Ich schwöre, die Schutzzauber nicht zu übertreten, bis du Meriam getötet hast, Lorcan Reebyaw.***

Er sieht mich während des restlichen Essens nicht mehr an, ebenso wenig danach, als er mich durch die Gänge seines Königreichs zurück zu meiner Zellen-Schlafkammer fliegt und zusammen mit seiner Mutter abreist, die Phoebus getragen hat.

Phoebus, der die Tür so heftig zuschlägt, dass sie das Holz fast spaltet und den Steinrahmen zertrümmert.

Phoebus, der schreit, bis seine Stimme heiser wird und uns beiden Tränen über die Wangen laufen, weil das Weggehen ein Risiko bedeutet. Aber ich kann mich nicht in einem Berg verstecken, während die Welt zusammenbricht. Nur Feiglinge verstecken sich, und ich mag vieles sein, aber ein Feigling bin ich nicht.

„Überlass das Kämpfen den Leuten, die Spaß daran haben, Picolina. Bitte. Du bist nicht unsterblich."

„Aber ich könnte es sein.“ Ich blicke zur Decke hinauf, während ich auf dem Bett ausgestreckt liege, meinen Kopf in Phoebus‘ Armbeuge, meine linke Hand mit seiner rechten über seinem gurgelnden Bauch verschränkt. „Wenn ich Meriam fände und sie meine Magie entfesseln ließe, könnte ich es sein.“

„Du könntest auch tot sein.“

Als ich um meine Freiheit feilschte, beabsichtigte ich nicht, an diesem Kampf zwischen Shabbins, Crows und Fae teilzunehmen, aber je mehr Phoebus und ich redeten – nachdem er mit seinem hitzigen Monolog fertig war – desto mehr wurde mir klar, dass ich etwas bewirken könnte.

Wenn sie stirbt, stirbt auch ihre böse Magie.

Meine Mutter wird frei sein.

Die Shabbins werden frei sein.

Vielleicht will Meriam mich tot sehen, aber um mich zu töten, muss sie mich erst finden, was mich zum perfekten Köder macht.

KAPITEL 13

Ich schrecke aus dem Schlaf hoch, als Donner grollt.

Stöhnend drehe ich mich in Phoebus' Körperwärme, in der Hoffnung, wieder einschlafen zu können. Mein Nacken protestiert, nachdem ich den größten Teil der Nacht auf einem harten Bizeps verbracht habe.

Ich greife nach meinem Kissen und vergrabe mein Gesicht darin, doch ich weiß, an Schlaf ist nicht mehr zu denken. Mein Herz rast, obwohl mein Körper sich noch nicht aus den Laken geschält hat, die stark nach einer Schnapsbrennerei riechen. Mit Entsetzen wird mir klar, der Geruch geht von mir aus.

Stöhnend schleppe ich mich ins Badezimmer, jeder Schritt sendet stechende Schmerzen in meine Fersen und ein Pochen bis in die Knochen meiner Waden und Oberschenkel. Die Versuchung ist groß, den Tag im Bett zu verbringen, doch mein Wunsch, etwas Sinnvolles zu tun, ist stärker.

Ganz zu schweigen davon, wie hart ich für meine Freiheit gekämpft habe … es wäre also widersinnig, sie hinauszuzögern. Was, wenn Lorcan von unserem Handel zurückträte? Anders als die Fae sind Crows nicht durch Ringe an ihren Armen und Zeichen auf ihren Herzen an ihre Abmachungen gebunden.

Würde er seine Entscheidung rückgängig machen, weil ich die Gelegenheit zur Abreise nicht sofort ergriffen habe, würde das mehr als nur meine Stimmung ruinieren. Es würde meinen aufkeimenden Plan zunichtemachen, der ständig wächst, während ich jeden noch so kleinen Teil meines Körpers mit duftendem Öl schrubbe.

Als ich wie eine in Sahne und Honig getauchte Rose dufte, drehe ich das Wasser ab und gehe zum Kleiderschrank. Gianas Hose ist nicht wieder aufgetaucht, ebenso wenig wie ihre Bluse, aber ich hätte sie ohnehin nicht angezogen.

Heute habe ich Lust, etwas zu tragen, das passt, etwas, das offenbar für mich gemacht wurde. Ich wähle graue Wildlederleggings, die ich mit einer Bluse kombiniere, die fast als Kleid durchgehen könnte. Ich fasse das luftige weiße Material mit einem Gürtel zusammen, der mit silbernen Münzen besetzt ist. Bei genauerem Hinsehen erscheinen sie mir wie Lucin-Münzen, mit dem Sonnenemblem auf ihrer Oberfläche.

Ich würde es Lorcan zutrauen, Kleidung aus echtem Fae-Gold weben zu lassen.

Die Kleidung unterscheidet sich von der, welche in Luce gerade in Mode ist, aber ich habe mich verändert, und so sehr ich mich früher auch bemüht habe, mich anzupassen, verspüre ich jetzt keinerlei Verlangen mehr danach. Das Mädchen, das Luce verlassen hat, ist nicht mehr dasselbe, das dorthin zurückkehrt. Ich kämme mein Haar, flechte es und binde es mit einem schwarzen Band zusammen, das ich von einem der Kleider stibitze.

Bereit für den Beginn des nächsten Kapitels meines Lebens, wecke ich Phoebus, der murmelt, ich solle verschwinden. Also mache ich das. Ich gönne ihm eine zusätzliche Stunde Schlaf, während ich uns etwas zum Frühstück besorge.

Die Taverne ist um diese Zeit größtenteils verlassen. Entweder schlafen die Crows lange oder sie sind unterwegs, fliegen umher und sammeln kleine Beute, um ihre Bäuche zu wärmen.

Ich rümpfe die Nase bei der Erinnerung an den Hasen, den Lorcan mir zum Essen anbieten wollte, als wir den Monteluce bestiegen, bevor ich ihm erklärte, ich vertrage weder Fleisch noch Fisch. Ich habe nicht gefragt, ob es eine Eigenheit der Shabbin ist. Ich habe nicht viele Fragen gestellt.

Eines Tages werde ich es tun, denn *eines Tages* wird in Luce Frieden herrschen und Shabbe frei sein vom Joch Meriams.

Als ich mich an den Tisch setze, an dem ich mit meinen Freunden gespeist habe, wandern meine Gedanken zu der Nachricht, die Lorcan gestern Abend überbracht hat … jene über Meriam. Hat die Königin von Shabbe ihren Aufenthaltsort aus einem der gestrandeten Fae herausgefoltert oder haben Lorcans Leute sie mit ihren eigenen Methoden aufgespürt? Und sollten sie Meriam gefunden haben, warum sucht mein Vater dann nach Daya? Warum verhört er nicht die Shabbin-Zauberin, die dieses ganze Schlamassel verursacht hat? Ich dachte, Meriam hält sie gefangen.

Connor kommt an den Tisch, und obwohl er nicht lächelt, murmelt er „Guten Morgen“ mit so starkem Akzent, dass ich einen Moment brauche, um zu erkennen, dass er nicht Crow spricht.

„*Buondia* allerdings“, antworte ich lächelnd. „Kann ich bitte eine Platte mit Käse, Obst und Schwarzbrot haben? Oh, und eine Kanne Kaffee?“

Connor nickt und zieht sich zur Bar zurück, die an einer der geschwungenen Wände steht. Ich sehe, wie er ein paar Worte mit einem anderen Crow-Kellner wechselt, dessen hellbraunes Haar mir seltsam vorkommt. Nicht jeder hat schwarzes Haar, aber soweit ich weiß, hat keiner so helles Haar. Genauso wie anscheinend niemand eine andere Augenfarbe als tiefes Braun hat. Nun, außer Lore.

Der braunhaarige Crow hebt seine schwarzen Augen, starrt mich an, und obwohl ich seinen Ausdruck vielleicht falsch deute, scheinen seine Züge von Abscheu geprägt zu sein.

Sicher, ich war seit meiner Ankunft nicht gerade zuckersüß, aber ich bezweifle, ich verdiente solche Verachtung. Verärgert wende ich meine Aufmerksamkeit von ihm und seiner verurteilenden Miene ab.

Sybille würde die Augen verdrehen und mir sagen, ich solle mir über seine Laune keine Gedanken machen. Ich konzentriere mich auf unser baldiges Wiedersehen. Und auf Nonna und Mamma, wo auch immer Giana sie versteckt hat. Wahrscheinlich sind sie mittlerweile aus dem Versteck heraus. Schließlich ist Marco tot. Vielleicht besuche ich sogar Antonis neues Zuhause. Ein Haus auf Tarecuori muss prachtvoll sein.

Trotz des draußen tobenden Sturms beginnen Regenbögen erneut meine Stimmung aufzuhellen. Als Connor das Essen bringt, bin ich bereits wieder gut gelaunt.

Ich greife nach der Tischkante, um die Bank näher heranzuziehen. Als das Holz über den Stein knarrt, versinken meine Fingerspitzen in flachen Rillen. Ich denke, sie könnten von eisernen Krallen geschnitzt worden sein, aber die Furchen sind abgerundet und unterschiedlich groß. Ich bücke mich nicht, um unter den Tisch zu schauen, aber ich drücke meine Finger tiefer ins Holz, bevor ich sie zu meinem Gesicht führe.

Meine Zunge pocht im Takt meines Herzschlags, als ich auf der Spitze meines Mittelfingers die Abdrücke von drei Buchstaben erkenne.

Jemand hat Worte in die Unterseite des Tisches geritzt!

Ich schnappe nach Luft, als mir klar wird, dass ich genau dort sitze, wo Antoni während unserer einzigen gemeinsamen Mahlzeit saß.

Das Gedicht, das immer noch unter meiner Matratze steckt, brennt sich in mein inneres Auge. Obwohl ich mich nicht Wort für Wort daran erinnere, weiß ich, er sagte etwas von einem *Messer, das Worte in sein Herz ritzt* und seiner Aufforderung, *an seinem Tisch Platz zu nehmen.*

Es war kein Liebesgedicht!

Es war eine Botschaft, die mich hierher führen sollte!

Das Holz ist so dunkel und das Licht so schwach, dass ich seine heimliche Nachricht nicht lesen kann, ohne mit einer Kerze unter den Tisch zu kriechen. Aber unter den Tisch zu krabbeln würde Aufmerksamkeit erregen, und ich brauche niemanden, der Lorcan mein seltsames Verhalten meldet. Er würde mich nicht nur weiter einsperren, sondern sicherlich auch hinter Antoni her sein.

Falls das, was mein Freund geschrieben hat, aufrührerisch ist. Vielleicht ist es nur ein weiterer Abschiedsgruß, eine Art kleine Schnitzeljagd, um mich vor Langeweile zu bewahren.

Selbst mir ist klar, was für ein absoluter Schlangendreck das ist.

Als ich die Aufmerksamkeit des hellhaarigen Crows spüre, schnappe ich mir ein Käsestück und knabbere daran, während ich die Unterseite des Tisches abtaste, um zu fühlen, wo die Nachricht beginnt. Sobald ich das erste Wort lokalisiert habe, drücke ich meine Finger hinein.

Bis ich alle Wörter der ersten Zeile gesammelt habe, ist der Teller mit dem Käse komplett leer.

Das Essen liegt wie nasser Sand in meinem Magen, der sich zusammenzieht, als die nächsten Buchstaben auf meinen Fingerspitzen zu erscheinen beginnen … TRE. Ich weiß, wie das Wort endet, bevor ich es in mein Fleisch gedrückt habe.

Mein Magen hat sich zu einem einzigen großen Knoten zusammengezogen, als ich Antonis Botschaft entziffert habe. Er hat sie vielleicht nicht unterschrieben, aber ein Crow würde wissen, sie wurde von einem Fae geschrieben, denn Crows brauchen keine Treppen, da sie mit Flügeln ausgestattet sind.

Eine geheime Treppe im Inneren der Esplanadensäule …

Weiß Lorcan von ihrer Existenz? Hat er sie bauen lassen? Ist sie nicht ein Sicherheitsrisiko für sein Volk?

Ich versuche, mich an das einzige Mal zu erinnern, als ich zu Pferd über die Esplanade ritt. Die Säulen schienen alle so glatt. Wie konnte ich die Naht einer Tür übersehen? Weil Lore mich vom Gipfel des Berges weggedrängt hat oder weil ich zu sehr damit beschäftigt war, staunend auf das Schloss zu starren?

„Ich hatte gehofft, dich noch zu erwischen, bevor du uns verlässt, Fallon."

Ich zucke bei Bronwens Stimme zusammen und stoße mein Knie gegen das dunkle Holz. Das Metallbesteck klimpert gegen die schwarzen Keramikteller und stößt gegen den Becher Kaffee, der längst kalt geworden ist.

„Darf ich?" Meine Tante deutet auf die Bank neben mir, als könnte sie sie sehen.

„Natürlich. Brauchst du Hilfe?" Ich beginne, mich vorzubeugen, um die Bank herauszuschieben, halte aber inne, als sie den Kopf schüttelt.

„Ich kenne das Himmelreich wie meine Westentasche; jeden Winkel und jede Ritze, jeden Knoten im Holz und jede Furche im Stein."

Mein Puls rast. Spielt sie auf die verborgene Treppe an? Weiß sie, dass ich davon weiß? Kann sie *sehen*, was in meinem Kopf vorgeht? „Bist du gekommen, um mich vom Fortgehen abzubringen?"

„Nein. Ich habe dein Schicksal gesehen, und damit es sich so entfaltet, wie es sich entfalten muss, musst du gehen."

Meine Haut prickelt aus einem ganz anderen Grund. „Verrate mir, was meine Zukunft bereithält, Bronwen. Vielleicht diesmal die Krone von Glacin, oder ist es die von Nebba?“ Mein Ton ist spröde, aber wie könnte er anders sein, nachdem sie mich mit einer Prophezeiung in die Irre geführt hat, die *nur* ihrem Volk diente?

„Es hat sich nicht geändert, Fallon. Du wirst immer noch Königin von Luce sein.“

„Dante heiratet die Verlobte seines Bruders. Das hast du selbst gesagt.“

„Luce hat nur einen wahren König, und dieser König ist nicht Dante“, ruft sie beinahe.

Meine Güte. Könnte sie noch lauter sprechen? „Das alte Ich hätte sich vielleicht für Kronen interessiert, aber das neue Ich sehnt sich nach einem einfachen Leben.“

„Du bist die Fluchbrecherin, Fallon.“

„Ich weiß.“ Nur Cauldron weiß, wie ich es schaffe, ruhig zu bleiben. „Und ich werde den Fluch brechen, aber ich werde es gelassen und leise tun, ohne Schwüre ewiger Liebe auszutauschen.“

„Nachdem du Dante getötet hast, wirst du dein ruhiges und stilles Leben bekommen.“

Feuer. Mein Blut wird zu Feuer. „*Dante töten?* Du musst mich mit einer anderen Fluchbrecherin verwechseln, denn ich könnte ihn niemals töten!“

Aber Bronwen, anders als Connor und die sechs anderen anwesenden Crows, hört nicht zu. „Du wirst seinen Tod planen und ausführen.“

Wie ein Kessel, der über seinen Siedepunkt erhitzt wird, durchströmt mich Wut. Ich stemme mich vom Tisch hoch und schnelle auf die Füße, während die Beine der Bank quietschend über den Boden schleifen. Meine Finger graben sich in die Rillen, die Lorcans Klauen in der Nacht hinterlassen haben, als er mir von unserer Verbindung erzählte. „Ich liebe diesen Mann vielleicht nicht mehr, aber ich werde ganz sicher nicht seinen Tod planen.“

Ihre lila getönten Lippen bleiben geschlossen und ihre glasigen weißen Augen starren auf die Steinwand hinter mir.

Obwohl ich versucht bin, hinauszustürmen, trifft mich plötzlich ein Gedanke – oder eher ein Schlag – und ein Schnauben entfährt mir. *Natürlich, verdammt nochmal.* „Lorcan steckt dahinter. Das ist ein Trick, um mich hier zu halten, nicht wahr?“

„Nein.“ Ihr Gesicht wendet sich mir zu wie eine Sonnenblume, die die Wärme der Sonne sucht, aber alles, was sie von mir bekommt, ist bitterer Frost. „Lorcan glaubt immer noch, er wird Dante töten und dabei seine Menschlichkeit verlieren. Denn genau das wird passieren, wenn er deinen früheren Geliebten aus dieser Welt entfernt, bevor der Obsidianfluch aufgehoben ist.“

Röte überzieht meine Wangen, weil Bronwen von meinem Nachmittag mit Dante auf der Barackeninsel weiß. „Du meinst, er wird zu einer Eisenstatue erstarren. Lass mich raten, ich werde diejenige sein, die ihn ermorden muss?“

Tränen trüben ihre Augen und beginnen über die Furchen ihrer Narben zu laufen. Weint sie um den Freund, den sie verlieren könnte, oder sieht sie noch etwas anderes, das sie mir noch nicht verraten hat?

„Nein, Fallon, denn du wirst dann bereits tot sein.“

KAPITEL 14

Ich schleiche zurück zu meinen Schlafgemächern, meine Füße so taub wie der Rest meines Körpers. Die ganze Vorfreude, die ich beim Aufwachen verspürte, wurde von Bronwens Prophezeiungen weggespült.

Eine Mörderin oder ein totes Mädchen.

Meine zwei Optionen.

Beide miserabel.

So enttäuscht ich auch von Dantes Verhalten bin, ich will nicht, dass er stirbt, und kann mir nicht vorstellen, irgendetwas könnte mich dazu bringen, ihn aus dieser Welt zu schaffen.

Dennoch behagt mir der Gedanke nicht, Lorcan und sein Volk zu verdammen. Besonders, da ich in diesem Szenario diejenige bin, die tot ist. Ich habe keine Lust, die nächste Welt zu besuchen. Ich habe in dieser noch so viel zu tun und zu sehen. So viele Abenteuer zu erleben, so viele Männer zu küssen und Verwandte zu finden.

Obwohl ich meine Herkunft nicht mag, bin ich neugierig, diese Hexen kennenzulernen, von denen ich abstamme. Vielleicht sollte ich nach Shabbe segeln, bis dieser Kampf um die Throne vorüber ist. Warum hatte ich nicht die Weitsicht, Bronwen zu fragen, was mit Dante und Lore geschehen würde, sollte ich Luce für immer verlassen?

Ja, ich würde mein Gelübde gegenüber dem Crow-König brechen, aber er hat Meriam gefunden. Es ist nur eine Frage der Zeit, bis die Schutzzauber fallen. Und dann…

Und dann käme ich wieder ins Spiel, ob ich wollte oder nicht.

Ich klammere mich an meine steinerne Fensterbank, während die rosa Insel hinter dem peitschenden Regen verschwindet und wieder erscheint.

Was, wenn *Lorcan* die Schutzzauber durchbrechen würde? Sicher, freiwillig würde er nie dorthin gehen, aber was, wenn ich ihn hinübertricksen könnte?

Jeder hat eine Schwäche. Ich müsste nur seine entdecken.

Oder ich könnte ihn einfach in einen Eisenblock verwandeln und ihn auf Minimus' Rücken durch die Schutzzauber schicken.

Oh, wie wütend wäre der Crow-König, aber zumindest wäre er in Sicherheit. Dante wäre in Sicherheit. Und vielleicht wäre ich es auch. Oder ich wäre immer noch tot, aber zumindest könnten die beiden sich noch ein paar Jahrhunderte lang hassen.

„Connor ..." murmelt Phoebus, der vollständig bekleidet auf dem Bett liegt und sich herumdreht. Ich glaube, er ist mitten in einem Traum, als er hinzufügt: „Du hast versprochen, mir Frühstück zu bringen, Picolina, aber ich sehe weder Essen noch einen dunklen und gutaussehenden Crow."

Besorgt, mein Gesichtsausdruck könnte meine Niedergeschlagenheit verraten, halte ich meinen Blick auf Shabbe gerichtet. „Heute servierte ein hellhaariger Crow das Essen. Ich erinnere mich, dass du braunhaarige Männer langweilig findest."

Er gähnt. „Da der braunhaarige Mann Connors Sohn ist, wäre es seltsam gewesen, ihn hierher zu bringen."

„Sein Sohn?" Diesmal wende ich mich vom Fenster ab, Bronwens Prophezeiungen rücken in den Hintergrund meiner Gedanken.

„Ja. Laut Aoife hat er ihn vor einigen Jahrzehnten mit einer sterblichen Frau gezeugt, bevor die Crows zum ersten Mal in ihren Schlaf fielen."

Plötzlich mache ich mir Sorgen, Phoebus könnte Gefallen an einem Mann gefunden haben, der seine Zuneigung vielleicht nie erwidern wird. Es ist schon einmal passiert und hat meinem Freund das Herz gebrochen.

„Er steht auf beide Geschlechter. Ich habe es nachgeprüft. Nicht, dass es eine Rolle spielt, da wir sowieso gehen." Phoebus stößt einen übertriebenen Seufzer aus. „Meine Aussichten schrumpfen auf Racoccins oder Selvatins zusammen."

„Warum sagst du das?"

„Wegen meiner Treue zu einer bestimmten Person." Er wirft mir ein schiefes Lächeln zu. „Schon gut. Ich fange an, besonders robuste Männer zu bevorzugen."

„Bleib."

Die smaragdgrüne Farbe seiner Iris verhärtet sich, als er sich aufrichtet. „Sei still, Picolina."

„Ich mache keine Witze, Pheebs. Es wäre sicherer für dich zu bleiben."

„Wo du hingehst, gehe ich hin, selbst wenn es in die Sümpfe der Menschen ist."

Ein Klopfen zwingt mich, das Thema fallenzulassen. *Vorerst.*

„Herein." Mein Puls, der erst vor Furcht und dann vor Schuldgefühlen raste, schlägt nun im Oxymoron der Gefühle … düsterer Vorfreude. Ich will gehen und doch wieder nicht.

Ich erwarte unsere Eskorte, aber der Mann, der im Türrahmen steht, ist nicht mit Flügeln ausgestattet.

„Ich habe gehört, ihr geht." Lazarus, der Feuer-Fae, der als Heiler unter zwei Fae-Königen diente, blickt zwischen Phoebus und mir hin und her. Die Leidenschaft der Crows für Gesichtsbemalung hat auf den riesigen Mann abgefärbt, der seinen bernsteinfarbenen Blick mit schwarzen Streifen geschmückt hat, die ihn wie einen erfahrenen Krieger wirken lassen.

„Wir gehen. Bald. Wirst du mit uns nach Hause kommen?"

Er tritt über die Schwelle, ohne die Tür hinter sich zu schließen. „Mein Zuhause wurde vor zwei Jahrzehnten getötet, Fallon. In Luce habe ich nichts mehr."

Sein *Zuhause* war Dantes Vater, Andrea Regio, der von seinem eigenen Sohn ermordet wurde, obwohl Marco dem Crow-König die Schuld dafür gab, um die öffentliche Meinung gegen die Gestaltwandler aufzubringen. Andrea war wie Dante bereit, einen Friedensvertrag auszuhandeln, um die uralte Fehde zu beenden; Marco nicht.

„Ich werde hier bleiben, bis die Schutzzauber fallen, falls Lorcan mich braucht." Lazarus spielt mit einer Saphirbrosche an dem hochstehenden Kragen seiner mitternachtsblauen Tunika. Erst als er die Finger senkt, bemerke ich die zwei verschlungenen Buchstaben – L und A. Steht das A für Andrea oder beginnt Lazarus' Nachname mit einem A? „Dann breche ich nach Shabbe auf."

Sein Reiseziel lässt meinen Blick von den schimmernden Saphiren abprallen.

„Shabbe, hm?“ Phoebus legt ein ausgestrecktes Bein über das andere und reckt die Arme, sodass die schwarze Bluse, die er sich gestern aus meinem Schrank geliehen hat, an den Nähten reißt.

Ich frage mich kurz, was Lorcan mit all diesen Kleidern machen wird, wenn ich weg bin. Sie all den Mädchen schenken, die sich ihm an den Hals werfen, weil er ein Königreich regiert? Mädchen wie Imogen?

Statt sich das Hemd über den Kopf zu zerren, reißt Phoebus die Ärmel ab, bis er nur noch mit einem Hemd bekleidet ist, das seine muskulösen Schultern betont. „Ich habe gehört, deine Heilkristalle stammen von dort. Stimmt das?“

„Ja. Das ist wahr.“ Lazarus hebt die Hand zu den dreißig Ringen, die den Rand seines rechten Ohrs säumen, als wollte er sich vergewissern, dass die kleinen farbigen mit Magie gefüllten Perlen noch aufgefädelt sind.

Er überprüft das andere Ohr nicht, das ebenso reichlich mit Schmuck behangen ist. „Das ist eigentlich der Grund für meinen Besuch. Phoebus, ich habe dir einen Ohrring mitgebracht, der die Wirkung von Eisen auf dein Blut neutralisiert und dir hilft zu heilen, solange die Verletzung nicht dein Herz betrifft.“

Als Lazarus sich nähert, richtet sich Phoebus auf und schwingt die Beine von der Bettkante.

„Ich wollte dich schon länger darum bitten.“ Mein Freund schiebt sein Haar zur Seite, um Lazarus Zugang zu einem der vielen Löcher zu geben, die er frei von den Schmuckstücken gehalten hat, die die wohlhabenden Fae tragen.

In der Schule hingen in seinen Ohren teurer Tand, aber seitdem er sich von seiner Familienbande und seinem hüftlangen Haar getrennt und sich gegen das Kastensystem der Lucin aufgelehnt hat, trägt er kaum mehr etwas anderes als gelegentlich einen goldenen Stecker.

„Wie funktioniert der Edelstein, Lazarus?“

„Du reibst ihn zwischen deinen Fingerspitzen, dann reibst du die Salbe auf deine Verletzung.“

Ich frage mich, warum er Phoebus erst jetzt damit ausstattet. Warum nicht, als wir ins Himmelreich transportiert wurden, wo mehr Eisen pro Quadratmeter existiert als in gesamt Luce?

Lazarus wirft einen Blick in meine Richtung. „Ich habe auch einen Kristall für dich, Fallon."

Ich verschränke die Arme. „Ich bin immun gegen Eisen."

„Nicht um Eisen zu bekämpfen. Nur um deine Wunden zu heilen, falls dich jemand verletzt." Der silberhaarige Fae schreitet auf mich zu, seine seidigen blauen Hosen und das fließende Hemd flattern um seine Glieder wie Meerwasser.

„Du lässt es so klingen, als würde unsere Rückkehr nach Luce mit Gewalt verbunden sein."

„Ich weiß nicht, wie man euch aufnehmen wird, Fallon. Ich hoffe, Dante wird sich als fair erweisen, wie sein Vater" – seine Kehle senkt sich mit einem schweren Schlucken – „und dich und deine Freunde beschützen, aber er ist jung und erpicht darauf, beliebt zu sein, und die meisten erhöhen sich selbst, indem sie auf anderen herumtreten."

Ich möchte Dante verteidigen, aber ich bin nicht mehr das naive Mädchen, das ihn für unfähig hielt, Unrecht zu tun. Alles, was ich tun kann, ist darauf zu achten, ihm nicht im Weg zu stehen, denn ich möchte nicht als Trittbrett benutzt werden – *schon wieder.*

Der Heiler untersucht meine Ohren, die vollständig zu sehen sind, da ich meine Haare zurückgebunden habe. Mir fällt auf, dass ich aufgehört habe, mich mit ihrer Form zu beschäftigen, jetzt, da ich von Leuten mit ähnlichen Ohren umgeben bin.

„Meine Ohrläppchen sind nicht durchstochen, Lazarus."

„Aus freien Stücken?", fragt er.

„Ja." Warum etwas schmücken, worauf man lieber keine Aufmerksamkeit lenken möchte?

„Der Kristall darf nicht auf deiner Haut liegen, sonst verliert er seine Magie."

Ich neige meinen Kopf, um ihm Zugang zu meinem rechten Ohr zu geben. „Ich bin nicht mehr dagegen, sie durchstechen zu lassen."

Phoebus starrt mich an, weil er einer der wenigen ist, die von meiner früheren Abneigung wissen. „Bist du sicher?"

Ich nicke, und seine Überraschung weicht einer Emotion, vergleichbar mit dem stolzen Glänzen in seinen Augen. Ich glaube nicht, dies verdiene Stolz, aber meine Entscheidung *ist* ziemlich bedeutsam. Heute ist der erste Tag, an dem Fallon Rossi Bannock aufhört, sich dafür zu schämen, was sie nicht ist.

Lazarus löst die mit einem Saphir besetzte Nadel von seinem Kragen, reibt dann einen seiner vielen Kristalle – eine lila Perle – und überträgt die daraus gewonnene Magie auf den Stiel der Brosche, bevor er sie auf mein Ohrläppchen richtet.

Ich schüttele den Kopf und tippe auf den Knorpel ganz oben, genau dort, wo eine Spitze stehen würde, wäre ich als reinblütige Fae geboren worden. „Hier."

Phoebus' Mund verzieht sich bei meiner Bitte, weil er versteht, dass das die Aufmerksamkeit auf meine runden Ohren lenken wird.

„Sehr wohl." Lazarus nimmt die Spitze meines Ohrs zwischen seine großen Finger. „Es wird wehtun, aber nur einen Moment."

Noch bevor ich erneut schlucken kann, sticht er die Nadel durch den Knorpel, und obwohl der Schmerz oberflächlich ist, halte ich den Atem an, während er die Nadelspitze langsam wieder herauszieht und den endgültigen Ring in die Hand nimmt. Er reibt den durchsichtigen Bernsteinkristall, der daran hängt, zwischen Daumen und Zeigefinger und trägt die magische Salbe auf mein neu gestochenes Loch auf.

Meine Haut brennt kurz, bevor sie fast sofort abkühlt. Ich lasse die Luft aus meinen Lungen entweichen, als er den Ring durchstößt und sichert. Obwohl er fast nichts wiegt, erfüllt mich seine Präsenz mit neuem Mut.

„Klopf, klopf." Die fröhliche Stimme kommt von Eefah, die in der Tür steht, ihre schwarzen Haare zu zwei langen Zöpfen geflochten, die am Scheitel ihres Kopfes beginnen. „Ich komme, um dich nach Luce zu fliegen. Hast du fertig gepackt?"

„Ja." Ich recke meinen Hals und schenke Lazarus ein Lächeln. „Ich hoffe, ich kann eines Tages deine Freundlichkeit erwidern."

Der große Heiler neigt den Kopf, seine schweren silbernen Locken fallen über seine Schulter und verdecken ein wohlgeformtes Ohr vollständig. „Bleib am Leben. Das ist Dank genug."

„Ich habe nicht vor zu sterben." Meine Lippen bleiben trotz der Furcht, die in mir aufsteigt, zu einem Lächeln verzogen.

„Andrea hatte auch nicht vor, in die nächste Welt überzugehen." Sein trauernder bernsteinfarbener Blick streift ein letztes Mal über meine Züge, bevor er sich umdreht, aus meinem geliehenen Zimmer schlendert und in der umliegenden Dunkelheit verschwindet.

„Schöner Ohrring." Eefahs Lächeln zeigt schiefe Zähne und echte Herzlichkeit. „Wann lässt du dir das Crow-Tattoo stechen?"

Ich blinzele sie an. „Ähm." Ich spüre, dass das Wort *niemals* ihre Freude zunichtemachen würde, also ersetze ich es durch eine vage Erklärung. „Ich habe mich noch nicht entschieden."

„Ich dachte, ihr werdet alle damit geboren." Phoebus steht auf, sein neuer grüner Kristall funkelt so hell wie seine Augen, trotz der dunklen Ringe, die sie umgeben.

Ich zweifle nicht daran, dass er, sobald er nach Hause kommt, unter seine Bettdecke schlüpfen und einen Monat lang Winterschlaf halten wird.

„Nein. Wir bekommen es, wenn wir das Nest verlassen."

Während er seine großen Füße in die grünen Wildledermokassins schiebt, die seinen Schwimmausflug im Mareluce irgendwie überstanden haben, fragt er: „Warum hat Bronwen dann keins?"

Die Mundwinkel von Eefah senken sich. „Weil Costa Regio Fae-Feuer auf Bronwen gesandt hat, als sie sich entschied, Cian zu heiraten."

Ich zucke zusammen. „W-Was?"

„Deshalb ist sie also entstellt…", murmelt Phoebus. „Wie verrückt, dass sie Costa Regio persönlich kannte."

Eefahs Augenbrauen ziehen sich zusammen. „Costa *ist* Bronwens Vater."

Mein Kiefer klappt herunter, zeitgleich mit dem von Phoebus.

„Ihr wusstet das nicht?" Die Crow lässt ihre tintenschwarzen Augen zwischen unseren beiden verblüfften Gesichtern hin und her wandern.

Meine Ohren rauschen und obwohl ich mich nicht getäuscht fühle, fühle ich mich töricht, weil ich nichts von ihrer Verwandtschaft wusste. „Weiß Dante davon?"

„Ich weiß es nicht."

„Ihre Ohren sind nicht spitz", bemerkt Phoebus.

„Weil Costa die Spitzen mit einer Stahlklinge abgeschnitten hat. Er war ein grausamer Mann. Ein *uhlbheist.*"

„Ulbeeheist?", wiederholt Phoebus.

„Ein Monster."

Ich bin immer noch fassungslos über die Tatsache, dass meine Tante auch Dantes Tante ist. Das bedeutet, sie ist eine Regio. Das bedeutet – „Bronwen ist die rechtmäßige Königin!", flüstere ich atemlos.

Eefah runzelt ihre Stupsnase. „Cian ist ihr Gefährte. Nicht Lorcan."

Es dauert einen Moment, bis ich ihre Bemerkung verstehe. „Es gibt mehr als einen Thron in Luce, Eefah."

„Nur für den Moment." Ihre Zeigefinger berühren sich. „Eines Tages; ein Thron."

Hat Bronwen ihre neueste Prophezeiung verbreitet? Ich hoffe nicht, denn ich stehe zu dem, was ich Bronwen gesagt habe … ich werde *niemals* ihren Neffen ermorden.

Die Luft wird von Flügelschlägen aufgewirbelt, dann füllt sich der Raum mit Rauch, als sich ein zweiter Crow neben Eefah materialisiert – Connor.

Während er ein paar leise Worte mit Imogens jüngerer Schwester wechselt, klappt Phoebus' Kinnlade zu und er eilt sich, sein zerwühltes Haar zu ordnen. Unter anderen Umständen hätte ich über seine Eitelkeit geschmunzelt, aber mein benommener Verstand ist unfähig, meine Lippen zu verziehen, geschweige denn sie zu schließen.

Eefah wendet sich wieder uns zu. „Imogen ist nicht frei, also kommt Connor mit uns. Ich hoffe, das ist okay?"

Während Phoebus verkündet, wir würden *zurechtkommen*, presse ich die Lippen zusammen und starre auf die Wand, die diesen Raum von Lores trennt. Ich stelle mir vor, Imogens Abwesenheit liegt daran, dass sie von den Bettlaken eines gewissen Jemands gefangen gehalten wird.

KAPITEL 15

Meine Zähne sind wie verschweißt, seit Eefah und Connor uns aus dem Himmelreich herausgeflogen haben.

So sehr ich auch versuche, Freude darüber zu empfinden, nach Hause zurückzukehren – und das auch noch durch den Himmel –, werde ich immer wieder von Bildern Imogens und Lores, eng miteinander verschlungen, überfallen, die meine Stimmung trüben, so wie der Sturm meine Kleidung und die Farbenpracht der Raccoccin-Wälder trübt.

Der einzige Grund, der mir einfällt, warum mich ihr Zusammensein so wütend macht, ist der Beweis, dass auch Lorcan Reebyaw nicht besser als Dante oder einer der anderen Monarchen ist – allesamt Fremdgeher mit lockerer Moral und noch lockereren Hosen.

Ich beginne zu glauben, treue Männer wären vom Aussterben bedroht. Vielleicht hat Sybille recht und ich sollte meine romantischen Vorstellungen begraben, den Einen zu finden. Ich habe genug von Liebesromanen.

Ich werde die Große Bibliothek in Tarecuori besuchen, jene, die Nonna mir verboten hat zu betreten, weil man Blut braucht, um Zutritt zu erhalten. Obwohl sie die wahre Natur meines Blutes nicht kannte, wusste sie, dass irgendetwas seltsam daran war.

Dort werde ich mir medizinische, religiöse und politische Zeitschriften ausleihen. Im Grunde jede Geschichte, die viel Blutvergießen und eine gesunde Dosis Grauen enthält anstelle von herzerwärmenden Gesprächen. Ich kann genauso gut mein Herz abhärten und meinen Verstand auf die Schlacht vorbereiten, an der ich teilzunehmen gedenke.

Die Aussicht, den fünfstöckigen Tempel des Wissens zu betreten, glättet meine gereizte Stimmung, die sich noch mehr aufhellt, als Phoebus‘ in Lachen ausbricht, während der Wind sein Haar zu einer blonden Sturmwolke aufwirbelt.

„Wir fliegen, Fal! FLIEGEN! Schau, wie klein der Sumpf aussieht!“ Er deutet mit dem Kinn in die Luft, die Arme fest um den Hals seines geflügelten Reittiers geschlungen. „Und die Leute! Sie sind winzig wie Kobolde!“

Durch das Gewirr der Regentropfen erhasche ich einen Blick auf die hochblickenden Gesichter der Racoccins, die bis zu den Knien im Schlamm waten und ihre überschwemmte Ernte bergen. Ich bin mir nicht sicher, ob Lorcan hinter dem Sturm steckt, aber wenn ja, muss er ihn besänftigen, sonst zerstört er die Einkommens- und Nahrungsquelle der Menschen.

Phoebus ruft: „Hallo!“

Während kein Erwachsener zurückgrüßt, winkt eine Schar Kinder, die so schnell rennen, wie ihre kleinen Beine sie tragen, durch das schlammige Feld patschen und dabei sowohl ihre Haut als auch ihre zerlumpten Kleider beschmutzen. Obwohl ihre Gesichter schmutzig sind, entgeht mir nicht, wie sich ihre Wangen beim Lächeln heben, als sie unsere riesigen Reittiere erblicken.

Wie ein Tuch, das beschlagenes Glas abwischt, vertreibt ihre staunende Freude den Rest meiner Verärgerung.

Zu denken, dass ich eines Tages ohne die Hilfe eines anderen Crow fliegen kann.

Mich in Rauch und Federn verwandeln und Zauber mit Blutstropfen wirken kann.

Mein Herz hüpft von Rippe zu Rippe und ich vibriere vor absoluter Begeisterung, die nachlässt, als eine Flotte weiß gekleideter Kobolde durch die Luft saust und eine Sperre in unserer Flugbahn bildet. „*Corvi*, ihr betretet unerlaubt Lucin-Gebiet. Ihr werdet aufgefordert, sofort anzuhalten!“

„Sie bringen uns nach Hause. Nach *Luce*!“ Phoebus‘ goldenes Haar klebt nun, da wir angehalten haben, an beiden Seiten seines Gesichts. „Denn wir“ – er deutet zwischen sich und mir hin und her – „sind Bürger von Lucin.“

„Kraft des Dekrets des Königs …“ Der Kobold, der dies bellt, wird mitten im Satz von einem massiven Regentropfen im Gesicht getroffen, was dazu führt, dass sein Kopf zur Seite dreht und sein zierlicher Körper einsinkt.

„Darf kein Crow den Racoccin-Wald überfliegen!", beendet ein anderer Kobold den Satz, einer mit einer Jacke voll greller goldener Knöpfe. Ich nehme an, er ist der Anführer des Bataillons.

„Cauldron, beruhigt eure Flügel, Koboldchens. Diese freundlichen Vögel setzen uns nur ab …"

Phoebus' scherzhafte Anmerkung wird jäh unterbrochen von einem Aufschrei: „*Freundlich*? Sie spalten unser Volk entzwei!"

Mir wird übel, denn ich erinnere mich, wie Lorcan sie entzweite. Damals glaubte ich, er hätte sie getötet, um mich zu schützen, doch in Wirklichkeit war es, um sich selbst zu schützen. Um sicherzustellen, dass ich weiterhin seine verstreuten Teile einsammeln konnte.

„Landet sofort, *corvi*, oder wir werden Obsidianpfeile verwenden, um euch zum Landen zu *zwingen*."

Zehn Kobolde haben bereits schwarze Stäbe, dünn wie Nadeln, aus den an ihren Hüften befestigten Köchern hervorgeholt.

Um den brüchigen Frieden zwischen Crows und Fae nicht zu gefährden, nicke ich. „Wir werden landen. Eefah?"

Während sie zum Sinkflug ansetzt, streife ich meine wassergetränkten Wimpern an meiner Schulter ab. Jenseits der weißen Wolke summender Kobolde zeigen sich die Inseln von Tarelexo … zu Hause. Wir sind so nah, dass ich fast den Glyzinienstrauch riechen kann, der mein kleines blaues Haus umarmt. In nicht mehr als dreißig Minuten erreichen wir die Fähre, die uns über das Meer zum Kai vor dem *Bottom of the Jug* bringt.

Einer der Kobolde verengt die Augen auf meine geflügelte Eskorte. „Und die Vögel kehren zurück, woher sie kamen."

Eefahs Kopf dreht sich zu Connor und sie stößt ein Krächzen aus, das der grollende Himmel zu verstärken scheint. Sie zieht ihre Flügel ein, synchron mit Connor, und wir stürzen so schnell ab, dass sich mein Magen anfühlt, als spränge er mir in den Hals, obwohl mir vollkommen klar ist, dass das anatomisch unmöglich ist. Ich zucke zusammen, aus Angst, ihre Landung könnte mich einige Knochen kosten, doch sie spreizt ihre Flügel und ihre Krallen küssen den matschigen Boden.

Sie fächert einen Flügel aus, um mir beim Absteigen zu helfen.

Sobald ich fest auf den Beinen stehe, streiche ich das Haar zurück, das sich aus meinem Zopf gelöst hat.

Zwei Kobolde zischen gleichzeitig: „Es ist ein Mädchen!"

Es dauert einen Moment, bis mir klar wird, warum sie annahmen, ich sei männlich … die Hosen. Ich muss diese wirklich bei den Fae in Mode bringen, denn Frauen verdienen es, den Komfort und die Zweckmäßigkeit von Hosen zu entdecken.

„Die Schlangenbeschwörerin. Es ist die Schlangenbeschwörerin! Warnt den König!"

Bevor ich den nächsten Atemzug tun kann, positioniert jeder geflügelte Soldat einen Pfeil vor seinem Mund.

Eefah nimmt menschliche Gestalt an. „Wir gehen zurück, Fallon! Connor …"

„Nein." Ich schüttle den Kopf, denn ich habe zu hart gekämpft, um nach Hause zu kommen, um beim ersten Anzeichen von Spannungen zurückzuweichen. „Wir kommen in Frieden", erkläre ich dem Bataillon.

Der Kobold mit den goldenen Knöpfen kichert. „Die Königsmörderin kommt in Frieden?"

Phoebus löst sich von Krähe-Connor und springt vor mich und Eefah.

Ich versuche, mich hinter meinem Freund hervorzudrängen, um den Kobold anzustarren, aber Phoebus nimmt seine Rolle als mein Schild äußerst ernst. „Ich habe Marco Regio *nicht* getötet."

„Fallon, bitte. Lorcan verwandelt mich für immer in eine Krähe, wenn dir etwas zustößt." Eefahs Stimme zittert vor Nervosität.

Obwohl die Kobolde Abstand halten, fliegen sie höher, um Sicht auf mich hinter Phoebus zu bekommen, doch Connor breitet seine Flügel aus und schirmt Phoebus und mich ab.

Eefah murmelt: „Ich mag das nicht."

„Ihr habt die falschen Informationen. Ich habe euren ehemaligen Monarchen nicht ermordet."

„Wir wissen, was passiert ist. *Alles*, was passiert ist." Der Hohn von Gold-Knopf verstärkt meine Wut.

„Offensichtlich seid ihr falsch informiert, ihr verkümmerten Blütenfresser", murmle ich.

Phoebus schnaubt. „Blütenfresser?"

„Ich habe die Dirnen darüber sprechen hören", flüstere ich.

„Weißt du, was das sind?" Ein Lächeln schwingt in Phoebus' Stimme mit.

„Ich stelle mir vor, es sind zumindest keine Vegetarier."

„So was von nicht."

Obwohl albern, hilft unsere Diskussion, meine Nerven zu beruhigen. Das gilt allerdings nicht für Connor – dessen Federn schwarzen Rauch aufsteigen lassen – oder für Eefah – deren Gestalt ihre festen Konturen verliert, während sie versucht, die Teile von mir zu schützen, die Connor und Phoebus nicht abschirmen.

„Weißt du, wer ich bin?", schreit Phoebus sie an.

„Ein Verräter", zischt ein Kobold.

Phoebus schiebt seine blonden Haare beiseite, um seine Ohren zu zeigen. „Ich bin Phoebus Acolti. Lasst uns also durch, bevor ich euch mit einem Zypressenzweig aus dem Weg schlage und aus der Armee werfe."

„Hier hast du keine Autorität, Reinblüter"

„König Dante befiehlt" – ein Kobold keucht, seine geröteten Wangen blähen sich von seinem schnellen Flug – „dass Fallon Rossi nicht" – ein weiterer rauer Atemzug – „verletzt werden darf. Und wir sollen ihr … sicheres Geleit … gewähren … wohin sie auch gehen möchte."

Mein Puls beschleunigt sich aus Dankbarkeit, aber auch aus Erleichterung, dass ein paar Tage an der Macht meinen früheren Geliebten nicht zu einem unberechenbaren Despoten gemacht haben.

„Komm nach Hause, Fallon. Bitte." Eefah klingt, als stünde sie kurz vor einem Zusammenbruch.

Ich ergreife ihren Arm. „Ich muss zuerst meine Mutter und Großmutter finden." Ich erwähne nicht, welche. Wenn ich Glück habe, finde ich beide Paare.

Ihre dunklen Augen blitzen auf, bevor sie glasig werden wie glatter Marmor. *„Guhlaèr."*

„Guhlair?" Obwohl Phoebus' Körper immer noch angespannt ist, dreht er sich zu uns um.

„Es bedeutet *okay.*“ Eefahs Lider senken sich und wischen die Fassade ihrer Benommenheit weg. „Lorcan sagt okay, dass du ins Fae-Land gehen darfst.“

Ich hebe meinen Blick zum Himmel, überrascht, dass der Crow-König zuhört, da ich ihn anderweitig beschäftigt glaubte. „Es ist nicht seine Entscheidung.“ Ich warte auf eine Erwiderung, aber keine Worte trommeln zwischen meinen Schläfen. „Ist er in der Nähe?“

Ohne meinen Blick zu erwidern, sagt Eefah: „Nein.“

Lügen haben keinen Geschmack und doch riecht ihr Atem nach Täuschung.

Ohne aufzublicken, murmle ich durch die Verbindung: ***Du hast versprochen, mir nicht zu folgen.***

Stille.

Wenn du mich hören kannst, Lore – was ich mir vorstellen kann –bleib Luce bitte fern. Du hast die Kobolde gehört, sie haben die Erlaubnis, Obsidian zu verwenden. Jeder Lucin ist wahrscheinlich damit bewaffnet.

Die Luft wirbelt auf, als Eefah sich in ihr Biest verwandelt.

Bevor sie aufbricht, sage ich: „*Shehveha* für die Fahrt und deine Freundlichkeit.»

Sie nickt mit ihrem runden Kopf, bevor sie mit den Flügeln schlägt und himmelwärts verschwindet, ihre eisernen Krallen im verhüllten Sonnenlicht glänzend. Connor folgt ihr, verschwindet hinter Eefah durch das Blätterdach.

Mit ebenso schnellem Puls wie deren Flügelschläge beobachten die Kobolde ihren Aufstieg, folgen ihnen jedoch nicht.

„Gerissene Dämonen“, murmelt einer.

Ich werfe ihm einen finsteren Blick zu. „Crows sind zivilisierter als die meisten Fae, die ich kenne.“

Phoebus schiebt seine Finger durch meine und zieht mich an seine Seite. „Obwohl ich nichts dagegen hätte, sofort ins Himmelreich zurückzukehren, rate ich dir, dich nicht einzumischen, wenn du Syb sehen und Ceres sowie Agrippina finden willst.“

„Ihr werdet die Rossi-Frauen nicht finden“, verkündet Goldknopf. Seine Worte schnüren mir die Luft ab.

„Warum nicht?“ Die Worte kommen erstickt heraus.

Die Knöpfe auf seiner weißen Jacke glänzen wie Lores Augen. „Weil sie fort sind, Schlangenmädchen.“

„Wohin?“, fragt Phoebus, da ich zu hektisch atme, um Worte zu formen.

„Angeblich sind sie nach Shabbe gesegelt, um der Schande zu entkommen, die du über deine Familie gebracht hast.“

Mein Herz klopft bei der Erinnerung daran, wie Lorcan mir sagte, Bronwen und Giana hätten Nonna und Mamma in Sicherheit gebracht. Meinte er Shabbe?

Ich reiße den Kopf zurück und starre in die bleierne Luft. ***Sie wurden nach Shabbe gebracht?***

Stille.

Antworte mir, verdammt noch mal. Tränen lasten schwer auf meinen Wimpern. ***Antworte mir!***

Ich habe dir gesagt, dass sie in Sicherheit sind.

Die Tränen fließen und vermischen sich mit den Regentropfen. ***In Shabbe, Lore.*** Meine Stimme bricht wie mein Herz.

Es war der sicherste Ort für sie.

Vielleicht, aber all meine Hoffnungen und Träume, sie wiederzusehen, sie zu umarmen, zu erklären, warum ich gegangen bin und den Crow-König zurückgebracht habe … all das platzt wie Seifenblasen. ***Wussten sie wenigstens, wohin sie gebracht wurden?***

„Warum schaut das Mädchen zum Himmel?“, ruft einer der Kobolde aus.

„Die Crows müssen geblieben sein. Durchsucht die Bäume!“, befiehlt Gold-Knopf. „SOFORT!“

Sein gesamter Trupp zuckt zusammen wie ein aufgescheuchter Fischschwarm.

„Sofort, *soldati*!“

Vier Kobolde steigen höher, ihre Gesichter so milchig-grau wie Montelucin-Stein.

Phoebus drückt meine Hand. „Fal, was möchtest du tun?“

Ich wische die Tränen weg. „Im Moment will ich Gia anschreien und dann nach Shabbe segeln.“

Donner grollt, dann hallt er zeitgleich mit Blitzen durch den Himmel.

Segel nach Shabbe und ich werde persönlich dafür sorgen, dass du in mein Heim zurückgebracht wirst, wo du bleibst, bis die Schutzzauber zusammenbrechen.

Ich knirsche mit den Backenzähnen bei Lores Drohung. ***Ich werde niemals wieder in dein Heim zurückkehren. Niemals. Ich hasse dein Nest und ich hasse dich.***

Ein Lachen, das mir die nassen Härchen auf den Armen aufstellt, hallt durch die Verbindung. ***Geh und sieh selbst, was aus deinem Heim geworden ist, bevor du mein Nest so schrecklich nennst.***

KAPITEL 16

Phoebus hält meine Hand fest umschlossen, während wir durch die aufgeweichten Marschländer stapfen, umgeben von einem Nebel aus weißen Kobolden, die die ohnehin schon stickige Luft noch dünner machen. Obwohl er versucht, mich in ein Gespräch zu verwickeln, nehmen mein Ärger und meine Enttäuschung zu viel Raum ein, als dass mein Geist sich auf irgendein Thema konzentrieren könnte.

Mit einem Seufzer legt er seinen Arm um meine verspannten Schultern und zieht mich an sich. Schließlich wird auch er so schweigsam wie ich.

Als wir den Steg erreichen, bin ich bis auf die Knochen durchnässt. Bis ins Mark. Und obwohl es noch Sommer ist, schüttelt mich am ganzen Körper ein Zittern.

Phoebus hält mich noch fester, Wasser rinnt über die dünne Schicht goldener Haare, die an seiner gebräunten Haut kleben. „Ich glaube, ich war nicht mehr so nass, seit Dargento mich in den Mareluce geworfen hat, um mit den Schlangen zu schwimmen."

Mein Blut kocht bei der Erinnerung daran, was mein Freund durch die Hände dieses bösen Kommandanten erleiden musste. Meine Rache wird so verdammt süß sein.

„Ich hoffe, er verrottet im Filiaserpens." Seine Augenwinkel kräuseln sich, als würde er sich an den Schmerz und die Angst erinnern. „Oder noch besser, in Shabbe."

Aus Angst, meinen Freund in Panik zu versetzen, gestehe ich nicht, dass der verhasste Mann lebt und sich in Luce aufhält. Leider macht der Kobold, der uns am nächsten ist, beides öffentlich.

Phoebus' Griff wird erdrückend. „Was?"

„Der tapfere Kommandant hat es nach Hause geschafft."

„Tapfer?" Phoebus schnaubt. „Der Mann ist ein schleimiger, intriganter Mistkerl!"

Obwohl ich immer noch vor Kälte und Kummer zittere, drücke ich die angespannten Finger meines Freundes und flüstere: „Er wird seine Strafe bekommen, Pheebs." Ich blicke über meine Schulter in Richtung des Himmelreichs, das unter grauen Regenwolken begraben liegt. Als ich mich wieder Phoebus zuwende, sind seine grünen Augen weit aufgerissen vor Schock und Furcht.

„Wir werden einen Krieg am Hals haben, wenn die Crows sich einmischen", flüstert er zurück.

Der Krieg steht bereits vor unserer Tür, weil Lorcan Reebyaw nicht zufrieden ist mit dem Los, das ihm zugeteilt wurde. Ich beiße mir das bedrückende Geständnis von der Zunge, bevor es ihr entspringen und Phoebus' Gesicht mit noch mehr Sorgenfalten zeichnen kann. „Nicht die Crows. Dante schuldet mir was."

Wir halten an, um eine Horde schmutzgesichtiger, glatzköpfiger Racoccins passieren zu lassen. Obwohl die Kobolde sie anbrüllen weiterzugehen und den Blick gesenkt zu halten, halten viele inne, um einen Blick auf die Person zu erhaschen, die eine so dichte Eskorte rechtfertigt. Als einer der Menschen scharf die Luft einsaugt und seinen Freund anstößt, vermute ich, sie haben herausgefunden, wer das rothaarige Mädchen mit den runden Ohren und den violetten Augen ist.

„Du hast einen Handel mit Dante geschlossen?" Phoebus' klamme Finger graben sich in meine Haut, als wir weitergehen.

„Nicht direkt. Ich bin keine Fae, schon vergessen?"

Er schluckt, die Falten der Sorge und Erschöpfung vertiefen sich trotz des leichten Lächelns, das an seinen Mundwinkeln zupft. „Wie könnte ich das vergessen, *picolo serpens*? Oder sollte ich sagen, *picolo corvo*?"

Sein Necken vertreibt etwas von meiner Anspannung. „Du solltest keins von beiden sagen."

Er lächelt mich an, während wir aus dem Zypressenwald auf das Ufer zugehen. Unsere Stiefel quietschen auf dem groben Gemisch aus scharfen Steinen und zerbrochenem Glas, das den Racoccin-Strand bildet. Als sich ein Streifen Mull mit einem kastanienbraunen Fleck um meinen Knöchel wickelt, rümpfe ich die Nase, beuge mich vor und zupfe ihn ab. Eine übelriechende Böe entreißt ihn meinen Fingern und trägt ihn zurück nach Rax, wo

Abfall einen Großteil der Landschaft ausmacht.

Ich konzentriere mich darauf, nur durch den Mund zu atmen, während ich versuche, auf nichts Fragwürdiges zu treten. Ich hoffe, eine der ersten Amtshandlungen von Dante wird die Säuberung dieses Teils des Königreichs sein. Ich hoffe, er erweist sich der Sonnenstrahlenkrone würdig, die ich ihm aufs Haupt gesetzt habe.

Nachdem wir von weiteren giftigen Böen und angeschwemmten Trümmern gepeitscht wurden, erreichen wir schließlich den morschen Steg, der sich in die dunklen Wasser des Racoccin-Kanals senkt. Die Fähre nähert sich schnell, schlingert auf uns zu wie ein Tavernengast nach ein paar Krügen Wein zu viel.

Ein leiser Schrei erhebt sich aus dem Boot, als eine Frau aufspringt und versucht, die sich lösenden Bänder ihres Turbans zu fangen, doch der Wind entreißt ihn ihr.

„Setz dich verdammt nochmal hin, bevor du samt deinem Kopfschmuck ins Wasser fällst, Mensch!“, bellt der Fae-Kapitän sie an.

Wie sehr wünschte ich mir, ich hätte Magie, um ihr zu helfen, aber ich … „Phoebus! Hilf ihr.“

Er rümpft die Nase. „Ich kaufe ihr zehn neue Turbane, aber da springe ich ganz sicher nicht rein.“

„Ich meine, lass eine Ranke wachsen oder so.“

„Oh, das kann ich …“

„Es wird keine unnötige Magie eingesetzt“, spuckt ein Kobold aus, tritt vor uns und stellt sicher, dass er unsere Aufmerksamkeit hat.

Ich deute auf den treibenden roten Stoff, der einem Blutstrom gleicht. „Dann flieg und hol ihn.“

Der kleine Mann zuckt mit dem Kopf zurück, die Oberlippe verzieht sich angewidert. „Weißt du, was in diesen Gewässern schwimmt?“

„Ja, Abfall, den die Wasser-Fae sammeln und die Feuer-Fae verbrennen sollten!“ Mir ist nicht bewusst, wie laut ich gesprochen habe, bis ich bemerke, dass sich alle Gesichter mir zuwenden.

„Menschen müssen lernen, ihren eigenen Dreck wegzuräumen.“

Mein Temperament steigt. „Wenn man ums nackte Überleben kämpft …“

„Schh.“ Phoebus drückt meinen Unterarm. „Lass uns am ersten Tag nicht gleich einen Aufstand anzetteln.“

„Ich hatte vergessen, wie ungerecht und unvernünftig Lucins sein können.“

„Fallon“, warnt Phoebus. „Wenn du dich nicht beruhigst, landen wir in Isolacuori, bevor wir Tarelexo erreichen, und ich möchte wirklich, *wirklich* ein Jahrhundert in meiner Badewanne liegen und ein weiteres verschlafen, bevor ich mich auf neue Abenteuer mit meiner Lieblingsgesetzlosen begebe.“

Fluoreszierende Schuppen durchschneiden die braune Gischt und reißen meine Aufmerksamkeit von Phoebus und der Ungerechtigkeit der Fae-Welt, in die ich so entschlossen zurückgekehrt war.

Das Aufblitzen von Pink lässt sowohl die Zeit als auch das Karussell meiner Gedanken stillstehen, doch der Schrei, der den Sturm übertönt, reißt mich aus meiner Trance. Die Frau, die immer noch versucht, ihr heruntergefallenes Kopftuch zu angeln, während ein Mann sie um die Taille festhält, stolpert zurück und reißt ihren hilfsbereiten Anker mit sich.

„Schlange!“, zischt sie.

Die gesamte Reihe von Menschen, die in der Nähe der Reling sitzen, flüchten von der Seite des Bootes und bringen das Gefährt gefährlich ins Schwanken.

Wie tief die Fae den Menschen die Angst vor dem eingeflößt haben, was in unserem Ozean lauert.

Ein Stoßzahn taucht aus dem Wasser auf, gefolgt von obsidianschwarzen Augen in einem Kopf, der beinahe wie der eines Pferdes geformt ist. Als der erste Streifen weißen Fleisches am Hals der Kreatur erscheint, schnappe ich nach Luft und reiße mich von Phoebus los.

Obwohl Dante mich öffentlich Schlangenbändigerin genannt hat, habe ich meine Zuneigung zu Schlangen immer versteckt. Jetzt, da meine Herkunft bekannt ist, muss ich das nicht mehr. Es steht mir frei, mein Herz jedem Geschöpf zu schenken, das ich liebe.

Der momentane Unmut darüber, wieder in ein Reich veralteter Gesetze zurückzukehren, verfliegt sofort, als ich über den Steg rase und auf die Knie sinke, den Arm ausgestreckt, die Finger bereit, das wunderschöne Wesen zu streicheln, das ich so sehr vermisst habe.

Minimus‘ Körper schlängelt sich auf mich zu, seine schwarzen Augen weichen nie von meinen. Frische Tränen vermischen sich mit dem Regen auf meinen Wangen, als meine Haut die glitschigen Schuppen meiner Schlange berührt. Er drückt sein Gesicht in meine Hand, und es ist mir egal, dass brauner Schleim seine Wange herunterläuft.

Es ist mir egal, dass ein Regiment Kobolde und eine Bootsladung Menschen unser Wiedersehen beobachten.

Es ist mir egal …

„Also ist es wahr. Fallon Rossi hat es gewagt zurückzukehren.“

Ich reiße meinen Blick von Minimus los, der das Beben spüren muss, das Tavos Stimme in mir auslöst, denn sein Kopf wirbelt herum und seine gespaltene schwarze Zunge rollt sich mit einem dröhnenden Zischen aus.

Tavo, der am Bug einer lackierten Militärgondel steht, hüllt seine Hand in Flammen.

„Stopp!“, rufe ich. „Greif ihn nicht an.“

„Wenn er zuerst zuschlägt …“

„Das wird er nicht.“ Ich streiche mit der Hand über Minimus‘ federweiche Rückenflossen und versuche, ihn zu beruhigen. „Ich schwöre, er wird es nicht. Bitte lass deine Magie ruhen, Tavo.“

„Es heißt jetzt General Diotto.“ Obwohl er seine Handflächen senkt, tanzen immer noch Flammen über seine Haut.

Ich hasse es, dass Dante diesem Mann so viel Macht gegeben hat, obwohl es schlimmer hätte kommen können … er hätte Dargento zu seinem neuen General machen können. Nachdem ich die vergoldete burgunderrote Jacke betrachtet habe, die einst den Oberkörper meines Großvaters zierte, schnalze ich mit der Zunge, um die Aufmerksamkeit meiner Schlange zu erregen.

Ich umfasse seinen großen Kopf mit meinen Händen und flüstere: „Geh.“

Minimus blinzelt.

Ich nicke zum Ozean. „Geh."

Er schnaubt wie Furia, als wäre er genervt von meiner Aufforderung. Ich will seinen Körper gerade mit dem Druck meiner Handfläche nach unten drücken, als er wie ein aufgerolltes Seil unter der braunen Gischt versinkt und in einem Wirbel aus schäumendem Fuchsia verschwindet.

Leb wohl, mein geliebtes Geschöpf.

Ich stehe auf, gerade als die Fähre am Pier anlegt und dagegen stößt.

„Der Sturm wird mein Boot noch überfluten", mault der Kapitän mit den spitzen Ohren und den grauen Augen, während er Wasser aus dem Rumpf bläst.

„Wem verdanken wir das Vergnügen deines Besuchs?" Tavo lässt das Wort Vergnügen klingen, als wäre es alles andere als das.

„Ich bin nicht zu Besuch hier, werter General. Ich bin gekommen, um zu bleiben."

Das Feuer in seinen Fingern ist endlich erloschen. „*Hmm.* So viele von euch kommen nach Hause …" Seine bernsteinfarbenen Augen scheinen röter aufzuleuchten, während er über den Tagesstoppel an seinem Kinn streicht. „Da du in friedlicher Absicht kommst, stör dich nicht an den Wachen, die ich zu deinem *Schutz* abgestellt habe."

Selbst wenn er das Wort *Schutz* nicht betont hätte, ist mir vollkommen klar, dass es dem Mann nicht im Geringsten um meine Sicherheit geht. „Wie lange muss ich unter diesem *Schutz* stehen?"

„Solange du hier bist."

„Für immer, also?" Meine Stimme trieft vor Honig.

Seine Lippen verziehen sich zu einem grausamen Lächeln. „Bis zu dem Tag, an dem du stirbst, so wird es sein."

Bilde ich es mir ein, oder malt sich Tavo gerade aus, wie er mich ins frühe Grab schickt?

KAPITEL 17

Tavo besteht darauf, Phoebus und mich über den Kanal zu begleiten.

Ich zögere, in die militärische Gondel zu steigen, aus Angst, Dantes neuer General könnte planen, uns an Tarelexo vorbei direkt in ein Gefängnis von Isolacuorin zu bringen, aber ich klettere an Bord. Obwohl das Schiff sowohl von einem Wasser-Fae als auch einem Luft-Fae gesteuert wird, ist die Bootsfahrt unruhig.

„Du solltest dich setzen." Phoebus umklammert mein Handgelenk, weigert sich aber, meine Finger zu berühren, obwohl der unaufhörliche Regen sie vom Racoccin-Schmutz befreit hat.

„Wir sind gleich da." Mein Blick haftet auf der lila Markise, die sich wie Minimus' Rückenflosse auf und ab bewegt, und auf der schwarzen Buchstaben *Bottom of the Jug* bilden.

Ich kann schon das ausgelassene Geplauder und das derbe Gelächter hören. Ich rieche bereits die üppigen Aromen von Marcellos und Defnes Kochkünsten und stelle mir vor, wie die Dirnen in ihren gewagten Kleidern herumstolzieren.

Die Worte, die ich mit Giana wechseln will, sprudeln auf meiner Zunge und können es kaum erwarten, herauszuplatzen.

Ich weiß, dass sie mich nur beschützen wollte, aber hätte sie mir nicht sagen können, wo Nonna und Mamma sind? Warum hatte ich nicht darauf bestanden, ihren Aufenthaltsort zu erfahren? Weil ich so damit beschäftigt war, Lorcan zu verachten?

Als wir anlegen, reiße ich mein Handgelenk aus Phoebus' Griff, springe vom Boot, marschiere über das glitschige Kopfsteinpflaster zum Eingang der Taverne und stoße die Tür weit auf.

Der Lärm, der sowieso nicht laut war, da nur vier Tische besetzt sind, verstummt vollständig.

Ich zähle neun Gäste.

Neun Gäste zur Mittagszeit, das gab es noch nie. Findet vielleicht irgendwo anders im Königreich ein Fest statt? Womöglich eines zu Ehren von Dantes Vermählung?

Die Küchentür schwingt auf und lässt meinen Puls in die Höhe schnellen.

Defnes grauer Blick hebt sich von ihrem Tablett und trifft auf mein Gesicht. „Fallon."

Mein Name weht durch die stille Taverne, schwer und klebrig wie die schwüle Luft, die zwischen den verwitterten Balken und den geschrubbten Dielen gefangen ist.

Das Senken ihrer Kehle und das Zusammenziehen ihres Mundes entgehen mir nicht.

Schock. Sie ist schockiert.

Ich bringe ein Lächeln zustande und trete einen Schritt vor.

„Geh."

Ich erstarre. Hat sie mich gerade gebeten zu …

„Bitte." Sie schüttelt den Kopf, sodass ihr welliges, schulterlanges schwarzes Haar über das beigefarbene Leinenmieder ihres Kleides streift. „Bitte, Fallon. Geh."

Stuhlbeine kratzen, als zwei Gäste aufstehen. „Hier stimmt was nicht", sagt einer von ihnen und nagelt mich mit einem messerscharfen Blick fest.

„Bitte bleiben Sie, Signore Guardano." Defne presst das Tablett so fest an sich, dass es sich in ihren weichen Bauch gräbt. „Fallon, du bist hier nicht mehr willkommen."

Mein Blut wird zähflüssig und kalt wie die Wellen, die im tiefsten Winter an unsere Ufer lecken. Ich weiche zurück, bis mein Rücken gegen jemandes Brust stößt.

„Was ist los?", vibriert Phoebus' Stimme an meinem Nacken.

„I-Ich … „ Mein Herz schwillt so schnell an, dass ich keine Erklärung herausbringe. Ich will mich umdrehen, halte aber inne, um den Raum abzusuchen. „Wo sind Syb und Gia?" Meine Stimme ist ein raues Flüstern.

Defne schließt die Augen, während sie erneut schluckt. „Sie sind hier auch nicht willkommen. Du ebenfalls nicht, Phoebus."

Überrascht legt er die Hände auf meine Schultern. Mit brennenden Augen entziehe ich mich seinem Griff und reiße die Tür auf. Als ich hinaustrete, werfe ich den Kopf in den Nacken und presse die Lider zusammen, um die Tränen zurückzudrängen. Das laute Prasseln der Regentropfen auf dem gespannten Stoffdach hallt so laut wider wie jeder Schlag meines Herzens.

„Ein Problem, Signorina Rossi?" Tavos ölige Stimme windet sich durch die feuchte Luft, umschmeichelt meine pochenden Trommelfelle und verschlimmert meine Laune.

Ich reiße die Augen auf und starre ihn finster an. „Nein", lüge ich.

Das Grinsen auf seinen Lippen ist so selbstgefällig und grausam, dass ich ihm am liebsten die Kehle zudrücken und nach Minimus pfeifen würde.

Stattdessen verenge ich die Augen zu Schlitzen und hoffe, dem Soldaten, der Luft aus seinen Handflächen bläst, um den rothaarigen General trocken zu halten, geht die Magie aus.

„Wohin als Nächstes, Signorina?"

„Planst du, mir zu folgen, Tavo?"

Sein Grinsen wird hässlicher, verschwindet aber nicht. „Meine Aufgabe ist es, das Königreich vor Leuten zu schützen, die ihm schaden wollen."

„Ich will weder Dante noch Luce etwas Böses!", schreie ich gegen das Krachen und Grollen des Donners an.

Phoebus fasst mich am Ellbogen und zieht mich fort. „Lass uns gehen."

Tavo folgt uns nicht, aber seine Stimme: „Mit dem Boot erreichst du dein Haus schneller."

Obwohl die Pflastersteine rutschig sind und meine Sicht vor Enttäuschung verschwimmt, nehme ich lieber den längeren Weg. Ich muss Dampf ablassen und meine Frustration abschütteln.

„Wusstest du es?", fahre ich Phoebus an.

„Was hätte ich wissen sollen?" Sein Gang ist so steif wie seine Schultern.

Ich bleibe mitten auf einer hölzernen Brücke stehen, die von dichten Geißblattreben überwuchert ist. „Dass wir wie Ausgestoßene behandelt werden?"

„Ich hatte vermutet, wir würden keinen Heldenempfang bekommen. Wir haben das Königreich gespalten, Fal."

„*Ich* habe das getan. Nicht du. Nicht Syb. Nicht Gia." Der Regen peitscht mir ins Gesicht, die Strähnen, die es umrahmen, kleben an meiner Stirn. „Keiner von euch sollte meinetwegen aus Lucin-Einrichtungen verbannt werden."

„Wir hätten nach Luce zurückkehren können, aber wir haben uns entschieden zu bleiben."

„Dich hat es nach Mareluce verschlagen und ins Himmelreich getragen. Welche Wahl hattest du schon?" Meine Stimme bricht.

„Ich hätte mit Dante heimreiten können, habe es aber nicht getan. Also hör auf, dir die Schuld zu geben!"

Meine Unterlippe zittert so heftig, dass ich sie zwischen die Zähne klemmen muss, um nicht loszuheulen. „Defne und Marcello haben sie rausgeworfen, Pheebs." Meine Stimme ist rau. „Sie lieben ihre Mädchen, aber sie-sie haben sie abgewiesen. Meine Mutter und Großmutter sind fort." Meine Tränen strömen, verwischen Phoebus' Gesichtszüge, bis er nur noch aus grünen, goldenen und pfirsichfarbenen Schlieren besteht. „Soweit wir wissen, sind unsere Freunde vielleicht nach Shabbe gesegelt."

„Sie sind bei Antoni." Er senkt das Kinn auf die Brust. „Wo wir auch sein sollten."

Mein Herz macht einen Sprung. „Bei Antoni?"

„In seinem neuen Zuhause."

„Ich will nach Hause", flüstere ich.

„Picolina, dort wird niemand sein …"

„Ich brauche Kleidung und … „

Seine Lippen pressen sich zusammen. „Ehrlich gesagt habe ich Angst."

Ich zeige mich tapfer für meinen Freund. „Du hast die Kobolde gehört. Dante sagte, uns soll nichts geschehen."

„Nein, wir sollen nur beobachtet werden."

Ich zucke mit den Schultern. „Ich wurde mein ganzes Leben lang beobachtet."

„Das beruhigt meine Bedenken kein bisschen. Kein bisschen." Er blickt die Straße hinunter und erblickt einen schwebenden Kobold in voller Militäruniform. „Ich gebe dir eine Woche, um zur Vernunft zu kommen, keine Minute länger. Wenn *irgendjemand irgendetwas* versucht, pfeife ich nach Lorcan."

„Ich bezweifle, dass er auf einen Pfiff reagiert." Ich versuche zu lächeln, aber das Lächeln erstirbt auf meinen Lippen.

Ich wische mir die Augen mit meinen durchnässten Hemdsärmeln und drehe mich um. Hinter uns schwebt ein weiterer geflügelter Legionär zwischen den Regentropfen, und an der Kreuzung zwischen dem Kanal, der Tarelexo umschließt, und dem schmaleren, an dem wir stehen, schaukelt Tavos Schiff.

Phoebus legt seinen Arm um meine Schultern. „Lass uns gehen, bevor wir Diotto den Tag versüßen, weil wir an einer Lungenentzündung sterben."

„Du bist ein Reinblüter, Pheebs. Menschliche Krankheiten können dich nicht befallen."

Während er mich die Straße hinunterführt, erhasche ich den flüchtigen Blick auf einen schwarzen Streifen in den Dachsparren des sonnenblumenfarbenen Hauses neben uns.

Ich wende den Blick ab, bevor ich die Aufmerksamkeit auf die Dunkelheit lenken kann. ***Verfolgt uns jemand, Lore?***

Viele Leute folgen dir. Du ziehst eine ziemliche Menge an.

Ich meine nicht die Fae; ich meine Crows. Lässt du uns verfolgen?

Was denkst du?

Ich denke, Lorcan Reebyaw hat nicht auf mich gehört, als ich ihm sagte, er solle mich in Ruhe lassen. Und ich denke, ich bin dankbar für seinen Schutz, auch wenn er nur so lange währt, bis Meriam zur Rechenschaft gezogen wird.

Ich bin immer noch furchtbar wütend auf dich, weil du mich im Dunkeln gelassen hast, Lore.

Weil das Licht so angenehme Dinge offenbart hat?

Du hast recht. Das hat es nicht. Aber ich ziehe es vor zu sehen, statt blind zu bleiben. Ich möchte Bescheid wissen, statt zum Narren gehalten zu werden.

Wann habe ich dich jemals zum Narren gehalten?

Wirklich, Lore? Wirklich?

Ich denke an all die Male, als ich nackt vor seinen Augen herumspaziert bin.

Ich denke an all die Relikte, die ich wieder zum Leben erweckt habe im Glauben, sie seien nichts weiter als das –*Relikte.*

Ich denke daran, wie ich ihn „Eure Hoheit" nannte, weil ich annahm, es sei sein Name, und er mich nie eines Besseren belehrte. Ja, es war, um seine Identität zu schützen, aber ich gab ihm alles, und er gab mir nichts als Ausflüchte und Lügen.

Ich habe dir deine Freiheit zurückgegeben, Fallon.

Und das hat er, aber jetzt frage ich mich, ob er sie mir nur deshalb zurückgab, weil er wusste, meine Heimkehr würde erbärmlich sein.

Nein, Behach Éan. Ich habe dich freigelassen, weil ich verstanden habe, dass du dich gefangen fühltest, obwohl du kein Block aus Stein bist, und es gibt kein schlimmeres Gefühl auf der Welt.

Die Rückkehr meines Spitznamens durchbricht die Wolkendecke meiner Stimmung und offenbar auch die von Lorcan, denn am Himmel erscheinen blaue Flecken.

KAPITEL 18

Meine Haustür steht sperrangelweit offen, doch das ist es nicht, was meine Füße auf dem Pflaster und mein Herz an den Rippen festfrieren lässt.

Was mich erstarren lässt, sind die Schwünge roter Farbe, die in Tropfen getrocknet sind.

Schwünge, die besagen: *Königsmörderin.*

Zorn durchflutet mich.

Zorn auf die Fae, die mein Zuhause geschändet haben.

Zorn auf Dante, der seine Leute noch immer nicht zur Ordnung gerufen hat. Ja, ich habe den Sturz seines Bruders herbeigeführt, aber für dessen Tod war er ganz allein verantwortlich.

Mit steifen Gelenken stürme ich vorwärts und stoße die Tür weit auf.

Phoebus ruft meinen Namen, ruft die Worte: „Halt! Nicht!“

Aber ich halte nicht an.

Mein Blut gerät so unter Druck wie das Wasser, das Nonna im schiefen Kessel neben unserem aufgeschlitzten Sofa zum Kochen brachte.

Unsere Küche wurde mit weiteren obszönen Worten verunstaltet, die Fenster eingeschlagen, die Wände voller Fresken mit noch mehr grausamen Worten beschmiert, die wie mit Blut gemalt aussehen.

Crimson-Hure.

Crow-Schlampe.

Shabbin-Miststück.

Mörderin.

Verräterin.

Giftige Pfützen, umringt von Fliegen, übersäen die Honigwabenfliesen, und der Gestank von Urin steigt mir in die brennenden Nasenlöcher.

„Willkommen daheim, Fallon Rossi.“ Tavos Stimme erhebt sich

über das sanfte Plätschern des Wassers und windet sich durch das zersplitterte Glas in meine pochenden Ohren.

Mein Blick bohrt sich in die feurigen Tiefen seiner Augen, die mit einem selbstgefälligen Lächeln um die Wette funkeln.

„Wer steckt dahinter, Diotto?", zuckt Phoebus' Kiefer.

„Reinblüter. Halbblüter. Unterlinge. Überlinge. Ich habe sogar gehört, dass einige Menschen gekommen sind, um dem Mädchen zu huldigen, das den Crimson Crow und seine Armee obsidianschwarzer Schlächter wiederbelebt hat."

Phoebus' Sehnen spannen sich entlang seines langen, schlanken Halses wie straff gezogene Schnüre. „Wurden sie bestraft? Sag mir, dass sie bestraft wurden."

„In Luce glauben wir jetzt an die Freiheit der Meinungsäußerung."

Ist das dein verdammter Ernst? Die Worte bleiben mir im verkrampften Hals stecken.

„Du nennst Hassreden Freiheit der Meinungsäußerung?", schreit Phoebus, die Arme in weitem Bogen von sich schleudernd, während ich mich im Kreis drehe, um das allerschlimmste Wüten der Fae in mich aufzunehmen.

Mir fällt etwas viel Wichtigeres ein, als über die krude Anwendung dieses neuen Gesetzes zu debattieren. „Waren meine Großmutter und meine Mutter … waren sie noch hier, als die Vandalen vorbeikamen?"

„Das weiß ich nicht, Fallon, denn ich war in Tarespagia."

Lügner. Er war im Süden, mit Dante.

Mit mir.

Mit Marcos abgetrenntem Kopf.

„Vielleicht könntest du deine nagelneue Macht nutzen, um in meinem Namen nachzufragen?"

Mein spöttischer Kommentar wird mit einem höhnischen Grinsen erwidert. „Du tätest klug daran, mich nicht in diesem Ton anzusprechen."

„Oder was, General?"

Die funkelnden Amethyste, die er an seinen spitzen Ohren trägt, brechen das aufkommende Sonnenlicht.

„Wirst du diese Schimpfwörter mit deinem Fae-Feuer in mein Fleisch brennen?"

Seine Augen verengen sich zu Schlitzen. „Verwechsle mich nicht mit deinen Wilden, Fallon. Wir tätowieren oder zerschneiden unsere Haut nicht, um zu zeigen, was wir sind."

Ich erspare mir eine Erwiderung, denn mein Atem ist an diesem Mann, der mich für einen Dämon hält, verschwendet. Ich drehe mich auf dem Absatz um, weiche einer ockerfarbenen Pfütze aus und erklimme die knarrenden Stufen. Jede Schlafzimmertür hängt aus den Angeln und gewährt mir einen ungehinderten Blick auf das Chaos im Inneren.

Mammas Schaukelstuhl ist verkohlt und zersplittert. Nonnas Weidenkörbe voller medizinischer Fläschchen sind umgestoßen und deren Inhalt zerbrochen. Die Fenster unserer Zimmer sind zerschmettert, die Vorhänge zerfetzt. Ein regloser Vogel liegt auf meiner bloßen Matratze, seine Flügel ausgebreitet wie die Krähe aus dem Tresor der Familie Acolti.

Der Gestank von Verwesung, der die Luft durchdringt, lässt mich nach Halt greifen und in dem Moment zusammensacken, als meine Handflächen etwas Festes berühren. Ich versuche, mein Frühstück bei mir zu behalten, doch bis zum letzten Bissen findet es seinen Weg nach draußen. Sobald mein Magen leer ist, stoße ich mich von der Wand ab und wische mir mit dem Handrücken über den Mund, halte inne, als ich die rußige Färbung meiner Fingerspitzen bemerke.

Ich hebe den Blick und ein Feuer, so heiß wie Fae-Feuer, beginnt mein aufgewühltes Inneres zu zerfressen.

„*Santo Caldrone.*" Phoebus lehnt sich auf seinen Fersen zurück und schlägt einen Arm vor seine Nase.

Obszöne Zeichnungen eines Mädchens, das eine Krähe fickt – und keine menschengestaltige – verunstalten meine Wände.

Sie sind widerlich.

Grauenhaft.

Abscheulich.

Sie zerstören meinen Glauben an die Menschheit und erfüllen mich mit einem rachsüchtigen Durst, all jene zu bestrafen, die es gewagt haben, meinen Ruf und mein Zuhause zu schänden.

„Weiß Dante davon?“ Ich spreche mit zusammengebissenen Zähnen und versuche verzweifelt, den süßlich fauligen Geruch nicht einzuatmen.

„Er hat viel um die Ohren“, sagt Tavo. „Und in seinem Bett.“

Seine Unwissenheit darüber, was mir angetan wurde, dämpft zwar nicht die Kraft meines Zorns, aber sie mäßigt ihn, denn wenn Dante wüsste…

Hätte er zugelassen, dass dies geschieht, und mein Haus absichtlich in diesem fauligen Zustand verlassen … Götter, ich glaube nicht, ich könnte ihm verzeihen.

„Kleider.“ Phoebus keucht, seinen Arm immer noch gegen Mund und Nase gepresst.

Ich gehe zu meinem Schrank und hake die Tür mit einem einzigen Fingertipp ein, um sie aufzuziehen, dann starre und starre ich. Ich blinzle Tränen der Wut weg, bevor ich zur Tür zurückgehe.

„Was?“, fragt Phoebus, als ich an ihm vorbeigehe.

„Lass uns gehen.“

„Was ist mit deinen …“

„Sie sind weg.“ Ich erwähne nicht, dass stattdessen jemand mir eine Handvoll Schlangenhauer hinterlassen hat – einer noch an türkisfarbenen Schuppen, ein anderer so dünn wie mein kleiner Finger.

Mit tränenverschleierten Wimpern werfe ich einen Blick zurück in Mammas Zimmer, auf das Regal, in dem sie ihre Lieblingsbücher aufbewahrte, Liebesgeschichten, die ich ihr vorlas. Alle Bücher sind verschwunden, aber etwas ist noch auf ihrem Regal – der glatte Stein mit dem eingravierten V, den ich aus einem der Kleider hervorholte, die ich von Mamma erbte, als ich fünfzehn wurde und aus den Kleidern herauswuchs, die Nonna ausbesserte und weitermachte, damit ich sie ein weiteres Jahr tragen konnte.

Ich gehe hinüber, schnappe mir den Stein und werfe einen letzten Blick in ihr Zimmer. Wie meines wurde es durchwühlt und beschmutzt. Mit dem Daumen fahre ich über die Rillen, eile die Treppe hinunter und zur Tür hinaus.

Kaum draußen krümme ich mich vornüber und atme. Einfach atmen.

Und dann...

Und dann schreie ich endlich.

Meine Nachbarn stecken die Köpfe aus ihren Häusern, aber niemand fragt mich, warum ich zusammenbreche, denn sie *wissen* es, sie haben es *gesehen* und sie saßen auf ihren verdammten Ärschen und ließen es geschehen.

„Geht's dir jetzt besser?", fragt Phoebus.

Schnaufend richte ich mich auf. „Nein. Kein bisschen."

Ich zögerte, dein Haus niederzubrennen, damit du nicht siehst, was daraus geworden ist. Lorcans Stimme fühlt sich wie warmer Balsam an und doch lindert sie mein eiskaltes Blut kein bisschen.

Ich schließe die Augen und konzentriere mich auf die Atemzüge, die ein und aus meinen schmerzenden Lungen gleiten. ***Und trotzdem hast du es nicht getan, weil du wolltest, dass ich es sehe, nicht wahr?***

Vergessen macht schwach.

Fast manisch fahre ich über das V und überlege, wie ich zurückschlagen kann, ohne auf ihr Niveau zu sinken.

Wenn du es mir erlaubst, Behach Éan, wäre es mir eine Ehre, deine Ehre wiederherzustellen.

Ich schnaube, stelle mir vor, wie viel Vergnügen er daran hätte, aber das würde nur die Beziehungen zwischen Crows und Fae vergiften. Ich gehe um die Böschung herum zu Tavos schaukelndem Boot. „Antonis neues Haus. Wo ist es?"

„Neben den Acoltis. Möchtest du mitfahren?"

„Nein. Wir werden ..."

„Wir würden gerne mitfahren." Phoebus legt seine Hand auf meinen unteren Rücken. „Ich riskiere nicht, durch Straßen voller Hasser zu laufen und von einem Kessel voller Tierinnereien, toter Vögel oder was auch immer sie sonst noch in ihren Häusern horten, getroffen zu werden."

Ich blinzle zu ihm hoch. Obwohl ich es bin, die die Leute verachten, ist ihr Abscheu so groß, dass er alle um mich herum miteinschließt. „Es tut mir leid, Phoebus."

„Boot. Jetzt." Er schiebt mich vorwärts. „Und du hast dich für *nichts* zu entschuldigen. Alles, was du getan hast, war an der hübschen Fassade zu kratzen, die Luce viel zu lange überzogen hat. Wenn sich jemand entschuldigen sollte, dann unser neuer Anführer, der diese" – die Hand, die nicht auf meinem Rücken liegt, deutet auf das kleine blaue Haus, das einst mein sicherer Hafen war – „dieses *Gemetzel* zugelassen hat."

„Vorsicht, Acolti." Tavo pustet warme Luft auf einen Stahldolch, bevor er die Zinnklinge bedächtig am feinen Burgunderrot seiner Jacke poliert. „Deine Worte könnten als feindselig ausgelegt werden, und du weißt, wohin man Dissidenten schickt."

Nach Filiaserpens, in die Höhle, die die Schlangen in der Verwerfung zwischen Isolacuori und Tarecuori errichtet haben. Der Ort, an dem die Fae seit Jahrhunderten ihre Feinde entsorgen.

Ich betrachte den Dolch und frage mich, wie schnell ich Tavo entwaffnen und ihm die Klinge durch sein verdorbenes Herz stoßen könnte.

Er muss die Richtung meiner Gedanken spüren, denn er rammt den Dolch zurück in seinen Waffengurt und presst seine Handfläche auf den Griff. „Glaub ja nicht, ich würde zögern, dich ebenfalls hineinzuwerfen, Fallon."

Ich zeige ein hartes Lächeln. „Drohst du mir gerade ernsthaft mit einem Bad im Mareluce?"

Er erwidert mit einem noch härteren Lächeln. „Ich habe gehört, Leichen schwimmen nicht, sie sinken."

Sollen wir es herausfinden? Rauch sammelt sich zwischen den verbliebenen Wolkenfetzen und lässt mein Lächeln verschwinden.

Lore, nein! Wenn er Tavo tötet, wird ein Krieg ausbrechen und auf allen Seiten werden Leben verloren gehen.

Dantes Freund reckt den Hals und ruft seinen Männern zu, sich mit Obsidian zu bewaffnen.

Geh. Bitte, Lore. Du machst es nur noch schlimmer. Bitte.

Der Kanal beginnt zu brodeln und zu blubbern, schillernde Schuppen peitschen durch das Wasser.

Plötzlich verschwindet die Wärme von Phoebus' Handfläche und er keucht auf.

Ich wirbele herum und sehe einen Soldaten, der Phoebus eine Stahlklinge an die Kehle hält.

Nicht irgendeinen Soldaten.

Den schwarzhaarigen Kommandant Dargento mit den bernsteinfarbenen Augen. „Ruf deine Schoßtiere zurück oder dein kleiner Freund stirbt, Signorina Rossi.“

KAPITEL 19

Kalter Schweiß rinnt mein Rückgrat hinunter und Mammas Stein gleitet aus meinen Fingern. „Halt! Alle, legt eure Waffen nieder! HALT!"

Die schwarze Rauchwolke teilt sich in fünf Schwaden. Hätte ich noch Zweifel gehabt, dass Lorcan anwesend ist, wären sie nun verschwunden, denn nur der Crow-König kann sich in fünf verschiedene Wesen aufteilen. Während zwei seiner Krähen über Tavos Gondel schweben, schneiden die anderen drei durch die Luft auf mich zu, wirbeln um meine Brust, meinen Hals und meinen Kopf, allesamt die verwundbarsten Stellen meines Körpers.

„Lass Acolti frei, Silvius!" Die Stimme, die die Luft erfüllt, habe ich seit Tagen nicht gehört, und obwohl sie meine Adern nicht mehr zum Vibrieren bringt, löst sie den Druck, der meine Lungen zusammenpresst.

„Dante", keuche ich, während Lorcans kühler Rauch weiterhin hektisch über meine Haut streicht.

Mein ehemaliger Verteidiger steht breitbeinig auf einem anderen Militärschiff, das wie ein Juwel gegen den trüben blauen Kanal glänzt. Die Sonnenstrahlenkrone schimmert auf seinen braunen Boxerzöpfen, die sich durch die Geschwindigkeit heben, mit der die ihn umgebenden Luft-Fae sein Schiff vorantreiben.

„Du hast deinen König gehört", bellt Tavo. „Lass den Reinblüter frei, Dargento."

Die Nasenflügel des Kommandanten blähen sich zweimal, bevor er Phoebus so heftig nach vorne stößt, dass mein Freund das Gleichgewicht verliert und nach vorne taumelt. Sein Gesicht wird so weiß wie verschüttete Milch, als sein Körper über die Böschung kippt.

Ich mache einen Schritt nach vorne, um hinter ihm herzuspringen, doch Lorcans Krähen halten mich zurück.

„Lass mich los, Lore", knurre ich.

Plötzlich, als würde jemand die Zeit zurückdrehen, hebt sich Phoebus' Körper. Erst als ich den riesigen Vogel sehe, der unter seinem Oberkörper eingeklemmt ist und ihn zurück auf festen Boden hebt, höre ich auf, gegen Lorcans Griff anzukämpfen und lasse mein Herz zurück in seine ursprüngliche Höhle gleiten.

In dem Moment, als Lorcans Griff nachlässt und die Krähe, die Phoebus gerettet hat, in die Höhe fliegt, schnelle ich vor und schlinge meine Arme um den Hals meines Freundes, ziehe seinen großen, zitternden Körper an mich. Er weint, große, ruckartige Schluchzer, die das Weiße seiner Augen rot färben.

In diesem Augenblick tue ich etwas, das ich mir nie zugetraut hätte – etwas, das ich an Lorcan verabscheute, als er es mir antat – , ich nehme Phoebus die Entscheidung, in Luce zu bleiben, aus der Hand. ***Bring ihn zurück. Ich kann ihn nicht verlieren. Ich kann nicht …*** Die Stimme in meinem Kopf zerbricht.

Connor wird ihn nach Hause tragen, Behach Éan. Lorcan muss den Befehl in den Geist seines Krähengefährten gießen, denn der gewaltige Vogel, der Phoebus vor einem Bad im Ozean bewahrt hat, stößt in die Tiefe.

Bevor Phoebus – für verdammt weiß wie lange – von mir fortgerissen wird, umfasse ich seine nassen Wangen und küsse seine Stirn. „Wir sehen uns bald."

Er reißt den Kopf aus meinen Händen. „Du gehst?"

„Nein, Pheebs, du gehst."

„Nein." Er schüttelt den Kopf. „Fallon … „

Aber es ist zu spät. Connor hakt seine glänzenden Krallen um Phoebus' Gürtel und hebt ihn hoch.

„Fallon! Wie konntest du nur?", schreit er. „Wie konntest du nur?!" Sein Körper schrumpft, wird nicht größer als der gelbe Luftballon, den Nonna mir an einem meiner Geburtstage geschenkt hatte und der meinen kuchenbefleckten Fingern entglitt, als wir auf dem Heimweg von der Taverne waren, wo die Amaris mich mit einer glasierten Kreation verwöhnt hatten, die von Regenbogenkerzen erleuchtert wurde..

Du bist dran.

Ich senke den Kopf und die Lider. „Noch nicht. Ich muss Syb

und die anderen finden." Ich verbanne Nonnas Namen aus meinen Gedanken. Ich darf ihm meine wahre Absicht nicht preisgeben, sonst bringt er mich zurück in sein Schloss und wirft den Schlüssel weg.

Seine zitronengelben Augen leuchten auf, als seine substanzlose Gestalt an Substanz gewinnt.

Als sich die dunkle Wolke in einen Mann aus Fleisch und Blut verwandelt, zische ich: „Verwandle dich zurück. Du bist eine leichte Beute."

„Eine Krähe. Jäger trifft es wohl besser."

Ich starre ihn mit offenem Mund an. „Ich glaube wirklich nicht, dass jetzt der richtige Zeitpunkt ist, um über die Jagd zu diskutieren."

Ein leichtes Lächeln umspielt seinen Mund, als er sich Dante zuwendet. „Guten Tag, Regio. Entschuldige mein unangekündigtes Erscheinen. Mit nur einer Crow-Wache. Ich dachte nicht, ich müsste eingreifen, aber deine Männer sind ausgesprochen lausige Zuhörer."

Ein raues Gelächter entfährt Tavos geöffneten Lippen. „Die Dreistigkeit von diesem …"

„Tavo, bitte kehre zum Schloss zurück." Dantes Schiff kommt nicht näher. Weil er den Mann an meiner Seite fürchtet, oder sind es die im Zickzack gleitenden Schlangen, die ihn auf Abstand halten?

Obwohl sie sich beruhigt haben, schwimmen die wunderschönen Bestien nicht davon, ganz so, als würden sie auf meinen Befehl zum Verschwinden warten.

Zu denken, ich könnte … *irgendwie* … Bestien befehligen.

„Würdest du den ehemaligen Kommandanten bitte mitnehmen, Diotto?", wendet Lorcan sein rußverschmiertes Gesicht in Richtung Dargento, der einen kleinen Schritt zurücktritt. „Ich fürchte, die äußerst schlaue und störrische Fallon wird unseren Waffenstillstand zunichtemachen, sollte er weiter hier herumlungern."

Ich schnaube. ***Mit welcher Waffe?***

Mir. Er zwinkert mir zu, was so gar nicht zu dieser ganzen Situation passt … zu diesem ganzen Tag … sodass ich das Grinsen, das meine Wangen nach oben zieht, nicht unterdrücken kann. ***Ich hörte, ich sei ein geschickter Metzger.***

Ich rümpfe die Nase.

Dante muss Dargento befohlen haben, mit Diotto einzusteigen, denn er springt in das vertäute Boot.

Trotz Silvius' rachsüchtigem Blick verlangsamt sich mein Puls, als sie vom Ufer wegsteuern. „Du solltest gehen. Ich habe gehört, Crows sind jenseits des Racoccin-Waldes nicht erlaubt."

„Ihrem König ist überall Zutritt gestattet." Sein Blick verfolgt die Bahn der Gondel.

„Wird der Crow, der Phoebus hergebracht hat, Ärger bekommen?"

Er wendet seine Aufmerksamkeit endlich wieder mir zu. „Nein."

„Wie lange wirst du bleiben, Fallon?", ruft Dante, seine raue Stimme überspringt die flüssige Weite, die uns trennt.

„Muss mein Besuch ein Ablaufdatum haben, Maezza?"

Selbst aus der Entfernung entgeht mir nicht, wie eine Ader an Dantes Schläfe pocht.

„Ich höre, Glückwünsche sind angebracht." Ich erwidere den blauen Blick, der mich einst verzaubert hat. „Alyona muss bitter enttäuscht sein."

„Das war sie, aber ihr Vater hat für sie einen Trostpreis gefunden."

Rauch beginnt von Lorcans eisernen Schulterpanzern aufzusteigen.

„Darf ich Signorina Rossi die wunderbare Neuigkeit mitteilen, Ríhbiadh?"

Stirnrunzelnd blicke ich zwischen den beiden Männern hin und her und frage mich, warum Dante Lore um Erlaubnis bittet.

Lore zuckt mit den Schultern. „Nur zu, Regio."

Das himmelblaue Leuchten von Dantes Iris wird so frostig wie Eissplitter. „Der Crow-König hat freundlicherweise angeboten, die Prinzessin von Glacin zu heiraten und sie zu seiner … wie nennt ihr Gestaltwandler das noch gleich …?"

Als Lorcan hilfsbereit den Begriff nennt, sackt mir der Magen in die Kniekehlen und mein Mund wird so trocken wie die kargen Ebenen von Selvati.

KAPITEL 20

„Du bist …“ Ich versuche, den Schmerz und die Überraschung aus meinen Zügen zu verbannen, aber laut Syb habe ich das erbärmlichste Pokerface überhaupt. „Du bist verlobt?“

Lore beobachtet meinen Gesichtsausdruck und studiert die Wirkung der Neuigkeit.

„Seit wann?“ Meine Stimme ist so dünn und zerbrechlich wie die süßen Mandelwaffeln, die Nonna immer zu Weihnachten gebacken hat.

„Wir haben die Vereinbarung gestern Abend unterzeichnet.“

Gestern Abend? Er und ich haben gestern Abend zusammen gegessen! Wann genau ist er nach Glace geflogen, um eine Verlobung auszuhandeln? Vor oder nach seiner großen Rede darüber, dass Crows sich ein Leben lang binden?

Das blasse Oval von Alyonas Gesicht, das Silber ihrer Augen und die taillenlange Pracht ihres weißblonden Haares erhellen meine Lider und vertreiben Lorcans Dunkelheit.

Es ist albern, völlig albern, aber die Nachricht von seiner bevorstehenden Hochzeit fühlt sich wie ein Stich mitten ins Herz an.

Lorcans Kinn sinkt auf seine Brust, während er mich weiterhin betrachtet. „Dieses Bündnis ist ein großer Schritt in Richtung Frieden.“

„Das glaube ich gern.“ Mein Hals fühlt sich an, als wäre er zusammen mit dem Rest meiner Organe auf einem Waschbrett geschrubbt worden. „Imogen muss enttäuscht sein.“

„Warum sollte sie das sein?“

Statt das Offensichtliche auszusprechen, frage ich: „Also, wirst du nach Glace ziehen oder wird deine Verlobte ins Himmelreich ziehen?“

Ich stelle sie mir in dem Zimmer vor, das ich geräumt habe, wie sie mit ihren zarteren Fingerspitzen den weichen Stoff der Kleider berührt, die Lorcan für mich nähen ließ. Soweit ich mich an ihre

Figur erinnere, werden sie ihr passen. Wird er ihr sagen, sie wurden nur für *sie* geschneidert und genäht?

Die Eifersucht regt ihr hässliches Haupt und plötzlich bereue ich es, nicht jeden Bügel leer geräumt und die Kleider mitgenommen zu haben. Sogar dieses scheußliche, schwarz gefiederte Kleid.

Ein sanftes Lächeln umspielt Lorcans Mundwinkel. Er träumt sicherlich von seiner kleinen Prinzessin, denn meine Gedanken sind alles andere als amüsant. „Alyona wird vorerst in Glace bleiben."

Also ist sie bereits in ihre Heimat zurückgekehrt … Die Unruhen müssen ihre Abreise aus Luce befeuert haben. Es sei denn, es war ein gebrochenes Herz, das ihren Kurs nach Norden gelenkt hat. Immerhin schien sie sehr viel für Dante übrig zu haben. Ich frage mich, ob sie sich auf ihre bevorstehende Hochzeit freut oder entsetzt ist, einen Gestaltwandler zu heiraten, dessen Gliedmaßen ihr enorm langes Fae-Leben verkürzen könnten.

„Ich muss … ich muss …"

Was musst du, Behach Éan?

Ich muss Luft zum Atmen und Nachdenken haben.

Ich muss aufhören, ständig mit Überraschungen bombardiert zu werden.

Ich muss aufhören, mich darum zu kümmern, dass das Leben anderer Menschen voranschreitet, während meines im Schwebezustand feststeckt.

„Ich muss gehen", bringe ich heraus.

„Nun gut. Erlaube mir, dich zu Antoni zu fliegen, damit du dich nicht durch die Straßen von Luce kämpfen musst."

„Du kennst mich und meine Leidenschaft fürs Flanieren."

„Fallon." Er seufzt. „Es ist für einige Zeit das letzte Mal, dass wir uns sehen. Lass mich wenigstens sicherstellen, dass du sicher an deinem Ziel ankommst."

„Was kümmert es dich, ob ich sicher ankomme?"

Das Lächeln verschwindet aus seinem Gesicht und sein Kiefer verkrampft sich, als würde sein Kopf zu einem Klumpen Metall.

„Gemäß unserer Vereinbarung wird ihr niemand etwas antun", ruft Dante, der seinem Kapitän noch nicht befohlen hat, ihn zurück nach Isolacuori zu steuern.

Lorcan richtet seine Aufmerksamkeit auf seinen Mitmonarchen. „Hast du gesehen, was deine Leute mit ihrem Haus gemacht haben, Regio?"

Der Blick des Fae-Königs wandert über die blauen Wände, die mich einst beschützten. „Ich habe es nicht gesehen." Obwohl seine Antwort den Zustand meines Hauses nicht ändert, verändert sie doch den Zustand meines Herzens und wischt etwas von dem Schmerz fort. „Ich werde dafür sorgen, dass es in seinen ursprünglichen Zustand zurückversetzt wird."

„Bitte sorge auch dafür, dass alle deine Soldaten Abstand von meiner …" Lorcan stolpert so selten über seine Worte, dass seine lange Pause meinen Blick wieder auf ihn zieht. „*Untertanin* halten."

„Ich bin nicht deine Untertanin." Mein Ton hat keinen Biss. Er hat kaum Lautstärke. Ich fühle mich ausgelaugt und müde.

Ich vermisse Phoebus. Ich vermisse Nonna und Mamma, auch wenn sie nicht …

Der Stein! Ich habe ihn fallen lassen. Ich suche die Pflastersteine ab, aber meine Augen brennen vor so viel Gefühl, dass der Boden unter meinen Füßen wie die Palette eines Malers aussieht. Ich blinzle mehrmals, aber es hilft kaum, meine verschwommene Sicht zu klären.

Ich kauere mich hin und fahre mit den Händen über die vom Wind und Salz gepeitschten Steine, über das raue Gras, das irgendwie einen Weg gefunden hat zu wachsen, trotz der harten Winde und salzigen Gischt.

Wonach suchst du?, fragt Lore durch die Verbindung, oder vielleicht laut … ich bin mir nicht sicher.

Ich bin mir über nichts mehr sicher, außer dass ich diese Erinnerung an meine Mutter finden und so schnell wie möglich zu Syb gelangen muss. „Mammas Stein."

Obwohl keine riesige Welle über mir hereinbricht, fühle ich mich, als würde ich so weit hinabgezogen, um diesmal nicht wieder aufzutauchen, es sei denn, ich habe jemanden und etwas, woran ich mich festhalten kann. Ich krieche auf Händen und Knien, zitternde Finger tasten über die Pflastersteine, bis sie einen glatten Stein ertasten.

Mammas Stein.

Als ich aufstehe, umklammere ich ihn so fest, dass die flachen Rillen sich in meine Handfläche graben. „Eigentlich habe ich meine Meinung wegen der Mitfahrgelegenheit geändert." Ich brauche Syb wie Minimus das Meer. „Wenn dein Angebot, mich zu Antoni zu bringen, noch steht."

„Antoni?" Dantes Augenbrauen schießen so nah aneinander, dass sie sich fast küssen. „Antoni Greco?"

„Mein Zuhause ist nicht bewohnbar, Maezza."

Obwohl Dante sich verändert hat – wir haben uns alle verändert – entgeht mir nicht, wie sein Adamsapfel hüpft. „Ríhbiadh erlaubt dir, bei jemandem wie Antoni Greco zu bleiben?"

„Antoni ist ein Freund. Außerdem ist es mein Leben. Meine Entscheidung."

„Wenn du einen Platz zum Bleiben brauchst, Fallon, kann ich dir eine Unterkunft im Schloss besorgen", sagt Dante.

„Nein." Das Gold in Lores Augen wirbelt, während Rauch von den Rändern seines breiten Körpers aufsteigt. „Sie bleibt bei Greco."

Dantes Mundwinkel verziehen sich zu einem schiefen Lächeln. „Ich dachte, du vertraust mir, Lore."

„Nenn mich nicht Lore. Du bist weder ein Crow noch ein Freund, Regio. Was Vertrauen angeht, muss man sich das verdienen."

Noch bevor ich den nächsten Atemzug nehmen kann, teilt sich Lorcan in fünf Krähen, die ineinander krachen und wieder zu einer verschmelzen.

„Bis zu unserem nächsten Treffen, Schlangenbeschwörerin." Aus jedem anderen Mund hätte mich dieser Spitzname die Stirn runzeln lassen, aber aus Dantes klingt er nicht wie eine Beleidigung. Er klingt wie ein Friedensangebot.

„Wird es denn ein nächstes Mal geben?"

„Viele Male. Schließlich hast du ein Talent dafür, Ärger zu machen, Signorina Rossi."

„Der König selbst wird sicher nicht jedes Mal eingreifen müssen.“ Ich lächle ihn an, und auch wenn es die Enttäuschung über sein Weggehen nicht auslöscht, wischt es doch eine weitere Schicht meines Schmerzes fort.

Bronwen irrt sich. Dante und ich, wir werden vielleicht nie wieder so eng sein wie einst, aber ich könnte ihm niemals das Leben nehmen.

Seine vollen Lippen verziehen sich und geben den Blick auf blendend weiße Zähne frei. „Wer sonst wäre so gut gerüstet, um mit dir fertig zu werden, wenn nicht ich?“

Lorcan packt mich an den Oberarmen und schießt in den Himmel. Wir steigen so schnell und so hoch auf, dass mein Herz gegen meinen verkrampften Magen hämmert und meine Ohren knacken.

Das Prinzlein hat dich benutzt, Fallon. Hast du das etwa schon vergessen?

Ich weiß, Lorcan wird mich nicht fallen lassen, dennoch klammere ich mich mit einer Hand an das kühle Metall seiner Beine, während die andere fest meinen Stein umschließt. ***Nein, habe ich nicht.***

Dante hebt den Kopf, um uns zu beobachten, und obwohl ich seinem Blick standhalte, lenkt mich bald der Anblick von Luce vom Himmel aus ab. Flüssige Adern glitzern wie Glitzerstreifen um die fünfundzwanzig Inseln, die an Breite und Weite zunehmen, ebenso wie die bunt getünchten Häuser und die Grünflächen, je weiter östlich wir fliegen.

So wie mir auch deine Ausnutzung meiner Offenheit nicht entfallen ist, Lorcan Reebyaw.

Wage es ja nicht, uns in denselben Topf zu werfen. Dante und ich haben nichts gemeinsam.

Ihr seid beide Könige. Ihr liebt beide Luce. Ihr heiratet beide ausländische Prinzessinnen. Soll ich weitermachen? Ich bin sicher, ich kann noch viele weitere Gemeinsamkeiten finden.

Lorcan murmelt etwas auf Crow, das ich nicht verstehe, als sein Körper sich nach vorne neigt. Anders als Eefah sinkt er langsam, als wollte er mir noch eine letzte Sekunde gönnen, um das Königreich zu bewundern, von dem ich einst glaubte, es würde eines Tages mir gehören.

Wie naiv ich doch war.

Als wir landen, machen die Kobolde und Fae-Soldaten, die neben den aprikosenfarbenen Mauern um Antonis Anwesen postiert sind, Platz für Lores riesige Krähe. Alle haben eine Hand am Schwertgriff oder an den Blasrohrpfeilen, und alle richten ihre Augen auf uns.

Nachdem er mich abgesetzt hat, zerfällt er in seine vielen Krähen. ***Aoife wartet drinnen. Sie wird während deines Aufenthalts bei dir bleiben. Sobald du bereit bist, nach Hause zu kommen, sag ihr Bescheid und sie wird dich zurückfliegen.***

Ich weise nicht darauf hin, aber sein Zuhause ist nicht meins und ich möchte sicherlich nie zurückkehren, jetzt, wo er es mit Alyona von Glace teilen wird. ***Richte Phoebus meine Liebe aus und sag ihm, er soll mich nicht hassen.***

Drei seiner goldäugigen Vögel schweben höher, während der größere, aus zwei Krähen bestehende, an meiner Seite bleibt. ***Wenn sich unsere Wege kreuzen, werde ich es tun.***

Warum sollten sich ihre Wege nicht kreuzen? Plant er, sich in seinen privaten Räumen zu verkriechen? Es sei denn, er plant eine längere Reise nach Glace, um seine Verlobte zu besuchen.

Die Fragen kreisen in Endlosschleife durch meinen Kopf, während ich zur gehämmerten Bronzetür gehe, um anzuklopfen.

Meine Faust trifft auf Luft, denn das polierte Rechteck öffnet sich knirschend.

Syb springt heraus, mein Name entweicht ihren Lippen in einem Schwall von Buchstaben. „Antoni sagte, du würdest kommen, aber ich dachte, er erzählt Mist." Das Mädchen, das Umarmungen hasst, schlingt ihre Arme um meinen Hals und zieht mich fest an sich. „Flattert verdammt nochmal weg, bevor ich euch alle nach Mareluce puste."

Ich keuche bei der Art, wie sie mit Lorcan spricht, bis ich merke, dass sie die Kobolde meint, die uns umschwirren. Ich recke den Hals und stelle fest, kein weiterer schwarzer Fleck trübt das Blau.

Der Crow-König ist fort.

Syb ergreift meine Hand und zieht mich über die Schwelle in einen Flur aus Glas, der auf beiden Seiten von geometrisch getrimmten Gärten umgeben ist.

„Woher wusste Antoni Bescheid?"

„Aoife." Sie wirft plötzlich einen Blick über meine Schulter, während ich staunend umherblicke. „Wo ist

Phoebus?"

„Er ist zurück im Himmelreich."

„Zurück?"

Ich erzähle ihr alles, während wir den sonnendurchfluteten Korridor durchqueren, der von den Schatten der draußen schwirrenden Kobolde gesprenkelt wird.

„Zum Glück dürfen sie nicht herein. Dante hat sich als recht umgänglich erwiesen, alles in allem. Obwohl viel von seiner Umgänglichkeit mit den Abmachungen zu tun hat, zu denen er uns gezwungen hat."

„Abmachungen? Welche Abmachungen?"

„Wenn wir den Mund halten über seine Beteiligung am Tod seines Bruders, schuldet er uns einen Gefallen."

„Und ihr habt alle einen Eid geschworen?"

Sie nickt.

Mir gefällt nicht, wie viel Macht das Dante über meine Freunde gibt. „Es tut mir leid."

„Was?"

„Dass ihr alle zu Außenseitern geworden seid."

Sie zuckt mit einer Schulter, sodass ihr gelber Ärmel herabrutscht. „Es ist nur vorübergehend. Nach genügend Friedensjahren wird es jeder vergessen haben, und das Leben wird wieder normal."

Schritte hallen auf einem Boden aus ineinander verzahnten Quadraten aus weißem und Jade-Marmor. *Klick. Klick. Klick.*

Meine Augenbrauen ziehen sich zusammen, denn es klingt nach dem Gang einer Frau in High Heels, und so lange ich Gia kenne, hat sie noch nie welche getragen.

Und Eefah trug heute Morgen Stiefel. Es sei denn, sie hat ihr Schuhwerk gewechselt; aber auch sie macht nicht den Eindruck, als würde sie High Heels tragen.

Tatsächlich ist es eine Frau, und tatsächlich ist diese Frau weder Gia noch Eefah. „Willkommen beim Widerstand, *micara*."

KAPITEL 21

Die überlappenden, papierartigen, purpurroten Falten von Catrionas Kleid rascheln, als sie sich nähert, ihre Augen gleiten über mein Gesicht, bevor sie tiefer wandern, über meine wenig weibliche und durchnässte Kleidung. Keine Falte der Missbilligung trübt die glatte Haut zwischen ihren Brauen.

Ich werfe Sybille einen Seitenblick zu, die meine Finger drückt, bevor sie aus dem Mundwinkel murmelt: „Die auf den Kopf gestellte Mohnblume hier hat beschlossen, unserer Sache zu dienen."

Ich hätte nicht gedacht, dass meine Augenbrauen noch höher wandern könnten, aber jetzt streifen sie meinen Haaransatz. Zugegeben, ich bin von Natur aus nicht mit einer sehr hohen Stirn gesegnet.

Ich ziehe meine Finger aus Sybs, um das regennasse Hemd, das an meiner Brust klebt, zu lösen. „Catriona hat das Wort *Widerstand* benutzt. Wogegen leisten wir Widerstand?"

„Gegen die Tyrannei der Kasten. Gegen die Herrschaft der Fae." Die Kurtisane hält wenige Zentimeter vor Syb und mir an, an der Schwelle zu einem weiteren prächtigen Raum, mit einer zweigeteilten Treppe, auf der zehn ausgewachsene Männer Händchen haltend Platz fänden.

Ich richte meinen Blick wieder auf Catriona. „Arbeitest du für Lorcan?"

„Nein." Ihr rot geschminkter Mund verengt sich, bildet konzentrische Klammern um die Mundwinkel. Ich nehme an, sie ist kein Fan der Crows. Aber wenn sie weder den neuen noch den alten König unterstützt, wo steht sie dann?

Als ich die Stirn runzle, erklärt Syb: „Wir arbeiten für die Menschen. Wir setzen uns dafür ein, Rax sicherer und gesünder zu machen. Lorcan finanziert unsere Sache aufgrund eines Deals, den Antoni vor langer Zeit mit Bronwen abgeschlossen hat."

Ich erinnere mich, dass Sybille etwas über illegale Aktivitäten ihrer Schwester und Antoni in Racocci erwähnt hatte. Ich erinnere mich auch daran, dass Antoni an jenem Abend mit jenem Fae-Wächter darüber sprach, Staub zu strecken.

„Was für eine Abmachung?", frage ich schließlich.

„Er hat ihn uns nicht verraten." Obwohl Sybs Stimme nicht zittert, liegt etwas in ihrem Ausdruck, das mich innehalten lässt.

Ich kenne Syb gut genug, um schlussfolgern zu können, dass sie alles über Antonis Deal weiß, Catriona aber nicht. Vertraut meine Freundin Catrionas Absichten nicht? Persönlich finde ich die Begeisterung der Kurtisane, Menschen zu helfen, etwas seltsam, wenn man bedenkt, wie bereitwillig sie die Form ihrer Ohren mit spitzen Juwelen veränderte und wie herablassend sie die Racoccin-Magd der Amaris, Flora, behandelte.

Entschlossen, Syb auszuquetschen, sobald wir allein sind, frage ich stattdessen: „Und kein Fae weiß von eurem *Widerstand*?"

„Oh, sie sind bestens im Bilde über unsere Reisen nach Rax, um Nahrung und Baumaterialien zu bringen, damit sie stabilere Behausungen errichten können." Catrionas schulterlange Locken schimmern golden im Faelicht, das von einem opulenten, mit mehrfarbigen Turmalinen bestückten Kronleuchter strahlt.

Syb verdreht die Augen. „*Unsere? Du* hast erst gestern an unsere Tür geklopft. *Du* bist noch nicht nach Rax gereist."

„Ich habe angeboten mitzukommen, aber Antoni bestand darauf, er und seine Gefährten hätten alles im Griff und du und ich sollten Vorräte einkaufen, um dieses Herrenhaus wohnlicher zu machen." Catriona nickt zum Haus, ihr Blick streift über jedes Gesims und jeden Quaderstein, bevor er sich wieder auf mein Gesicht richtet. „Das Haus gehört Marquess Ptolemäus Timeus. Ich habe gehört, ihr kennt euch gut."

Meine Haut kribbelt beim Klang seines Namens und Erinnerungen an die Nacht, in der er Minimus angriff, blitzen hinter meinen Lidern auf. „Lorcan hat es vom Marquis gekauft?"

Sybilles volle Lippen öffnen sich zu einem strahlenden Lächeln. „Lorcan hat es von Dante gekauft."

„Ich verstehe nicht … ich bin mir nicht sicher, ob ich folgen kann." Oder besser gesagt, ich bin mir völlig sicher, dass ich nicht folgen kann.

„Ptolemäus ist vor einer Woche auf mysteriöse Weise verschwunden.“ Sybs Geständnis lässt den Muskel hinter meinen Rippen zusammenzucken, der sich verkrampft hatte, als ich erfuhr, dass ich mich im Haus des verhassten Hohen Fae befinde. „Da der Mann keine Erben hatte, fiel sein Anwesen an die Krone zurück. Dante bot Lorcan eine Reihe anderer Häuser zum Verkauf an, sogar eine ganze Insel in Tarelexo, aber Lorcan bestand darauf, ausgerechnet dieses Anwesen in Tarecuori zu kaufen.“

Meine Wimpern flattern so schnell wie Lores Flügel an dem Tag, als er versuchte, mich aus dem Weg der Flutwelle zu tragen. Weiß der Crow-König von meiner Vergangenheit mit dem bernsteinäugigen Fae? Hat *er* ihn verschwinden lassen? *Nein.* Vor einer Woche sammelten wir noch seine Krähen ein. Er hätte nicht riskiert, enttarnt zu werden, um mich und meine Schlange zu rächen.

Dann Antoni? Immerhin ist dies jetzt *sein* Haus und er wusste von meinem nächtlichen Streit. Aber auch hier passt der Zeitrahmen nicht. Er war im Süden und kümmerte sich um die Galeone. Und es kann nicht Dante gewesen sein, da er mich quer durchs Königreich jagte.

Würde ich an Zufälle glauben, würde ich das Verschwinden des Marquess als Glücksfall betrachten. „Warum bestand Lorcan darauf, ausgerechnet dieses Anwesen zu kaufen?“

„Wegen des privaten Anlegestegs.“ Antonis Stimme hallt durch den verglasten Flur.

Ich drehe mich um und sehe den Kapitän und seine beiden Gefährten, die sich Wassertropfen aus ihren zotteligen Mähnen reiben.

„Willkommen in meiner bescheidenen Bleibe.“ Antonis Mund ist verkniffen, während er seine jadegrünen Böden mit schlammverkrusteten Stiefeln verschmutzt. Nachdem er mich gemustert hat, löst sich sein blauer Blick von meinem verwahrlosten Äußeren und schweift durch sein riesiges Heim.

„Es ist prachtvoll.“

„Es passt nicht zu mir. Aber ich bezweifle, dass meine Vorlieben für Mórrgaht eine Rolle spielen.“ Für jemanden, der einst die

Sache der Crows unterstützte, klingt Antoni gründlich desillusioniert.

„Ich bin sicher, du könntest es verkaufen", schlage ich vor, als die Stille sich verdichtet. „Es gehört schließlich dir, oder?"

„Mein Name steht in der Urkunde." Antonis Adamsapfel senkt sich. „Aber ich habe weder Zeit noch Lust umzuziehen. Außerdem ist das Schiff, das mir gegeben wurde, zu groß, um irgendwo anders als in Tarecuori anzulegen, und angesichts unserer wachsenden Zahl" – er blickt zwischen Catriona und mir hin und her und nickt dann zur Galerie im ersten Stock – „brauchen wir den Platz."

Ich drehe mich um und sehe den verräterischen rauchigen Dunst einer Krähe, der sich zu Eefahs Gestalt verdichtet. „Es tut mir leid, Antoni, aber ich befolge Befehle."

„Er ist nicht wütend auf dich, Aoife." Riccio trabt die Treppe hinauf zu der Stelle, an der das neue Objekt seiner Faszination nun vollständig Gestalt angenommen hat. „Er denkt nur, Lorcan hat dich geschickt hat, weil er *ihm* nicht traut, wenn es um Fallon geht."

Mein Brustbein kribbelt, als ich an den Zettel denke, den ich zerrissen habe, bevor ich seine Fetzen in die Klärgrube warf. Hat Lorcan die Stücke gefunden und angenommen, es sei ein Liebesbrief, so wie ich es anfangs vermutet hatte?

„Riccio …" Antoni rollt das ‚R' in dem Namen seines Freundes, offensichtlich verärgert darüber, dass der dunkelhaarige Seemann sein Misstrauen einem von Lorcans vertrauten Crows mitgeteilt hat.

„Weiß nicht, wie es euch geht" – Mattia eilt fast zu Sybilles Seite – „aber ich brauche ein Bad."

Als er ihre Hand ergreift, blitzt ein spöttischer Schimmer in ihren Augen auf. „Ich bin nicht im Geschäft, Männer zu baden, bibbino."

Mattias Mundwinkel zucken nach oben. Weil sie ihn in der Öffentlichkeit *Baby* genannt hat?

Als er Syb zu sich herumwirbelt und seine nassen, matschbespritzten Kleider an ihr hübsches gelbes Kleid drückt, wird mir klar, sein Grinsen wurde nicht durch den anschaulichen Spitznamen ausgelöst. „Ich glaube, jetzt brauchst auch du dringend ein Bad, Signorina Amari."

„Du Schurke." Sie lacht, und es lockert die Spannung, die zwischen der seltsamen Ansammlung von Gästen schwelt.

Ganz anders als der schüchterne Erste Offizier, der er einst war, hebt Mattia eine immer noch lachende Sybille hoch und stürmt die Treppe hinauf. Einen Moment später knallt eine Tür auf dem oberen Treppenabsatz zu.

Catriona seufzt. „Junge Liebe."

„Seit wann glaubst du an die Liebe, Catriona?", frage ich.

Sie wirft mir einen Seitenblick zu. „Du hast recht. Ich meinte: junge Lust."

„Wurde dir schon ein Schlafzimmer gezeigt?" Antonis Frage lenkt meine Aufmerksamkeit von der Stelle ab, wo das Gittergeländer in der Decke verschwindet.

„Noch nicht."

„Komm."

„Ich kann sie zu einem führen, Antoni." Catrionas Absätze klicken, als sie ihm zur Treppe folgt. „Ich kenne das Haus mittlerweile gut."

Ohne sich umzudrehen, wirft er ein: „*Mittlerweile?* War Timeus nicht einer deiner treuesten Kunden?"

Ihr Schritt stockt, während sich meine Nase rümpft. Allein der Gedanke, dass ich für einen halben Augenblick tatsächlich in Erwägung gezogen habe, für Geld mit Männern zu schlafen. Ich habe vielleicht meinen Glauben an die Romantik verloren, aber Catrionas Job hätte ich niemals machen können.

Sie stemmt ihre schmalen Hände in die Hüften. „Frauen haben nicht viele Möglichkeiten, in Luce ihren Lebensunterhalt zu verdienen, also spar dir deine chauvinistischen Kommentare, Greco."

Seine Rückenmuskeln spannen sich unter seinem durchnässten schwarzen Hemd an, und schließlich blickt er über die Schulter zur finster dreinblickenden Kurtisane. „In Ordnung. Das war unangebracht. Aber bis du deine Loyalität beweist, wirst du meine Skepsis akzeptieren müssen. Was das Zeigen eines Schlafzimmers für Fallon angeht, das ist mein Haus, also werde ich das übernehmen. Fallon?"

Ich trete an Catriona vorbei und folge ihm die Treppe hinauf. Eefah löst sich aus Riccios Schatten, um mir zu folgen. Obwohl ich zugeben muss, dass ich die Crow mag, die Lorcan mir zur Sicherheit zugeteilt hat, brauche ich ihren Schutz innerhalb dieser Mauern nicht und bleibe auf dem Treppenabsatz stehen, um ihr das zu sagen.

„Ich muss ein Auge auf dich haben."

„Aber doch sicher nicht in Antonis Haus?"

Ihr dunkler Blick huscht zum Kapitän und dann zurück zu mir. „Wenn er nicht anwesend ist, muss ich es sein."

Ich deute auf den Anführer des menschlichen Widerstands. „Antoni ist doch hier."

„Sie spricht nicht von mir, Fallon." Antonis Stimme ist so kühl wie Eis. „Sie meint Lorcan." Nach einer vielsagenden Pause fügt er hinzu: „Er glaubt immer noch, ich könnte dein Schicksal ändern."

KAPITEL 22

Mein Atem stockt in meiner Kehle. Spielt Antoni darauf an, dass ich Dante töten soll? Weiß er von Bronwens jüngster Prophezeiung? Mein Daumen zeichnet unablässig die Rillen des kleinen Steins nach, der noch immer in meiner Handfläche liegt.

Antonis tief-blauer Blick trifft meinen weit aufgerissenen violetten. „Er glaubt immer noch, du, Fallon Báeinach, könntest dich in jemanden wie mich verlieben … einen titellosen Rebellen."

Obwohl seine Stimme nicht fragend klang, lässt mich die Intensität, mit der er mein Gesicht nach einer Reaktion absucht, fragen, ob Antoni immer noch Gefühle für mich hegt.

„Naja, er hat sie ja hier abgesetzt, also kann er nicht allzu viel Angst vor dir haben", wirft Riccio ein, während er an uns vorbei den langen, mit burgunderrotem, golddurchwirktem Samt tapezierten Korridor entlangschreitet. „Hey, Aoife, falls du mal etwas Freizeit hast, mein Zimmer ist die letzte Tür auf diesem Gang."

„Freizeit?" Sie wiederholt das Wort und betont die falsche Silbe.

Riccio dreht sich um, geht aber rückwärts weiter. „Na, freie Zeit halt?"

Eefah bringt ein gütiges Lächeln zustande. „Ich glaube nicht, dass ich viel Freizeit haben werde."

Weil Lorcan zu beschäftigt sein wird, seine Glacin-Prinzessin zu umwerben … Der Gedanke erhellt meinen Geist wie die goldenen Wandleuchter, die in die Wandvertäfelung eingelassen sind und gerade genug Licht spenden, um die Schatten zu vertreiben.

„Sybille bestand darauf, dass du das Zimmer neben ihrem bekommst." Antoni dreht sich auf seinen schlammigen Stiefeln um und stapft den Flur entlang, sein Gang so steif wie sein Kiefer. Er hält vor der drittletzten Tür an und drückt den goldenen Griff mit mehr Schwung als nötig herunter. „Die Vorhänge bleiben geschlossen. Wenn du Licht willst, gehst du raus in den Garten." Mit Schwung öffnet er die schwere Holztür und gewährt mir Einlass in einen kleinen Wohnbereich, gestaltet in allen Schattierungen von Blau und Türkis. „Das Bett ist hier durch.“ Er schiebt zwei geschnitzte Holzpaneele auseinander.

Nicht einmal das Schlafzimmer, das Lorcan mir im Himmelreich zur Verfügung gestellt hat, ist so prunkvoll wie dieses. Andererseits führen Crows auch ein viel bescheideneres Leben als Fae. Ich möchte nichts, was Timeus gehörte, schön finden, aber als ich mit den Fingerspitzen über den üppigen Brokatstoff der Chaiselongue im Wohnzimmer streiche, kann ich nicht anders, als die Pracht zu bewundern.

Gewohnheitsmäßig kontrolliere ich meine Fingerspitzen auf Staub. Natürlich finde ich keinen. Schließlich hatte der Marquis, wie alle Hohe Fae, eine Armee von Bediensteten. Da ich weder einen Kobold noch einen Menschen zu Gesicht bekommen habe, nehme ich an, Antoni hatte niemanden in seinen Diensten.

„Wo ist *dein* Schlafzimmer, Antoni?“

Meine Frage lässt die schwarzen Punkte in den Augen des Hauptmanns anschwellen, bis seine Pupillen fast die Ränder seiner Iris berühren. „Eine Etage höher. Möchtest du eine Führung?“

Eefah sagt nichts, aber Rauchfäden steigen von ihrem Hals auf und streifen die kleine schwarze Feder, die auf ihrem Wangenknochen tätowiert ist. Ich habe die Körperreaktionen der Crows inzwischen gut genug verstanden, um zu erkennen, dass ihr das Angebot des Hauptmanns missfällt.

Ich frage mich, ob sie mich direkt davon abhalten würde, ihm nach oben zu folgen, sollte ich mich dazu entschließen. „Ich würde mich wirklich gerne waschen und saubere Kleidung anziehen.“

Seine Pupillen verengen sich.

„Aber vielleicht später?“ Ich sehne mich danach, jeden Zentimeter von Timeus‘ Haus zu erkunden. „Glaubst du, ich könnte … etwas zum Anziehen bekommen? Ich habe nichts mitgebracht.“

„Sybille und Catriona haben heute Morgen deinen Schrank gefüllt.“

Ich vermute, ich werde nur Kleider finden. Tatsächlich entdecke ich, nachdem Antoni mir ein entspannendes Bad gewünscht und mir versprochen hat, Syb würde vorbeikommen, um mir beim Abendessen Gesellschaft zu leisten, einen Schrank, vollgestopft mit Seidenkleidern in allen Regenbogenfarben.

„Es ist keine gute Idee, nach oben zu gehen." Eefah steht im Eingang meines begehbaren Kleiderschranks, ihre breiten Schultern streifen fast die Seiten meines Türrahmens. „Lorcan wird das nicht gefallen."

„Ich möchte nicht undankbar klingen, aber es ist mir ziemlich egal, was Lorcan gefällt, Eefah." Ich beginne, die Schubladen der mittleren Kommode zu öffnen, die mit Unterwäsche und Accessoires gefüllt sind, für die ich mich früher zu Tode geblutet hätte, als ich noch nach überflüssigen Dingen lechzte.

„Liegt dir etwas an Antoni?"

Ich ziehe meine Finger von einem mit Pailletten besetzten Spitzenhalsband, wie Catriona es gerne trägt, zurück. „Als Freund."

„Nur als Freund?"

„Ja."

„Dann wage dich nicht in sein privates Zimmer."

Ich runzle die Stirn.

Eefah schaut sich in dem riesigen Kleiderschrank um, als ob sie nach einer lauernden Krähe Ausschau halten würde. „Wenn du die Freundschaft bewahren willst, geh nicht."

Ich schließe die Schublade etwas grob und drücke Mammas Stein in meiner Faust. „Willst du damit sagen, er würde Antoni etwas antun?"

„Er vertraut ihm nicht."

„Und dennoch" … ich hebe meine Arme und drehe mich um mich selbst … „bin ich hier."

„Aber ich bin auch hier, Fallon."

***

Ich nehme ein sehr heißes Bad, das meine Blässe, die ich während meines kurzen Aufenthalts im Himmelreich erlangt habe, in ein leuchtendes Rot verwandelt. Eefah schwebt nicht in meinem Badezimmer aus weißem Marmor, aber ich habe wenig Zweifel, dass sie draußen vor der geschlossenen Tür Wache hält.

Obwohl ich versucht habe, mich zu entspannen, geht mir unser früheres Gespräch immer wieder durch den Kopf. Sie ist hier, weil Lorcan Antoni nicht vertraut. Da der Himmelskönig verlobt ist, kann ich mir nicht vorstellen, seine Sorge sei aus Eifersucht geboren. Lorcan Reebyaw muss besorgt sein, ich könnte Bronwens neue Prophezeiung nicht erfüllen, würde ich von einer alten Flamme verzehrt.

Nachdem die letzte Seifenblase geplatzt ist, stemme ich mich aus der Badewanne und wickle ein Handtuch um meine Brust, dann stapfe ich über den angenehm beheizten Stein und nehme einen goldenen Kamm. Während ich ihn durch meine welligen Locken ziehe, wird mir klar, dass nichts und niemand mich davon abhält, wieder etwas mit Antoni aufleben zu lassen.

Der Spiegel vor mir verdunkelt sich und der weiße Marmor weicht schwarzem Schiefer. Ich blinzele, aber meine Sicht klärt sich nicht von der plötzlichen Dunkelheit. Wasser prasselt gegen Stein und Dampf durchdringt die Luft, die ich zu hastig atme.

Ich ziehe meine Arme durch den Dampf, um ihn zu zerstreuen. Wo in Luce bin ich nur …

Oh.

Oh.

Ich kneife meine Augen fest zu und zwinge meinen Körper dazu, Lorcans Badezimmer zu verlassen.

KAPITEL 23

Als ich meine Lider wieder öffne, stehe ich immer noch in Lorcans Badekammer, und sein nackter Rücken ist mir nach wie vor zugewandt. Ich bin versucht, mich dafür zu entschuldigen, in einen so privaten Moment eingedrungen zu sein, werde jedoch abgelenkt von dem Anblick des Wassers, das über die sehnigen Muskeln seiner Waden und Oberschenkel rinnt und … ich schlucke. Ich glaube, ich habe noch nie so intensiv auf den Hintern eines Mannes gestarrt, aber jetzt starre ich. Ich versuche mir einzureden, der Crow-König hätte mich schon oft nackt gesehen. Es ist nur fair, nun ihn ohne seine Lederkleidung und Federn zu sehen.

Mit einem etwas weniger schlechten Gewissen erlaube ich mir, meine Musterung des nackten Monarchen fortzusetzen. Es ist ja nicht so, als würde er sich ein Handtuch umwerfen. Vielleicht hat er meine Anwesenheit nicht bemerkt, angesichts des Wasserstrahls, der auf den Steinboden seiner offenen Dusche prasselt.

Seine schmalen Hüften und die noch schmalere Taille weiten sich zu einem V-förmigen Rücken mit beeindruckender Schulterbreite. Ich schließe daraus, dass das Fliegen, selbst in Krähengestalt, beachtliche Oberkörperkraft aufbaut. Er führt eine Hand über einen massigen Schulterbuckel, um ölige Seife in seine Haut einzumassieren, wobei er den darunter liegenden Muskel durchknetet.

Während der reinigende Schaum die Rinnen zwischen seinen sich bewegenden Muskeln hinabläuft, bleibt mein Blick an einer vernarbten Stelle neben seiner Wirbelsäule hängen. Ich habe genug Verletzungen von Menschen und Halbblüter gesehen, die wegen einer von Nonnas Heilsalben bei uns vorbeikamen, um Narbengewebe zu erkennen.

Wie kommt es, dass der Körper des unsterblichen Gestaltwandlers Narben trägt? Jedes Mal, wenn ich ihn von einem der Obsidiansplitter befreit habe, die irgendwo in seinem Vogelkörper steckten, verheilte sein Fleisch auf der Stelle.

Genauer gesagt verheilten sein Rauch und seine Federn. Ich habe keine Ahnung, was mit seinem Fleisch geschah, denn bevor seine fünf Krähen sich wieder vereinten, hatte ich ihn nie in seiner Gestalt aus Fleisch gesehen.

Plötzlich versteift sich sein Rückgrat und sein gebeugter Nacken schnellt kerzengerade nach oben.

Ich nehme an, er hat mich bemerkt.

Der Kamm, den ich immer noch halte, fällt mir aus den Fingern und scheppert zu Boden. Ich zucke zusammen; Lorcan nicht. Er dreht nur den Kopf, um über seine gemeißelte Schulter zu mir herüberzublicken. Das Erste, was mir auffällt, ist das Fehlen seines schwarzen Gesichtspuders. Ohne es wirkt er fast …

Wem mache ich etwas vor? An diesem Mann ist nichts normal oder natürlich. Mit seinen leuchtenden Zitrinaugen und diesen messerscharfen Wangenknochen schreit alles an ihm geradezu nach übernatürlicher Kreatur. Und diese Nase. Echte Männer haben keine so geraden, symmetrischen Nasen.

Schon wieder seine Nase. Was ist nur los mit mir?

Ich räuspere mich und ziehe mein Handtuch fester. „Ähm … hallo."

Notiz an mich selbst: *Zieh dich an, bevor du deinen Körper in Lorcans Reich projizierst. Oder besser noch, hör auf, deinen Körper dorthin zu projizieren, wo er nicht hingehört.*

Als er immer noch nichts sagt und ich mich nicht in mein eigenes Badezimmer zurückzaubern kann, egal wie oft ich es versuche, beschließe ich, ein Gespräch zu beginnen. Ich kann dieses zufällige Treffen genauso gut zu meinem Vorteil nutzen.

„Ähm, die Narbe auf deinem Rücken …" Ich trete unruhig von einem nackten Fuß auf den anderen. „Stammt sie von einer der Obsidianschrauben, die ich aus deiner schalenförmigen Krähe entfernt habe?"

Das Himmelreich mag zwar fließendes Wasser wie in Timeus' Haus haben, aber mit beheizten Böden kann es nicht aufwarten.

„Bist du gekommen, um über meine Narben zu sprechen, Behach Éan?" Seine Worte tragen einen Hauch von Belustigung.

„Sehe ich so aus, als wäre ich gekommen, um über deine Narben zu sprechen?"

„Du siehst aus, als wärst du gekommen, um meine Dusche zu teilen."

Meine Wangen glühen und ich weiche einen winzigen Schritt zurück, obwohl ich eigentlich nicht glaube, dass der Crow-König gleich auf mich zustürmen und mich unter den Wasserstrahl zerren wird. „Ich bevorzuge Bäder. Nicht, dass ich vorhätte, eines davon mit dir zu teilen." Ich schaue mich um und entdecke eine Wanne aus demselben grauen Stein wie alles andere in Lorcans Berg.

Sie ist nicht übermäßig groß, scheint aber tief zu sein. Ob der Crow-König wohl je darin badet? Vögel lieben Bäder ja so sehr. Und …

Wovon rede ich hier eigentlich?

„Lorcan, du weißt, dass ich keine Kontrolle darüber habe, wohin mein Körper sich begibt." Ich ziehe mein Handtuch noch fester, und bedauere, mir keinen Bademantel übergeworfen zu haben.

„Ist das die Ausrede, die du mir auftischen willst, wenn du versuchst, Antonis private Gemächer aufzusuchen?"

Ich starre ihn an, erst schockiert, dann rasend vor Wut. Woher weiß er das alles? Zuletzt dachte ich, ich wäre die Einzige, die in Lorcans Gedanken sprechen kann. Oder können seine Leute mit ihm kommunizieren, wenn sie alle in Vogelgestalt sind?

„*Falls* ich Antonis Zimmer besuche" – ich betone die Konjunktion – „muss ich mich dir nicht erklären, da ich dir keine Rechenschaft über mein Kommen und Gehen schuldig bin."

Die Knöchel seiner Hand, die er an der Wand gespreizt hat, treten weiß hervor.

Noch bevor mein Herz seinen nächsten Schlag macht, dreht er sich um, und obwohl Dampfschwaden die Luft zwischen uns durchziehen und dunkler Rauch von seiner nackten Gestalt aufzusteigen beginnt, verbergen sie kaum etwas.

Nach einem schockierten Blick auf … *alles* reiße ich meinen Blick zurück zu seinem Schlüsselbein und studiere es so eingehend, dass ich es aus dem Gedächtnis in den beschlagenen Spiegel zeichnen könnte. „Würdest du dich bitte mit einem Handtuch bedecken?“

„Ich trockne lieber an der Luft.“

Mein Blick schnellt zu seinen goldenen Augen, die amüsiert funkeln, als fände er meine Lage äußerst unterhaltsam.

„Außerdem ist dies mein Badezimmer.“ Er kommt näher.

Ich weiß nicht, womit er sich eingeseift hat, aber es scheint seinen Gewitterduft noch zu verstärken. Bevor ich wegen dieses Mannes ersticke, atme ich durch den Mund.

„Vielleicht ist das meine Art dir zu beweisen, dass ich dir nichts Böses will.“

Ich starre ihn an. „Witzig, Lore. Wer hätte gedacht, dass dämonische Könige mit so viel Humor gesegnet sind?“

„Normalerweise ist es nicht mein Sinn für Humor, den Frauen bemerken, wenn sie mich nackt sehen oder Worte wie *gesegnet* verwenden.“

Die Hitze in seinem Badezimmer wird so erdrückend, dass *ich* plötzlich versucht bin, an der Luft zu trocknen.

„Was meine Narben angeht, all meine Wunden heilen, nur Obsidian hinterlässt Spuren auf meiner Haut.“ Obwohl sein Blick auf meinem Gesicht liegt, streicht er mit seinen Fingern über seine Brust und Arme und zeichnet all seine silbrigen Narben nach. Er zeigt sogar auf welche unterhalb seines Nabels, aber ich folge seinem Zeigefinger nicht, aus Angst, mein Blick könnte auf Körperteile fallen, die keine Narben haben.

Seine Brust ist übersät mit Unvollkommenheiten. Ich wünschte, ich wäre ein Fan von Perfektion. Ich mag perfekte Nasen. Warum kann ich nicht perfekte Oberkörper bevorzugen? Warum muss ich jede Narbe faszinierend finden?

Meine Finger schmerzen von der Kraft, mit der ich mein Handtuch umklammere. „Warum ist die auf deinem Rücken so viel größer als die anderen?“

„Weil sie mir zugefügt wurde, als ich vollständig war.“

„Ich verstehe nicht …“ Hat jemand versucht, ihn zu pfählen, während ich weg war? Nein. Das würde keinen Sinn ergeben, da momentan nur ich in der Lage bin, Obsidian zu handhaben.

„Wann?“

„Vor fünf Jahrhunderten. Als Meriam und Costa mir in den Rücken stachen.“

„Wie kommt es, dass du sie so nah an dich herangelassen hast?“

„Ich habe ihnen vertraut, Fallon.“ Keine weichen Züge umspielen mehr seinen Mund. Kein Vergnügen erhellt mehr seinen Blick. „Er war mein treuester General, und sie war wie eine Mutter für Bronwen.“ Er tritt an mir vorbei zum Waschbecken, wo er eine scharfe Klinge aufnimmt und beginnt, den dunklen Bartschatten an seinem Kinn zu entfernen. „Ich habe meine Lektion gelernt.“

Ich beobachte seine akribischen Bewegungen im Spiegel. „Und trotzdem vertraust du mir.“

Er neigt den Kopf nach hinten, um die stoppeligen Haare an der Unterseite seines Kinns zu erreichen. Ich habe noch nie einem Mann beim Rasieren zugesehen und es ist seltsam faszinierend. „Meriam war nie meine Gefährtin.“

Mein Atem stockt auf halbem Weg und lässt mich prusten. „Nur weil ich deine … nur weil wir eine Verbindung haben … heißt das nicht, ich könnte dir kein Stück Obsidian in den Rücken rammen.“

„Du vergisst, dass ich dank unserer Verbindung Zugang zu all deinen Gedanken habe.“

„Ach komm schon.“ Ich verdrehe die Augen. „Du kannst unmöglich auf sie *alle* zugreifen.“ *Oder?*

Doch, das kann ich, Behach Éan.

Ich verschränke die Arme vor der Brust, die vor Verärgerung bebt. „Warum kann ich dann nicht *all deine* Gedanken lesen, hm?“

„Das könntest du. Wenn du dich konzentrierst.“

„Wie?“

Das langsame Schaben der Klinge auf seiner feuchten Haut lässt Gänsehaut auf meiner eigenen entstehen, als wären mehr als nur unsere Gedanken verbunden.

„Warum sollte ich einem Mädchen beibringen meine Gedanken zu lesen, das in Erwägung zieht, mit einem anderen ins Bett zu gehen?“

„Ich ziehe nicht in Erwägung … „ Ich lasse ein leises Knurren hören. „Ich wollte nur Antonis Zimmer sehen, von dem ich annehme, dass es Ptolemäus Timeus gehörte, und vielleicht auf eines seiner Zierkissen spucken. Falls es dir entgangen ist, er war ein gottverdammter Mistkerl."

Lorcan entfährt ein leises Schnauben. „Du bist ein seltsames kleines Geschöpf, Fallon Báeinach."

Auch wenn er es liebevoll sagt, sträuben sich meine Nackenhaare. „Ich bin kein Geschöpf. Ich bin eine Frau, Lorcan Reebyaw. Wenn hier jemand ein Geschöpf ist, dann du."

Seine Mundwinkel verziehen sich und seine Augen beginnen wieder zu glühen. Dann beginnt sein großer Körper zu zittern, als hätte ihn Kälte umhüllt, aber als ich nach Gänsehaut suche, finde ich keine. Zumindest nicht bei ihm. Bei mir gibt es reichlich davon.

„Ich habe gehört, der Marquis ist verschwunden." Ich wende meinen Blick ab, denn selbst mit einem nebligen Spiegel zwischen uns ist die Intensität des Crow-Königs völlig entwaffnend.

Wasser spritzt auf Lorcans Klinge. Als das Metall sauber ist, legt er es neben sein Waschbecken. „Ist er das? Wie tragisch."

„Du hast nicht zufällig etwas mit seinem Verschwinden zu tun?"

„Warum erzählst du es mir nicht, Fallon?" Obwohl mein Blick auf die kleine Pfütze gerichtet ist, die sich um die glänzende Rasierklinge bildet, sehe ich, wie er seine Finger zu seinen nassen Locken hebt, während er sich mir zuwendet.

„Wenn ich es wüsste, würde ich nicht fragen, oder?"

„Mein Verstand, kleiner Vogel. Die Antwort ist dort drin. Wenn du sie haben willst, komm und hol sie dir."

„Bin ich nicht bereits in deinem Verstand?"

„Nein. Du bist in meinem Badezimmer."

„Aber ich bin auch in meinem … oder?"

„Richtig."

„Also ist das keine deiner Erinnerungen, Lore?"

„Ist es nicht."

„Ist es wie damals, als ich plötzlich in deiner Bibliothek aufgetaucht bin?"

Er nickt. „Wenn Gefährten intensiv genug aneinander denken, können sie ihre Körper zueinander projizieren, genauso wie sie Worte in den Verstand des anderen senden können, egal wie weit sie voneinander entfernt sind."

„Also ist mein Körper an zwei Orten gleichzeitig?"

„Korrekt, aber du kannst diese zelluläre Replikation nur kurz aufrechterhalten, also wenn du einen Einblick in meinen Verstand haben möchtest, rate ich dir, dich zu beeilen." Das Gold wirbelt um seine Pupillen, die zu bloßen Nadelstichen geworden sind, obwohl kein Licht in sie scheint.

Immer noch fassungslos über die Tatsache, dass ich mich selbst replizieren kann, verdunkelt sich das Badezimmer und Lore verschwindet. An seiner Stelle erscheint ein Fae. Derjenige, der mich vor König Marco schleifen ließ. Ptolemäus bernsteinfarbene Augen sind so weit aufgerissen, dass mehr Weiß als Farbe zu sehen ist.

Dämon, höre ich den schrecklichen Mann stammeln. *Dää …* Die zweite Silbe kommt als nasses Gurgeln heraus, einen Moment bevor sein Kopf direkt von seinem Hals fällt und Blut mein Gesicht bespritzt. Ich keuche und blinzle. Als meine Lider sich wieder öffnen, ist Lorcans Kopf dort, wo Ptolemäus gerade noch war …

Ich stürme an Lorcan vorbei und klammere mich an den Rand seines Waschbeckens, während die Ränder meines Sichtfelds grau und weiß werden, bevor sie sich wieder mit Farbe füllen.

Lore steht hinter mir, sein Kopf über meinem, sein nackter Oberkörper so nah, dass die Kälte seiner Haut den Schweiß kühlt, der sich in meinem Nacken sammelt. Seine Handflächen gleiten an meinen Oberarmen entlang, obwohl … obwohl seine Hände an seinen Seiten ruhen.

Atme, Behach Éan. Seine geflüsterte Anleitung trägt nicht dazu bei, die Säure zu lindern, die meine Kehle verätzt. ***Atme.***

Eine seiner Hände – diesmal seine echte und nicht der Phantomrauch, den er als Tarnung benutzt – greift in meine Haare und hebt die kurzen, schweren Strähnen, während seine andere von meinem Halsansatz die starre Linie meiner Wirbelsäule entlangstreicht.

„Du hast ihn getötet", krächze ich, meine Kehle so rau wie Sybs am Morgen nach dem alljährlichen Weihnachtsfest im *Bottom of the Jug*. Meine Freundin singt gerne lauter als die angeheuerten Barden, obwohl sie keinen Ton halten kann.

Sein Blick folgt der Bahn seiner Finger, die sanft meine Wirbel entlanggleiten. „Das habe ich."

„Aber er ist vor einer Woche gestorben. Da haben wir deine Krähen gesammelt. Also wann ...?"

„Du vergisst, dass ich nach Tarecuori gereist bin, um nach Phoebus zu sehen."

Oh. „Hat Timeus dich herumfliegen sehen und die Wachen gerufen? Ist das der Grund, warum du ... du ..." Ich beschließe, den Satz nicht zu beenden, da Lorcan sich sehr wohl bewusst ist, wie er dem Mann das Leben genommen hat.

„Niemand hat mich gesehen." Das kleinste Lächeln zupft an seinem Mundwinkel. „Bei Nacht bin ich nicht sichtbarer als Luft."

„Dann ... ich verstehe nicht ..."

„Doch, das tust du, Behach Éan. Du verstehst sehr gut, warum ich diesen Mann ermordet habe." Jetzt malt er kleine Kreise am Ansatz meines pochenden Schädels, und ich lasse ihn gewähren, weil ... weil es himmlisch ist.

Auch wenn mein Verstand immer noch vor Entsetzen und Schock platzt, frage ich mich, ob Lorcan vor seiner Verwandlung in einen Gestaltwandlerkönig durch die Shabbins vielleicht Masseur war.

Nein, murmelt er in meinen Gedanken. ***Ich habe Schafe gehütet.*** „Ich mag es nicht, Menschen zu berühren, und ich mag es nicht, berührt zu werden."

„Du hättest mich täuschen können. Was das *Berühren von Personen* angeht." Ich gebe mein Bestes, das kleine Stöhnen zu unterdrücken, das durch meine kaum geöffneten Lippen entweicht, aber mein Bestes ist miserabel. Hoffentlich übertönt das immer noch plätschernde Wasser das Geräusch.

Wenn ich so darüber nachdenke, warum hat er die Dusche nicht abgedreht? Hat er etwa nicht zu Ende geduscht?

„Ich berühre keine Personen, Behach Éan. Ich berühre *dich.*"

„Ich bin eine Person.“

„Du bist keine Person.“ Sein Adamsapfel senkt sich. „Du bist meine … Crow.“

Das reißt mich aus meiner Benommenheit, und ich drehe mich um, löse seine Hände von meinem Körper. Obwohl ich versucht bin, ihn zum hundertsten Mal daran zu erinnern, dass ich niemandem gehöre, frage ich stattdessen: „Woher wusstest du von meinem Streit mit dem Marquis?“

„Meine Gefangenschaft im Stein hat meine Sinne nicht getrübt.“ Als ich die Stirn runzle, fügt er hinzu: „Hast du vergessen, wo eine meiner Krähen aufbewahrt wurde?“

Im Trophäenraum des Regio. Der an den Thronsaal angrenzt, in dem meine Anhörung stattfand.

Er beobachtet meinen entgeisterten Blick. „Ich kann nicht sagen, ob du schrecklich wütend oder schrecklich gerührt bist, dass ich Luce von diesem abscheulichen Fae befreit habe.“

Ich schlucke, aber es hilft nicht gegen meinen trockenen Hals. „Hast du vor, weiterhin Männer meinetwegen zu köpfen?“

Lorcan schweigt, aber seine Augen verraten seine Antwort.

„Du kannst nicht herumlaufen und Köpfe von Körpern trennen, Lore. Die Fae trauen den Crows schon jetzt nicht, sie nennen dich und deine Leute …“ Die Worte an den Wänden meines Hauses in Tarelexia flackern vor meinen Augen. „Sie nennen euch schlimme Dinge.“

„Komm ich wie ein Mann rüber, der sich darum schert, was Fae über ihn denken?“

„Nein. Aber …“

„Solange Dante seine Leute nicht bestraft, werde ich es tun. Es ist an der Zeit, dass sie Respekt lernen.“

Das kann nicht gut enden.

Er greift um mich herum, um etwas neben seinem Waschbecken zu erreichen, dabei streift die Innenseite seines Unterarms meine nackte Schulter. Obwohl ich nicht zittere, prickelt meine feuchte Haut. Er reibt das, was er sich geholt hat – ein Stück Kohle – zwischen seinen Fingern, legt es dann zurück auf die kleine hölzerne Schale, und sein Arm berührt erneut meine Haut. Ich versuche, zur Seite zu weichen, weil ich ihm offensichtlich im Weg stehe, aber ich erstarre, als er seine Augen schließt und seine Finger zu seinem Nasenrücken führt, dann beide Hände zu seinen Schläfen und so seine Haut bemalt.

Als er seine Augen wieder öffnet, sind seine Iriden beeindruckend hell. ***Wie sehr ich mich danach sehne, dein Gesicht zu bemalen, kleiner Vogel.***

Mein Herz flattert wie ein Schmetterling hinter meinen Rippen bei dem Gedanken, wie er seine langen, kühlen Finger über meine Lider zieht, um der Welt zu zeigen, dass ich ihm gehöre.

Eine von seinen *vielen* bin.

Anders als meine, hebt sich seine Brust in einem langsamen Rhythmus.

„Du wirst zu beschäftigt damit sein, das Gesicht deiner Glace-Prinzessin zu bemalen, um dir über meines Gedanken zu machen."

Daran zu denken, dass sie bald hier stehen wird, wo ich gerade stehe.

Daran zu denken, dass sie diese goldenen Augen und silbernen Narben betrachten wird.

Der in seiner Dusche gefangene Dampf und der aufgewühlte Rauch seiner Haut liebkosen meinen Körper.

Das ist zu viel.

Ich weiß nicht, warum ich mich hierhergebracht habe, aber ich möchte weg. Ich wende mein Gesicht von ihm ab, schließe meine Augen und stelle mir das Haus des Marquis vor. Ich visualisiere den weißen Marmor und den gülden gerahmten Spiegel. Den gravierten Stein, den ich auf meinen Nachttisch gelegt habe.

Als ich meine Lider nach oben ziehe, bin ich zurück in meinem Körper und eine andere Crow steht vor mir, die Augen so weit aufgerissen wie Timeus, kurz bevor er seinen Kopf verloren hat.

KAPITEL 24

Eefah atmet aus. „Du hast einen Gefährten. Das ist es, oder? Du hast eine Geisteswanderung gemacht."

Mein erster Impuls ist es, alles *abzustreiten, abzustreiten, abzustreiten,* aber ich will Eefah nicht anlügen. Ganz zu schweigen davon, dass sich eine Röte über mein Gesicht zieht und meine Augen so glasig sind wie die von Minimus.

„Hast du einen?", frage ich, bevor sie nachbohren kann, mit wem ich auf übernatürliche Weise verbunden bin.

Sie seufzt und schüttelt den Kopf. „Nein. Ich warte noch. Immy wartet auch."

Ich wette, ich weiß, mit wem Imogen gerne verbunden wäre. Tja, er ist vergeben. *An eine Glacin-Prinzessin*, wie mein Verstand unbedingt anmerken muss.

„Aber meine *siér*" – ich nehme an, das heißt *Schwester* auf Crow – „will keine Verbindung. Sie ist dem Schicksal der Krähen zu sehr verschrieben."

Ich kann mir das Schnauben nicht verkneifen, das mir entfährt. „Ich bin mir ziemlich sicher, dass deine Schwester sich nichts sehnlicher wünscht, als mit Lore verbunden zu sein."

„Warum sagst du das?" Eefahs Mund formt sich zu ehrlicher Überraschung.

„Weil sie immer bei ihm ist."

„Sie gehört zu Siorkahd. Das ist ihr Job. Deshalb verbringt sie so viel Zeit mit unserem König. Glaub mir, Fallon, sie will Lore nicht." Sie schüttelt den Kopf, wodurch ihr schwerer Zopf über ihre Schulter fällt.

„War ihre Frisur und ihr Make-up wirklich vom Planen von Lorcans nächstem Krieg zerzaust?"

„Wer ist dein Gefährte?"

„Ich … ich …" Ich beiße mir auf die Lippe. „Das möchte ich für mich behalten."

„Oh. Okay."

Sie klingt so enttäuscht, dass ich hinzufüge: „Ich habe es nicht mal Syb und Phoebus erzählt."

„Denkst du, sie verstehen es nicht?"

„Ich glaube, sie werden nicht verstehen, warum ich die Verbindung abgelehnt habe."

„Abgelehnt?" Eine ihrer geschwärzten Augenbrauen hebt sich. „Du kannst eine Verbindung nicht ablehnen. Sie ist gesegnet."

„Ich will selbst wählen, Eefah."

Ihre Wimpern flattern heftig, als wollten sie ihre Sicht klären. „Dein Gefährte muss sehr traurig sein."

Ich zucke mit den Schultern. „Er ist bereits einer anderen Frau versprochen, also hat er sich damit abgefunden."

Ihr Kopf schnellt zurück. „Wenn er ein Crow ist, ist das nicht möglich."

Es dauert einen Moment, bis mir klar wird, dass ich, da *ich* zum Teil Crow bin, theoretisch mit jemandem verbunden sein könnte, der keine ist.

„Er ist kein Crow?"

Ich will, dass sie aufhört mich auszufragen, sonst findet sie noch heraus, in wessen Geist ich wandern kann. „Eefah, kannst du mir eure Sprache beibringen, während wir darauf warten, dass Sybille mich zum Abendessen abholt?"

Ihre Nasenflügel blähen sich plötzlich und ich denke schon, sie hat eins und eins zusammengezählt … immerhin habe ich zugegeben, dass er sich kürzlich verlobt hat … aber dann verziehen sich ihre Lippen zu einem Lächeln. „Es ist mir eine Ehre, dir Crow beizubringen."

Obwohl ich erleichtert bin, dass sie nichts ahnt, werden die Schläge meines Herzens mit jedem Mal dumpfer. Ich wende mich ab, bevor sie die seltsame Aufregung bemerken kann, die von mir Besitz ergreift.

Als ich in den Schrank zwischen dem Badezimmer und dem Schlafzimmer trete, frage ich: „Wie sagt man *Kleid*?"

„Dréasich."

„Dreesseh", wiederhole ich, während ich ein korallenfarbenes

Kleid mit einem eng anliegenden Oberteil und einem ausgestellten Satinrock betaste. Ist es zu viel für ein Abendessen mit einer Gruppe von Rebellen? Ich blicke auf die restlichen Kleiderbügel. Abgesehen von einem eher schlichten steingrauen Kleid ist alles übertrieben.

Als ich das korallenfarbene Kleid vom Bügel ziehe und dann einige Unterwäsche herausfische, tritt Eefah ins Schlafzimmer und schiebt die Tür zu, um mir Privatsphäre zu gewähren. Ich schlüpfe in die Seide, dankbar dafür, dass Syb für solch exquisite Unterwäsche gesorgt hat, dann hebe ich das Kleid hoch und verrenke meine Arme, um alle Haken und Ösen zu erreichen.

Plötzlich überkommt mich die Erinnerung daran, wie Lorcan mir half, das Kleid anzuziehen, das ich in Tarespagia trug, an die geisterhaften Finger, die meine Haut liebkosten, und ein neues Erröten überzieht meine Haut.

Ich muss diesen Mann aus meinem Kopf bekommen, bevor mein Körper sich wieder – ein weiteres Mal – zu ihm hingezogen fühlt, sonst wird er noch anfangen zu denken, ich *wolle* bei ihm sein, was der Wahrheit nicht ferner liegen könnte.

„Wie sagt man *Schuhe*?", rufe ich.

„*Bròg.*"

„Brawg."

Ich höre, wie Eefah herumkramt, während ich den letzten Verschluss schließe. „Ich habe Stift und Papier, wenn du bereit bist. Ich denke, es hilft, die Wörter aufgeschrieben zu sehen."

Ich ziehe das trägerlose Oberteil hoch, das Wunderbares für meine bescheidenen Brüste bewirkt, dann wähle ich ein Paar silberne Pantoffeln … *brawg.*

Ich komme aus dem Badezimmer und gehe hinüber zum kleinen Wohnbereich, wo Eefah ein Blatt Papier, ein Tintenfass und einen Füllfederhalter bereitgelegt hat. Sie hat zwei Wörter auf das Papier geschrieben … ich nehme an, die, die sie mir gerade beigebracht hat, obwohl sie ganz anders aussehen, als ich sie mir vorgestellt habe.

„Wie schreibt man meinen Namen?" Erleichtert stelle ich fest, dass mein Vorname so geschrieben wird, wie ich ihn immer geschrieben habe, bin dann aber schockiert, als ich entdecke, dass Bannock als Báeinach geschrieben wird. „Und den meines Vaters?"

Ich erfahre, dass Kahol als Cathal geschrieben wird und dass sein Bruder, Keeann, tatsächlich Cian geschrieben wird.

Ich bitte sie, ihren Namen zu schreiben und bin verblüfft zu sehen, dass er nicht so geschrieben wird, wie er klingt. Ich bitte sie, Lorcans Namen zu schreiben. Obwohl sein Vorname keinen Akzent trägt, steckt sein Nachname wieder voller Buchstaben, die nicht zu der Art passen, wie ich ihn ausgesprochen habe.

„Und Morrgot?"

Sie schreibt ihn nieder, und ich folge jeder Windung und jedem Schwung der Tinte mit hochgezogenen Augenbrauen und angehaltenem Atem.

Ich habe noch nie eine andere Sprache gelernt und finde es aufregend. „Crow ist keine einfache Sprache."

„*Né*. Ist es nicht."

Die Minuten verfliegen zu Stunden, in denen Aoife meinen begrenzten Crow-Wortschatz erweitert und ich ihr Grundwissen über Lucin vertiefe. Ich bin so versunken in meine Lektion, dass ich nicht höre, wie meine Tür sich öffnet, Aoife aber schon. Sie ist aus ihrem Sitz aufgesprungen und steht in dunklem Rauch gehüllt da, noch bevor Giana die Schwelle überschritten hat.

Der Anblick von Sybs Schwester durchlöchert meine Hochstimmung. Bevor sie auch nur „Hallo" sagen kann, frage ich: „Wie konntest du mir verschweigen, dass Mamma und Nonna in Shabbe sind, Gia? Ich bin ihretwegen zurückgekommen."

„Du bist deinetwegen zurückgekommen, Fallon."

Ich stehe nicht auf, schiebe aber meinen Stuhl zurück und verschränke die Arme. „Das ist unfair. Und nicht wahr."

„Planst du, in Rax zu helfen? Denn wenn ja, musst du das Prinzessinnenkleid ablegen."

„Deine Schwester hat dieses Kleid ausgesucht."

„Meine Schwester sollte auch nicht hier sein, Fallon. Sie ist nicht für das gemacht, was Antoni und ich tun. Wenigstens war Phoebus vernünftig genug, zurückzubleiben."

„Phoebus ist mit mir gekommen."

„Wo ist er dann?"

„Ich habe ihn zurückgeschickt, weil ich nicht wollte, dass er verletzt wird."

Sie fährt sich mit den Händen übers Gesicht. Ihre Nägel sind abgebrochen und ihre Finger mit grauem Schmutz beschmiert, den sie an den Seiten ihres kantigen Gesichts verteilt. „Du hättest dich selbst zurückschicken sollen."

„Warum bist du so feindselig?"

„Weil ich mich sorge, Fal. Ich sorge mich um dein Leben. Ich sorge mich um unseren Kampf. Ich will, dass Luce ein Königreich wird, in dem jeder Zugang zu allem hat. In dem Menschen nicht gezwungen sind, ihre Haare zu schneiden. In dem Menschen nicht schlechter behandelt werden als Schweine. Und in dem Magie ohne Regeln oder Vorschriften genutzt werden kann, egal welche Form die Ohren haben."

„Ich will dasselbe."

Sie seufzt. „Ich weiß, aber deine Anwesenheit hier macht uns nur noch mehr zur Zielscheibe. Die Flotte von Kobolden vor unserer Haustür ist gewachsen. Die Anzahl der Soldaten, die unser Boot inspizieren und uns über die Kanäle begleiten, hat sich verdoppelt."

Sie presst die Lippen zusammen und wirft einen Blick auf Aoife.

„Ganz zu schweigen davon, dass wir jetzt eine Crow unter uns haben, und Crows sind in Luce nicht erlaubt, außer Lorcan. Wenn Aoife entdeckt wird, wer weiß, was für neue Scherereien das mit sich bringt." Sie wirft die Hände in die Luft. „Wenn es nach Tavo geht, wird er wahrscheinlich Wachen in unserem Haus stationieren, was alles zunichtemachen würde."

„Lore wird das nicht zulassen."

„Lore herrscht noch nicht über ganz Luce, *dolcca*."

Bronwens neueste Prophezeiung hallt zwischen meinen Schläfen wider und lässt mir eine Gänsehaut über die nackten Arme laufen. So weit wird es nicht kommen. „Meine Hose wird bis morgen trocken sein."

„Ich leihe dir welche."

„Das Abendessen ist ferti .... Oh, hey, Gia.“ Sybille rauscht in einem türkisfarbenen Tüllkleid an ihrer Schwester vorbei, was Giana den Mund verziehen lässt.

„Wie viel Gold hast du für Kleider ausgegeben?“

Syb verdreht die grauen Augen. „Ich habe kaum an dem Vermögen gekratzt, das Lore für uns zum Ausgeben hinterlassen hat.“

„Er hat es uns hinterlassen, damit wir es für ... Ach, vergiss es. Gib einfach nicht noch mehr für unnötige Dinge aus, in Ordnung?“ Giana tritt zurück. „Ich gehe vor dem Abendessen duschen. Wir treffen uns unten.“

„*Santo Caldrone*, die ist gereizt, seit wir hier gelandet sind. Ich glaube, das letzte Mal, dass ich sie lächeln sah, war noch im Himmelreich.“

„Sie sehr Sache gewidmet.“

„Das sind wir alle, Aoife“, sagt Syb.

Obwohl ich dem nicht widerspreche, arbeitet Giana *wirklich* schon seit Jahrzehnten mit Antoni zusammen, um den Racoccins zu helfen. Syb und ich, wir haben uns erst vor kurzem ihren Bemühungen angeschlossen.

„Komm. Die Gesellschaftsräume werden dich umhauen.“

Aoife folgt uns die breite Treppe hinunter, dann um sie herum, durch eine Reihe von Spiegeltüren, die Syb mit einer schwungvollen Geste aufstößt. Der U-förmige Raum ist übersät mit Kerzen, Tischen, Sofas und üppigen Sesseln. Ich zähle fünf verschiedene Sitzecken, denn anscheinend reicht eine nicht aus.

Als ich in den grellroten und goldenen Raum starre, sehe ich, wie Timeus‘ Kopf von seinen Schultern rollt, und bleibe abrupt stehen, was auch Syb zum Stehen bringt.

„Was ist los?“ Sybille, die gerade erklärt, dass die Decke mit den Fresken angeblich mit echtem Blattgold bemalt wurde, verstummt und sieht sich nach Gefahren im Raum um. „Hast du jemanden gesehen?“, flüstert sie und verstärkt ihren Griff um meinen Arm.

„Nein.“ Ich lege meine Hand an meinen Hals, sehne mich nach dem Gefühl glatter Haut. „Es ist nur ... es ist nur, dass Ptolemäus ein wirklich abscheulicher Mann war.“

„Dem stimme ich voll und ganz zu, *micara*.“ Catriona rauscht in den prunkvollen Raum, ihr Blick streift über die schweren Vorhänge. Stellt sie sich vor, wie sie geöffnet werden?

Was liegt dahinter? Der gepflegte Garten, den ich vom langen Glasgang aus erspäht habe? Ich bin versucht, sie einen Spalt breit zu öffnen, um hinauszuspähen, aber Antoni war deutlich, was das Geschlossenhalten betrifft. Ganz zu schweigen davon, dass ich Aoife nicht in Gefahr bringen will.

Catriona hat sich ihr zugewandt und mustert sie. „Du solltest wirklich den Schmutz von deinem Gesicht wischen. Erstens sieht es aus, als hättest du dich im Matsch gewälzt, und zweitens verrät es, was du bist." Catriona hat noch nie ein Blatt vor den Mund genommen, aber ihre Bemerkung ist unangebracht.

„Das ist kein Schmutz", sage ich.

Sie wedelt mit der Hand. „Ja, ja, es ist Kriegsbemalung."

„Es ist Tradition." Rauch kräuselt sich von den angespannten Schultern meiner Krähenwächterin.

„Eine Tradition, die heutzutage nicht sehr beliebt ist."

„Catriona, du hast deine Meinung gesagt. Jetzt lass Aoife in Ruhe."

„Ist schon gut, Fallon."

Mein Rock ist nicht üppig, es gibt keinen Stoff zum Zusammenknäueln, nur Stoff, in den ich meine Finger krallen kann. Ich kralle sie hinein. „Warum bist du hier, Catriona?"

„Um der Sache zu dienen."

„Dabei interessierst du dich nicht für Menschen."

„Das tue ich." Als ich eine Augenbraue hebe, fügt sie hinzu: „Auf meine Art."

„Die Wahrheit, Catriona."

Sie richtet die schwarzen Samthandschuhe, die sie zu ihrem schwarzen Kleid trägt, einem Stück, das anscheinend aus einer einzigen Stoffbahn gefertigt wurde, die jemand um ihren Hals gewickelt und um ihren Körper geschlungen hat. „Gut. Im *Bottom of the Jug* gab es keine Arbeit mehr, und meine Liste privater Kunden machte mich durch die Verbindung zu dir mitverantwortlich, also hörten sie auf, mich zu kontaktieren. Da ich die Stille verabscheue und nicht von Luft leben kann, kam ich hierher."

„Du sagtest, du hättest vor zu helfen. Darf ich fragen, wie?"

„Ich habe das Abendessen gemacht." Sie deutet auf einen Tisch, der mit Platten voller Essen beladen ist.

„Du hast …" Ungläubig starre ich zwischen dem Tisch und der Kurtisane hin und her. Ich habe Catriona noch nie einen Finger in der Küche rühren sehen. „Du weißt, wie man kocht?"

„Ich bin nicht völlig unfähig."

„Ja." Syb lässt meinen Arm los und geht zum Tisch, stibitzt eine hauchdünne Scheibe gebratene Zucchini. „Du hättest mein Gesicht sehen sollen, als sie angeboten hat, zu kochen." Sie legt das knusprige Gemüse auf ihre Zunge und ihre Wimpern flattern. „Wow. Catriona."

Catriona reckt das Kinn und strahlt, dann eilt sie zum Tisch.

Syb greift nach einem Krug Wein und füllt ein Glas. „Wer möchte noch Wein? Fal? Aoife?"

Aoife schüttelt den Kopf.

„Ich nehme ein Glas", sage ich, und Syb bringt mir eins.

„Catriona?" Sie bietet ihr das andere Glas an, das sie vom Tisch mitgebracht hat.

Als Catriona es von ihr nimmt, will ich gerade meines zum Mund führen.

„Fallon, warte." Aoife schießt mit der Hand vor und packt den Stiel.

Ich zucke zusammen und etwas Wein schwappt über den Rand, rinnt an meinem Arm herunter.

„Entschuldigung. Ich soll dein Essen und deinen Wein vorkosten."

Ich stutze. „Warum?"

„Zum Schutz."

„Schutz vor wem?" Mein Blick springt zwischen Syb und Catriona hin und her, bevor er zu den Flügeltüren schießt, durch die Antoni, Mattia und Riccio schreiten, alle drei in bestickten Tuniken und schmalen Hosen, die in glänzenden Reiterstiefeln enden.

Ich habe das Fischer-Trio noch nie in etwas anderem als sonnengebleichten Hemden und weiten Hosen gesehen, daher wirkt der Anblick von ihnen in der Kleidung der Hohen Fae befremdlich. Es fehlen nur noch spitze Ohren und Haare, die bis über ihre breiten Schultern reichen.

Antoni bleibt wenige Schritte vor mir stehen. Sein Blick gleitet auf eine Art über mein korallenrotes Kleid, die Aoife neben mir verkrampfen lässt. „Hast du alles, was du brauchst?" Auch wenn sein Ton nicht gerade vor Wärme und Sanftheit trieft, ist er nicht so schneidend wie bei meiner Ankunft heute Morgen.

„Ja. Danke."

Aoife drückt mir den Wein in die Hand. „Ist in Ordnung."

Das lenkt Antonis Aufmerksamkeit auf sie. „Wir haben nicht vor, Lorcans kostbare Fluchbrecherin zu vergiften. Bitte richte das deinem König aus."

Aoife nickt nicht, wirft nur einen Blick zu einer der Sitzecken, und ein leichtes Lächeln verzerrt ihren angespannten Gesichtsausdruck. „Er hört es, Antoni."

Mein Herz schlägt eine Serie schneller Takte, als ich Lorcan in einem der Sessel erblicke, wie ein König auf seinem Thron, einen Knöchel über das Knie gelegt, den gegenüberliegende Ellbogen in die Armlehne gedrückt, mit zwei langen Fingern die glatte Kante seines Kinns stützend.

Da ich mich nicht erinnere, auf meinem Weg durch sein Reich einen Thronsaal gesehen zu haben, frage ich mich, ob der Gestaltwandler-König überhaupt einen Thron besitzt.

Nein. Seine goldenen Augen brennen sich einen direkten Weg zu mir. ***Denn ich glaube nicht, dass ein Königreich am besten regiert wird, indem man auf seinem Hintern sitzt.***

Das zaubert ein Grinsen auf meine Lippen. ***Eine Vogel-Schaukel vielleicht?***

Seine Lippen verziehen sich zu einem Anflug eines Lächelns.

„Nicht, dass wir uns nicht geehrt fühlen von deiner Anwesenheit, Mórrgaht" – Antoni klingt alles andere als geehrt – „aber was führt dich her?"

KAPITEL 25

Lorcans durchdringender Blick ruht auf seiner Crow. „Aoife brauchte eine Pause."

Meine Hüterin, die zur Lehrerin wurde, nickt ihm knapp zu, bevor sie sich einem Fenster zuwendet und in Rauch aufgeht, der sich zwischen den Teilen der zugezogenen Vorhänge windet.

„Ich glaube, ich werde mich nie daran gewöhnen, jemanden zu sehen, der sich in Rauch verwandelt", murmelt Syb zu Mattia, der einen muskulösen Arm um ihre Schultern gelegt hat.

Ich bin mir nicht sicher, ob ich mich jemals daran gewöhnen werde, die beiden zusammen zu sehen, auch wenn sie zugegebenermaßen recht süß sind.

„Und keiner deiner *vielen* anderen Crows konnte herkommen, um sie zu ersetzen?" Die Schärfe ist in Antonis Stimme zurückgekehrt.

Lorcan erhebt sich von seinem Sitz. „Da ich kommen und gehen kann, wie es mir beliebt, habe ich beschlossen zu kommen. Außerdem habe ich gehört, du beherbergst eine neue Rebellin und war ungeduldig, ihre Bekanntschaft zu machen."

Catrionas Brust scheint stillzustehen, als der Gestaltwandler-König näherkommt, sie einmal umkreist, bevor er neben mir stehen bleibt.

„Catriona Madaro, berühmteste Kurtisane von Luce." Sein Blick wandert über ihre Sanduhrfigur, von den zierlichen Knöcheln bis zum rubinbesetzten Haarschmuck, und obwohl ich ein ebenso hübsches Kleid trage, fühle ich mich plötzlich wie ein kleines Mädchen, das sich verkleidet hat.

Sie strafft die Schultern. „Lorcan Ríhbiadh, gefürchtetster Herrscher der Lüfte."

Obwohl ich sehe, wie Riccio einen Blick auf den tiefen Spalt zwischen Catrionas zusammengepressten Brüsten wirft, kehren Lorcans Augen zu ihrem Gesicht zurück und bleiben dort. „Ich habe gehört, du hast dich freiwillig gemeldet, um für Essen zu sorgen."

„Ich muss meinen Beitrag leisten."

Lorcan verschränkt die Hände hinter dem Rücken und geht zum ovalen Esstisch hinüber, den er gemächlich umrundet, wobei er sich gelegentlich vorbeugt, um an einer flüchtigen Dampfwolke zu schnuppern. „Sag mir, Signorina Madaro, wie lernt man über Nacht kochen?"

„Über Nacht? Ich ernähre mich schon seit Jahren selbst."

„Mit Essen aus der Taverne und der Bäckerei neben deinem Haus. Deine Küche wurde nie benutzt. Ich habe mir auf dem Weg hierher die Freiheit genommen, nachzusehen."

„Du hattest kein Recht, ungebeten mein Haus zu betreten." Obwohl sie leise spricht, verrät Catrionas Tonfall ganz genau, was sie von Lorcans Eindringen hält, ebenso wie die aufsteigende Röte in ihren Wangen.

Lorcan ignoriert ihren Unmut und setzt seine Befragung fort. „Das Fenster war zersprungen. Bist du kürzlich in einen Kampf geraten?"

Lore? Ich stelle mein Weinglas auf das Marmorpult, das an der Rückseite eines der vielen Sofas steht. ***Catriona war immer nett zu mir. Ist dieses Verhör wirklich nötig?***

Er hält meinem Blick stand. ***Ich traue der Fae nicht.***

Halb-Fae. Und du traust niemandem. Ich mildere meine Worte mit einem sanften Lächeln.

„Wenn du es unbedingt wissen musst, ein Kobold hat mich beim Entkleiden beobachtet. Ich habe ein Buch gegen die Scheibe geworfen."

„Du liest?", fragt Riccio.

Ihre Nasenflügel blähen sich. „*Ja*, ich lese. Genauso wie ich koche." Sie weicht zurück. „Ich lasse mich nicht länger beleidigen. Genießt, was ich auf den Tisch gebracht habe. Wir sehen uns morgen früh."

Als sie herumwirbelt, gehe ich an Lore vorbei. „Catriona, warte."

Sie hält inne und blickt über die Schulter. „Was?"

„Bleib. Bitte."

Ihre Lippen pressen sich zusammen. Ich strecke die Hand aus und berühre ihre.

Ihr Blick gleitet an mir vorbei und mustert alle Gesichter. „Nicht heute Abend, aber ich sehe euch morgen früh."

Sie entzieht mir ihre behandschuhte Hand und geht, wobei ihre Schulter gegen Gianas stößt. Mit einer gemurmelten Entschuldigung verschwindet sie die Treppe hinauf.

„Was war das denn?", fragt Gia in frischer Hose und Hemd.

„Sie kocht." Ich kaue auf meiner Unterlippe, während meine Hand an den Falten meines Kleides hinabgleitet. „Wir waren überrascht. Sie hat es … *nicht gut* aufgenommen."

„Wusstest du, dass sie kochen kann, Schwesterherz?" Syb stibitzt Mattias Weinglas, doch er hat es bereits geleert.

„Nein, aber ich bin froh, dass jemand die Küche übernommen hat, sonst hätten wir nur Rohkost gegessen." Gia geht zum Tisch, zuckt aber zusammen, als sie Lorcan sieht. „Mórrgaht." Sie nickt ihm respektvoll zu. „Bleibst du zum Abendessen?"

„Das werde ich. Es gibt uns Gelegenheit, uns auszutauschen."

„Ich verhungere." Riccio lässt sich auf einen Stuhl fallen und häuft sich Fleischbällchen in würziger Tomatensoße auf den Teller. Als er merkt, dass sich sonst niemand zu ihm an den Tisch gesetzt hat, sagt er: „Ich hoffe, es stört euch nicht, wenn ich schon anfange." Er hat bereits ein ganzes Fleischbällchen im Mund.

Lorcan winkt ab. „Nur zu."

„Wir warten ab, ob du tot umfällst." Syb sinkt auf den Stuhl gegenüber von Riccio, dessen Haut so purpurrot ist wie Catrionas glänzende Spange.

„Oh Götter, er erstickt." Ich will zu ihm eilen, doch Antoni ist schneller und klopft ihm zwischen die Schulterblätter.

Statt den Bissen auszuspucken, würgt Riccio ihn schluckend hinunter. Sein Gesicht bleibt quälend lange fleckig.

„Er lebt noch. Das ist ein gutes Zeichen, oder?" Syb mustert die Fleischbällchen.

„Kommt auf das Gift an." Rauch wirbelt von dem schwarzen Leder auf Lorcans Brust.

Ich weiß nicht, wann er sich bewegt hat, aber jetzt steht er so dicht vor mir, dass sein Rauch über meine Haut streicht.

Riccio greift nach einem Wasserkrug. Statt sich einzuschenken, trinkt er direkt daraus. „Ihr seid allesamt Mistkerle“, murmelt er und stellt die leere Kristallkaraffe so unsanft ab, dass sie klirrt. „Ernsthaft, Syb, was zur Hölle? Warum bei den Göttern sagst du sowas? Wieso sollte Catriona uns vergiften?“

„Ich meinte das nicht *wörtlich*. Ich meinte, sie wäre eine miserable Köchin.“ Grinsend füllt sie ihr Weinglas. „Du hättest dein Gesicht sehen sollen.“

Er greift nach einem Fleischbällchen und wirft es ihr ins Gesicht. Sie zuckt zusammen, als es ihre Stirn trifft und dann über ihren Nasenrücken direkt in ihr Dekolleté rutscht. „Du dummköpfiger Lausebengel! Wie alt bist du eigentlich?“

Während sie das Fleischbällchen zwischen ihren Brüsten hervorholt, hat Mattia das Pech, ein Kichern auszustoßen. Syb dreht ruckartig den Kopf zu ihm, der Blick aller Blicke leuchtet durch die glänzenden Tomatenspritzer.

Mattia hustet in seine Faust. „Ernsthaft, Riccio. Das war nicht ...“ Ein weiteres Kichern bricht heraus. Er versucht, es als Husten zu tarnen. „Nicht ...“ Erneut versucht er, seinen Cousin zu tadeln, scheitert aber wieder. Zwischen Lachanfällen bringt er hervor: „Tut mir leid, *bibina*.“

„Oh, das wird dir später noch richtig leidtun, *bibino*.“ Die Art, wie sie den Kosenamen murmelt, spricht Bände über ihre Pläne für nach dem Abendessen.

Ein unterhaltsamer Haufen, deine Freunde. Lores Kommentar lässt ein Lächeln in meinen Mundwinkeln zucken. „Wie fühlst du dich, Riccio?“

„Gut.“ Er streicht sich die dunkelbraunen Haare zurück und starrt Syb an, „Besser.“

„Schade, dass schönere Kleidung dir keine besseren Manieren verpasst hat“, murmelt sie.

„Weil du denkst, ein schönes Kleid ... „

„Genug.“ Antoni packt die Rückenlehne des Stuhls am Kopfende des Tisches und zieht ihn heraus. Er wirft einen Blick zu Lore, wahrscheinlich überlegt er, ob er ihm den Platz anbieten soll

Er scheint sich dagegen zu entscheiden, denn er setzt sich. Allerdings gibt es noch ein anderes Ende. Tatsächlich ist das die Richtung, in die Lore geht, doch bevor er sich setzt, zieht er den Stuhl neben sich heraus und sieht mich an.

Ich kaue auf meiner Unterlippe herum und mir wird klar, dass er damit ein Statement abgibt, aber Antoni hat mir den Platz neben sich nicht angeboten.

Vielleicht verhalte ich mich wie ein Gentleman.

Die Tatsache, dass er seine Aussage mit dem Wort *vielleicht* einleiten muss, sagt mir alles, was ich über den Grund wissen muss, warum er den Stuhl zurückgezogen hat.

Lorcans Brust scheint unter seinem Lederharnisch anzuschwellen. ***Und wenn Antoni dir angeboten hätte, neben ihm zu sitzen?***

Dies ist sein Haus, oder etwa nicht?

Lorcans Kiefer ist so angespannt, dass ich erwarte, er könnte jeden Moment in dunklen Rauch aufgehen und in die Nacht entschwinden.

Wirke ich auf dich wie die Sorte Mann, die einen anderen gewinnen lässt, vor allem kampflos?

Du bist ein König, Lore. Du hast bereits alles – ein Königreich, loyale Untertanen, eine Verlobte.

Antoni hat dieses Haus – das du ihm gekauft hast – seine Freunde und diese Sache … die scheinbar eng mit deiner verknüpft ist.

Lores Pupillen pulsieren nicht; sie explodieren förmlich. ***Planst du, dich ihm anzubieten, damit er sich überlegener fühlt?***

Ich plane nicht, mich irgendjemandem anzubieten. Bevor wir noch mehr Aufsehen erregen können, als wir es bereits tun, nehme ich den Stuhl, den er für mich zurückgeschoben hat, achte aber darauf, dass mein Gesichtsausdruck zeigt, was ich von seinem kleinen Schwanzvergleich halte.

An meinem Schwanz ist nichts klein, Behach Éan.

Meine Wangen glühen vor Ärger. ***Das ist nur so eine Redensart. Ich meinte nicht … Weißt du was? Ich hab's mir anders überlegt.*** Ich will mich erheben, erstarre aber, als Lore meine Hand nimmt, sie umdreht und vor seine Nase hält.

Hast du dich geschnitten?

„Nein, wieso?“

„Wieso was?“, fragt Syb, die sich über Mattia beugt, um mich anzusehen.

Lore fährt mit seiner Zunge über den scharlachroten Fleck an der schwieligen Basis meines Ringfingers.

Lore! Obwohl ich wahrscheinlich alarmiert sein sollte, Blut an der Hand zu haben, kann ich mich nur darauf konzentrieren, dass er meine Hand abgeleckt hat. ***Es ist wahrscheinlich nur Tomatensoße von Riccios und Sybs Essensschlacht.*** Ich versuche, meine Hand wegzuziehen, aber er hält sie fest, sein kalter Rauch gleitet wie Seide zwischen meinen Fingern hindurch.

Es ist kein Blut.

Ich fasse es nicht, dass du meine Hand abgeleckt hast. Meine Wangen glühen wie die Wüste unter der Lucin-Sonne. ***War das nötig?***

Endlich lässt er meine Hand los. ***Ja.***

Warum?

Hinter ihm verdunkelt sich die Luft, dann nehmen die Schatten die Gestalt von zwei Männern und einer Frau an. Ich erkenne die Frau – Imogen – aber nicht die Männer. Natürlich ist der Himmelskönig nicht allein gekommen. Er mag der tödlichste Mann in Luce sein – in der ganzen Welt – aber er ist ein Monarch.

Sie sind deinetwegen hier, nicht meinetwegen. Das sagt er, ohne mich anzusehen.

Als er endlich Platz am Esstisch nimmt, mustert Antoni die drei Crows, die hinter ihrem König stehen. „Was hast du vor, Lorcan? So viele deiner Leute mitzubringen, wird Dante Munition liefern …“

„Die Umstände haben sich geändert.“ Lorcan faltet seine Serviette auseinander und legt sie auf seinen Schoß.

„Die Umstände, dass Fallon hier wohnt?“, fragt Gia mit einem Hauch Vorwurf in der Stimme.

„Nein.“ Lorcans goldener Blick heftet sich wieder auf meinen. „Die Umstände, dass Meriam aus dem Kerker des Regios entkommen ist.“

Die Nachricht lässt mein erhitztes Blut gefrieren. *Entkommen …* „Wann?“

„Niemand weiß es, aber das Blut auf ihrer Sigille war noch frisch.“

„Ich dachte … Ich dachte …“ Sybs Rücken hält sich gerader als bei all den endlosen Benimmkursen, zu denen wir in der Schule gezwungen wurden. „Ist Meriam nicht tot?“

„Nein.“ Antonis Antwort überrascht nicht nur Syb; sie überrascht *mich*, denn in der Nacht, als er und ich …

Als Lorcans Blick sich auf mich richtet, verdränge ich die Erinnerung und wende mich Antoni zu. „Ich dachte, du hieltest sie für tot.“

Antonis blaue Augen senken sich zum gerüschten Porzellanrand seines Tellers. „Ich konnte dir schlecht sagen, dass ich wusste, dass sie es nicht ist. Schließlich war mir deine Abstammung damals noch nicht bekannt.“

Sybs Mund öffnet sich schockiert. Da keiner der anderen überrascht wirkt, schließe ich daraus, dass sie wohl die Einzige war, der nichts von Meriams *Untot*-Sein erzählt wurde. „Was ist eine Sigille?“

„So wirken Shabbins ihre Magie“, erklärt Mattia leise. „Sie malen verschnörkelte Muster mit ihrem Blut. So hat Meriam ihre Schutzzauber errichtet.“

Sybille blinzelt, als wäre ihr eine Wimper ins Auge gefallen.

„War meine …“ Ich bringe es immer noch nicht über mich, sie Mutter zu nennen. „War Zendaya bei ihr?“

„Nach dem, was Bronwen in der Nacht gesehen hat, als Meriam Daya entführte“ – Lores Stimme ist so ernst wie sein Gesichtsausdruck – „hat Meriam deine Mutter irgendwohin transportiert. An einen Ort, zu dem sie sicher vorhatte zu gehen, bevor Marco sie schnappte und in den Palastkerker warf. Lazarus war es, der mir von diesem unterirdischen Gefängnis erzählte, und ich war es, der Dante den Standort verriet.“

Marco teilte Lazarus Meriams Aufenthaltsort mit, aber nicht seinem eigenen Bruder?

Marco hat seinen Vater ermordet, Fallon. Ich habe keinen

Zweifel daran, er hätte auch Dante beseitigt, hätte der ihm im Weg gestanden. Lores Körperumrisse sind weicher geworden und schattenhafte Schwaden ringeln sich um meine zitternde Hand.

Ich balle meine Finger zur Faust, um das Zittern zu stoppen. Lore muss glauben, ich hätte meine Finger geschlossen, um sie von seiner tröstenden Berührung zu befreien, denn sein Rauch gleitet mein Handgelenk hinauf, bevor er zurück zu seinem Körper springt und dessen breite Gestalt wieder verfestigt.

„Moment mal." In Gias grauen Augen beginnt es zu funkeln. „Wenn ihr die Sigille gefunden habt, bedeutet das, dass sie ausgelöscht wurde? Bedeutet das, dass die Walle der Schutzzauber gefallen sind?"

„Nein." Lores Antwort erstickt ihre Hoffnung im Keim.

Und meine ebenfalls.

KAPITEL 26

Gia runzelt die Stirn. „Aber wenn ihr Blut die Sigille nicht mehr speist …“

„Meine Crows versuchten zurückzukehren, nachdem Dante es weggewaschen hatte, aber sie prallten gegen eine Wand.“ Lore dreht das Messer langsam neben seinem Teller.

„Sie muss es noch woanders hingemalt haben …“ Antonis Theorie ist kaum mehr als ein Hauch, doch mir entgeht kein Wort. „Weil sie nicht will, dass die Shabbins zurückkehren.“

„Warum sollte sie nicht wollen, dass ihr Volk zurückkehrt?“, fragt Syb.

Gia seufzt. „Weil sie bestraft werden wird, Syb. Sie hat sie fünf Jahrhunderte lang auf einer Insel eingesperrt. Erinnerst du dich, als ich dich und Fal im Weinkeller eingeschlossen habe, als ihr … was? … acht wart? Ohne zu merken, dass ihr dort drin wart, und ich euch am nächsten Morgen gefunden habe?“

Wir hatten mit den Fäusten gegen die Tür gehämmert und aus Leibeskräften geschrien, bevor wir uns auf den feuchten Boden setzten und uns auf eine lange, kalte Nacht gefasst machten. Ich erinnere mich an das Gefühl von Fell an meiner Wange, als ich aufwachte und eine Maus sich an mich schmiegte. Ich hatte das kleine Wesen gestreichelt, dann verscheucht, bevor Syb aufwachte, weil Mäuse sie in Panik versetzten.

Ein winziges Lächeln huscht über Gianas angespannten Gesichtsausdruck. „Du, Syb, sahst aus, als wärst du drauf und dran, mich in den Mareluce zu werfen.“

Syb *war* ziemlich mordlustig gewesen. Ich war zu erschöpft und erleichtert, um an Mord zu denken.

Außerdem hatte Gia es nicht mit Absicht getan.

Keller-Übernachtung mal beiseite, verstehe ich, worauf sie hinaus will. Wenn die Shabbins jemals meine Großmutter in die Finger bekommen … wenn mein Vater oder Lore sie finden … Götter, sie werden sie vierteilen.

Kein Wenn. Wann. Lores Kiefer ist so angespannt und scharf, dass er wahrscheinlich jemandem den Kopf abtrennen könnte, ohne seinen eisernen Schnabel zu benutzen.

„Glaubst du, sie ist hinter Fallon her?“, fragt Syb. „Da sie Crows hasst und Fal die Einzige ist, die dich ‚wecken‘ kann?“

Riccio gabelt einen weiteren Fleischball auf und hält ihn vor seine Lippen. „Wäre ich von einem Fae in einem Kerker gehalten worden, hätte ich viel mehr Wut auf die Fae als die Shabbins gehabt.“ Er stopft sich den Fleischball in den Mund und kaut zweimal, bevor er ihn schluckt und den nächsten aufspießt.

Mattia schnappt sich die Platte, bevor er sie alle verputzen kann. Während er einige auf seinen Teller hieft, weitere auf Sybs, fragt er: „Warum die Sigille all die Jahre frisch halten? Wäre es nicht angenehmer gewesen, sich ihrem Volk zu stellen, als im Fae-Gefängnis festzusitzen?“

„Die Schutzzauber, die sie mit Costa Regio erschaffen hat, sind das Einzige, was die Shabbins davon abhält, sie zu jagen und ihr Leben zu beenden.“ Imogens Nägel werden zu eisernen Krallen, die gegen den gepanzerten Brustharnisch ihrer Kampfkleidung klicken, als sie ihren dicken Zopf packt und über die Schulter wirft.

„Meriam wird nicht ruhen, bis sie einen Weg gefunden hat, uns zu vernichten.“ Lores Stimme knistert durch die angespannte Luft.

„Uns?“ fragt Syb.

„Die Crows.“ Lorcan hört auf, mit seinem Messer zu spielen und lehnt sich in seinem Stuhl zurück.

„Aber du kannst nicht getötet werden, nur *außer Gefecht gesetzt,* richtig?“ Syb greift nach dem Weinkrug und füllt erst ihren Kelch, dann den von Mattia, und beugt sich an ihm vorbei, um meinen zu füllen.

Sie denkt wahrscheinlich, ein leichter Rausch könnte mir helfen, die Nachricht zu verdauen, dass meine Großmutter noch lebt und mit Sicherheit sowohl mich als auch Lore jagt.

Ich greife nach dem Glas, aber Lorcan schnappt es mir weg und nimmt einen Schluck.

Du hättest fragen können und ich hätte dir Wein eingeschenkt, Eure Hoheit. Du musstest meinen Kelch nicht stehlen.

Ich habe kein Verlangen danach, Fae-Speisen oder -Getränke zu mir zu nehmen.

Warum ... meine Augenbrauen ziehen sich zusammen ***... hast du dann mein Glas genommen?***

Sämtliche Speisen und Getränke werden auf Gift geprüft, solange du dich außerhalb des Himmelreichs aufhältst. Hat Aoife das nicht erwähnt?

Doch, das hat sie. Als er den Kelch wieder neben meinen Teller stellt, frage ich: ***Solltest wirklich du derjenige sein, der auf Gift testet?***

Gift kann mich nicht töten, Behach Éan.

Was, wenn jemand Obsidian in dein Getränk reibt?

Mein Körper scheidet es aus.

Dass er das im Präsens sagt, ist beunruhigend. ***Du wurdest schon einmal vergiftet?***

„Fallon kann meinen Obsidianfluch brechen."

Es erschreckt mich, dass Lorcan dies den anderen offenbart. Sollten solche Informationen nicht streng geheim gehalten werden?

Ich dachte, du vertraust deinen Freunden.

Das tue ich, aber du nicht, also warum hast du es ihnen erzählt?

„Oh meine Götter, Fal!" Sybs Stimme ist so schrill, dass sie mir fast das Trommelfell zerreißt. „Du musst sofort gehen!"

Mein Puls schwillt an, erzeugt ein Getöse unter meinen Rippen. Ich kann nicht gehen, denn ich muss ... ich unterdrücke meine Absicht, bevor sie in Lorcans Geist eindringen kann.

„Ich stimme zu", sagt Gia. „Sobald Meriam verhaftet ... oder getötet wird ..."

„Nur dass das der Grund ist, warum Fallon hier ist." Lorcan trommelt mit den Fingern. „Sie will, dass Meriam sie findet."

Syb keucht auf. „Ist das wahr?"

„Hast du Todessehnsucht?", zischt Gia.

Antoni haut mit der Faust auf den Tisch. „Warum hast du sie

aus deinem Königreich gelassen, wenn du wusstest, dass sie vorhat, sich wie ein verdammter Köder zu verhalten, Mórrgaht?“

Lorcans Lederrüstung knarrt, als er sich auf seinem Sitz bewegt. „Aus demselben Grund, aus dem du ihr verraten hast, wo sie die Treppe finden kann, die ich für Cians Gefährtin bauen ließ, die keine Crow ist.“

Ich hole tief Luft, dann schlucke ich so schwer, dass mein Speichel in meiner Kehle stecken bleibt. ***Du hast seine Nachricht gelesen?!***

Ich habe deine Gedanken gelesen, nicht seine Nachricht.

Das war privat.

Genauso wie die Existenz dieser Treppe … die ich abreißen lasse. So wie ich ihn …

Wage es nicht, diesen Satz zu beenden. Ich beiße die Zähne zusammen. ***Du sitzt hier auch dank ihm.***

Ich sitze hier dank dir.

Ich schnaube. ***Hätte ich gewusst, wen ich zurückbringe …***

„Warum ist Fallon so rot wie die Fleischbällchen?“, fragt Mattia Syb leise.

„Weil ihre bösartige Großmutter auf der Flucht ist“, flüstert Syb zurück.

Lore fährt mit einem krallenbewehrten Fingernagel über die bestickte Tischdecke und zerschneidet das teure Leinen, so wie er den letzten Rest meiner Zuneigung und Wertschätzung zerschnitten hat

Sobald Meriam mich findet, werde ich sie dazu bringen, mich mit ihrem Blut zu bemalen, damit du nie wieder in meinen Geist eindringen kannst. Die Beine meines Stuhls quietschen, als ich mich vom Tisch abstoße und aus dem Wohnbereich stürme.

Tote Hexen können keine Zauber wirken. Seine Stimme hallt zwischen meinen pochenden Schläfen wider, gerade als ich meine Schlafzimmertür erreiche.

Ich schlage sie zu und schrei durch das Band unserer mentalen Verbindung: ***Gelähmte Crows können keine Hexen ermorden.***

Drohst du damit, mich zu pfählen, Behach Éan?

Besser, du hältst dich fern.

Obwohl er weder antwortet noch in meinem Schlafzimmer auftaucht, kann ich irgendwie sein Lächeln durch die mentale Verbindung spüren. Ich bezweifele, dass er noch lächeln würde, ginge ich bei Tagesanbruch zum Hafenmarkt und besorgte mir eine Obsidianklinge.

Ich lasse mich aufs Bett fallen, in dem Glauben, der Schlaf würde mich meiden, mit meinem wirbelnden Verstand und meinem leeren Magen, doch der Schlaf kommt und schließt sich über mir wie eine Welle. Irgendwann erwache ich und finde Sybille neben mir liegend, die Hände über dem Bauch verschränkt, mit trommelnden Fingern auf dem befleckten Stoff ihres hübschen türkisfarbenen Kleides.

Ich zupfe eine Haarsträhne von meinem verschwitzten Nacken. „Wie lange bist du schon hier?"

Kein Licht sickert um die Ränder der Vorhänge, aber der Stoff ist so dick, dass es auch bereits Vormittag sein könnte, ohne dass ich es wissen würde.

Während ich mir den Schlaf aus den verklebten Augen reibe, dreht Syb den Kopf und presst die Lippen zusammen. „Die ganze Nacht."

„Machst du deine Drohung gegenüber Mattia wahr?"

„Deine Großmutter ist hinter dir her, Fal!" Ihre Stimme ist so laut, dass sie gegen meine kaum erwachten Trommelfelle hämmert. „Deine Großmutter – die *bösartigste* Hexe aller Zeiten – ist hinter dir her!"

„Ich weiß."

„Das ist alles, was du dazu zu sagen hast? Du weißt es?"

„Was soll ich sonst noch sagen?"

„Dass es dir leidtut, es mir nicht gesagt zu haben! Dass du sofort ins Himmelreich zurückkehrst!"

„Es tut mir leid, dass ich es dir nicht gesagt habe, Syb."

„Mach weiter …"

Ich schüttle das Kissen unter meinem Kopf auf. „Ich dachte, Lorcan wollte geheimhalten, dass sie noch lebt. Ich hatte keine Ahnung, dass es die anderen wussten."

„Die anderen *können* und *haben* sich dafür entschuldigt, mich im Dunkeln gelassen zu haben. Ich warte immer noch darauf, dass du die zweite Hälfte aussprichst."

„Die zweite Hälfte wovon?"

„Von dem, worum ich dich eben gebeten habe. Sofort ins Himmelreich zurückzukehren."

In meiner Brust kribbelt es. „Nein."

„Doch, das wirst du."

„Niemals."

„Sie ist da draußen und kann es kaum erwarten, dich zu ermorden."

Meine Hände ballen sich unter dem Kissen zu Fäusten. „Das weißt du nicht, Syb."

„Ich weiß es nicht …" Sie schnaubt. „Du kannst Lorcans Fluch brechen, was ihn unbezwingbar machen wird. Ehrlich gesagt bin ich überrascht, dass Dante noch keinen Tötungsbefehl gegen dich ausgesprochen hat. Wäre ich an seiner Stelle, würde ich dich auf der Stelle umbringen."

„Zum Glück bist du nicht er."

Sie wirft mir einen vielsagenden Seitenblick zu.

Ich lächle; sie nicht.

Ich seufze. „Ich nehme an, er ist sich des Ausmaßes meiner Fähigkeiten, Flüche zu brechen, nicht bewusst."

„Nun, sobald er es erfährt, wird er … „

„Mich töten?"

„Ja."

Ich kaue auf meiner Unterlippe. „Tötet er mich, wird Lore ihn töten. Würde Dante etwas im Schilde führen – was ich wirklich nicht hoffe –, würde er zuerst Lore angreifen, dann mich."

„Soll mich das etwa beruhigen?"

„Hör zu, Syb, ich kann nicht zurück. Lorcan kann jeden Gedanken in meinem Kopf lesen. Kannst du dir vorstellen, deine Gedanken wären nicht mehr privat?"

„Er kann in unsere Köpfe sehen?" Ihr Mund und ihre Augen klaffen auf. „Ich dachte, er könnte nur Bilder hineinprojizieren!"

Ich versichere ihr, dass das mit dem Sehen nur für seine Crows gilt.

„Können Crows in seinen Kopf sehen?"

„Nein."

Ihre Stirn runzelt sich. „Letzte Nacht hatte ich das Gefühl, als ob ihr beide stumme Gespräche führen würdet. Kannst *du* in seinen Kopf sehen?"

Da ich meine Freundin nicht anlügen will, weiche ich der Frage aus. „Wie spät ist es?"

„Es ist Zeit, dass du mir sagst, was zur Hölle zwischen dir und Lore vor sich geht."

„Da läuft nichts zwischen uns. Er ist verlobt. Hast du das nicht gehört?"

Sie dreht sich auf die Seite, um mein Gesicht genauer zu mustern. „Wie fühlst du dich dabei?"

„Ich habe keine Meinung zu Lorcans Verlobung."

Sie schnaubt. „Sehr lustig, das von jemandem zu hören, der zu allem eine Meinung hat."

„Na schön. Obwohl ich dieses ganze Spiel um Throne und Bündnisse lächerlich finde, könnte ich nicht glücklicher sein, dass Lorcan bald eine Frau haben wird. Sobald er verheiratet ist, wird er keine Zeit mehr haben, meine Gedanken zu belauschen."

Auch wenn ich meinen Blick fest auf ihren gerichtet halte, deutet Sybs angehobener Mundwinkel darauf hin, dass sie mir meine ernsthafte Erklärung nicht abkauft. Und *ja*, sie ist ernst gemeint. Ich bin verdammt glücklich über die Aussicht, meinen Verstand wieder ganz für mich allein zu haben.

Syb öffnet ihre Lippen, wahrscheinlich um ihre kleine Befragung fortzusetzen, doch mehrere hastige Klopfgeräusche schneiden ihre Antwort ab und lenken ihre Aufmerksamkeit auf das verhängte Fenster.

Ich denke, es muss ein Crow sein und schwinge meine Beine vom Bett, um aufzustehen, bevor sie sich selbst Einlass gewähren. Als das scharfe Klopfen von Neuem beginnt, ziehe ich den schweren Vorhang zur Seite und spähe nach draußen. Mein Besucher ist nicht gefiedert, aber er hat Flügel. Mit einem Seufzer ziehe ich den Vorhang ganz auf.

Syb tritt an meine Seite, nackte Zehen lugen unter dem Saum

ihres Kleides hervor.

Der Mund des Kobolds bewegt sich, als hätte er ein Stück weiches Karamell abgebissen. Ich tippe mir ans Ohr, um zu signalisieren, dass ich ihn nicht hören kann. Seine Lippen öffnen sich weiter, als er zu schreien beginnt. Das Glas muss dick sein, denn ich kann seine Worte immer noch nicht verstehen.

„Syb, verstehst du, was er sagt?"

„Nö."

Ich versuche, das Fenster zu öffnen, finde aber keinen Riegel. „Wie öffnet man dieses Ding?"

„Gar nicht", ertönt eine Stimme hinter mir.

Ich drehe mich um und sehe Imogen, die im Türrahmen meines Schlafzimmers steht.

„Was er sagt, ist: Dante Regio wünscht eine Audienz mit dir."

Ich verschränke die Arme vor der Brust. „Und ich nehme an, dein König hat dich geschickt, um mich davon abzuhalten, zu gehen?"

Ihre dunklen Augen verengen sich. „Ich bin tatsächlich gekommen, um dich zu begleiten. Auf Befehl *unseres* Königs.»

KAPITEL 27

Die großen Türen aus gehämmerter Bronze schlagen hinter Sybille, Imogen und mir zu. Obwohl ich versucht habe, Syb davon abzubringen mitzukommen, behauptete sie, ich bräuchte einen Puffer, bei meiner Neigung, immer zu sagen, was ich denke.

Gabriele steht an Bord der militärischen Gondel, sein blondes, hüftlanges Haar weht in einer sanften Brise, die nach sommergetränktem Geißblatt duftet. Ich bin froh, dass Dante nicht Tavo oder Silvius geschickt hat, denn hätte er es getan, hätte ich beide vielleicht über Bord gestoßen.

Gabrieles Blick verfolgt mein Näherkommen, bevor er zu den fünf gefiederten Riesen aufschaut, die wie eine Sturmwolke über mir kreisen. Ihre Körper werfen Schatten auf den Schwarm nervöser Kobolde, die mich zum robusten Steg und der dichter werdenden Menge geleiten, die von weiß gekleideten Soldaten zurückgehalten wird.

Antonis neues schwarzes Schiff liegt in den türkisfarbenen Gewässern von Tarecuorin, vertäut neben einer lackierten Gondel voller seidener Kissen … der von Ptolemäus Timeus. Obwohl kindisch, verspüre ich den Drang, an Bord zu gehen und jedes Kissen in den Mareluce zu werfen. Da ich mich bemühe, würdevoll zu wirken, verschiebe ich meine kindische Rache auf später.

Die Anspannung ist so greifbar, dass sie die Trauben, auf deren Verzehr Imogen bestand – nachdem sie eine getestet hatte – , in meinem Magen herumhüpfen lässt.

„Signorina Rossi." Gabriele neigt den Kopf.

„Signore Moriati." Ich neige ebenfalls meinen Kopf.

Anders als Tavo besteht Gabriele nicht darauf, ihn mit seinem neuen Titel anzusprechen: Kommandant.

Ich raffe den fließenden Rock meines goldenen Kleides, das aus einer Mischung aus Seide und glitzerndem Chiffon besteht, und betrete das Militärschiff, ohne seine dargebotene Hand zu ergreifen. Ich lasse mich mit Syb und einer finster blickenden Imogen, deren Anwesenheit an Bord die vier Soldaten, die das Boot steuern, zurückweichen lässt, im hinteren Teil des Schiffes nieder.

Obwohl sie nicht die angsteinflößendste Crow ist, der ich je begegnet bin, besitzt Imogen eine mörderische Ausstrahlung, die mich froh macht, nicht ihr Feind zu sein. Als der grauäugige Kapitän uns von Tarecuori wegsteuert, stellt sich Gabriele neben mich und trotzt dabei der furchterregenden Crow.

„Du hast Nerven aus Stahl, Fallon", murmelt er.

Da sein Blick nicht auf mein Dekolleté fällt, nehme ich an, es ist eine Redewendung. „Weil ich zurückgekehrt bin?"

„Weißt du, wie viele Leute dich tot sehen wollen?"

„Willst *du* mich tot sehen?"

„So praktisch es auch wäre, nein. Das will ich nicht. Dank dir bin ich zum Kommandanten von Luce aufgestiegen." Eine blonde Strähne peitscht gegen seine Stirn. Er streicht sie hinter sein spitzes Ohr zurück. „Warum *bist* du zurückgekehrt? Hat dich dein geflügelter König nicht gut behandelt?"

„Ich bin zurückgekehrt, weil ich mein ganzes Leben in Luce verbracht habe. Das hier ist meine Heimat."

Die befleckten Wände meines Hauses tauchen vor meinem inneren Auge auf. Ich blinzele sie weg und konzentriere mich stattdessen auf den kraftvollen Körper der smaragdgrünen Schlange, die wie ein Kind beim Hüpfspiel im schäumenden Kielwasser unseres Schiffes springt.

Obwohl die Handflächen zweier Soldaten von funkelnder Magie durchzogen sind, richtet keiner von ihnen sein Feuer auf das Biest. Wenn auch nur einer es versucht, so wahr mir die Götter helfen …

„Warum hast du sie geweckt?", fragt Gabriele, den platinfarbenen Blick auf den Kreis riesiger Krähen gerichtet.

Da ich nicht möchte, dass er von meiner törichten Prophezeiung erfährt, antworte ich: „Weil ich meinen Vater treffen wollte."

„Ist er eine der Krähen, die uns folgen?"

„Nein, er sucht nach meiner Mutter."

„Der Shabbin?"

Ich sehe keinen Grund, zuzustimmen.

Er senkt den Blick auf die kobaltblaue Bruchlinie, die von Tarecuori nach Isolacuori verläuft. „Mir war nicht bewusst, dass Krähen schwimmen können."

„Schwimmen? Ich nehme an, sie können gut genug treiben und paddeln, aber sie sind viel besser im Fliegen. Was hat Schwimmen mit meiner Mutter zu tun?"

„Ich habe gehört, Meriam hat sie getötet, bevor Marco und Justus sie fangen konnten. Ich habe gehört, sie hat den ausgebluteten Körper ihrer eigenen Tochter in den Filiaserpens geworfen."

Ich richte meine Aufmerksamkeit ruckartig auf die Furche am Meeresboden. „Du hast falsch gehört." Mein Herzschlag ist so heftig, dass sich jeder wie ein Schlag gegen die Rippen anfühlt. „Meriam hat sie irgendwohin transportiert."

„Irgendwo in Luce?"

„Mein Vater hat sie noch nicht gefunden."

Es sei denn, er hat Fortschritte bei seiner Suche gemacht?

Ich blicke zu Imogen, um eine Antwort zu erhalten, aber ihre ganze Aufmerksamkeit gilt dem massiven goldenen Steg, der wie der Rest der königlichen Insel schimmert.

Bei der Vorstellung, Lorcan könnte in der Nähe sein – in irgendeiner Form – oder zumindest wie üblich lauschen, frage ich nach Neuigkeiten. Als er mir nicht antwortet, schließe ich daraus, dass er entweder ausnahmsweise nicht zuhört oder es selbst nicht weiß.

Während das Boot langsamer wird, fragt Gabriele: „Ziehen die Schutzzauber nicht Shabbin-Blut an?"

„Ja, das tun sie." Die Oberfläche des Mareluce ist so glatt, dass es aussieht, als hätte ein Gott ein heißes Bügeleisen darübergelegt.

„Dann muss sie in Shabbe sein."

„Das ist sie nicht." Ich drehe mich um und sehe den stattlichen Mann an. „Lorcan glaubt, Meriam könnte ihre Magie gebunden haben."

„So wie sie deine gebunden hat?"

„Meriam hat meine nicht gebunden. Das war meine Mutter." Oder eine andere Shabbin-Hexe. Es sei denn, es *war* Meriam?

Lore hat nie gesagt, wer mir die Magie aus dem Blut genommen hat. Zugegeben, ich habe nie gefragt.

Wer hat meine Kräfte gebunden, Lore?

Ich warte auf seine Antwort.

Und warte.

Als wir anlegen, hat der Himmelskönig mir immer noch nicht geantwortet. Ich schließe daraus, dass er außer Reichweite oder beschäftigt ist. Vielleicht ist er in Glace und umwirbt seine Prinzessin und ihren Vater. Immerhin heiratet er nicht nur eine Frau, sondern auch ihr Königreich.

Zu denken, dass sie Königin von Luce werden wird ...

Nun, zumindest eines bedeutenden Teils des Landes.

Zu denken, dass sie den Titel tragen wird, von dem ich einst glaubte, er sei für mich bestimmt.

„Also, sag mir, warum werde ich herbeizitiert, Gabriele?"

„Zu einem diplomatischen Mittagessen." Dantes Stimme lenkt meinen Blick dorthin, wo er auf dem Steg steht und in seiner goldenen Tunika und der Sonnenstrahlenkrone wie ein Fae-Götze schimmert.

Ich nahm an, er würde sich für schlichtere Kleidung entscheiden als sein Bruder. „Guten Morgen, Maezza."

„Der Morgen ist gekommen und gegangen, Fallon. Genau wie deine Großmutter." Er hat die goldenen Stecker, die seine spitzen Ohren säumten, durch abgestufte schwarze Diamanten ersetzt ... oder ist es gemeißelter Obsidian?

„So habe ich es gehört."

Er kommt weder näher, noch reicht er mir die Hand. Aber warum erwarte ich überhaupt, dass Dante mir die Hand reicht? Er ist jetzt König, und Könige bieten niemandem etwas an.

Ich kann mir vorstellen, wie Lorcan murren würde, mein Urteil sei hart, doch der Himmelskönig beschwert sich nicht. Er spricht kein Wort, was mich an die Nacht in Tarespagia erinnert, als seine Stimme für quälend lange Minuten aus meinem Kopf verschwand. Damals hatte mich die Angst ergriffen, ihm könnte etwas zugestoßen sein. Jetzt ergreift mich Beklommenheit.

Was, wenn ich hier bin, weil Dante seinen Feind aufgespießt hat und mich als Nächste loswerden will?

Ich hätte auf meine Freunde hören und mich in Monteluce versteckt halten sollen.

Worüber rede ich da? Wäre Lore außer Gefecht gesetzt worden, wäre es seinem Volk genauso ergangen, und alle wären tot.

Dennoch versuche ich, seinen Herzschlag zu erspüren, aber ich weiß nicht, wie ich mich auf seinen Puls einstimmen kann. Ich bin kurz davor, Imogen zu fragen, deren Körper dampft, als würde sie gleich in ihre Vogelgestalt verwandeln, bis mir einfällt, was das Fragen verraten würde. Es sei denn, alle Crows können den Herzschlag ihres Königs spüren? Ich beschließe anzunehmen, dass es ihm gut geht, da kein vogelförmiger Stein vom Himmel stürzt.

„Das ist ein verdammt außergewöhnliches Schiff." Syb deutet auf das riesige weiße Schiff, das die Nebba-Flagge führt. Der Rumpf ist so glänzend weiß, als wäre er aus poliertem Marmor gefertigt; aber Stein würde sinken, selbst wenn eine ganze Flotte von Luft-Fae Tag und Nacht Luft dagegen blasen würde. „Ich frage mich, wie viele Anstriche es braucht, um es so weiß zu bekommen."

„Keine Farbe." Gabriele begafft das Schiff, wie Tavo die Dirnen im *Bottom of the Jug* anstarrte. „Es ist aus einem Material gefertigt, das in Nebba hergestellt wird."

„Was für eine Art Material?", fragt Syb, während sie auf den Steg tritt.

„Eine Mischung aus verschiedenen Dingen." Er zählt sie alle auf, aber die einzigen zwei, die hängen bleiben, sind zerfasertes Holz und erhitztes Erdgas.

Wieder bietet er mir seine Hand an.

Wieder nehme ich sie nicht, während ich an Syb vorbei auf den Fae-Monarchen zuschreite, der gewachsen zu sein scheint. Sicher eine Illusion, verursacht durch seine Krone.

Seine Augen gleiten langsam an meinem Körper hinab, folgen den Bahnen aus schimmerndem Stoff, die sich um meine zarten Kurven schmiegen … durchscheinend an Dekolleté, Armen und Beinen; blickdicht an allen anderen Stellen. „Es ehrt mich, dass du mein Kleid trägst."

„*Dein* Kleid?“ Ich ziehe eine Augenbraue hoch. „Ich wusste nicht, dass du Kleider besitzt, Maezza.“

Seine Pupillen verengen sich, bevor sie sich öffnen, genau wie sein Mund. „Ich sehe, dein Aufenthalt im Himmelreich hat dir deinen Sinn für Humor nicht ausgetrieben. Ich hatte schon befürchtet, du würdest so ernst wie der Rest von Ríhbiadhs Schäfchen zurückgeschickt werden.“

„*Zurückgeschickt?* Ich bin kein armseliges Geschenk, das Lorcan zurückschickt.“ Nicht, dass ich je ein besonders gutes Geschenk gewesen wäre.

„Das ist nicht … „ Das schwache Lächeln, das eben noch einen Mundwinkel von Dante gehoben hatte, erlischt. „So habe ich das nicht gemeint, Fal.“

„Fallon. Du hast das Recht, meinen Spitznamen zu benutzen, an dem Tag verloren, als du mich auf diesem Berg zurückgelassen und mein Pferd gestohlen hast. Das will ich übrigens zurück. Wo ist mein wunderschöner Hengst?“

Eine ganze Minute verstreicht, bis er murmelt: „Auf der Barackeninsel.“

„Bitte sorge dafür, dass er zu Antonis Haus gebracht wird.“

Dante presst bei meiner Forderung die Kiefer aufeinander. „Gabriele wird sich um seine sichere Rückkehr kümmern.“

Der König und sein Kommandant tauschen einen Blick, der mich veranlasst hinzuzufügen: „Lebend und wohlauf.“

„Dass du mir zutraust, ich würde dir aus Boshaftigkeit ein totes Pferd schicken, lässt mich darüber nachdenken, was für eine Gehirnwäsche man dir in Lorcans Reich verpasst hat.“

„Anders als in Luce“, sage ich, „betreiben Crows keine Gehirnwäsche an ihrem Volk, Maezza.“

Syb starrt mich mit so weit aufgerissenen Augen an, dass sie ein Drittel ihres Gesichts ausmachen. „Fal…“

Dante unterbricht, was auch immer sie mir an den Kopf werfen wollte. „Ich habe dich hierher eingeladen, um wiedergutzumachen, wie wir auseinandergegangen sind und was deiner Familie angetan wurde. Ich habe dich nicht hergebeten, damit du auf mein Königreich spuckst und mich ein Monster schimpfst, Fallon.“

Mein Brustkorb zieht sich bei seinem Tadel zusammen und ich senke den Blick auf seine hochglanzpolierten Stiefel. „Du hast recht. Das war nicht fair von mir."

Für einige Atemzüge stehen wir einfach da … ich starre auf seine Füße und er auf mein gesenktes Gesicht. Wie tief sind wir gefallen, als er aufstieg.

Dante muss mir verziehen haben, denn mit einem Seufzen bietet er mir seinen Arm an. „Erlaube mir, dich zur Steinveranda zu geleiten."

Ich schaue auf, um mich zu vergewissern, dass er tatsächlich mich meint. Als ich sehe, wie seine blauen Augen auf meine violetten gerichtet sind, fühle ich mich wegen meiner scharfen Bemerkung von vorhin noch schlechter. Ich mag dieses verbitterte, beleidigte Mädchen nicht, zu dem ich geworden bin, das in Leuten zuerst das Schlechte sucht, bevor es nach dem Guten Ausschau hält.

Während ich meinen Arm in seinen lege, murmle ich: „Du hast mich wirklich verletzt, Dante."

Er schweigt fast eine ganze Minute lang. „Das Kleid, von dem ich vorhin sprach, war das, welches ich dir für Marcos Fest gekauft hatte."

Meine Wimpern schnellen in die Höhe.

„Das, was du trägst, ähnelt dem, das ich nähen ließ." Sein Adamsapfel hebt und senkt sich, als er beobachtet, wie der Stoff bei jedem Schritt um meine nackten Beine flattert. „Ich dachte … hoffte … du hättest dich erinnert und es deshalb angezogen, genauso wie ich gehofft hatte, dass du meinetwegen" – er leckt sich über die Oberlippe und fügt mit gesenkter Stimme hinzu – „zurückkommst."

Dante spielte bei meinen Gründen für die Rückkehr nach Luce nie eine Rolle.

„Bist du glücklich?", frage ich ihn.

„Glücklich?"

„Ja. Glücklich. Bist du glücklich, auf einem Thron zu sitzen und eine Prinzessin zu heiraten?"

„Ich würde lieber eine andere Prinzessin heiraten."

Die Erinnerung an die blasse Glacin lässt mein Herz schrumpfen. „Vielleicht ist es noch nicht zu spät, mit Lore zu tauschen."

Dantes Stirn runzelt sich, bevor sie sich glättet. „Fallon, ich spreche nicht von Alyona."

„Von einer ihrer Schwestern dann?"

Er hält inne. „Ich spreche von dir."

Mein Herz steht still, so still wie wir beide. „Ich bin keine Prinzessin."

„Deine Urgroßmutter sitzt auf dem Shabbin-Thron."

„Als wir das letzte Mal sprachen, hast du Shabbe eine Insel genannt."

Er zuckt mit den Schultern. „Wenn man einen gemeinsamen Feind hat" – sein Blick schweift über meine Schulter – „ändert man seine Ansichten."

„Sprichst du von Meriam?"

Er nickt.

„Wie ist sie entkommen?"

Seine Aufmerksamkeit kehrt zu meinem Gesicht zurück, bevor sie zur Muschel meines Ohrs und zum kleinen Reifen mit dem ockerfarbenen Kristall wandert. „Ich glaube, Lazarus hat sie freigelassen, auch wenn Lorcan sich weigert, den Heiler dafür zur Verantwortung zu ziehen."

KAPITEL 28

Lazarus?! Während wir eine goldene Brücke nach der anderen überqueren, kreist Dantes absurde Theorie unaufhörlich in meinem Kopf.

Der riesige Fae wollte Marco loswerden, nicht Lorcan. Indem er Meriam befreit, würde er Lores Herrschaft zum Scheitern verurteilen, und da er Lore zu schätzen scheint, ergibt das keinen Sinn.

„Was wird unternommen, um Meriam zurückzuholen?", frage ich.

„Ich habe Dargento und mehrere Legionen von Kobolden beauftragt, sie aufzuspüren."

Ich reiße meinen Blick von dem Olivenhain los. „Das ist nicht dein Ernst. Silvius?"

„Ja. Silvius."

„Der Kerl will mich tot sehen."

„Der Kerl will auch wieder in mein Regime aufgenommen werden. Er wird dir nichts tun."

Ich schnaube.

„Was?" Dantes Kiefer spannt sich verärgert an.

„Er selbst wird mir vielleicht nichts antun, aber wenn er Meriam findet, wird er sie mit Sicherheit zu meiner Tür führen und ihr einen Dolch in die Hand drücken."

„Ich habe Kobolde, die über dich wachen, und ich habe Lorcan die Erlaubnis erteilt, noch mehr Vögel in meine Ländereien zu schicken. Ich wage zu behaupten, du bist derzeit besser bewacht als ich. Ganz zu schweigen davon, dass es Dargento beschäftigt und fernhält. Ist es nicht das, was du willst?"

„Was ich will, ist, dass er nicht existiert", murmele ich leise vor mich hin.

Wenn Dante mich hört, was er muss – er ist nicht nur ein reinblütiger Fae, sondern steht auch nur wenige Zentimeter von mir entfernt – fragt er nicht, warum ich will, dass der Mann tot ist.

Entweder ist es ihm egal oder er will sich nicht einmischen.

Als wir schimmernde Steinstufen hinaufgehen, vorbei an einem geschnitzten Torbogen, werde ich für einen Moment von der Pracht der säulengeschmückten Veranda mit ihren Girlanden aus gelben, in voller Blüte stehenden Ranken und den rosettenförmigen Ausschnitten im blassen Stein aus meiner Niedergeschlagenheit gerissen.

Dante bleibt stehen und lässt langsam meinen Arm los. „Fallon, ich möchte dir meine Verlobte Eponine und ihren Vater König Roy vorstellen."

Meine Aufmerksamkeit wendet sich von der Steinmetzarbeit ab und richtet sich auf einen kunstvoll gedeckten Esstisch. Syb, die neben Gabriele durch Isolacuori gewandert ist, stößt mit der Schulter gegen mich.

„*Santo Caldrone*", murmelt sie. „Wir speisen mit zwei Königen?"

Meine Krähenwächter tauchen unter den Bögen hindurch. Während sich einige auf die Balustraden setzen, steigen andere zu den hohen Steintraufen auf und durchkämen die Luft. Mit einem Quietschen lässt Eponine den goldenen Weinkelch fallen, den sie gerade an ihren bemalten Mund geführt hat.

Obwohl der Kelch nicht zerbricht, bekommt der große Terrakottateller, auf den er trifft, einen Sprung, und ein purpurroter Spritzer schwappt über den Rand des Kelches und bespritzt den burgunderroten Samt, den sie trägt. Die Diener, die beim Anblick meiner gefiederten Begleiter nicht erstarren, springen auf, mit nassen und trockenen Tüchern zur Stelle.

Im Gegensatz zu Eponine gibt ihr Vater keinen Laut von sich, aber die harten Linien seines Gesichts werden sichtbar schärfer. Während er meine zugeteilten Wachen mustert, mustere ich die sich gegenüber sitzenden Bewohner von Nebba.

Sie sehen fast identisch aus mit ihren zwillingshaften grünen Augen und schmalen Gesichtern, dem passenden braunen Haar, durchzogen von verschiedenen Goldtönen, den schlanken Nasen und hohen Stirnen, von denen eine mit einem goldenen Dornenkranz und die andere mit einem juwelenbesetzten Kopfschmuck geschmückt ist.

Syb sinkt in einen tiefen Knicks. Als sie sieht, dass ich es ihr nicht gleich tue, zupft sie an meinem Handgelenk. Ich gehe zwar nicht in die Hocke, neige jedoch meinen Kopf in Richtung Vater und Tochter.

Obwohl ich von Eponine nicht viel sehen kann, da sie sitzt, verwirrt mich die dreieckige Form ihres Oberkörpers. Bis mir einfällt, dass Syb erklärt hat, Nebbaner Frauen würden Korsetts tragen, um ihre Rippen so zu quetschen, dass ein Mann ihre Taille mit einer Hand umfassen kann. Ich hoffe, Eponine plant nicht, dieses barbarische Ritual in Luce einzuführen.

Eine rundohrige Frau mit kinnlangen Haaren, gekleidet in ein weißes Etuikleid, zieht den Stuhl neben König Roy heraus und nickt mir zu. Die feinen Härchen an meinen Armen stellen sich auf, weil ich nicht gerne so nah bei dem Mann sitzen möchte, der als der Schlächter von Nebba bekannt ist, aber eine Ablehnung würde Spannungen verursachen, und ich möchte den Frieden wahren.

Außerdem dürfen Frauen in Nebba Soldatinnen sein, also ist der Ruf des Mannes vielleicht unbegründet.

Während ich mich auf den angebotenen Stuhl setze, spreche ich das Thema direkt an. „Ich habe gehört, Ihr nehmt Frauen in Ihre Armee auf."

„Da haben Sie richtig gehört." Pierre Roy dreht sich in seinem Sitz um, das smaragdgrüne Gewand, das er trägt, wirft kaum Falten. Obwohl der Monarch Jahrhunderte alt ist, sind nur wenige Falten auf seiner Haut zu erkennen.

„*Alle* Frauen?"

„Alle, die für Nebba kämpfen wollen."

„Sogar Halbblüter?"

„Sogar Menschen, Mademoiselle Rossi." Er neigt den Kopf, sein Blick gleitet über jedes Detail meines Gesichts, als hätte er noch nie ein solch fremdartiges gesehen. Abgesehen von der Farbe meiner Augen ist an mir nichts speziell. „Genau wie Ihr König."

Ich blicke an König Roy vorbei zu Dante, der sich gerade auf den Platz am Kopfende des Tisches zwischen Vater und Tochter setzt. „Du lässt Frauen in die Armee?"

Dante hält mitten in der Bewegung inne, die Handflächen flach auf dem Tisch.

Pierre lehnt sich zurück. „Mir war nicht bewusst, dass Sie den Fae-Monarchen immer noch als Ihren König betrachten."

Mein Fauxpas trifft mich gleichzeitig mit Sybs Fußtritt. Warum zum Cauldron sprang mein Gedanke zu Dante, als Roy meinen König erwähnte?

„Ich habe keinen König", sage ich schließlich. „Ich habe eine Königin. Habt Ihr sie jemals getroffen, *Maezza*?"

„Ich hatte einmal die Gelegenheit, Priya zu treffen. Als die Schutzzauber vor zwei Jahrzehnten fielen, besuchte sie mich, um über ein Bündnis zu sprechen. Ich lehnte ab."

„Darf ich fragen, warum?"

„Sie schlug vor, dass wir uns zusammentun, um die Regios zu stürzen, aber das Einzige, was ich wollte, war sie nicht bereit zu geben."

„Was wolltet Ihr?"

„Eine Shabbin-Frau." Sein Blick gleitet über mein Gesicht. „Aus ihrer Blutlinie."

Mein Rückgrat prickelt. Ja, er hat das Wort *Linie* hinzugefügt, doch alles, was ich hörte, war das Wort *Blut*. Obwohl es nicht ungewöhnlich ist, dass ein König jemanden seines Standes heiraten möchte, spüre ich, sein Wunsch, jemanden aus meiner Blutlinie zu ehelichen, hat alles mit der Stärke der Magie meiner Vorfahren zu tun und nichts mit ihrem Rang.

„Ich habe gehört, Meriam ist frei verfügbar", schlage ich zuckersüß vor, und auch … wie praktisch wäre das? „Vielleicht solltet Ihr sie finden, Eure Majestät?" Ich wende mich dem König von Lucin zu. „Wäre es zu voreilig, anzunehmen, dass du deinem zukünftigen Schwiegervater bei der Suche und" – da mir das Wort *Rettung* nicht passend erscheint, ersetze ich es durch – „*Gefangennahme* helfen würdest, Dante?"

Mein Vorschlag wird von Dante mit einem versteinerten Gesichtsausdruck quittiert. Pierre Roy hingegen scheint recht amüsiert.

„Ich weiß mit Sicherheit, Ihr hättet Lores Unterstützung, *Mazezza.*" Ich frage mich, ob Lorcan zuhört. „Wenn man es recht bedenkt, wäre das ein großartiger Schritt für den Aufbau einer Allianz."

Eponine hustet, und da sie gerade ihr Weinglas absetzt, stelle ich mir vor, die prickelnde Flüssigkeit sei in die falsche Röhre geraten.

Pierre legt einen Arm um die geschwungene Rückenlehne seines Sessels und dreht sich vollends zu mir. „Wir haben hier eine echte kleine Diplomatin, Dante."

Ich blicke zu Dante, dessen Kiefer langsam zuckt. Ich frage mich, warum ihn mein Vorschlag so verstimmt. Sollte er nicht begeistert über jede Hilfe bei der Suche nach der entflohenen Hexe sein, die ihn sicherlich aus der Ferne tot sehen will? Er mag sie vielleicht nicht selbst eingesperrt haben, aber wie Mattia gestern Nacht andeutete, muss sie wohl ein Hühnchen mit jedem Mitglied der Regio-Linie zu rupfen haben.

„Aber ich frage mich" – Pierre neigt den Kopf – „warum all diese Mühen, wenn Priyas Urenkelin an meiner Seite sitzt?"

KAPITEL 29

Pierres Worte lassen mich so steif werden, dass mein Skelett wie alte Dielen knarrt, als ich mich auf meinem Sitz bewege. „Oh, Eure Hoheit, Sie wollen mich nicht. Ich bin mangelhaft."

Pierres Blick fällt auf meine pulsierende Halsschlagader. Er sollte besser nicht daran denken, sie aufzuschlitzen, um zu ernten, was in meinen Adern fließt.

„Ich besitze keinerlei Magie."

Als er nicht abgeschreckt wirkt, stütze ich meinen Ellbogen auf den Tisch, beuge mich vor, greife nach dem bröckeligen Brötchen neben meinem Teller und zerdrücke es zwischen meinen Fingern, während ich es zum Mund führe. „Und ich bin furchtbar ungehobelt. Ungeeignet für jegliche königlichen Veranstaltungen."

Bevor ich ein Stück vom Brot abbeißen kann, ergreift Imogen mein Handgelenk und beißt hinein. Da sie nicht tot umfällt, versenke ich meine Zähne in dem Brötchen.

„Fragt nur Sybille", sage ich mit vollem Mund. „Sie behauptet, ich sei von einem Nest Schlangen aufgezogen worden."

Bilde ich mir das nur ein, oder sind Sybs Augen so groß geworden, dass sie sich auf andere Teile ihres Gesichts ausgedehnt haben?

Ich achte darauf, etwas Speichel hinzuzufügen. Ich persönlich finde wenige Dinge ekelhafter als Spucke. „Meriam hingegen wäre eine großartige Partie." Ich schlucke laut einen Schluck Wasser … *nachdem* Imogen es probiert hat … dann schlinge ich den Rest meines Brotes hinunter und wische die buttrigen Krümel an der Vorderseite meines Kleides ab. „Sie wurde ausgebildet, da sie die Konkubine von Dantes Großvater war."

Obwohl er mir beim Essen zusieht, verzieht sich Pierre Roys Gesicht nicht angewidert. „Entzückend, nicht wahr?"

Eponine hustet erneut. Diesmal, da sie keinen Wein hinunterschluckt, glaube ich, dass sie hustet, um ihr Entsetzen darüber zu verbergen, ihr Vater könnte jemanden wie mich entzückend finden.

Ein Lächeln spannt Sybs Züge an. „Sie hat ihre Momente." Offensichtlich glaubt sie nicht, dass dies einer davon ist.

Pierres Lächeln wird nur noch fester.

Ich leere mein Wasser, dann stelle ich den leeren Kelch wieder neben mein Weinglas, das von demselben Halbblüter gefüllt wird, der meinen Stuhl unter den Tisch geschoben hat. „Keinen Wein für mich, danke." Ich muss einen klaren Kopf behalten.

Der Halbblüter hält mitten im Einschenken inne und blickt zu Dante, als wolle er seine Meinung zu meinem Leberschicksal einholen. Als er mit den Fingern wedelt, zieht er sich zurück und umrundet den Tisch in Richtung Syb.

„Welch eine Veränderung haben Sie über unsere Welt gebracht, Mademoiselle Rossi." Pierres Blick wandert zwischen Imogen und den riesigen schwarzen Vögeln, die die steinerne Veranda säumen, hin und her. „Ich bin allerdings überrascht, Ríhbiadh nicht an Ihrer Seite zu finden."

„Er ist ein vielbeschäftigter Mann."

„Wir sind *alle* vielbeschäftigte Männer."

Ich habe einen wunden Punkt getroffen. *Endlich*. Ich setze meine Erfolgsserie fort. „Außer Ihr, Majestät, wart Ihr nicht fünf Jahrhunderte und ein paar Jahre lang gestorben für die Welt."

Ich erwarte, dass der Mann die Stirn runzelt und das Kinn hebt, wie es die Hochmütigen so gerne tun, aber stattdessen grinst Pierre erneut, seine Zähne so weiß wie der Rumpf seines Schiffes. „Frauen aus Lucin sind so herrlich temperamentvoll, ganz im Gegensatz zu den braven Langweilerinnen, die wir in Nebba großziehen. Verzeih mir, Dante. Ich habe mein Bestes versucht mit Eponine, aber ihre Mutter, Gott habe sie selig, hat sich noch mehr bemüht."

Ich reiße den Kopf zurück, als er gerade seine Tochter *und* verstorbene Frau im selben Satz beleidigt hat.

Zugegeben, Eponine hat noch kein Wort gesagt, also könnte sie durchaus langweilig sein, aber Pierre ist ihr Vater.

Väter haben die genetische Verpflichtung, ihre Nachkommen

außergewöhnlich zu finden.

Er wendet sich Dante zu und nickt. „Du hattest recht."

Mein Blick wandert zwischen den beiden Königen hin und her. „Womit?"

Er schenkt mir ein Lächeln, bei dem ich am liebsten meine Haut mit Salz schrubben möchte. „Dass es mir Freude bereiten würde, Sie kennenzulernen, meine Liebe."

„Warum um alles in der Welt sollte es Euch Freude bereiten, eine *Scazza* wie mich kennezulernen?"

„Weil Nebba eine Königin braucht."

Mein Herz setzt einen Schlag aus. Sagt er etwa das, was ich glaube, dass er sagt?

„Wenn du aufhören würdest, deine Königinnen zu ermorden, Pierre, bräuchtest du keine neue."

Ich fahre in Richtung der tiefen Stimme, die gerade gesprochen hat, herum.

Lorcan steht am Kopfende des Tisches, direkt gegenüber von Dante, bis zur Nase in Eisen gerüstet. „Du lädst mich zum Mittagessen ein, hältst aber keinen Platz für mich frei und versuchst dann, eine meiner Crows an einen feindlichen König zu verheiraten? Wo sind deine Manieren, Regio?"

Dante hält sich so steif wie der Kragen seiner goldenen Tunika. „Mir wurde gesagt, du seist in Glace."

„Das war ich. Vladimirs Tochter lässt grüßen."

Als er anweist, einen Sitz für den dritten König herbeizubringen, fallen Dantes Wangen ein. „Habt ihr schon ein Datum und einen Ort für eure Hochzeit festgelegt?"

„Vlad und ich feilen noch an den Bedingungen unseres Bündnisses." Lore lässt sich auf den Stuhl zwischen Syb und mir sinken, die Luft verdunkelt von den Schatten der zusätzlichen Wachen, die er mitgebracht hat. „Habt Eponine und du schon ein Datum für eure Vermählung festgelegt?"

Dante bewegt seinen Kiefer von einer Seite zur anderen. Da er das blättrige Brötchen auf seinem Teller noch nicht angerührt hat, stelle ich mir vor, dass nicht Essen, sondern Verärgerung seine Zunge bremst.

„Sie werden binnen vierzehn Tagen vermählt sein." Es ist Pierre, der antwortet.

„Wie wundervoll. Ich werde mir diese Woche freihalten, um an den Feierlichkeiten teilzunehmen. Fae-Hochzeiten sind ja so freudig. Und wo wir gerade von Hochzeiten sprechen …" Lore lehnt sich in seinem Stuhl zurück. „Du wirst dir anderswo eine Frau suchen müssen, Pierre, denn Miss Báeinachs Hand steht nicht zur Verfügung."

Pierres Augen verengen sich. „Und warum nicht, *Lore*?" Der Mann scheint wahrhaftig vor nichts Angst zu haben. „Ist sie etwa vergeben?"

Die Pupillen des Himmelskönigs ziehen sich zusammen. „Bis die Schutzzauber fallen, ist Fallons Platz an meiner Seite."

„Und wenn sie gefallen sind?", fragt er.

Ich starre Lore so eindringlich an, dass es mir gelingt, in seinen Geist einzudringen und ihn zischen zu hören: ***Dann wirst auch du fallen.*** Da er Pierre ansieht, gehe ich davon aus, dass sich seine Gedanken an den König von Nebba richten und nicht an mich.

„Sobald sie gefallen sind, wird sie frei sein, ihr Schicksal selbst zu wählen."

„Wunderbar." Pierre lässt Blüten in dem Blumenarrangement erblühen und verwelken.

Ich blicke um den Tisch herum und mein Puls lässt meine Zunge und Brust anschwellen. Ich bin kurz davor herauszuplatzen, dass ich niemanden heiraten möchte, schon gar nicht den Mann, der als der Schlächter von Nebba bekannt ist, nicht einmal, wenn er mir eine gefesselte Meriam vor die Füße wirft. Doch dann nehme ich mir einen Moment Zeit, um wirklich darüber nachzudenken.

Eine gefesselte Meriam wäre die Antwort auf die meisten meiner Gebete und alle von Lore.

Wage es ja nicht, Behach Éan.

Aber ich tue es. „Liefert Meriam an Lorcan aus und meine Hand gehört Euch, Pierre Roy von Nebba."

Die Stille, die auf meine Erklärung folgt, ist so vollkommen, dass ich hören kann, wie die Brise durch die Federn meiner Krähenwächter streicht und wie Lores Backenzähne knirschen.

Oder ist es das Geräusch seiner Krallen, die über die Armlehnen schaben?

KAPITEL 30

Pierre ist der Erste, der sich regt und mit gerunzelter Stirn auf seinen Oberarm blickt. Da ich bezweifle, er sucht nach Fusseln auf der grünen Samtjacke, die er über seinem hochgeschlossenen schwarzen Hemd trägt, nehme ich an, er fragt sich, warum mein Handel sich nicht in seine Haut gebrannt hat.

Fallon, knurrt Lore.

Ich tue so, als würde ich den brodelnden Monarchen neben mir nicht hören, der mehr Rauch ausstößt als das Lagerfeuer, an dem ich in Rax war, in der Nacht, als Bronwen mich auf meine vergebliche – Verzeihung – *Krähen*jagd schickte.

„Warum hat dein Handel meine Haut nicht gezeichnet?"

„Weil ich keine Fae bin?"

„Crows und Shabbins sind zum Handel befähigt", sagt er. „Jedes magische Wesen ist dazu in der Lage."

Hm. Nun, das beantwortet eine meiner vielen, *vielen* Fragen. „Dann liegt es daran, dass meine Magie gebunden ist. Aber Ihr habt mein Wort."

Der König von Nebba wendet den Blick von seinem Arm ab, ein Auge etwas zusammengekniffener als das andere. „Nur kenne ich den Wert deines Wortes nicht."

„Ist nicht ohnehin der Wert meines Blutes das, was zählt?"

Fallon, bei Mórrígan, hör auf, den Mann zu provozieren. Wir brauchen ihn nicht.

Ich schenke ihm keine Beachtung. „Je schneller wir Meriam finden, desto schneller werden meine Adern vor Magie strotzen."

Syb keucht, als hätte sie versehentlich ein großes Insekt verschluckt. Dante und Lore sind beide so still und reglos wie die Steinsäulen um uns herum. Und Eponine … sie blinzelt mich mit Augen an, so groß wie die von Minimus.

„Mademoiselle Amari" – Pierre legt seine Unterarme auf den Mosaiktisch – „was ist das Wort Ihrer Freundin wert?"

Syb zuckt zusammen, als sie ein zweites Mal aufgefordert wird, meinen Charakter zu bezeugen.

Ich werfe ihr einen flehenden Blick zu, der hoffentlich schreit: *Spiel mit. Wir brauchen Meriam.*

„Fallon hat noch nie ein Versprechen gebrochen." Ich will gerade erleichtert ausatmen, als sie hinzufügt: „Aber wollt Ihr wirklich eine Frau heiraten, die eines Tages fähig sein wird, sich in einen Vogel mit eisernen Gliedmaßen zu verwandeln? An Eurer Stelle, Majestät, würde ich sie Lorcan überlassen."

Was.

Zur.

Hölle?

„Ríhbiadh?" Pierre schnaubt. „Er heiratet doch Vladimirs Tochter, oder nicht?"

„Das tut er ganz gewiss", sage ich spitz.

Syb hält meinem Blick stand. „Was ich sagen wollte, war, ich würde sie jedem *Crow* überlassen, der sie will. Oder einem Shabbin, da Eisen angeblich keinen Schaden bei ihnen anrichtet."

Eine Rauchschwade von Lorcan windet sich über mein Schlüsselbein. „Du bräuchtest Priyas Zustimmung, um ihre Urenkelin zu heiraten, Pierre. *Und* die Zustimmung von Fallons Vater."

Ich wische die Schatten weg, unterdrücke die Gänsehaut, die sie verursacht haben. „Die einzige Zustimmung, die er brauchen wird, ist meine eigene, Mórrgaht."

„Wissen Sie was, Mademoiselle Rossi, ich werde einen Vertrag für Ihre Zustimmung aufsetzen lassen. Sobald ich Ihre Unterschrift – in Blut – eingeholt habe, stelle ich Ihnen meine besten Fährtenleser zur Verfügung, und wir werden die drei Königreiche nach Ihrer Großmutter durchkämmen. Ist das in Ihrem Sinne?"

„Das ist es."

Lores Schatten schleichen sich wieder über meine Haut, doch dieses Mal drücken sie so fest, dass sie sich wie Handflächen anfühlen. „Ich kann es kaum erwarten, Cathal von deinem Wunsch zu berichten, den Mann zu heiraten, der unsere Meere vergiftet, Fallon."

Ich war kurz davor, mein Gelübde zu brechen, die Verbindung

zu nutzen, um ihn anzuschreien, weil er mich berührt, aber seine Worte lassen mein Brüllen gefrieren, bevor es von meinem Geist in seinen rollen kann. „Was meint Lorcan damit?"

Eponine greift nach ihrem Weinglas. „Ich glaube, er spricht von der Substanz, die das Salz in unserem Wasser neutralisiert."

Eine Erinnerung drängt sich an die Oberfläche meines Bewusstseins. Dante hat mir einmal erzählt, dass die Kanäle von Isolacuorin täglich mit einer in Nebba hergestellten Chemikalie behandelt werden, die die Salzdichte verdünnt.

Sie führt ihren Metallkelch an ihre weinroten Lippen und leert den Inhalt. Mit einem Schluckauf fügt sie hinzu: „Vaters leitender Wissenschaftler hat es geschafft, die Chemikalie selbstregenerierend zu machen." Sie presst ihre zarten, passend lackierten Finger gegen ihre zuckenden Lippen.

Pierres Jadeaugen verhärten sich ebenso wie sein Gesichtsausdruck. „Nehmt meiner Tochter den Wein weg. Sie hat genug gehabt."

Weil sie vertrauliche Informationen preisgegeben hat oder weil er sie für zu betrunken hält?

„Ich danke dir für deine Rücksichtnahme, Vater, aber ich werde meinen Kelch behalten." Eponines Schluckauf ist weg. „Und zwar gefüllt." Sie tippt an den Rand. „Mehr."

Die karaffentragende Halbblütige zögert.

„Du bist meine Dienerin, Liora; nicht seine. Jetzt bediene."

Dante schweigt, als wüsste er es besser, als sich in den Konflikt einzumischen.

Pierre beugt sich über den Tisch und flüstert Eponine etwas auf Nebba zu, das die feinen Härchen in meinem Nacken zu Berge stehen lässt.

Ich falte meine Serviette und lege sie auf meinen verzierten Teller, der mit Weintrauben bemalt ist. „Wie genau regeneriert sich diese salzzerstörende Verbindung?"

Pierre wendet seinen Blick von seiner Tochter ab und richtet ihn wieder auf mich, aber es ist Lore, der antwortet: „Die Chemikalie ernährt sich vom Salz, anstatt es nur zu zerstören."

Eponine richtet den juwelenbesetzten Kopfschmuck, der ihre

Stirn ziert. „Bei der Geschwindigkeit, mit der die Verbindung eingeleitet wird, werden unsere Ozeane vor dem Julfest salzfrei sein. Kannst du dir das vorstellen? Wenn ich du wäre“ – sie tippt sich an die Nasenseite, als wolle sie ein Geheimnis verraten – „würde ich anfangen, Bademode zu entwerfen, denn alle Fae mitsamt Urgroßeltern werden schwimmen gehen wollen.“

Ich runzle die Stirn. „Es wird immer noch das Problem mit den Schlangen geben.“

Sie schnaubt. „Weil du glaubst, Schlagen können …“

„Eponine, könntest du nachsehen, was die Köche so lange aufhält, unser Essen zu bringen?“ Dantes Tonfall ist eisig.

Stille dehnt sich wie gekochter Zucker zwischen den beiden aus – brühheiß und klebrig.

Endlich wird ihr Stuhl zurückgeschoben und sie steht auf. „Aber sicherlich, *micaro.*“ Sie schwankt, was ein Brummen ihres Vater hervorruft. „Zu schnell aufgestanden.“

Ich habe Gerüchte gehört, Eponine sei ein ziemliches Wrack. Obwohl ich nicht viel für Klatsch übrig habe, scheint die zukünftige Königin ihrem Ruf gerecht zu werden.

„Signorina Amari, begleiten Sie mich doch in die Küche, ja?“

„Ich …“

„Sie ist unser Gast, Eponine“, sagt Dante.

„Aber ich brauche eine Stütze“, jammert sie, „und sie hat genau die richtige Größe.“

Syb blinzelt zu Eponine hoch. „Ich … äh …“

„Wir sind nur einen Moment weg. Es wird sich für dich lohnen, Bibble.“

Bibble? Meine Nerven sind so angespannt, dass sich ein Grinsen auf meine Lippen schleicht.

„Mein Name ist eigentlich Sybille“, höre ich meine Freundin murmeln, als sie aufsteht, und mein Herz verkrampft sich.

Nicht jetzt, Fal, nicht jetzt, ermahne ich mich und starre angestrengt auf die gemalten Trauben auf meinem Teller.

„Es tut mir leid wegen Ihrer Haustiere, Signorina Rossi“, sagt Eponine.

Meine Heiterkeit verfliegt. „Meiner Haustiere?“

Die zukünftige Königin von Luce schlingt ihre Finger um Sybs Unterarm. „Ihre Schlangen. Ich bin vielleicht keine Shabbin, aber mir liegt das Gleichgewicht unserer Welt am Herzen." Sie schwankt, als sie sich in Richtung Treppe aufmacht.

„Vielleicht solltest du dich mehr um dein eigenes Gleichgewicht kümmern." Pierre sieht aus, als würde er sie am liebsten einer Krähe zum Fraß vorwerfen.

Obwohl seine Stimme leise ist und sie nicht reagiert, habe ich keinen Zweifel daran, dass sie ihn gehört hat. Schließlich sind ihre Ohren spitz.

„Warum tut es Eponine lei … „ Meine Hand fährt zu meinen Lippen, gleichzeitig schießt mein Herz in die Kehle.

Schlangen können ohne Salz nicht überleben! Wenn Dante und Pierre unsere Meere von Salz befreien, werden sie sie auch von Schlangen befreien.

„Das könnt ihr nicht tun!", platzt es aus mir heraus.

Die Soldaten in Waldgrün rücken näher an Pierre heran. Befürchten sie, ich könnte aus meinem Stuhl springen und ihm mit meinen sehr menschlichen Fingernägeln das Gesicht zerkratzen? Zugegeben, sie sind schärfer als je zuvor, aber immer noch nicht so nützlich wie Eisenkrallen.

„Wir sind Könige, wir können alles tun." Pierre Roy poliert mit dem Daumen seine Krone aus goldenen Dornen. „Außerdem werden wir die Versorgung mit Trinkwasser verbessern."

Willst du dich diesem Mann immer noch verpflichten? Lores milder Tonfall schürt meinen ohnehin schon lodernden Zorn.

Ich schieße ihm einen wütenden Blick zu. ***Kümmere dich gefälligst um deine eigene beschissene Verlobung!***

Sein Mund verzieht sich zu einem düsteren Lächeln, das zu sagen scheint: *Sieh an, du brichst dein Gelübde, nie wieder in meine Gedanken zu sprechen.* Oder vielleicht sagen seine verzerrten Lippen auch: *Genieß das dreckige Bett, das du dir gerade selbst gemacht hast.*

„Was hältst du von dieser salzsprengenden Verbindung, Mórrgaht?", fauche ich.

Lore drückt seinen Stuhl zurück, als wollte er aufstehen, tut es aber nicht. Stattdessen schlägt er ein Bein über das andere und lehnt sich in seinem Sitz zurück, macht es sich bequem. „Crows haben weder Bedarf an Salz noch an Schlangen, also ist es mir ziemlich egal."

„Außer" – ich erwidere sein Lächeln mit einem eisigen eigenen – „du brauchst mich immer noch. Das hast du selbst gesagt."

„Nur bis Meriam gefunden ist." Ein Hauch von Dunkelheit steigt von seinen eisernen Schulterpanzern auf. „Was dank Dante, der seine besten Spürhunde auf die Suche angesetzt hat, bald der Fall sein sollte. Wie glücklich, dass unsere Ambitionen übereinstimmen." Lores Blick schweift zum Fae-König von Luce hinüber, der aufrecht und still auf seinem Stuhl sitzt. „Wir beide wünschen uns eine Welt ohne Schutzzauber. Wie spektakulär wird es sein, wenn die Shabbins wieder frei umherstreifen können." Lore stützt den Ellbogen auf die Armlehne und legt das Kinn auf zwei gekrümmte, mit Eisenspitzen besetzte Finger. „Nicht wahr, Regio?"

Warum habe ich das Gefühl, als würde Lore Dante provozieren?

Die Verzierungen in Dantes Zöpfen klimpern, als er die Schultern strafft. „Wer sehnt sich nicht danach, dass die Shabbins wieder frei umherstreifen können?"

Ähm … *er.*

Als Dienstmädchen mit Tabletts herantreten, auf denen sich Teller unter goldenen Hauben befinden, reiße ich meinen Blick von den stichelnden Monarchen los.

Wenn das Essen hier ist, warum sind Sybille und Eponine dann nicht da?

Angst beginnt hinter meinem Brustbein zu brodeln, während ich die Schlossanlage nach zwei Frauen in prächtigen Kleidern absuche. Hat die Nebba-Prinzessin meine Freundin wirklich in die Küche geführt oder sie in irgendein Verlies verschleppt?

KAPITEL 31

Als unsere Zierteller gegen welche mit Essen ausgetauscht werden, sagt Lore: „Eigentlich, Pierre, abgesehen davon, Meriam zu suchen und zurückzuholen, würde eine Ehe mit Fallon eine vorteilhafte Allianz für unsere beiden Monarchien darstellen. Wenn du immer noch daran interessiert bist, dich mit Zendayas Kind zu verbinden, können wir nach dem Mittagessen einen Vorschlag ausarbeiten."

„Das interessiert mich sehr." Die Augen des Nebba-Königs gleiten über das, was er von meinem Gesicht sehen kann, was nicht viel ist, da ich mich vollständig zu Lore gedreht habe, um ihn besser anstarren zu können.

Im Gegensatz zu dir hatte ich nicht wirklich die Absicht, mich aus persönlichem Gewinn an jemanden zu binden.

Ich erhebe mich von meinem Stuhl. „Ich fürchte, die Hitze lässt mich schwach werden. Danke für dieses aufschlussreiche Beisammensein, Maezza. Wo, glaubst du, kann ich Syb und Eponine finden?"

Dante klemmt seinen Teller zwischen den Unterarmen ein, während schlanke Zöpfe über seine goldene Jacke huschen, als er nach links und rechts schaut. „Das ist eine ausgezeichnete Frage. Wachen, wo sind die Frauen hingegangen?"

„Zum Heiler", verkündet einer der Männer in weißen Roben. „Der Prinzessin war nicht wohl."

Dante schnippt mit den Fingern. „Begleitet Signorina Rossi dorthin und sorgt dafür, dass ihr etwas gegen ihren Schwindel gegeben wird."

Pierre erhebt sich von seinem Platz. „Mademoiselle Rossi." Er wirft mir ein schmieriges Lächeln zu, als er meine Hand nimmt. „Es ist mir eine Freu … „

Eine dunkle Gestalt manifestiert sich zwischen Pierre und mir, löst blitzschnell seine Finger von meinen und zwingt meinen Körper, zurückzufallen.

Schwarze Schwerter gleiten aus den Scheiden, gerade als ohrenbetäubendes Krächzen die Steinterrasse durchdringt, mein Mark zusammenzieht und meinen Puls explodieren lässt.

Die Dunkelheit, die meinen Körper umgibt, ist so dicht und absolut, dass ich annehme, alle fünf von Lorcans Krähen schützen mich, obwohl nicht ich das Ziel dieser Obsidianschwerter bin.

„STOPP! Alle aufhören!", ruft Dante. „Ich werde kein Blut auf meiner Terrasse vergießen lassen. Wir haben einen Vertrag, den ich einzuhalten gedenke. Wenn ihr kämpfen wollt, dann kämpft auf Nebba-Boden, aber Luce bleibt neutral. Pierre, Lore, ruft eure Krieger zurück! *Jetzt!*"

Es dauert mehrere Herzschläge, bis die Nebba-Wachen ihre Waffen wegstecken. Und dann noch ein paar Herzschläge, bis die Krähen landen und Lore sich neu formiert.

Er sitzt jedoch nicht mehr. Er steht. Direkt vor mir, sein Körper von Rauch umhüllt. „Du darfst Fallon Báeinach nicht berühren." Sein Hals dreht sich langsam, als er den Rest der Fae mustert, als wolle er dieses Gefühl auf sie ausweiten.

„Ich wollte sie nicht bluten lassen, du wütender Geier", murmelt Pierre.

Der goldene Stoff über meinem Herzen pocht heftig. Oh meine Götter, war das seine Absicht?

Der Mann ist ein Psychopath, also wer zum Teufel weiß das schon? Verschwinde jetzt, bevor du dich noch mehr Monstern an den Hals wirfst, und noch dümmere Abmachungen triffst.

Mein Kopf schnellt zurück, als hätte er mich geohrfeigt, und meine Finger ballen sich zu Fäusten. ***Ich habe nur versucht, unser gemeinsames Vorhaben zu unterstützen, also leck mich, du herablassender, gefiederter Arsch.***

Du hast großartig geholfen. Jetzt geh zurück zu Antoni, und ich bitte dich inständig, von nun an keine Spielchen mehr zu spielen, deren Regeln du nicht kennst, denn ich habe schon genug um die Ohren.

Diese Frechheit von ihm! Ich bin verdammt noch mal nur seinetwegen *hier*! Als ich mich umdrehe, um wütend davonzustürmen, nutze ich die Gedankenverbindung ein letztes Mal. ***Stell si-***

cher, dass mein Ehevertrag finanziell vorteilhaft für mich ist. Ich hatte nie viel Geld und habe gehört, dass Pierre Roy steinreich ist.

Lores Rüstung knarrt, als er den Hals gerade so weit dreht, um mir einen vernichtenden Blick zuzuwerfen.

Obwohl ich versucht bin, noch ein paar Forderungen rauszuhauen, nur um ihn zu ärgern, wäre das kleinlich, und ich bin stolz darauf, nicht so zu sein. Also balle ich den schimmernden Stoff meines Kleides in der Faust und stürme, gefolgt von einer wutentbrannten Imogen, die Terrassentreppe hinunter.

Als sich eine Wolke von Kobolden über meinem Kopf bildet, wirble ich herum. „Dante, ruf deine Luftflotte zurück!"

„Sie sind zu deinem Schutz da, Fallon."

Ich deute auf die fünf Krähen, die die Kobolde in Dunkelheit hüllen. „Diese Vögel sorgen für meinen Schutz, also ist es wirklich übertrieben." Ich verharre auf dem Steinweg und warte darauf, dass Dante den Befehl gibt, der beweisen würde, dass er seine Männer nicht benutzt, um mich auszuspionieren.

Obwohl es mehrere Herzschläge dauert, bis er spricht, befiehlt er schließlich seiner Luftstaffel, mich zum Hafen von Isolacuorin zu begleiten und mich dann in Ruhe zu lassen.

„Danke."

„Bedank dich nicht bei mir, Fal. Sie waren wirklich zu deinem Schutz gedacht."

„Vor wem sollen sie mich beschützen, Dante?"

„Vor denen, die sich wünschen, mein Bruder säße noch auf dem Thron von Lucin."

„Wäre es dann nicht klüger, sie bei dir zu behalten?" Mein Kommentar lässt seine Lippen sich zusammenziehen, obwohl ich es nicht beabsichtigt hatte, bissig zu sein.

„Ich schätze, du hast recht", räumt er schließlich ein.

„Genießt den Nachmittag, Eure Majestäten."

Während ich mich auf den Weg zum Heiler mache, eskortiert von meinen Fae und Crows, starre ich auf die goldenen Pantoffeln, die ich passend zu meinem Kleid ausgesucht habe, mit den spitzen Kappen aus verspiegeltem Leder und den dicken Riemen, die mit dekorativen Goldspitzen verziert sind. Ich fand sie wunderschön, aber jetzt erinnern sie mich an Lores Augen, die ich alles andere als hübsch finde.

Seine herablassenden Worte hallen in meinem Kopf wider. „Dämliche Abmachungen, von wegen", murmle ich zwischen zwei Atemzügen. Ich habe vielleicht zu hoch gepokert, aber ich habe es wenigstens versucht. Sollte das nicht auch etwas wert sein außer Verachtung?

Ich spüre Imogens strengen Blick auf meiner Wange. Zweifellos hält sie mich auch für eine alberne Närrin.

„Roy hatte acht Ehefrauen", sagt sie. „Und er hat jede einzelne von ihnen ermordet."

„Haben sie die Burg nicht zu seiner Zufriedenheit geführt?"

„Das sollte kein Grund sein, seinen Ehepartner umzubringen."

„Verdammt", grummle ich. „Ich habe nur Spaß gemacht, Imogen."

„Du machst Witze über Mord?"

Ich wirble zu ihr herum, meine Stimmung so blank wie meine Nerven. „Du hast recht. Es war geschmacklos. Der Kerl ist ein verdammtes Monster."

„Und trotzdem hast du dich ihm angeboten?"

„Ich bin immun gegen Verhandlungen, und ich habe es nur vorgeschlagen, um mehr Verstärkung für unsere Suche nach Meriam zu bekommen. Ich schwöre, manchmal kommt es mir vor, als wäre ich die einzige Seele auf dieser Erde, die sich darum schert, meine entlaufene Ahnin zu finden. Sollten nicht alle besorgter sein, dass sie frei herumläuft? Sollte Dante nicht *alle* seine Truppen mobilisieren? Sollte Lore … ich weiß nicht" – ich werfe die Hände in die Luft – „mehr tun, als Fae-Mittagessen zu sprengen und seine Hochzeit mit einer fremden Prinzessin zu planen?"

Imogens schwarzer Blick fokussiert sich auf meine geröteten Wangen. „Du solltest unseren König nicht unterschätzen."

„*Deinen* König. Nicht meinen." Mit Nägeln, die sich halbmondförmig in meine Handflächen bohren, stürme ich an ihr vorbei.

„Ich nehme an, du hast recht. Solange du unsere Feder nicht auf deiner Wange trägst, bist du keine echte Crow."

Ich knirsche mit den Zähnen, beschließe aber, nicht darauf einzugehen, denn ich habe nichts zu gewinnen, wenn ich über den Wert tätowierter Haut diskutiere. „Ist mein Vater zurückgekehrt?"

Obwohl Imogen geradeaus starrt, entgeht mir nicht, wie eine Ader an ihrer Schläfe pulsiert. „Nein."

„Sucht er immer noch nach meiner Mutter?"

„Nein."

„Was macht er dann …"

„Ich bin nicht befugt, mit dir über ihn zu sprechen."

„Er ist mein Vater, Imogen. Ich habe ein Recht darauf zu erfahren …"

„Du bist weder eine Crow noch Teil der Siorkahd. Du hast keine Rechte. Wenn es nach mir ginge, würden wir die wenigen Leute, die wir haben, nicht damit verschwenden, ein flatterhaftes Mädchen zu beschützen, das lieber spitze Ohren hätte."

„Zum Cauldron, sag mir, was du wirklich denkst", murmle ich.

„Das habe ich gerade."

Ich lege einen Zahn zu. „Das ist eine Redewendung. Und zu deiner Information, ich bin vollkommen zufrieden mit der Form meiner Ohren."

Wir überqueren zwei weitere Brücken in angespanntem Schweigen.

Erst als wir um eine Biegung voller Büsche kommen, spricht Imogen mich wieder an. „Wenn Lorcan später zurückkehrt, ist er vielleicht bereit, deine Fragen zu beantworten."

Das würde bedeuten, mich mit ihm zu einem Gespräch zusammenzusetzen. „Da würde ich lieber mit Pierre nach Nebba segeln."

Sie zischt und ich denke, es liegt daran, dass sie meine Ironie für bare Münze nimmt, aber ihre Aufmerksamkeit gilt nicht mir. Sie richtet sich auf die beiden Krähen, die sich aus dem Kranz über unseren Köpfen gelöst haben und auf den Fußweg herabstürzen, den wir entlanggehen.

Als sie sich in Männer verwandeln, schießt mein Puls wie ein Komet los und jagt durch meinen Brustkorb. „Was ist los?"

„Bleibt lieber auf Abstand, denn wir haben den Befehl, euch das Herz zu durchbohren, wenn ihr Fallon auf Atemweite nahe kommt", knurrt einer meiner Wächter.

Ich kann nicht erkennen, wer hinter der Mauer aus Muskeln und Eisenrüstung steht, aber ich vermute, dass es Dargento sein muss. Oder ist es mein Großvater? Könnte Justus endlich aufgetaucht sein, oder ruht er auf dem Grund des Mareluce und wird von Schlangen angeknabbert?

Durch den schmalen Spalt zwischen den Körpern meiner Wächter erhasche ich einen Blick auf bernsteinfarbene Augen und ein schmales Gesicht. „Ich bin nicht wegen der Shabbin-Fotze hier. Jedenfalls nicht heute."

Fotze? Ich frage mich, was Dante tun würde, wenn ich zu dem eingebildeten Arsch hinübermarschieren, ihm das Stahlschwert aus der Scheide reißen und es ihm in den Hals rammen würde. Würde er Lore zur Verantwortung ziehen oder nur mich?

„Was für würdevolle Kreaturen diese Fae doch sind", murmelt Imogen. „Ich kann es kaum erwarten, bis Lore unser Königreich zurückerobert."

Als Silvius den Crows ausweicht und um Imogen einen großen Bogen macht, bohrt sich sein glühender Blick in meinen. „Ich werde deinen Kommentar dem König melden müssen, *Corvo*."

„Nur zu, übermittle meinem Monarchen ruhig meine Gefühle. Du kannst dir sicher sein, ich werde dasselbe bezüglich deines verleumderischen Ausdrucks tun, den du benutzt hast, um Fallon zu bezeichnen."

Silvius grinst. „Du hast die Krone von Lucin bedroht; ich habe lediglich einen Teil von Fallons Anatomie verwendet, um auf sie Bezug zu nehmen."

„Und ich werde den Kommandanten unterstützen, denn ich habe alles gehört", wirft ein Kobold ein, der zu nahe schwebt und seine Brust aufplustert.

Ich hebe eine Augenbraue. „Kommandant?"

„Ein Versprecher." Der Kobold lächelt und entblößt Zähne, die für seinen winzigen Mund zu breit erscheinen. „Obwohl ich nicht daran zweifle, dass Silvius den Titel zurückerlangen wird. Moriati ist zu weich für den Job."

Ich kann mir nicht vorstellen, dass Dante jemals Gabriele

durch den abscheulichen Fae ersetzen würde, der neben Imogen verharrt, ein grausames Lächeln auf dem Mund. „Bis sich unsere Wege wieder kreuzen, Signorina Rossi."

„Ich werde sicher etwas Stahl für unser nächstes Zusammentreffen einpacken." Ich versüße meinen Ton und füge hinzu: *„Schwanzlutscher."*

Silvius' Hand wandert zum rubinbesetzten Knauf seines Schwertes, das verdächtig aussieht wie … wie …

Ich richte meinen Blick wieder auf sein Gesicht. „Woher hast du dieses Schwert?"

Silvius' Finger verharren kurz über den facettierten Rubinen. „Ich habe es dem toten Körper deines Großvater abgenommen. Ich dachte nicht, dass er noch Verwendung dafür hat, da man einen Kopf braucht, um eine Hand zu befehligen, und eines deiner Biester seinen auf seinem Stoßzahn trug."

Jeder Herzschlag fühlt sich an wie ein Stich.

Justus ist tot.

Eine Schlange hat ihn getötet.

Ich warte darauf, dass mich eine Welle der Erleichterung überkommt, aber sie bleibt aus. Vielleicht später. „Schade, dass kein anderes meiner Biester deinen Kopf auf seinem Stoßzahn zur Schau gestellt hat."

Silvius' Grinsen wird noch grausamer, während er zurückweicht.

Sobald das Unterholz ihn verbirgt, faucht Imogen den Soldaten an, der uns über die Insel führt: „Wie weit ist es noch bis zu eurem gottverdammten Heiler?"

„Nur noch über die nächste Brücke", erwidert der Mann, die Stimme so angespannt wie seine Körperhaltung. Obwohl er sein eigenes Schwert nicht berührt, huscht sein Blick immer wieder zu meinen Crow-Wachen.

„Wusstest du, dass mein Großvater tot ist, Imogen?", frage ich, als wir weitergehen.

„Nein." Imogen murmelt etwas davon, im Kreis geführt zu werden.

Da in Isolacuori alles rund ist, von den fünf Inseln bis zu den

Kanälen, vermute ich, dass wir tatsächlich im Kreis laufen. Aber wir sind schon eine ganze Weile unterwegs. Vielleicht wurden wir wirklich an der Nase herumgeführt. Warum bloß? Um uns zu ärgern?

Ich stolpere und bleibe dann stehen.

Was, wenn sie Syb nicht zum Heiler gebracht haben?

Was, wenn ...

„Wir sind da." Der Soldat deutet auf ein einstöckiges Holzgebäude mit Buntglasfenstern und einer Tür, die das Sonnenstrahl-Emblem trägt.

Imogen stößt sie auf.

In dem Moment, als mein Blick auf das schwarze Haar und das minzgrüne Kleid meiner Freundin fällt, atme ich erleichtert auf. Vielleicht war meine Sorge unbegründet, doch ich kann nichts gegen meine Nervosität tun.

„Fal!" ruft Syb und erschreckt damit die nebbanische Prinzessin, die gerade die staubigen Fläschchen in einem der vielen Regale begutachtet.

Ich runzle die Stirn und frage mich, warum Syb auf der Untersuchungsliege sitzt und Eponine herumläuft. Und wo ist der Heiler?

Am festen Zusammenpressen der Lippen beider Frauen erkenne ich, dass ich ihr Gespräch unterbrochen habe. „Bereit, nach Hause zu gehen, Syb?"

„Ja." Sie springt von der Liege. Während sie auf mich zueilt, blickt sie über die Schulter zu Eponine. „Es ist uns eine Ehre, an deinem Vergoldungsfest teilzunehmen. Danke für die Einladung."

Mir klappt die Kinnlade herunter. Das Vergoldungsfest der Prinzessin? Hoffentlich hat Syb mich nicht in dieses *uns* mit einbezogen.

Auf gar keinen Fall werde ich an Feierlichkeiten teilnehmen, um die arrangierte Hochzeit meines Ex-Geliebten und seiner betrunkenen nebbanischen Prinzessin zu zelebrieren.

„Ich hoffe, der Heiler findet Kräuter, die deine Kopfschmerzen lindern", fügt meine Freundin hinzu, bevor sie sich wieder mir zuwendet.

Kaum dass die Tür hinter Syb ins Schloss fällt, frage ich: „Sie hat dich zu ihrem Vergoldungsfest eingeladen?"

„Sie hat *uns* eingeladen … dich, mich, meine Schwester, Catriona … sowie die Crow-Wachen, die dich an dem Tag begleiten."

Imogens dunkle Augenbrauen ziehen sich zusammen. „Ich muss diese Einladung erst …"

„Niemandem vorlegen", sage ich, „da ich nicht vorhabe, teilzunehmen."

„Ach komm schon, Fal. Dante möchte es anscheinend super exklusiv halten. Nur Familie und engste Freunde. Und wir bekommen Gastgeschenke. *Königliche* Gastgeschenke. Das heißt *Juwelen.*" Sie klimpert mit den Wimpern.

„Syb, wir sind nicht nach Luce zurückgekehrt, um Fae zu vergolden, damit sie ein noch prunkvolleres Leben führen können!"

„Lass uns später darüber reden."

„Nein. Lass uns das nicht tun."

Sie tätschelt meinen Unterarm, als wäre ich ein Kind.

„Weißt du was, Syb? Wir sollten wirklich später darüber reden. Ich kann es kaum erwarten zu hören, was Giana davon hält, am Vergoldungsfest der Regios teilzunehmen. Ich wette, sie wird ganz aus dem Häuschen sein."

KAPITEL 32

Als Sybille das Fest beim Abendessen erwähnt – einem Abendessen, an dem die Männer nicht teilnehmen, da sie beschlossen haben, den Abend damit zu verbringen, Waren nach Rax zu transportieren –, starrt Giana ihre Schwester an, als wäre sie verrückter als der Früchtekuchen, den Catriona gebacken hat und den ich im Alleingang verputzt habe – natürlich erst, nachdem Aoife ihn probiert und mir grünes Licht gegeben hatte.

„Meine Güte, Syb, was hast du dir dabei gedacht, zuzusagen?", zischt Gia.

Sybille hebt beide Handflächen und bläst Luft gegen die Tasten des Flügels in Ptolemäus' Wohnzimmer, sodass er dissonant erklingt.

Ich schlage die Hände über die Ohren, aber Syb packt eines meiner Handgelenke und zieht es herunter. „Sie behauptet, sie weiß, wo Meriam ist."

„Wo?", frage ich, während Giana gleichzeitig schnaubt. „Und du hast ihr geglaubt?"

„Im Gegensatz zu dir, Schwesterherz, halte ich nicht alle Reinblüter für böse." Meine Freundin vertraut zu leichtfertig, und ja, ich weiß, wer im Glashaus sitzt, sollte nicht mit Steinen werfen, aber ich möchte glauben, dass meine vogelartige Pilgerreise mich ein gewisses Maß an Urteilsvermögen gelehrt hat.

Gianas Kopf schnellt zurück, als hätte Sybille sie geohrfeigt, aber das Einzige, was Syb malträtiert, sind diese verdammten Klaviertasten, die mir langsam Kopfschmerzen bereiten.

„Was das Wo betrifft", fährt Syb fort, „Eponine stellt Bedingungen."

„Natürlich tut sie das", murmelt Giana.

„Sie wird es uns verraten, wenn Lore zustimmt" – sie hebt eine Hand an ihren Hals und ahmt eine Messerschnittgeste nach – „ihren Vater in der Nacht des Festes zu töten."

Ich muss den Atem angehalten haben, denn meine Lungen krampfen sich zusammen.

„Warum ausgerechnet in der Nacht des Festes?", fragt Gia.

„Weil die ganze Familie mit nacktem Oberkörper erscheinen wird. Mit anderen Worten, kein Stück Rüstung am Leib." Syb hört einen Moment auf, mit ihrer Windmagie auf das Klavier einzuhämmern. „Warst du noch nie auf so einem Fest, Gia?"

„Nein, Syb. Ich halte mich fern von sinnlosen Reinblüter-Zeremonien. Wann warst du auf einer?"

„Letztes Julfest mit Pheebs. Es war für einen seiner Cousins dritten oder vierten Grades."

Ich hätte auch mitgehen sollen, aber die Zeremonie fand in Tarespagia statt und Nonna verbot mir, ohne sie in diesen Teil des Königreichs zu reisen. Obwohl sie nie direkt sagte, warum, spürte ich, dass es darum ging, Domitina nicht zu begegnen – der Tochter, die uns den Rücken kehrte, als Nonna sich für Mamma und mich entschied.

Tatsächlich berichteten Phoebus und Syb nach ihrer Rückkehr, meine Tante wäre unter den Gästen gewesen. Sie erzählten auch, dass Nonna im Vergleich zu dieser Frau zuckersüß war. Da Nonna vieles war, aber nicht süß, nahm ich an, dass Domitina abscheulich gewesen sein musste. Und dennoch hatte ich naiv gehofft, eines Besseren belehrt zu werden. Mein Besuch auf dem Anwesen meiner Urgroßmutter hatte diese Hoffnung gründlich zunichte gemacht.

Xema und Domitina sind einfach grässlich.

„Catriona, du warst schon mehrmals im Palast." Ich wende mich der Kurtisane zu, die leise ihren Tee schlürft, den kleinen Finger abgespreizt wie eine wahre Edeldame. „Was kannst du uns über Eponine erzählen?"

„Sie verachtete Marco." Mit gerümpfter Nase fügt sie hinzu: „Es würde mich nicht wundern, wenn sie Dante genauso hasst."

„Oh, das tut sie ganz sicher", sagt Syb.

Giana streicht sich die lockigen Haare zurück. „Aber das heißt nicht, dass sie Shabbins und Crows mag."

„Vielleicht, aber ich denke" – Syb erfüllt das Wohnzimmer wieder mit ohrenbetäubendem Lärm – „es lohnt sich, hinzugehen. Selbst wenn kein Königsmord stattfindet."

Galle überzieht meinen Mund von innen.

„Aber …" Syb zieht den letzten Buchstaben in die Länge und damit auch die Schläge meines Herzens, „vielleicht können wir sie betrunken genug machen, um herauszufinden, was sie weiß, ohne Blut zu vergießen. Wie wäre es, wenn wir sie zu uns nach Hause einladen …"

„Nein." Aoife schüttelt den Kopf. „Das wird Lorcan nicht zulassen."

„Vielleicht könnte er Eponine einen Besuch abstatten?" Giana muss sich heftig in die Wange beißen, denn sie bekommt Grübchen. „Das würde uns allen Zeit und Mühe ersparen."

Oder das.

Der Blick meiner Wächterin huscht schwindelerregend schnell durch den bogenförmigen Raum, als suche sie in jeder polierten Ecke und vergoldeten Ritze nach einem lauschenden Kobold. „Was, wenn Falle?"

„Ihre Behauptung, zu wissen, wo Meriam ist?" Sybille wirft einen Blick auf Aoife, die sich entschieden hat zu stehen, trotz meines Drängens, sich zu setzen.

Seit sie heute Nachmittag gekommen ist, um ihre Schwester abzulösen, ist sie unglaublich nervös. Als ich fragte, ob etwas nicht stimme, schüttelte sie den Kopf und versuchte zu lächeln, um mich zu beruhigen. Aber ihr Versuch war kläglich und tat nichts, um meine Sorgen zu zerstreuen.

„Einladung zum Fest. Vielleicht sie hofft, Lore und Fallon in Hinterhalt zu locken." Aoifes Paranoia lässt meinen Puls rasen.

„Sie hasst ihren Vater wirklich, Aoife." Syb lässt weiter Luft gegen das Klavier strömen und erfüllt Antonis Haus mit der schrillen Kakophonie, die nötig ist, um unser Gespräch zu verschleiern.

„Was hat ihr Hass auf ihren Vater damit zu tun? Sie kann ihn *und* Crows und Shabbins hassen."

Gianas Erwiderung lässt Sybs Kiefer mahlen. „Sie würde nicht anbieten, Meriam auszuliefern, wenn sie Shabbins hasste."

„Ausliefern?" Gia schnaubt. „Sie *behauptet*, das Versteck der

Hexe zu kennen."

„Warum musst du immer so verdammt negativ sein?"

„Realistisch, nicht negativ. Außerdem, wenn Eponine so ein Fan von Crows und Shabbins ist, warum ist sie dann nicht direkt mit ihren Informationen zu Lorcan gegangen? Warum kommt sie zu dir?"

„Weil Lorcan verdammt furchteinflößend ist, Schwesterherz." Syb zerrt beinahe an der Haarsträhne, mit der sie spielt.

„Keine Aktionen und keine Einladung, bis Lorcan über die Lage informiert ist, verstanden?"

Syb verdreht die Augen. „Ich hatte sowieso nicht vor, heute Nacht nach Isolacuori zurückzukehren."

„Wird er heute Abend vorbeikommen, Fallon?" Gianas Frage lässt meinen Nacken sich verspannen.

„Woher soll ich seinen Zeitplan kennen?"

Giana starrt auf meine Finger, mit denen ich auf der Armlehne trommle. „Aoife, kannst du dich verwandeln und ihn über eure gedankliche Verbindung fragen?"

Aoife nickt und verwandelt sich. Dann überzieht ein glasiger Ausdruck ihre schwarzen Augen, die wie Billardkugeln wirken. Nach zwei vollen Minuten schmelzen ihre Federn zurück zu Haut. „Er antwortet nicht. Fallon?"

„Ja?"

Sie senkt die Stimme. „Kannst du es versuchen?"

Ich höre auf, auf die Armlehne zu tippen. „Ich kann mich nicht verwandeln, schon vergessen?"

„Ich meinte auf die Gefährten-Art." Sie berührt ihre Schläfe. „Immy sagt, du-"

Das Klirren von Catrionas Porzellantasse auf der Untertasse unterbricht Aoife. „Du hast den Crow-König geheiratet?"

„Was?" Meine Wangen glühen von dem plötzlichen Blutandrang. „Natürlich nicht. Wie kommst du denn zu so einem absurden Schluss?"

Sie streicht sich eine blonde Strähne hinters Ohr. „Bedeutet Gefährte bei den Crows nicht genau das?"

„Man muss nicht offiziell verheiratet sein, um Gefährten zu

sein. Aber darum geht es gar nicht, denn ich bin nicht Lorcan Ríhbiadhs Gefährtin. Ich bin niemandes Gefährtin.“ Ich schüttle energisch den Kopf. „Wäre ich es, würde er wohl kaum eine andere Frau heiraten, oder? Crows hängen sehr an ihren Gefährten, da sie nur den einen haben.“

Syb hat aufgehört, das Klavier mit ihrer Luftmagie zu traktieren. Ich wünschte wirklich, sie würde wieder anfangen, nur um mein hämmerndes Herz zu übertönen.

Aoife mustert mich lange unter gesenkten Wimpern. „Fallon sagt Wahrheit. Kein Crow mit Gefährtin anderen heiraten würde.“

„Was passiert, wenn Crows einen Gefährten finden, nachdem sie geheiratet haben?“ Auch wenn ich bezweifle, dass Syb das fragt, um mich aus der Schusslinie zu nehmen, bin ich ihr dankbar dafür.

Aoifes Lippen verziehen sich zu einem wehmütigen Lächeln. „Sie werden immer wählen Gefährten.“

Sybs Augen weiten sich wie ihr Mund. „Sie würden also die Person verlassen, die sie geheiratet haben?“

„Ja. Sehr traurig, aber für Gefährten ist unmöglich, getrennt zu leben.“ Ihr dunkler Blick kehrt zu mir zurück, und obwohl ich Aoife noch nicht lange kenne, bemerke ich den fragenden Ausdruck, den sie mir zuwirft.

Den Blick, der sagt: *Ich glaube dir nicht, aber ich spiele erst mal mit.* Oder vielleicht sagen ihre Augen das gar nicht und ich bin nur paranoid.

Um das Thema Gefährten endgültig zu wechseln, frage ich: „Was hältst du von dem Vergoldungsfest, Catriona?“

„Es wird sicher langweilig, aber die Gastgeschenke sind bestimmt jeden Gähner wert.“

Sybs Augen funkeln, als würde sie schon ein kostbares Schmuckstück auspacken.

Giana steht auf. „Ich finde, man müsste schon verrückt sein, für eine Party *oder* Gastgeschenke sein Leben zu riskieren.“

„Musst du immer allen die Stimmung verderben“, murrt Syb.

„Statt deine Schwester und Fallon als Narren zu bezeichnen, solltest du sie loben. Es gehört Mut dazu, sich einer Schlacht anzuschließen.“ Catriona sagt das freundlich, aber ich höre die Verärgerung, die ihren Tonfall durchzieht wie Rosenöl ihre Haut.

„War es auch Mut, der dich zu uns geführt hat?“, feuert Gia zurück.

Catriona senkt den Blick auf ihre Hände, die sie in ihrem Schoß ringt. „Nein.“ Ihr glänzender Mund verzieht sich, bevor er sich wieder glättet. „Es ist Feigheit.“

Die Frau, die das *Bottom of the Jug* stets mit ihrer Fröhlichkeit und Schönheit erfüllt hat, wirkt mit einem Mal so klein, als würde das Brokatsofa, auf dem sie sitzt, sie verschlingen, Kilo um Kilo, Fleisch und Satin zugleich.

Nachdem Giana gegangen ist, um *die Küche zu putzen, da sich sonst niemand darum schert,* setze ich mich neben Catriona und nehme ihre Hände in meine. Ein Zittern durchfährt sie bei meiner Berührung.

„Du bist kein Feigling. Feiglinge schließen sich nicht freiwillig einem Haufen Gesetzloser an.“ Ich versuche, die hängenden Mundwinkel nach oben zu ziehen, doch meine Worte stehlen der Frau lediglich eine Träne aus den moosgrünen Augen.

Catriona drückt meine Hände einmal, bevor sie ihre aus meinem Griff gleiten lässt und aufsteht. „Zeit für mich, mich zurückzuziehen.“

Ich kenne sie gut genug, um zu wissen, dass es nicht Müdigkeit ist, die sie aus dem Zimmer treibt, sondern Bescheidenheit.

Sie verharrt im Türrahmen, eine zierliche Hand umklammert das geschnitzte Holz, die andere knetet die Haut über ihrem Herzen – oder besser gesagt, sie zerknittert den himmelblauen Satin ihres Neckholderkleides. „Ich mag Gia zwar oft und in allem widersprechen, aber vielleicht solltest du …“ Ihr Hals zuckt beim Schlucken, was ihre Lider zuschlagen und ihre Nasenflügel beben lässt.

„Was sollte ich, Catriona?“

„Vielleicht solltest du nach Monteluce zurückkehren, *micara.*“ Ihre Stimme ist kaum mehr als ein ersticktes Flüstern. „Vielleicht solltest du dich versteckt halten, bis Meriam gefunden ist.“

Als sie ihre Hand vom Rahmen losreißt, entgeht mir nicht,

wie fest ihr Kiefer sich zusammenzieht und wie energisch sie ihre Brust massiert – wie jemand, der einen vereinbarten Handel widerruft. Nur leuchtet kein Punkt – soweit ich das erkennen kann – auf ihrer Brust. Das wäre mir aufgefallen, bedenkt man ihre Vorliebe für tief ausgeschnittene, durchsichtige Kleider.

Wobei mir einfällt, dass sie solche in letzter Zeit gar nicht getragen hat …

Die Türklingel ertönt, bevor ich Syb fragen kann, was sie denkt. Da es spät ist und die Jungs alle Schlüssel haben, schlägt mir das Herz bis zum Hals.

„Ich gehe nachsehen, wer ist da. Warte." Aoife dreht sich schwungvoll um.

Nachdem sie den Raum verlassen hat, fragt Syb: „Kam es nur mir so vor oder hat sich Catriona wirklich seltsam verhalten?"

Gänsehaut überzieht meine Haut. „Total seltsam."

Bevor wir ergründen können, was mit unserer blonden Mitbewohnerin los sein könnte, hallt Aoifes Stimme durch die gläserne und jadesteinverzierte Eingangshalle. „Fallon! Für dich."

Stirnrunzelnd erhebe ich mich gleichzeitig mit Syb und verlasse das Wohnzimmer. Aoife tritt zur Seite und gibt den Blick auf Gabriele frei.

Er steht an der Schwelle unseres Hauses, und hinter ihm …

Mein Herz stolpert über sich selbst, im selben Moment, als ein Wiehern durch die fackelerhellte Luft schneidet.

KAPITEL 33

Das goldene Seidenkleid, aus dem ich noch nicht geschlüpft bin, peitscht um meine Beine, als ich zur Haustür eile.

Ich bin gerade dabei, auf die Straße zu stürmen und meine Arme um Furias Hals zu werfen, als ich erstarrt stehen bleibe.

Das Pferd hinter Gabriele ist graubraun, nicht schwarz, und von schmächtigem Umfang und geringer Größe, mit Reben, die um seine Schnauze und seinen Hals gewunden sind und die es immer wieder abzuschütteln versucht. Es hebt den Kopf, als ich näher komme, die Nüstern blähen sich und die braunen Augen weitet sich alarmiert.

Nein, nicht Augen. *Auge*. Singular. Die andere Augenhöhle ist ausgehöhlt.

Was ist diesem armen Tier zugestoßen?

„Das ist nicht mein Hengst, Gabriele." Ich strecke meine Hand nicht aus, unsicher, warum er mit diesem Pferd vor meiner Tür steht.

„Ich weiß."

Das Pferd wiehert und schüttelt den Kopf, dann bäumt es sich auf und versucht, sich auf die Hinterbeine zu stellen, aber der Soldat, der die Reben um das Tier gebunden hat, zerrt so heftig daran, dass es das Pferd auf die Knie zwingt.

Als die Reben beginnen, sich in das Fell des Tieres zu graben und mich an den Tag erinnern, an dem Nonna Minimus von der Brücke aus mit Reben gefangen genommen hat, springe ich vor und schlage dem Soldaten auf das Handgelenk, um seine Magie zu unterbrechen, bevor er die Reben in das Fleisch des verängstigten Pferdes schneidet.

„Hast du mich gerade tätlich angegriffen, Schlangenmädchen?"

„Ich habe dein Handgelenk angetippt. Kaum ein tätlicher Angriff, aber hey, beschwer dich ruhig bei deinem Kommandanten, wenn dein Ego angekratzt ist." Ich halte meine Hand hin, damit das Tier daran schnuppern kann. Als seine samtige Nase gegen meine Handfläche pulsiert, hebe ich die andere Hand und streichle die Stellen an seinem Hals, die nicht von Reben umschlungen sind. „Warum hast du mir dieses Pferd anstelle von Furia mitgebracht, Gabriele?“

Der neue Befehlshaber der Lucin-Armee tritt auf seinen glänzenden Stiefeln von einem Fuß auf den anderen, sein Blick wandert über meine Hände und das nun etwas ruhigere Geschöpf. „Furia hat sich das Bein gebrochen, als wir den Berg hinunterstiegen.“

„Er wurde ruhiggestellt?“

Der Soldat, den ich angetippt habe – leider nicht fest genug – schnaubt. „Das ist eine Möglichkeit, es auszudrücken.“

Angst pulsiert in meinem Hals. „Was soll das heißen?“

Gabrieles Vorderzähne graben sich in seine dünnere Unterlippe. „Wir mussten … wir mussten …“

Syb runzelt die Stirn. „Ihr musstet …?“

„Es tut mir leid, Fallon“, murmelt er. „Er hinkte. Wir hatten keine Wahl.“

Mein Hals brennt. „Willst du damit sagen …“ Ich schlucke, um das Brennen zu lindern, aber es entfacht das Feuer in meinem Hals nur noch mehr. „Willst du damit sagen, ihr habt ihn eingeschläfert?“

Gabriele senkt den Blick auf den Boden aus weißem und jadegrünem Marmor hinter mir. „Sein Bein war gebrochen.“

Hitze überflutet meine Lider, während der Rest meines Körpers von Schaudern geschüttelt wird.

„Ihr hättet ihn zu einem Heiler bringen können! Oder zu einem Erd-Fae, der sich mit Umschlägen auskennt.“

Gabriele zuckt zusammen. „Er konnte nicht laufen.“

Die heißen, schnellen Atemzüge der mausfarbenen Stute wärmen meine eiskalten Finger. „Na und? Soll dieses Pferd eine Art Trostpreis sein?“

„Nein. Dante wollte, dass ich dir sage, wir hätten Furia in den Bergen freigelassen, und obwohl wir seine Seele befreit haben-“

„Als ob Tiere Seelen hätten“, schnaubt der Soldat, der das Tier mit Reben umwickelt hat und den ich kurz davor bin, in den nächsten Kanal zu stoßen.

„Es reicht!" Gabrieles Wangen glühen vor Ärger. „Ich wollte dich nicht anlügen, Fallon. Es fühlte sich nicht richtig an. Was diese Stute betrifft, ich habe sie mitgebracht, weil sie für die Armee ungeeignet ist und Tavo befohlen hat, sie zu töten. Ich dachte …" Er fährt sich mit der Hand durch sein langes, offenes Haar, das einige Knoten bekommen hat. „Vielleicht habe ich falsch gedacht, aber ich dachte, dass sie dir gefallen könnte. Dass du ihr gefallen könntest." Sein Adamsapfel hüpft, als er erneut schluckt. „Weil du … weil du …"

Ich weiß. *Weil ich eine Shabbin bin.*

Tavo steigt an die Spitze meiner Fae-Hassliste auf wie Sahne auf kochender Milch.

„Nimm deine Reben von *meinem* Pferd", fauche ich den Soldaten an.

Gabriele seufzt tief und schafft es trotz seiner Erschöpfung zu lächeln.

Der Soldat hingegen lächelt nicht. Finster zieht er seine Magie zurück. „Nimm lieber das Führseil, Schlangenmädchen, sonst muss ich das verdammte Biest wieder einfangen."

„Falls du mein Pferd noch einmal mit Reben bindest, werde *ich* dich binden. An eine Schlange." Ich sage das so zuckersüß, dass der spitzohrige Kerl eine Sekunde braucht, um meine Drohung zu begreifen.

Als er es tut, blähen sich seine schmalen Nasenlöcher so weit auf wie die der Stute, die unruhig tänzelt, immer noch verstört von der Anwesenheit ihres zweibeinigen Peinigers. „Kommandant, Sie können unmöglich zulassen, dass sie ungestraft ein reinblütiges Mitglied der Armee bedroht?"

Gabriele mustert mich gelassen. „Wenn du es wagen willst, eine Crow unter Ríhbiadhs Schutz zu bestrafen, nur zu, Pietro, versuch dein Glück. Aber ich bevorzuge es, meinen Kopf auf meinen Schultern zu behalten."

Der Fae wird so kreidebleich wie der Mond, der auf sein Gesicht scheint.

„Danke, Gabriele. Ich werde deine Freundlichkeit nicht vergessen und dafür sorgen, dass Lore davon erfährt." Ich wende mich wieder dem Soldaten zu. „Was dich betrifft, mein Angebot mit der Schlange hat kein Verfallsdatum." Ich unterstreiche meine Drohung mit einem Lächeln, dann führe ich das Pferd an der großen Kupfertür vorbei, den Flur entlang ins Wohnzimmer.

„Ähm, Süße, ich glaube nicht, dass wir das Pferd *im* Haus behalten sollten."

„Das tun wir auch nicht." Ich ziehe die ständig zugezogenen Vorhänge auf, entriegle die Glastür zum Garten und zupfe am Strick der Stute. Sie scheut zurück und wirft dabei die Klavierbank um. Das laute Poltern lässt sie nach vorn springen und gegen den Türrahmen prallen.

„Ganz ruhig, mein Mädchen", murmle ich und halte ihren erschrockenen Blick fest.

Ich warte, bis sie sich beruhigt hat, bevor ich sie über die Jade-Terrasse zu etwas führe, das einem Miniatur-Fae-Tempel gleicht. Bei näherem Hinsehen erkenne ich, dass es tatsächlich eine Anbetungsstätte ist, komplett mit Säulen, einem Altar und einer Kuppel, die Wandmalereien der vier Lucin-Götter zeigt.

Was für ein frommer Mann dieser Ptolemäus doch war … Zu schade, dass die Religion seinen Charakter nicht verbessert hat.

Unter dem bemalten Säulengang löse ich das Seil der Stute, und obwohl sie nervös mit den Hufen auf den Stein schlägt, lässt sie zu, dass ich sie umrunde. Das Fell auf ihrem Hinterteil zeigt eine Brandwunde und das an ihrem Hals eine eiternde Wunde, und ich presse meine Zähne aufeinander.

„Es tut mir leid wegen des Pferdes, Fallon." Aoife steht neben mir, ihr Blick schweift über den verdunkelten Himmel, stets auf der Suche nach einer Bedrohung.

Ich frage mich, ob sie Furia meint oder dieses misshandelte Geschöpf. Vielleicht beides.

Ich bin versucht, Catriona zu wecken und sie zu fragen, ob sie eine heilende Salbe zubereiten kann, aber nur weil Erde ihr Element ist, heißt das nicht, dass sie eine Heilerin ist, besonders wenn ihre Ohren rund sind. Nonna war nicht nur reinblütig, sondern hat mir auch einmal erzählt, es hätte Jahrzehnte gedauert, bis sie die Pflanzen verstand und zu Tränken verarbeiten konnte.

Die Stute zuckt mit den Ohren, als ich mich wieder ihrem Kopf nähere. Ich bin gerade dabei, Syb zu bitten, einen Heiler zu holen, als ich mich an die Perle an meinem Ohrring erinnere. Obwohl ich keine Ahnung habe, ob die Magie bei Tieren wirkt, ist es einen Versuch wert. Ich reibe den Bernstein zwischen meinen Fingern, bis eine Paste meine Fingerspitzen bedeckt, dann, während ich das Seil festhalte, damit das Pferd nicht wegspringt, berühre ich die Wunde leicht.

Das Geschöpf zuckt zusammen und wirft den Kopf hoch, aber ich halte es fest und beruhige es mit einer leisen Entschuldigung.

Vor meinen Augen – meinen sehr *verblüfften* Augen – verschließt sich das Fleisch der Stute. Das Pferd tänzelt noch immer auf der Stelle, muss aber spüren, dass ich ihm nichts Böses will, denn es hält den Kopf ganz still.

„Wie sollen wir dich nennen?", flüstere ich.

„Wie wäre es mit Arina?", schlägt Syb vor und neigt den Kopf in Richtung des Fells des Pferdes. „Da sie die Farbe von Maismehl hat."

Das Pferd schnaubt.

„Wir haben jetzt ein Pferd?" Antonis Stimme erschreckt die Stute und das Seil brennt in meiner Handfläche, als sie zurückspringt.

Der Seefahrer steht neben der Tür, die wir offen gelassen haben, die Arme verschränkt, die braunen Haare zerzaust, Kinn und Kleidung mit Schmutz beschmiert.

„Wir haben ein Pferd", sage ich mit einem Lächeln.

Mir gefällt, dass er das Pronomen *wir* verwendet hat. Sie wird Furia nie ersetzen – kein Wesen ist austauschbar –, aber ich werde sie trotzdem von ganzem Herzen lieben.

„Ihr Name ist Arina!", ruft Syb zurück. „Apropos Maismehl, wir sollten ihr wohl etwas zu fressen besorgen. Ich werde mal in der Speisekammer nachsehen, was wir haben." Während sie zurück ins Haus eilt, so aufgeregt wie am Weihnachtsmorgen, tritt Antoni näher, bis die Seite seines Arms die meine streift.

„Wie sind wir in den Besitz dieses einäugigen Geschöpfs gekommen?“

Ich presse meine Zähne aufeinander, mein Kiefer so schmerzhaft angespannt wie das Organ hinter meinen Rippen. „Ich habe nach meinem Hengst gefragt, aber er hat es nicht nach Hause geschafft. Also brachte mir Gabriele Arina.“

Das Auge des Pferdes rollt, wie das von Aoife, unablässig zwischen Antoni und mir hin und her. Sie wiehert und versucht sich loszureißen.

„Halte deine Hand hin“, weise ich ihn an.

Er tut es und Arina beschnuppert seine Handfläche. Es dauert ein paar Sekunden, aber schon bald beginnt sie, sich zu beruhigen. Ich bin gerade dabei, ihr Halfter zu lösen, damit sie frei herumlaufen kann, als Syb wieder überschwänglich in den puppengroßen Tempel rauscht und sie mit ihrer stürmischen Begeisterung erschreckt.

Sie zieht eine Karotte aus ihrem Korb und hält sie ihr hin. Arina schnuppert in der Luft, dann an dem Gemüse, und dann schnappen ihre großen Zähne das orangefarbene Stück mit zwei Bissen, was Syb kichern lässt und sie dazu veranlassen wird, sie einen Monat lang mit Gemüse zu füttern.

Während das Futter in Arinas Bauch verschwindet, erinnere ich mich daran, dass wir nicht mehr darum kämpfen müssen, uns Gemüse leisten zu können. Wir haben nun Gold im Überfluss.

Antonis Fingerknöchel streifen meine. Ich senke meinen Blick auf seine Hand, hebe ihn dann wieder zu seinem Gesicht und sehe, dass seine blauen Augen auf meinen ruhen.

Ich bin kurz davor, meinen Arm näher an meinen Körper zu ziehen, um Lores Abneigung gegen den Seemann nicht zu schüren, entscheide mich aber dagegen. Der Himmelskönig soll nicht bestimmen, wen ich berühre. Außerdem ist er nicht einmal hier. „Wie war dein Tag?“

„Lang. Und deiner?“

„Ich habe Pierre und Eponine von Nebba getroffen.“

„Wo?“

„In Isolacuori. Wir haben zusammen zu Mittag gegessen.“

„Lorcan hat dich nach Isolacuori gehen lassen?“ Die Furchen unter Antonis Wangenknochen heben und senken sich wie bei Arina.

Aoife ist näher herangerückt, als wolle sie sich zwischen Antoni und mich drängen. „Mórrgaht wollte, dass sie den König von Nebba trifft und sieht, was für ein abscheulicher Mensch er ist.“

„Warum?“ Alle Gesichtszüge von Antoni verhärten sich. „Damit sie an seiner Seite ist, wenn er beschließt, ihm den Kopf abzuschlagen?“

Ich erschrecke über seinen verächtlichen Ton, dann starre ich an den Säulen des Tempels vorbei in den kobaltblauen Himmel. Obwohl kein Kobold über uns flattert und wir ein Stück entfernt von den hohen Hecken stehen, die diesen gepflegten Garten umgeben, ist unser Gespräch nicht vor Lauschern geschützt.

„Hängst du sehr an Pierres Kopf, Antoni?“ Der gelangweilte Klang lässt meinen Kopf herumschnellen und meinen Blick auf den Mann fallen, der sich gegen eine der Säulen lehnt, die Augen auf die Stelle gerichtet, an der Antonis Hand meine berührt.

Ich sollte zur Seite treten, schon um meinen Freund zu schützen, aber ich lasse meine Hand genau dort, wo sie ist.

„Nicht besonders, Mórrgaht.“

„Dann stelle meine Entscheidungen nicht infrage.“

Der Seemann verschränkt seine muskulösen Arme.

„Ich habe deine Nachricht erhalten. Lass uns drinnen im Haus reden.“

Antonis Lippen werden schmal, dann nickt er ruckartig und schreitet zurück in sein Haus.

Lore folgt nicht sofort. Stattdessen starrt er Arina an, die, nachdem sie alles verschlungen hat, was Syb ihr angeboten hat, jetzt die Schulter und Wange meiner Freundin beschnuppert, als wolle sie eine versteckte Möhre finden. Sybs darauffolgendes Lachen reißt mich ein wenig aus meiner düsteren Stimmung.

„Woher kommt dieses Geschöpf?“, fragt er.

Kichernd sagt Syb: „Tavo wollte sie wegen ihres fehlenden Auges einschläfern lassen, aber Gabriele hat sie gerettet und hierher gebracht, um Furias Tod wiedergutzumachen.“

Ich schließe kurz die Augen.

„Tut mir leid, Fal. Ich wollte das nicht so schroff sagen."

Nachdem ich meine Gefühle wieder unter Kontrolle habe, öffne ich die Augen. Obwohl ich Lore weder ansehen noch in irgendeiner Weise mit ihm interagieren möchte, halte ich mein Versprechen gegenüber dem neuen Kommandanten. „Gabriele gehört zu den Guten. Was auch immer passiert, was auch immer du tust, verschone ihn."

Das Mondlicht zerschneidet Lores Gesicht, taucht es in Weiß, Schwarz und Gold. Ich kann nicht erkennen, was er denkt, und wende den Blick ab, bevor ich in seinen Geist eindringen kann. Ich bin es leid, die Grenzen zwischen uns zu verwischen.

Ich bemerke, wie seine Finger zucken und sich die metallischen Nägel aus den Nagelbetten schieben. „Ich habe gehört, du hättest Fragen an mich."

„Da hast du falsch gehört."

„Also interessiert es dich nicht, ob Lazarus deine Großmutter befreit hat?" ***Und ob man Eponine vertrauen kann?***

Ich werfe ihm einen Seitenblick zu. „Dante erwähnte, du ziehst ihn nicht zur Rechenschaft. Hast du deine Meinung geändert?"

„Nein."

Auch wenn ich nicht übermäßig besorgt bin, beruhigt es mich zu hören, dass Lazarus die Crows nicht verraten hat. Mich nicht verraten hat.

„Was deine zweite Frage betrifft …"

„Ich habe keine zweite Frage."

„Ich werde dich aufsuchen, um darüber zu reden, sobald mein Treffen mit Antoni vorbei ist." Lore tritt zurück und verschmilzt mit den Schatten.

Mein Kiefer schmerzt vom heftigen Zähneknirschen. Wie hartnäckig kann eine Person sein?

Nachdem Arina sich beruhigt hat, gehe ich in mein Zimmer und versuche zu schlafen, aber bei jedem Knarren vor der Tür schrecke ich hoch, bei jedem Ast, der ans Fenster streift, rast mein Puls.

Ich liege die ganze Nacht wach – umsonst, denn Lore taucht

nicht auf – und gähne mich durch den nächsten Tag. Obwohl ich mich frage, worüber Antoni und er gesprochen haben, bleibt der Seemann verschlossen, als ich ihn am folgenden Abend beim Essen frage.

Und launisch. Götter, ist er launisch. Er kann auch nicht viel Schlaf bekommen haben.

Ich folge ihm, als er den Tisch verlässt, und Aoife folgt mir, hält aber freundlicherweise Abstand.

„Antoni, warte."

Er stapft weiter die Treppe hinauf.

„Verdammt, Antoni."

Endlich bleibt er stehen und dreht sich so abrupt um, dass ich gegen seine Brust pralle. Seine Hand umklammert meinen Oberarm, damit ich nicht die Treppe hinunterstürze und mir das Genick breche.

„Bedeute ich dir wirklich so wenig?", murmelt er rau, direkt über meiner gerunzelten Stirn.

„Was? Warum fragst du das? Wie kommst du überhaupt auf so einen Gedanken?" Ich starre in die blauen Tiefen seiner Augen und erkenne den harten Glanz seiner Frustration.

„Weil, Fallon. Einfach weil." Er steckt eine Strähne meines Haares hinter mein Ohr und betrachtet den abnehmenden Kristall an meinem Ohrring.

„Weil was?"

Seine Berührung ist fest und dennoch sanft, trotz seiner vielen Schwielen, die im Gegensatz zu meinen noch nicht weich geworden sind. Wahrscheinlich wegen seiner Racoccin-Aktivitäten, an denen ich so gerne teilhaben würde.

„Lass mich mit nach Rax kommen. Lass mich dir helfen."

Sein Adamsapfel hüpft zweimal auf und ab, bevor er sagt: „Ríhbiadh würde mich umbringen, nicht wahr, Aoife?" Er unterbricht unseren Blickkontakt nicht, als er meine Krähenwächterin anspricht.

Ihr Schweigen ist Antwort genug.

Ich beiße die Zähne zusammen. „Das würde ich nicht zulassen."

Seine Lider schließen sich und seine Hände gleiten von meinem Körper.

„Antoni, bitte lass mich helfen."

Als er die Augen wieder öffnet, hat sich seine Iris zu dem Indigo der Nacht vertieft. „Der beste Weg, wie du helfen könntest, wäre zu gehen."

„Wie würde mein Fortgehen dir helfen?"

Er beginnt wieder die Treppe hinaufzusteigen.

„Antoni, wie ..."

„Weil ich ein Mann bin, Fallon. Ein Mann mit Begierden, und wonach ich mich verzehre, gehört einem anderen. Deshalb!"

Ich klammere mich ans Geländer, während er die restlichen Stufen hinaufstürmt, seine Schritte laut auf dem polierten Stein, aber nicht so laut wie mein Herz. „Ich gehöre niemandem!"

Wieder hält er inne. „Götter, Fal, du bist seine Gefährtin. Seine verdammte Gefährtin." Er spricht nicht laut und doch fühlt es sich an, als würden seine Worte durch ganz Tarecuori hallen. „Damit kann ich nicht konkurrieren." Und dann ist er verschwunden.

Und ich bleibe zurück, um mit den Auswirkungen seiner Offenbarung fertig zu werden.

„Immy hatte recht."

„Nein. Antoni irrt sich."

Ich kenne Aoifes Gesichtsausdrücke inzwischen gut genug, um zu wissen, dass sie meiner gemurmelten Antwort nicht glaubt.

„Ich brauche Wein." Ich stapfe die Treppe hinunter und dränge mich an ihr vorbei.

Was ich auch brauche, ist Lorcan Ríhbiadh zu würgen, weil er ein Geheimnis ausgeplaudert hat, das zum Teil mir gehört. Besonders weil er verlobt ist! Das ist verdammt unfair und verdammt unhöflich.

Da ich ihn im Moment nicht würgen kann, werde ich meinen Ärger eben wegtrinken. Das erscheint mir ein solider Plan zu sein.

Auf dem Weg zum Keller stoße ich auf Catriona. Nicht wortwörtlich. Nicht so, wie ich mit Antoni zusammengestoßen bin.

Es sind unsere Wege, die sich kreuzen; nicht unsere Körper, auch wenn sie keucht, als wären wir mit Höchstgeschwindigkeit ineinander gekracht.

Als sie Aoife über meiner Schulter erblickt, pumpt ihr Brustkorb nur noch heftiger. Obwohl mein Kopf vor mörderischen Gedanken summt, habe ich noch genug geistige Klarheit, um mich zu fragen, warum Catriona aussieht, als hätte ich sie bei etwas Unrechtem ertappt.

KAPITEL 34

Der Puls an Catrionas Hals schlägt so heftig, dass ich befürchte, ihr Herz könnte aus dem Takt geraten.

„Geht es dir gut?"

„Ja. Absolut. Du hast mich nur erschreckt, das ist alles."

„Ist das wirklich alles?", stellt Aoife die Frage, die mir schwer auf der Zunge liegt.

„Ja. Das ist verdammt noch mal alles, *corvo*."

„Reduziere Aoife nicht auf das, was sie ist, Catriona. Das ist unnötig. Ich weiß, die Zeiten sind angespannt, aber wir leben alle unter einem Dach, also lass uns versuchen, miteinander auszukommen. Das gilt auch für dich, Aoife."

Catrionas Mund verzieht sich. Zweifellos auch der von Aoife. Ich drehe mich jedoch nicht um, um nachzusehen.

Ich halte meinen Blick auf Catrionas verengte Pupillen und bebende Lippen gerichtet. „Was hast du hier unten gemacht?"

Ihre Augen verengen sich, als sie mich ansieht. „Wenn du es unbedingt wissen musst, ich habe die Küche geputzt."

Seltsam, wenn man bedenkt, dass Giana erwähnt hat, niemand außer ihr würde jemals die Küche aufräumen.

„Hmm." Aoife tritt vor mich und packt Catrionas Handgelenk, hebt es zwischen zwei Fingern hoch. „Sieht so aus, als hättest du vergessen, Messer wegzuräumen."

Ich weiche einen kleinen Schritt zurück, als ich das scharfe Blitzen von Catrionas Klinge sehe.

„Ich habe laute Stimmen gehört." Sie reißt ihre Hand aus Aoifes Griff und tritt einen Schritt zurück. „Du magst das vielleicht nicht begreifen, Aoife, aber ich habe keine Krallen, auf die ich mich verlassen kann, wenn unser Haus von übelwollenden Fae angegriffen wird."

„Du hast doch Magie, oder?"

„Ich bin eine Halbblüterin. Das bedeutet, dass meine Magie nur halb so stark ist wie die einer reinblütigen Fae. Was nützen mir Zweige und Blumen, wenn ich von einer Feuerkugel angegriffen oder ertränkt werde?"

„Was nützt Messer gegen Feuerkugel oder Wasser in Lungen?", kontert Aoife.

Sie hat recht, aber Catriona auch. Ich verstehe ihr Bedürfnis, etwas Scharfes bei sich zu tragen.

„Du kannst das Messer wieder weglegen, Catriona. Kein übelwollender Fae ist in Antonis Gebiet eingedrungen."

„Worüber wurde dann so laut geschrien?"

„Nichts." Die Schärfe, mit der ich das sage, lässt eine ihrer Augenbrauen hochschnellen. „Ich hatte nur eine Meinungsverschiedenheit mit Antoni über etwas."

„Da bin ich froh. Nicht über euren Streit, sondern dass wir alle in Sicherheit sind." Ihr Arm fällt an ihre Seite, als würde das Messer plötzlich eine Tonne wiegen.

Für einen langen Moment bewegt sich keiner von uns oder sagt etwas, aber dann durchschneidet Aoife die angespannte Stille. „Du solltest das Messer zurücklegen, bevor du jemanden verletzt."

„Für wie ungeschickt hältst du mich?"

Ich beschließe, die Spannung zu lösen, indem ich den Grund erwähne, warum ich überhaupt in den Keller gekommen bin. „Weißt du zufällig, wo der Weinkeller ist?"

„Ja, aber wir dürfen da nicht rein."

„Wer sagt das?"

„Giana und Antoni."

„Haben sie Angst, dass wir ihren ganzen Wein trinken?"

Catriona schnaubt. „Hinter dieser gepanzerten Tür lagern nicht nur Weinflaschen, *micara*."

„Was denn noch?"

„Glaubst du wirklich, dass sie mir vertrauen?"

Ich blicke zur Treppe und überlege, ob ich Antoni oder Giana aufsuchen und sie geradeheraus fragen soll, was sich hinter der Tür verbirgt. Wer von beiden würde mir eher die Wahrheit sagen, ohne dass ich Salz einsetzen muss? Ich möchte ihre Geheimnisse verdienen und sie ihnen nicht aus der Zunge leiern.

„Ich habe Wein in der Küche, falls du darauf aus bist?" Catriona wendet sich Aoife zu. „Ich war gerade auf dem Weg zurück, um dieses Messer wegzuräumen."

„Geh voraus."

Ich folge ihr und Aoife ebenfalls, obwohl meine Krähenwächterin aussieht, als würde sie lieber Würmer essen. Vermutlich mag sie Würmer sogar sehr.

Meine Nase kräuselt sich, bis Aoife mir ins Ohr flüstert: „Vorsicht, Fallon. Sie verhält sich verdächtig."

Ich nicke. „Ich werde vorsichtig sein."

Endlich betreten wir einen Raum, der mit cremeweißen Fliesen ausgekleidet ist und massive, geschwärzte Herde beherbergt. Kupfertöpfe in allen Formen und Größen hängen an einem hohen Gestell und glänzen orangefarben im gedämpften Laternenlicht. Der Raum ist ordentlich – Gemüse in Weidenkörben verstaut, Eier hoch aufgetürmt in einem Drahtkorb, Käselaibe in Tücher gewickelt und Glas um Glas mit Ölen und Gewürzen säuberlich aufgereiht.

Wenn Defne und Marcello diese Küche nur sehen könnten … wie sehr würden sie sie lieben.

Das Ploppen eines Korkens lenkt meinen Blick zurück zu Catriona.

„Was treibt dich zum Trinken?" Sie schenkt zwei Gläser ein. „Die Worte, die du mit dem Seemann gewechselt hast?"

Aoife ergreift eines der Gläser und kostet es, bevor sie es mir reicht.

„So etwas in der Art", murmle ich, während ich mein Glas hebe.

„Und worauf stoßen wir an?"

„Darauf, dass Männer sich aus unserem Leben raushalten."

Sie seufzt lang und tief. „Was für eine idealistische Einstellung."

„In Lores Reich und in Nebba genießen Frauen Freiheit. Es ist nur eine Frage der Zeit, bis Dante nachzieht und dies auch den Frauen von Lucin gewährt. Oder etwa nicht?"

„Nach allem, was er getan hat, überrascht es mich, dass du den jüngsten Regio noch irgendwie schätzt."

„Du hast davon gehört?" Welcher meiner Freunde hat sein Versprechen gegenüber Dante gebrochen?

„Ja. Beryl redet gerne."

Ich verschlucke mich an meinem Schluck Wein. „Beryl?"

Catriona streicht eine goldene Locke hinter ihr Ohr.

Noch immer hustend stelle ich mein Glas ab. „Beryl weiß Bescheid?"

Eine Furche gräbt sich in die milchige Haut zwischen ihren fein geschwungenen Brauen. „Nun, sie war *dabei*."

Meine Brust kribbelt, denn Beryl war definitiv *nicht* dabei, als Dante mit Lore den Handel einging, seinen Bruder zu töten. Es sei denn, sie versteckte sich hinter irgendeinem Felsen, aber soweit ich weiß, war diese Frau eine Kurtisane und keine Spionin.

Catriona neigt den Kopf. „Warum habe ich das Gefühl, wir sprechen über zwei verschiedene Ereignisse?"

Weil wir das tun, Catriona ... „Was hat Beryl dir über Dante erzählt?"

Die Kurtisane betrachtet die aufsteigenden Blasen an der Oberfläche ihres Weins. „Vergiss, dass ich etwas gesagt habe."

Aber das kann ich nicht. „Bitte erzähl es mir."

Sie seufzt. „Es geht weniger um etwas, das gesagt wurde, sondern mehr um etwas, das getan wurde." Ich bin völlig verwirrt, und das muss man mir ansehen, denn Catriona fügt hinzu: „Wir Kurtisanen können es uns nicht leisten, Mitglieder des Königshauses abzuweisen. Es gibt zu viel Geld zu verdienen."

„Sie hat mit ihm geschlafen?"

Sie beobachtet, welche Wirkung meine Schlussfolgerung auf mich hat, ihr hübscher Mund verzieht sich mitleidig. „Was ein Regio will, das bekommt er."

„Und er wollte Beryl?"

„Er wollte auch dich."

Mein Herz fühlt sich an wie ein Stein in meiner Brust. „Er sagte, zwischen ihnen sei nie etwas passiert."

Sie hebt das Weinglas an ihre Lippen und nimmt einen langsamen Schluck.

„Was genau ist passiert?" Aoifes verwirrter Blick brennt sich in meine Gesichtshälfte.

„Lass die Vergangenheit ruhen."

Eigentlich sollte ich das, aber ich will das ganze Ausmaß der Täuschung durch meine erste Liebe hören. „Hat Dante nach ihr geschickt oder hat Marco sie zu seinem Bruder geschickt?" Catriona seufzt meinen Namen, aber ich unterbreche sie barsch: „Sag es mir einfach."

„Dante schickte Tavo los, um Beryl zu holen und sie für ihn zur Barackeninsel zu bringen. Nach mir hat er auch einmal geschickt, aber ich wusste, wie vernarrt du in ihn warst, also tat ich so, als wäre ich komplett ausgebucht."

Ich liebe diesen Mann nicht einmal mehr, und trotzdem zerbricht mein Herz, verdammt noch mal.

„Sie meinte, er sei ein furchtbarer Liebhaber gewesen, aber als Kurtisanen werden wir dafür bezahlt, die egoistischen Launen unserer Kunden zu ertragen, also spielte es keine große Rolle." Sie wirft einen Blick zu Aoife, als zögere sie, den nächsten Teil laut auszusprechen. Sie muss zu dem Schluss gekommen sein, dass es mir nichts ausmacht, wenn Aoife es erfährt, denn sie fügt hinzu: „Ich kann mir nur vorstellen, dass es für dich eine Rolle spielte."

„Du weißt davon?" Meine tonlose Stimme hallt dumpf von den Fliesen wider.

„Du hast sein Zelt am helllichten Tag besucht, *micara.* Ganz Luce weiß davon."

Mein Herz hämmert gegen die Schnürung meines Kleides.

Was für ein Fehler das war.

Was für ein Fehler Dante war.

Ich leere mein Glas und stelle es in das Becken voll Seifenwasser, das Riccio sauber geschrubbt haben muss, denn das Wasser ist klar. Ich tauche das Glas unter, ziehe es wieder heraus und beobachte, wie die Blasen an den Seiten hinunterrinnen, während ich es auf dem Abtropfgestell umdrehe.

„Danke für den Wein." Ich kann Catriona dabei nicht in die Augen sehen, nicht weil ich verlegen bin, sondern weil ich mich schäme, dass ein Mann, für den ich keinerlei Achtung mehr habe und der offensichtlich nie welche für mich hatte, mich immer noch so beeinflussen kann.

Mit Aoife dicht auf den Fersen kehre ich in mein Schlafzimmer zurück. Glücklicherweise versucht sie nicht, mit mir zu reden. Sie wünscht mir nicht einmal eine gute Nacht, als ich meine Türen schließe und mein rosa Tageskleid gegen das kurze weiße eintausche, das ich nachts trage – ein mit Spitze besetzter Hauch, der sich so glatt wie Wasser auf meiner Haut anfühlt.

Ich erwarte eine weitere schlaflose Nacht, doch ich muss schlafen, denn plötzlich sitze ich im *Bottom of the Jug* mit Dante und Lore und spreche über Meriam, während eine sich entschuldigend aussehende Beryl auf Dantes Schoß sitzt. Ich wende mich ganz Lore zu, gerade als ein Mädchen auf *seinen* Schoß rutscht. Und nicht irgendein Mädchen, sondern die Prinzessin von Glace. So sehr mich der Anblick von Beryl und Dante auch anwidert, der Anblick von Alyona, die träge ihre zarten Finger durch Lores schwarze Haare gleiten lässt und ihm süße Nichtigkeiten ins Ohr flüstert, weckt in mir den Wunsch zu morden.

Ein Teil von mir ist sich bewusst, dass die Szene ein Hirngespinst ist, doch meine Abneigung gegen die Prinzessin von Glace erreicht eine völlig neue Dimension. Eine, die mich aus meinem Albtraum hochschrecken und zurück in mein dunkles Schlafzimmer stürzen lässt.

Ich will gerade die Flamme meiner Nachttischlampe nähren, um die Dunkelheit zu vertreiben, als sich mir die feinen Härchen an den Armen aufstellen, denn jemand beobachtet mich.

KAPITEL 35

So leise wie möglich drehe ich mich um und blinzle in die Dunkelheit, bis sich mein Blick mit dem der Gestalt kreuzt, die im Sessel in der Ecke meines Schlafzimmers sitzt.

Mein Puls rast, ich murmle: „Verdammt nochmal, Mórrgaht", dann greife ich nach dem Saum meines Nachthemds und ziehe es über meine Spitzenunterwäsche, bevor ich mit den Laken kämpfe und es mir gelingt, sie wieder über meinen Körper zu ziehen. „Hat dir denn niemand beigebracht, dass es unhöflich ist, jemandem beim Schlafen zuzusehen?"

Lore legt lässig ein Bein über das andere, die Unterarme an seiner Seite ruhend. „Hattest du angenehme Träume, *Behach Éan*?"

Mein Herz setzt einen Schlag aus, während ich darüber nachdenke, ob seine Frage als Konversation oder Spott gemeint ist. Hat er sich in mein Unterbewusstsein geschlichen und Beryl, Dante und Alyona hineingeworfen, oder habe ich das selbst getan? Ich verstehe immer noch nicht so recht, wie das alles funktioniert.

„Wie lange sitzt du schon hier?", frage ich schließlich.

„Eine ganze Weile."

„Ziemlich gruselig", murmle ich. Andererseits scheint es sein Lieblingszeitvertreib zu sein, mir beim Schlafen zuzusehen, bedenkt man, wie oft er das in der Vergangenheit schon getan hat.

„Ich kam, um über Eponine zu sprechen."

Ich schiebe meine Lippen hin und her, als er denselben Trick wie neulich anwendet, um meine Aufmerksamkeit zu erlangen. „Gut." Ich setze mich im Bett auf, die Laken fest um meinen Körper gewickelt. „Warum gehst du nicht kurz raus, damit ich mich anziehen kann?"

„Anziehen? Um wohin zu gehen?"

„Um zu reden."

„Mir war nicht klar, dass man Kleidung tragen muss, um zu sprechen."

„Du sprühst heute Abend ja nur so vor Humor."

„Ich sprühe vor vielem. Humor gehört nicht dazu." Das goldene Leuchten seiner Augen erlischt für einen Moment. „Bleib einfach sitzen und rede, Fallon." Er klingt so erschöpft, dass ich nachgebe.

„Wie geht es Phoebus?"

„Ich dachte, wir sprechen über Eponine."

„Das werden wir, aber zuerst möchte ich wissen, wie es meinem Freund geht."

Das Glühen von Lorcans Iriden bahnt sich einen Weg durch die Dunkelheit. „Er erträgt seine täglichen Foltersitzungen mit bewundernswerter Gelassenheit."

„Witzig." Ich presse meine Lippen zusammen. „Hasst er mich?"

„Obwohl er schwört, nie wieder mit dir zu sprechen, vermisst er dich sehr und zählt die Tage bis zu deiner Rückkehr."

Mein Herz schlägt unregelmäßig, denn ich weiß nicht, wann das sein wird. Bald, wenn Eponine uns nicht in die Irre führt. „Kann man der Nebba-Prinzessin vertrauen oder ist sie so verabscheuungswürdig wie ihr Vater?"

„Nur wenige Menschen sind so verabscheuungswürdig wie König Roy. Was das Vertrauen angeht: Sie mag weder Dante noch ihren Vater. Der Feind unseres Feindes ist unser Freund."

„Also sollten wir an ihrem Vergoldungsfest teilnehmen?"

„Wir?"

„Hat Aoife dir das nicht gesagt? Wir wurden beide eingeladen."

„Sie hat es vielleicht erwähnt, aber ich war ein wenig abgelenkt von anderen … *Dingen*."

Dingen oder Personen? Ich zwinge meinen Geist, nicht einmal in die Nähe von Glace zu schweifen.

„Klär mich auf, Fallon. Was ist eine Vergoldungszeremonie?"

„Ein Vorhochzeitsritual, bei dem goldene Farbe auf die Haut der Verlobten und ihrer Familienmitglieder gepinselt wird, um ihnen Glück und Segen zu wünschen."

„Fae und ihre kitschigen Rituale."

„Willst du mir etwa erzählen, dass die Crows keine eigenen bizarren Paarungsrituale haben?"

„Wir haben Rituale, verzieren unsere Körper aber nicht mit Gold."

„Wälzt ihr euch stattdessen im Schlamm?“

Ich erhasche einen Blick auf seine Zähne. „Wir sind Krähen, keine Schweine. Was Eponine angeht, wenn du Lust hast, sie und ihre zukünftige Schwiegermutter zu vergolden, dann geh ruhig zu der Feier.“

„Männer werden auch bemalt.“ Meine Augenbrauen wandern näher zusammen. „Darf ich Dante oder Pierre etwa nicht verzieren?“

„Nein.“

„Warum nicht?“

„Du weißt genau, warum ich nicht will, dass du diese beiden Männer mit Farbe bemalst.“

„Weil du denkst, dass sie die Nähe nutzen, um mich zu stechen und mein Blut zu sammeln?“

Seine Pupillen verengen sich. „Das auch.“

Ich stelle mir vor, wie Pierre mich mit einem Dolch trifft, und zucke zusammen. Mit einem leichten Kopfschütteln sage ich: „Ich würde eigentlich nicht hingehen, um jemanden zu bemalen. Ich würde gehen, weil sie gesagt hat, dass sie weiß, wo Meriam ist. Allerdings wird sie es uns nur verraten, wenn du zustimmst“ – ich senke meine Stimme zu einem kaum hörbaren Flüstern – „ihren Vater zu töten.“

Leder knarrt und Stoff raschelt, als der Himmelskönig seine Beine ausstreckt und seinen Nacken rollt.

„Giana denkt, es ist eine Falle.“

„Und was ist deine Meinung?“

Meine Augen gewöhnen sich langsam an die Dunkelheit, und ich kann mehr von ihm erkennen. „Ich vertraue meinem Urteil nicht mehr.“

„Aber du vertraust meinem?“

„Ich vertraue darauf, dass du mich am Leben erhalten willst. Zumindest, bis du Meriam gefunden hast und Bronwen herausfindet, wie ich deinen Fluch endgültig brechen kann.“

„Das hat sie.“

Überraschung lässt die Laken meinen Fingern entgleiten. „Wie?»

„Wir brauchen Meriam."

„Meriam ist der Schlüssel?"

„Meriam ist der Schlüssel zu vielem." Sein Blick auf meinen Körper wandert tiefer.

Ich starre nach unten und sehe, wie meine Brustwarzen sich durch mein Nachthemd abzeichnen. Da seine Sinne weit schärfer sind als meine und mein Nachthemd recht durchsichtig ist, greife ich nach den Laken und ziehe sie wieder hoch.

„Wie geht es meinem Vater?"

„Beschäftigt."

„Zu beschäftigt, um mich zu besuchen?"

„Er weiß nicht, dass du in die Fae-Länder gekommen bist."

Das erklärt also sein Schweigen. „Was hält ihn so beschäftigt?"

„Ich."

„Du hältst ihn beschäftigt, damit er nicht herausfindet, dass ich dein Königreich verlassen habe?"

„Ich weiß, das mag überraschend kommen, aber ich bevorzuge es, meinen Hals frei von Klauen zu halten. Die Nachricht von unserer Verbindung hat mich bereits seine Gunst verlieren lassen."

„Aber du bist doch mit einer anderen verlobt. Das muss ihn doch beruhigt haben." Als Lore eine gefühlte Ewigkeit schweigt, frage ich: „Du hast ihm doch von deiner bevorstehenden Hochzeit erzählt, oder?"

„Natürlich."

„Habt ihr schon ein Datum festgelegt?"

„Nein."

„Warum nicht?"

„Kannst du es kaum erwarten, mich verheiratet zu sehen, Fallon?"

Die Frage klingt unschuldig, doch irgendwie beladen. Aber mit was? „Wird die Zeremonie in Glace stattfinden?"

„Der Ort steht noch nicht fest."

„Was genau steht denn schon fest?"

„Komm nach Hause, und ich werde dir alle Antworten geben, die du begehrst."

Zuhause … Ich habe kein Zuhause. Ich habe Orte, an denen

ich schlafe und Kleidung aufbewahre – Kleidung, die nicht einmal mir gehört – aber ich habe keinen Ort, den ich mein Eigen nennen kann.

Ich kaue auf meiner Lippe. „Sprich es in meinen Geist, damit niemand mithören kann."

„Dabei willst du mich doch gar nicht mehr in deinem Kopf haben."

„Auch wenn ich dich vielleicht nicht dort haben will, solange wir noch eine Verbindung haben, kannst du sie genauso gut nutzen."

Wieder verfällt er in Schweigen.

„Lorcan, bitte lass mich nicht im Dunkeln tappen."

„Wenn du Antworten willst, komm nach Hause."

„Hör auf, es Zuhause zu nennen! Dein Nest ist nicht mein Zuhause."

Stoff reißt. Zerkratzt er etwas mit seinen Klauen? „Und Antonis Haus ist es?"

„Nein."

„Warum um Mórrígans willen bleibst du dann hier?"

„Das weißt du doch. Ich versuche, Meriam zu finden."

„Weil du glaubst, sie wird einfach an deine Tür klopfen? Komm schon, kleiner Vogel. Ich weiß, dass du klüger bist als das."

„In Wirklichkeit hältst du mich für eine Närrin." Meine Augen brennen.

„Fallon …", murmelt er seufzend.

„Und ja, ich weiß, es war unüberlegt, Pierre zu sagen, ich würde ihn heiraten, wenn er mir hilft, aber das gibt dir noch lange nicht das Recht, auf mir oder auf dem, was ich zu erreichen versuche, herumzuhacken. Falls du nichts Konstruktives beizutragen hast, dann zeig dir verdammt noch mal selbst den Weg aus meinem Schlafzimmer."

Er streicht sich eine Handvoll Haare aus dem Gesicht. „Ich habe Aoife und dem Rest meiner Wachen die Nacht freigegeben, also bist du bis zum Sonnenaufgang mit mir gestraft."

Er muss eine ganze Menge Gehirnzellen bei all seinen Verwandlungen verloren haben, wenn er denkt, ich würde ihn die

Nacht in meinem Schlafzimmer verbringen lassen. „Ich werde in Sybs Zimmer schlafen. Sie wird mich beschützen."

„Sie ist bei Mattia. Das wäre sicherlich unangenehm."

„Dann gehe ich zu Gia."

„Sie ist auf einem Botengang."

„Um diese Uhrzeit?"

„Rebellen halten keine Bürozeiten ein."

Ich ignoriere seine Stichelei. „Dann zu Catriona-"

„Dieser Frau vertraue ich nicht."

Ich werfe die Hände in die Luft. „Dann gehe ich zu Antoni. Ihm vertraust du doch, oder?"

„Nicht, wenn es um dich geht."

Provokation lässt mich die Bettdecke von meinen Beinen stoßen und aufstehen. „Was kümmert es dich, Lore? Du wirst sowieso heiraten."

„Steig nicht zu ihm ins Bett, Behach Éan." Seine Stimme ist so scharf und doch so leise wie das Schlagen eines seiner großen Flügel.

„Warum? Hast du Angst, dass ich ihn von seiner Aufgabe ablenke?"

Lores Konturen verschwimmen, dann drückt sich etwas Kaltes und Glattes gegen meine Brust, zwingt meine Knie zum Einknicken und meinen Hintern zurück auf die federnde Matratze.

„Warum bist du so entschlossen, mich von ihm fernzuhalten? Weißt du etwas, das ich nicht weiß?"

Nachdem seine Krähen sich im Sessel neu formiert haben, sagt er: „Ich weiß viele Dinge, die du nicht weißt."

„Will er mich tot sehen?"

„Nein."

„Dann sehe ich kein Problem darin, seine Gesellschaft zu suchen ..."

„Du hast mich. Du brauchst ihn nicht."

„Nur, dass mich ein Juckreiz plagt, den ich stillen muss, und du bist der Verlobte einer anderen, also ist deine Gesellschaft ziemlich nutzlos."

Mein Kommentar scheint Lore zu überrumpeln, denn er verstummt auf tödliche Weise, aber sein Schweigen währt nur wenige Herzschläge lang. „Du hast Hände, Fallon. Du brauchst Antonis nicht."

Es dauert einen Moment, bis ich mich von dem Schock seiner Antwort erholt habe.

„Außerdem hat er das Haus mit Gia und Riccio verlassen."

„Wie praktisch, dass niemand mit einem Schwanz verfügbar ist."

Seine Lederrüstung knarrt erneut, und obwohl es sicher nur Einbildung ist, glaube ich, seine Backenzähne knirschen zu hören.

„Aber hey, du hast recht. Ich habe zehn funktionierende Finger und eine verdammt *großartige* Vorstellungskraft." Ich lege mich zurück ins Bett. „Ich werde mir einfach Antonis Zunge vorstellen und mein mich quälendes Verlangen befriedigen. Vielleicht solltest du rausgehen. Ich will dich nicht in Verlegenheit bringen." Mein Ton ist beißend spröde.

„Ich werde nicht von deiner Bettkante weichen, Behach Éan, aber ich bewundere deinen kreativen Versuch, mich zu vertreiben."

Natürlich nimmt er mich nicht ernst. „Fein. Bleib und schau zu. Sieh mir dabei zu, wie ich von dem Mann fantasiere, von dem du mich um jeden Preis fernhalten willst, aus Gründen, die nur Cauldron kennt."

Cauldron und er selbst. Und vielleicht Bronwen …

Was, wenn Antoni meine Zukunft verändert? Was, wenn sie etwas gesehen hat …

„Schlaf weiter, kleiner Vogel."

Seine Abfuhr weckt meine rebellische Ader. Ich werde nicht weiterschlafen, solange er in meinem Schlafzimmer sitzt. Wahrscheinlich werde ich überhaupt nicht mehr schlafen, so hellwach wie ich mich fühle. Also beschließe ich, ihn zappeln zu lassen und ihm zu zeigen, dass ich kein furchtsames Kind voller alberner Pläne und noch albernerer Drohungen bin.

KAPITEL 36

Als ich meine Hand an meinem Körper hinabgleiten lasse, starre ich Lore finster an und hoffe, dass er in seine fünf Krähen explodiert und aus meinem Schlafzimmer flattert.

Er tut es nicht.

Verdammt sei er.

Ich schließe meine Augen und beschwöre das Gesicht des Matrosen herauf, dann schiebe ich meinen Zeige- und Mittelfinger unter die seidige Spitze und streiche über mein Geschlecht. Ich habe mich seit gefühlten Monaten nicht mehr selbst befriedigt. Wahrscheinlich waren es auch Monate.

Schließlich war ich die letzten Wochen ziemlich beschäftigt.

Außerdem bin ich nicht besonders gut darin.

Konzentriere dich, Fallon, ermahne ich mich selbst.

Ich hole Antonis Gesicht hervor und dränge es zurück in den Vordergrund meiner Gedanken. „Zögere nicht, in meinen Kopf zu schauen, Mórrgaht."

Etwas knarrt. Vielleicht die Armlehnen des Stuhls, auf dem Lorcan sitzt. Vielleicht sein Nacken.

Holz splittert. Dann ist es also der Stuhl.

Ich stelle mir vor, wie Antoni auf dem Pier vor dem *Bottom of the Jug* sitzt, in der Nacht, als er vorschlug, ich solle ihm in die Kabine seines Bootes folgen. Im Nachhinein hätte ich sein Angebot annehmen sollen. Es hätte vielleicht einiges geändert, vermutlich zum Besseren. Es hätte mich davor bewahrt, mit einem selbstsüchtigen und unaufrichtigen Fae zu schlafen.

Dantes Gesicht zerstört die geringe Hitze, die ich zwischen meinen Schenkeln entfacht hatte.

Ich denke wieder an Antoni, an seine blauen Augen, braunen Haare und seine gebräunte Haut. Ich denke daran, wie hartnäckig er um mich geworben hat und wie sehr ich ihm widerstanden habe, weil ich so blind vor Liebe zu einem Prinzen-Mistkerl war.

Ein weiteres Stück Holz splittert. Ich kann mir nur vorstellen, dass Lorcan in meine Gedanken eingedrungen ist und ihm die Bilderfolge, die ich ihm zeige, missfällt.

„Wünschst du dir nicht, du wärst davongeflattert, als du noch die Gelegenheit dazu hattest?" Ich arbeite weiter mit meinen Fingern, aber keine Hitze baut sich auf. Ich könnte genauso gut schmutzige Tische im *Bottom of the Jug* abwischen, so wenig Vergnügen bereitet mir das.

Mein Kiefer presst sich zusammen, so fest wie mein Herz. Ich versuche es ein letztes Mal, aber die Rückseiten meiner Lider füllen sich mit einem anderen Gesicht … einem, das mit einer kleinen Federtätowierung und zu hellen Augen geschmückt ist. Ein scharfes Kribbeln schießt durch meine Mitte und wärmt jeden Winkel meines Körpers.

Bevor Lore mich dabei erwischen kann, wie ich an ihn denke, reiße ich meine Hand aus meiner Unterwäsche und drehe mich auf die Seite – die Seite, auf der Lorcan nicht ist – und vergrabe meine brennenden Wangen in meinem Kissen.

Mein Versuch, den Crow-König zum Zappeln zu bringen, ist grandios nach hinten losgegangen. Die einzige, die zappelt, bin ich. Warum in den drei Königreichen und einem Königinnenreich erschien mir das wie eine vernünftige Idee?

Der Sessel knarrt erneut, aber nicht so, als würde ihn jemand zerstören … eher so, als würde jemand aufstehen. Der Teppich schluckt die Schritte des Crow-Königs, aber ich höre ihn dennoch in der Stille meines Schlafzimmers näherkommen. Und dann spüre ich ihn, obwohl er mich nicht berührt – weder mit seinen Schatten noch mit seinem Fleisch.

„Geh weg, Lore. Ich habe keine Lust zu streiten."

Die Luft wirbelt, und ich denke, dass er endlich auf mich gehört hat, aber als ich meine Lider einen Spalt öffne, sehe ich ihn neben mir hocken, seine goldenen Augen auf meine gerichtet.

„Ich habe auch keine Lust zu streiten, kleiner Vogel." Er streckt die Hand aus und streicht zögerlich eine Haarsträhne aus meinem Gesicht, löst sie aus meinen verklebten Wimpern.

„Bitte, nicht."

„Was nicht?"

„Tu das nicht. Streichle mein Gesicht nicht, als wäre ich ein Kind."

„Glaub mir, so sehe ich dich nicht."

Warum muss er so verwirrend sein? Warum muss ich jedes Mal so verwirrt sein, wenn er in meiner Nähe ist?

Seine kühlen Finger verweilen neben meinem Ohr. „Fallon, ich …" Eine Serie schneller Klopfgeräusche an meinem Fenster lässt ihn genervt Luft holen und murmeln: „Um *focás* willen …"

Er steht auf und zieht die Laken über mein knappes Nachthemd. Ich würde ihm dafür danken, dass er mich zudeckt, aber mein Hals ist vor Verlegenheit zu eng, um Worte hervorzubringen.

„Geh nicht weg."

Ich bin mir nicht sicher, wohin genau er erwartet, dass ich gehe. In Antonis Bett? Wenn mein misslungener Selbstbefriedigungsversuch etwas bewiesen hat, dann das: Ich habe diesen Mann aus einem bestimmten Grund abgewiesen, und dieser Grund war nicht meine Besessenheit von Dante.

Lores Pupillen verengen sich und sein Mund wird schmal. Ich glaube, er ist kurz davor, etwas zu knurren, als das Klopfen von Metall gegen Glas erneut ertönt. Er geht um das Fußende des Bettes herum und reißt die Vorhänge auf.

Eine seiner Krähen schwebt in der Luft. Lore tritt mit einem Nicken zur Seite. Sofort löst sich der Vogel in Rauch auf, der durch das geschlossene Fenster schlüpft, bevor er sich wieder zu einer Frau materialisiert.

„Was gibt es, Imogen?" Seine Stimme ist tief und rau, aber auf eine andere Art rau als vorhin, als er mich ansprach. Statt eines samtigen Kratzens klingt sein Timbre ernst.

Imogen murmelt eine schnelle Abfolge von Wörtern in ihrer Sprache, die mir alle entgehen. Was mir nicht entgeht, ist Lorcans Reaktion auf ihre Worte.

Jeder seiner Gesichtszüge wirkt wie gemeißelt. „Bist du sicher?"

„Tà, Mórrgaht."

Was bejaht sie da? Was ist passiert?

„Focà", murmelt er erneut.

Ich richte mich auf. „Was ist passiert?"

Imogen wirft meinem Nachthemd einen leidgeprüften Blick zu. Was trägt sie wohl zum Schlafen? Eine Ganzkörperrüstung?

Lorcans Blick huscht zu mir und die Winkel seiner Augen kräuseln sich ein winziges bisschen. „Dein Wunsch ist in Erfüllung gegangen, Fallon. Ich muss sofort aufbrechen."

Mein Herz setzt aus und schlägt wieder, setzt aus und schlägt wieder. Ich schiebe seine Unregelmäßigkeiten auf die schlechten Nachrichten, die Imogen überbracht hat.

Lorcan muss Imogen befohlen haben, das Schlafzimmer zu verlassen, denn sie geht ins Wohnzimmer und schließt die Tür, während er die Vorhänge wieder fest zuzieht.

„Was ist passiert?"

Er kehrt an meine Seite des Bettes zurück und setzt sich auf die Bettkante. „Zwei Crows sind verschwunden."

„Verschwunden? Wo?"

„In Nebba."

„Was haben sie in Nebba gemacht?"

„Was denkst du, was sie in Nebba gemacht haben?"

Ich nehme an, es hat etwas mit dieser giftigen Chemikalie zu tun, die Pierre ins Meer streut. „Also glaubst du, Pierre hat sie ... *unschädlich gemacht*?"

„Deshalb muss ich nach Nebba fliegen, Fallon. Um ihren Aufenthaltsort zu erspüren. Aber ich glaube nicht, dass Pierre sie gepfählt oder eingesperrt hat. Immerhin wäre das eine Kriegshandlung."

„Und was du in Nebba tust, ist das etwa keine?"

„Wir fügen den Fae keinen Schaden zu." Er legt seine Hand auf meine, mit der ich die Bettlaken malträtiere.

Obwohl mich eigentlich nur die Nachricht von seinen vermissten Soldaten beschäftigen sollte, zieht seine Haut meine ganze Aufmerksamkeit auf sich. Sie ist so unglaublich glatt. Das genaue Gegenteil zu meiner eigenen, die noch immer die Spuren jahrelanger Handarbeit trägt.

Ich wette, Alyonas Hände fühlen sich wie Seide an. Ich stelle mir vor, wie sie – wie in meinem Traum – durch sein Haar gleiten, wie in meinem Traum, und beiße die Zähne zusammen. Dann versuche ich, meine Hand unter seiner wegzuziehen, bevor er die raue Haut meiner Handfläche spüren kann, doch er umfasst sie.

Und dann führt er sie an sein Gesicht.

Ich halte den Atem an, weil ich nicht weiß, was er vorhat.

Und dann halte ich aus einem ganz anderen Grund den Atem an. Seine Nase wandert die Länge meines Mittelfingers entlang, den ich benutzt habe, um … um …

Als er die Spitze erreicht, schließt er die Augen und atmet tief und langsam ein. Obwohl es physikalisch unmöglich ist, fühlt es sich an, als hätte er gerade alle Luft aus meinen Lungen gesaugt.

Als er die Augen wieder öffnet, sind seine Pupillen so geweitet, dass nur noch ein schmaler goldener Ring zu sehen ist. Behutsam legt er meine Hand zurück auf das Bett.

Diesmal ist es *seine* Hand, die zittert, und meine, die ruhig geworden ist. „Halte dich von Antoni fern."

Das ist alles, was er sagt. Kein *Bitte.* Keine Erklärung, warum er so sehr möchte, dass ich Abstand von dem Seemann halte.

Ich vermute, dass dahinter irgendeine Prophezeiung steckt, die mich von dem Weg abbringen wird, den Bronwen für mich vorgesehen hat. „Warum?"

„Weil der Seemann mir in Luce nützlicher ist als in Shabbe."

Mir bleibt der Mund offen stehen. Droht er tatsächlich damit, Antoni hinter die Schutzwälle zu schicken, wenn er mich anfasst?

„Du hast eine Verlobte, Lore!"

Eine, die zweifellos die erbärmliche kleine Vorstellung missbilligen würde, die ich ihrem Zukünftigen gerade geboten habe.

Bevor ich reagieren kann, ergreift er mein Handgelenk und führt meine Hand zurück unter die Laken. Ich bin so schockiert von seiner Bewegung, dass ich mich erst wehre, als er meine Hand schon weit unter meinen Bauchnabel gezogen hat.

Er beugt sich vor, um mir ins Ohr zu flüstern: „Deine Vorstellung war nicht erbärmlich, kleiner Vogel. Du hast nur an den falschen Mann gedacht." Seine Finger schieben sich zwischen meine und biegen sich, bis seine stumpfen Nägel bündig an der Spitze anliegen, die meine dunklen Locken bedeckt. „Zumindest bis du aufgehört hast."

Mein Atem stockt in meiner Brust, als er seine Handfläche ein wenig fester gegen meine drückt und mich zwingt, meine Schenkel um unsere verschränkten Hände zu öffnen.

„Wenn ich mich selbst berühre, stelle ich mir dich vor, Fallon. Immer dich", raunt er. „Nur dich."

Ich verschlucke mich an meinem nächsten Atemzug und beginne zu keuchen, als der stumpfe Nagel seines Mittelfingers in die Spitze gräbt, bis sich meine Lippen für ihn öffnen. Er streicht mit der Nasenspitze an meinem Hals entlang und ich erschaudere so heftig, dass sich eine Gänsehaut über meinen Körper legt.

Der letzte Rest meiner Würde bringt mich dazu, unsere Hände von meiner Unterwäsche zu reißen und unter der Decke hervorzuziehen. „Hör auf." Ich entreiße ihm meine Hand und richte den Blick auf den flackernden Docht meiner Laterne, der den Himmelkönig mehr in Schatten als in Licht taucht. „Spiel nicht mit mir, Lore. Das ist deiner Verlobten gegenüber nicht fair. Und mir gegenüber auch nicht."

Er seufzt. „Sobald ich aus Nebba zurück bin, werden wir zwei ein Gespräch führen."

„Wir führen oft Gespräche."

Ein Mundwinkel zuckt nach oben. „Nun, es wird Zeit für ein weiteres."

„Worüber?"

„Über uns, Behach Éan."

Uns. Es gibt kein Uns. Es gibt nur ihn und Alyona.

Er mustert mein Gesicht, wahrscheinlich liest er meine Gedanken.

„Ich habe kein Interesse daran, die andere Frau zu sein, Lore."

Mir entgeht nicht, wie sich seine Mundwinkel heben, kurz bevor er zu Rauch wird und mit den Schatten meines Schlafzimmers verschmilzt.

Ich meine es ernst, Lore.

Das sieht man dir an, Behach Éan.

Bei seiner Antwort verschränke ich die Arme.

Du hast mich sehr an deinen Vater erinnert. Du hast die glei-

che senkrechte Furche zwischen den Augenbrauen, wenn dich das Verlangen überkommt, mich zu erwürgen.

Ich hebe eine Hand an mein Gesicht und spüre tatsächlich die feine Vertiefung zwischen meinen gerunzelten Brauen. Es ist albern, aber der Vergleich lindert mein Unbehagen.

Du kannst dir vorstellen, wie oft er mich schon erwürgen wollte, so dauerhaft gefurcht wie die Haut zwischen seinen Augenbrauen ist.

Erneut hüllt mich eine Woge der Wärme ein.

Deine Mutter nannte es sein ‚Zickengesicht'. Er mochte die Bezeichnung nicht, aber er hatte sie so lieb, dass er es hinnahm. Was er jedoch nicht hinnahm, war, als ich den Ausdruck benutzte.

Ein unerwartetes Lachen bricht aus mir heraus.

Solch ein lieblicher Klang. Ich bitte darum, ihn öfter vernehmen zu dürfen.

Eine Bitte, hm? Ich schüttele den Kopf, ein Lächeln gräbt sich in meine Wangen. ***Du bringst meinen Verstand ganz schön durcheinander, Lore.***

Ich warte auf seine schlagfertige Erwiderung.

Und warte.

Während sich die Stille zwischen uns ausdehnt, sinke ich in mein Kissen und frage mich, ob er Nebba bereits erreicht hat. Und dann frage ich mich, ob er seine vermissten Männer gefunden hat.

Die Sonne geht zweimal auf und unter, und obwohl ich die Crows, die gerade mit mir festsitzen, nach Neuigkeiten frage, erhalte ich keine.

Am dritten Tag bin ich so besorgt, dass ich meine Nägel bis aufs Nagelbett abgekaut habe. Nicht einmal meine täglichen Spaziergänge durch den Garten mit Syb und Arina haben meine Angst vertreiben können. Ich male mir die schrecklichsten Szenarien aus und untersuche meine Wachen täglich auf Anzeichen von Obsidianbrand.

Am vierten Tag verlasse ich Antonis Haus und schlendere Arm in Arm mit Catriona über den Marktplatz von Tarecuorin, in der Hoffnung, dass meine Großmutter beschließt, sich zu zeigen – tut sie nicht –, aber jemand anderes tut es.

„Fallon Rossi, genau das Mädchen, das ich auf dem Festland finden wollte!"

KAPITEL 37

Ihr langes braunes Haar weht im Mittagswind, als Eponine am Bug einer Gondel steht, die mit so vielen Schichten Lack überzogen ist, dass sie Eponines hohe Stirn reflektiert, die sie mit einem Amethystreif geschmückt hat.

Meine Wächter – zwei in Haut und zwei in Federn – umgeben mich, während das Schiff anlegt und königliche Wachen, manche in Weiß und manche in Waldgrün, auf den Kai von Tarecuorin strömen.

„Ihr seid auf das Festland gekommen, um *mich* zu sehen, Princcisa?“ Obwohl ich mich nicht verbeuge, nicke ich, als Eponine in einem Kleid, das scheinbar aus echten Glyzinienbüscheln gefertigt ist, auf uns zugeht. Nur die Pailletten, die zwischen den Blüten glitzern, verraten, dass es aus Band und Taft gefertigt ist.

„Ich habe uns einen Termin bei meinem Lieblingsschneider gebucht.“

Einen Moment lang hoffe ich, dass es derselbe Schneider ist, der das Kleid genäht hat, das sie trägt, denn es ist bei Weitem das schönste, was ich je gesehen habe. Aber dann reiße ich mich aus meinen oberflächlichen Gedanken, denn ich kann mir nicht vorstellen, dass die Prinzessin so verzweifelt nach Gesellschaft sucht, um mich für einen Einkaufsbummel aufzusuchen.

Wahrscheinlich ist sie gekommen, um das Vergoldungsfest zu besprechen und herauszufinden, ob Lore bereit ist, die Tat zu vollbringen.

„Du bist doch nicht zu beschäftigt, um mit mir einkaufen zu gehen, oder?“ Eponine blickt zwischen Catriona und mir hin und her, ihr Blick verweilt auf der goldhaarigen Schönheit, deren Arm immer noch durch meinen geschlungen ist.

„Überhaupt nicht beschäftigt, aber ich muss kurz bei mir zu Hause vorbeischauen, um meine Geldbörse zu holen.“

„Unsinn. Dieses Kleid geht auf Kosten der Krone. Es ist das

Mindeste, was Dante tun kann nach allem, was *du* für ihn getan hast.» Eponine wirft mir ein verschwörerisches Lächeln zu, das mir einen Schauer über den Rücken jagt – bezieht sie sich darauf, dass ich ihm geholfen habe, den Thron an sich zu reißen?

Ich erschaudere, als die Erinnerung sich hinter meinen Lidern abspielt.

Eponine deutet mein Zittern fälschlicherweise als Ablehnung. „Ich werde kein Nein akzeptieren."

„Dann werde ich nicht nein sagen." Ich setze ein Lächeln auf, von dem ich mich verzweifelt bemühe, es auch zu fühlen, und beschließe, die teuersten Stoffe auszuwählen, damit Dantes Geldbeutel ordentlich leiden muss.

„Wirst du auch mitkommen, Katya?"

Ich hebe eine Augenbraue. „Katya?"

Catriona zuckt bei der Verstümmelung ihres Namens zusammen, korrigiert die zukünftige Königin aber nicht, also tue ich es.

„Entschuldige, Catriona. So viele Frauen haben das Schlafgemach meines ehemaligen Verlobten gewärmt, dass ich Schwierigkeiten habe, eure Namen auseinanderzuhalten."

„Kein Problem, Mylady. Es ist schließlich *nur* ein Name."

„Aber ich hätte mir deinen merken sollen." Eponine neigt den Kopf zur Seite, ein Finger streicht über den mit Pailletten besetzten Rand eines Blütenblatts. „Du warst Marcos Lieblingsmädchen."

Catrionas Arm versteift sich, oder vielleicht ist es meiner, der sich versteift.

„Ich bezweifle, dass dieser Mann überhaupt Favoritinnen hatte", sagt sie schließlich.

„Nun, er hat ständig von deinen Talenten geschwärmt. Dem Cauldron sei Dank, dass ich nicht der eifersüchtige Typ bin, sonst hätte mich das sehr verärgert."

Wir ziehen eine ziemliche Menschenmenge an, während wir mitten auf der Straße verweilen. Normalerweise wird meine Anwesenheit außerhalb von Antonis Haus mit einer Mischung aus Abscheu und Angst zur Kenntnis genommen, die die meisten Fae dazu bringt, in den nächstgelegenen Laden zu flüchten.

„Hast du Marco oft gesehen?", frage ich, als Eponine sich umdreht, um ein Wort mit dem Anführer ihrer Wachen zu wechseln.

Catrionas glänzende Lippen werden schmal. „Man lehnt einen König nicht ab."

„Du hast einen Prinzen abgelehnt."

„Weil du ihn gemocht hast. Hättest du Marco gemocht, hätte ich vielleicht vorgegeben, beschäftigt zu sein."

„Also mochtest du ihn nicht mehr als einen Kunden?"

„Nein."

Die Schnelligkeit ihrer Antwort löst den Knoten, der sich in meiner Brust gebildet hat. Ich möchte an unserer Freundschaft nicht zweifeln. Ich habe schon genug Zweifel an allen anderen. Bin ich immer noch versucht, ihr heute Abend beim Dinner heimlich Salz unterzujubeln und meine Frage zu wiederholen? Ich schäme mich, zuzugeben, dass ich sehr versucht bin. Da Fae-Haushalte dieses Gewürz nicht auf Vorrat haben, werde ich wohl meine Hand ins Meer tauchen und den Rückstand sammeln müssen, sobald er getrocknet ist, oder heimlich etwas bei einem Händler kaufen.

„Wollen wir?", nickt Eponine in Richting einer zitronengelben Boutique, an der ich bisher nur vorbeigegangen bin, obwohl Sybille mich immer wieder hineinlocken wollte.

Ursprünglich hatte ich mich nicht hineingetraut, weil ich nicht zum Einkaufen in die Fae-Lande gekommen war. Aber dann hielt mich ein anderer Grund auf dem Bürgersteig – das höhnische Grinsen der spitzohrigen Fae, die die Boutique führten.

Heute grinsen sie nicht.

Heute starren sie.

Die Tarecuorin, deren Familie den Laden seit Jahrhunderten besitzt, rollt ständig mit den Lippen, offensichtlich gestört von meiner Anwesenheit … oder sind es meine Wachen, die ihr Unbehagen bereiten? Obwohl sie alle ihre Gestalt wechseln, sind sie in Haut genauso furchteinflößend wie in Federn. Bis auf Imogen und ihre Schwester hat Lore mich mit grimmigen Männern ausgestattet, die aussehen, als würden sie mit Fae-Knochen in ihren Zähnen stochern.

Ein Chor von „Buondia, Altezza" schallt durch den Schneidersalon, als sich alle Angestellten und ihre Kunden in tiefen Verbeugungen ergeben, teure Kleider rascheln und klimpern dabei.

Nur Eponine wird begrüßt. Anscheinend sind Catriona und ich es nicht wert.

„Wir sind zu unseren Anproben hier", verkündet die zukünftige Königin, obwohl ich bezweifle, irgendjemand bräuchte eine Erklärung.

Ich frage mich allerdings, was für ein Kleid sie vorhat zu tragen, da ein Vergoldungsfest kaum Kleidung erfordert. Wie sollen die Gäste schließlich den Körper der Braut bemalen, wenn er bedeckt ist? Natürlich frage ich nicht, denn das würde verraten, dass ich noch nie bei einem Vergoldungsfest war, was wiederum preisgeben würde, dass ich nicht die Art von Gast bin, die zu einer solchen Feier eingeladen wird.

Die Besitzerin führt uns eine Treppe hinauf, in einen Raum, der fast so prachtvoll ist wie Ptolemäus' Wohnzimmer, komplett mit poliertem Parkettboden, aquamarinfarbenen Samtpoufs und silberner Tapete, die zu dem Halbkreis aus Standspiegeln passt.

„Ich habe nach Sybille und ihrer Schwester schicken lassen", sagt Eponine, während sie auf einem der Poufs Platz nimmt. „Schuhe! Ich habe vergessen, die Schuhe mitzubringen, die ich tragen wollte. Catriona, wärst du so lieb, zu Francanelli zu gehen, um die Sternenstaub-Sandalen für mich zu kaufen, die mit den hohen, spitzen Absätzen?" Es ist keine Frage; es ist ein Befehl. Einer, der Catriona die Zähne zusammenbeißen lässt. Eponine scheint es entweder nicht zu kümmern oder gar nicht zu bemerken. „Du kennst meine Größe."

Eine der weiblichen Bediensteten reicht ein Tablett mit Kristallflöten, gefüllt mit perlend goldenem Wein. „Ich kann gehen, Altezza", bietet sie an.

Eponine schnappt sich ein Glas, ohne das Angebot der Frau zu beachten. „Und, Cati, hol dir auch ein Paar und stell es auf meine Rechnung. Das ist das Mindeste, was ich tun kann."

Catrionas Augen blitzen bei dem Spitznamen, den Eponine ihr gerade an den Kopf geworfen hat, in einem brutalen Grünton auf, doch sie senkt demütig den Blick und befolgt die Anweisung ihrer zukünftigen Herrscherin.

Das Tablett mit den Getränken wird mir entgegengehalten, aber ich schüttle den Kopf.

Nachdem Catriona durch eine Tür in der tapezierten Wand verschwunden ist, murmelt Eponine: „Du solltest dieser Frau nicht trauen, Fallon."

Ich nehme an, sie meint Catriona. „Warum sagt Ihr das?"

„Weil sie *alles* für Geld tun würde.»

„Wie die meisten Leute in Luce."

„Ich wäre an deiner Stelle trotzdem vorsichtig mit ihr."

„Ich versichere Euch, ich bin vorsichtig bei jedem. Sogar bei Euch."

Ein Lächeln umspielt ihre Lippen, die in demselben Farbton wie ihr Amethyst-Diadem geschminkt sind. „Das solltest du auch sein. Du bist schließlich die meistgehasste Person in Luce. Man sagt, du seist sogar verhasster als der Himmelskönig".

„So habe ich es gehört." Sie lässt ihren Blick durch den Raum schweifen, als wolle sie sich vergewissern, dass niemand zu nahe steht. „Aber nicht so verhasst wie Meriam." Sie hebt das Glas an den Mund und nimmt einen langen Schluck, während sie mich fest ansieht.

Ich warte, dass sie mehr sagt. Als sie es nicht tut, frage ich: „Wisst Ihr wirklich, wo sie ist, Princcisa?"

„Bitte, nenn mich Eponine. Und ja, ich weiß es, aber mein Wissen hat seinen Preis."

Mein Herz schlägt so laut, dass ich es bis in meine Zunge pochen spüre. „Man hat mir von dem Preis erzählt."

„Und?"

„Es wird erledigt werden." Sicher, Lore hat noch nicht zugestimmt – bisher zumindest nicht – aber brauche ich ihn wirklich? Natürlich wird er eine dezidierte Meinung zu meiner Entscheidung haben, dieses Unterfangen selbst in die Hand zu nehmen, und seine Meinung wird in etwa so lauten: *Du erwägst doch nicht ernsthaft, den König von Nebba eigenhändig zu ermorden, mein törichter kleiner Vogel?*

„Wunderbar." Sie leert ihr Glas in einem Zug, dann tippt sie mit einem spitzen Fingernagel gegen das gravierte Kristall, um anzudeuten, dass sie Nachschub wünscht.

Etwas nagt an meinem Verstand. „Wer wird dann über Nebba herrschen?"

„Warum …" – die Augen der Prinzessin funkeln wie der Wein, der ihr gerade wieder eingeschenkt wird – „*ich* natürlich."

Mein Herz setzt für einen Moment aus, als ich mir vorstelle, wie diese Frau in eine solch machtvolle Position aufsteigt. „Und was ist mit Dante?"

„Was soll mit ihm sein?"

Ich werfe der spitzohrigen Bediensteten, die Eponines Glas nachfüllt, einen verstohlenen Blick zu und warte, bis sie davonhuscht, bevor ich mit gedämpfter Stimme frage: „Wirst du ihn mitnehmen?"

„Götter, nein. Ich überlasse ihn Luce und den Frauen, die ihn wollen." Sie hebt ihre langen, geschwungenen Augenbrauen. „Ich habe gehört, eine dieser Frauen könntest du sein."

Mein Herz zuckt. „Einst vielleicht, aber bei den Göttern, nicht mehr."

Sie neigt den Kopf zur Seite, sodass ihr langes, seidiges Haar über ihre Schulter fällt. „Wenn es dich interessiert, du bist weitaus faszinierender als diese eiskalte Glacin-Vogelscheuche. Dächte ich, du hättest Interesse an Frauen, hätte ich dich vielleicht eingeladen, an meiner Seite zu herrschen, aber ich spüre, dass dein Herz bereits vergeben ist."

Eine Röte huscht über meine Wangen ob ihrer Scharfsinnigkeit.

Sie legt ihre Hand auf mein Knie und drückt mein Bein, dann hebt sie ihr Glas. „Auf die künftigen Königinnen dieser Welt, Signorina Rossi." Mit einem Zwinkern fügt sie hinzu: „Auf uns."

Ein Schauer läuft mir bei ihrem Toast über den Rücken.

Meint sie unsere Vereinbarung, ihren Vater zu entmachten, oder dass ich selbst auf einem Thron sitzen werde?

„Eponine, schwörst du, unsere Ozeane niemals zu vergiften?"

„Bei meinem Leben, Fallon."

Plötzlich wünschte ich, Abmachungen könnten sich in meine Haut einbrennen, denn ich will, dass diese in Magie gemeißelt ist.

Als eine überschwängliche Syb die Treppe hinaufstürmt, ihre blasse Schwester im Schlepptau, beginne ich zu planen, wie ich einen König ermorden werde.

Götter, was ist nur aus mir geworden?

Mein Verstand flüstert: „*Königsmörderin.*“

Ich bringe ihn zum Schweigen und wähle eine andere Bezeichnung für mich.

Eine, bei der sich mein Magen nicht verkrampft: „*Königinnenmacherin.*“

KAPITEL 38

Am nächsten Tag taucht endlich eine vertraute Crow auf.

Diese Crow ist nicht Lore.

Trotzdem freue ich mich, Aoife zu sehen, besonders als sie mir eine Flasche Crow-Wein mitbringt, um ihre lange Abwesenheit wiedergutzumachen. Obwohl sie mir weder den Wein noch ihre Gesellschaft schuldet, bin ich froh über beides.

Die Frage nach Lorcans Verbleib liegt mir auf der Zunge, aber ich tausche sie gegen eine aus, die Aoife nicht darüber nachdenken lässt, warum es mich kümmert, dass er mich nicht besucht hat. Nur weil er angedeutet hat, wir sollten ein Gespräch führen, heißt das nicht, dass er es eilig damit hat.

Er ist ein König und sehr beschäftigt.

Natürlich springen meine Gedanken sofort über die verschwundenen Crows hinweg direkt zu Alyona. Ich ertappe mich bei der Hoffnung, dass er nichts mit ihr hat. Wenn doch, würde unser Gespräch sehr kurz ausfallen.

Ich schließe die Augen und versuche, mein aufgewühltes Herz zu beruhigen. Ich mag Lorcans Gefährtin sein, aber ich habe keinerlei Anspruch auf ihn, besonders seit ich ihn abgewiesen habe.

„*Adh fin*“, sagt Aoife, während sie mit der Spitze ihres Federkiels über das Pergament zwischen uns kratzt.

Ich schüttele schnell den Kopf, um mich wieder auf das Hier und Jetzt zu konzentrieren.

„Aww fion“, wiederhole ich und versuche, ihre Aussprache so gut wie möglich nachzuahmen.

„Himmel.“ Sie zeigt auf das Wort *adh*, dann unterstreicht sie das Wort *fin*. „Wein.“

Natürlich wird es nicht so ausgesprochen, wie es geschrieben wird. Wo bliebe denn der Spaß, wenn man nicht nach Belieben Vokale mit Akzenten bestreuen und erklären könnte, dass die Verbindung zweier Konsonanten einen völlig neuen ergibt?

„Crows sind solch hinterlistige Geschöpfe, Aoife."

„Warum sagst du das?"

„Weil …" Ich tippe mit meinem eigenen Kiel auf das Pergament und besprenkle es mit Tinte. „… es keine Möglichkeit für jemanden gibt, den Inhalt einer geschriebenen Notiz zu entschlüsseln, sollte er eine finden, da Crow nicht so klingt, wie es geschrieben wird."

Sie lächelt, und in diesem Lächeln liegt Stolz. „Ich weiß nicht, ob das Absicht war, aber ich hoffe es."

Obwohl ich noch lange nicht perfekt bin, haben sich meine Crow-Kenntnisse dank Colm, einem bärenstarken Mann, der gleichzeitig so weich wie Zuckerwatte ist, erweitert. Als Aoife nicht auftauchte, fragte ich ihn, ob er den Unterricht übernehmen könnte. Dank ihm kann ich jetzt kurze Sätze bilden. Syb auch, da sie normalerweise bei meinen täglichen Lektionen dabei ist.

Es sei denn, Mattia ist zu Hause. Dann lässt sie mich im Stich. Ich würde mich wohl auch im Stich lassen, wenn man bedenkt, dass der schweigsame Seemann anscheinend ein Gott im Bett ist und sich mehr um ihr Vergnügen als um sein eigenes kümmert.

Meine Brust kribbelt jedes Mal, wenn sie es mir erzählt – nicht aus Eifersucht, sondern aus Enttäuschung darüber, dass mein einziges Erlebnis so … ernüchternd war.

So sehr ich auch versuche, den Gedanken zu verdrängen, kann ich nicht aufhören mich zu fragen, ob Dante sich nicht die Mühe gemacht hat, mich zu befriedigen, weil ich ihm die Anstrengung nicht wert war. Schließlich musste er mich weder beeindrucken noch verführen.

Ich schüttle diese düsteren Gedanken aus meinem Kopf, während Aoife erklärt, wie man Verben im Präsens konjugiert.

Als sie die Feder ins Tintenfass taucht, gebe ich schließlich nach und frage: „Sind die vermissten Crows immer noch nicht gefunden worden, Aoife?"

„Die wurden schon vor langer Zeit gefunden."

Wir erschrecken beide bei der Antwort. Ich vermute, aus unterschiedlichen Gründen.

Sie schlägt die Hand vor den Mund. „Ich und meine lose Zunge."

Wenn sie gefunden wurden, warum ist Lore dann nicht zurückgekehrt, wie er es versprochen hat? Oder eher angedroht hat. Warum hat er keine der Fragen beantwortet, die ich ihm in Gedanken zugeworfen habe? Warum hat er mich nicht gedankenwandern lassen? Die Götter wissen, dass ich es versucht habe.

Ich streiche mit der Zungenspitze über meine Zähne und überlege, dass er sie möglicherweise *gerade erst* gefunden hat. Der Vermutungen leid, frage ich: „Wann?"

„Wann was?"

„Wann hat er sie gefunden?"

„Ich sollte hier nicht über Crow-Angelegenheiten sprechen." Sie rümpft die Nase.

„Hier oder mit mir?"

„Hier. Du bist eine Crow, also ist es okay, wenn du es erfährst."

Obwohl es mein Herz erwärmt, dass sie mich im Gegensatz zu ihrer Schwester als eine von ihnen ansieht, kann ich nicht anders, als mich in meinem Stuhl zurückzulehnen und die Arme zu verschränken. „Wann wurden sie gefunden, Aoife?"

„Warum ist das wichtig?"

„Bitte sag mir, wann."

Sie seufzt. „In der Nacht, als sie verschwanden."

Ihre Beichte lässt meine verschränkten Arme locker werden, sodass sie auf die Armlehnen fallen.

Das war … das war vor fünf Tagen!

Ich umklammere das Holz so fest, dass es ein Wunder ist, dass ich es nicht zermahle, wie Lore es mit meinem Schlafzimmersessel tat, in der Nacht, als ich …

In der Nacht, als ich dachte …

In der Nacht, als ich …

Götter, ich kann nicht einmal an diese Nacht denken, ohne schreien zu wollen.

Aofies Stirn legt sich in Falten. „Warum bist du so aufgebracht, Fallon?" Ihre Stimme ist sanft wie Marcellos, wenn er versuchte, Sybille von einem drohenden Wutanfall abzulenken.

Obwohl ich mich lieber um ihn und Defne sorgen würde, sind meine Gedanken und mein Herz ganz auf Lore fixiert.

Da ich Aoife nichts von seiner angedrohten Standpauke erzählen kann, sage ich: „Ich hatte nur erwartet, er würde nach Antoni und dem Rest der Rebellen sehen, das ist alles."

„Oh. Er ist beschäftigt in Glace. Bringt ein Bündnis unter Dach und Fach." Wieder schlägt sie sich die Hand vor den Mund. „Mist. Darüber sollte ich auch nicht reden."

Nachdem mein Herz viele Male gestockt und wieder zu schlagen begonnen hat, wird es still. Was sagt man über Wahnsinn? Ach ja, es bedeutet, dasselbe zweimal zu tun und das zweite Mal ein anderes Ergebnis zu erwarten.

Ich habe mich in Dante verliebt und er hat mich sitzen lassen. Ich werde mich nicht noch einmal in einen Mann verlieben, dessen Versprechen und Taten auseinanderklaffen.

Ich verhärte mein Herz, verwandle es in einen Block aus Obsidian, den niemand – besonders kein Crow – jemals wird erweichen können.

Sie verwechselt meine düstere Stimmung mit Verwirrung. „Wir brauchen die Glacin-Armee, Fallon."

„Wie sagt man *Arsch* auf Crow?"

„Tier oder Körperteil?"

„Körperteil."

„Tàin."

Ich wiederhole das Wort und Speichel spritzt aus meinem Mund, weil es absolut guttural klingt. *„Tawhhn."* So ein passender Klang.

Ein schiefes Lächeln umspielt ihre Lippen. „Sollte ich dir etwa Beleidigungen beibringen?"

„Oh ja, das solltest du. Ich möchte sie alle lernen."

„Ich auch!", ruft Syb, als sie mit einer großen, glänzenden Einkaufstasche, die an ihrem Arm baumelt, ins Zimmer stürmt.

„Hast du unsere Kleider für das Vergoldungsfest abgeholt?"

„Sie waren noch nicht fertig." Als sie mein Stirnrunzeln sieht, sagt sie: „Eponine hat zugestimmt, zum Abendessen auszugehen, aber sie besteht darauf, dass wir alle Kopfbedeckungen tragen. Weißt du, damit uns niemand erkennen kann."

Ich kann nicht anders, als mich zu fragen, ob sie mit *uns* mich meint. Schließlich bin ich Staatsfeind Nummer eins und sie ist die gekrönte Prinzessin. Wir sind vielleicht zusammen einkaufen gegangen, aber das war in einer Boutique. Sich in der Öffentlichkeit zu treffen, ist eine ganz andere Geschichte.

„Catriona hat die aus dem Laden geholt. Das hier ist für dich." Sie lässt die Einkaufstasche auf den Tisch plumpsen.

Aoife lehnt sich in ihrem Stuhl zurück. „Abendessen?"

Ich schnappe mir die Tasche. „Ja, Abendessen."

„Hat Lorcan zugestimmt?"

Obwohl ich es hasse, Aoife anzulügen, sage ich: „Ja, hat er. Er meinte, es wäre eine wunderbare Idee, um die Dinge an der Meriam-Front zu beschleunigen."

Aoife runzelt die Stirn.

„Du kannst dich ja verwandeln und ihn fragen, Aoife. Andererseits ist jetzt vielleicht nicht der beste Zeitpunkt, wenn er gerade in Glace ist."

Sie schürzt nachdenklich die Lippen.

„Er war übrigens derjenige, der die Kopfbedeckungen vorgeschlagen hat", füge ich schnippisch hinzu.

Eine von Sybs Augenbrauen schnellt in die Höhe, aber ein Blick auf mein zorniges Gesicht lässt sie *mitspielen*. „Willst du meine sehen?"

„Ich würde sie wahnsinnig gerne sehen", sage ich mit großer Begeisterung.

Syb stülpt ihre Einkaufstasche um und heraus fällt eine knallpinke Perücke, die an einer mit Kristallen besetzten Maske befestigt ist. „Das sind echte Turmaline", erklärt sie, als hätte sie gesehen, dass ich das Wort *Kristall* gedacht habe und sie müsste es einfach klarstellen. „Und sieh dir nur die Länge der Haare an!" Sie hält sie hoch und die pinken Strähnen rollen sich ab wie Minimus, wenn er gleich davonflitzen will. „Ich habe immer davon geträumt, meine Haare lang wachsen zu lassen."

Ich ziehe meine Kopfbedeckung aus der Tasche und entfalte vorsichtig das Seidenpapier, dann starre ich auf die seltsame, aber wunderschöne Kreation. Das taillenlange platinfarbene Haar glitzert, als wäre es mit Diamanten durchzogen, und die filigrane graue Maske wirkt, als wäre sie aus reinem Silber gefertigt. Es ist wirklich ein Wunderwerk an Schönheit.

Aoife legt den Federkiel nieder und bespritzt das Papier mit weiteren Tropfen saphirblauer Tinte, die sich beim Einziehen ins Pergament ausbreiten. „Also wirst du dieses gruselige Ding auf deinem Kopf tragen, um mit der Königin essen zu gehen?"

Syb blinzelt schockiert. „*Gruselig*? Die sind herrlich." Um zu demonstrieren, wie sehr, setzt sie ihre auf den Kopf.

„Du siehst aus wie ein Lampenschirm." Aoife deutet auf die Schreibtischlampe.

Ich kann das Lachen, das aus meinem Mund hervorplatzt, nicht unterdrücken, denn Ptolemäus' mit Kristallen gesäumte Brokat-Lampenschirme sind tatsächlich das perfekte Ebenbild dessen, was Syb gerade vorführt.

„Aoife hat recht, Syb." Giana steht mit verschränkten Armen in der Tür. „Anstatt zu verschwenden – Wie viele Goldmünzen hast du diesmal zum Fenster rausgeworfen?"

„Keine. Die Kopfbedeckungen sind ein Geschenk der Prinzessin." Syb presst die Lippen zusammen, während sie die Kopfbedeckung abnimmt und mit der Zärtlichkeit einer Mutter, die ihr neugeborenes Kind hinlegt, ablegt. „Wir haben alle eine bekommen. Sogar du. Catriona hat sie in dein Zimmer gelegt."

Gianas Wimpern heben sich so hoch, dass sie ihre Augenbrauen streifen. „Warum?"

„Weil es mir gelungen ist, sie zu überreden, heute Abend mit uns Mädels im Terramare essen zu gehen, deshalb."

„Es war Lores Vorschlag", füge ich hinzu, denn der Himmelskönig kann in Gias Augen nichts falsch machen. Im Gegensatz zu Syb und mir.

Giana starrt abwechselnd Syb, Aoife und mich an. „Wirklich?"

„Absolut." Syb nickt, und übertreibt es ein wenig.

Bevor Gia unseren Bluff aufdecken kann, sage ich: „Es ist wirklich schade, dass wir das Abendessen nicht hier ausrichten konnten, aber ich verstehe, dass wir sie nicht im Keller herumschnüffeln lassen können."

Gia holt tief Luft und richtet ihre Aufmerksamkeit auf Aoife, aber Aoife bemerkt den Blick nicht, weil sie damit beschäftigt ist, mich anzustarren. Ich schließe daraus, dass meine Betreuerin auf der Liste der Eingeweihten steht, während ich eben *nicht* dazugehöre. Glücklicherweise ist Syb nicht nur mit einem Eingeweihten zusammen, sondern auch unfähig, mir gegenüber ein Geheimnis zu bewahren, sodass ich über alle Angelegenheiten des Widerstands auf dem Laufenden bin.

„Du darfst niemandem erzählen, was da drin ist, Fal. Ich meine es ernst." Gianas Teint hat dieselbe graue Farbe angenommen wie der Schmutz, der ihr Kinn und ihren Hals bedeckt.

„Das würde ich *niemals*, Gia." Wem sollte ich auch ausplaudern, was Antoni für einen Vorrat an Pixie-Staub hat, oder wie auch immer sie die Droge nennen, die der menschliche Rebell Vance in Rax herstellt? „Außerdem bin ich immun gegen Salz."

„Tut mir leid, dass wir es geheim gehalten haben, Fal, aber Lore wollte nicht, dass du involviert bist."

„Das glaube ich gern", murmele ich. „Ich bin ja schließlich so *schrecklich* unzuverlässig und kindisch."

„Fallon." Giana seufzt. „Das ist nicht … „

„Das hast du selbst gesagt, an dem Tag, als du das Himmelreich verlassen hast, Gia."

Syb legt ihre Hand auf meine Schulter und drückt sie sanft. „Eponine holt uns in zwei Stunden mit der Gondel ab. Du solltest vielleicht baden, Schwesterherz."

Gia reibt sich mit einem Finger über den eingetrockneten Schlamm an ihrem spitzen Kinn, dann mustert sie ihr schlichtes weißes Hemd und die robusten Leinenhosen – beide verkrustet mit Racoccin-Dreck. „Hol mich, wenn es soweit ist." Damit verschwindet sie im Flur.

„Syb, kannst du mir helfen, ein Kleid auszusuchen?" Ich springe so abrupt auf, dass ich mir das Knie an der Tischkante stoße. Der dumpfe Schmerz passt zu meiner Stimmung.

Syb schnappt sich meine Hand, zerrt mich vom Stuhl hoch und marschiert mit mir aus dem Wohnzimmer, durch mein Bad, dessen Tür sie zuknallt, direkt in meine Garderobe. „Was zur Hölle?" zischt sie. „Lore?"

„Was ist mit ihm?"

Sie stemmt eine Hand in die Hüfte. „Ist dir klar, dass er Aoife sagen wird, dass das Dinner nicht seine Idee war, wenn sie zu ihm durchdringt?"

„Na und?"

„Ich habe keine Lust, ausgeweidet zu werden."

Ich verdrehe die Augen. „Er würde nie wagen, dich auszuweiden."

Obwohl sie, sichtlich nicht überzeugt, immer noch schwer atmet, fragt sie, „Ist was passiert zwischen euch, während ich weg war?"

„Ich habe ihn seit Tagen nicht gesehen, also nein." Der Kerl bringt es nicht mal fertig, mich gedanklich zu kontaktieren, was nur zeigt, dass ich ihm kein einziges Mal durch den Kopf gegangen bin.

„Okay, was frisst dich dann auf?"

„Absolut nichts."

Ihre Augenbrauen zucken. „Also war das Erlernen von Beleidigungen auf Crow nur …"

„Lehrreich." Ich wühle mich durch die Unmenge an Kleidern, die Holzbügel klappern schrill.

Syb legt den Kopf schief und sieht mich durchdringend an. „Alle anderen kannst du anlügen, Fal, aber mich nicht."

Ich starre so intensiv auf die Falten eines indigoblauen Chiffonkleids, dass meine Stirn zweifellos genauso zerfurcht ist wie der Stoff.

„Was ist mit Lore passiert, Fal?"

„Nichts."

„Nichts, hm?"

„Ja. Nichts."

„Also hat es nichts damit zu tun, dass er in Glace ist?"

„Woher weißt du, wo er ist?"

„Ich habe mitbekommen, wie Antoni zu Mattia sagte, dass Lore nicht helfen kann, weil er bei den Glacins ist."

Wohl eher bei einer bestimmten Glacin …

„Was ich nicht begreife, ist, warum um alles in der Welt er Alyona heiratet, wenn er doch offensichtlich …“

„Sie hat ihm ein Königreich zu bieten.“ Meine Finger verkrampfen sich so fest, dass das Kleid vom Bügel rutscht und sich zu meinen Füßen bauscht.

„Und du ein Königinnenreich.“

Ich beuge mich und hebe den federleichten Stoff auf. „Was hältst du von diesem Kleid?“

Syb seufzt. „Also reden wir wirklich nicht über die Seeschlange im Raum?“

„Nicht heute Abend.“

„Aber morgen?“ Mit gedämpfter Stimme fragt sie: „Wirst du morgen endlich aufhören, mich und dich selbst zu belügen?“

Weder nicke ich noch schüttle ich den Kopf.

„Ich wünschte wirklich, Salz würde bei dir wirken“, murrt sie. „Oh, welche Wahrheiten würde ich dann deiner sturen Zunge entlocken.“

„Wo wir gerade von Salz sprechen … Hast du welches gekauft?“

„Natürlich.“ Sie zieht einen kleinen Beutel zwischen ihren Brüsten hervor und lässt ihn in meine geöffnete Handfläche fallen.

Als ich meine Finger um das Wahrheitsserum schließe, fliegt die Badezimmertür auf und Catriona stürmt herein. „Ich habe …“ Ihre Handfläche liegt flach auf ihrer sich heftig hebenden Brust, als sie in meinem Ankleidezimmer zum Stehen kommt. „Meine Meinung geändert!“

Sybs Augenbrauen schießen in die Höhe. „Über …?“

„Ich will … den silbernen Kopfschmuck.“ Ein Schweißfilm glänzt auf der Stirn der Kurtisane. „Orange … passt nicht … zu meinem Kleid.“

Syb schnaubt. „Du hast dir fast einen Herzinfarkt geholt wegen eines Kopfschmucks?“

Catrionas grüne Augen treffen im Spiegel auf meine. Etwas Großes und beinahe Besessenes liegt in ihnen. „Das macht dir doch nichts aus, oder, *micara*?“

Ich drehe mich zu ihr um und setze ein sanftes Lächeln auf, das aber nichts an ihrer Qual ändert. „Natürlich macht es mir nichts aus.“

Ihre Hand, die ein dunkelgelbes Meisterwerk umklammert, schnellt hoch. „Hier."

„Ich habe meinen auf dem Schreibtisch gelassen."

Ein einzelner Schweißtropfen rinnt ihren bebenden Hals hinab und hinterlässt einen Fleck am hohen Kragen ihres Kleides.

Ich lege meine Hand auf ihren Unterarm, in der Absicht ihn zu drücken, als ich spüre, wie er zittert. „Catriona, geht es hier wirklich nur um irgendeinen Kopfschmuck oder ist etwas anderes los?"

Ihre Pupillen weiten und verengen sich. Weiten und verengen sich. „Du weißt, ich bin oberflächlich bis zum Gehtnichtmehr."

Meine Augenbrauen ziehen sich zusammen. „Aber das bist du nicht."

„Mein Spitzname war die Pfütze von Tarelexo."

Ich zucke zusammen. „Wovon redest du? Ich habe nie gehört, dass dich jemand so genannt hat."

„Sybille schon."

Syb hebt das blaue Kleid vom Boden auf und legt es auf die mittlere Kommode. „Dargento hat uns alle für so schmutzig und seicht wie Pfützen gehalten, Catriona."

„Dargento ist ein verdammter Narr und eine widerliche Entschuldigung für einen Menschen", knurre ich.

Catrionas Blick fällt auf den blauen Stoff. „Du wirst in diesem Kleid allen den Atem rauben."

Ich weiß nicht, ob allen, aber mir selbst auf jeden Fall. Dieses Korsett sieht nach Folter aus. Ich reiße meine Aufmerksamkeit vom Kleid los und konzentriere mich wieder auf Catriona. „Merk dir meine Worte, eines Tages werde ich Dargento umbringen." Wie sehr ich mir wünschte, er wäre der Mann gewesen, den Bronwen in ihrer Vision gesehen hat … nur um sicherzugehen.

Ihre Lippen formen ein Murmeln. Obwohl ich nicht hundertprozentig sicher bin, glaube ich, dass sie sagt: „Mögest du Erfolg haben, wo ich versagt habe."

Catriona hat versucht, Dargento zu töten? Wann? Warum? Hat er ihr wehgetan? Als sie sich abwendet, rufe ich ihren Namen, doch sie dreht sich nicht um.

„Sie hat gesagt, sie habe versucht, ihn zu töten, oder?"

„Ich habe nichts gehört.“ Während wir auf die Tür starren, die sie hinter sich geschlossen hat, vermutet Syb: „Sie hat wahrscheinlich ihre Tage. Meine haben vor zwei Tagen angefangen, und du weißt ja, die liegen bei uns allen zeitlich beisammen.“ Sie nickt zu meinem Badezimmer. „Ich habe in dein Bad ein paar Einwegbinden gelegt. Habe ich erwähnt, dass sie Einweg sind? Das heißt, wir müssen sie nicht waschen und wiederverwenden.“

Obwohl ich immer noch besorgt um Catriona bin, kann ich nicht anders, als Sybs ansteckendes Lächeln zu erwidern. „Das mag dich überraschen, aber ich weiß durchaus, was ‚Einweg‘ bedeutet.“

Syb erzählt weiter, wie sie vorhat, einen Weg zu finden, sie erschwinglich zu machen, damit auch Halblinge und Menschen sie sich leisten können. Schließlich sind wir diejenigen ohne Diener, die alles für uns erledigen.

Während ich ihrer wachsenden Begeisterung lausche, rolle ich das Säckchen mit dem Salz zwischen Daumen und Zeigefinger. Syb und ich hatten unsere Blutung immer zur gleichen Zeit, und meine Tage sind noch nicht gekommen. Was, wenn Nonnas Trank, der wie Racoccin-Wasser roch und schmeckte, nicht gewirkt hat?

Ich senke den Blick auf meinen Bauch und bete zu allen Göttern, dass er so unfruchtbar ist wie die Selvatin-Wüste, denn falls …

Nein. Meine Großmutter wusste, was sie tat. Fae und Menschen kamen von weit her zu ihr, um ihre Kräutermixturen zu bekommen.

Zum ersten Mal in meinem Leben wünsche ich mir, zu bluten.

KAPITEL 39

Mein Magen hat sich nicht beruhigt, seit Syb wegging, um sich fertig zu machen.

Obwohl ich darauf bestehe, ich sei nicht hungrig, ist Aoife nach unten gegangen, um mir etwas zu essen zu holen. Das war ihre einzige Bedingung: dass ich vor dem Aufbruch esse, damit sie sich keine Sorgen machen muss, mir könnte jemand Gift ins Essen mischen. Das Tablett mit Essen, das sie zurückbringt, lässt meinen Magen noch mehr rebellieren.

Als sie mein finsteres Gesicht sieht, sagt sie: „Bitte sag, du denkst darüber nach, heute Abend nicht auszugehen, Fallon?“

Das Einzige, worüber ich *nachdenke*, ist Catrionas seltsames Verhalten und die Möglichkeit, dass ich vielleicht …

Nein.

Ich werde meine Gedanken nicht abschweifen lassen.

Ich nehme sechs armselige Bissen zu mir. Jeder geht runter wie Gips. Ich trinke ein ganzes Glas Wasser, aber das hilft nur wenig dabei, das Essen hinunterzuspülen oder meine Nerven zu beruhigen.

Ich verbringe mehrere Minuten damit, mir zu überlegen, wo ich den Beutel mit dem Salz verstecken soll. Schließlich quetsche ich ihn zwischen meine Brüste, da Kleidung von Reinblütern keine Taschen hat. Und obwohl ich dank Nonna mit Nadel und Faden umgehen kann, ist es zu spät, um in dieses Kleid noch eine geheime Tasche einzunähen.

Zwar könnte ich einen Umhang dazu nehmen, aber das würde vielleicht Aufsehen erregen und zu einer Durchsuchung meiner Person führen, und meine Person möchte nicht durchsucht werden. Meine Person möchte der Prinzessin Salz in den Wein schütten, ihre Geheimnisse erfahren und dann entweder mit Aoife und meinen Wachen das Versteck meiner Großmutter stürmen oder die Informationen zu Lore bringen und beobachten, wie sich seine

Sicht auf mich ändert.

Es sollte keine Rolle spielen, aber ich hasse es, dass er mich für impulsiv und naiv hält; ich will ihm das Gegenteil beweisen.

Ich will der ganzen Welt das Gegenteil beweisen.

Ich zucke zusammen, als jemand an meine Schlafzimmertür klopft, entspanne mich aber, als ich Syb mit ihrer fluoreszierenden Perücke sehe. „Bereit, Süße?“

Ich setze die orangefarbene Perücke auf meinen Kopf, richte meine Brüste und dann das kleine Schulterteil, auf das Syb bestanden hat. Es ist ein seltsames Ding aus indigoblauer Spitze, gesäumt mit saphirfarbenen Perlen.

Laut meiner Freundin sind Schulter-Accessoires der neueste Trend in der Reinblüter-Mode.

„Ich weiß, heute Abend geht es nicht um Spaß, aber Götter, wir sind echt heiße Spione. Wir müssen unbedingt mal einen Maskenabend mit Phoebus machen. Er würde das total lieben.“

Zum Cauldron, wie ich meinen Freund vermisse. Egoistischerweise wünsche ich mir, er wäre hier, denn das Leben ist einfach nicht so strahlend ohne ihn.

Er ist in Sicherheit, erinnere ich mich, während ich meinen Arm mit Sybilles verschränke und die Treppe hinuntergehe.

Ich erwarte, Catriona unten vorzufinden, aber nur Giana wartet dort.

„Aoife“ – sie reicht meiner Wache ihre himmelblaue Perücke, und bilde ich es mir ein oder zittert ihr Arm dabei? – „es ist etwas dazwischengekommen. Ich weiß, du hattest überlegt zu fliegen, aber ich würde mich besser fühlen, wenn du direkt neben den beiden bleibst.“

„Den beiden?“, schnaubt Syb. „Götter, warum müsst ihr uns wie Kinder behandeln?“

„Weil ihr *Kinder seid.*“ Gia fährt sich mit den Handflächen über die Wangen und atmet lang und tief aus. „Für mich werdet ihr immer Kinder sein. So funktioniert Chronologie nun mal. Warte nur, bis du fast ein ganzes Jahrhundert Vorsprung vor jemandem hast.“

Plötzlich kann ich es kaum erwarten, hundert Jahre alt zu werden, nicht um älter als alle anderen zu sein, sondern weil das bedeuten würde, dass ich nicht von irgendeinem Shabbin- oder Crow-Hasser getötet wurde.

Wie wird Luce wohl in hundert Jahren aussehen?

Wie wird Luce nächstes Jahr aussehen?

Gianas Lippen verziehen sich, aber das Lächeln verschwindet fast so schnell, wie es erschienen ist. „Bitte, Aoife."

Meine Crow-Wächterin hält die Perücke mit spitzen Fingern, als wäre sie total verschmutzte Unterwäsche.

„Sie muss ein Kleid tragen" – Syb deutet auf die Leder- und Eisenrüstung meiner Wächterin – „sonst weiß jeder, was sie ist, was die Lucins auf Fallons Anwesenheit unter uns aufmerksam machen würde. Wir sollen anonym bleiben."

Aoife runzelt die Stirn beim Anblick der blauen Haare. „Kein Kleid."

Mitleidig gehe ich zum Garderobenschrank unter der Treppe und fördere einen roten Seidenumhang zutage, der Ptolemäus gehört haben muss, denn erstens ist er riesig und zweitens kann ich mir keinen der Jungs in einem so grellen Kleidungsstück vorstellen. Ja, ihr Kleidungsstil hat sich verbessert, aber ihre bevorzugte Farbpalette bleibt schlicht – weiß, schwarz, marineblau und grau.

Obwohl Aoife mürrisch ist, legt sie den Umhang und die Perücke an. Als wir durch das Wohnzimmer nach draußen gehen, blickt sie zum Himmel und murmelt viele Worte vor sich hin. Crows mögen Mórrígan verehren, aber sie beten nicht wie die Fae, also nehme ich an, dass sie ihren Mitwächtern verbal den Stinkefinger zeigt.

Die schreckliche Freundin, die ich bin, kann nicht anders, als über ihren Ärger zu lachen.

„Dafür werde ich mich rächen", zischt sie und wirft mir einen Blick zu, der Imogen alle Ehre machen würde, was aber angesichts ihrer grellen Aufmachung schwer ernst zu nehmen ist.

„Tut mir leid", flüstere ich kichernd. „Es sind nur die Nerven. Nur die Nerven."

Sie reckt ihr Kinn einen Zentimeter höher. „Du hast Glück, dass ich dich mag, Fallon."

Mein Gelächter verwandelt sich in ein sanftes Lächeln. „Ich

habe Glück."

Aoife seufzt und ihr finsterer Blick weicht einem ganz anderen Ausdruck – einem, den ich bei jemand anderem als selbstgefällig bezeichnet hätte. „Ich werde mich trotzdem rächen", verkündet sie.

„Stell dich hinten an."

„Wo anstellen?" Eine ihrer Augenbrauen hebt sich über den Rand ihrer Maske.

„Das ist nur so eine Redewendung. Es bedeutet, dass es viele Leute gibt, die sich auch rächen wollen." Ehrlich gesagt kann ich manchmal kaum glauben, dass ich noch am Leben bin, wenn ich bedenke, wie viele Leute mich am liebsten im *Filiaserpens* sehen würden.

„Wir beschützen dich, immer."

Oder zumindest so lange, bis Lore mich nicht mehr braucht. Was möglicherweise schon morgen der Fall sein könnte, wenn alles nach Plan läuft.

„Ich gehe das Boot überprüfen. Colm und Fionn bleiben hier bei dir."

Obwohl sie keine Mitglieder der Siorkahd sind, stehen sie in der militärischen Hierarchie des Himmelreichs weit oben, und sind noch dazu Gefährten, weshalb Lorcan sie selten für unterschiedliche Aufgaben einteilt.

Als Aoife den mondbeschienenen Pfad hinunterstapft, weht ihr roter Umhang hinter ihr her wie ein Strom aus Blut.

Der Vergleich erschüttert mich so sehr, dass ich ihn weit von mir schiebe. Ich will nicht an eine blutende Aoife denken, denn eine blutende Aoife wäre meine Schuld.

Gerade als sie das Tor erreicht, das zum Dock für kleinere Schiffe führt, schlingt sich ein Arm um meinen … ein *zitternder* Arm. Ich blicke zu Syb, deren graue Augen so weit aufgerissen sind wie die Löcher in ihrer rosa Maske. „Was ist los?"

Sie schließt die Augen und holt tief Luft, sodass ihre Nasenflügel sich aufblähen. „Antoni ist verschwunden."

KAPITEL 40

In meinen Ohren beginnt es zu summen. „Verschwunden?“

„Er hat Mattia und Riccio heute Nachmittag losgeschickt, um mehr Vorräte zu besorgen, und als sie zurückkamen … als sie zurückkamen, war er weg.“ Sybilles Stimme ist ein brüchiges Flüstern.

„Vielleicht wollte er selbst noch etwas erledigen?“ Mein Vorschlag klingt selbst in meinen Ohren wenig überzeugend.

„Vielleicht. Giana ist nach Rax gegangen, um die Jungs zu treffen und ihnen bei der Suche zu helfen.“

„Weiß Lorcan Bescheid? Sucht er auch nach ihm?“

„Imogen kam, um Gia zu holen.“

Dies trägt wenig dazu bei, mein rasendes Herz zu beruhigen. „Wir sollten …“ Ich lecke über meine Lippen, die sich staubtrocken anfühlen. „Vielleicht sollten wir-“

„Gia meinte, wir müssen den Plan einhalten, um die Lucins ‚abzulenken‘.“

Mit Lucins meint sie vermutlich Dantes Soldaten. Wir mögen heute Nacht getarnt sein, aber die Prinzessin ist unter uns. Es werden sicher viele Wachen anwesend sein.

Ich zucke zusammen, als Arina meinen Hals beschnuppert. Ich war so in Gedanken versunken, dass ich weder ihr Hufgetrappel gehört noch sie kommen gesehen habe.

Ich lege den Arm, der nicht Syb umklammert, um den Hals der Stute, drücke lange ihren Kopf und fahre kurz über ihre vernarbte Haut. Sie lässt ein leises, zufriedenes Wiehern hören. Als meine Finger wieder an meiner Seite herabsinken, drückt Arina ihre samtige Schnauze in meine Halsbeuge, bis ich sie erneut kraule. Auch wenn ich weiß, dass ihr blindes Vertrauen in mich nur mit meinem Shabbin-Blut zu tun hat, bringt es mein Herz jedes Mal zum Flattern.

Syb schnalzt mit der Zunge und unser Pferd wendet den Kopf

der Hand zu, die meine Freundin ausstreckt. Sie will das neueste Mitglied des Widerstands streicheln, doch Arina hat kein Interesse an Zärtlichkeiten. Wahrscheinlich erwartet sie eine Leckerei, schließlich haben Syb und ich den Morgen damit verbracht, ihr Tricks mit geviertelten Äpfeln beizubringen.

„Du kleiner Schlingel, du magst mich nur, wenn ich Futter habe, was?", murmelt Syb und obwohl sie zu lächeln versucht, lässt ein Schaudern es sofort wieder von ihren Lippen verschwinden.

Ihre Gedanken kreisen wie meine um düstere Dinge, denn Antonis Sache nützt der Krone nicht. Zumindest nicht der Fae-Krone.

„Bestimmt hat er sich nur in den Tunneln verlaufen", murmelt sie.

„Welche Tunnel?"

Sybs Mund formt ein O. „Ich meinte in Rax."

„Was für Tunnel?"

„Psst."

Ich lasse Sybs Arm los und drehe mich zu meiner Freundin um. „Was zum Teufel für Tunnel?", zische ich, auch wenn ich schreien möchte.

Sybille hat keine Geheimnisse vor mir. Zumindest dachte ich das.

„Fal, ich schwöre, ich erzähle dir alles, was ich weiß, sobald wir zu Hause sind. Aber bitte lass es jetzt, sonst bringst du sie in noch größere Schwierigkeiten, als du es getan hast, als du ins Haus gezogen bist."

Mein Kopf fährt zurück, als hätte Syb mich geohrfeigt.

„Merda", murmelt sie. „So habe ich das nicht gemeint. Du weißt, dass ich es liebe, wenn du da bist."

Die Perlen in meiner orangefarbenen Perücke beginnen aneinander zu klicken. Ich trete einen kleinen Schritt von meiner Freundin zurück, überwältigt von einem ganzen Schwarm von Emotionen – Verrat, Schock, aber auch Schuld. Ich wusste, meine Anwesenheit war unpassend – sowohl Gia als auch Antoni haben das immer wieder deutlich gemacht – habe aber nicht realisiert, *wie* ungelegen sie wirklich war.

Um ihnen nicht *noch mehr Ärger* zu machen, presse ich meine Lippen zusammen und marschiere aus dem Garten. Nach heute Nacht, egal was passiert oder was ich erfahre, werde ich gehen.

Wenn mein Haus renoviert wurde, wie von Dante versprochen, werde ich dorthin zurückziehen. Natürlich sind die Chancen, dass Lorcan diese Wohnsituation akzeptiert, gering. Ich erwarte, dass er mich direkt zurück ins Himmelreich bringen wird. Ich finde Trost in der Tatsache, dass Phoebus dort ist, obwohl er wahrscheinlich eine Weile nichts mit mir zu tun haben will.

Meine Gedanken stoppen abrupt wie Arina, deren einziges Auge sie so weit aufreißt, dass die braune Iris in einem Meer aus Weiß schwimmt. „Was ist los, Mädchen?"

Ein tiefes Wiehern ertönt, das ihren ganzen Körper erschüttert. Mein Rückgrat prickelt alarmiert, und für einen kurzen Moment erwäge ich, wieder hineinzugehen. Doch wenn dies mein letzter Beitrag zur Meriam-Rettungsbewegung sein soll, möchte ich, dass er zählt.

„Meine Damen." Die allzu vertraute Stimme beruhigt meinen erhöhten Puls. *Tavo.*

Das erklärt Arinas Verhalten. Sie muss den Mann gewittert haben, der sie töten wollte, weil sie mit einem Makel geboren wurde.

Ich strecke meine Hand aus, um sie zwischen ihren gespitzten Ohren zu streicheln, aber Tavos Stimme hallt erneut durch die Dunkelhei. Sie bäumt sich auf und wirft den Kopf zurück, wobei sie die lila Blüten verstreut, die ich ihr früher am Tag in die Zöpfe geflochten habe, als wir durch die Gärten spazierten. Sie dreht sich auf ihren Hinterbeinen und galoppiert davon, flüchtet in den Marmortempel, den Syb und ich mit Heu gefüllt haben.

Ich hoffe, das Leben geht nach dem Tod weiter, nur damit Ptolemäus' Geist sehen kann, wie wir sein Zuhause umgestaltet haben. Er würde zweifellos von Neuem sterben.

Das kleine Vergnügen, das mir dieser Gedanke beschert, wird von dem langen Blick weggewischt, den Tavo über meinen Körper gleiten lässt, als ich an Bord von Eponines Gondel gehe. Der Mann hasst mich und alles, wofür ich stehe, warum müssen seine Augen dann wandern?

„Guten Abend, Schlangenbeschwörerin", murmelt er. „Oder sollte ich sagen, Nebba-Beschwörerin?"

„Mir war nicht bewusst, dass Generäle auch als Kreuzfahrtkapitäne fungieren", erwidere ich, passiv-aggressiv wie immer in seiner Gegenwart.

Die bernsteinfarbenen Augen des Mannes flammen im einsamen Laternenlicht, das das Ufer erleuchtet, rot auf. „Dantes Verlobte hat darum gebeten, dass du dich neben sie setzt."

„Eine Ehre." Ich umgehe die gepolsterte Bank, auf der Catriona mit steifem Rücken sitzt, und lasse mich auf das dreieckige Sofa nieder, das mit goldenen Kissen geschmückt ist, auf denen die zukünftige Königin von Nebba lümmmeln wird – wenn alles gut geht – oder von Luce – wenn nicht alles gut geht.

Ihr grünes Kleid ist mit so viel Gold durchzogen, dass es dem luxuriösen Satin einen Spiegelglanz verleiht. „Entschuldigung. Ich wusste nicht, dass Dante uns mit Diotto belasten würde." Sie betrachtet mich über den Rand ihres Weinglases, und obwohl Eponine und ich uns bisher nur zweimal getroffen haben, verstehe ich ihren Blick, der sagt, Dante vertaut uns nicht, wenn er seinen General schickt.

Ich spüre Sybs Blicke auf mir, als sie in die Gondel steigt und sich neben Catriona setzt. Ich schaue nicht in ihre Richtung, teils aus Verärgerung, teils weil ich ganz auf die Finger der Kurtisane konzentriert bin. Genauer gesagt auf die Knöpfe, mit denen sie spielt, die von ihrem Bauchnabel bis zu ihrem Hals verlaufen. Ich hatte erwartet, sie würde ein prächtiges und farbenfrohes Kleid tragen, übersät mit Edelsteinen und Pailletten. Obwohl aus Pannesamt, ist ihr schwarzes Kleid konservativer als die Kleider meiner ehemaligen Schullehrerinnen.

„Ich wusste nicht, dass Silber nur zu Schwarz passt", sage ich, während Eponine und Sybille Höflichkeiten austauschen.

Bei Catrionas Stirnrunzeln deute ich auf ihr Kleid.

„Ich wollte Rot tragen." Ihr sonst taufrisches Gesicht wirkt fahl im Mondlicht.

„Dann sollten wir wohl tauschen. Silber würde besser zu dem passen, was ich anhabe."

„Zu spät.“ Ihre Finger lassen von den schwarzen Perlmuttknöpfen ab und falten sich in ihrem Schoß. „Wir sind bereits im Freien.“

Wie praktisch … „Wir sind immer noch am Ufer vertäut. Es würde nur eine Minute dauern zu tauschen.“

„Nein.“ Sie schreit das Wort nicht, doch es platzt fast brutal aus ihrem Mund heraus.

Schon gut … Ich lasse das Thema fallen, um keine Szene zu machen. Catriona wird sich nur noch weiter in die Ecke gedrängt fühlen, wenn Eponine sich einmischt. Nicht, dass Eponine zuhört. Sie ist zu sehr damit beschäftigt, über etwas zu lachen, das meine *Freundin, die mir nicht vertraut*, gesagt hat und das ich verpasst habe.

Das vergitterte Eingangstor zu Antonis Garten – *Park*, eigentlich – schlägt hinter Aoife zu. Als sie es abschließt, dreht sie den Kopf zum Himmel und nickt. Ist Lorcan hier oder nickt sie wegen etwas, das Colm gerade gesagt hat …

Meine Lippen pressen sich zusammen, weil sie nicht in Vogelgestalt ist, weshalb ihre Krähenkollegen nicht mit ihr kommunizieren können. Nur Lorcan hat diese Fähigkeit, was bedeutet, dass er anwesend sein muss. Aber wäre er anwesend, würde er ihr nicht befehlen, die Mission abzubrechen, die er nie befürwortet hat?

Dennoch suche ich die Dunkelheit nach den vertrauten goldenen Lichtpunkten ab, sehe aber weder Lores Augen noch irgendeinen riesigen Vogel, der oben kreist. Ich senke meinen Blick, ohne durch unsere Verbindung Kontakt aufzunehmen, und konzentriere mich wieder auf Aoife, gerade als sie ins Boot steigt. Es schaukelt und sie taumelt, fängt sich aber an der lackierten Reling. Bei ihrer gutturalen Reihe von gezischten Worten wird der grauäugige Gondoliere so steif wie das lange Ruder in seinen Händen.

Er muss realisieren, dass er eine Crow an Bord hat.

Perlen klicken in Eponines schwarzem Kopfschmuck, als sie sich zurücklehnt. „Diotto, bring meinen Freunden etwas Wein.“

Der General spannt sich an, sicherlich hält er die Aufgabe für unter seiner Würde. Das boshafte Lächeln, das Eponine ihm zuwirft, zeigt, dass sie ihn speziell aus diesem Grund für den Job ausgewählt hat. Natürlich steigt sie dadurch in meiner Achtung.

Obwohl ich keine Lust auf Alkohol habe, sehe ich doch gerne zu, wie der rothaarige Fae ihren Befehlen Folge leistet.

Es ist umso befriedigender, als das Boot schaukelt und der Wein auf seine Hand schwappt und in seinen burgunderroten Ärmel einzieht. Sein Kopf schnellt hoch und er schleudert dem Gondoliere, der von der Backbordseite der Gondel geklettert ist, eine Beleidigung entgegen.

„Schlange." Der Luft-Fae nickt zum gekräuselten Wasser hinüber.

Ich drehe mich um und beuge mich über die Reling. Im klaren Wasser unter uns schimmern zwei schuppige Bestien – eine so blau wie mein Kleid und die andere so pink wie Sybs Kopfschmuck ... und *vernarbt.*

Obwohl ich versucht bin, meine Finger durch das Wasser gleiten zu lassen, besteht der ganze Sinn unserer Masken darin, unsere Anonymität zu wahren. Da kein rechtschaffener Reinblüter seine Hände ins Meer stecken würde, halte ich sie dicht an meinem gepolsterten Sitz.

„Diese Bestien sollten das Boot besser nicht noch einmal schaukeln lassen." Obwohl Tavo dies leise sagt, durchdringt die Drohung in seinen Worten die laternenerleuchtete Dunkelheit und erreicht mich.

„Legst du einen Finger an sie, Diotto", murmle ich laut genug, dass er es hören kann, „oder berührst sie mit deiner Magie, werde ich dafür sorgen, dass ein wesentlicher Teil von dir verkürzt wird. Mit Stahl."

Stille folgt meiner Drohung.

Aber dann verzieht sich Diottos Mund zu einem hässlichen Grinsen. „Schlägst du mich mit Stahl oder mit einer Schlange, dann darf ich deine Freunde mit Obsidian schlagen, also wäre ich vorsichtig mit Drohungen. Es sei denn, du möchtest einen Krieg beginnen? Ich nehme an, das würde den Crimson Crow allzu glücklich machen. Er könnte unsere Art niederbrennen und es Rache nennen."

„Fallon, ich bringe dich nach Hause. Bitte." Auch wenn die Luft dunkel ist, entgehen mir nicht die Schwaden schwarzen Rauchs, die durch Aoifes roten Seidenumhang wehen.

„*Né. Fás.*“ *Nein. Noch nicht.* Dass ich in ihrer Sprache antworte, lässt ihre Augen sich hinter der Maske weiten.

Nachdem sie sich von ihrem Schock erholt hat, brummelt sie: „*Ríkhda gos m'hádr og matáeich lé.*“

Obwohl ich nicht alles verstehe, erfasse ich dank des Ausdrucks ‚*mattock lé*‘ – *töte ihn* – die Essenz.

Ich lächle, als Tavo um die Bank herumgeht, um mir die halbgefüllte Flöte zu reichen. Aoife schnappt sie aus seinen Fingern, was den General dazu bringt, seine Hand so schnell zurückzuziehen, dass ich blutende Kratzer erwarte. Unglücklicherweise ist seine Haut unversehrt.

„Gondoliere, wenn ich schaukeln wollte, hätte ich meine Freunde in meinen privaten Pool eingeladen.“

Der Mann zuckt bei Eponines Tadel zusammen, steigt dann zögerlich auf die Backbordseite und taucht, während er über den Rand des Bootes späht, sein Ruder ein. Eine weitere Schlange muss unter dem Boot hindurchgeglitten sein, denn er steigt wieder auf sein erhöhtes Podest und verwendet seine Luftmagie, um das Boot voranzutreiben.

„Kann bitte jemand den Barden dazu bringen, Lieder zu singen, die nicht von tollkühnen Männern handeln, die ihr Leben riskieren, um törichte Damen zu retten?“ Eponine nippt an ihrem Wein und beobachtet das Knacken von Tavos Kiefer.

Ich versuche, Catrionas Blick einzufangen, aber die Kurtisane starrt unverwandt auf etwas hinter mir. Ich drehe mich um und entdecke ein Gefährt, identisch mit unserem, gefüllt mit ähnlich vielen Passagieren. Ich dachte, dies wäre eine beschauliche Angelegenheit, aber anscheinend hat Eponine mehr Freundinnen, als ich annahm.

Sie lehnt sich vor und flüstert: „Das sind alles Lockvögel. Dir wird auffallen, ihre Perücken haben die gleichen Farben wie die, die wir tragen.“

Ihre Bemerkung lenkt meine Aufmerksamkeit von dem anderen Gefährt und dem Wasser ab, das zwischen uns aufschäumt, über den sich windenden Körpern der Schlangen.

„Nun …“ Der Mund, den sie passend zu ihrem Kopfschmuck schwarz bemalt hat, verzieht sich. „Außer die Catrionas. Sie hat der Verkäuferin wahrscheinlich extra bezahlt, um die einzige mit einer metallischen Farbe zu sein.“

Mein Herz setzt einen Schlag aus, denn die platinfarbene Perücke sollte eigentlich auf meinem Kopf sitzen.

Catriona scheint Eponine nicht gehört zu haben, so sehr ist sie auf die leuchtenden Tarecuorin-Anwesen fokussiert, an denen wir vorbeigleiten, während der stämmige Barde auf seiner eigenen Gondel uns mit seinem honigsüßen Bariton eine Serenade darbietet.

Auch wenn die Welt vielleicht glaubt, dass die Kurtisane posiert, tut sie es nicht. Das wirft die Frage auf: Warum tritt sie ins Rampenlicht, das für mich bestimmt ist?

Wessen Aufmerksamkeit versucht sie zu gewinnen?

KAPITEL 41

Sybille wirft einen Blick in unsere Richtung, bevor sie sich wieder auf den Barden konzentriert, dessen Boot neben uns her gleitet. Mehr als einmal hat sie ihre Stimme mit der seinen vereint. Obwohl seine Ohren genauso rund sind wie ihre, rümpft er seine Hakennase und reckt sein weiches Kinn, als wäre ihr Gesang der scheußlichste Laut, den er je gehört hat.

Zugegeben, Syb ist etwas *unmusikalisch*, aber wenn etwas ihrem Gesang nicht fehlt, dann ist es Enthusiasmus. Es erfordert Mut, laut zu singen

Während ich sie anstarre, kreist das Wort *Tunnel* in meinem Kopf. Ich stoße Aoife in die Rippen, damit sie sich zu mir beugt, und murmle: „Neuigkeiten von Imogen?"

„Warum?"

„Antoni", sage ich schlicht.

Nach einem langen Blinzeln bewegt sich ihr langer Hals, als sie schluckt, und sie schüttelt den Kopf.

Reflexartig hebe ich den Wein an meine Lippen. Als der süße Geschmack meine Zunge berührt, erinnert er mich an den Beutel, der in meinem Dekolleté steckt. Wie soll ich ihn herausfischen, ohne dass es jemand bemerkt?

Die Antwort kommt in Form eines Elfenbeinzahns. Ich werde mein Biest anflehen müssen, das Boot erneut zu schütteln, Anonymität hin oder her. Ich nehme einen winzigen Käsepuff von der goldenen Platte zwischen Eponine und mir und führe ihn zum Mund. Immer wachsam schnappt Aoife ihn und nimmt einen Bissen. Nachdem er ihren Gifttest bestanden hat, gibt sie ihn mir zurück. Ich gebe vor, davon abzubeißen, bevor ich meinen Arm über die Bootskante gleiten lasse und meine Finger spreize.

Einen Moment passiert nichts, doch dann springt der Gondoliere von seiner erhöhten Plattform und flucht wie ein Rohrspatz. Mein Herz schlägt so wild, dass ich fürchte, ganz Luce könnte das

Salz zwischen meinen zusammengepressten Brüsten knirschen hören.

Plötzlich spritzt Wasser auf das Deck und die Gondel schaukelt hin und her. Aoife duckt sich gerade, als eine Wasserfontäne Catriona im Gesicht trifft. Der Teint der Kurtisane, der bereits ungewöhnlich blass war, wird noch weißer, bis er fast mit ihrer Platinberücke verschmilzt.

Ich presse meine Hand auf mein pochendes Herz, die Finger kriechen zur Spalte zwischen meinen Brüsten. Ich erstarre, weil Diotto auf meine Hand starrt.

Merda.

Auch Syb starrt, ihr Blick etwas angespannt, etwas gequält. Sie stürzt ihren Wein hinunter. „Mein Glas ist leer, Diotto."

Sie hält ihm ihren Kelch hin, der sicherlich außerordentlich erfreut ist, dass er ausnahmsweise uns bedienen darf..

In dem Moment, als er ihn aus ihren Fingern nimmt, schnellen ihre Augen zu Eponine und sie lächelt. „Möchtet Ihr eine Geschichte über eine gewisse Person hören?" Sie nickt zu Tavo.

„Immer."

Syb krümmt ihren Finger und Eponine ändert ihre Position, um ihren Kopf näher an meine Freundin zu bringen. Ich lasse meine Finger zwischen meine Brüste gleiten und zupfe den Beutel heraus. Meine Hände zittern so sehr, dass er auf meinen Schoß fällt. In dem Moment, als ich ihn ergreife, schnellt mein Blick zurück zu den Gondelpassagieren.

Nur Aoife bemerkt meine miserable Heimlichtuerei.

Catriona ist zu sehr damit beschäftigt, nach oben zu starren, ihre Finger so fest um den Stiel ihres Kristallkelchs geschlungen, dass ihre Knöchel weiß sind. Ihr Kummer stoppt meinen chaotischen Puls und meine stümperhaften Pläne, und ich überlege, zuerst Salz in ihr Glas zu streuen, aber Eponine ist das Hauptziel.

Ich schiebe einen Nagel unter die seidenen Schnüre und lockere den Knoten, dann öffne ich den Beutel. Während Syb Eponine eine langatmige Geschichte ins Ohr flüstert, verengen sich Diottos Augen auf ihre geneigten Köpfe, konzentriert auf Sybs Mund, den sie in demselben Pink wie ihr Kopfschmuck bemalt hat.

Ich nehme eine Prise Salz, hülle den Beutel in den durchsichtigen Chiffon meines Kleides und rutsche auf Eponine zu. „Was habe ich verpasst?“

„Oh, wäre ich doch eine Fliege an der Wand deiner Taverne in jener Nacht gewesen …“, sinniert Eponine, ihre Lippen zu einem Lächeln geformt, das im Vergleich zu dem schwarzen Farbton ihres Mundes blendend ist.

Mein Blick wandert zwischen ihren grünen Augen und dem Glas, das sie hochhält. Syb beugt sich erneut vor und senkt ihre Stimme, was die Prinzessin dazu bringt, den Kopf zu neigen, um Syb besseren Zugang zu ihrem Ohr zu gewähren.

Mein Herz hämmert gegen meinen Brustkorb, ich hebe meine Finger zum Wein der Prinzessin und lasse die wahrheitsenthüllenden Flocken genau in dem Moment fallen, als ein Lachen aus ihrem Mund ertönt und sie ihren Arm schwingt. Wein schwappt über den Rand.

Ich schätze die verbleibende Menge ab – drei Schlucke – dann befürchte ich, dass das Salz vielleicht keine Zeit gehabt hat, sich aufzulösen.

Als Eponine sich gegen die Kissen zurücklehnt, treffen ihre Augen auf Diottos, und sie grinst. „Nicht viel zu kürzen mit Stahl, wie ich höre.“

Tavo zuckt zusammen, und obwohl ich den Mann zutiefst verabscheue, kann ich nicht umhin, ein wenig Mitleid zu empfinden, da die Geschichte, die Sybille erzählt hat, seine Anatomie betrifft.

„Ich bin selten froh, als Frau geboren zu sein, angesichts der automatischen Geringschätzung, die mit unserem Geschlecht einhergeht, aber zumindest müssen wir uns keine Gedanken über das machen, was zwischen unseren Beinen sitzt.“

Das Gesicht des Generals nimmt einen Zinnoberrotton an, der den seiner Haare und Augen übertrifft und fast mit dem Burgunderrot seiner Uniform übereinstimmt.

Um den Mann von seinem Elend zu erlösen, erhebe ich mein Glas. „Ich möchte einen Toast ausbringen.“

Ich warte, bis Eponine und Syb ihre Gläser heben, dann rufe ich Catrionas Namen. Meine Stimme lässt sie zusammenzucken, sodass die Verzierungen in ihrer Perücke klimpern.

„Auf die Frauen, die unsere Tage anreichern und unsere Nächte erhellen."

„Welch hübscher Gedanke." Eponine hebt ihr Glas an den Mund.

Die Sehnen, die meinen Hals hinablaufen, spannen sich an, als ihre Nasenflügel sich weiten. Kann sie das Salz riechen?

Mein Blick möchte zu Syb wandern, bleibt aber auf Eponine fixiert, die immer noch nicht getrunken hat. *Komm schon. Komm schon.* Mein Herz beginnt so heftig zu beben wie der Rest von mir. *Komm verdammt nochmal schon.*

Als ihre Augen zu meinen zucken, weicht das Blut aus meinem Gesicht.

Sie weiß es …

Oh Götter, sie weiß es.

Sie neigt ihr Glas und trinkt. Als sie sich die Lippen leckt, kräuselt sich ihre Nase.

Also gut, vielleicht wusste sie es nicht, aber jetzt muss sie es wissen.

Sie reicht Tavo ihr Glas, Ringe funkeln an jedem ihrer Finger. „Wechsle mein Glas, Diotto. Die Schlangen haben Meerwasser hineingespritzt."

Wenn sie wirklich glaubt, dass die Schlangen für das Salz verantwortlich sind, warum starrt sie dann unverwandt mich an?

Nachdem er ihr Glas genommen hat, lehnt sie sich in die Kissen zurück und streicht über die Samtquaste an einem der Kissen. „Stell deine Fragen besser, bevor die Wirkung nachlässt."

Mein Herz kommt abrupt zum Stillstand. „Es tut mir leid."

„Wirklich?"

„Ja. Ich mag es nicht, Geheimnisse zu stehlen, aber ich kann keine weitere Woche warten, um es zu erfahren." Ich fahre mir mit der Zunge über die Lippen, dann senke ich meine Stimme, sodass nur sie es hören kann. „Wo ist meine Großmutter?"

„In Shabbe."

Ich zucke zusammen, bis ich begreife, dass sie von Nonna spricht. „Meriam. Ich meinte Meriam."

Sie krümmt einen Finger in meine Richtung, und obwohl ich lieber Abstand halten würde, rücke ich näher. „In der Nähe."

„Wo in der Nähe?" Meine Stimme bebt wie der Rest von mir.

„In Luce."

„Aber wo?"

Mein Herz schlägt sechsmal, bevor sich ihr Mund endlich zu Worten formt, die meinen Entschluss festigen, Antonis Haus zu verlassen, aber nicht zugunsten des Himmelreichs.

Nein. Ich muss nach Westen zurückkehren, zurück in das Land der Strände und Dschungel, in das Land, bewacht von Frauen, die den Namen tragen, von dem ich einst glaubte, er gehöre auch mir. Hier hatte ich gehofft, nie wieder den Weg der furchteinflößenden Xema Rossi zu kreuzen …

Noch immer benommen, dass meine Rückkehr nach Luce nicht umsonst war, berühre ich Eponines Knie. „Ich werde dafür sorgen, dass du trotzdem bekommst, was du dir wünschst."

Ich schiebe meinen Groll gegenüber Lorcan beiseite, um das Geständnis, das ich ihren Lippen entlockt habe, in seinen Geist zu übertragen. ***Xema Rossi versteckt Meriam.***

Ich erwarte kein „Gut gemacht, kleiner Vogel", aber ich hoffe auf irgendeine Art von Reaktion. Ein „Ich werde ein paar Vögel ausschicken, um ihre Behauptung zu überprüfen". Als keine Antwort meinen Geist durchdringt, wird mir klar, dass er wohl doch nicht anwesend ist, und ein Hauch von … *etwas* zerfrisst meine Freude.

„Wirst du jetzt zum Abendessen bleiben, wo du bekommen hast, wofür du gekommen bist?" Eponines Frage lenkt meine Gedanken von Lore ab.

Ich täusche Begeisterung vor, die ich nicht mehr empfinde, obwohl ich, wie sie sagte, bekommen habe, wofür ich gekommen bin. Warum ist Freude nur so flüchtig? „Ich würde nichts lieber tun, als mit einer zukünftigen Königin zu speisen, wenn besagte zukünftige Königin noch gewillt ist, das Brot mit mir zu brechen."

Ein Lächeln stiehlt sich auf ihren Mund. „Bieg rechts ab!"

Meine Stirn legt sich in Falten, denn rechts geht es nach Tarelexo.

„Ich will sehen, wo die andere Hälfte lebt. Wo *du* gelebt hast.“

Da vergesse ich all meine Scham und Unruhe, denn ich bin nicht mehr nach Hause zurückgekehrt, seit Dante versprochen hat, mein Zuhause wiederherstellen zu lassen.

Hat er?

Was wird der Anblick meines Hauses mit mir machen, wenn er es nicht getan hat?

KAPITEL 42

Obwohl das meiste von Eponines Gesicht hinter ihrer Maske verborgen ist, entgeht mir ihr leichtes Lippenkräuseln nicht, das sich verstärkt, während wir tiefer in die Gewässer von Tarelexo vordringen, wo die Häuser eng beieinander stehen und erschöpft aneinander lehnen wie müde Kinder.

„Ist das Euer erster Besuch in Tarelexo?", fragt Sybille die Prinzessin von Nebba.

„Ja."

Ihre Antwort überrascht mich nicht, denn Reinlinge meiden Tarelexo normalerweise.

Anscheinend wird ihr feiner Geruchssinn von den mit schmutzigem Wasser gefüllten Rinnen, die unsere Inseln säumen, überwältigt.

„Es ist … farbenfroh."

Und das ist es. Obwohl abblätternd und verblasst, sehen unsere Häuser aus wie die Palette eines Malers. Als ich der Richtung ihres Blicks folge, wird mir klar, dass sie von unserer handgewaschenen Wäsche spricht, die in einer sanften Brise flattert.

Im Gegensatz zu den Höheren und Spitzohrigen haben wir keinen Luft-Fae zur Verfügung, um unsere Laken zu trocknen. Ganz zu schweigen von den immer noch bestehenden Einschränkungen für unsere … für die Magie der Halblinge. Die Erkenntnis, mich immer noch als solche zu sehen, überrascht mich.

„Vermisst du dein Viertel sehr?" Eponine streicht über den Stiel des Glases, das sie schon so oft nachgefüllt hat, dass Tavo bereits drei Krüge in den Ruhestand geschickt hat.

„Ehrlich gesagt, nein. Die Menschen dort vermisse ich allerdings. Meine Großmutter und meine Mutter. Diejenigen, mit denen ich aufgewachsen bin, nicht die … anderen."

„Natürlich." Sie lässt ihren Fingernagel, der so schwarz ist wie ihr Lippenstift, gegen das Glas klingen. „Mein Becher ist leer."

Syb wirft mir einen weit aufgerissenen Blick zu, der sagt: *Die Leber dieser Frau muss aus Metall gegossen sein.* Oder vielleicht fragen ihre Augen: *Hast du mir verziehen*?

Als Tavo Eponines Becher füllt, ruht sein bernsteinfarbener Blick auf mir. „Werden die Schlangen auch mehr Wein benötigen?"

„Wie bitte?"

„Ich habe bemerkt, dass viel von deinem Wein über Bord geht."

„Weil die Gondel ständig schaukelt und ich es bevorzuge, dass der Wein im Mareluce schwappt, statt auf meinen Schoß zu tropfen und mein schönes Kleid zu beschmutzen. Das Leben in Tarecuori hat mir Flausen in den Kopf gesetzt."

Sybille kann ihr Schnauben nicht zurückhalten.

„Ich stimme zu." Eponine streicht die langen schwarzen Strähnen ihrer Perücke zurück. „Diotto, der Gondoliere ist furchtbar. Ich möchte, dass er vor unserer Rückfahrt über den Kanal ausgetauscht wird."

„Das war nicht …" Ich knabbere an meiner Lippe. „Die Schlangen machen ihm die Arbeit nicht leicht, Maezza."

„Keine Arbeit ist frei von Herausforderungen." Sie beobachtet mich ein paar stille Minuten lang, als würde sie mich herausfordern, ihr zu widersprechen oder auf dem Thema zu insistieren.

Da ich heute Abend nicht hergekommen bin, um über die Vorzüge des Überwindens von Herausforderungen zu diskutieren, wende ich meinen Blick den engen Inseln zu, auf denen ich aufgewachsen bin. Zwischen wilden Blüten und kriechenden Ranken ziehen sich Risse durch.

Obwohl ich oft die Brücken unseres Königreichs überqueren wollte, um zu sehen, ob Dante sein Versprechen gehalten hat, ließen meine Krähenwächter mich nicht aus Tarecuori heraus, wo die Straßen breit und leicht zu bewachen sind.

Jetzt, da wir an meinem kleinen blauen Haus vorbeigleiten, bin ich froh, dass sie mich in Tarecuori behalten haben, denn ich bin mir unsicher, wie ich reagiert hätte, wäre ich früher zu meinem Haus zurückgekehrt.

Obwohl kein Licht im Inneren leuchtet, tropft das Mondlicht von den zerbrochenen Scheiben und driftet durch die staubigen

Räume, fängt sich an den Wänden, die von Schmähungen gerötet sind. Der letzte Rest Glauben, den ich noch in Dante hatte, verschwindet wie Tau unter einer brennenden Sonne.

Als die Gondel sich dreht und die Seite meines Hauses zeigt, die nach Rax weist, zischt Aoife, und ich klammere mich so fest an die Reling, dass ich erwarte, sie würde splittern, doch ich bin nicht übermenschlich. Noch nicht. Das Einzige, was splittert, ist meine Fassung, als die abscheulichen Worte, die in Schwarz neben die Glyzinienranke gesprüht wurden, sich in meine Lider brennen.

„*Crimson Hure*", liest Eponine langsam vor. „Dein Zuhause, Catriona?" Ihr freundlicher Ton lässt die stille Kurtisane aufbrausen.

„Meins", murmle ich zwischen kaum geöffneten Zähnen. „Dante versprach, es wieder herzurichten."

Ein Lächeln spielt um Tavos Mundwinkel. „Wir versuchen immer noch, die Täter zu finden. Er möchte ihnen eine Lektion erteilen. Außerdem möchte er nicht in die Staatskasse greifen, um nicht von Forderungen nach Almosen überschwemmt zu werden."

Mein Wunsch, die Mängel des Generals erneut anzusprechen, kitzelt an meiner Zungenspitze. Es ist nur der Druck von etwas Zartem und Hartem gegen meine Hand, gepaart mit den onyxschwarzen Augen, die mich aus einem leuchtend rosa Gesicht anblinken, der meine Wut dämpft. Ich entspanne meine Finger und lasse sie über Minimus' Stoßzahn gleiten, bevor ich die Wange meines sanften Tieres streichle.

Seine Lider schließen sich, und er schnurrt vor Vergnügen, was ihn dazu bringt, mit dem Schwanz zu schlagen und öliges Kanalwasser auf Aoife und Syb zu spritzen. Während meine Crow-Freundin nicht reagiert, rümpft Syb ihre hübsche Nase und mault ein „Igitt", während sie ein Stück Seetang von ihrem Dekolleté zupft.

Ich hätte vielleicht gelacht, wäre ich nicht immer noch ein wenig sauer wegen ihrer Geheimnistuerei.

„Mir war nicht bewusst, in eine so verarmte Familie einzuheiraten", sagt Eponine. „Nebba wird mehr als glücklich sein, deine Renovierungen zu finanzieren, aber bitte fahre fort mit deiner Suche nach den Tätern, Diotto."

Die Wangen des Generals fallen ein. „Ich werde Euer Angebot dem König unterbreiten."

„Oh, das war kein Angebot", korrigiert sie und blickt in die Runde. „Klang es etwa so?"

Ihr Mitgefühl verstärkt mein Schuldgefühl, weil ich ihr Getränk manipuliert habe.

Als wir endlich von meinem geschändeten Haus wegfahren, entziehe ich meine Hand Minimus' Reichweite und spiele mit dem Band des Salzbeutels, der immer noch in den Falten meines Kleides versteckt ist. Ich möchte Catrionas Geheimnisse fast genauso sehr erkunden, wie ich Eponines wollte, und überlege, ob ich ihr Getränk jetzt oder im Festsaal manipulieren soll. Angesichts der Abwesenheit der Kurtisane bezweifle ich, überhaupt eine Ablenkung zu benötigen.

Ich sehe zu, wie sie Tarelexo im Auge behält, während der Barde ein neues Lied anstimmt, eine Melodie, die ich über das Trommeln meiner Gedanken hinweg kaum erkennen kann.

Als die Gondel vor den tarelexianischen Kai gleitet und das lila Vordach des *Bottom of the Jug* in Sicht kommt, werfe ich einen Blick auf Sybille, in deren dünnen Hals der Wein schluckweise verschwindet. Ich dränge den letzten Rest meiner Verärgerung beiseite und greife nach der Hand, die sie in den Falten ihres weißrosa Kleides vergraben hat. Sie zuckt bei meiner Berührung zusammen, doch als sie merkt, dass ich es bin, huscht ein schmerzliches Lächeln über die gesenkten Mundwinkel und sie ergreift meine Hand fest.

Ich kann mir nicht vorstellen, wie herzzerreißend es für sie sein muss, in Gehweite vom Haus ihrer Eltern entfernt und doch nicht willkommen zu sein. Ich stelle mir vor, dass Nonna und Mamma nichts mehr mit mir zu tun haben wollen, wenn die Schutzzauber fallen, aber ich hoffe immer noch, dass ich mich irre, und sie mich nicht verstoßen werden wie die Amaris ihre Töchter.

Im *Bottom* muss es furchtbar still sein, denn das Lied des Barden lässt die wenigen Gäste, die noch drinnen verweilen, ihre Köpfe in Richtung Kanal drehen. In einem der Fenster erscheint Defne, die eine dampfende Auflaufform trägt. Nachdem sie sie abgestellt hat, schaut auch sie durch die kleinen Glasscheiben. Neue Linien umrahmen ihre Augen und ihren Mund. Linien, die durch mich dort sind. Durch das, was ich denjenigen angetan habe, die mir am nächsten stehen.

Erkennt sie uns unter unseren Masken und Perücken? Sieht sie, wie unsere Herzen über den tiefen Graben brechen, der sich zwischen uns erstreckt? Obwohl es schmerzen würde, wenn die Amaris mir nie verzeihen würden, würde es noch viel mehr schmerzen, sollten sie sich nie mit ihren Töchtern versöhnen.

Als das flatternde lila Vordach aus dem Blickfeld verschwindet, drückt Syb meine Hand und leert ihren Wein.

Ich schütte den Inhalt meines Bechers in ihren und sie trinkt ihn. „Sie werden sich besinnen", murmle ich leise.

Sie schenkt mir ein von Kummer gezeichnetes Lächeln. „Von deinen Lippen zu den Ohren aller Götter."

„Was habe ich verpasst?", fragt Eponine.

Während Syb die Situation erklärt, wende ich mich wieder Catriona zu. Sie scheint abwesend zu sein, verloren in ihren Gedanken. Ihr Blick springt zwischen den Dächern und Gehwegen hin und her. Ich frage mich, wonach sie Ausschau hält – Krähen? Kobolde?

Hätte ich sie nur vor dieser Bootsfahrt aufgesucht, anstatt eine nutzlose Stunde mit Grübeln zu verbringen, dass meine Monatsblutung noch aussteht.

Die Hitze von Aoifes Blick brennt auf meiner Wange. Ich richte meine Aufmerksamkeit auf sie. Obwohl keine Worte zwischen uns gewechselt werden, entgeht mir nicht das Flattern an ihrem Hals und die Spannung, die ihre wenigen nicht von der Maske verdeckten Züge umspielt. Es scheint, als wäre heute Abend niemand wirklich gelassen.

Mein eigenes Siegesgefühl ist längst verblasst, überlagert von einer Angst, die sich wie stachlige Nesseln um mich windet.

„Was für ein lebendiges Viertel." Eponines Bemerkung lenkt meinen Blick von Aoifes ab und meine Gedanken weg von dem, was in der Dunkelheit lauert.

„Früher war es noch lebendiger." Sybilles Blick folgt den zerlumpten Massen an Leuten – sonnenverbrannt, überarbeitet und mit Turbanen bedeckt – die unsere Pflastersteine und Holzbrücken betreten. „Ich kann nicht glauben, dass dies dein erster Besuch in Tarelexo ist."

„Marco wollte nicht, dass ich durch sein Königreich reise. Wahrscheinlich befürchtete er, ich könnte mir eine Meinung darüber bilden, wie er die unteren Kasten behandelt."

„Und, hast du das?" Hört sie die Anspannung in meiner Stimme?

„Ich habe Meinungen zu allem und jedem." Sie starrt Catriona an, als sie das sagt.

Ich möchte meine Freundin verteidigen, aber sie *verheimlicht* tatsächlich etwas. Wenn ich nur wüsste, was …

Obwohl die Schultern der Kurtisane sich unter all dem Schwarz, das sie trägt, straffen – ein Zeichen dafür, dass Eponines Stichelei nicht unbemerkt blieb –, blickt sie weiterhin auf die Dächer, die immer höher und heller werden, während wir zurück nach Osten reisen, auf die Seite der Reinlinge in der Hauptstadt.

„Gibt es Einschränkungen für die Magie der Halblinge in Nebba?", frage ich, ehrlich neugierig.

„Die einzigen Einschränkungen gelten sowohl für Reinblüter als auch für Halbblüter. Magie darf nicht dazu verwendet werden, Schaden anzurichten, obwohl angemerkt werden muss, dass das Gesetz Behauptungen wegen Notwehr von reinblütigen Fae mit deutlich mehr Nachsicht behandelt als solche von Halb-Fae."

„Kann also jeder Magie nutzen, um alltägliche Aufgaben zu erleichtern?" Sybs Augen sind größer geworden und füllen nun die Augenöffnungen ihrer Maske vollständig aus.

„Absolut. Sie werden sogar dazu ermutigt. Alles, um die Produktivität zu steigern."

„Vielleicht sollte ich nach Nebba ziehen", stellt Syb seufzend fest.

Eponine lächelt. „Wir würden uns freuen, dich bei uns zu haben."

Ich frage mich, was Lores Ansichten zu diesem Thema sind. Wird er den Fae Beschränkungen auferlegen oder wird er die Anwendung von Magie ebenfalls fördern?

Etwas glänzt am Nachthimmel und ich denke, es könnten Lores Augen sein, da kein anderer Crow metallische Augen hat, aber ich irre mich.

Es ist nicht Lore.

Es ist die Spitze eines Pfeils.

Eines Pfeils, der direkt auf unsere Gondel zufliegt.

KAPITEL 43

„Aoife, verwandle dich!“, rufe ich. „Princcisa, pass auf!“

Eponine hat sich bereits in ein Gewirr aus Ranken gehüllt, aber meine Freunde haben ihre Magie noch nicht herbeigerufen, also stoße ich mich vom Diwan ab, die Arme ausgestreckt, um sie beide zu Boden zu werfen.

Als ich sie gegen das Deck drücke, keuche ich. Nicht wegen des Aufpralls, sondern weil sich etwas in die Rückseite meines Oberschenkels gebohrt hat. Ein Blick über meine Schulter offenbart einen Pfeil, der aus dem zarten Indigo herausragt. Obwohl der Adrenalinschub in meinem Körper den Schmerz betäubt, stelle ich mir vor, wie er mehr als nur die Falten meines Kleides gestreift hat, als ich mein Bein bewege und der Pfeil nicht herausfällt.

Stehen uns weitere Geschosse bevor?

Habe ich das über diese Frauen gebracht?

Merda, merda, merda.

Ich höre Tavo dem Gondoliere zurufen, den Kurs zu ändern, und die Prinzessin schreit durch ihren Kokon aus Ästen. Wurde sie getroffen? Wer war das Ziel des Bogenschützen?

Das Boot schaukelt und Wasser schwappt über den niedrigen Rand und durchnässt meinen Rücken, gerade als die Luft sich mit massiven Flügelschlägen erfüllt, die Sterne und Laternen verdunkeln. Schauerliches Krächzen bricht zeitgleich mit metallischen Rufen aus. Beides hallt gegen den unruhigen Kanal und die glatten Kalksteinwände wider.

„Syb, geht es dir gut?“, frage ich.

„Pass auf!“ Mit weit aufgerissenen Augen, groß wie zwei Monde, packt Syb meinen Nacken und zieht meinen Körper nach unten, gerade als ein weiterer Pfeil über uns hinwegzischt.

Ich wage es nicht, mich zu bewegen, während ich darauf warte, dass der Angriff endet. Mein Puls schlägt so heftig, dass er meinen Hals anschwellen lässt, und ich kaum Luft bekomme.

„Ist es vorbei?", krächze ich, da Syb nach oben schaut.

„Ich gl-gl-glaube schon." Meine Freundin zittert so stark, dass es meinen Körper erschüttert.

Ich stütze mich auf einem Unterarm ab und greife um mich herum, um den Pfeil herauszuziehen. Ich werde fast ohnmächtig von dem stechenden Schmerz, aber das Wimmern, das von Catrionas Lippen kommt, hält mich wach. Ich werfe den Pfeil beiseite und richte meine Aufmerksamkeit auf die Kurtisane, gerade als ein weiteres leises Wimmern ihre Lippen verlässt.

Ein Schrei bahnt sich seinen Weg aus meiner Kehle, als ich entsetzt auf den Pfeil starre, der in ihrer Wange steckt.

„Wir brauchen einen Heiler!" Bei all den schrecklichen Dingen, die ich von Diotto denke, sagen mir sein geweiteter Blick und seine wächserne Hautfarbe, dass er genauso geschockt ist wie wir alle. „Tavo, hast du mich gehört?"

Er nickt ruckartig.

Ich krieche näher zu Catriona, die Rückseite meines Beins brennt wie Feuer. Die Augen der Kurtisane glitzern wie die Scherben des Weinglases, das neben ihrer Schulter zerschellt ist.

Cauldron, die Schmerzen, die sie ertragen muss …

Obwohl mir bewusst ist, dass es schlimmer werden könnte, ziehe ich den Pfeil heraus, und Blut spritzt aus der Wunde, fließt in Rinnsalen ihr schönes Gesicht hinunter und wird von ihrer silbernen Perücke aufgesogen.

Ich umfasse ihr Kinn mit zitternden Händen. „Catriona?" Mein Blick huscht zu der Wunde an ihrer Wange, wo ich unter dem Blut das Weiß des Knochens erkennen kann.

„Oh meine Götter, ist das … ist das …" Sybs abgebrochene Frage vibriert durch meine orangefarbene Perücke und meinen pochenden Schädel.

Tränen quellen endlich über den geröteten Rand von Catrionas Augen, sammeln sich unter ihrer Maske. „Es tut mir … leid." Ihr Flüstern ist kaum mehr als ein Hauch, aber ich bin so nah, dass ich ihre Worte auffange. „Ich wollte nicht …"

Was? Wofür entschuldigt sie sich? Ich möchte schreien, kann aber kaum atmen.

Als Catrionas Mund sich wieder bewegt und ich nicht verstehe, was sie sagt, reiße ich mir Maske und Perücke vom Kopf.

„Was hast du gesagt?“, bringe ich krächzend heraus.

„Du hättest … nicht zurückkommen sollen.“

Sybs frühere Worte huschen durch meinen Kopf, darüber, dass ich alle in Gefahr bringe, weil ich zurückgekehrt bin. Sie lassen meine Brust zerspringen, denn *ich* war das Ziel.

Diese Frauen wurden meinetwegen angegriffen!

Catrionas scharlachroter Mund öffnet sich, und ich glaube, dass sie noch etwas sagen will, aber sie hustet und besprüht mein Schlüsselbein und meinen Hals mit Blutstropfen.

Ihre Haut ist heiß unter meiner Handfläche und fühlt sich an, als würde sie anschwellen. Tatsächlich ist ihre Wange aufgedunsen. Und uneben. Quaddeln bilden sich um die Wunde und breiten sich aus. Ihre Maske ist so eng geworden, dass sie in ihre Haut schneidet.

Ich lasse meinen Blick umherschweifen, bemerke, dass wir angelegt haben und sich eine Menge um uns gebildet hat. „Wo ist der Heiler?“

Tavo starrt mich verständnislos an.

Ich will die Crows gerade anflehen, einen Heiler zu finden, da die Fae zu nichts zu gebrauchen sind, als mir ein anderer Gedanke durch den Kopf schießt. „Tavo, hülle deine Hand in Feuer, um ihre Wunde auszubrennen!“

Catriona stöhnt. „Es brennt.“

Und dabei hat Tavo sie noch gar nicht mit seinen magischen Flammen berührt.

Für zwei Sekunden überlege ich, uns ins Wasser zu rollen und Minimus dazu zu bringen, ihre Wunde mit seiner wundersamen Zunge zu lecken, aber was, wenn meine Schlange die Kurtisane schnappt und mit ihr in die Tiefen hinabschwimmt?

Als ich meine Haare zurückstreiche, stoßen meine Finger gegen meinen Ohrring. Wie konnte ich Lazarus‘ Kristall vergessen? Ich reibe die pollengelbe Perle zwischen meinen Fingerspitzen, bis ich sie fast zu Staub zerrieben habe und meine Finger mit ihrem klebrigen Rückstand bedeckt sind.

Catriona beobachtet mich, ihre Augen werden glasiger, ihr Teint blasser, ihr Gesicht ist so geschwollen und voller Quaddeln, dass ich für einen Moment aus dem Hier und Jetzt gerissen und in die Vision geschleudert werde, die Lore mir einst von dem Jungen schickte, der das giftige Moos am Flussbett gegessen hatte.

Als ihre Haut über die silberne Maske quillt wie aufgehender Teig, reibe ich ihre offene Wunde ein, unterdrücke die Übelkeit, die mir im Hals aufsteigt, als meine Finger auf blutiges Gewebe und harten Knochen treffen.

Tausend Fragen wirbeln durch meinen Kopf – Wofür hast du dich entschuldigt? Was wolltest du nicht tun? –, aber der Anblick ihrer Lippen, die sich zu roten Bojen aufblähen, vertreibt sie alle.

Mit der freien Hand versuche ich, ihre Maske abzureißen, aber das Ding sitzt fest. „Tavo, ein Messer! Wir müssen sie aus diesem Ding herausschneiden!"

Sie liegt so reglos da, dass ich an ihrem geschwollenen Hals nach dem Puls taste.

Mein Herz stolpert, denn ich spüre nichts außer vernarbtem Fleisch. „Catriona?"

Trotz der schrecklichen Schwellung ist die Wunde an ihrer Wange verschwunden.

„Catriona!" Ich will, dass ihre Wimpern flattern und ihre Lider sich wieder heben. Ich will, dass ihr Mund sich zu einem Atemzug, einem Stöhnen oder einem gemurmelten *micara* öffnet.

„Sie ist fort, Fallon." Tavo steht über mir, die Augen in einem furchterregenden Bernsteinton.

„Aber … aber … nein. Sie ist geheilt. Ich habe sie geheilt." Ich beginne, ihre Brust zu drücken, um ihr Herz wieder in Gang zu bringen. *Komm schon, Catriona. Komm schon.*

„Hör auf", sagt Tavo.

Doch ich höre nicht auf. Ich kann nicht aufhören. Aufhören bedeutet aufgeben, und ich bin nicht bereit, sie aufzugeben.

„Zu spät, Fallon." Hände greifen unter meine Arme und ziehen mich hoch.

Ich taumle, aber Aoife stützt mich. „Aoife, nein. Ich habe sie geheilt."

Ich versuche, mich von ihr loszureißen, aber mir fehlt die Kraft. Ich zittere so stark, dass ich fast zusammenbreche, als sie mich zum Steg führt, auf dem Sybille und Eponine stehen, umringt von einer sich verdichtenden Gruppe von Lucin-Soldaten. Es ergibt Sinn, da wir auf der Barackeninsel angelegt haben.

Zwei Crows in Menschengestalt ziehen mich hoch. Sie müssen spüren, dass meine Knie nachgeben werden, denn sie halten weiterhin meine Oberarme umklammert.

„Warum hat sie sich in eine Bestie verwandelt?" Eponines hüftlanges braunes Haar ist schweißnass und klebt an ihrer Kopfhaut und ihrer sich hebenden Brust.

„Gift." Tavos Stimme ist leise, doch ich höre sein Wort.

Nach dem Schock kommt die Wut. „Wer hat das getan?", schreie ich. „Wer hat uns verdammt nochmal angegriffen!" Die Kristalle und Ketten meines Schultercapes haben sich verschoben und hängen wie schlaffe Algen um meinen Hals, zitternd bei jedem meiner chaotischen Herzschläge.

Die Luft vor mir flimmert und verdichtet sich zu einem Mann.

Ein Mann mit strahlend gelben Augen, die sich einen Weg direkt in meinen Schädel brennen. „Lass die Bogenschützin fallen."

Ich runzle die Stirn, bis mir klar wird, dass Lorcans Worte nicht an mich gerichtet sind.

Ein Körper – vermutlich der der Bogenschützin – stürzt vom Himmel und schlägt so heftig auf die Planken, dass das windgepeitschte Holz zersplittert.

Ich schnappe nach Luft, als die Person auf den Rücken rollt und einen Kopf mit braunen Wirbeln und geschwärzten Zähnen enthüllt, die sich zu einem Stöhnen öffnen. Mein schockierter Blick wandert über jeden ausgebreiteten Dreadlock und die Dutzenden von Perlensträngen, die wie eine selbstgemachte Schlinge um den Hals der Frau hängen.

Ein Zischen bleibt mir in der Kehle stecken, denn ich erinnere mich an diese Frau … diese Wilde. Ich erinnere mich, wie sie vor mir an ihrer Liane schwang. Ich erinnere mich, wie sie und ihre Freundin Lyrial um Gold und noch mehr Gold feilschten, bevor sie Pfeile auf mich niederregnen ließen.

Ist sie von ihrem Berg herabgestiegen, um den Job zu Ende zu bringen? Ist das der Grund, warum sie mich angegriffen hat?

Eissplitter fluten meine Adern, als mir erneut bewusst wird, dass Catriona tot ist wegen …

Nein. Sie ist tot wegen eines Handels, den sie mit einem feigen Mann geschlossen hat.

Verwirrt richte ich meinen Blick auf Lorcan. „Ich verstehe nicht …" Ich schlucke, aber der Kloß in meinem Hals ist so groß, dass ich stattdessen nach Luft ringe, anstatt meinen Satz zu beenden.

„Verdammte gefiederte Dämonen." Die Wilde spuckt vor Lores Füße.

Ich halte den Atem an und beobachte, wie der Klumpen Speichel an der Spitze von Lores schwarzem Lederstiefel hinuntergleitet. Gespannt warte ich darauf, wie er reagieren wird. Ich bin nicht die Einzige, die starrt. Eponine, Sybille und jeder Soldat im Umkreis von einem Kilometer starren ebenfalls.

Nur Colm und Fionn, die mich flankieren, kümmern sich nicht darum, ihre Augen sind zu sehr damit beschäftigt, das Meer weißer Uniformen zu mustern.

Tavo hockt sich hin und betrachtet die tätowierte Frau, die ausgestreckt vor ihm liegt. „Was führt dich in die Hauptstadt, Wildling?"

Sie dreht den Kopf und verengt ihren Blick auf Tavo. „Nostalgie für die Regenbogenhäuser dort drüben."

Tavos Kiefer spannt sich an. „Wie wäre es mit der Wahrheit?"

„Wie wär's, wenn du deinen Kommandanten fragst?"

„Gabriele?", platzt es aus mir heraus.

Der Blick der Frau fällt auf mich und ihre Oberlippe hebt sich zu einem Zischen. „Wenn das nicht die Hure ist, die dafür gesorgt hat, dass meinem Freund der Arm abgehackt wurde."

Blitze zucken über den Himmel, erhellen die Fae und verdunkeln die Crows.

Tavo blickt unter einer hochgezogenen Augenbraue zu mir hoch, gerade als Lorcan in Rauch aufgeht. Eine Sekunde später zerreißt ein Schrei die Luft und Metall klirrt, als jeder Soldat auf der Insel sein Schwert zieht.

Als er wieder vor mir erscheint, tropft Blut von Lorcans Krallen, das er beiläufig an dem schwarzen Leder abwischt, das seine muskulösen Beine umhüllt. „Beeil dich mit dem Verhör, Diotto, denn wenn diese Wilde noch einmal schlecht über meine Crow spricht, werde ich ihr die Zunge herausschneiden. Da sie keine Hände mehr hat, um ein Geständnis zu schreiben, könnte sich das als unpraktisch erweisen."

Beim Anblick ihrer verstümmelten Handgelenke verliert Tavo die wenige Farbe, die er zurückgewonnen hatte, während Syb und Eponine den Inhalt ihrer Mägen ausspucken.

Wären meine Eingeweide nicht gleichermaßen vor Entsetzen und Schock eingefroren, hätte ich mich vielleicht selbst übergeben oder geschrien.

Der Adamsapfel in Tavos Kehle hüpft ein paar Mal auf und ab, bevor er es schafft zu fragen: „Gabriele hat dich gebeten, Pfeile auf wen zu schießen?"

Zwischen wütendem Keuchen faucht die Wilde: „Auf die Silberhaarige! Er hat mich bezahlt, um ihr Herz zu stoppen."

Meine Hand wandert zu meinem Hals und umklammert ihn, während sich ein leises Schluchzen aus meinem Herzen löst. Catriona hat sich geopfert, um mich zu retten.

Während Lore meine feuchten Wimpern und blassen Wangen mustert, grollt der Donner und lässt den Holzsteg, auf dem wir stehen, erzittern.

Warum wollte Gabriele meinen Tod? Hat Dante ihm befohlen, mich ermorden zu lassen? Hätte Tavo das nicht gewusst?

Irgendetwas stimmt hier nicht.

„Welche Haarfarbe hatte der Kommandant?" Meine Stimme ist so heiser, dass mein Murmeln in der Kakophonie lauter Beschimpfungen untergeht, die die Barackeninsel erfüllen. ***Lorcan, frag sie …***

Meine Gedanken werden wirr, als Feuer an meinem Oberschenkel auf- und abkriecht, der gummiartig geworden ist und …

Oh, Cauldron, nein. Ich krümme mich und kralle mich an meinem Rock fest, ziehe ihn über meine Knie.

Nein, nein, nein.

Jemand zischt.

Focá. Lore steht plötzlich vor mir, sein Gesicht so bleich wie das aufgedunsene Bein, das aussieht, als sollte es an einen anderen Körper geschraubt werden.

Oh Götter, ich werde sterben wie dieser Junge … Wie Catriona.

Mein Leben zieht an meinem inneren Auge vorbei. Ich sehe die Frauen, die mich großgezogen haben, den Mann, der wie ein Vater für mich war, die Freunde, die mich geliebt haben. Ich sehe goldene Augen und schwarze Federn und Rauch. So viel Rauch.

Du kannst jetzt nicht sterben, presst Lore hervor.

Doch, das kann ich.

Ich bin nicht unsterblich.

Ein Beben fährt durch den Boden unter meinen Füßen, bringt mich weiter aus dem Gleichgewicht und wirft meinen Körper gegen Lorcan.

Obwohl Angst mein Herz umklammert, ist es Schuld, die mich überwältigt. Schuld, dass ich Lore und jeden Crow, der mich beschützt hat, seit ich nach Luce zurückgekehrt bin, dem Untergang geweiht habe. ***Lore, Meriam ist in Tarespagia! Xema Rossi versteckt sie.*** Während Boden und Himmel grollen, während Wind und Regen auf unsere Gesichter einpeitschen, packe ich Lorcans Oberarme und schreie: „Geh und finde sie!»

Er umfasst mein Gesicht von beiden Seiten, während die Welt um uns herum weiter verschwimmt und bebt.

Ich konzentriere mich auf seine Augen, auf die Sprenkel von Schwarz, die in einem Meer aus Gold treiben, und ich frage mich, ob sie das Letzte sein werden, was ich sehe, bevor das Gift mich dahinrafft. Es sind sehr schöne Augen, von langen Wimpern umrahmt und funkelnd, und gütig … *manchmal.*

Sag Luce Lebewohl, kleiner Vogel.

Wie grausam und so tragisch. Muss er mich daran erinnern, dass ich sterbe?

Aber dann vollendet er seinen Gedanken, und mir wird klar, dass er mir nicht sagt, ich solle dem Leben Lebewohl sagen.

Denn heute Nacht ist es das letzte Mal, dass du die Fae-Lande siehst, bis sie wieder an uns fallen.

KAPITEL 44

Die Sterne verdunkeln sich und ebenso die Lichter von Luce, während wir in den tobenden Sturm aufsteigen.

Mein Körper ist so heiß und steif geworden, dass ich die Krallen, die Lore um meine Glieder geschlungen hat, nutzen möchte, um meine Haut zu durchbohren.

Lore schlägt mit seinen mächtigen Flügeln und steigt höher. Obwohl ich mich bemühe, bei Bewusstsein zu bleiben, lodert der Schmerz in meiner Wunde auf und raubt mir das Bewusstsein.

***

Ich schrecke keuchend hoch, doch mein Schrei wird von etwas Weichem gedämpft. Ich denke, es könnte ein Kissen sein, aber es ist so nass, dass es auch ein Seeschwamm sein könnte. Ich versuche mich umzudrehen, aber alles, was ich schaffe, ist den Kopf zu wenden.

„Lore?" Mein Verstand fühlt sich benebelt an, doch ich bin klar genug, um mich zu fragen, warum er die erste Person ist, nach der ich rufe.

Weil er der Letzte war, den ich gesehen habe?

Finger gleiten durch mein Haar. „Ich bin hier, kleiner Vogel. Ganz nah."

„Wo ist …" Ein Schrei reißt mir das Wort *hier* aus der Kehle, als es sich anfühlt, als würden zwanzig Klingen meinen Rücken aufschlitzen.

„Schh." Die Finger streicheln mich weiter, fühlen sich kühl auf meiner glühenden Kopfhaut an.

Ich presse meine Lider fest zusammen, als eine weitere Welle des Schmerzes durch mich rollt und Feuer und Eis in meinen Knochen kollidieren. ***Gehört das Erwecken der Toten zu deinen Fähigkeiten, Lore?***

Warum? Wolltest du, dass ich den Wildling wiederbelebe, damit du sie noch einmal töten kannst?

Was? Seine Antwort verblüfft mich so sehr, dass ich den Schmerz kurz vergesse, aber dann kehrt er mit voller Wucht zurück. Ich beiße die Zähne zusammen und kralle meine Finger ins Bettzeug. Ich glaube, ich sterbe.

Würde ich das jemals zulassen?

Du magst viele Dinge kontrollieren, Lorcan Ríhbiadh, aber sicherlich nicht den Rhythmus meines Herzens.

Ich kontrolliere alles, was mir gehört, Behach Éan. Seine Stimme ist zugleich hart und sanft, scharf und geschmeidig.

Mein Herz gehört dir?

Es hat schon immer mir gehört. Ich hoffe, du verstehst das bald, damit du aufhörst, seine kostbaren Schläge an Männer zu verschwenden, die nicht ich sind.

Ich schnaube ins Kissen. ***Du bist wahrlich größenwahnsinnig, Mórrgaht.***

Der Schmerz lässt plötzlich nach und mein Geist schweift ab, gleitet davon, als wären ihm Flügel gewachsen, als würde ich auf einer Krähe reiten und durch das strahlende Blau segeln.

Ich sehne mich so sehr danach, zu leben und die Welt zu erkunden.

Und zu fliegen. Oh, wie sehr ich mir wünsche zu fliegen, und zwar nicht als Geist. Ich füge das hinzu, falls Cauldron zuhört und meinen Wunsch erfüllen möchte.

Ich schwöre dir, Fallon Báeinach, du wirst leben, wandern und fliegen.

Noch eines deiner leeren Versprechen?

Die Bewegungen seiner Finger werden langsamer. Halten inne.

Plötzlich lodert Feuer in meinen Adern auf, raubt mir die kurze Atempause, die ich hatte, und ich falle.

Aber ich falle nicht allein. Jemand fällt mit mir, und obwohl ich das Gesicht der Person nicht sehen kann, umschlingt mich sein Gewitterduft wie die frostigen Fäden seiner Magie.

Ich hätte es vorgezogen, mit jedem anderen zu fallen – nun, fast jedem anderen –, aber ich habe weder die Energie noch den Willen, diesen rätselhaften Mann von mir zu stoßen.

***

Laute Stimmen wecken mich.

Mein Kopf schmerzt. Meine Muskeln schmerzen. Meine Adern brennen. Jeder Teil von mir tut weh.

Ich fühle mich, als wäre ich an eine sich windende Schlange gefesselt und von einem Dutzend Reinblüter mit Fae-Feuer verbrannt worden, während wilde Bestien an meinen Eingeweiden schmausen und Menschen mich als Dartscheibe benutzen.

„Du hast gesagt, das Gift sei raus! Es sind *Tage* vergangen! Verfluchte Tage!“ *Lore.*

„Das Gift ist raus, Mórrgaht. Ich habe es abgelassen.“ *Lazarus.*

„Warum zum Teufel blutet die Wunde dann immer noch?“

Obwohl die Dunkelheit mich in die Tiefe zieht, zwinge ich meine Lider, sich zu öffnen. Eine Kerze flackert auf dem Nachttisch neben mir, Wachsperlen gleiten wie Tränen an ihrem cremefarbenen Stiel hinab.

Es klopft, gefolgt von Imogens Stimme, die etwas über Cathal sagt, und Lore, der etwas über *Daya* und *Nebba* zurückruft.

Ist das der Ort, wo meine Mutter ist? Meine Augenbrauen ziehen sich zusammen, aber das schmerzt in meinem Kopf, also entspanne ich sie wieder.

Stille.

Dann nähern sich Schritte, Leder knarzt und ein Paar goldener Augen fängt meinen Blick ein.

Unter den verblassten Spuren seiner Bemalung erkenne ich Schatten, die sich unter Lorcans Augen abzeichnen. ***Wie fühlst du dich?***

Als wäre ich mit einem vergifteten Pfeil angeschossen, dann von messerschwingenden Barbaren geheilt worden, die mich zur Krönung in einem heißen Kessel geröstet haben. Liege ich richtig?

Ein Mundwinkel von ihm zuckt.

Aber noch wichtiger, sehe ich so schrecklich aus, wie ich mich fühle?

Seine Schatten streichen über meine Wange. ***Du siehst wunderschön aus.***

Mein Herz setzt einen Schlag aus, weil … *was*? Aber dann verdrehe ich meine verklebten Augen, denn natürlich würde er mein Fleisch im Moment attraktiv finden. ***Ich vergesse, dass Raubvögel eine Vorliebe für Aas haben.***

Seine Augen blitzen auf. ***Ich versichere dir, du siehst nicht wie Aas aus.***

Ich drehe den Kopf, um über meine Schulter zu blicken und mich selbst zu sehen, aber sein Rauch wird dichter und verdeckt die Sicht auf meinen Körper. ***Wenn ich nicht wie verrottetes Fleisch aussehe, warum versperrst du mir dann die Sicht?***

Obwohl die Kerzenflamme noch immer über sein Gesicht flackert, taucht sie ihn nicht mehr in Licht. Andererseits hat er so viel Rauch über mich gelegt, dass von ihm selbst nicht mehr viel zu sehen ist. ***Du musst noch heilen.***

Wie schlimm ist es? Und bitte lüg mich nicht an.

Versuch zu schlafen.

Die geisterhafte Version von Lore entfaltet sich.

Wie schlimm, Lore?

Als er mir nicht antwortet, beiße ich die Zähne zusammen und öffne sie dann wieder, um Lazarus' Namen zu rufen. Er mag fort sein, aber falls nicht, hoffe ich, der Heiler gibt mir eine ehrliche Antwort.

„Ja, Fallon?"

Ich beginne mit der dringenderen Frage: „Werde ich überleben?"

„Ja." Ich schätze seine direkte Antwort, auch wenn ich es noch mehr schätzte, würde er in mein Blickfeld treten, damit ich seinen Gesichtsausdruck prüfen kann.

Das Pochen zwischen meinen Schläfen hallt durch meinen ganzen Körper und rüttelt an meinen Knochen, und obwohl ich mir das schmatzende Geräusch sicher nur einbilde, kann ich nicht umhin, mich zu fragen, ob meine Wunde – *Wunden?* – bluten. „Blute ich?"

Eine kurze Stille durchzieht den Raum. Ich kann mir nur vorstellen, dass Lazarus Lorcan ansieht, um herauszufinden, wie er meine Frage beantworten soll.

„Die Wahrheit, bitte."

„Wir mussten ein paar Schnitte machen, um den Druck zu entlasten, der sich unter deiner Haut aufgebaut hatte, dann haben wir die Wunden mit Kristallen behandelt." Der Raum ist so still, dass ich ihn schlucken höre. „Dein Körper bekämpft noch die Infektion."

Ich spüre, dass er mir etwas verschweigt, aber ich bin mir nicht sicher, was. „Haben die Kristalle aufgehört zu wirken?"

Wieder wird es im Raum, den ich immer noch nicht erkenne, totenstill.

„Sie sind alle absorbiert worden. Wir versuchen, mehr Kristalle zu beschaffen."

Ich lasse die Information sacken.

„Die Bewohner von Nebba besitzen keine Shabbin-Kristalle", fährt Lazarus fort. „Und die Glacins haben ihren kleinen Vorrat übergeben."

„Und die Lucins?", frage ich laut.

„Der Vorrat der Lucins, den ich sorgsam im Auge hatte, bis ich ging, ist auf mysteriöse Weise verschwunden."

Gedanken nagen an mir. Ist er wirklich verschwunden oder will Dante nicht, dass ich geheilt werde? Diese Theorie gefällt mir fast so wenig wie die Wilde, die Pfeile auf mich geschossen hat.

Ich frage mich, ob sie noch lebt, erinnere mich dann aber daran, dass Lore etwas davon erwähnte, sie wieder zum Leben zu erwecken. Ich frage mich, wer sie getötet hat.

Imogen. Nachdem die Wilde die Identität des Mannes gestanden hat, mit dem sie Geschäfte machte.

Es war nicht Gabriele, oder?

Er war es nicht.

Obwohl Erleichterung meinen Körper durchströmt, schließt sich ihr auch eine frische Welle von Wut und Mordlust an. Sobald ich geheilt bin, werde ich Dargento töten. *Es sei denn …*

Er atmet noch. Der Rauch um mich herum verdichtet sich, als sich eine von Lores verbliebenen Krähen auflöst.

Ich schiebe meine rissigen Lippen hin und her, unentschlossen, ob ich über die Nachricht froh oder verärgert bin.

Aber nicht mehr lange. Ich habe meine besten Fährtenleser auf ihn angesetzt.

„Es ist nur eine Frage der Zeit, bis der Kristall-Hort der Lucins gefunden wird." Lazarus tritt endlich in mein Blickfeld. „Schließlich hat Seine Majestät Dante die Unterstützung seines Volkes bei der Bergung dieser vermissten Kristalle angeboten."

Ich stelle mir vor, dass diese Unterstützung nicht ganz dem entspricht, was Lorcan angeboten hat.

Meine Zähne beginnen zu klappern. Obwohl meine Haut fiebrig ist, fühle ich mich, als wäre ich mitten zur Weihnachtszeit in einen Kanal gerutscht. „La-La-Lazarus?"

Der große Heiler neigt den Kopf. „Was gibt es, Fallon?"

„Hast du versucht, die Schlangen dazu zu bringen, mich zu heilen?"

Der alte Mann fährt sich mit der Hand durch das silberne Haar, das sich aus dem Knoten gelöst hat, zu dem er es gebunden hat. „Nein." Er starrt auf die Schatten, die sich wieder zur Gestalt eines Mannes formen. „Wir hatten Angst, Salz könnte deine Wunden reizen."

Meine Schläfen kribbeln, diesmal wegen einer Erinnerung an ein vergangenes Gespräch. „Ist Salz nicht das Gegengift?"

„Nur wenn das Gift geschluckt wird. Nicht, wenn es im Blut ist."

Ich versuche, mich auf die Seite zu rollen … und es gelingt mir. Die Anstrengung fühlt sich gewaltig an. So sehr, dass Sterne an den Rändern meines Sichtfelds tanzen und drohen, mich gleich wieder umzuwerfen, aber ich drücke das Kissen als Stütze unter meinen Oberkörper.

Endlich erhasche ich einen Blick auf meine Umgebung, und meine Wangen glühen bei der Erkenntnis, dass ich in Lorcans Zimmer bin, dem Raum, durch den ich bisher nur in Gedanken gewandert bin. Das bedeutet, dass ich in seinem Bett liegen muss.

„Bring mich zum Meer."

Der Crow-König verschränkt die Arme vor einem schwarzen

Oberteil, das sich an die vielen Muskeln schmiegt, die seine Brust formen. „Nein."

„Das ist keine Bitte." Ich richte meinen Blick auf das Fenster, auf die Dunkelheit, die von Blitzen zerfetzt wird. „Willst du nicht, dass deine Fluchbrecherin lebt?"

„Du lebst."

Ich fokussiere meinen Blick auf seinen. „Willst du nicht, dass sie nicht leidet?"

„Sie könnte mehr leiden, wenn Meerwasser in ihre Wunden gelangt."

„Warum musst du mich in Sachen Sturheit immer übertreffen?"

Ein winziges Grinsen zerrt an seinem ernsten Gesichtsausdruck.

„Ich präsentiere dir eine fast sichere Lösung, um mich aus deinen Federn und deinem Bett zu bekommen. Warum um alles in den drei Königreichen und dem Königinnenreich springst du nicht auf die Gelegenheit an?"

Warum nimmst du an, dass ich dich aus meinen Federn … oder meinem Bett haben will?

Verlegenes Erröten überzieht meine Haut. Andererseits, wenn das ganze Blut meines Körpers gerade in meinen Wangen steckt, müssen meine Wunden aufgehört haben zu nässen, oder?

Lazarus blickt zwischen uns hin und her, seine bernsteinfarbenen Augen bekommen einen wissenden Schimmer. „Nun, das erklärt, warum Seine Majestät sich besonders wild aufführt."

Mein Gesicht wird so heiß, dass ich Lore fast bitte, mich mit seinem kalten Rauch zu ersticken.

Lore grinst jetzt, was ihn tatsächlich etwas irre aussehen lässt. Von allen existierenden Crows, warum hat Cauldron mich ausgerechnet an den verrückten gekettet? Hätte ich nicht mit einem sanfteren Exemplar verbunden werden können, das nicht das überwältigende Bedürfnis verspürt, sich jeder meiner Entscheidungen zu widersetzen … besonders meinen besseren?

Lore hebt eine gebieterische Braue. ***Gekettet?***

Lazarus seufzt. „Mórrgaht, vielleicht könntest du sie zum Strand hinunterbringen und sehen, ob eine Seeschlange auftaucht.

Bei dem unaufhörlichen Sturm, den du über unser armes Königreich entfesselt hast, schwimmt womöglich nicht mal eine heran."

Da man vermutlich auch Crows eher mit Zuckerbrot als mit der Peitsche für sich gewinnen kann, füge ich hinzu: „Wenn du mit mir schwimmen gehst, werde ich hier bleiben und das Durchsehen von Meriams Versteck in Tarespagia ganz dir überlassen."

Der Heiler blinzelt. „Tarespagia?"

„Lazarus, bring Fallon bitte eine Feder und ein Stück Pergament."

Während der riesige Fae durch einen Torbogen in einen angrenzenden Raum verschwindet – ich stelle mir eine Art Arbeitszimmer vor, möglicherweise die Bibliothek, in der ich während einer meiner Gedankenwanderungen gelandet bin – frage ich: „Willst du wirklich, dass ich dieses Versprechen schriftlich festhalte?"

„Absolut."

„Mit Blut? Wie Pierre?"

„Im Gegensatz zu Pierre ziehe ich es vor, das Blut in deinem Körper zu lassen."

„Wie rücksichtsvoll von dir."

Der Mann schleicht näher an mein Bett heran – technisch gesehen *sein* Bett – und lässt sich in die Hocke sinken, die Beine weit gespreizt, die Ellbogen auf den Oberschenkeln abgestützt, die Finger ineinander verschränkt in der Lücke dazwischen. „Du magst mich für ein Monster halten, und vielleicht hat der Kampf gegen Monster mich zu einem gemacht, aber wie du sagtest, du bist an mich gekettet, kleiner Vogel."

Frustriert puste ich Luft aus dem Mundwinkel. „Ich habe es nicht *gesagt*. Ich habe es *gedacht* …"

„Weißt du, was mich das in Bezug auf dich macht?"

Ich seufze. „Meinem Klotz am Bein?"

Seine Mundwinkel heben sich. „Das macht mich zu *deinem* Monster. Zu dem, das alle anderen abwehren wird, um dich zu beschützen."

In einem seltenen Moment der Vernunft frage ich: „Und wer, sag mir, wird mich vor *dir* beschützen, Lorcan Ríhbiadh?"

Meine Worte werden mit einem schattenhaften Lächeln erwidert, das das Fieber in meinem Blut und das Pochen überall sonst noch verstärkt.

KAPITEL 45

Nachdem ich mein Versprechen, eine brave Gefangene zu bleiben, mit Tinte niedergeschrieben habe, lässt Lazarus Lore den Raum verlassen, damit er mir beim Anziehen helfen kann. Meine Haut ist so empfindlich, dass er einen schwarzen Mantel wählt – vermutlich einen von Lores, da die Gürtelschlaufen auf Höhe meiner Hüften liegen und der Saum auf dem Boden schleift.

Ich zische, als der Stoff meine offenen Wunden streift, die sich in Linien von der Verbindung meiner Schulterblätter bis zu meinem linken Knöchel erstrecken, wobei der längste Schnitt an der Rückseite meines Oberschenkels verläuft.

Ich frage mich, wie Dargento und der Wildling sich begegnet sind. Während er mir nachjagte? Und dann frage ich mich, wie viele Münzen Dargento der wilden Fae geboten hat, um mich aus der Welt zu schaffen? Und wer hat ihm das Geld vorgestreckt? Dante? Er mag vielleicht nicht wollen, dass ich geheilt werde, aber wünscht er meinen Tod?

Der Gedanke an Dante wirft mich zurück in meinen begehbaren Kleiderschrank bei Antoni und das Gespräch, das ich dort mit Sybille hatte.

Kurz bevor wir in den steinernen Flur hinaustreten, richte ich meinen Blick auf den sanften Riesen, dessen Augen genauso blutunterlaufen aussehen wie die von Lore. „Lazarus, darf ich dir eine *medizinische* Frage stellen?"

„Natürlich, Fallon."

„Gibt es eine Möglichkeit festzustellen, ob ich … ob ich …" Ich kämpfe gegen meine schulterlangen Locken an, die dringend gebürstet werden müssen.

„Ob du …?"

Ich senke meine Stimme. „Schwanger bin?"

Der alte Mann blinzelt, sein Blick wandert zur geschlossenen Tür. Denkt er, ich hätte mit Lore geschlafen? Ich bin kurz davor, ihn aufzuklären, aber die Wahrheit ist so erbärmlich, dass ich ihn bei seiner Annahme belasse.

Er deutet auf meinen Bauch. „Darf ich?“

Ich bin mir nicht ganz sicher, worum er da um Erlaubnis bittet, aber ich nicke. Er kniet sich vor mich, öffnet meinen Mantel und drückt eines seiner spitzen Ohren gegen meinen Bauch. Bei jedem anderen wäre mir das peinlich gewesen, aber Lazarus ruft dieses Gefühl nicht in mir hervor.

Nach einigen quälend langen Sekunden erhebt er sich wieder. „Dein Schoß ist leer.“

„Den Göttern sei Dank.“ Eigentlich, *Nonna sei Dank* … diesem schrecklichen Gebräu, das sie mich hat trinken lassen, sei Dank,

Ein sanftes Lächeln breitet sich auf seinem zerfurchten Gesicht aus. „Ich nehme an, wir sollten den Göttern danken, dass du diesen Mann noch nicht zum Vater gemacht hast. Angesichts seiner Bereitschaft, die Welt für dich zu zerstören, stellt sich die Frage … was würde er für sein Kind tun?“

Mein rasender Puls verstärkt den Schmerz an meinen Schläfen. „Es wäre nicht seins gewesen.“ Ich gestehe, um seinen Annahmen ein Ende zu setzen. „Der Himmelskönig ist so gut wie verheiratet, und zwar nicht mit mir.“

„Aber seid ihr nicht“ – eine tiefe Furche erscheint zwischen seinen ergrauenden Augenbrauen – „seid ihr nicht Gefährten?“

„Nein.“

„Ich dachte …“

„Ich bin nur seine Fluchbrecherin.“

Lazarus starrt mich eindringlich an, und ich erwidere seinen Blick ebenso standhaft, denn wegzusehen würde auf eine Lüge hindeuten, und ich möchte nicht, dass er seine Theorie im Himmelreich verbreitet.

Die Stirn des Heilers legt sich in Falten, glättet sich, bevor sie sich wieder faltet.

Ich habe ihn verwirrt. *Gut so.* „Danke, dass du mein Leben gerettet hast, Lazarus.“

Er verzieht seine Lippen. „Es freut mich, dass ich helfen konnte, Fallon, aber bitte vermeide es in Zukunft, angeschossen, erstochen oder ertränkt zu werden, denn meine Ohren sind jetzt nackt." Er deutet auf sie, auf die beiden Reihen von Ringen, die keine Heilsteine mehr tragen.

„Dieses Versprechen habe ich schon früher zu Papier gebracht."

Als er meinen Arm nimmt, um mich aus dem Schlafzimmer zu führen, fragt er: „Wer hat dir gesagt, dass Meriam in Tarespagia ist?"

„Eponine. Ich habe ihren Wein gesalzen, damit sie ihre Geheimnisse ausplaudert."

Er öffnet die schwere Tür und stützt mich, während ich humpelnd zur Luftschleuse gehe, wo eine riesige Krähe mit goldenen Augen wartet. „Mir war nicht bewusst, dass ihr beide euch kennt."

„Entgegen dem, was viele denken mögen, war meine Reise nach Luce nicht zum Vergnügen."

Seine gerunzelten Augenbrauen verraten mir, dass er *genau* das gedacht hat.

Lore duckt sich, sodass ich auf seinen Rücken klettern kann. Einmal auf ihm, versinken meine Unterarme in seinen weichen Federn, als ich mich an seinem Hals festhalte.

Halt dich gut fest, kleiner Vogel, flüstert er, als er zum Strand abhebt, mit dem ich nicht viele gute Erinnerungen verbinde. Aus gutem Grund. Schließlich wäre ich fast vom Ozean verschluckt worden.

Ich hoffe, heute Abend neue Erinnerungen zu schaffen.

Bessere Erinnerungen.

Erinnerungen, in denen eine freundliche Schlange zu mir geschwommen kommt und die albtraumhaften Wunden leckt, die am schwarzen Gewand kleben wie ein Knäuel hungriger Blutegel.

Obwohl die Luft vor Feuchtigkeit trieft, haben sich die Wolken verzogen und geben den Blick frei auf einen Mond, so dünn wie ein Fingernagel.

Lore fliegt mich langsam hinunter, seine Flügel ziehen sich kein einziges Mal zurück. Obwohl ich ungeduldig darauf brenne, den weißgekrönten Ozean zu erreichen, bin ich dankbar für den sanften Abstieg, denn ich bezweifle, dass meine zitternden Arme einen Sturzflug überlebt hätten. Um uns herum wirbeln andere dunkle

Gestalten durch die Lüfte. Weitere Krähen, vermute ich.

Als wir endlich landen, löst sich Lore in Rauch auf. Ich schließe die Augen und stelle mich auf eine Ladung Sand im Gesicht ein, aber alles, was ich abbekomme, ist eine Ladung kühler Schatten, die sich zu einer festen Brust voller Herzschläge verdichten. Als ich meine Lider hebe, stelle ich fest, dass ich mit dem Gesicht an Lorcans Halsbeuge lehne, die Nasenspitze an seinem Puls und meine Wange an den harten Grat seines Schlüsselbeins gepresst.

Ich wölbe den Rücken, um meinen Körper von seinem zu lösen – nun, soweit seine Arme es zulassen. „Du kannst mich jetzt loslassen."

Der Wind zerzaust sein schwarzes Haar, das in die goldenen Augen fällt, die mich mustern und abschätzen, ob ich wirklich fit genug bin, auf eigenen Beinen zu stehen. „Und riskieren, dass dich eine Schlange davonträgt? Ich denke nicht."

Ich beiße mir auf die Unterlippe und blicke über die Schulter zum Meer. „Glaubst du wirklich, sie würden versuchen, mich in ihren Bau zu verschleppen?"

„Das Einzige, was ich wirklich glaube, ist, dass dieser Plan Wahnsinn ist und ich es vorziehen würde, dich nicht wie beim letzten Mal ihrem Griff entreißen zu müssen, als eine von ihnen Gefallen an dir fand."

Ich seufze, aber wegen meiner klappernden Zähne klingt es abgehackt. „Na schön."

Ich drehe mich um und zwinge seine Hand von meiner Taille auf meinen Ellbogen. Obwohl ich mich bemühe, mein Gewicht nicht auf ihn zu verlagern, schießt ein Schmerz durch mein Schienbein und meinen Oberschenkel und raubt mir sowohl das Gleichgewicht als auch den Atem.

Lore flucht leise in seiner Kehle und verlagert seinen Griff an meinem Körper. Er kennt meine Verletzungen so gut, dass er es schafft, sie nicht zu berühren. Nach ein paar weiteren Schritten stehe ich knietief im Ozean.

Ich zische wegen des brennenden Salzes, zwinge mich aber durch den Schmerz, bevor Lorcan auf die Idee kommen könnte, mich zurück in sein Bett zu tragen.

Das kalte Meerwasser umspült meine warme Haut und verursacht mir Gänsehaut. Ich halte den Atem an, während ich tiefer ins Wasser gehe, Salz den Mantel durchtränkt und in meine Wunden beißt.

Lorcan murmelt etwas Unverständliches vor sich hin. Etwas über lächerliche Pläne.

„Hat deine Reise nach Glace dich vergessen lassen, dass sie meine Spezialität sind?"

Er verstummt bei meiner Erwähnung von Glace. Oder vielleicht ist es die Erinnerung an die Kälte, die sich zwischen uns ausbreitete, als er mir sagte, ich solle aufhören, Spiele zu spielen, deren Regeln ich nicht kenne.

„Das wirst du nie vergessen, oder?" Der salzige Wind peitscht Lores schwarze Haare gegen die harten Linien seines Gesichts.

Ich werfe ihm einen Seitenblick zu. „Ich bin ziemlich gut darin, nachtragend zu sein."

„Du bist auch ziemlich gut darin, Männern zu vergeben, die deine Vergebung nicht verdienen."

Ich presse meine Lippen zusammen und richte meinen Blick zurück auf das aufgewühlte Meer. „Ich habe Dante nicht vergeben."

Ich mache einen weiteren Schritt und noch einen, bis das Wasser über meine Brust steigt und meinen Mantel aufbläht. Mir ist bewusst, dass ich ihn ausziehen muss, damit die Schlangen Zugang zu meinen Wunden haben, aber ich beschließe, ihn anzubehalten, bis eine erscheint. Das astrale Licht mag schwach sein, aber Crows haben außergewöhnlich scharfe Sinne, und auch wenn Lorcan mich öfter nackt gesehen hat, als mir lieb ist, ziehe ich es vor, vor ihm nicht meine Brüste zu entblößen.

„Großer Mórrígan, du bist wie Nektar für sie", murmelt er.

„Wie bitte?"

Er nickt mit seinem stoppeligen Kinn in Richtung der Stoßzähne, die wie Haifischflossen durch die Oberfläche schneiden. Nach ihrer Größe zu urteilen bin ich in Gesellschaft ausgewachsener Schlangen. Ich lasse meine Hände zum Knoten des Gürtels gleiten und löse ihn, dann entferne ich den Mantel mit Lorcans Hilfe von meinen Armen.

Ich ziehe ihn falschherum wieder an, sodass er jetzt auf meinem Rücken öffnet und meine Vorderseite bedeckt.

Lorcans lange Finger gleiten meine Ärmel hoch und umschließen meine Handgelenke. „Möge es wirken", murmelt er, gerade als die Bestien uns erreichen.

Ihre schwarzen Augen tauchen über der Wasseroberfläche auf. Ich erschaudere, denn sie sind riesig, und obwohl ich weiß, dass sie mir nichts tun werden, ist es einschüchternd, mit solch monströsen Kreaturen zu baden. Lorcan beobachtet sie und zischt, als eine versucht, ihn von mir wegzudrängen. Seine Finger umklammern fast schmerzhaft meine Haut, während er standhaft bleibt und sie anknurrt, meine Wunden zu heilen.

Die Schlange zischt und ihre lange schwarze Zunge schnalzt gegen Lores Wange.

Ich kann das Lachen, das in meiner Kehle hochsteigt, nicht unterdrücken, ebenso wenig wie mein Kichern, als sein Blick sich auf meinen richtet.

„Deine Mutter würde das gerade zu gerne sehen."

„Zu sehen, wie du von einem Meereswesen angegriffen wirst?"

„Das auch, aber ich meinte, ihre Tochter mit den Bestien schwimmen zu sehen, die sie so liebt. Zu wissen, dass du deinen Weg zu ihnen gefunden hast und sie zu dir."

Seine Augen leuchten in der Dunkelheit, hell wie seine nasse Haut. Ich konzentriere mich auf sie, während die riesigen geschuppten Körper um uns herumschwimmen und ihre Rückenflossen mein schmerzendes Fleisch liebkosen. Plötzlich hören beide auf sich zu winden und der Ozean wird still. Ich blicke über meine Schulter, um sicherzustellen, dass sie nicht fort sind, als die größere der beiden ihre samtige Zunge über den Schnitt zwischen meinen Schulterblättern streicht.

Meine Finger graben sich in die wogenden Muskeln und Sehnen von Lorcans Unterarmen, denn, heilige Mutter der Crows, das tut weh. Eine zweite Zunge gleitet über meinen Knöchel, bevor sie die Länge meines Schienbeins und Oberschenkels hinaufwandert.

Ich schließe meine nassen Augen und konzentriere mich auf

meine Atmung.

„Genug.“ Lorcan beginnt, mich aus dem Ozean zu ziehen.

„Was machst du?“

„Du hast Schmerzen.“

Meine Lider schnellen auf. „Nein, Lore. Ich habe keine Schmerzen.“

„Du weinst.“

„Weil ich von dem Mitgefühl und der Magie dieser Bestien bewegt bin, die die Fae so fürchten.“ Ich ziehe eine meiner Hände aus seinem Griff und streiche mit meinen Fingern über die orangefarbenen Windungen in meiner Reichweite.

Die Schlange rasselt und leckt schneller über meine Haut, als wollte sie jeden letzten Kratzer auf meinem Körper entfernen.

Lore runzelt die Stirn. Ich entferne seine Hand, die einen neuen Halt an meiner Hüfte gefunden hat, und führe sie zum Körper der Schlange, dann drücke ich seine langen Finger gegen die Rückenflosse des Geschöpfs, die so weich wie Krähenfedern ist. Die Schlange rasselt erneut, was Lore dazu bringt, scharf einzuatmen.

„Es ist ihre Art, Dankbarkeit zu zeigen.“

„Das will ich hoffen.“

Ich runzle die Stirn. „Warum sagst du das?“

„Weil unsere Art rasselt, um ihre Gefährten anzulocken.“

Mein Grinsen verschwindet aus meinem Gesicht. „Das ist sicherlich nicht … Seeschlangen können sich doch nicht verwandeln, oder?“

„Glaubst du wirklich, ich würde sie dich lecken lassen, wenn an diesen Bestien irgendetwas Menschliches wäre?“

Ich bin zu verwirrt von seiner Antwort, um auch nur erleichtert auszuatmen. Lore dreht mich, meine Füße rutschen über die feinen Sandkörner, dann fährt er mit seinen Fingerknöcheln meinen Rücken hinunter.

„Was machst du?“, keuche ich.

„Ich stelle sicher, dass ihre Arbeit erledigt ist.“

„Das ist sie.“ Gerade als seine Finger die Grübchen über meinem Hintern erreichen, fange ich seine Hand ab und ziehe sie weg.

„Du hättest einfach fragen können.“

Wozu fragen, wenn ich Hände zum Fühlen habe?

Weil ich es nicht mag, von einem Mann betatscht zu werden, dessen Finger in ein paar Stunden jemand anderen betatschen werden.

Ich warte darauf, dass er das abstreitet, aber alles, was er tut, ist, gegen meinen Nacken zu seufzen. Sein warmer Atem haftet an meiner salzigen Haut.

Er greift von hinten nach meinem flatternden Umhang und schnallt ihn fest um meine Taille. „Komm. Du musst essen und dich ausruhen."

Obwohl sich eine der Schlangen zurückgezogen hat, verweilt die andere, als würde sie auf den günstigen Moment warten, um mich dem anderen Raubtier im Wasser zu entreißen. Ich greife hinüber und kraule sie um ihren elfenbeinernen Stoßzahn herum, was ein weiteres Rasseln auslöst, das mich an das erinnert, was Lore über das Krähenrasseln gesagt hat.

Ich frage mich nicht, ob er wegen Alyona rasselt. Nein. Der Gedanke kommt mir absolut nicht in den Sinn, denn das geht mich absolut nichts an.

Ich streichle den Kopf der Schlange mit so viel Elan, dass ich sie untertauche. Das Geschöpf schüttelt sich nur noch heftiger, bevor es seinen Kopf wieder herausstreckt und seine gespaltene schwarze Zunge über mein Kinn gleiten lässt, was meinen kalten Lippen ein Lächeln entlockt.

Lore ist immer noch mit meinem Gürtel beschäftigt. Jedes Mal, wenn seine Nägel durch den dünnen Stoff eine meiner Rippen streifen, halte ich den Atem an. Jedes Mal, wenn seine Fingerspitzen sich in meine Taille drücken, stoße ich den Atem aus. Ich klinge wie die Frauen in den Wehen, die zu Nonna kamen, um eine Dosis ihrer hausgemachten Schmerzmittel zu bekommen. Ihre Augen leuchteten so hell wie ihre schweißglänzende Haut, wenn die Medikamente wirkten. Als ich während ihrer Krämpfe ihre Hände hielt, wünschte ich mir, mit grünen Augen geboren worden zu sein, damit ich wie die Frau, die ich so bewunderte, Heilpflanzen anbauen könnte.

Die Frau, die einen Ozean entfernt lebt.

Ich starre in Richtung Shabbe, während Lorcan meinen Gürtel richtet, jetzt, da er endlich damit fertig ist, ihn zu binden. Nicht, dass ich es eilig hätte, aus diesem sternenbeschienenen Meer herauszusteigen, aber wie lange braucht man, um einen Umhang zu gürten? Einen, der vermutlich seiner ist?

Ich stelle nur sicher, dass kein Teil deines Körpers zu sehen sein wird, wenn ich dich zurückfliege. Apropos … „Würdest du es vorziehen, auf meinem Rücken zu sitzen oder meine Krallen zu halten?“

„Ich würde es vorziehen, zu laufen.“

„Das war keine der Optionen, die ich dir gerade vorgestellt habe.“

Ich bewege meine Lippen hin und her.

„Soll ich einen meiner Leute unseren Vertrag holen lassen, kleiner Vogel? Den, der mir deine unermüdliche Kooperation verspricht?“

Ich gebe meinem neuen Schlangenfreund einen letzten Klaps auf den Kopf und wende mich dann den grauen Klippen zu, die sich wie eine Sonnenblume, die nach der Sonne sucht, in den ebenholzschwarzen Himmel erheben, geflügelte Gestalten verdunkeln ihre Spalten, beobachtend, wartend.

Ich hebe die Hände. „Ich werde deine Krallen halten.“

Der Mann schenkt mir ein zufriedenes Lächeln, bevor er sich in das furchterregendste Biest des Königreichs verwandelt und mich zurück in sein Nest trägt, wo ich zugestimmt habe zu bleiben.

Freiwillig.

Das bisschen Freiheit, das ich hatte, löst sich wie Rauch auf, aber wenn der Rauch sich verzieht, leuchtet Catrionas schönes Gesicht auf der Rückseite meiner Lider und erinnert mich daran, dass dieser Käfig aus Stein und Glas ein Zufluchtsort und kein Gefängnis ist.

Ein Ort, in den das Böse nicht eindringen kann.

Als wir landen, atme ich tief ein und nehme den Duft dieses Ortes in mich auf – dieses merkwürdigen Zuhauses.

Das einzige, das mir noch geblieben ist.

KAPITEL 46

Lore beginnt in Richtung seiner Zimmer zu gehen, hält aber inne, als ich ihm nicht folge.

Ich kämpfe mit einer widerspenstigen Haarsträhne, die beharrlich über mein Gesicht fallen will. „Ich dachte, wir gehen zur Taverne." Die Strähne springt wieder hinter meinem Ohr hervor. Plötzlich wünschte ich, sie wäre länger, nicht wegen der Mode in Lucin, sondern damit ich sie zu einem straffen Zopf flechten könnte.

„Ich nahm an, du würdest trockene Kleidung bevorzugen."

Ich blicke an mir herunter, auf den schwarzen Umhang, der sich an jede Wölbung meines Körpers schmiegt und zu meinen Füßen Wasser sammelt. „Stimmt. Ja. Das wäre mir lieber."

Werden mir wieder schlecht sitzende Gewänder angeboten, oder wird Lore jemanden schicken, um mir etwas in meiner Größe zu holen? Wie von selbst wandert mein Blick zur Tür am Ende des dunklen Flurs. Ich stelle mir vor, wie er das Zimmer weitergegeben hat. Wahrscheinlich hat er es für seine neue Braut herrichten lassen.

„All deine Kleider sind noch in deinem Schrank."

Mein Puls stolpert. „Meinem Schrank?"

„Der in deinem Zimmer."

„Meinem Zimmer?", wiederhole ich wie ein Trottel.

„Ja." Er hält meinem Blick stand, während er den Saum seines nassen Hemdes hochrollt und das überschüssige Wasser ausdrückt. „*Deinem* Zimmer, Fallon."

Der Grund, warum er mein Zimmer niemandem sonst gegeben hat, trifft mich hart und schnell. Welchen Bedarf hätte Alyona an einem eigenen Zimmer, wenn sie sicherlich das ihres Mannes teilen wird? Mein Magen verkrampft sich. Ich werde darum bitten müssen, ein Zimmer am anderen Ende des Königreichs zu bekommen.

„Komm." Er nickt in Richtung meiner Tür. „Du wirst dich noch erkälten."

Die Vorstellung, mich zu erkälten, ist lächerlich, doch ich lache nicht, während ich durch die Dunkelheit neben dem schweigsamen König schreite.

Sobald ich die Schwelle meines geliehenen Zimmers überschritten habe, sagt er mir, er werde gleich zurück sein. Ich sehe mich um, und obwohl sich wenig verändert hat, fühlt es sich ganz anders an. Es ist zu still, zu düster und zu ordentlich. Ich bin keine Chaotin, aber die Laken umschließen das Bett ohne eine Falte und die Kissen sind makellos aufgeplustert. Selbst die gestrickte Tagesdecke liegt in einem allzu perfekten Rechteck am Fußende des Bettes.

Als ich auf den Schrank zugehe, greife ich hinter mich, bereit, mit dem komplizierten Knoten zu kämpfen, den Lore gebunden hat, stelle jedoch fest, dass er sich mit der sanftesten Berührung lösen lässt. Ich ziehe den durchnässten Stoff von meiner Haut und werfe ihn in den Wäscheschacht, damit ich ihn nicht länger ansehen muss. Auch wenn keine schrecklichen Erinnerungen daran haften, gehört er einem Mann, der nicht zu mir gehört.

Nach dem Duschen wickle ich mich in ein Handtuch und gehe zum Schrank, der zwar kleiner ist als der in Antonis Haus in Tarecuorin, aber ebenso vollgestopft mit edlen Gewändern, wenn auch in gedämpften Tönen von cremigem Weiß und bläulichem Schwarz. Das leuchtendste Kleidungsstück darin ist ein indigofarbenes Hemd, das mich zu schmerzhaft an das Kleid erinnert, das ich in der Nacht trug, als ich angeschossen wurde.

Wie viele Tage sind wohl vergangen, frage ich mich? Weiß Phoebus, dass ich hier bin? Und mein Vater? Ist er zurück? Und Syb?

Ich klammere mich an den Türrahmen des Schranks, während mich eine Lawine von Fragen überrollt und die Reihe von Kleidungsstücken verschwimmen lässt. Plötzlich erscheint es mir wie eine zu große Herausforderung, mich anzuziehen, aber dann erinnere ich mich daran, wie Lore sagte, er würde zurückkommen, und ich möchte nicht, dass Gespräche im Handtuch zur Gewohnheit werden.

Endlich drücke ich meinen erschöpften Körper vom Türrahmen weg und greife nach einem einfachen weißen Kleid, das sich feiner anfühlt als Ptolemäus' Laken. Formlos, wie es am Bügel hing, nahm ich an, es würde bequem sein, und das ist es auch, aber der Ausschnitt ist so tief, dass der Stoff meine Brüsten nicht ganz bedeckt.

Ich ziehe an den Ärmeln, versuche den Ausschnitt hochzuziehen, aber es gelingt mir nur, eine Hälfte meines Körpers zu bedecken. „Wie zur Hölle soll man dieses Kleid tragen?" Ich bin kurz davor, es auszuziehen und durch eine passende Hosen-und-Oberteil-Kombination zu ersetzen, als ich spüre, wie sich die Luft verändert und sich mit dem Duft von Abenddämmerung und Wolken füllt.

Ich stopfe schnell beide Brüste hinein und kneife den Stoff vorne zusammen, bevor ich aus dem Schrank trete und Lorcan in seinen üblichen Lederhosen, schwarzem Langarmshirt und anthrazitfarbenen Streifen vorfinde. Obwohl es unmöglich scheint, sieht er so aus, als wäre er gerade aus einem erholsamen Nickerchen erwacht, während ich aussehe, als hätte das Leben mich zu Brei geschlagen. Mein Teint ist so fahl und grünlich und meine Muskeln so geschrumpft, dass ich als Stabheuschrecke in einer Toga mit Toupet durchgehen könnte.

Lores Lippen zucken. „Du hast das Kleid falsch herum an."

Ah. Ich weiche zurück in den Schrank und drehe es um. Obwohl der Rücken über meine Schultern fällt, ist der Ausschnitt endlich anständig. „Du wusstest das, weil du zufällig das gleiche in deiner Größe hast?"

„Ich trage nachts keine Nachthemden."

Kein Wunder, dass es bequem aussah ... Da ich schlecht im Nachthemd in der Taverne auftauchen kann, gleiten meine Finger über die Reihen von Kleiderbügeln, um ein Kleid zu finden, das ich über das weiße Gewand ziehen kann. „Und was trägst du dann zum Schlafen? Lederpyjamas?"

„Ich bevorzuge es, die Seide der Laken auf meiner nackten Haut zu spüren. Es ist erfrischend, wenn man so oft Rüstung und Leder tragen muss wie ich."

Ich sollte ihn mir besser nicht zwischen seinen Laken vorstellen. Absolut nicht. Immerhin vertreibt die Vorstellung, die hinter meinen Lidern aufblitzt, den grünlichen Schimmer meiner Haut und ersetzt ihn durch eine Mischung aus Muschelrosa und Marienkäferrot.

„Bemüh dich nicht, weitere Schichten anzuziehen. Ich habe das Abendessen zu uns bestellt. Die Taverne ist um diese Zeit laut, und ich dachte, wir könnten beide etwas Ruhe und Frieden gebrauchen, bevor dein Vater aus Nebba zurückfliegt, um mich zu ermorden."

Ich tauche leicht außer Atem aus dem Schrank auf. „Warum sollte er dich ermorden?"

„Ich habe dir erlaubt, das Himmelreich zu verlassen und Pierre von Nebba zu treffen. Ganz zu schweigen davon, dass du mit einem vergifteten Pfeil angeschossen wurdest."

„Aber nichts davon war deine Schuld."

Lores entspanntes Lächeln weicht einem Seufzen. „Ich habe ihn auch auf eine wilde Jagd durch Nebba auf die Suche nach deiner Mutter geschickt. Das wird seine Laune zum Schlechten wenden. Er wird mir vielleicht nie verzeihen."

„Also ist meine Mutter nicht in Nebba?"

„Ich glaube, deine Mutter ist bei deiner Großmutter." Er schlendert zum unbeleuchteten Steinkamin und umfasst den Rahmen, starrt ins Leere.

Nicht ins Leere.

Auf Asche.

Ich habe nie ein Feuer gemacht und erinnere mich nicht daran, dass Asche den Steinboden bedeckt hat, was bedeutet, dass jemand diesen Raum benutzt haben muss.

„Phoebus kommt die meisten Nachmittage hierher, um in deinem Zimmer zu verweilen und die Bücher zu lesen, die ich ihm leihe." Mit dem Rücken zu mir deutet er auf einen niedrigen Couchtisch, der mit einem Sammelsurium an ledergebundenen Romanen beladen ist.

„Weiß er, dass ich zurück bin?"

„Glaubst du nicht, er wäre hier, wenn er es wüsste?“

„Es sei denn, er ist sauer.“ Ich gehe zum Tisch und knie mich hin, um die Titel durchzusehen.

Fünf Bücher sind auf Lucin, aber zwei sind auf Crow. Hat sich seine Kenntnis der Vogelsprache so sehr verbessert, dass er jetzt ein Buch in ihrer Sprache lesen kann?

Während ich die Akzente nachfahre, die ein Wort übersäen, das fast ausschließlich aus Vokalen besteht, murmle ich: „Zugegeben, sein Groll hält nicht ganz so lange wie der von Syb. Ist sie … Ist sie zurückgekommen?“

„Sie hat sich entschieden, bei Mattia zu bleiben.“ Er muss meine Enttäuschung spüren, denn er fügt hinzu: „Sie wollte helfen, Antoni zu finden.“

Ich wünschte, sie wäre mit mir zurückgekehrt, aber ich verstehe es. „Also wurde er noch nicht gefunden?“

Lorcan starrt zur Seite, zum kleinen Fenster, das auf den Mareluce blickt. „Noch nicht.“

„Glaubst du, sein Verschwinden war ein Zufall?“

„Ich glaube nicht wirklich an Zufälle.“ Mondlicht umhüllt die gerade Linie seiner Nase, die markante Fläche seiner Stirn und die harte Kante seines Kinns.

„Also denkst du, man hat ihm aufgelauert?“

„Ja.“

Mein Puls schnellt in die Höhe. „Glaubst du, er wurde … er …“ Ich bringe den Satz nicht zu Ende.

„Ich glaube nicht, dass sie ihn getötet hätten, aber ich habe keine Verbindung zu ihm, da er kein Crow ist, also kann ich seinen Herzschlag nicht spüren.“ Er befeuchtet seine Lippen, und obwohl er es unbeabsichtigt tut, breitet sich tief in meinem Bauch Hitze aus.

Warum konnte Mórrígan Lorcan nicht mit einer Schweineschnauze, einem schmallippigen Mund und ein paar Furunkeln segnen? Das wäre das Mindeste gewesen angesichts der unermesslichen Macht, die diesem Mann verliehen wurde. Es ist einfach nicht fair gegenüber dem Rest von uns.

Er blickt über seine breite Schulter zu mir, eine Hand ruht auf dem hohen Steinsims, die andere entspannt an seiner Seite. „Findest du mich gutaussehend, Behach Éan?“

Seine Frage lässt meinen Finger von dem geprägten Titel voller Akzente und Apostrophe abrutschen. „Nach Komplimenten zu fischen, ist unter der Würde eines Königs.“

„Alyona findet mich abscheulich. Ihr genaues Wort war: *bestialisch.*“

Meine erste Reaktion ist: *Was? Wie?* Aber das würde ihm nur Honig ums Maul schmieren, also wechsle ich abrupt das Thema und blättere zerstreut in einem Buch, lenke das Gespräch wieder auf unser vorheriges Thema. „Du glaubst, Meriam hält Daya gefangen?“

„Ich glaube, Dante hält *beide* gefangen.“

Meine Hand zuckt vom Buch weg und der Ledereinband klappt mit einem dumpfen Geräusch über die seidigen Seiten. „Dante? Aber er ist … Ich dachte, er glaubt, sie wäre aus seinem Kerker entkommen und würde Amok laufen.“

Obwohl ich jetzt weiß, dass sie nicht Amok läuft. „Also weiß er, dass sie in Tarespagia ist? Ist er derjenige, der sie dort eingesperrt hat?“

Lorcan geht in die Hocke, greift nach Holzscheiten aus einem Metallkorb und wirft sie auf die kalte Asche, sodass sie aufwirbelt und sich verteilt. Dann ergreift er einige Dornenzweige, legt sie über die Holzscheite und nimmt zwei geschwärzte Steine, die er über den trockenen Ästen zusammenschlägt, bis ein Funke entsteht.

„Lore?“ Meine Stimme ist um eine ganze Oktave höher. „Willst du damit sagen, dass ich verdammt nochmal umsonst nach Luce gegangen bin?“

Schließlich legt er die Steine nieder und richtet sich auf. „Fluch nicht.“

Meine Augen weiten sich, als ich aufspringe. Angetrieben von meiner Wut, gehe ich um den Tisch herum und stupse mit dem Finger gegen seine Brust. „Willst du *verdammt* noch mal sagen, dass ich verdammt nochmal *umsonst* nach Luce gegangen bin?“

Seine Pupillen verengen sich. „Du konntest deine Freunde wiedersehen, ein Pferd adoptieren und Eponine von Nebba treffen. Ich würde das kaum als *umsonst* bezeichnen."

Ich taumle einen Schritt zurück. „Du wusstest es?", zische ich. „Du wusstest die ganze Zeit, dass Meriam nicht frei herumläuft?"

„Fallon, glaubst du wirklich, ich hätte dich als Köder durch die Fae-Lande streifen lassen, um eine Hexe anzulocken, die mein Volk und ihr eigenes verflucht hat? Warum bist du so wütend?"

„Weil! Weil ich mich wie eine Närrin fühle, Lorcan. Genauso wie an dem Tag, an dem ich erfuhr, dass du dich in einen Mann verwandeln kannst!"

„Warum?"

„Weil!" Meine Wut hallt von den Holzbalken und glatten Steinen wider. „Weil …" Ich lache freudlos. „Wie viele Leute wissen es?"

„Nur die Mitglieder der Siorkahd."

„Also nicht Antoni?"

„Und Antoni."

„Was ist mit Riccio, Mattia und Giana?"

„Ich glaube, sie wurden informiert, da sie beim Ausheben der Tunnel unter Rax geholfen haben."

„Die Tunnel, in denen er verschwunden ist?"

„Richtig."

Ich fahre mir mit den Händen übers Gesicht. „Warte. Mein Vater ist Mitglied deines Kreises, sucht aber meine Mutter in Nebba?"

„Es ist möglich, dass ich ihm erzählt habe, Marco hätte sie für diese Salzsprengmischung eingetauscht."

Meine Arme verschränken sich fest und ich grinse. „Wow. Vergiss wütend." Mein breites Grinsen verwandelt sich in ein Kichern. „Er wird dich rupfen wie einen Fasan."

Lore verschränkt ebenfalls die Arme, ein Hauch von Belustigung liegt in seinem Blick.

„Oh, du steckst in so was von einem tiefen Schlamassel." Tränen tropfen aus meinen Augenwinkeln.

Lore lehnt sich an den Kaminsims, ein Lächeln umspielt seine Lippen. „Ich werde ihn einfach mit der Neuigkeit ablenken, dass du Pierre von Nebba einen Antrag gemacht hast."

Mein Lachen erstirbt zusammen mit meiner guten Laune. „Um Meriam zu finden, Lore. Nicht weil ich irgendein romantisches Interesse an dem abscheulichen Kerl hatte. Im Gegensatz zu dir stürze ich mich nicht Hals über Kopf in eine profitable Ehe, um die beschissene Welt zu verbessern. Und jetzt raus aus meinem Zimmer. Ich bin plötzlich erschöpft und habe keinen Appetit und keine Lust, mich mit jemandem wie dir zu unterhalten."

„Ich wusste nicht, dass es so schrecklich ist, für deine Sicherheit zu sorgen."

„Du hast mich im Dunkeln gelassen, Mórrgaht. Was bedeutet, du vertraust mir *tatsächlich* nicht." Ich presse meine Lippen zusammen. „Tätest du es, hättest du mich in dein großes Geheimnis eingeweiht. Du hättest mich bei der Lösung mithelfen lassen."

Er stößt sich vom Kaminsims ab und schleicht näher zu mir. „Wie genau hättest du geholfen? Indem du deine Freundschaft mit deinem kleinen Prinzchen wieder aufnimmst, in der Hoffnung, ihm würde rausrutschen, in welchem Teil der Tunnel er und Justus Meriam versteckt haben?"

Ich hole tief Luft. „Mein Großvater?"

„Justus ist nicht dein Großvater." Lores rauer Tonfall lässt meinen Ärger hochkochen.

„Das weiß ich verdammt noch mal."

Er packt mein Kinn, sein Daumen drückt auf meine Lippen und hinterlässt eine Delle.

Ich beiße fest in seinen Finger, bevor ich spucke und meinen Kopf wegdrehe, damit er meinen Mund nicht verschließen kann. „Lass deine verdammten Finger von meinem Körper, oder ich beiße sie ab. Und wage es ja nicht, etwas über meine Wortwahl zu sagen. Wenn ich fluchen will, dann fluche ich verdammt noch mal."

Er knurrt eine lange Reihe von Worten auf Crow.

„Ist Justus Rossi überhaupt tot?"

„Nein."

Natürlich ist er das nicht. Und natürlich wusste Lore das. Er weiß verdammt noch mal alles, während ich einen Scheißdreck weiß. Nun, abgesehen von der Tatsache, dass Meriam in den Tunneln unter Tarespagia sein muss.

„Die Tunnel erstrecken sich von Isolacuori bis zum Monteluce."

„Eponine sagte, sie sei in Tarespagia, also müssen sie weiter nach Westen führen."

„Eponine hat dich angelogen."

„Das ist unmöglich. Sie hat Salz eingenommen."

Er seufzt. „Salz wirkt bei der Elite aus Nebba nicht, weil sie seit Jahren die chemische Verbindung zu sich nehmen, die sie ins Meer kippen."

Mein Kiefer klappt auf, bevor er mit einem Klicken wieder zuschnappt. „Wenigstens das hättest du mir sagen können."

Es klopft an meiner Tür, und dann tritt Imogen ein, mit einem Tablett voller Essen, das ich ihr am liebsten aus der Hand nehmen und über Lore schütten würde.

Sie wechselt ein paar Worte mit ihm, die ich – *schon wieder* – nicht verstehe, weil meine Kenntnisse meiner Vatersprache noch zu dürftig sind. Was offensichtlich der Grund ist, warum sie sie benutzen.

Er atmet langsam aus. ***Wir reden, wenn ich zurück bin.***

Mach dir keine Mühe.

Ich versichere dir, es ist nie eine Mühe. Er schreitet auf die Tür zu, die Imogen jetzt offenhält, nachdem sie das Tablett auf mein Bett gestellt hat.

Die Tür schließt sich und ich denke, ich bin ihn endlich los, als ein frostiger Luftzug meinen Körper umweht und meinen Nacken zwingt, sich zurückzubeugen. Ich starre in die leuchtenden Augen, die von einer Wolke wirbelnden Rauchs auf mich herabblicken.

Deine Sicherheit ist meine oberste Priorität. Du magst nicht gutheißen, wie ich dabei vorgehe, aber sei dir bewusst, dass alles, was ich tue, zu deinem Schutz geschieht.

Ich löse meine Arme nicht aus der Verschränkung, obwohl das Verlangen, seine eisigen Schatten zu zerkratzen, stark in mir brennt. ***Also heiratest du Alyona, um mich zu beschützen?***, murmele ich durch unsere mentale Verbindung, von der ich mir erneut wünsche, wir hätten sie nicht.

Ich reiße meinen Kopf aus seinem Griff, stürme in mein Badezimmer und knalle die Tür hinter mir zu. Dann gehe ich zu meinem Waschbecken und betrachte mein Spiegelbild in dem gesprenkelten Spiegel darüber. Mein Gesicht ist so von Wut verzerrt, dass ich das Mädchen darunter kaum wiedererkenne.

Das Mädchen, das offenbar das Vertrauen ihres eigenen Gefährten nicht wert ist.

Viel Glück für Alyona.

Möge er sie genauso crow-verdammt-verrückt machen, wie er mich verrückt gemacht hat.

KAPITEL 47

Nachdem ich all das Essen verschlungen habe, das Imogen in mein Schlafzimmer gebracht hat – gegrilltes Gemüse und eine Vielzahl an Käsesorten, die ganz anders schmecken als die aus den Fae-Landen, dank des Zusatzes von Salz – kuschle ich mich in den Sessel vor dem immer noch prasselnden Feuer und nehme ein Buch zur Hand.

Und ich lese.

Und lese. Ich verstehe drei Viertel von dem, was meine Augen entziffern, nicht, dennoch mache ich weiter, erschließe die Bedeutung vieler Dinge und lerne dabei neue Wörter. Ich bin zweihundert Seiten in einem tausendseitigen, historischen Werk mit dem Titel **RAHNACH BI'ADH** – *Königreich des Himmels* –, als das Lavendellicht der Morgendämmerung sich über Luce ergießt.

Ich schaffe es, drei weitere Seiten umzublättern, bevor meine Lider zufallen und ich das Bewusstsein verliere.

Als ich Stunden später aufwache, ist der saphirblaue Ozean von goldenem Sonnenuntergangslicht gesprenkelt. Ich reibe mir den Sand aus den Augen, dann die getrocknete Spur von Sabber an meinem Kinn. Und dann bändige ich mein chaotisches Haar und blinzele im Raum umher.

Und *alles* kommt mir wieder in den Sinn.

Catriona.

Der Pfeil.

Lazarus.

Die Schlangen.

Mein Streit mit Lore.

Ich nehme das schwere Buch, das neben den Sessel gefallen ist, auf und glätte seine seidenen Seiten, dann lege ich es ehrfürchtig auf die anderen.

Über dem Geruch des erkalteten Feuers rieche ich die salzige Brise des Ozeans und den mineralischen Duft des Berges, an den ich nun gefesselt bin. Ich lächle vor mich hin, denn ich bin nicht allein im Monteluce eingesperrt.

Während ich mich aus dem gemütlichen Sessel schäle und meinen Nacken von einer Seite zur anderen dehne, beschließe ich, dass ich bereit bin, Phoebus aufzusuchen und seine Unzufriedenheit zu ertragen. Ich hatte überlegt, ihn gestern Abend zu suchen, aber ich war so schrecklich wütend und auf mich selbst fokussiert, dass es nicht fair gewesen wäre, mit ihm wieder Kontakt aufzunehmen, hätte ich ihm nicht hundert Prozent meines Verstandes und Herzens schenken können.

Heute Nacht wird er die Sonne zu meinen Planeten sein, der Mond zu meinen Gezeiten, der …

Offensichtlich habe ich Energie übrig. Was wohl keine schlechte Sache ist, bevor man in die Schlacht zieht, um ein verlorenes Herz zurückzuerobern.

Ich werfe ein neues Kleid über, ein undurchsichtiges graues Kleid, das an meiner Brust anliegt, aber nicht an meiner Taille oder Hüfte. Es sollte wahrscheinlich gegürtet sein, aber ich kann mich nicht dazu überwinden, meine Taille einzuschnüren. Außerdem habe ich einen Freund zu erobern, keinen Liebhaber.

Als ich meine Schlafzimmertür öffne, erschrecke ich Aoife, deren Faust gerade zum Klopfen angesetzt hatte. Ich lächle sie an. „Hi."

„Ich komme, um zu sehen, ob du lebst." Ihre Augenbrauen ziehen sich zusammen, während sie meinen Gesichtsausdruck studiert. „Du siehst …"

„Glücklich aus?"

„Ich wollte sagen, entschlossen." Sie neigt den Kopf, als könnte ein neuer Blickwinkel ihr einen Einblick in meine Absichten gewähren. „Entschlossen Gutes oder Böses zu tun?"

„Wann habe ich jemals etwas Böses im Schilde geführt?"

„Letzte Woche. Als du darüber gelogen hast, dass Lorcan gesagt hat, es sei eine gute Idee, öffentlich herumzulaufen, damit du Eponine austricksen konntest."

„Ist das wirklich schon eine Woche her?"

„*Tà*, Fallon. Ich dachte, du wärst tot und habe mich von allen Freunden für meine letzte Reise verabschiedet." Ihr Gesicht ist kreideweiß unter ihrem schwarzen Make-up, und ihre Augen glänzen verräterisch, was ich bald als Tränen erkenne.

Eine Welle aus Scham und Schuld überkommt mich wegen des Kummers, den ich dieser wunderbaren, lieben Frau bereitet habe. „Oh, Aoife." Ich nehme ihre Hand und drücke sie fest. „Es tut mir so leid, dass ich gelogen habe. Ich wollte dir wirklich nicht so viel Kummer bereiten."

„Ha fios."

„Ich weiß, dass du es weißt, Aoife, und ich weiß auch, dass eine Entschuldigung nicht alles ungeschehen machen kann, was ich getan habe, aber ich hoffe, du findest die Größe, mir zu vergeben."

Sie atmet tief aus und erwidert den Druck meiner Finger. „Ich bin nicht wütend auf dich. Ich bin wütend auf mich selbst. Ich wusste, dass Catriona dir schaden wollte, und ich habe nicht getan, was ich hätte tun müssen."

Meine Finger lösen sich von ihren. „Was glaubst du, hättest du tun sollen?"

„Sie zwingen, Antonis Haus zu verlassen. Sie zum Reden bringen."

„Dass du es nicht getan hast, hat mir wahrscheinlich das Leben gerettet."

„Wie das?"

„Dargento hätte einen anderen Weg gefunden, mich zu erwischen. Catriona schuldete ihm vielleicht etwas, aber sie war stark genug, die Begleichung ihrer Schuld hinauszuzögern. Sie war mutig genug, die Perücke zu tragen, die eigentlich für meinen Kopf bestimmt war." Mein Herz schlägt dumpf. „Sie hat sich geopfert, um mich zu retten."

„Sie hätte Dargento töten sollen, anstatt sich zu opfern. Sich zu opfern ist der feige Ausweg."

Ich zucke zurück. „Diese Frau ist meinetwegen gestorben. *Für* mich. Sie war kein Feigling."

Aoifes Mund verzieht sich. Offensichtlich teilt sie meine Meinung nicht, ist aber taktvoll genug, nicht weiter darüber zu diskutieren.

„Ich war auf dem Weg, Phoebus zu suchen.“ Ich starre in den Flur hinter ihr. „Weißt du, wo er sein könnte?“

Sie blickt zu meinen Schlafzimmerfenstern, zum schnell dunkler werdenden Himmel. „Um diese Zeit findest du ihn wahrscheinlich in den Bädern.“

Ich runzle die Stirn. „Und woher kennst du Phoebus‘ Badegewohnheiten?“

„Die Bäder sind öffentliche Warmwasserbecken. Hast du noch nie davon gehört?“

„Nein.“

„Ich gehe zurück zu meinem Zimmer. Sie liegen auf dem Weg. Ich zeige sie dir.“

Während wir nebeneinander hergehen, ist Aoife ungewöhnlich still, aber ich bin es auch. Wir hängen beide unseren Erinnerungen an unsere gemeinsame Zeit im Land der Fae nach. Irgendwann nickt sie in Richtung eines besonders breiten Torbogens, als wäre er gebaut worden, um einer hochfliegenden Krähe Platz zu bieten. Vielleicht war das die Absicht des Architekten, der dieses Königreich in den Wolken entwarf.

„Geh die Treppe hinunter, dann findest du die Bäder.“

Als sie weggeht, rufe ich: „Wann ist unsere nächste Stunde?“

„Du willst immer noch Unterricht?“

„Unbedingt.“

„Morgen?“

„Morgen klingt perfekt.“ Obwohl ich ein wenig niedergeschlagen bin, zwinge ich meine Lippen zu einem Lächeln, das ich aufrechterhalte, bis sie um die Ecke biegt.

Sobald sie fort ist, raffe ich meinen Rock und beginne, die Treppe hinunterzusteigen. Es dauert fast fünf volle Minuten, bis ich eine Grotte erreiche, die vor Dampf, Stimmengewirr und vielen, *vielen* nackten Körpern nur so wimmelt.

Es ist sowohl beunruhigend als auch faszinierend. Sicher, die meisten Crows sind bis zur Taille im Wasser, aber viele lümmeln sich auch um die zahlreichen Becken herum und plaudern einfach drauflos – nackt.

Hält sich Lorcan auch hier auf?

Ich suche in den Becken nach einem großen Blonden mit spitzen Ohren. Phoebus müsste leicht zu erkennen sein, mit seiner hellen Mähne, aber es ist dunkel und es gibt *viele* Becken und viele große Felsformationen, die sie voneinander trennen.

Plötzlich sinkt der Geräuschpegel und mir wird klar warum, als sich Hunderte von Augen mir zuwenden.

Ich mache einen winzigen Schritt zurück und beschließe, dass es besser ist, auf Phoebus dort zu warten, wo die Leute bekleidet sind, aber dann sehe ich ihn und höre auf zurückzuweichen, weil der Blick, den er mir zuwirft …

Er bricht mir das Herz.

KAPITEL 48

Phoebus' schönes Gesicht ist verzerrt vor Wut, Niedergeschlagenheit und Enttäuschung. Gefühle, die ich verursacht habe.

Gefühle, die ich erwartet hatte, doch ihr Anblick ist deshalb nicht weniger erschütternd.

Ich kämpfe mich durch den Dampf, um zu ihm zu gelangen, wo er mit einem Handtuch um den Nacken an der Wand steht.

„Du bist zurück", sagt er, und seine Stimme klingt so matt, dass ich am liebsten weinen würde.

„Es tut mir so leid, Pheebs, aber ich hatte Angst."

Er verschränkt die Arme vor seinem nackten Oberkörper. „Also hast du mich ohne mein Einverständnis zurückgeschickt?"

„Du warst hier sicherer."

„Nicht deine Entscheidung, Fallon. Nicht. Deine. Entscheidung."

„Ich weiß." Ich streiche meine Haare zurück, aber die Feuchtigkeit lässt sie an meinen Wangen kleben. „Und ich fühle mich schrecklich."

„Hättest du dich schrecklich gefühlt, wärst du früher zurückgekommen und hättest dich entschuldigt."

„Ich habe versucht, Meriam zu finden."

Er wendet sich ab. „Deine Ausreden interessieren mich nicht."

Ich versuche, um ihn herumzugehen, ohne von den Wasserstrahlen getroffen zu werden, die aus der Wand schießen. „Pheebs, bitte verzeih mir."

„Warum sollte ich?"

„Weil ich deine älteste Freundin bin."

„Ich habe viele alte Freunde. Jahrhundertealte, um genau zu sein."

„Ich meinte, unsere Freundschaft ist alt, nicht …"

„Ich weiß, was du meintest. Trotzdem kein Interesse. Geh zurück zu deinen *anderen* alten Freunden, von denen du keinen auf diesen Berggipfel zurückgeschickt hast."

„Pheebs."

„Nenn mich nicht *Pheebs.*" Er hebt den Kopf und schließt die Augen, lässt das Wasser über seine geschlossenen Lider und seinen angespannten Kiefer strömen.

Mein Puls beschleunigt sich. Ich habe seinen Ärger verdient, aber ich weigere mich, ihn schwelen zu lassen. Man sagt, Taten sagen mehr als Worte, also trete ich hinter ihn und umarme ihn, drücke meine Wange gegen sein Schulterblatt.

Ich hoffe, meine Umarmung wird ihn durchdringen. „Ich liebe dich und werde deinen Namen immer abkürzen."

Er schüttelt meine Arme nicht ab. Ich sehe das als gutes Zeichen.

„Bitte finde Vergebung in deinem weichen Herzen für deine Lieblingsmaid."

„Maid?" Er grunzt. „Du bist fast schon eine Dirne."

Ich kneife ihn in eine Brustwarze.

„Ich mag es, wenn meine Brustwarzen gekniffen werden, auch wenn ich es vorziehe, wenn das von viel größeren Händen gemacht wird."

Ich rümpfe die Nase und lache, dann höre ich auf zu lachen und umarme ihn einfach weiter. „Ich liebe dich, Pheebs. Ich liebe dich so sehr."

Ein Seufzer hebt seine muskulöse Brust, dann legt sich seine Hand sanft auf meinen Unterarm und drückt ihn.

„Sag, dass du mir verzeihst?"

Langsam dreht er sich in meinen Armen und umfasst mein Gesicht mit beiden Händen. „Ich liebe dich auch, Picolina. Was meine Vergebung angeht, da wirst du … eigentlich …" Sein Mund verzieht sich zu einem verschmitzten Lächeln. „Du wirst dich ganz schön ins Zeug legen müssen. *Und zwar gewaltig.*"

Mein Herz dreht sich langsam … teils erleichtert und teils beunruhigt.

„Was sind dir meine Freundschaft und Vergebung wert?"

„Alles."

„Fabelhaft." Sein Grinsen wird breiter und lässt die grünen Iriden erstrahlen, die bei ihm so viel hübscher aussehen als bei jedem anderen Erd-Fae.

Außer bei Nonna.

„Zunächst einmal wirst du dich ausziehen und mit mir in die Bäder steigen."

Ich schlucke. „Was?"

„Du hast gesagt, du würdest alles tun. Das Erste, was ich möchte – da ich gerade erst hergekommen bin und alles über Luce hören will – ist, dass du mit mir in diesem herrlich lauwarmen Wasser herumplanschst."

Ich löse meine Arme von seiner Taille und starre auf die nackte Menge. „Ich, äh, ich …"

„Lass mich dir aus deinem Kleid helfen. Das übrigens aussieht wie ein Kartoffelsack ohne das Lederkorsett, das darüber gehört."

„Ich habe kein Korsett gefunden."

„Hast du danach gesucht?"

„Ich habe lieber nach dir gesucht."

„Immerhin trägst du Crow-Kleidung." Er hebt eine Augenbraue. „Was die Frage aufwirft … wie lange bist du schon zurück, wenn du Zeit hattest, in deinem Zimmer vorbeizuschauen und dich umzuziehen?"

„Anscheinend bin ich seit einer Woche wieder da."

„Einer Woche?!", prustet er.

„Ich bin erst gestern aufgewacht."

„Okay, jetzt bin ich raus."

„Ich wurde von einem vergifteten Pfeil getroffen, als ich mit Eponine durch die Hauptstadt segelte."

„Tut mir leid … *was*?"

„Syb und ich waren bei einem Mittagessen in Isolacuori, wo sie sich mit der Prinzessin von Nebba ‚angefreundet' hat."

Phoebus blinzelt. „Tut mir leid, was?"

Ich wiederhole alle Worte, die ich gerade gesagt habe, und füge noch einige hinzu: die Meriam-Karotte, die Eponine uns vor die Nase gehalten hat, was zum Einkaufsbummel führte, was zu Sybs Schnapsidee mit dem Abendessen führte, was wiederum zur Bootsfahrt und dem Pfeil in meinem Oberschenkel führte.

Ich will ihm gerade von Catriona erzählen, halte aber inne, weil sein Kiefer immer weiter herunterklapp und mir signalisiert, dass das Gehirn meines Freundes gefährlich überlastet ist.

„Ein königliches Vergoldungsfest? Du hast eine Einladung zum Vergoldungsfest deines Ex-Liebhabers ergattert?"

„Nicht nur ich."

„Und du hattest vor hinzugehen?"

„Das hatten wir, bis zu dem Wildling-Fiasko."

„Bei den Göttern, wer bist du und was hast du mit *meiner* Fallon gemacht?"

Ich lächle, weil er mich seine Fallon genannt hat, aber dann verblasst mein Lächeln bei dem Gedanken an Catriona. Dargentos scharfe Züge ziehen über das schöne Gesicht meines Freundes. So sehr ich es auch verabscheue, dass der ehemalige Kommandant mein Wiedersehen stört, doch solange sein Herz nicht aufhört zu schlagen, wird er für immer anwesend sein.

Ich seufze. „Ich habe dir noch mehr zu erzählen."

„Da wette ich drauf, aber lass uns reden, während wir einweichen." Er nickt in Richtung des Stoffs, der an meinem Körper klebt. „Zieh dich aus."

„Es ist schon ruiniert. Kann genauso gut auch darin schwimmen."

„Du hast nichts, was die Hälfte der Leute hier nicht auch hat."

Ich blicke mich in der dampfgefüllten Grotte um. Obwohl weibliche Crows nicht so üppig gebaut sind wie Fae, sind sie *alle* stark. Ich bin sowohl weich als auch knochig, ein Rätsel, das die Schneiderin, die meine Maße für Eponines Fest nahm, verwirrt hat.

Obwohl ich mich selbst daran erinnerte, dass ich an der Feier nur teilnahm, um einen König zu ermorden, waren meine Wangen bei ihrer Bemerkung rot angelaufen.

„Pheebs, ich fühle …" Ich schiebe eine Haarsträhne von meiner Wange.

„Du fühlst was?"

„Ich … ich fühle mich nicht wohl dabei, mich vor" – ich beiße mir auf die Lippe – „so vielen Fremden auszuziehen."

„Ein Körper besteht nur aus Fleisch, Fal. Naja, bei manchen aus

Federn, aber in diesem Moment überwiegend aus Haut, und wir bestehen alle aus Haut."

Ich kaue auf meiner Lippe herum.

„Du bist wunderschön, Fal. Für eine Frau." Er zwinkert.

Sein Versuch, mir die Befangenheit zu nehmen, beruhigt mein Herz nicht.

„Picolina, niemand wird dich beurteilen. Werde deine verdammten Unsicherheiten los."

„Das ist nicht …"

„Wirklich?" Er neigt seinen Kopf so weit nach unten, dass sein Kinn aussieht, als würde es seinen langen Hals eindrücken. „Schau mir in die Augen und sag mir, dass das nicht der Grund ist, warum du dein Kleid nicht ausziehst."

„Du hast recht. Das ist es." Entschlossen schnappe ich mir den Saum meines Kleides und ziehe es mir über den Kopf.

„Gutes Mädchen."

Meine Wangen brennen, als die feuchte Luft meine nackte Haut umhüllt. Ich ziehe meine Pantoffeln aus, dann streiche ich mit der Zunge unaufhörlich über meine Unterlippe, hänge meine Daumen in den Bund meiner Unterwäsche und ziehe sie aus.

***

„Ich kann nicht glauben, dass ich nackt in der Öffentlichkeit bade." Mein ehrfürchtiges Flüstern wird vom Zischen des Dampfes und dem Spritzen des Wassers übertönt.

Phoebus hat seinen Kopf auf den Steinrand eines der kleinsten Becken gestützt. „Fühlt sich das nicht göttlich an?"

Das Wasser ist so heiß, dass es sich tatsächlich herrlich anfühlt. „Nachdem du nun alle meine Neuigkeiten gehört hast, erzähl mir von einem gewissen, hitzigen, eine Taverne betreibenden Crow."

Er lächelt. „Noch gibt es nicht viel zu berichten, aber ich glaube, ich kratze mit meinem unvergleichlichen Charme langsam an seinem finsteren Blick."

„Unvergleichlicher Charme?" Ich lache und, bei den Göttern, das fühlt sich gut an. „Wie ich dein extravagantes Ego vermisst habe."

„Und ich deinen launischen Charakter."

Ich spritze Wasser in seine Richtung, aber es fällt zu Boden, lange bevor es ihn erreicht. „Wo hast du geschlafen?"

„Lorcan hat mir ein Schlafzimmer nicht weit von hier zugewiesen."

„Und wie sind seine Leute mit dir umgegangen?"

„Mit einer Mischung aus Vorsicht und Freundlichkeit. Mehr Freundlichkeit als Vorsicht. Und seine Mutter hat mir beigebracht, Pflanzen *ohne* Magie zu züchten."

„Vermisst du es, deine Magie einzusetzen?"

„Ja." Er hebt den Kopf. „Aber ein Leben ohne Magie ist gar nicht so schrecklich."

Ich verfolge eine perfekte Dampfspirale, bis sie sich in Nebel auflöst. „Das liegt daran, dass du weißt, dass du sie in dem Moment zurückbekommst, in dem du diesen Ort verlässt."

Er schweigt für einen langen Moment. „Ich kann nicht glauben, dass Dante so getan hat, als wäre Meriam frei."

Seine Bemerkung rüttelt an dem metaphorischen Messer, das die Männer in meinem Leben in meinen Bauch gerammt haben.

„Ich kann auch nicht glauben, dass Lorcan den Fae-König noch nicht zum Singen gebracht hat. Ich frage mich, worauf er wartet."

Die Klinge dringt tiefer ein, denn natürlich hat Lorcan *das* nicht mit mir geteilt. Ich gleite mit meinen Handflächen über die seidige Wasseroberfläche und hasse meinen ständigen Zustand der Ahnungslosigkeit.

„Lore wartet sicher aus einem bestimmten Grund ab … Hi." Phoebus grinst so breit, dass ich annehme, sein Crow-Schwarm muss angekommen sein.

Ich blicke über meine Schulter, eine Begrüßung auf den Lippen, aber meine Worte verkümmern zusammen mit meinem aufkeimenden Lächeln. Obwohl ein Mann wankelmütigen Glaubens hinter mir steht, ist dieser Mann nicht Connor.

KAPITEL 49

Lorcans goldener Blick nagelt mich auf dem Steinsitz fest, auf dem ich die letzte Stunde verbracht habe. „Genießt du unsere Annehmlichkeiten, Behach Éan?"

„Ich sollte mich wohl besser…" Phoebus räuspert sich. „Fertig machen. Du weißt ja, wie lange ich für meine Haare brauche."

Ich wende meinen Blick von Lorcans Gesicht ab und Phoebus zu, der zum anderen Ende des Beckens watet. „Deine Haare machen? *Ernsthaft?*" zische ich. „Warte."

„Nein, nein, bleib du nur." Er umrundet bereits Lorcan, der den schmalen Durchgang blockiert.

Ich werde ganz sicher nicht mit einem vollständig bekleideten Monarchen zurückbleiben, dessen Körper genauso dampft wie das Wasser, das meine Haut schrumpelig werden lässt.

Als Phoebus aus dem Becken steigt, springe ich auf die Füße, vergesse dabei, dass das Wasser hüfthoch ist und ich gerade meine Brüste zur Schau stelle.

Nicht, dass irgendjemand hinsieht.

Nicht, dass überhaupt jemand hier ist.

Wo sind alle hin?

Weg. Lorcans einsilbige Antwort hallt zwischen meinen Schläfen wider.

Als ich spüre, wie seine Augen auf meiner Brust ruhen, sinke ich wieder bis zum Hals ins Wasser. Mir ist bewusst, dass er meine Brüste bereits gesehen hat und sie wirklich nichts Besonderes sind, aber nackt in seinem Schlafzimmer aufzutauchen oder mich vor Dutzenden Fremden auszuziehen, hat mich offenbar nicht von meiner Schüchternheit befreit.

„Du hast eine Wanne in deinem Badezimmer, Fallon."

Ich sträube mich. „Ich habe nach Phoebus gesucht, und Phoebus war nicht in meiner Wanne. Ich wusste nicht, dass ich eine Erlaubnis brauche, um die öffentlichen Bäder zu benutzen. Wo sie doch *öffentlich* sind und so."

Seine Konturen verschwimmen etwas, aber sein finsterer Blick bleibt unnachgiebig und gestochen scharf.

„Schlechter Tag im Büro, Mórrgaht?"

Er dreht seinen Hals von einer Seite zur anderen, was Knackgeräusche verursacht, die ich über das Plätschern des Wassers hören kann. „Ich hatte schon schlimmere Tage."

„So ein Optimist." Meine Stimme ist so angespannt wie ein Gummiband und peitscht gegen das Wasser und den Stein.

„Es tut mir leid, dass ich Geheimnisse vor dir hatte, und es tut mir leid, mich ferngehalten zu haben."

„Es ist mir scheißegal, dass du dich ferngehalten hast."

Seine Augenbrauen ziehen sich zusammen. „Dein Tonfall sagt etwas anderes."

Ich lache ein sehr hässliches Lachen. „Bitte." Ich verdrehe die Augen. „Du warst beschäftigt; ich war beschäftigt. Wie geht es Alyosha? Ist sie schon eingezogen?"

Ein schiefes Grinsen zieht seinen Mundwinkel nach oben, und es bringt mich dazu, ihm am liebsten ein Auge ausstechen zu wollen.

Beide Augen.

„Gut, dass wir uns in den Bädern treffen. Geringere Chancen, gepfählt zu werden."

Götter, wie ich es hasse, dass er so frei in meine Gedanken eindringt. „Was lässt dich glauben, ich hätte die Waffe nicht am Körper versteckt?"

Sein Blick wandert zu meinem Körper, den die schwüle, dunkle Luft hoffentlich verschwimmen lässt. „Ich stelle mir vor, dass es aufgrund der Schärfe der Klinge ziemlich unangenehm wäre, sie am Körper zu tragen."

Röte schießt mir in die Wangen, denn mir ist vollkommen klar, dass Lore nicht andeutet, sie sei an meinem Oberschenkel befestigt.

Seine Augen funkeln angesichts meiner Verlegenheit.

Tàin.

Sein halbes Lächeln wird strahlender. „Du hast deinen Wortschatz erweitert, wie ich sehe." Ein Armschutz fällt zu Boden.

„Was tust du da?"

„Ich brauche dringend ein Bad."

Als der zweite Armschutz auf den Boden trifft, werfe ich seine Worte zurück. „Du hast eine Wanne in deinem Zimmer. Benutz sie."

Er hat seine Rüstung bereits abgeschnallt und streift sie sich über den Kopf. „Ich habe hier seit Jahrhunderten nicht mehr gebadet."

Als seine Finger den Saum seines hautengen schwarzen Oberteils ergreifen, reiße ich meinen Blick zum steinernen Beckenrand und husche darauf zu. „Lass dir ruhig Zeit. Ich gehe."

„Warum?"

Ich starre ihn an. „Weil, Lore."

„Weil …?" Er zieht das Hemd langsam hoch und entblößt seinen Waschbrettbauch, übersät mit Narben.

Erneut wende ich den Blick ab. „Weil ich mich fürs Abendessen anziehen muss. Bitte dreh dich um, damit ich raus kann."

„Das Abendessen beginnt nicht ohne mich."

„*Mein* Abendessen schon." Ich mustere einen Riss in der Felswand. „Dreh dich um."

„Warum so versessen darauf, zu fliehen?"

Ein Knurren vibriert meine Kehle hinauf und ich hefte meinen Blick zurück auf seinen. „Weil ich genug gebadet habe."

„Du hast genug gebadet, oder du hast Angst, mit mir zu baden?"

„*Angst?*" Ich verdrehe die Augen, um zu betonen, wie *wenig* Angst ich habe. „Planst du, meine Haut mit deinen eisernen Klauen zu zerfetzen?"

„Das mag dich überraschen" – er zieht an den Schnüren seiner Lederhose – „aber ich bin kein Freund von Blutbädern."

Ich versuche, einen Ausweg zu finden, der nicht darin besteht, ihn direkt zu umrunden, doch der einzige andere Weg an Lorcan vorbei, ist der, einen der Felsen hochzuklettern, und das glitschig und nackt zu tun, ist wirklich nicht ideal. Ich beschließe zu warten, bis er ins Becken steigt, dann werde ich an ihm vorbeischwimmen und hinausklettern.

Das träge Lächeln, das seinen Mundwinkel hochzieht, lässt mein Rückgrat prickeln. Ich verschränke die Arme und starre finster, während er quälend langsam seine Stiefel auszieht.

„Du hättest in Vogelform baden sollen. Das wäre schneller gegangen."

„Ich glaube, angenehme Dinge sollte man nie überstürzen."

„Du findest es angenehm, dich auszuziehen?"

Er lächelt nur weiter, während er den Bund seiner Hose öffnet.

Ich richte meinen Blick auf den Felsen, der mich in diesem Becken gefangen hält. Warum musste Phoebus mich nur so tief in die Grotte führen? *Richtig*. Weil ich darauf bestanden hatte, im abgelegensten Bereich zu sitzen.

Verflucht sei er dafür, dass er auf mich gehört hat.

Das Wasser kräuselt sich, als Lore hineinsteigt. Ich werfe ihm zunächst einen schnellen Seitenblick zu, um sicherzustellen, dass er anständig bekleidet ist.

Sobald ich das festgestellt habe, drehe ich mich ganz zu ihm um. Ich warte darauf, dass er zur Seite geht, damit sich beim Heraussteigen aus dem Becken keiner unserer Körperteile berührt. Ich mag zierlich sein, aber mir müssten schon ein paar wichtige Knochen fehlen, um an ihm vorbeischlüpfen zu können, ohne dass unsere Gliedmaßen sich berühren.

Wenn er nur nicht so … *massig* wäre.

Unbeeindruckt von meinem Wunsch zu entkommen, setzt er sich hin und schöpft Wasser, das er erst über eine sehnige Schulter und dann über die andere träufeln lässt. Jede seiner Bewegungen ist bedacht. Kalkuliert.

Sicherlich darauf aus, mich in den Wahnsinn zu treiben.

„Das Wasser ist da drüben wärmer." Ich nicke zur anderen Seite des Beckens, wo das Wasser exakt dieselbe Temperatur hat wie überall sonst.

„Wie glücklich ich mich schätzen kann, dass ich kühleres Wasser bevorzuge."

„Es ist auch sauberer."

„Ich kann genauso gut hierbleiben, sonst mache ich es nur schmutzig."

Ich beiße die Zähne zusammen.

Das also ist sein Spiel? *Gut.* Ich behalte ihn im Auge, während ich mich vorwärts bewege und den schmalen Durchgang zu seiner Rechten und zu seiner Linken absuche, um zu entscheiden, welcher Ausgang breiter ist.

Ich schieße nach rechts.

Er räkelt sich.

„Ernsthaft?", murre ich.

„Ein Problem?" Er legt seine Arme auf den Steinrand und nimmt noch mehr Platz ein. Den ganzen Platz.

Ich weiche zurück, um mich neu zu sammeln. „Im Gegensatz zu dir kann ich nicht fliegen …"

„Schade."

„… also, wenn du nicht willst, dass ich über dich hinwegsteige, beweg dich."

Seine goldenen Augen funkeln wie die eines Raubtiers, das seine Beute gefangen hat. „Nur zu … steig über mich."

Welch Dreistigkeit von ihm! „Gut."

Ich verpasse nicht das erstaunte Zucken seines Kinns, als ich aufspringe und vorwärts stürme. Ich schlage meine Hände gegen seine linke Schulter und stelle meinen Fuß auf den unter Wasser liegenden Steinrand, auf dem er sitzt. Als der Stein unter meinem Fuß nachgibt, wird mir mit Entsetzen klar, dass ich auf seinem Oberschenkel stehe.

Mein Fuß rutscht weg, und ich verliere das Gleichgewicht, aber bevor ich rücklings ins Becken fallen kann, umfasst er meine Taille, und ich lande rittlings auf dem harten Oberschenkel, den ich für den Rand gehalten hatte.

Vielleicht zum ersten Mal in meinem Leben ist es nicht der Sturz, der mich erschüttert, sondern die Landung. Mein Puls hämmert gegen meine Rippen und meinen Hals, lässt beides so heftig vibrieren, dass sich Wellen um meinen Körper bilden.

Während ich mich abmühe, von seinem Schoß zu rutschen, spreizt Lore seine Finger und umklammert mich, nicht fest genug, um blaue Flecken zu hinterlassen, aber fest genug, um mich wie einen Fisch an der Angel fühlen zu lassen.

Die schwarzen Punkte in seinen Augen pochen genauso heftig wie mein Puls. „Beweg dich nicht."

Sein raues Knurren lässt mich stocksteif werden und ich durchforste die Dunkelheit nach einer Bedrohung. Als sich in der schwülen Luft nichts weiter als Dampf bewegt, murmle ich: „Warum?"

Seine Lider schließen und seine Nasenflügel blähen sich. Wenn wir kurz davor wären, angegriffen zu werden, würde er nicht die Augen schließen, was bedeutet …

Etwas streift die Seite meines Knies und … oh meine Götter, gibt es etwa Aale in diesen Becken? Ich habe zwar keine angeborene Angst vor Aalen, aber ich habe gehört, sie können einen ausgewachsenen Mann mit einem Schwanzschlag außer Gefecht setzen. Ich stehe im Moment schon genug unter Schock.

Als ich wieder etwas an meinem Bein entlanggleiten spüre, schreie ich auf und tauche meine Hand unter die Oberfläche, um es wegzuschlagen. Dabei frage ich mich, warum Lorcan nicht im Geringsten beunruhigt zu sein scheint von dem Gefühl von etwas, das sich so nah an seinem …

Ich erstarre, gerade als meine Handfläche auf …

Lorcan erschaudert, und da unsere Körper an vielen Stellen verbunden sind, überträgt sich das Beben auf mich und lässt mich rasseln, als wäre ich eine Halb-Schlange. Ich ziehe meine Hand aus dem Wasser zurück und spüre den Abdruck seines … seines …

„*Aals?*", schlägt Lore vor.

Mein Gesicht brennt, und obwohl sein Mund nur die Andeutung eines Lächelns zeigt, verziehe ich das Gesicht zu einer ausgewachsenen Grimasse.

„Verzeih mir, Fallon" – der Daumen, der am unteren Rand meines Rippenbogens liegt, zeichnet die Kurve meines Knochens nach – „aber es sind über fünf Jahrhunderte vergangen."

„Seit jemand dein Gemächt als Aal bezeichnet hat?"

Der Herr der Krähen lächelt nicht nur; er lacht, und die Vibrationen seines Lachens durchdringen mich bis ins Mark.

Ich halte den Atem an, dann stoße ich ihn aus. „Lore, das ist …" Ich greife nach den Fingern, die um meine Taille geschlungen sind und versuche, sie von meiner Haut zu lösen, als sein Oberschenkel sich bewegt und … heilige Mutter der Crows.

Es ist was, Behach Éan? Er bewegt sich erneut und die Hitzestiche werden heftiger.

„Es ist … Es ist …"

Seine Muskeln spannen sich an, verhärten sich, werden schärfer konturiert, dann entspannen sie sich, nur um sich gleich wieder zusammenzuziehen.

Heiliger verdammter Cauldron … „Du musst" – ich beiße mir auf die Lippe, um nicht zu keuchen – „aufhören. Lore. Hör auf."

„Warum?" Sein rauchiger Atem streicht über mein Kinn.

Wann ist sein Gesicht meinem so nah gekommen?

Er bewegt sich wieder unter mir und meine Sicht wird hell, als hätte sich die Grotte wie durch Magie mit tausend Flammen gefüllt. Ich schlage mit der Handfläche, die … die einen Teil von ihm berührt hat, den zu berühren ich kein Recht hatte, auf seine feste Brust.

Du bist meine Gefährtin, Fallon. Er reibt sein Bein an mir wie ein Mann, der seine Klinge an einem Schleifstein schärft, und die Reibung raubt mir den Verstand. ***Es steht dir zu, meinen Körper zu berühren; so wie es mir zusteht, deinen zu berühren.***

Seine Worte fallen wie Kiesel in meinen Geist, sinken tief, nisten sich in mein Mark. „Lore", krächze ich. „Es ist nicht richtig. Du bist …" *Nicht meiner.*

Sein Mund streift die Unterseite meines Kinns und der Arm um meine Taille zieht sich enger, presst mich näher an ihn, schiebt mein zuckendes Zentrum über den stählernen Schenkel. In einem entfernten Winkel meines Verstandes schreie ich die willenlose Puppe an, die ich geworden bin, damit aufzuhören, das Bein eines Mannes zu reiten.

Eines verheirateten Mannes noch dazu!

Gelübde bedeuten mir etwas. Sie sollten auch ihm etwas bedeuten.

Wenn ich auf seinem Schoß komme, wäre ich nicht würdevoller als die Animierdamen im *Bottom of the Jug.* Scham peitscht über meinen bebenden Rücken. „Lore … hör auf!"

Er hört auf, doch es ist zu spät, denn die drahtigen Haare auf seinem Schenkel streifen über meine gereizte Knospe und bringen mich um den Verstand.

KAPITEL 50

Ich weine, als ich zum Höhepunkt komme. Meine Tränen mögen leise fallen, doch meine Scham ist ohrenbetäubend, so laut wie das Applaudieren meiner spontanen Lust. Ich beiße die Zähne in meine Unterlippe, um ihr Zittern zu unterdrücken.

Was habe ich nur getan?

Ich bin angewidert.

Ich bin widerlich.

„Es tut mir leid", krächze ich, obwohl er eine Mitschuld trägt. Denn wenn er mich nicht auf seinen Schoß gedrückt hätte …

Wenn er sein Bein nicht bewegt hätte …

„Fallon, sieh mich an." Er streicht eine Haarsträhne von meiner Wange und steckt sie hinter mein Ohr.

Meine Lider bleiben geschlossen, denn ich kann diesen Mann nicht ansehen, den ich als Kratzbaum benutzt habe. Mit geschlossenen Augen stemme ich mich gegen seine Brust, doch mein Körper fühlt sich wie eine verkochte Nudel an. Meine Ellbogen knicken ein, bis der Rest von mir genauso elend in sich zusammensackt wie meine Stimmung.

„Lass mich los, Lore."

„Nicht, bevor du mich ansiehst."

Als ich spüre, wie seine kühlen Finger die Tränen auf meinen Wangen nachzeichnen, drehe ich den Kopf weg, um mich seiner Reichweite zu entziehen. „Ich will dich nicht ansehen." Wenn ich ihn ansehe, wird all das hier real.

Er seufzt. „Na gut. Sieh mich nicht an, aber hör mir zu."

„Versuch ja nicht, mir zu erzählen, dass das, was gerade zwischen uns passiert ist, nicht falsch ist, nur weil wir magisch aneinander gebunden sind. Du bist verheiratet … oder stehst kurz davor … und auch wenn du Alyora vielleicht keine Keuschheit versprochen hast, werde ich … werde ich eure zukünftige Verbindung nicht entweihen."

„Nur ihren Namen also?"

Meine Augen springen auf. „Was?"

„Es heißt Alyona. Nicht Alyosha. Nicht Alyora."

Ich knurre, weil er sich darauf konzentriert, die Schreibweise zu korrigieren, anstatt auf das, was wir getan haben.

Er zeichnet mit seinen stumpfen Nägel den Schwung meines Halses nach. „Fallon, ich weiß nicht, warum du denkst, ich hätte die Glacin-Prinzessin geheiratet, denn das habe ich nicht und ich habe auch nicht vor, dies jemals zu tun."

Ich schaue ihn von der Seite an, die Augenbrauen gekrümmt. „Aoife sagte, du würdest dein Bündnis besiegeln."

„Mein Bündnis mit ihrem Vater. Ich hatte nie vor oder auch nur angedeutet, Alyona zu heiraten. Vladimir ging davon aus, ich würde das wollen, weil Fae auf diese Weise Bündnisse schließen."

„Aber Dante sagte …"

„Wieder eine Annahme."

Mein Mund steht offen. „Aber du hast es mich glauben lassen!"

„Nur weil ich dachte, es würde dir helfen, dich damit abzufinden, dass es physisch und emotional unmöglich ist, seinen Gefährten abzulehnen."

Die Scharniere meines Kiefers knacken.

Er streicht eine weitere nasse Haarsträhne aus meinem Gesicht. „Solange ich keine ‚Ewig-Krähe' werde, fürchte ich, wirst du auf ewig mit mir gestraft sein, *mo khrá*."

Mo kraw … Ich nehme an, es bedeutet *meine Krähe*. Da Lore mich nicht korrigiert, bleibe ich bei dieser Übersetzung. „Also bist du *nicht* verlobt oder verheiratet?"

„Nein."

Ich spüre das starke Pochen seines Herzens in meiner Handfläche. „Und du warst nie verlobt?"

„Nicht eine Minute lang."

„Du Arsch." Ich boxe gegen seine Schulter und verletze mir die Knöchel an dem lächerlichen Knoten aus Muskel und Knochen. „Ich fasse es nicht, dass du mich so lange in dem Glauben gelassen hast."

Er ergreift meine Hand und führt sie an seinen Mund, lässt

seine Lippen über meine Haut gleiten. „Verletze diese hübschen Finger nicht." Er legt meine Hand an seinen Nacken, dann lässt er seine Hand wieder ins Wasser sinken, umfasst mein Knie und lässt seine Hand an meinem Bein hochgleiten. Als er meinen Po erreicht, kneift er zu und raunt: „Und nenn mich nicht Arsch."

„Oder was?"

Seine Finger breiten sich auf meiner Backe aus und beginnen, meine Haut zu streicheln.

„Wirst du mich übers Knie legen?", sage ich schnaubend.

Das Lächeln, das er aufsetzt, ist ehrlich, köstlich böse.

Oh meine Götter, ich liege genau richtig. Da ich noch nie übers Knie gelegt wurde, starre ich ihn mit offenem Mund an. Mit offenem Mund *und* erregt. Wie kann ich von der Androhung körperlicher Züchtigung erregt sein?

Er knetet meine Backe mit etwas mehr Elan und ein Stöhnen entweicht meinen geöffneten Lippen. Ich glaube, Lorcan könnte mir die Wimpern einzeln ausreißen und ich würde es als angenehm empfinden.

„Mórrígan, welche Gedanken dir da durch den Kopf gehen." Er lässt einen amüsierten Atemzug entweichen. „Es wird kein Ausreißen von Wimpern geben."

Mein Herz muss seine Konsistenz geändert haben, denn es fühlt sich nicht mehr sehr fest an. Es fühlt sich an, als würde es durch meine Rippen tropfen. „Also bist du ungebunden?", frage ich zwischen einem weiteren Stöhnen.

„Ich bin sehr gebunden."

Das setzt meinem leisen Stöhnen ein Ende. „Ich meinte nicht an deine Sache; ich meinte in Liebesdingen."

„Ich meinte auch in Liebesdingen. Ich bin an meine Gefährtin Fallon gebunden." Der Dampf, der auf seinem Gesicht glitzert, lässt seine schwarze Bemalung verlaufen. „Ich bin an *dich* gebunden."

„Magisch. Nicht in Liebesdingen. Götter, du kannst mich unmöglich *mögen*. Ich habe so hart daran gearbeitet, dir gegenüber ein richtiges Miststück zu sein."

Seine Lippen zucken. „Und ich war beeindruckt von deiner Leidenschaft. Manchmal glaubte ich fast, es würde eine Heldentat erfordern, dein Herz zu erobern."

„Du hast mein Herz nicht gewonnen, nur meine Aufmerksamkeit."

Seine Brust hebt sich mit einem theatralischen Seufzer. „Dann wird es wohl eine Heldentat sein müssen."

Ich ertappe mich dabei, wie ich lächle, bis sich etwas hinter ihm bewegt. Etwas, das sich als eine Spirale weißen Dampfs herausstellt. Es dient dazu, mich daran zu erinnern, dass wir uns an einem öffentlichen Ort befinden.

„Es wird niemand kommen." Er umfasst meine Wange, um meinen sich drehenden Kopf zu stabilisieren. „Ich habe oben Wachen postiert und ihnen befohlen, den Eingang für alle zu versperren."

Ich schlucke und frage mich, ob sie alle wissen, dass ich hier unten bin.

Er fährt die Form meines Mundes mit seinem Daumen nach. „Wie Mórrígan mich gesegnet hat."

Obwohl er das vielleicht überdenken könnte, sobald er mich *wirklich* kennt, bewahre ich diese hübsche Erklärung, die ihn klingen lässt, als wäre er direkt aus einem der Bücher meiner Mamma gesprungen.

Zugegeben, er stammt aus einem anderen Jahrhundert. Aus mehreren Jahrhunderten, um genau zu sein. „Wie alt bist du?"

„Ich werde bald siebenhundert."

Sieben Jahrhunderte … So alt wie Xema Rossi. „Du siehst ziemlich gut aus für einen so alten Mann."

Seine zitronengelben Augen funkeln.

„Falls ich jemals unsterblich werde, höre ich dann wie du auf zu altern?"

Das Funkeln erlischt, und sein Daumen hört auf, meine Unterlippe zu streicheln, stattdessen drückt er sie ein. „Du *wirst* unsterblich werden. Zweifle niemals daran. Und ja, sobald du unsterblich bist, wirst du für immer das Alter behalten, in dem du deine Kräfte erlangst."

Apropos Unsterblichkeit … „Ich bin immer noch sauer auf

dich, weil du mir nichts von Meriam erzählt hast."

Er lehnt sich zurück, so gut man das eben kann, wenn man zwischen einem Felsen und einem harten … na gut, *weichen* …Platz eingeklemmt ist. „Ich habe es dir nicht sofort gesagt, weil ich mir nicht hundertprozentig sicher war, dass Dante lügt. Schließlich hat er vor mir einen Salzeid geleistet und behauptet, sie sei entkommen." Seine Finger zeichnen Arabesken auf meiner untergetauchten Haut. „Erst als die Crows, die ich nach Nebba geschickt hatte, zurückmeldeten, die Hohen Fae würden dieselbe Substanz zu sich nehmen, die sie ins Meer schütten, um sich gegen Salz zu immunisieren, wurde mir klar, dass Dante mir ins Gesicht gelogen hat."

„Weiß er, dass du es weißt?"

„Jetzt weiß er es." Bei meiner hochgezogenen Augenbraue fährt er fort: „Er hat alle drei Racoccin-Tunneleingänge versiegelt, die Antoni und seine Crew aufsprengen konnten."

„Also steckt Antoni mit meiner Großmutter und meiner Mutter in den Tunneln fest?"

„Und Justus Rossi, und wer auch immer der arme Kerl ist, den Dante unter die Erde geschickt hat, um die Frauen zu bewachen."

Unter der Erde. Sie sind direkt unter unseren Füßen. „Wie holen wir sie da raus?"

„Wir?"

Richtig. Ich habe einen Vertrag unterschrieben, hier zu bleiben. „Du."

Er fasst mein Kinn zwischen seine Finger, um meinen Blick auf seine Augen zu lenken. „Fallon, das ist keine Strafe."

„Ha fios."

Das Lächeln, das sich über sein Gesicht ausbreitet, als ich seine Sprache spreche, fühlt sich an, als würde die Sonne über dem Horizont aufgehen und all ihre Farben und ihr Licht freisetzen. „Was für ein Geschenk, dich meine Sprache sprechen zu hören." Er berührt mit der Nasenspitze die Seite meines Halses, und heiliger Cauldron, meine Knochen werden zu Teig. „Kannst du mehr Sätze bilden?"

„Ich kann." Und das tue ich. Und obwohl meine Aussprache schief und meine Satzstruktur noch schlecht ist, lächelt er mich mit solchem Stolz an, dass Wärme mein Herz durchzieht.

„Versuche, Crow zu sprechen, wenn dein Vater zurückkehrt."

„Um ihn davon abzulenken, dich zu ermorden?"

„Hast du meine Gedanken gelesen, kleiner Vogel?"

„Eigentlich nicht."

„Möchtest du meine Gedanken lesen?"

„Wünscht sich die Schlange zu schwimmen?"

Mit einem langsamen Lächeln lässt er seine Mauern fallen, und ich blicke in seinen Geist, und oh, die Dinge, die ich sehe. Sie alle beinhalten unsere entkleideten und verschlungenen Körper.

Eine Röte legt sich auf meine Wangen, als ich seinen Geist verlasse, und sie vertieft sich, als mir klar wird, dass ich immer noch auf ihm sitze. Ich will herunterrutschen, aber sein Arm umschließt mich, um mich festzuhalten.

Erlaube mir, dich noch einen Moment länger zu halten, Behach Éan. Du hast keine Ahnung, wie lange ich darauf gewartet habe, dich zu berühren. Während er in meinen Gedanken spricht, streicht seine versunkene Hand entlang meiner Wirbelsäule auf und ab.

Obwohl ich aufhöre mich zu bewegen und somit seinen Liebkosungen zustimme, plagt mich mein Gewissen, wie unanständig ich mich verhalte. Wäre Nonna hier, würden die Spitzen ihrer Ohren vor Scham verschrumpeln.

„Du hast mich schon oft genug berührt", stelle ich fest.

„Nicht in dieser Form." Mit einem Seufzer murmelt er: „Bald müssen wir aus diesem Becken steigen und ins echte Leben zurückkehren."

„Wie wird das *echte Leben* jetzt aussehen?"

Lorcan Ríhbiadh bringt seinen Mund näher an meinen. „So, mein kleiner Vogel." Er überbrückt den Abstand zwischen uns, lässt unsere Lippen verschmelzen und hält mich schmerzhaft fest umschlungen.

Wie ein Mensch, high von Kobold-Urin, wechsle ich in einem einzigen Herzschlag von Schock zu Ekstase. Und … warum muss ich ausgerechnet jetzt an Kobolde und Urin denken?

Lore lacht gegen meinen Mund, weil, wie immer, meine Gedanken in seine übergehen. ***Zweimal hast du jetzt schon Kobold-Urin erwähnt.***

Ich schwöre, ich habe es nie probiert. Ich knabbere an seiner Lippe.

Er zischt, also ziehe ich mich zurück, aber er schiebt seine Finger durch mein Haar, umfasst meinen Hinterkopf und drückt meinen Mund erneut auf seinen.

Wenn du es jemals tust, dann nur wenn ich dabei bin.

Ich schlinge eine Hand um seinen Nacken, spüre das Spiel der Sehnen unter meinen Fingerspitzen. ***Seltsame Bitte, aber in Ordnung.***

Ich werde nicht zulassen, dass du high bist, wenn ich nicht bei dir bin. Er zieht meinen Körper näher, entfacht neue Glut in jenem Teil von mir, der sich etwas beruhigt und abgekühlt hatte.

Und ich wollte ihm doch die kalte Schulter zeigen…

Er küsst das Gelenk meines Kiefers, nimmt dann mein Ohrläppchen in den Mund, bevor er rau flüstert: „Du, Fallon Báeinach, bist unfähig still zu sein, wenn ich in der Nähe bin."

Ich verdrehe die Augen, aber dann bewegt er sein Bein erneut, und ein Stöhnen entfährt meinen Lippen.

Götter, wer hätte gedacht, dass ein Bein so … so …?

Erogen? schlägt er vor.

Beweglich.

Sein leises Schnauben entlockt meinen Lippen ein Grinsen und füllt meine Brust mit Wärme. Als er sich zurücklehnt und sein Amüsement sich in etwas anderes verwandelt … etwas, das einer Verzückung gleicht, spreize ich meine Knie, und ihre Seiten stoßen gegen etwas, von dem ich zuvor annahm, es wäre nicht mit seinem Körper verbunden. Wie konnte ich jemals etwas so Hartes und Dickes mit einem Aal verwechseln?

Seine Augen funkeln, dann leuchten sie auf, während er mich an der Länge seines Oberschenkels auf und ab führt. Mit jeder Bewegung geht mein Gehirn den Weg meines Herzens, verflüssigt sich, und meine Organe ordnen sich in meinem erweichten Körper neu an. Mein Herz sinkt an jenen Ort zwischen meinen Beinen, den Lore so wundervoll quält. Ich ertappe mich dabei, wie ich die Luft in meinen Lungen einschließe, bevor ich sie keuchend ausstoße.

Obwohl wir in einer Grotte sitzen, umgeben von Stein und Dampf, fühlt es sich an, als würden wir unter einem sternengefüllten Himmel miteinander verschmelzen. Die aufsteigende Hitze lässt meinen Rücken durchbiegen und meinen Kopf nach hinten fallen. Noch nie in meinem Leben hat sich etwas so angefühlt. Götter, wenn es das getan hätte, hätte ich mehr Zeit im Bett verbracht, meine Hand reitend oder auf jemandes Schoß.

Lore knurrt. ***„Behach Éan, von diesem Moment an sind mein Schoß, meine Hand und mein Gesicht die einzigen, die du reiten wirst. Ist das klar?“***

Meine Wangen brennen ebenso leidenschaftlich wie mein Geschlecht bei der Erwähnung seines Gesichts.

Ja, mein Gesicht. Seine Finger drücken sich in meine Haut – auf die beste Art und Weise –, während er mich an sich reibt. ***Meine Nase. Meine Zunge.***

Ich stottere, als er besagte Zunge benutzt, um eine Linie von meinem Schlüsselbein bis zu meinem Kinn zu lecken.

Mórrígan, wie eifersüchtig ich auf meinen eigenen Oberschenkel bin. Er küsst sich wieder die Länge meines Halses hinunter, seine perfekte Nase streift meine erhitzte Haut.

Meine Sicht verschwimmt in einem funkelnden Schwarz und mein Blut strömt zu jenem einen Ort, den er gereizt hat, seit ich versucht habe, über ihn zu klettern.

Bester.

Verpatzter.

Versuch.

Aller Zeiten.

Dieses Mal, als ich mich an seinem Oberschenkel auflöse, als mein Herz wirbelt und die Konturen von allem um mich herum verschwimmen lässt, als seine Arme sich besitzergreifend um meine Taille legen und sein Mund meinen Puls streift, weine ich nicht.

Ich juble.

KAPITEL 51

Lorcan studiert mein erhobenes Gesicht, und obwohl er mich nicht mit seinen Fingern oder Lippen berührt, windet sich sein dunkler Rauch um meinen Hals, bevor er über meine kussgeschwollenen Lippen gleitet.

Wir haben vor einigen Minuten die Tür zu meinem Schlafzimmer erreicht – ich, gekleidet in Lores schwarzes Hemd, das mir bis zur Mitte der Oberschenkel reicht; und Lore, nur in seinen Lederhosen und Stiefeln – doch wir haben uns noch immer nicht getrennt.

Lore, können wir es für uns behalten, bis wir beide sicher sind, was genau das hier ist?

Eine dunkle Augenbraue hebt sich so hoch, dass sie hinter einer Strähne zerzauster, feuchter Haare verschwindet.

„Was?“, flüstere ich.

Er richtet die ungebundene Rüstung, die er über seiner breiten Schulter trägt, neu aus. ***Nichts.***

Du denkst doch sicher etwas.

Tu ich das?

Ich verenge meine Augen auf seine, dann zucke ich zusammen, als ich das Ende eines Gedankens erhasche. „Ich habe deinen Namen *geflüstert*; ich habe ihn nicht geschrien.“

Oder?

Bei einem weiteren selbstgefälligen Lächeln wird mir klar, dass ich mich vielleicht ein wenig habe mitreißen lassen. ***Also deine Wachen haben es möglicherweise mitbekommen, aber kannst du sie bitten, für sich zu behalten, was sie gehört haben?***

Wenn das das Einzige ist, was zwischen dir und deinem Glück steht, Behach Éan, dann lass uns so tun, als wären wir nur Freunde.

Wir waren nie wirklich Freunde, also bin ich mir nicht sicher, wie glaubwürdig das sein wird.

Na gut. Er lässt einen langen, leidenden Seufzer los. ***Dann eben zurück zu Feinden. Es war nett, solange es gedauert hat.***

Ich verschränke meine Arme. „Nett? Ich habe dich ehrlich gesagt oft genug verabscheut. Besonders als du mich hier oben eingesperrt hast."

Ja. Er nickt in Richtung der beschlagenen Tür. ***In dieser schrecklichen Zelle voller winziger Fenster, durch die du nicht passt. Was für eine Qual du ertragen musstest.***

„Du kannst so unerträglich sein." Ich schnappe mir mein durchnässtes Kleid aus seiner Hand.

Als ich mich meiner Tür zuwende, ergreift Lore meine Hand und führt sie an seinen Mund. ***Mein temperamentvoller kleiner Vogel.*** Er küsst meine Knöchel, einen nach dem anderen. ***In meinem Kopf gibt es nicht den geringsten Zweifel daran, was das hier ist, aber ich werde meine Vögel bitten, den Mund zu halten, bis deine Bedenken sich verflüchtigt haben.*** Er dreht meine Hand um und leckt eine träge Linie von der Mitte meiner Handfläche bis zur Innenseite meines Handgelenks. ***Bis die Nacht am dunkelsten ist und ich dich überall schmecken kann.***

Ich stehe angewachsen wie eines von Nonnas Heilkräutern für eine ganze Minute vor meiner Tür, nachdem er sich in seine Räume zurückgezogen hat, und starre ihm nach. Dann starre ich auf die Innenseite meiner Hand, auf die glitzernde Spur, die mich an die zurückgelassene Spur der Schnecke erinnert, die einst an einem lang vergangenen Sommertag in meiner Handfläche wohnte, als ich Nonna eigentlich beim Kräutersammeln aus unseren schmalen Pflanzkästen hätte helfen sollen, stattdessen aber mit deren winzigen Bewohnern gespielt hatte.

Mit dem Kleid über dem Arm und den Fingern fest um Lores seltsame Geste des Besitzes oder der Zuneigung, drücke ich die Türklinke meines Schlafzimmers hinunter und quietsche erschrocken, als ich jemanden auf meinem Bett liegen sehe, ein Buch in der Hand.

„Oh meine Götter, Pheebs", zische ich ihm zu, als ich die Tür hinter mir zuknalle und das durchnässte Kleid ans Fußende des Bettes werfe. „Du hast mir fast einen Herzinfarkt verpasst."

Er schmeißt das schwere Buch beiseite, und es versinkt in der flauschigen Bettdecke. „Wie war dein Bad?"

Bei seinem charmanten Lächeln weiche ich seinem Blick aus und studiere die goldenen Verzierungen, die den Titel schmücken, der in Gold auf dem alten braunen Leder schimmert. „Gut."

„Zweite Regel der Freundschaft: Man darf keine nichtssagende Antwort geben, nachdem der beste Freund auf einen herrlichen Moment der Entspannung verzichtet hat, damit man selbst wertvolle Zeit nackt mit einem heißen Typen verbringen kann. Das geht einfach nicht. Wäre ich dort mit Connor gewesen, hätte ich dir jede Minute unserer Interaktion haarklein geschildert."

Ich beiße mir auf die Unterlippe, die noch immer nach Lores Küssen schmeckt. „Alles, was hier gesagt wird, bleibt unter uns."

„Das ist die dritte Regel der Freundschaft: Was man sich unter Freunden anvertraut, bleibt auch unter Freunden."

„Verfasst du gerade so eine Art Manifest?"

„Im Moment nicht, aber vielleicht sollte ich meine Weisheiten mit der Welt teilen."

Ich grinse.

Er rollt sich aus dem Bett und schlendert zu meinem Kleiderschrank. „Ich habe dir ein Outfit ausgesucht."

Als er mit einem hauchzarten schwarzen Kleid und einem Stück schwarzer Spitze wieder herauskommt, schlucke ich. „Ich …"

„ … werde es sofort anziehen. Es ist perfekt, mein lieber Phoebus." Ich bin etwas beleidigt, dass seine Imitation meiner Stimme so quietschig ist.

„So klinge ich doch nicht, oder?"

„Wenn du jammerst, schon."

„Wann *jammere* ich denn bitte?"

„Du jammerst gerade."

„Ich habe noch kein Wort über das Kleid verloren!"

„Innerlich sagst du eine Menge dazu."

Ich schnaube.

„Tu nicht so, als hättest du keine Meinung zu dem Kleid."

„Ich wollte nur anmerken, dass es durchsichtig ist, was jedem erlauben wird, alles zu sehen. Und schwarz. Ich trage normalerweise kein Schwarz. Schwarz ist für Beerdigungen."

„Welche Farbe glaubst du, trägst du gerade, Süße? Gelb?" Er nickt zu Lores Oberteil. „Was Schwarz betrifft, es ist die Farbe der Crows. Außerdem hast du meinen Bedingungen zugestimmt. Wenn du lieber etwas anderes auswählen willst, dann nur zu, bedien dich, aber sei dir bewusst, dass du dann auch einen anderen besten Freund wählen musst, und viel Glück dabei, jemanden von meinem Format zu finden."

Ich kann nicht anders, als bei seiner dramatischen Erklärung übers ganze Gesicht zu strahlen. „Na gut. Mach mich zu einer Edelhure."

Er zögert eine Sekunde. „Fal, selbst mit billigem Make-up und prallen Titten könntest du niemals wie eine Nutte aussehen. Außerdem habe ich nachgesehen, und der Body darunter wird all die essenziellen Teile bedecken, die du für die Augen eines gewissen gutaussehenden, tödlichen Königs aufhebst."

Meine Wangen glühen, und mein Herz macht einen Satz.

„Und nein, ich meine nicht Dante."

Meine Gedanken waren gar nicht bei Dante.

„Jetzt erzähl mir alles."

Ich rümpfe die Nase und kneife die Augen zu.

„Picolina, ich versichere dir, nichts, was du da unten getan hast, wird mich schockieren."

Mir ist Phoebus' umfangreiche Erfahrung durchaus bewusst. Das wissen die meisten in Luce. Mit geschlossenen Augen gestehe ich: „Ich bin auf seinen Schoß gestolpert."

„Clever. Deinen Trick könnte ich mir vielleicht abschauen."

Meine Lider schnellen hoch. „Es war kein Trick, Pheebs. Ich wollte aus dem Becken klettern und bin ausgerutscht."

„Schade, dass du nicht auf seinen Schwanz gestolpert bist. Er scheint einen beachtlichen zu besitzen. Nicht, dass die Größe *so* wichtig wäre, aber ..." Er runzelt die Nase. „War dein Ziel sein Penis, aber er war zu klein?" Phoebus wirkt plötzlich so besorgt, dass ich das Lachen, das aus mir heraussprudelt, nicht unterdrücken kann.

„Mein Ziel war weder sein Schwanz ... der wäre, das versichere ich dir, *unübersehbar* gewesen ... noch sein Bein. Mein Ziel war der Ausgang."

„Es ist eine viel bessere Geschichte, du seist ihm auf den Schoß gefallen, weil du dachtest, auf seinen riesigen Penis zu fallen, wäre zu direkt."

„Vergiss das Freundschaftsmanifest, du solltest erotische Heftchen schreiben, Pheebs."

Er blinzelt und seine Augen bekommen einen verträumten Glanz. „Das ist eine geniale Idee. Fast so genial wie das Erwecken der Crows. Götter, das Leben war öde, bevor sie zurück nach Luce geflattert sind, oder?"

Das Leben mag öde gewesen sein, aber es war sicher. Jetzt ist nichts mehr sicher, außer diesem Königreich in den Wolken.

„Zurück zu deinem Sturz auf Lorcan Ríhbiadhs Schoß." Da Phoebus wie ein Kobold mit einer Münze ist, weiß ich, dass er nicht aufhören wird zu fragen, bis ich ihm alles erzählt habe. Also tue ich es, und bis ich fertig bin, hat er mein schwarzes Kleid zugeknöpft.

Während ich auf meine Beine blicke, die dank des durchsichtigen Stoffs voll zur Schau gestellt werden, frage ich: „Wir essen doch gleich nebenan in der Taverne, oder?"

„Ja."

„Bist du sicher, dass dies hier angemessen ist? Als ich das letzte Mal dort war, trugen alle Kampfrüstungen und Hosen."

Er deutet auf sich selbst, auf die fließenden schwarzen Hosen, die tief auf seiner Hüfte sitzen, und das weiche weiße Hemd, das einen guten Blick auf einen Großteil seines Oberkörpers erlaubt. „Trage ich eine Rüstung?"

„Nein, aber du bist ein Fae und ich eine Crow."

„Du bist auch eine Shabbin, und in dem Buch über Shabbe, das Lore mir aus seiner Privatbibliothek geliehen hat – du kannst mir später für meine gründliche Recherche danken –, steht, dass Shabbins hauchzarte Seidengewänder bevorzugen. Sie weben den Großteil ihrer Stoffe aus dem schillernden Sekret einer Landschnecke. Faszinierend, nicht wahr?"

Die Sorge, ich könnte falsch gekleidet sein, verfliegt. „Unglaublich."

Phoebus geht ins Bad und kommt mit einem Stück schwarzen Tons zurück, demselben, den Lore zwischen seinen Handflächen zerrieben hat. „Und nun der letzte Schliff."

Ich schüttele den Kopf. „Pheebs, nein. Ich bin noch nicht bereit dafür." Meine Gründe, die Streifen abzulehnen, haben sich geändert. Früher verband ich sie damit, eine Seite zu wählen. Heute Abend habe ich erkannt, dass es ein Privileg ist, das man sich verdienen muss, und ich habe es mir noch nicht verdient.

„Lorcan wird es zu schätzen wissen, und dein Vater auch."

„Er ist hier?"

„Ich habe die Wachen sagen hören, dass er nach Hause fliegt."

Zuhause … Ist das, was dieser Ort für Phoebus geworden ist?

„Es ist nur Make-up, Picolina."

Doch das ist es nicht.

Phoebus entscheidet sich dafür, meine Wimpernkränze mit der schwarzen Paste an seinen Fingern dunkler zu machen. Nachdem er seine eigenen Wimpern geschwärzt hat, was das Grün seiner Augen betont, nimmt Phoebus meinen Arm und führt mich aus meinem Schlafzimmer in den Flur. Obwohl wir nicht vielen Crows begegnen, starren uns die wenigen, an denen wir vorbeikommen, an, als wären wir direkt aus einer Schlangengrube entsprungen. Wie ich befürchtet hatte, tragen alle Kampfleder, während wir beide wie für einen Spaziergang in Tarecuori gekleidet sind.

„Wird Lore uns in der Taverne treffen?", fragt Phoebus.

„Ich weiß es nicht." Ich ziehe an den Seiten des tiefen V-Ausschnitts und versuche, den unnachgiebigen Stoff zu dehnen, um mehr von meiner Haut zu bedecken. „Er trifft sich mit dem Siorkahd. Warum? Wolltest du mit ihm essen?"

„Wer würde nicht mit diesem Mann essen wollen? Aber nein, ich frage, weil ich es kaum erwarten kann, seinen Gesichtsausdruck zu sehen, wenn er mein Werk erblickt."

„Hast du ein Handwerk erlernt, von dem ich nichts weiß?"

Phoebus schnaubt. „Obwohl Connors Sohn mir das Gravieren beibringt, meinte ich *dich*, Picolina. Du kannst dich bei mir bedanken, indem du mir morgen das Frühstück ans Bett bringst. Vorausgesetzt natürlich, du stolperst und pfählst dich nicht immer noch auf einem gewissen …"

„Sag noch ein Wort und ich ermorde dich im Schlaf." Zwischen zusammengebissenen Zähnen füge ich hinzu: „Dann bleibe ich wenigstens vom Frühstückstablett-Schleppen verschont."

Er tätschelt meine Hand, als wäre das die albernste Drohung, die ich je ausgesprochen habe. „Komm. Ich habe einen Stammtisch."

Mein knappes Kleid wird zu meiner geringsten Sorge, als wir uns zwischen den Gästen zur Rückwand der Taverne schlängeln, an der der kleinste Tisch steht, ein kleiner runder direkt neben der Bar.

Er ist für eine Person gedeckt.

„Ich dachte, du hast gesagt, die Crows wären freundlich."

Er zieht den Stuhl heraus. „Das sind sie auch. Warum die gerunzelte Stirn?"

„Dein Stammtisch hat nur einen Stuhl." Nicht mal eine Bank. „*Einen* Teller. *Ein* Glas."

„Wie aufmerksam von dir, Signorina Báeinach." Während er mich hineindrückt, beugt er sich vor und flüstert: „Vielleicht bemerkst du auch, dass mein Stammtisch eine ungehinderte Sicht auf die Bar bietet."

Obwohl ich verstehe, worauf er anspielt, kann ich meine Sorge nicht abschütteln. „Isst du allein?"

„Nein. Manchmal leistet mir Lazarus Gesellschaft. Manchmal Bronwen."

„Beide Fae!" Mein Ausruf zieht viele Blicke auf uns. Oder vielleicht starrten sie uns auch schon vorher an.

„Aoife kommt täglich zum Tee vorbei. Meistens, um sich über dich zu beschweren."

Ich kann mich nicht einmal dazu bringen, auf diese offensichtliche Stichelei zu reagieren.

„Und zur Sperrstunde trinkt Reid einen Schluck mit mir."

Zu hören, dass er *etwas* Gesellschaft von den Crow hat, beruhigt mich ein wenig. „Reid?"

„Connors Sohn. Derjenige, der mir die Steinmetzkunst beibringt. Wir sind ungewöhnliche Freunde geworden", erklärt er, gerade als der Mann mit einem Stuhl in der Hand auf uns zukommt. „Er ist der einzige Halb-Crow, der in Luce übrig geblieben ist, seit alle anderen entweder getötet wurden oder nach Shabbe geflohen sind.“

„Getötet?“ Ich blinzele Phoebus an.

Aber es ist der hellhaarige Crow, der antwortet: „Wir *leath'cinn* sind nicht unsterblich. Nun, zumindest diejenigen von uns mit einem menschlichen Elternteil.“

Ich nehme an, dass *lehken* Halb-Crow bedeutet. Ich gehe auch davon aus, dass Reid mich nicht in die Gruppe derer *mit einem menschlichen Elternteil* einbezieht.

Er stellt den Stuhl für Phoebus ab, dann verweilt er neben unserem Tisch, die Hände in die schmalen Hüften gestemmt.

„Du wusstest das nicht, Tochter von Cathal und Zendaya?“

„Fallon. Tochter von Cathal und Zendaya ist etwas lang. Und nein, das wusste ich nicht. Wie sieht es mit den Nachkommen von Fae und Crows aus? Sind sie unsterblich?“

Phoebus seufzt, während er sich hinter den winzigen Tisch quetscht. „Fae und Crows können keine Kinder zeugen. Unverträgliches Blut. Crows haben zu viel Eisen im Blut, und Eisen ist Gift für die Fae.“

Mir klappt der Mund auf. Götter, ich weiß gar nichts.

Gerade als Connors Sohn sich abwenden will, rufe ich ihn zurück: „Reid, richtig?“

„Ja.“

„Danke, dass du meinem Freund Gesellschaft leistest.“

Rosa Flecken erscheinen auf Phoebus' Wangen. „Du stellst mich wie einen bemitleidenswerten Schwächling hin.“

Das war nicht meine Absicht.

„Dein Freund hat viele interessante Geschichten zu erzählen.“ Reids Kiefer ist nicht so kantig wie der seines Vaters, und seine Haut ist viel heller, genau wie sein Haar, und doch steckt viel von Connor in diesem Gesicht.

„Ich bin sicher, du hast auch einige zu bieten.“

„Noch nicht.“ Ein verhaltenes Lächeln umspielt seinen Mund. „Aber hoffentlich werde ich dieses Mal mehr Geschichten erleben.

Vorausgesetzt, unser König kann sich zusammenreißen.“ Er greift hinter die Theke nach einem zusätzlichen Teller und einem Kelch. „Eine Herausforderung, sollte die Fluchbrecherin die Fae-Lande bevorzugen.“

Mein Rücken versteift sich bei dieser leise vorgebrachten Spitze. Ich bin versucht, etwas zu erwidern, aber Phoebus drückt unter dem Tisch mein Knie und schüttelt leicht den Kopf.

Reid tritt zurück. „Ich hole euch etwas zu essen.“

„Kein Fleisch oder Fisch“, weist Phoebus ihn an. „Und nicht zu viel Salz, sonst verrate ich wieder zu viele Geheimnisse.“

Reid nickt, bevor er sich endlich abwendet.

„Ich bevorzuge die Fae-Lande nicht“, murmle ich, als wir wieder unter uns sind.

Phoebus legt den Kopf schief.

„Das tue ich nicht, Pheebs. Ich bin nur dorthin gegangen, um Meriam zu finden.“

„Eine Aufgabe, die du den Unsterblichen hättest überlassen können.“

„Als ich von hier wegging, nahm ich an, meine Großmutter wäre auf der Flucht und würde direkt zu mir fliehen.“

„Picolina, wäre sie auf der Flucht gewesen und direkt zu dir gekommen, was lässt dich glauben, sie hätte dich nicht durchbohrt?“

„Hätte sie mich töten wollen, hätte sie es längst getan.“

„Es sei denn, sie konnte dich zu dem Zeitpunkt nicht töten.“

Ich runzle die Stirn. „Die Frau hat mit ihrem Blut eine magische Barriere erschaffen, Pheebs. Sie hat meine Mutter entführt. Ihre *eigene* Tochter.“ Ich erzähle ihm nicht von Gabrieles Überzeugung, Meriam hätte Zendaya getötet. Ich fürchte, es auszusprechen würde es irgendwie wahr machen. „Glaubst du wirklich, dass jemand so Mächtiges und Verdrehtes wie sie die geringsten Skrupel hätte, jemand anderen zu ermorden?“

Phoebus‘ Augen sind gedankenverloren. „Ich meinte, vielleicht hat sie einen Pakt geschlossen oder so etwas, der sie davon abgehalten hat, dich zu töten.“

„Mit wem?“

„Marco?“ Er zuckt mit den Schultern. „Wer weiß?“

Ich starre meinen Freund an.

„Ich denke nur laut nach. Vielleicht wurde kein Pakt geschlossen."

„Sollte Meriam einen Pakt mit Marco geschlossen haben", sagt eine raue Stimme, „dann ist der abgelaufen."

Der Adamsapfel in Phoebus' Kehle steigt so hoch wie mein Puls, als ich mich auf meinem Stuhl umdrehe, um den Mann anzusehen, den ich seit zwei Wochen nicht mehr gesehen habe.

„Du hast das Himmelreich verlassen, *ínon*?" Das Knurren meines Vaters lässt meine Wimpern flattern.

„Ich, äh, werde ..." Phoebus springt von seinem Stuhl auf. „Nachsehen, wo unser Essen so lange bleibt."

Ich lasse Phoebus die Flucht ergreifen, da das eindeutig seine Absicht ist.

„Ich werde Lore umbringen." Mein Vater spricht mit kaum geöffneten Zähnen.

Ich bin gerade dabei, von meinem Platz aufzuspringen, um den Arm meines Vaters zu packen, bevor er losstürmen kann, um Lorcan zu jagen, als sich schwarze Schatten zwischen uns verdichten und zu einem mannshohen Schild formen.

„Ein Kunststück, an dem schon viele gescheitert sind, Cathal", höre ich Lore unter seinem Atem spotten.

Die großen Finger meines Vaters schließen sich um den Hals des Himmelskönigs und drücken zu. „Ich habe dir vertraut, und du hast zugelassen, dass sie das Himmelreich verlässt?!"

„Und sie ist zurückgekehrt." Ich bin ehrlich gesagt erstaunt, wie Lore die Ruhe bewahrt. „Lass mich jetzt los, bevor ich dir zum, was, vierten Mal die Nase breche?"

Meine Augen werden so groß wie die meines Vaters. ***Du hast ihm drei Mal die Nase gebrochen?***

Alles nur Spaß.

Du hast eine seltsame Vorstellung von Spaß ... Bevor es zu Knochenbrüchen kommen kann, melde ich mich zu Wort. „Ich habe Lore gezwungen, mich gehen zu lassen, *Dádhi*."

Mein Vater blickt über Lores breite, vor Wut bebende Schulter zu mir. Seine Hand fällt herab, nicht weil er Lorcan losgelassen hat, sondern weil der Crow-König sich in schwarzen Dampf auflöst, der sich einen Moment später am selben Ort wieder zusammenfügt.

Als Cathals schwerer Arm wieder an seine Seite fällt, schlagen die Schnallen seines Armschutzes gegen seinen Brustpanzer.

„Und ich war es, die sie ermutigt hat, Cathal." Bronwen betritt die Taverne an Cians Arm.

„Du hast sie ermutigt?" Lore scheint sich trotz der Rauchschwaden, die von ihm aufsteigen, zu versteifen.

Mein Vater wirbelt herum, um Bronwen gegenüberzutreten, und bellt etwas Derbes auf Crow, was meiner Meinung nach bedeuten muss: „Warum bei Mórrígan hast du das getan?"

„Sie musste fort."

„Sie musste fort?", wiederholt Lorcan in einem Ton, der die Luft so fest und kalt wie einen Eisblock erscheinen lässt.

Ich bin zugegebenermaßen überrascht. Ich hatte angenommen, Lorcan wäre über Bronwens neueste Prophezeiung auf dem Laufenden gewesen.

Sein Blick trifft auf meinen, bohrt sich mit einer Wucht in mich, die mein Herz dazu bringt, hinter meiner Wirbelsäule Zuflucht zu suchen. „Was für eine neue Prophezeiung?", knurrt er, und obwohl mich sein Zorn eigentlich alarmieren sollte, hat sein Tonfall eine völlig andere Wirkung.

Nicht jetzt.

Nicht jetzt.

„Hast du gerade …" Cian sieht zwischen Lorcan und mir hin und her, seine Augen werden immer größer. „Meine Nichte ist deine Gefährtin, Lore?"

KAPITEL 52

Würde jemand eine Nadel in *Adh'Thábhain* fallen lassen, das gesamte Himmelreich könnte hören, wie sie aufklickt. So still ist es geworden.

Phoebus, der sich hinter die Bar zurückgezogen hat, als mein Vater wie eine Fledermaus aus der Unterwelt in die Taverne stürzte, formt mit den Lippen: „*Gefährtin?*" Oder vielleicht sagt er: „*Merda.*" Beides wäre passend.

Mit einem Seufzer murmle ich zu Lore: „Nun, ich schätze, die Katze ist aus dem Sack."

Lorcan wirft mir über seine Schulter einen sehr unamüsierten Blick zu. ***Welche verdammte Prophezeiung?***

Der Feigling, der ich bin, schiebt die heiße Kartoffel auf Bronwens Schoß. Technisch gesehen ist es ihre Prophezeiung, also hat sie die Ehre, allen davon zu erzählen. „Ich lasse Bronwen euch einweihen."

„Sprich, Bronwen!" Lores Befehl lässt die feinen Härchen an meinen Armen sich aufstellen.

„Ich habe vorausgesehen, dass Fallon in die Fae-Lande zurückkehren muss, um Dante Regios Leben zu beenden", sagt sie in einem so gelassen Ton, als würde sie übers Wetter reden. „Nur dann wird Luce den Crows zurückgegeben."

Donner grollt draußen durch die steinernen Bullaugen und Blitze zerfetzen den schwarzen Himmel.

„Nur über meine Leiche", knurrt Lore.

Gut, dass du eigentlich nicht sterben kannst, Lore.

Er wirft mir einen weiteren vernichtenden Blick über die Schulter zu, der mich nicht so trifft wie der vorherige. Ich mag den Mann zwar aufgebracht, aber ich mag ihn nicht wütend.

„Bist du verrückt geworden, Bronwen?" Mein Vater ist so zornig, er könnte sicher Rinde mit seinem Kiefer zermahlen. „Meine Tochter jagt nicht den verdammten Fae-König!"

Während sie sich alle auf Crow anschreien, winkt Phoebus mich zu sich. Ich schlüpfe hinter dem Tisch hervor und schleiche mich an die Bar, ihm gegenüber.

„Tut mir leid, *was*?"

„Bronwen kann die …"

„Ich rede nicht von der Prophezeiung, Fal. Du bist Lores *Gefährtin*?", zischt er, während er eine Flasche Himmelswein öffnet und sich ein sehr volles Glas einschenkt.

Ich greife über die Bar und schnappe es mir, also schenkt er sich ein weiteres ein. „Ich schwöre, ich wollte es dir sagen, aber ich habe gewartet, um zu entscheiden, ob ich die Verbindung will."

Er verschüttet Wein neben dem Glas. *„Warten, um zu entscheiden?"*

Connor reicht ihm ein Küchentuch, aber Phoebus ist zu schockiert, um das gereichte Tuch zu bemerken, also wirft der Crow es auf das Verschüttete, bevor er sich wieder die Bar hinunter bewegt, um etwas Käse aufzuschneiden.

„Eine Gefährtenbindung ist kein neuer Modetrend, Picolina. Sie ist etwas Heiliges. Ich bin vielleicht kein Crow, aber selbst *ich* weiß das."

Ich beiße mir die Innenseite meiner Wange blutig.

„Oh meine Götter, wenn du die Gefährtin des Crow-Königs bist, dann macht dich das zur …"

„Seiner Freundin, deren Gedanken er nach Belieben durchdringen kann." Die Worte schießen zwischen meinen Lippen hervor wie die irren Pfeile jenes dämonischen Fae-Stammes … schnell und lautlos.

„ … Königin."

„Ich müsste ihn heiraten, und dazu bin ich nicht bereit. Eigentlich bin ich im Moment nirgendwo. Nun, außer hier in dieser Taverne mit dir und" – ich blicke über die Schulter – „einer Menge aufgebrachter Vogel-Menschen."

Phoebus folgt meinem Blick. „Ich mag Dramen, aber das ist schon ganz schön heftig."

Bezieht er sich auf den Zorn meines Vaters, Lorcans Stimmungsgewitter oder Bronwens Prophezeiung? Nicht, dass ich die

Prophezeiung vergessen hätte, aber die Erinnerung daran, ich sei dazu bestimmt, das Leben einer mir gut bekannten Person zu beenden, lässt mich bis ins Mark erschaudern. Aber dann wiederum ist dieser Mann ein riesengroßer Lügner.

Ich drücke meinen Rücken gegen die Steinwand und nehme einen Schluck Wein. „Essen zum Mitnehmen?"

„Ich werde sehen, ob Connor etwas für uns einpacken kann."

„Nimm einfach den Wein und ..."

Denk nicht einmal daran, zu gehen. Lores Befehl lässt mich zusammenzucken.

Wein schwappt über den Rand meines Bechers und spritzt auf das V meiner nackten Haut zwischen dem schwarzen Stoff.

Lores bernsteinfarbener Blick heizt sich auf, als er dem Herabrollen der purpurroten Tropfen folgt, kühlt jedoch ab, als Bronwen sagt: „Es ist bereits in Gang gesetzt, Lore. Es kann nicht gestoppt werden."

Er wirbelt zurück zu meiner Tante und macht einen Schritt in ihre Richtung. „Sieh zu, wie ich es stoppe, Bronwen."

Blitze zucken durch den geschwärzten Himmel, der stöhnt wie der Boden unter unseren Füßen.

„Wenn du Dante tötest, Mórrgaht, wirst du uns alle verdammen. Und diesmal nicht für ein paar Jahrhunderte oder ein paar Jahrzehnte, sondern für immer." Keine Tränen fallen aus Bronwens Augen, doch sie glänzen wie die neu geformten Noppen auf dem Kopf einer jungen Schlange. „Er weiß, wie man dich zu einer Ewig-Krähe macht."

Zischlaute erfüllen den Raum.

„Woher zum Teufel weiß er das?" Lores Stimme ist leise, doch irgendwie hallt sie über das Entsetzen, das sein Volk heimsuchen könnte.

„Meriam hat es ihm gesagt."

Imogen tritt an Lore heran, stellt sich direkt neben ihn. „Sie weigerte sich, es Marco zu sagen, erzählte es aber seinem Bruder?"

Mir ist durchaus bewusst, dass Aoifes Schwester Teil der Siorkahd ist, aber muss sie so nah stehen?

Obwohl meine alberne Eifersucht wirklich seine geringste Sorge sein sollte, macht Lorcan einen Schritt zur Seite und vergrößert die Distanz zwischen ihren Körpern. ***Wenn du an meiner Seite stündest, Fallon, würde kein anderer es tun.***

Du hast zwei Seiten, Eure Hoheit.

„Ja, Imogen, Meriam hat es Dante im Austausch für ihre Freiheit verraten. Sie wusste nicht, dass er sie zurückhalten würde."

Imogens Mund verzieht sich. „Verzeihung, aber es erscheint mir untypisch für sie, einen Handel einzugehen, ohne sicherzustellen …"

„Die von den Bewohnern Nebbas hergestellte Substanz, die mein Neffe zu sich nimmt, hat ihn nicht nur gegen Salz und Eisen immun gemacht; sie hat ihn auch gegen Abmachungen immun gemacht." Bronwens Worte schlagen ein wie das Ende eines Blitzes.

Meine Augenbrauen ziehen sich zusammen, denn ich erinnere mich an König Roys Überraschung, als mein Handel seine Haut nicht durchdringen konnte. Nehmen sie nicht dieselbe Chemikalie zu sich?

Ich bin kurz davor zu fragen, warum sie Leute unterschiedlich beeinflusst, verliere aber den Faden, als mein Vater fragt: „Was, wenn *ich* ihn töte? Was passiert dann?"

„*Jeder* Crow, der versucht, meinen Neffen zu töten, wird zu einer Ewig-Krähe, Cathal. Das hat mir Cauldron gezeigt." Für einen Moment schließt sie die Augen und vergräbt ihr Gesicht an Cians Brust, als müsse sie sich vergewissern, dass sein Herz noch schlägt. „Er hat Meriams Blut gesammelt."

In der Taverne wird es totenstill, als jeder anwesende Crow über seine Menschlichkeit … und Sterblichkeit nachdenkt.

„Um damit was zu machen? Zauber zu wirken?" Meine Stimmbänder fühlen sich so verknotet an wie vom Wind zerzaustes Haar.

„Nein. Um seine Waffen damit zu besprenkeln", erklärt Bronwen. „Wenn die Mischung aus Shabbin-Blut und Obsidian das Herz einer Crow durchbohrt, raubt es ihr die Menschlichkeit."

Verwandelt sie in Ewig-Krähen …

Komm zu mir, kleiner Vogel. Es wird mir beim Nachdenken helfen. Die Finger von Lores rechter Hand lösen sich aus der verkrampften Faust. ***Fallon, nimm meine Hand.*** Als ich mich nicht auf ihn zubewege, fügt er hinzu: ***Bitte.***

Es ist nicht so sehr das *Bitte*, das mich dazu bringt, mich von der Felswand in meinem Rücken zu lösen und näherzukommen, sondern die Müdigkeit in Lorcans Stimme. Und vielleicht auch der Wunsch, ihn von Imogen abzuschirmen.

Ich weiß, Crows können nicht an einem Schlaganfall sterben, Lore, aber so wie mein Vater vor Wut puterrot anläuft, glaube ich, es wäre sicherer – für uns alle – wenn wir nicht Händchen halten? Meine angespannten Nerven lassen es wie eine Frage klingen.

Lorcan muss Mitleid mit meinem Vater haben, denn er schlingt seine Finger nicht durch meine. Trotzdem windet sich sein dunkler Rauch um meine Finger und mein Handgelenk, bevor er sich wie ein Kaschmirschal um meine Taille legt.

„Es muss Fallon sein." Bronwens Erklärung lässt jeden Einzelnen mich anstarren. „Das ist es, was der Cauldron will."

„Und was ist mit dem, was ich will?", brüllt Lore beinahe, seine Schatten verhärten sich und werden kalt, verwandeln sich zu Frost auf meiner Gänsehaut. „Was *meine Gefährtin* will?"

In den Augen meines Vaters blitzt Zorn auf. „In den Adern meiner Tochter fließt Crow-Blut, Bronwen."

Sie atmet tief den Duft ihres Gefährten ein, bevor sie uns wieder ihr vernarbtes Gesicht zuwendet. „Solange Fallons Magie gebunden ist, wird Obsidian sie nicht beeinflussen."

Lorcans Gestalt verdüstert sich. „Ich werde Vance dazu bringen, es zu tun. Dieser Mann tut alles für Geld."

„Vance ist ein Mensch", entgegnet Bronwen, „und Menschen sind schwach."

„Was, wenn ein Fae-Wesen …" Phoebus' Wangen glühen rosa, als sich aller Aufmerksamkeit auf ihn richtet. „T .. tötet …"

„Denk nicht mal dran." Ich schüttle den Kopf.

„Ich nehme an, ein reinblütiges Fae-Wesen hätte eine Chance …"

„Nein!" Ich schreie es Bronwen beinahe entgegen, bevor der irrsinnige Gedanke in Phoebus' Kopf Wurzeln schlagen kann.

Bronwen starrt zu mir herüber, und ich starre zurück. Mein

Zorn ist so heftig, dass er zweifellos von mir auf sie überspringt.

„Wenn ein Fae – abgesehen von einem, mit dem du dich verbunden fühlst – meinen Neffen beseitigen kann, dann *könntet* du und Lorcan vielleicht nach Shabbe fliehen, um seinen Obsidianfluch zu brechen. Ich müsste den Cauldron fragen."

Meine Augenbrauen ziehen sich zusammen. „*Shabbe?* Ich dachte, wir müssten Meriam finden, um seinen Fluch zu brechen?"

„Deine Großmutter hat nichts damit zu tun …" Bronwen hört so plötzlich auf zu sprechen, dass ich vermute, Lorcan oder Cian haben sie gebeten, keine weiteren Geheimnisse zu verraten. Weil ein Fae anwesend ist … oder weil ich es bin?

Ich wende mich an Lore. ***Bitte sag es mir.***

Lorcans Augen schließen sich kurz. Als sie sich wieder öffnen, brennen sie sich direkt in Bronwens Schädel.

„Wenn Fallon und ich nach Shabbe gehen, werden wir hinter Meriams Mauer feststecken." Sein Rauch verdichtet sich wie der eisige Nebel, der sich im tiefsten Winter über Tarelexo legt. „Ich werde mein Volk nicht im Stich lassen."

„Dann wirst du sie alle verdammen, denn wenn auch nur eine deiner Krähen durch in Shabbin-Blut getauchtes Obsidian fällt, wirst du nie wieder ganz vollständig sein, Mórrgaht."

„Oh meine Götter." Ich trete einen Schritt zurück, denn ich habe Shabbin-Blut, und ja, im Moment ist es vollständig in meinen Adern, aber ich werde nicht riskieren …

Deine Magie ist gebunden, und wenn ich mich nicht irre, besitzt du keinen Obsidianpflock.

Zu allen anderen sagt Lore: „Ich werde ein Schwert benutzen, um ihm den Kopf abzuschlagen. Ich war einst gut mit Schwertern."

„Du würdest unser aller Leben riskieren?"

„Du traust mir zu wenig zu, Cian."

„Ich wollte dich nicht kränken, Lore." Mein Onkel zieht Bronwen näher an sich, obwohl kaum noch Platz zwischen ihren Körpern ist. „Aber meine Gefährtin hat endlich einen Weg gefunden, unsere Schwäche zu beseitigen. Es war seit Jahrhunderten unser gemeinsamer Traum, und deine Weigerung, auf ihre Worte zu hören, verwirrt mich."

Regen peitscht gegen den Berg und erfüllt die Höhle, in der wir stehen, mit dem Klang von tausend Trommeln. „Ich habe einen Eid geschworen, Cian." Lores Blick wandert durch den Raum, vorbei an den weit aufgerissenen schwarzen Augen, die an ihm haften, bevor er an der Tür verharrt, die zum Rest seines Königreichs führt. „Einen Eid, jeden von euch zu führen und zu beschützen, bis ihr euch entscheidet, eure Tage als Ewig-Krähen zu verbringen. Was für ein König wäre ich, wenn ich mich hinter einer magischen Mauer verstecken und euch euch selbst überlassen würde?"

Colm schüttelt den Kopf. „Man kann es nicht Verstecken nennen, wenn …"

„Die Krähen, die in Shabbe Zuflucht gesucht haben, können sich immer noch nicht verwandeln", raunt Lore. „Mein Ruf dringt nicht durch die Schutzzauber."

„Ich stehe auf der Seite von Cian und Bronwen", sagt mein Vater.

„Natürlich tust du das, Cathal. Deine Tochter wäre in Shabbe am sichersten. Eigentlich sollte ich sie …"

Du schickst mich nirgendwohin.

Lores Mund wird schmal. ***Ich könnte es ohnehin nicht, denn ich bin ein zu egoistischer Mann.***

Der Himmelskönig ist vieles: unmöglich, kontrollierend, besitzergreifend, in den Wahnsinn treibend …

Habe ich irgendwelche guten Eigenschaften?

Du bist gut gebaut?

Er hat das wohl nicht erwartet, denn mitten im Sturm, den er sowohl außerhalb als auch innerhalb seines Reiches entfacht, verzieht sich sein Mund zu einem Lächeln, das nur mir gilt.

Ich bin so verloren im weißen Glanz seiner Zähne und dem honigfarbenen Schimmer seiner Augen, dass ich nicht bemerke, wie Lores Rauch sich in einen Arm und eine Hand verwandelt, die mich an den Körper ziehen, zu dem sie gehören. Die Erkenntnis lässt meine Wangen erglühen.

Wie du sagtest, Behach Éan, die Katze ist aus dem Sack.

„Fallon?" Die Stimme meines Vaters reißt meinen Blick von

Lore los.

„Tut mir leid, *Dádhi.* Was?"

„Pack deine Sachen." Er wirbelt auf seinen hohen Stiefeln herum.

„Meine Sachen packen …?"

„Ich fliege mit dir nach Shabbe." Er schreitet bereits auf den Ausgang der Taverne zu.

Lore muss meinem Vater etwas ins Gedächtnis rufen, denn der große Mann bleibt in der Tür stehen und starrt über die Schulter zurück.

„Du magst mein König sein, aber sie ist meine Tochter, Lore."

„Und du magst mein engster Freund sein, aber sie ist meine Gefährtin, Cathal. Du wirst sie mir nicht wegnehmen."

Ich löse mich von Lore und stemme eine Hand in die Hüfte. „Ich erinnere euch beide daran, dass ich sowohl eine Meinung *als auch* eine Stimme habe." Die finsteren Blicke, die sie mir gleichzeitig zuwerfen, lassen mein Kinn ein Stück höher schnellen.

„Die sie nicht benutzen wird." Phoebus umklammert sein Weinglas mit weißen Knöcheln, ein Stirnrunzeln zeichnet sich auf seinem hübschen Gesicht ab. *Bitte*, formt er mit den Lippen.

Aber ich nutze sie. „Bis Meriam ausgeblutet ist, bleibe ich hier."

Meines Vaters dunkle Augen lodern vor Wut. „Wenn du auch nur einen Zeh außerhalb des Himmelreichs setzt, *ínon*," sagt mein Vater, „trage ich dich nach Shabbe. Ist das klar? Und Lorcan, such dir jemand anderen für deine Narrenmissionen nach Nebba, denn ich werde genau hier bei meiner Tochter bleiben. Es wird Zeit, dass wir uns zusammentun." Das Lächeln meines Vaters ist ziemlich furchteinflößend. „Ich komme bei Sonnenaufgang vorbei, um dich abzuholen, Fallon." Als er mit dem dunklen Flur verschmilzt, fügt er hinzu: „Ich empfehle dir, bald ins Bett zu gehen. Und zwar allein."

Oh. Meine. Götter. Mein Vater hat das nicht wirklich gesagt.

Mit einer Körpertemperatur nahe dem Siedepunkt schaue ich zu Lore hoch, der in die geschwärzte Leere grinst, in der eben noch mein Vater stand. Ich versuche, mich vom Himmelkönig zu lösen, schon allein um frische Luft um meine Haut und in meine

Lungen strömen zu lassen, aber Lores Griff lässt nicht locker.

Wie kannst du in einem Moment wie diesem lächeln?

Lores Blick fällt auf meinen Mund. ***Die großartigste Frau im Raum gehört zu mir und jeder, einschließlich sie selbst, ist sich dessen endlich bewusst. Wie könnte ich da nicht lächeln?***

Ich befeuchte meine Lippen mit der Zunge. ***Weil der Vater dieser Frau dich zerstückeln will. Was das Gehören angeht …***

Du gehörst mir, mo khrá. Genauso wie ich dir gehöre. Von jetzt an bis in alle Ewigkeit.

Seine Liebeserklärung raubt mir nicht nur den Atem, sondern auch meine Herzschläge. Sie purzeln aus meiner Brust in meinen Blutkreislauf, drücken gegen meine Haut, verzweifelt bestrebt in Lorcan einzudringen und sich in seinem wilden Herzen zu sammeln.

Sein Daumen streicht über die Einbuchtung an meiner Taille. ***Wir sollten dich etwas essen lassen.***

Ich blinzele aus meiner Trance, verwirrt über den Themenwechsel, bis ich das laute Grummeln meines Magens höre.

Du wirst Stärkung brauchen, bevor wir uns zurückziehen.

„Du meinst, bevor ich mich morgen früh auf den Weg mache?"

Ich werde dafür sorgen, dass du auch dann versorgt bist.

Seine Andeutung lässt alles in mir noch heißer lodern.

Er steuert einen größeren Tisch an und lässt einen Berg von Essen vor mir auftragen. Nun, vor uns allen – Phoebus hat sich wieder an meine Seite gesellt – und einige weitere Mitglieder der Siorkahd haben Platz genommen. Nur mein Vater, Cian und Bronwen sind gegangen.

Obwohl Lore trinkt, isst er nicht. Er streicht nur mit den Fingerspitzen über meinen Rücken auf und ab, was mir einen ziemlich finsteren Blick von Imogen einbringt, die uns gegenübersitzt. Früher hätte ich es als Eifersucht abgetan, aber sie scheint eher verärgert auf mich zu sein als auf irgendetwas anderes. Ähnlich wie Reid.

„Reid?" Lores Murmeln streift mein Ohrläppchen.

Ich tue so, als hätte ich ihn nicht gehört, indem ich den Mann neben Imogen – Erwin – nach dem Leben in Nebba frage, da er und mein Vater die letzten Tage dort stationiert waren.

Was hat Reid zu dir gesagt?

Nichts, Lore.

Offensichtlich. Dann werde ich ihn wohl selbst fragen müssen.

Ich klatsche auf sein Bein, um seinen Hintern auf der Bank festzuhalten. ***Er sagte, er hofft, dass du unversehrt bleibst.***

Und …

Woher weißt du, dass es ein Und *gibt*?

Bei dir gibt es immer ein Und.

Was soll das denn heißen?

Dass deine Interaktionen oft vielschichtig sind. Nun sag mir, kleiner Vogel, was hat der Junge sonst noch gesagt?

Ich halte seinem goldenen Blick stand, lasse aber sein Bein los. ***Er hat angedeutet, dass ich nicht in die Fae-Lande zurückkehren sollte, damit ich dich nicht in Gefahr bringe.***

War das alles?

Ja.

Er neigt den Kopf zur Seite, als ob ihm seine Schieflage dabei helfen würde, Reids Andeutung aus meinem Kopf zu ziehen. Es muss funktionieren, denn er steht auf. ***Entschuldige mich.***

Lore, bitte …

Ziehst du die Fae-Lande vor, Fallon?

Es gab eine Zeit, da tat ich das. Also siehst du, er lag nicht ganz falsch.

Vielleicht, aber es stand ihm nicht zu, so zu reden. Ich werde nicht zulassen, dass irgendjemand so mit meiner …

Ich ziehe ehrliche Worte vor.

Er unterbricht Erwins Monolog, dem ich eigentlich zuhören wollte, und nickt zum Eingang. „Ich muss mit dir reden."

Schwörst du, dass du Reid in Ruhe lässt?

Obwohl er mit den Zähnen knirscht, gibt er schließlich nach.

„Danke."

Aoife, die gleichzeitig mit meiner stillen Auseinandersetzung mit Lore eintraf, starrt mit absoluter Verwunderung zwischen dem König und mir hin und her. „Ich hoffe, es wird nicht Jahrhunderte dauern, bis ich einen Gefährten finde."

Während sie und Phoebus diskutieren, ob es eine Möglichkeit gibt, die Dinge zu *beschleunigen*, verfolge ich die Bewegung von Lorcans Lippen und versuche, die leisen Worte zu verstehen, die er mit einem der Männer wechselt, die in Nebba für einige Stunden verschwunden waren. So sehr ich mich auch konzentriere, meine Spionage ist zwecklos, denn er spricht nicht Lucin und ich bin noch lange nicht fließend in seiner Sprache.

Was mich daran erinnert … „Wie sagt man *Krähe* auf Crow, Aoife?"

„*Chréach.*"

„*Kreyock?*" Meine Augenbrauen ziehen sich zusammen. „Ich dachte … was bedeutet dann *kraw*?"

„*Khrá?*" Aoife lächelt. „Wo hast du dieses Wort gehört, Fallon?"

Meine Schulterblätter spannen sich an. „Warum?"

Phoebus grinst so breit, dass ich plötzlich den Drang verspüre, ihm gegen die Brust zu schlagen, denn dieses Grinsen geht eindeutig auf meine Kosten.

„Ich habe es nirgends gehört. Vergiss, dass ich gefragt habe." Ich ertränke den plötzlichen Anstieg meines Pulses in meinem Wein.

Aoifes Augen funkeln genauso hell wie der Kranz aus Glaslaternen über unseren Köpfen. „*Khrá* bedeutet *Liebe.*"

Ich richte meinen Blick auf Lore, der direkt zurückstarrt, eine Ecke seines Mundes nach oben gezogen. ***Bereit, dich zurückzuziehen … mo khrá?***

KAPITEL 53

Meine Wangen glühen immer noch, obwohl es schon eine ganze Minute her ist, seit Lorcan vorgeschlagen hat, dass wir zusammen gehen und mich … mich…

Du hast noch nicht einmal gegessen, weiche ich aus.

Das werde ich.

Wann?

Wenn wir in meinem Schlafgemach sind.

Soll ich dir einen Teller machen?

Ich habe Appetit auf etwas anderes als Essen.

Ich verschlucke mich an meinem Wasser und huste, bis es sich anfühlt, als würde ich meine Lunge aushusten.

„Alles in Ordnung bei dir, *picolo serpens*?“, Phoebus klopft mir auf den Rücken.

Ich schnappe mir seinen Weinkelch, da meiner leer ist, und stürze ihn hinunter.

Wir ziehen nicht in den Krieg, kleiner Vogel, nur in mein Schlafgemach.

Ich weiß das, und doch fühlt es sich an, als wäre es ein und dasselbe.

Lorcan seufzt. Ich bin mir nicht sicher, ob er das laut tut oder in meinem Kopf, aber sein Seufzen ist so stark, dass es sich anfühlt, als würde es über meine gerötete Haut streichen. ***Komm. Ich bringe dich zu deinem Zimmer und gehe dann zu meinem.***

Mein Puls überspringt einen Schlag bei dem Ausweg, den er mir bietet, und obwohl meine Haut immer noch heiß ist, zeigt ein Blick auf mein Schlüsselbein, dass die Flecken auf meiner Haut endlich verblassen. „Pheebs, wo ist dein Zimmer?“

„Meins? Interessiert dich nicht eher, wo …“

Ich schnippe ihm gegen den Bizeps, bevor er diesen Satz beenden kann. „Ich möchte wissen, an welche Tür ich hämmern soll, nachdem ich mich mit meinem Vater *ausgesprochen* habe.“

„Cathal ist zurück?“, fragt Aoife.

„Oh ja.“ Phoebus füllt das Glas nach, das ich zurückgestellt habe. „Und er ist bester Laune.“

„Es ist eine große Ehre für ihn, dass seine Tochter sich mit …“

„Phoebus war sarkastisch, Aoife.“ Endlich erhebe ich mich von der Bank. „Mein Vater ist *nicht* gut gelaunt. Ich lasse Phoebus euch einweihen, da er so gerne tratscht.“

„Was für eine Verleumdung!“, sprudelt es aus Phoebus hervor, was mir ein Lächeln entlockt; das erste seit langem. „Aber sie sagt die Wahrheit. Ich lebe für den Klatsch.“

Nachdem Phoebus erklärt hat, wo er schläft, gebe ich ihm einen Kuss auf die Wange, wünsche Aoife eine gute Nacht und schlüpfe an den Tischen vorbei zur Tür, wo Lorcan ruhig und gelassen wartet, die Konturen seines Körpers perfekt erkennbar.

Das Blut rauscht unter meiner Haut, während ich an ihm vorbei den Flur entlanggehe. Warum fühlt sich das wie ein Gang der Schande an? Sollten diese nicht bei Tageslicht stattfinden, mit zerknitterten Kleidern und verschmiertem Make-up? Lore folgt mir schweigend – ein Schweigen, das nicht ganz unangenehm ist, wenn auch ein wenig nervenaufreibend.

Wir begegnen niemandem, und als wir meine geschlossene Tür erreichen, stehen wir uns gegenüber wie zuvor. Anders als zuvor gibt es jedoch keinen spielerischen Schlagabtausch. Kein schelmisches Grinsen.

Wir sind beide still wie ein Wald vor dem Sturm, nur dass der Sturm, den Lore über Luce entfacht hat, vorbei ist, während die schwere Luft zwischen uns wie ein Neubeginn knistert.

„Ich möchte nie, dass du das Gefühl hast, ich würde dich in die Enge treiben, Fallon.“ Seine Züge glühen fiebrig in der Dunkelheit – seine Iriden leuchten grell wie Blitze, seine Haut schimmert wie der Mond, seine Lippen glänzen, als hätte er sie gerade mit der Zunge befeuchtet.

Ich mache einen Schritt auf ihn zu, sodass die Spitzen meiner Schuhe die polierten Kappen seiner Stiefel berühren.

„Und was, wenn ich dich in die Enge treibe, Mórrgaht?“ Mein Puls hämmert gegen meine Haut, gegen meine Trommelfelle, gegen meine Knochen. „Wie fühlst du dich dabei?“

Seine Schatten lösen sich und wickeln sich um mich, ziehen mich unmerklich näher. „Starr vor Angst.“

Obwohl die Anspannung in meinem Körper ihren Höhepunkt erreicht hat, ist mein Arm ruhig, als ich ihn zu seinem Hals hebe, und auch meine Beine sind stabil, als ich mich auf die Zehenspitzen stelle und ihm das Grinsen von den Lippen küsse.

Der Duft von Wind und Nacht verdichtet sich, wirbelt von ihm zu mir herüber, bis ich so erfüllt bin von Lorcan Ríhbiadh, dass kein Sauerstoff mehr den Weg in meine Lungen findet. Und doch bringe ich es nicht über mich, meinen Mund oder meinen Körper von ihm zu lösen. Ich bin kopfüber in seine Dunkelheit gestürzt und versinke schnell, mein Puls hämmert, meine Rippen ziehen sich zusammen, mein Magen verkrampft sich.

Lore umfasst meine Wange mit einer Hand und meinen unteren Rücken mit der anderen und erstickt die wenigen Luftpartikel, die noch zwischen uns waren.

Wie konnte ich jemals glauben, ich könnte dieser … dieser Magie widerstehen? Aber vor allem, warum habe ich auch nur eine Sekunde damit verschwendet, es zu versuchen? Manchmal erstaunt mich meine eigene Sturheit.

Lore streicht sanft über mein Kinn, öffnet meine Lippen weiter und erkundet mit seiner Zunge jeden Winkel meines Mundes.

Ich seufze und er verschluckt den Laut, bevor er sich zurückzieht.

Atme, weist er mich an.

Ich würde dich lieber küssen.

Und ich würde es vorziehen, meine Gefährtin nicht gleich so früh in unserer Beziehung zu ersticken.

Meine Lungen brennen, als sie sich nicht nur mit Luft, sondern auch mit einem Lachen füllen.

Er drückt meine Tür auf. „Geh jetzt rein und ruh dich aus. Bei deinem Vater weiß man ja nie, vielleicht sprüht er morgen wieder vor Energie.“

Mein Lachen löst sich in Luft auf und ich presse meine Lippen fest zusammen. Ich bin noch nicht bereit, diese Nacht enden zu lassen. Nicht jetzt, wo sie gerade erst begonnen hat.

Lores Pupillen verengen sich, als er, wie ich vermute, meine Gedanken liest. Manchmal frage ich mich, ob er überhaupt noch Platz für eigene Gedanken hat, so sehr saugt er all meine auf.

Seine Lippen verziehen sich zu einem langsamen Lächeln. „Ich versichere dir, ich habe viele eigene Gedanken, kleiner Vogel."

„Beweis es."

„Tritt ein in meinen Geist." Er senkt die Lider. Als er sie wieder hebt, leuchten seine Iriden.

Mein Blick wird weiß, als ich nicht nur in seinen Geist eindringe, sondern hineinfalle. Und ich sehe mich selbst durch seine Augen, meine geröteten Wangen und meinen hüpfenden Puls, meine sich weitenden violetten Augen und meinen geröteten Mund.

Ich drehe mich um, und ich bin auch dort, aber anders gekleidet und auf Furia reitend. Ich drehe mich erneut und sehe geisterhafte Hände, die die Schnüre des Kleides festziehen, das ich in Tarespagia trug. Und dann sehe ich Wasser, das über mein Schlüsselbein rinnt und sich in seiner Vertiefung sammelt, und einen Daumen, der sanft darauf drückt, meinen Kopf zurück, zurück, zurück neigt, bevor er die glitzernden Tropfen aufleckt.

Wohin ich auch schaue, finde ich mich selbst wieder und spüre, wie er mich beobachtet, an mich denkt, mich fühlt.

Ich schließe die Augen und befreie mich von dieser verwirrenden und berauschenden Mischung aus Erinnerungen und Fantasien. „Sie sind alle von mir", murmle ich verwundert. „Meine Güte, du musst furchtbar in deinem Job sein."

Er runzelt die Stirn. „Und wie bist du zu dieser Schlussfolgerung gekommen?"

„Du kannst unmöglich gut darin sein, ein Königreich zu regieren, wenn du ständig in Tagträumen von mir festhängst."

Seine schwarzen Augenbrauen zucken, und dann öffnet sich sein Mund um einen dieser seltenen Lacher, der jede Faser meines Wesens bewegt. „Ich versichere dir, wenn ich herrschen muss, wird mein Geist zu einem furchtbaren Ort voller Härte und Präzision."

Ich muss eine ziemliche Grimasse ziehen, weil er mit dem Daumenballen über die Delle zwischen meinen Brauen und dem in Falten gelegten Nasenrücken fährt. „Erinnere mich daran, mich fernzuhalten."

„Betrachte es als erledigt. Jetzt geh."

Ich strecke meine Hand aus.

Er braucht einen Moment, um meine Absicht zu begreifen. Eigentlich hat er sie gar nicht begriffen, denn er nimmt meine Hand und führt sie zu seinem Mund. Bevor er meine Fingerknöchel küssen oder meine Handfläche lecken kann, schließe ich meine Finger um seine und ziehe ihn in mein Schlafzimmer.

„Vor nicht all zu langer Zeit, Lore, da hast du mir gesagt, dass wir gerade erst anfangen." Ich blicke über meine Schulter, während er meine Worte verarbeitet. „Also, lass uns anfangen."

KAPITEL 54

Mein Schlafzimmer ist dunkel, bis auf die Mondlichtstreifen auf den handgetufteten Wollteppichen, die meinen glatten Steinboden sprenkeln, und die einsame Kerze, die Feuerschein neben mein Bett ergießt. Alle anderen Kerzen, die Phoebus angezündet hat, haben Pfützen in ihren Messinghaltern gebildet.

Ich bin froh über die Dunkelheit, denn das Licht enthüllt alles, und es gibt vieles, was Lore noch nicht sehen sollte – als Erstes meine schlanke Figur, die ich mittlerweile habe; als Zweites die Röte, die mein Gesicht bedeckt.

„Ich liebe es, wenn deine Wangen rosa werden. Besonders, wenn ich derjenige bin, der sie in dieser Farbe färbt. Und was deinen Körper angeht, Fallon“ – er zieht an meiner Hand, dreht mich zu sich und legt dann beide Hände auf meine Hüften – „ich fühle mich schmerzhaft zu dir hingezogen, seit Mórrígan entschieden hat, ich, ein Mann mit einem Herzen aus Stahl und blutigen Klauen, könnte einer so süßen Gefährtin würdig sein.“

Bei dieser Aussage zieht sich meine Brust zusammen, aber ich verdrehe die Augen. „Bitte. Ich bin vieles, aber süß ganz sicher nicht.“

Er lässt eine Hand meinen Rücken hinabgleiten, während die andere nach vorne wandert und meinen Oberschenkel umfasst. Dabei hinterlässt er einen Ring aus Eis, der langsam heiß wird. Er hebt seine Handfläche, bis nur noch zwei Finger meine Haut berühren. Er führt sie zum Schlitz in meinem Rock und schiebt ihn auseinander.

Ich senke meinen Blick, als seine Hand unter den schwarzen Chiffon dringt. Einen Herzschlag später legen sich dieselben zwei Finger, die meinen Rock geteilt haben, über das gespannte Nichts von einem Stoff, das meine intimste Region bedeckt.

Ich halte den Atem an, darauf wartend, zu sehen und zu fühlen, was er als Nächstes tut. In einer Ecke meines Gehirns denke ich,

ich sollte ihn auch berühren, aber ich möchte den geringen Druck, den er auf meine Mitte ausübt, nicht verlieren.

Seine Fingerspitzen umschließen mich und verweilen dort, wo der Stoff peinlich feucht ist.

Er beugt sich vor, bis sein Mund bündig mit meinem Ohr abschließt. „Es gibt nichts Erregenderes, als zu spüren, wie sich dein Körper auf meinen vorbereitet." Während er den feuchten Stoff einhakt, leckt er an meiner Ohrmuschel hinauf in Richtung des blanken goldenen Rings.

Meine Lungen sind so eingeengt und mein Herz ist so wild, dass mir ein zitterndes Stöhnen entfährt, als sein kalter Knöchel mein erhitztes Fleisch berührt. Eines, das sich in ein ersticktes Wimmern verwandelt, als er seine Finger um den Schritt meines Bodys schließt und seine Knöchel in mich hineintreibt.

„Ich kann mich nicht entscheiden, ob ich den Stoff zerreißen oder benutzen soll."

Ich stelle mir vor, dass er die zusätzliche Nässe aufsaugen will, die aus mir herausströmt.

„Und meinen Mund daran hindern, von dir zu trinken?"

Oh.

Meine.

Götter.

Zwischen seinem anrüchigen Geständnis und dem Hineingleiten seiner Knöchel brennt mein ganzes Ich, als ob es von innen entzündet wäre. Wie kann er nur immer wieder andeuten, seinen Mund *dorthin* bringen zu wollen? So etwas kann er sich doch sicher nicht wünschen.

„Ich wünsche mir nichts sehnlicher."

„Warum?" Ich würge, als seine Knöchel höher steigen und einen besonders empfindlichen Teil von mir treffen. „Warum würdest du *das* tun wollen?"

Er hört auf, mich zu necken, richtet sich auf und blickt auf mich herab. „*Mo khrà*, warum *sollte* ich das nicht tun wollen?"

„Weil … ist es nicht" – ich rümpfe die Nase – „eklig?"

„Eklig?" Er dreht seine Hand, streckt einen Finger aus und taucht ihn in mich ein.

Der Schock des Eindringens weicht schnell einem köstlichen Gefühl der Fülle. Meine Lungen stocken und sein Name entweicht keuchend meinem Mund. Er zieht seinen Finger heraus und im selben Moment, als seine Nase meinen Hals berührt, versenkt er seinen Finger wieder in meine Hitze. Ein Schaudern erfasst meinen ganzen Körper und lässt ihn nicht mehr los.

„Du hast mich bereits in deinen Bann geschlagen, Behach Éan. Aber rassel ruhig weiter."

„Ist das ... ist das der Grund ... warum ich zittere?"

„Das ist es, *mo bahdéach moannan.*"

Mo badock meanan. „Was bedeutet ... das?"

„Meine wunderschöne Gefährtin."

Als er seinen Finger herauszieht, fühlt es sich an, als hätte ich einen wesentlichen Teil von mir verloren. Das Gefühl der Leere verschlimmert sich nur, als er den Stoff, den er von meiner Haut weggezogen hatte, loslässt und sich dieser wieder an mich legt

Meine Frustration muss sich auf meinem Gesicht abzeichnen, denn er murmelt mit einem Lächeln in der Stimme: „Was für ein ungeduldiger kleiner Vogel du doch bist." Er hebt die Finger, die an mir waren – *in* mir – zu seinem Mund, streckt seinen Mittelfinger aus, dessen Spitze glänzt, als hätte er ihn in Honig getaucht. Als er ihn mit der Fläche seiner Zunge sauber leckt, kann ich kaum atmen.

„Honig. Genauso schmeckst du, Fallon."

Die Luft wird so stickig heiß wie das Pochen meines Blutes unter der Haut.

Lore führt den Finger, den er saubergeleckt hat, zurück unter meinen Rock, schiebt den schwarzen Stoff zur Seite und dringt nicht nur mit einem, sondern mit zwei Fingern in mich ein. Nachdem er sie zweimal rein- und rausbewegt hat – *verdammt*, nur zweimal – verlässt er mich wieder.

Ich verenge die Augen.

„Na, na." Er lacht leise, weil er weiß, dass sein Necken mich fast zum Weinen bringt. „Hör auf zu schmollen, Behach Éan, und öffne deinen hübschen Mund. Ich möchte, dass du verstehst, warum ich vorhabe, einen Großteil meines Lebens zwischen deinen Beinen zu verbringen." Er hält seine Finger vor meinen Mund und wartet.

Und wartet.

Erwartet er wirklich, dass ich … dass ich … dass …

„Ich werde dich nicht wieder berühren, bis du dich selbst geschmeckt hast."

„Ich dachte, ein Mann wie du stünde über Erpressung."

„Meine Liebe, ein Mann wie ich lebt dafür, zu nötigen und zu verwirren. Jetzt mach den Mund weit auf."

Also tue ich es und er drückt seine Finger mit einer Lässigkeit in meinen Mund, die meinen Saft über jeden Millimeter meiner Zunge verteilt. Und nein, ich verstehe den Reiz nicht. Ich meine, die moschusartige Süße ist nicht das Schlimmste auf der Welt, aber ich habe schon weitaus Besseres geschmeckt, wie *beinnfrhal* und den Likör, den sie aus der dünnen Schale der Frucht pressen; Lores Mund – ich liebe den Geschmack seiner Küsse; und Montelucin-Käse – Götter, die Zugabe von Salz zum Quark ist himmlisch.

Er schüttelt den Kopf, beugt sich vor und ersetzt seinen Finger durch seine Zunge, leckt jeden dunklen Winkel meines Mundes aus, als wollte er den Geschmack, den er hinterlassen hat, auslöschen. ***Mehr für mich.***

Während er meinen Mund auskostet, denke ich an das einzige Mal, wo ich meinen Mund auf einen Mann gelegt habe. Ich will die Erinnerung nicht, und aus dem Knurren, das meinen Verstand peitscht, will Lore sie auch nicht, aber sie taucht auf, trotz meiner größten Anstrengungen, sie zurück in die Kisten voller Souvenirs zu zerren, die mein Geist beherbergt.

Ich wünschte, ich könnte den Schlüssel zu dieser speziellen Kiste wegwerfen.

Ich hasste mein erstes Mal, und plötzlich habe ich Angst, ich könnte mein zweites Mal auch hassen. Was, wenn ich den Akt hasse? Was, wenn es wehtut? Ich will nicht, dass es wehtut.

Lore zieht sich zurück, und diese geschmolzenen Augen bekommen einen kalten Glanz. „Lass dies das einzige Mal sein, dass wir über dein erstes Mal sprechen, Fallon."

„Ich möchte nicht … ich würde lieber nicht …"

Er streicht mit dem Daumen über meinen Wangenknochen. „Ich würde es auch vorziehen, nicht darüber zu reden, aber du musst wissen, dass es wehtat, weil er ein egoistischer Mistkerl war, der sich nicht die Mühe gemacht hat, deinen Körper vorzubereiten." Ein Nerv zuckt neben seinem Auge, als ob dieses Gespräch ihn umbringen würde. „Es ist nicht das Gespräch, das mich wütend macht, sondern der Mann, der diese Angst in deine Augen gesetzt hat. Du hast nichts zu befürchten. *Nichts*. Und wenn du irgendwann *irgendeinen* Schmerz spürst, sag mir, dass ich aufhören soll, und ich werde verdammt nochmal aufhören. Hörst du mich?"

Ich starre ihn an, eine Mischung aus Demütigung und Zuneigung schwillt unter meinem Brustbein an.

Er umfasst meine brennenden Wangen, hebt meinen Kopf höher. „Vertraust du mir?"

„Ja."

„Gut." Seine Hände wandern zu den Trägern meines Kleides und er schiebt sie von meinen bebenden Schultern.

Als der tiefschwarze V-Ausschnitt des Stoffs meine Arme herabfällt und meine Brüste freigibt, frage ich: „Vertraust du mir, Lore?"

Seine Augen huschen von den erigierten rosa Brustspitzen weg, die auf ihn gerichtet sind. „Du bist meine Gefährtin, Fallon."

„Ich bin schon seit einiger Zeit deine Gefährtin, aber du hast mir vorher nicht vertraut."

„Du hast recht. Und es war kleinlich von mir, aber als uralter Herrscher war ich offenbar nicht auf die Bitterkeit deiner Zurückweisung vorbereitet." Er streicht mit seinen Handflächen meine Arme hinab, hakt den Stoff ein und zieht ihn weiter nach unten.

Der Body ist so eng, dass er an meiner Taille klebt.

„Wie hieß die Frau, die abfällig über diesen Körper gesprochen hat?"

„*Was?*"

„Du hast erwähnt, dass jemand die Dreistigkeit besaß, dich daran zweifeln zu lassen, wie umwerfend du aussiehst."

„Ich bin ziemlich sicher, dies nie erwähnt zu haben. Zumindest nicht laut."

„Gib mir ihren Namen."

„Lore, sie ist unwichtig."

„Mir ist es wichtig zu wissen, wer dich verletzt." Er legt seine langen Finger an beide Seiten meines Brustkorbs, und während seine Daumen sanft in die unteren Rippen drücken, die meinen Bauch umrahmen, wandern seine Hände wieder hinauf über meinen Oberkörper, halten unter meinen Brüsten inne.

„Du gibst mir das Gefühl, schön zu sein. Sollte das nicht alles sein, was zählt?"

Seine Pupillen verengen sich in ihren metallischen Seen. „Ich lasse es diesmal durchgehen, aber lässt dich jemals jemand weniger schön fühlen, *mo khrà*, werde ich ihn ruinieren. Mit oder ohne deine Zustimmung."

„Ich bezweifle, dass es jemand wagen wird. Du bist ziemlich furchteinflößend."

Er lächelt, als wäre das das größte Kompliment, das ich ihm je hätte machen können. „Nun, wo waren wir stehen geblieben? Ach ja, ich wollte dieses wunderbare Kleidungsstück nutzen" – er senkt seine Lippen zu meinem Schlüsselbein und leckt eine Linie von einem Ende zum anderen – „um dir noch mehr von deinem süßen Nektar zu stehlen."

KAPITEL 55

Als sein Mund eine empfindliche Brustwarze küsst, ergreifen seine Hände die dehnbaren Seiten meines Bodys und ziehen sie hoch. Ich zische, als der Stoff meine intimsten Stellen streift. Er hebt den Kopf, um zu meinen gerunzelten Brauen hochzuschauen, sein Atem wärmt die Kühle des Kusses, den er auf meine sich aufrichtende Haut gehaucht hat.

Er zieht erneut am Body, und der Stoff bewegt sich gegen mein feuchtes Fleisch, gräbt sich in die pochende Knospe. Er drückt einen offenen Kuss auf meine andere Brustwarze, dann schnellt seine Zunge über die gespannte Knospe und raubt mir den Atem.

Meine Hände vergraben sich in seinen seidigen Locken, gerade als er beginnt, den Stoff zu bewegen. Als seine Zunge gegen meine Brustwarze schnellt, entweicht noch mehr Luft zwischen meinen zusammengepressten Zähnen.

„Lore", keuche ich und ziehe an seinen Haaren, um seinen Kopf wegzuziehen, bevor er meine überempfindliche Haut verletzen kann. „Ich bin mir nicht sicher, ob ich es mag, wenn meine Brüste berührt werden."

Er hebt den Kopf und küsst den Knochen zwischen den Hügeln meiner cremefarbenen Haut. „Das können wir ein andermal erkunden."

„Danke." Ich muss kurz vor meiner Periode stehen, denn ich fühle mich, als müsste ich weinen, weil er mir zuhört.

„Bitte danke mir niemals dafür, dass ich dir zuhöre, kleiner Vogel." Er küsst meinen Mund mit solcher Zärtlichkeit, dass eine Träne überquillt und meine Wange hinabrollt.

Als sie unsere vereinten Lippen berührt, bildet sich ein Grollen in seiner Kehle und seine Finger schließen sich so fest um meinen Body, dass er ihn gegen meine empfindlichste Stelle presst und mich fast vom Boden hebt. Ich sauge scharf die Luft ein bei dem brennenden Gefühl, das er mit einem wilden Auf und Ab verstärkt und meinen Puls in die Höhe treibt.

Ich werde Dante umbringen.

Nachdem du meine Klitoris umgebracht hast?

Er hält so abrupt inne, dass mir ein Aufschrei entfährt.

Hör nicht auf.

Ich spüre, wie seine Brauen sich zusammenziehen, als er zögernd wieder beginnt, den Stoff zu nutzen, um meine Haut zu reizen. Der Rhythmus lässt bald meinen Kopf in den Nacken fallen und meinen Rücken sich durchbiegen. Ich erinnere mich daran, wie er ein Feuer entfachte, indem er diese beiden Steine aneinanderschlug und rieb. Jetzt entfacht er ein Feuer in mir, entzündet Flammen, die in meinen Bauch züngeln und meinen Rücken hinauflodern.

„Santo Caldrone, Lore …" Meine Lider flattern zu. „Was machst du nur mit mir?"

Ich warte darauf, dass dein Körper das Feuer löscht.

„W-was …?"

Leise lachend lässt er sanft die Seiten meines Kleides los und streicht den Stoff über meine Hüften. Wenn er vorhat, die Träger wieder über meine Schultern zu streifen und die Nacht zu beenden …

Lachend taucht er eine Hand durch den Schlitz meines Rocks und umfasst mein Geschlecht. „Was für ein braves Vögelchen. So durchnässt." Er streichelt mich durch den Stoff und ich wimmere, weil ich mehr Reibung will, mehr, mehr, mehr. „Sollen wir das ausziehen?" Er muss seine Krallen ausgefahren haben, denn etwas beißend Kaltes und Scharfes zerreißt den feuchten Stoff.

Und dann sinkt Lorcan Ríhbiadh, Herrscher der Lüfte und rechtmäßiger König von Luce, auf die Knie und ergreift meine Hände, die ruhelos an meinen Seiten liegen, und führt sie zu seinem Kopf. „Halt dich an mir fest, *mo khrà*."

Ich kralle mich in sein Haar, gerade als er das durchsichtige schwarze Material packt und die Vorderseite des Bodys mit einem Ruck abreißt, sodass ich nur noch in einem dehnbaren schwarzen Stofffetzen dastehe, der wie ein schlecht passender, mit einem Schweif verzierter Strumpfgürtel um meine Taille sitzt.

Die Krallen ziehen sich von seinen Fingerspitzen zurück, er ergreift eines meiner Knie und hakt es über seine breite Schulter, über dem Lederharnisch, den er immer noch trägt, während ich fast nackt bin. Ich schwanke, klammere mich so fest an sein Haar, dass ich fürchte, es auszureißen, so wie er mein Kleid zerrissen hat.

Bevor ich überhaupt mein Gleichgewicht finden kann, neigt er sein Gesicht, teilt meine geschwollenen Lippen und presst seinen Mund auf mein Zentrum.

Der erste Zungenschlag lähmt mich. Der zweite entlockt meiner Kehle leises Wimmern und meinen Gliedern ein Beben. Der dritte ... der dritte bringt mich um den Verstand. Ich halte seinen Kopf fest, während er meine Schenkel umfasst, und ich zittere so heftig, dass meine Knochen sich verflüssigen und ich wie geschmolzenes Wachs auf sein Gesicht sinke.

Er saugt an meiner pochenden Klitoris, neckt sie immer wieder mit der Spitze seiner Zunge, während ich von dem Höhenflug zurückkomme, auf den er mich geschickt hat. ***So verdammt süß.***

Seine Stimme zu hören, beruhigt mein wild schlagendes Herz. Ich hatte schon befürchtet, ich hätte ihn erstickt. Was für eine Schande wäre das gewesen, bedenkt man, wie geschickt er mit seiner Zunge ist.

Seine Lippen verziehen sich zu einem Lächeln an meiner geschwollenen Vagina, als er den Fuß, den er über seine Schulter gehakt hatte, absenkt und diesem phänomenalen Quadratzentimeter meines Körpers einen letzten Kuss gibt.

Als er sich zurücklehnt, trägt er das trägste, selbstgefälligste, strahlendste Grinsen. „Ich hoffe, ich werde dich immer beeindrucken können, Behach Éan." Er leckt über seine Unterlippe, die feucht von mir glänzt, und gibt ein tiefes Geräusch von sich, das meinen Magen zusammenziehen lässt.

Auf seinem Oberschenkel zu kommen war das eine.

Von einem Mann verwöhnt zu werden, der anscheinend fest entschlossen ist, meinem Körper jegliche Feuchtigkeit zu entziehen, ist noch mal etwas ganz anderes.

Als er seinen großen, muskulösen Körper so träge wie eine Rauchwolke aufrichtet, hämmert mein Herz. Ich bin erschrocken und erregt zugleich – erschreckend erregt – bei dem Gedanken, was als Nächstes passieren wird.

Er fängt meinen Blick ein, während er sich eine Haarsträhne aus dem Gesicht streicht. „Es gibt keinen Grund, sich zu fürchten. Es muss heute Nacht auch nichts weiter passieren …"

Ich stelle mich auf die Zehenspitzen und presse meine Lippen auf seine, um ihn zum Schweigen zu bringen, denn der Mann hat sich bereits dreimal um meine Lust gekümmert, und ich habe ihn noch nicht einmal berührt. Ich schmecke mich erneut, diesmal auf seinem Mund, aber statt die Nase zu rümpfen, macht es mich wild vor Verlangen. Ich will ihn kosten. Unsere Aromen vermischen und ein einzigartiges kreieren, das nur uns gehört.

Nachdem ich mich aus den Überresten meines Kleides geschält habe, schlinge ich meine Finger um den Saum seines Hemdes, kann es aber wegen der zusätzlichen Lederbrustplatte nicht hochziehen. Ich trete einen Schritt zurück, um seine Rüstung zu begutachten. Sein Lächeln wird strahlend, während ich mit den zahllosen Riemen kämpfe und an ihnen herumfummle.

Ich schieße ihm einen tödlichen Blick zu, der sein Lächeln in dieses tiefe Lachen verwandelt, das ich normalerweise so liebe, aber im Moment bin ich eine Frau auf einer Mission, und diese Mission lautet, Lorcan Ríhbiadh von all seinen Schichten zu befreien, damit er nackt vor mir steht.

Mein Blick wandert zu seinem Hosenbund und ein verschmitztes Lächeln umspielt meine Lippen, als ich die Schnüre erblicke.

Die sollten leicht zu öffnen sein.

„Du kümmerst dich um das Oberteil" – ich fahre mit meinen Nägeln über seinen Bauch und sein Lachen verstummt – „ich kümmere mich um den Rest." Bevor ich seine Hose herunterziehe, umfasse ich die Beule, die sich gegen das Leder drängt.

Lore flucht, nicht nur einmal und nicht leise. Während ich ihn mit einer Hand massiere, ziehe ich an den Lederschnüren.

Leider lassen sie seine Hose nicht wie von Zauberhand verschwinden. Nun lockerer, dehnt sich der Stoff aus und seine Beule schwillt an, als würde sich dort mehr verbergen, als meine Handfläche erahnen ließ.

Ich weiß, dass er groß ist, denn ich spürte ihn in den Bädern an meinem Knie, aber ich bin völlig unvorbereitet auf das, was hinter dem glatten Leder auf mich wartet.

KAPITEL 56

Heilige Mutter der Crows, was soll ich nur mit *dem* machen?

Ich starre auf das geäderte, wippende Ungeheuer, das mich ebenso anstarrt, und mir ist zum Weinen zumute, genau wie ihm, denn ich möchte Lore Freude bereiten, aber ich werde sicherlich vergehen, wenn ich das in meinen Mund nehme.

„Fallon“ – mein Name ist ein raues Murmeln auf seinen Lippen – „du musst nicht …“

Ich rolle meine Finger um seine unglaublich lange, steife Länge und bewege meine Hand auf und ab, wodurch ich ihm die Sprache raube.

Seine Augen sind weit aufgerissen und fixieren die Stelle, an der meine gebräunten Finger seine blasse Haut berühren, gekrönt von einer fast violetten Spitze, die sich auf eine Weise aufbläht, wie es Fae-Schwänze nicht tun.

Phoebus, meine Anlaufstelle für alles, was mit Crows und Sex zu tun hat, erklärte mir, während wir in den warmen Bädern saßen, dass Crows bei der Geburt ihrer Söhne einen dünnen Hautstreifen von deren Gliedern abschneiden und ihn dem Cauldron zum Fraß vorwerfen, um ihre Treue zu Mórrígan zu zeigen. Anscheinend befolgen die Männer von Shabbin dieselben Riten.

Ich finde seine pilzförmige Gestalt seltsam anziehend.

Wie glücklich du dich schätzen kannst, denn dies wird der letzte Schwanz sein, den du jemals berühren oder ansehen wirst, bis zu deinem allerletzten Atemzug.

Ich blicke zu ihm auf, ein Lächeln vertreibt meine vorherige Qual. ***Mein erster soll auch mein letzter sein. Wie durch und durch ironisch.***

Seine Augenbrauen ziehen sich so straff über seinen Augen zusammen, dass sie die Haut dazwischen eindellen. „Wie bitte? Dein erster?“

„Erinnerst du dich an deine erste Krähe? Die, die Phoebus aus dem Acolti-Tresor geholt hat?“

„Ja …?“

„Erinnerst du dich, als ich dich … *dort* berührt habe?“

Es dauert einige Sekunden, bis sich ein Lächeln über sein Stirnrunzeln legt, aber in dem Moment, als es geschieht, weiß ich, dass er sich daran erinnert, wie ich an seiner eisernen Krähe herumgefummelt und auf die schwache Vertiefung zwischen seinen Beinen gedrückt habe. Ja, in Vogelgestalt baumelt nichts herum, aber bei den Göttern, wie dumm hatte ich mich gefühlt, als ich dachte, es sei ein Schalter für eine mechanische Uhr.

Bis heute schwanke ich zwischen völliger Beschämung und alberner Belustigung, aber heute Abend, während ich vor Lore knie, entscheide ich mich, dieses seltsame Ereignis als komisch zu betrachten. „Das war das erste Mal, dass ich einen Mann berührt habe.“

Obwohl Lores Augen belustigt glitzern, ist es die Zuneigung, mit der er mich ansieht, die mich dazu bringt, meine Zunge herausschnellen zu lassen und den taufrischen Tropfen aufzulecken, bevor er von seiner geschwollenen Spitze fallen kann.

Meine Wimpern flattern, weil er nach Salz und Stürmen schmeckt, nach dem Ozean und dem Himmel – meinen beiden Lieblingsorten auf unserer schönen Erde. Während mein eigener Geschmack meinen Gaumen nicht erregte, bringt mich seiner dazu, zu seufzen und ihn erneut zu kosten.

Schau mich an, mein kleiner Vogel, raunt er, während er mit vor Anspannung weißen Fingern seine Brustplatte lockert.

Ich blicke zu ihm auf, massiere sanft seinen Schwanz, während ich die Feuchtigkeit verteile, die sich erneut an der Spitze bildet. Er flucht, seine Finger rutschen von den Riemen seiner Rüstung ab, bevor er sie mit solcher Kraft ergreift, dass ich fürchte, sie würden das nicht überstehen.

Ich richte ihn so aus, dass ich bis zur Wurzel gelangen kann, lege meine Zunge flach auf sein seidiges Fleisch und ziehe sie von einem Ende zum anderen.

Lore wird unnatürlich still. Er versucht nicht einmal, seine Rüstung zu entfernen. Er starrt mich nur unentwegt an, und anstatt mich wie beim ersten Mal minderwertig zu fühlen, empfinde ich es als machtvoll. Ich mag auf meinen Knien sein, aber ich habe die Macht.

Ich umklammere ihn fester, und dieser kostbare Teil von Lore, den ich in meiner Handfläche halte, scheint noch weiter anzuschwellen. Statt meiner Zunge gebe ich ihm meinen Mund und nehme ihn so tief auf, wie mein Hals es zulässt. Als ich zu würgen beginne, lässt er seine Hand von der Rüstung sinken und umfasst mein angespanntes Kinn. Die Berührung ist so zärtlich, dass sie mein Herz überflutet und es sich zu groß anfühlt, um in meiner Brust Platz zu finden.

Ich bin gerade dabei, ihn tiefer in den Mund zu nehmen, als er sich in Rauch auflöst, nur um in gehockter Stellung wieder vor mir zu erscheinen.

„Ich möchte mich heute Nacht nicht in deinem Mund ergießen, kleiner Vogel." Er umfasst mein Kinn, sein Daumen zeichnet die Form meiner Lippen nach.

Ich schlucke, weil ich weiß, was er will, und mein Magen windet sich, als wäre er mit tausend Schlangen gefüllt. Bevor die Angst sich festsetzen kann, hebt er mich in seine Arme und trägt mich zum Bett, wobei er das einzige Buch, das Phoebus zurückgelassen hat, auf den Boden fegt.

„Es wird nicht wehtun. Das schwöre ich."

Da er selbst noch nie in mich eingedrungen ist, kann er sich dessen unmöglich sicher sein. Ich versuche, meine Nerven zu beruhigen, während er seine Rüstung und das Hemd darunter zur Seite wirft. Als nächstes folgen seine Stiefel und dann seine Hose, bis er in all seiner Pracht nackt vor mir steht, ein Kunstwerk in Grau und Gold.

Das Mondlicht umhüllt seinen Oberkörper, fängt sich an jedem Muskelstrang und betont die Spur schwarzer Haare, die sich unterhalb seines Bauchnabels verdichten. Ich verfolge ihren Verlauf bis zu diesem beeindruckenden Schwanz, der immer noch aufgerichtet ist und direkt auf mich zeigt, eine Waffe aus geäderter Haut.

Als er auf das Bett steigt, halte ich den Atem an und stoße ihn aus, als er auf halber Höhe meines Körpers innehält, um meine

Knie zu spreizen und sich hinunterzubeugen. Bei dem Druck seines Mundes gegen meine Locken, bei dem Streicheln seiner Zunge zwischen meinen Falten, stoße ich seinen Namen hervor.

Ich wollte nur sichergehen, dass du immer noch feucht bist, mo khrà.

Ich würde ihm versichern, dass ich es bin, wenn ich meinen Verstand dazu bringen könnte, sich darauf zu konzentrieren, Worte zu formen. Doch das Einzige, was er hervorbringt, sind hingebungsvolle Seufzer für den Mann, der mich allein mit seiner Zunge zurück in den Sternenhimmel trägt.

Mein Rückgrat wölbt sich, als mein Blut sich verdickt und in dem geschwollenen Knötchen zusammenläuft, das er stimuliert. Als er mir zuflüstert, wie köstlich ich schmecke und wie sehr seine Zunge von mir benetzt ist, dass er mich noch tagelang kosten wird, zerfalle ich in eine Million schwebender Zellen, nicht greifbarer als jene Wolken, die er über Luce heraufbeschwört, wenn sein Temperament mit ihm durchgeht.

Schließlich erklimmt er den Rest meines Körpers, zieht seine tropfende Spitze an der Innenseite meines Beins entlang und bemalt meine Haut mit seinem Verlangen. Als er aufhört sich zu bewegen, sein Schwanz schwer zwischen meinen Schenkeln, stupst er meine Nase mit seiner an, dann drückt er einen federleichten Kuss auf meinen geöffneten Mund, bevor er sich in sein nebliges Selbst auflöst. Schwaden seines kühlen Rauchs gleiten zwischen meinen Brüsten hindurch und um meinen Hals, und dann …

Und dann gleiten seine eisigen Schatten zwischen meine heißen Falten, und obwohl sie sich nicht verfestigen, dehnen und verdicken sie sich, weiten mich ganz langsam.

„Haut, Lore“, stöhne ich. „Verwandle dich zurück, damit ich dich berühren kann.“

Nicht bevor ich sicher bin, dass dein Körper meinen verträgt.

Ich halte den Atem an, während seine frostige Breite weiter anschwillt.

Kannst du mehr ertragen?

„Ja“, hauche ich, und seine Schatten entrollen sich, drängen gegen meine Wände. Meine Hände heben sich, nur um durch den kühlen Nebel zu gleiten, der sich dünn über meinen Körper legt. „Haut … bitte."

Endlich gibt er nach, seine Schatten erhellen sich zu festen Hügeln und zerklüfteten Schluchten. Meine Zähne versinken in meiner Unterlippe, während er sich überall ein- und ausformt.

„Zu viel?", raunt er.

„Nein." Ich greife nach seinem Hintern, um ihn am Entmaterialisieren zu hindern, und obwohl Glückseligkeit die Ränder meiner Klarheit weichzeichnet, bin ich mir schmerzlich bewusst, dass nicht einmal ich die Macht habe, diesen Mann zu halten, sollte er sich entscheiden zu gehen. „Bleib."

Auf mir.

In mir.

Bei mir.

Und er bleibt, sein goldener Blick leuchtet, während er sich tiefer in jeden Winkel meines Seins gräbt. ***Von jetzt an bis ans Ende der Zeit, Behach Éan.***

Mein Herz zieht sich zusammen, speichert jeden fiebrigen Schlag, bevor es sie alle auf einmal freigibt.

Er zieht seine Hüften zurück, zieht sich heraus. Als nur noch seine Spitze vergraben ist, spannt er seinen Hintern an und taucht tief ein, streift jede meiner Wände.

Obwohl sein Körper für den Himmel geschaffen wurde, bewegt er sich wie der Ozean, eine Woge, die tief hereinrollt, sich an meinen Ufern bricht, bevor sie sich wie die Gezeiten zurückzieht.

Er streift meine Lippen mit seinen, hält seine Berührung sanft, sanft, sanft, wie um den strafenden Stößen seiner Hüften etwas entgegenzusetzen. „Schmerzen?" Seine Augen sind halb geschlossen, halb wahnsinnig.

Ich kratze mit meinen Nägeln den Lauf seiner Wirbelsäule entlang, die so straff und glatt ist wie ein regennasses Tau, und flüstere: ***Nein, mo khrà.***

Als meine Worte zu ihm durchdringen, erstarrt er und blinzelt dann langsam. Und dann kracht sein Mund auf meinen herab, und er stößt mit seinen Hüften zu. Hitze baut sich überall dort auf, wo unsere Körper sich berühren, ein herrliches Brennen, das mein

Fleisch entfacht und meinen Kern entflammt.

Er löst seinen Mund von meinem, und ich beklage den Verlust, doch meine Klage wird jäh unterbrochen, als sein Oberkörper sich von meinem abhebt und er eines meiner Beine anwinkelt, um es um seine Taille zu schlingen.

Die Hand unter meinem angehobenen Oberschenkel, den Blick in meinen geheftet, flüstert er: *„Ha'rovh béhya an ha théach'thu; ha'raì béih."*

Obwohl seine Stimme leise ist, prägen sich seine Worte in mein Bewusstsein ein, jede fremde Silbe und jeder seltsame Konsonant rollt im Takt seiner Hüften in mich hinein – *haroff beya an ha thock thoo; haray beh.* „Sag mir, was es bedeutet."

Dass ich, bevor ich dich traf, kleiner Vogel, nur existierte; ich war nicht lebendig.

Mein Puls schießt in die Höhe, als Emotionen meine Lider und Lungen ergreifen. Ich hebe eine zitternde Hand zu seiner Wange und streichle die kleine Feder, die neben seinem Auge tätowiert ist, bevor ich die verschmierte schwarze Linie nachzeichne, die seine leuchtenden Augen umrahmt.

Mein Daumen hält inne und meine Lippen öffnen sich zu einem schockierten Keuchen, als er so tief eindringt, dass ein Blitz der Lust durch mein Mark zuckt. Ich schreie seinen Namen, was ihn fluchen und seine Stöße beschleunigen lässt, bis ein Beben ihn überkommt und er brüllt wie ein Tier, das aus seinem Käfig befreit wurde.

Das Tier, das ich befreit habe.

Mein Tier.

Ein Zittern nach dem anderen erschüttert seinen großen Körper, presst einen heißen Schwall heraus, der meine Wände durchbrechen muss, so sehr erhitzt sich mein Blut.

Ja, Behach Éan … er dreht sein Gesicht und küsst die Mitte meiner Handfläche ***… dein Tier.***

Ein Tropfen Feuchtigkeit rollt von der Spitze seiner Nase und fällt in meinen Mund. Ich schlucke, entschlossen, mehr von diesem Mann in mich aufzunehmen, alles von diesem Mann … diesem Gefährten, der mich in seine dunklen Böen gehüllt und mich mit seiner unermüdlichen Zuneigung durchnässt hat.

Dein Monster.

Aber Monster in Geschichten bekommen nie ein *glückliches Ende*, und wenn jemand eines verdient, dann ist es der Mann, der immer noch tief in mir steckt.

Bronwens Prophezeiung hallt zwischen meinen Schläfen wider. Zum ersten Mal empfinde ich weder Schuld noch Abscheu bei dem Gedanken, Dantes Leben zu beenden, nur unerbittliche Entschlossenheit.

Wie immer sieht er die Bilder, die hinter meinen Lidern aufschäumen. „Wir werden einen anderen Weg finden. Denk nicht mal daran."

Aber ich tue es.

Wie könnte ich auch nicht?

KAPITEL 57

Ich werde durch das heftige Klopfen einer Faust an meiner Tür aus dem Schlaf gerissen. Es fühlt sich an, als würden die Knöchel gegen meinen Schädel hämmern.

„Aufwachen, aufwachen, *ínon.*"

„*Focá*", murmelt Lore gegen meine Schläfe.

Meine Wimpern schnellen hoch und Hitze brennt auf meiner Haut, während ich zum Rand meiner Matratze krieche und bete, dass meine Tür abgeschlossen ist, bevor mir einfällt, dass Cathal sich in Rauch verwandeln kann.

Die verfluchte Dämmerung hat noch nicht mal eingesetzt, knurrt Lore.

Ein Blick zum Himmel jenseits meines Fensters bestätigt, dass die Sonne noch nicht aufgegangen ist. Soweit ich weiß, bin ich erst vor Minuten eingeschlafen.

„Ich bin zwei Minuten davon entfernt, mich selbst reinzulassen, *ínon.*"

„Und ich bin zwei Minuten davon entfernt, sein Gesicht zu Brei zu schlagen", grummelt Lore.

Merda. „Ich bin wach! Ziehe mich gerade an." Ich versuche, mich aufzusetzen, aber Lore verstärkt den Griff von Arm und Bein, die er über meinen Körper gelegt hat, bevor wir einschliefen, und sperrt mich in die feste Mulde seines Körpers. „Lore", schimpfe ich.

„Ich bin noch nicht bereit, dass diese Nacht endet, kleiner Vogel."

Ich auch nicht, aber ich möchte etwas mit meinem Vater aufbauen.

Lore seufzt, und sein kalter Atem wirbelt mein verfilztes Haar auf. ***Na schön. Dann lass uns den Tag beim Schopfe packen.*** Er streicht mit der Handfläche über meinen Hüftknochen, bevor er mir in die Pobacke kneift.

Ich drehe den Kopf und sehe ihn wegen des Kneifens schief an. Er lächelt, bevor er meinen Mund mit einem atemberaubenden Kuss erobert und mich auf sich rollt. Jeder Muskel in meinem Körper protestiert kreischend dagegen, so durchgerüttelt zu werden.

Oh, das wird ein langer Tag werden. Ich glaube, ich werde heulen, sollte mein Vater einen Spaziergang durch das Königreich vorschlagen.

Mein Vater! Merda. Ich presse meine Handflächen gegen Lores Brust und drücke dagegen, um meinen Oberkörper von ihm zu lösen. Die Bewegung lässt uns beide stöhnen, aber ich vermute, aus sehr unterschiedlichen Gründen.

„Während ich auf dich warte, *ínon*, werde ich etwas mit Lore besprechen! Komm und triff mich in seinen Räumen, wenn du fertig bist."

Meine Augen weiten sich. „Du musst gehen", zische ich. „Sofort."

Aber Lore beugt einen Arm und bettet seinen Kopf darauf, während er mir ein träges Lächeln zuwirft.

Seine Morgenlatte bohrt sich in die Falte meines Hinterns, und obwohl ich ziemlich sicher bin, dass ich Verbrennungen zweiten Grades von den vier Malen habe, die wir letzte Nacht Liebe gemacht haben, springt meine Vagina – diese kleine Füchsin – sofort an und wird schön feucht.

Als sein Blick dorthin fällt, als ob er die Chancen für einen Quickie ausloten würde, knurre ich: „Denk nicht mal dran."

Seine goldenen Augen wandern zu meinen. „Dir ist klar, dass ich an wenig anderes denken werde." Seine Finger umschließen meine Pobacken, drücken zu, dann lockern sie sich, bevor sie wieder zudrücken.

Mein Mund öffnet sich zu einem tiefen Stöhnen, denn der Kerl hat absolut *die besten* Hände.

Ich dachte, ich hätte die beste Zunge, murmelt er, während er meine schmerzenden Muskeln erneut knetet. ***Und die beste Nase.***

Alle sind gleichauf, bringe ich mühsam hervor und frage mich, ob mehr als zwei Dinge gleichauf sein können. Warum grüble ich überhaupt darüber nach? Wen zur Hölle kümmert das?

Lore grinst, während er weiter meine verspannten Muskeln massiert. Was gäbe ich nicht alles für eine Ganzkörpermassage, anstatt … ich schlage ihm auf die Brust.

„Was für ein gewalttätiges Vögelchen", murmelt er theatralisch.

„Hör auf mich abzulenken und geh zu meinem Vater, um mir Zeit zu verschaffen, damit ich" – ein Schnüffeln an meiner Haut lässt mich das Wort *anziehen* durch das Wort – „duschen kann."

Ich ergreife seine beiden Hände und ziehe sie von meiner Haut, dann wimmere ich, als ich von ihm herunterrutsche, denn, verdammt … es sind nicht nur meine Muskeln, die schmerzen. ***Ich glaube, du hast ein paar lebenswichtige Organe zertrümmert***, flüstere ich in seinen Geist, während ich zum Badezimmer humple.

Lore lacht.

Tàin, grummele ich und blicke über meine Schulter, um sicherzustellen, dass meine Botschaft angekommen ist.

Sein Kichern verwandelt sich in ein selbstgefälliges Grinsen, das mich dazu bringt, meinen schlurfenden Gang zum Badezimmer zu unterbrechen und nach der nächsten Wand zu greifen, um nicht zu stolpern und noch mehr Organe und Knochen zu zerschmettern. In all meinen Jahren auf dieser Erde – die zugegebenermaßen nicht zahlreich waren – habe ich noch nie einen so fesselnden Anblick erlebt wie den auf den nackten König, der ausgebreitet auf meinem Bett liegt, nur gehüllt in fahles Mondlicht und die Überreste seiner Bemalung.

„Mein Vater wartet", erinnere ich ihn und mich selbst. „Du solltest ihn nicht warten lassen."

„Sag mir … worüber, glaubst du, will er sprechen?"

„Über den nächsten Schritt in deiner Mission, Meriam zu finden?" Auch wenn ich es vorschlage, weiß ich, dass das nicht der Schwerpunkt ihres Gesprächs sein wird.

Lore erhebt sich in einer fließenden Bewegung vom Bett, wobei all seine Muskeln spielen, dann kommt er auf mich zu, sein erigierter Penis wippt, und die malträtierten Wände meiner Fortpflanzungsorgane ziehen sich zusammen und werden feucht.

Es würde wirklich helfen, wenn du dich jetzt in deine Krähen

verwandeln könntest.

Inwiefern würde das helfen? Als er mich erreicht, ist er immer noch in seiner Haut und ich bin immer noch unfähig, mich zu bewegen.

„Es würde mir helfen, mich auf das zu konzentrieren, was ich tun soll", murmle ich.

Er schiebt einen gekrümmten Fingerknöchel unter mein Kinn, um meinen Kopf anzuheben, dann drückt er einen Kuss auf meine bereits geöffneten Lippen. ***Dein Vater steht immer noch vor deiner Tür. Er weiß, dass es nur einen Ort gibt, an dem ich sein könnte, und das ist genau hier, bei dir, Behach Éan.***

Mein Blick schießt zu dem mit Nieten beschlagenen Holz, das plötzlich zu dünn erscheint.

Er wird draußen bleiben, denn es gibt Anblicke, die ein Vater lieber nicht sehen möchte.

Ich richte meinen Blick wieder auf Lore.

Ich riet ihm, den Flur auf und ab zu gehen und darüber nachzudenken, wie nachsichtig ich mit ihm war, als Daya endlich ihre Gefährtenbindung akzeptierte.

Die Erinnerung an meine Mutter lässt meine angespannten Nerven zerbersten. „Ich hoffe, sie lebt."

Obwohl Lores goldener Blick zur Tür schweift, glaube ich nicht, dass er sie wirklich sieht. „Das hoffe ich auch, kleiner Vogel."

Mir wird bewusst, dass es das erste Mal ist, dass er sich ihres Schicksals unsicher zu sein scheint, und seine Ungewissheit bringt Gabrieles Worte in den Vordergrund meines Bewusstseins.

Sie kann nicht tot sein.

Ich *will*, dass sie nicht tot ist.

***

Das Duschen dauert länger als erwartet, denn nachdem Lore mich gereinigt hat, bringt er mich aufs Neue zum Kommen. Ich hätte nicht gedacht, dass mein Körper es aushalten könnte – *ihn* aushalten könnte – aber anscheinend kann mein Körper eine Menge ertragen. Und das sogar mit Begeisterung.

Es ist lächerlich, dass ich Angst davor hatte, mit diesem Mann zu schlafen.

Als ich damit fertig bin, eine hochgeschnittene, perlmuttfarbene Hose über ein eng anliegendes weißes Oberteil zu ziehen, das sich anfühlt, als wäre es aus Wolken gewebt, ertappe ich mich dabei, wie ich grinse und ungeduldig darauf brenne, Phoebus zu wecken, um ihm zu erzählen, wie falsch er damit lag, Könige seien selbstsüchtig im Bett.

Mein Lächeln schwindet, als mir einfällt, dass Sybille an diesem Gespräch nicht teilhaben wird.

Da Lore meinem Vater Gesellschaft leistet, plagt mich kein schlechtes Gewissen, als ich mir ein paar zusätzliche Minuten Zeit nehme, um mein Zimmer aufzuräumen. Ich mache das Bett, bis es weniger nach Schlachtfeld und mehr nach Schlafstätte aussieht, dann beseitige ich die verräterischen Spuren von Lores Kampf gegen mein Kleid, indem ich es statt in den Papierkorb in den Wäscheschacht werfe. Auch wenn es mir nicht gelingt, es zu reparieren, möchte ich es behalten, denn Gegenstände bergen Erinnerungen.

Wie Mammas Stein …

Meine Finger greifen ins Leere, denn der gravierte Stein befindet sich in Antonis Haus. Obwohl er im selben Land lebt wie ich, fühlt es sich meilenweit entfernt an. So fern von mir wie die beiden Rossi-Frauen, die ich von ganzem Herzen vermisse. Ich berühre das Fenster und beobachte, wie die Morgendämmerung den Horizont rosa färbt und das Königreich Shabbe in goldenes Licht taucht.

Obwohl ich mir wünschte, sie wären hier bei mir, bin ich dankbar, sie sicher hinter den Schutzzaubern zu wissen, denn der Krieg steht bevor. Er hängt über Luce wie der Nebel, der von Lores grauem Fels herabwabert. Ich verweile noch einen Moment länger und betrachte den Sonnenaufgang über den fernen rosa Ufern, bevor ich schließlich mein Schlafgemach verlasse, um meinem Vater gegenüberzutreten.

Er und Lore stehen im Flur und besprechen etwas mit gedämpften Stimmen. Ich lese ihre Körpersprache, um die momentane

Stimmung zu entschlüsseln. Die Haltung meines Vaters ist steif, seine Gesichtszüge angespannt. Obwohl Lore nicht ganz so entspannt ist wie nach unserer Dusche, lächelt er, als er mich kommen spürt.

Der dunkle Blick meines Vaters folgt meinem Näherkommen. „Guten Morgen, Tochter“, sagt er auf Crow.

„Álo, Dádhi“, antworte ich in seiner Sprache.

Ein müdes Lächeln zupft an den Winkeln seines Mundes und seiner Augen. Er mag sich früh zurückgezogen haben, aber die Schatten, die seine geschwärzten Augen umrahmen, zeugen von einer kurzen Nacht, vielleicht sogar kürzer als meine eigene.

„Also, wohin geht es?“

„Moath'Thábhain.“

Mof hawben. Mein Verstand schafft es, das zweite Wort zu übersetzen: *Taverne.* Ich bin mir nicht sicher, was das erste bedeutet.

„*Moath* bedeutet Norden“, sagt Lore. ***Sie liegt auf der anderen Seite des Königreichs.*** „Ich habe ihm gesagt, dass du dich bis jetzt noch nicht so weit weg gewagt hast.“

Aufregung jagt meine Wirbelsäule hinauf, kommt aber ins Stocken und schwankt, als ich mich an meine Reise mit Phoebus durch dieses Königreich erinnere. „Wir gehen nicht zu Fuß, oder?“

„Möchtest du dir nicht die Beine vertreten, *ínon*?“

„Ähm … nun, ähm …“ Ich fange meine Unterlippe ein und kaue darauf herum.

Lore schüttelt den Kopf in Richtng Cathals, als könnte er die Gedanken des Mannes lesen, aber die einzigen Gedanken, die Lore lesen kann, sind meine eigenen. Was er liest, ist die Stimmung meines Vaters, die ihm ins Gesicht geschrieben steht.

„Du hast sie zu früh geweckt, Bruder.“

„Und du hast sie zu lange wach gehalten, *Bruder*“, knurrt mein Vater beinahe.

„Können wir bitte fliegen? Ich liebe das Fliegen so sehr.“ Und nicht darüber diskutieren, wie nahe sie sich stehen. Zum Glück sind sie keine Blutsverwandten, aber sie sind beste Freunde, was meine Beziehung zu Lore etwas seltsam macht.

Nach einem letzten finsteren Blick zu seinem König und einigen gemurmelten Crow-Worten nickt mein Vater mir grimmig zu.

Seine Haut verwandelt sich in Federn und seine Arme verlängern sich zu Flügeln. Gott sei Dank ist Lores Reich so gestaltet, wie es ist, denn seine Bewohner sind riesig.

Mein Vater hockt sich hin und streckt einen Flügel aus, damit ich aufsteigen kann. Lore reicht mir die Hand und, obwohl es die Augen meines Vaters ein wenig schwärzer brennen lässt, erlaube ich dem König, mir hinaufzuhelfen. In dem Moment, in dem ich sitze und meine Arme um Cathals Hals schlinge, hebt er ab.

Wir reisen durch Flur um Flur, umkreisen Crows sowohl in Federn als auch in Haut, durch das Gewächshaus, wo ich gerade noch Zeit habe, Lorcans Mutter zuzuwinken, bevor Cathal unter dem Torbogen hindurchtaucht. Drei Schläge seiner mächtigen Flügel später erreichen wir die Markttaverne. Und dann segeln wir durch Flure, die mehrere Stockwerke hoch sind. Balkone – oder besser gesagt Landeplätze – sind in den Stein gehauen. Die meisten Türen sind geschlossen, aber einige stehen offen und gewähren mir Einblicke in die schlichten Behausungen dahinter.

Ich nehme *alles* in mich auf. Jeden Duft und jeden Anblick und jedes Geräusch. Jedes Mal, wenn wir unter einer Landeklappe hindurchfliegen, hebe ich mein Gesicht zum Himmel und lasse die aufgehende Sonne auf mein erhobenes Gesicht scheinen. Wie froh ich bin, dass Lore gut gelaunt ist, denn ich liebe Sonnenschein so sehr.

Als mein Vater schließlich landet, leuchtet der Himmel jenseits der schmalen Fenster im Azurblau der Isolacuorin-Kanäle. Aber die Isolacuorin-Kanäle erinnern mich an Dante, also verdränge ich alle Gedanken an sie und ihn und konzentriere mich stattdessen auf das Wunder aus Fels und Holz vor mir.

Obwohl aus denselben Elementen erbaut wie die anderen beiden Tavernen, hat die Nordtaverne eine völlig andere Atmosphäre. Vielleicht, weil sie ein Sammelsurium aus kleinen Nischen und Winkeln ist, statt eines offenen Raums, und die Sitzgelegenheiten aus dem Fels gehauen statt aus Holz gebaut wurden.

Auch die Tische sind aus Stein. Die einzigen Elemente aus Holz sind die Kiefern – *echte* Bäume –, die wild durcheinander in riesigen Steintöpfen gepflanzt sind. Sie ragen so hoch auf, dass ihre gezackten Kronen die unzähligen kleinen, gewölbten Spiegel streifen, die sich über die Decke spannen und im Sonnen- und Fackellicht funkeln.

Nachdem ich vom Rücken meines Vaters gesprungen bin, drehe ich mich um mich selbst und starre voller Ehrfurcht.

„Deine Mutter wollte, dass wir hierher ziehen … nun, in eine Wohnung in der Nähe." Mein Vater hat wieder menschliche Gestalt angenommen. Wie ich blickt er nach oben. „Sie hatte das perfekte" – sein Adamsapfel tritt an seinem Hals hervor – „das perfekte Nest für uns gefunden." Seine Lider schließen sich für einige lange Herzschläge.

„Ist es nicht mehr verfügbar?"

„Ich bin sicher, die Besitzer würden zu einem Tausch bereit sein … schließlich zieht es jeder vor, im Süden zu leben. Im tiefsten Winter wird die Luft dort nicht ganz so eisig wie hier oben." Er deutet auf eine der halbmondförmigen Nischen und ich setze mich.

Der Stein ist kühl unter meinen Oberschenkeln und der Tisch glatt wie Marmor unter meinen Unterarmen. Eine Crow nähert sich mit einem Lächeln, das bei meinem Anblick ins Wanken gerät. Mein zweifelhafter Ruf hat sich offenbar weit verbreitet. Ich lasse nicht zu, dass es meine Stimmung beeinträchtigt. Sie mag *von* mir wissen, aber sie kennt mich nicht.

Mein Vater fragt, was ich möchte, und ich sage ihm, dass ich alles außer Fisch und Fleisch esse. Das scheint ihn zu verblüffen. Er wendet sich wieder der Schankmaid zu und zählt eine lange Liste von Gerichten auf, bevor er sich erneut mir zuwendet.

Nachdem sie gegangen ist, verschränkt er die Hände vor sich auf dem Tisch und betrachtet seine ramponierten Nägel und Knöchel. Die sind blau. Ich bin gerade dabei ihn zu fragen, was passiert ist, als er sagt: „Deine Mutter isst auch keine Tiere, wie die meisten Shabbins. Es ist hilfreich, dass das Töten von Tieren auf Shabbe verboten ist. Crows sind von dieser Regel ausgenommen, da unsere Körper tierisches Protein benötigen."

„Und Fae?"

„Fae müssen sich an das Shabbin-Gesetz halten, genauso wie

die Shabbins sich an das Fae-Gesetz halten mussten, als sie noch hinaus in die Welt gehen konnten."

„Du warst dort?"

„Ja. Viele Male."

Ich würde ihn gerne bitten, mich um die Insel zu fliegen, aber ich fürchte, er könnte versuchen, mich durch die Schutzzauber zu schleudern. Ich beschließe, Lore zu fragen. Er wird sicher zustimmen und nicht versuchen, mich auf die rosa Insel zu werfen.

„Es ist einer der schönsten Orte auf unserer Erde."

„Wo leben die Leute? Es scheint eine so kleine Insel zu sein."

Ein Lächeln umspielt die Lippen meines Vaters. „Es ist eine Illusion, hervorgerufen vom Cauldron. Sobald du die Sandsteinmauern durchdringst, entfaltet sich das Königreich, so weit und lang wie Luce und so üppig wie Tarespagia."

Mein Kiefer muss heruntergeklappt sein, denn mein Vater blinzelt mich an. „Wusstest du das nicht?"

„Nein."

„Ich nehme an, du hast noch nie einen Shabbin getroffen, und die wenigen Fae, die in den letzten Jahren dorthin gereist sind, sind nicht zurückgekehrt. Ich bin überrascht, dass Lore dir nichts von der Heimat deiner Mutter erzählt hat."

„Wir standen bis … nun ja, bis gestern nicht gerade auf bestem Fuß." Meine Wangen glühen.

Mein Vater seufzt. „Deine Mutter scherzte einst, du wärst mehr als nur seine Fluchbrecherin. Ich mochte diesen Witz nicht besonders."

Ich kann mein Lächeln nicht unterdrücken, was größtenteils an den zwei roten Striemen liegt, die unter dem schwarzen Make-up meines Vaters hervorscheinen. „Meine Mutter klingt nach einer direkten Frau. Ich kann es kaum erwarten, sie kennenzulernen."

Das Leuchten weicht aus seinen Wangen und Augen und plötzlich wirkt er so verloren, dass ich nach seinen lädierten Händen greife.

„Was bald der Fall sein wird, *Dádhi*."

Er starrt mir ins Gesicht und obwohl der Kummer nicht sofort aus seinen Zügen weicht, heben sich seine Mundwinkel ein wenig. Er nickt, bevor er das Gespräch von Daya auf meine Kindheit lenkt. Er möchte alles über Nonna und Mamma wissen. Alles über meine Schulzeit und Freundschaften.

Also erzähle ich ihm alles. Ich konzentriere mich auf die glücklichen Momente, denn jedes Mal, wenn ich ein Leid erwähne, und sei es noch so trivial, verschlechtert sich seine Stimmung.

Unser Essen kommt und geht, und damit auch der Morgen. Und ich rede immer noch. Ich bin anscheinend voller Geschichten.

„Genau wie deine Mutter", sagt er lächelnd. „Sie hatte immer eine Geschichte zu …"

Sein Mund schnappt zu und seine Augen werden glasig. Ich denke, die Erinnerung muss zu schmerzhaft sein, um sie auszusprechen, aber dann steht er abrupt auf und mir wird klar, dass Lore zu ihm gesprochen haben muss.

Mein Herz steigt mir in die Kehle, genauso schnell wie mein Vater von der Steinbank aufgesprungen ist. „Was ist los?"

Sein tiefbrauner Blick trifft meinen weit aufgerissenen violetten. „Deine Freunde sind angekommen … und sie sind nicht allein gekommen."

KAPITEL 58

„Meine Freunde? Welche? Ist Syb dabei? Haben sie Antoni gefunden?“ Mein Vater antwortet mir nicht, denn er hat sich bereits in seine Krähengestalt verwandelt.

In dem Moment, als er seine Flügel ausbreitet, schwinge ich mich auf seinen Rücken. Er fliegt so schnell los, dass mir klar wird, dass das Tempo auf dem Hinweg sehr gemächlich war. Als wir die Markttaverne erreichen, stürzt er hinab und landet neben einem Stand, der kopflose Tiere an Spießen röstet. Der Geruch und Anblick bringen meinen ohnehin krampfenden Magen zum Revoltieren.

Ich springe von seinem Rücken und halte großen Abstand zu dem Grillstand. Sobald der Geruch von gegrilltem Fleisch aufhört, mir in die Nase zu steigen, bleibe ich stehen und warte darauf, dass mein Vater sich zurückverwandelt, doch stattdessen schwingt er sich in die Lüfte und schießt durch die breite Ladeluke, die den Markt mit Licht flutet, gen Himmel.

Ich beiße die Zähne zusammen und halte mich davon ab, ihn zurückzurufen. Stattdessen entscheide ich mich, geduldig zu bleiben. Wenn meine Freunde hier sind, werden sie bald hereingebracht werden. Gäbe es doch nur ein Fenster, durch das ich spähen könnte.

Meine Augen gewöhnen sich an die dunkleren Bereiche, während ich die Wände des Marktes absuche, bis ich winzige Lichtquadrate entdecke. Mit schmerzverzogenem Gesicht humple ich zu einer Seite, doch alles, was ich sehe, ist Dschungel. *Ugh.*

Obwohl ich vor Adrenalin überquelle, sind meine Beine unfähig, sich schneller zu bewegen, also schleppe ich mich zur gegenüberliegenden Seite der Taverne. Als ich endlich das Fenster erreiche, lehne ich meine Stirn gegen das kühle Glas, um so weit wie möglich nach unten zu spähen.

„*Álo*, Fallon.“ Arins Stimme lässt mich zusammenfahren und

mit dem Kopf gegen das Fenster stoßen. „*Dalich.*“

Daleh ist ein Wort, das ich dank Aoife kenne. „Du musst dich für nichts entschuldigen.“ Ich lächle, während ich die schmerzende Stelle reibe.

Ihr Blick ruht sanft auf meinem Gesicht. „Ich froh, du zurück.“

„Ich bin auch froh, wieder hier zu sein.“ Obwohl ich nur wenige Stunden mit dieser Frau verbracht habe, fühle ich mich ihr irgendwie verbunden. Ob das wohl eine Nebenwirkung davon ist, mit ihrem Sohn verbunden zu sein? Entstehen dadurch automatisch Bande zu den anderen Familienmitgliedern? „Du lernst Lucin, wie ich sehe.“

„Phoebus bringt mir bei. Er guter Lehrer.“

Phoebus! Ich habe vergessen, ihm Frühstück zu bringen. Ob er wohl schon wach ist? Ich blicke mich in der Markttaverne um, auch wenn die Chancen, er könnte den ganzen Weg hierher gelaufen sein, verschwindend gering sind.

„Tut mir leid wegen Freunden, Fallon.“

Meine Finger erstarren an meiner Stirn und ich fahre alarmiert und voller Furcht zum Fenster herum. Ich kann gerade noch die Hinterteile zweier Pferde und das Geleit dunkler Vögel erkennen, die durch das Azurblau gleiten. Die Krähen sind alle monströs, bis auf zwei mit goldenen Augen.

Lore versprach Bronwen, sich nicht vom Fleck zu rühren, und doch sind zwei seiner Krähen hier draußen! Mir wird erst bewusst, dass ich zittere, als ich eine tröstende Hand meinen Unterarm streifen spüre.

„Kannst du hören“ – meine Lungen sind so eng, dass ich keuche – „was sie sagen?“

Arin versteht meine Frage nicht, also deute ich auf die Esplanade und dann auf mein Ohr.

Ihre Lippen formen ein sanftes *Oh.* „Die Fae töten einen Freund.“

Meine Rippen schnüren sich um mein Herz. „Welchen Freund?“

„Den Jungen mit dunklen Haaren.“

„Antoni?“

„Nein. Rote Augen.“

„Riccio?"

Arin nickt, ihr langes, pfeffer-und-salzfarbenes Haar tanzt um ihre Schultern. „*Tà*. Und das Mädchen, Giana – sie … Wie sagt man?"

„Sie wurde verhaftet", vervollständigt eine ernste Stimme Arins Satz.

Wie ein Wetterhahn drehe ich mich erneut, diesmal zu Aoife. „Verhaftet? Von wem? Weshalb?"

„Von Dante. Wegen eines Verbrechens gegen die Fae-Krone."

Das Blut weicht aus meinem Gesicht. „Was?"

„Gabriele erreichte Sybille und Mattia, bevor sie die Pferde fangen und für ihre Sicherheit den Berg hinaufführen konnten."

Mein Herz klopft in meinem Kiefer, in meinen Wangen, in meinen Lidern, fassungslos starre ich zwischen Aoife und Arin hin und her.

Aoifes Kehle senkt sich. „Immy war mit Vance, dem Racoccin-Rebellen, zusammen. Sie verschwanden letzte Nacht in den Tunneln."

Letzte Nacht, während ich im Zustand der Glückseligkeit schwebte, brach die Welt meiner Freunde zusammen. „Und Lore kann keinen Kontakt zu ihr aufnehmen?"

Aoife schüttelt den Kopf, und obwohl ihr Gesicht nicht von wildem Herzklopfen gezeichnet ist wie meines, lodern ihre Augen vor Zorn. „Nein."

„Hat er versucht, sie zu rufen?"

Sie nickt.

„Und?"

„Sie ist nicht zurückgekommen."

„Wie kann das sein?", frage ich.

Aoife schließt die Augen. „Die Ewig-Krähen verlieren die Kraft zur Kommunikation."

Der Lärm des Marktes verstummt, als die ganze Welt mit quietschenden Bremsen zum Stillstand kommt, jeder Händler erstarrt neben seinem Stand, jede Flamme wird reglos, jedes Gespräch bleibt in der Luft hängend, niemals landend. Meine Lippen formen das Wort *Nein*.

„Lorcan möchte durchs Tal und über den Wald fliegen, aber dein Vater und dein Onkel haben ihm gesagt, dass sie ihn nach Shabbe verbannen werden, wenn er das tut.“ Ich weiß nicht wie, aber Aoife bringt ein Lächeln zustande. Es ist zerbrechlich, aber es ist da.

Da und wieder verschwunden.

Arin ist so blass geworden wie die Laken, die ich früher von Hand wusch, als ich mich noch für einen Halbling hielt, dem als einzige Aussicht ein bescheidenes Leben in Tarelexo bevorstand. Wie eng meine Welt damals war. Wie weit sie geworden ist, dank Lore.

Krächzen hallt über den Marktplatz, als ein schwarzer Vogel nach dem anderen durch die Kuppel stürzt und zu Haut und Rüstung verschmilzt. Lores Augen finden durch die Dunkelheit die meinen und lassen sie nicht los, während er durch die sich rasch verdunkelnde Höhle auf mich zustürmt. Jede Sonne, die er über Luce hat scheinen lassen, erlischt, als sich bauschige Wolken über das Blau schieben.

Aoife tritt zur Seite, damit er nicht um sie herumgehen muss, um zu mir zu gelangen. Er nimmt meine zitternden Finger von meiner Seite und umschließt sie mit seiner kräftigen Hand, dann beugt er sich vor, um seine Wange an die seiner Mutter zu drücken.

Worte werden gesprochen, hin- und hergeworfen zwischen Mutter und Sohn. Meine Trommelfelle vibrieren so heftig, dass ich gar nicht erst versuche, dem Gespräch zu folgen. „Könnte Imogen außer Reichweite sein?“, frage ich schließlich, meine Stimme so zittrig wie der Rest von mir.

„Vielleicht. Oder vielleicht hat Dante sie in einen Obsidiankäfig gesperrt. Obsidian blockiert unsere Kräfte.“ Sein Mund verzieht sich zu einer grimmigen Linie. „Alle davon.“ Lore spricht leise, als spüre er, ein lauterer Ton würde mein Herz aus der Verankerung reißen. „Warum gehst du nicht zu deinen Freunden, kleiner Vogel?“

Er nickt in Richtung des Herzens der Taverne, wo Syb und Mattia neben einem Mann mit verbundenen Augen, langen blonden

Haaren und einem verschmutzten weißen Hemd, das aus dunklen Hosen hängt, zusammenstehen. Es dauert einen Moment, bis ich mich erinnere, dass es Gabriele war, der sie abgefangen und hierher gebracht hat.

Ich werfe einen Blick auf Lore, der meine Fingerknöchel küsst, bevor er meine Hand loslässt, mache einen Schritt in Sybs Richtung, halte aber inne und drehe mich wieder zum Himmelskönig um. „Du bleibst, richtig? Du gehst nicht … nicht …"

„Ich gehe nirgendwo hin."

Ich beiße mir auf die Unterlippe, um sie am Zittern zu hindern, und schieße dann los wie ein kleiner Fisch, der aus einem Fischernetz befreit wurde, Muskelkater hin oder her. „Syb!" Ich rufe ihren Namen.

Sie löst sich von Mattias Seite, hebt ihre Röcke und sprintet auf mich zu. Wir prallen in einer tränenreichen Umarmung aufeinander und halten einander lange fest, bevor einer von uns ein Wort herausbringt. Nicht, dass Worte bei wahren Freunden nötig wären; ich weiß bereits alles, was ihr durch den Kopf gehen muss.

Als wir uns schließlich voneinander lösen, glänzen ihre nassen Wangen wie polierter Obsidian und ihre Augen leuchten wie silberne Medaillons.

Sie schnieft. „Gia wurde verhaftet."

„Ich habe es gehört."

„Und Antoni … wir haben ihn nicht gefunden. Und … und … Imogen und Vance …"

„Ich habe es gehört." Ich drücke sie, ruhig, der Cauldron weiß nur wie. „Aus welchem Grund wurden sie verhaftet?"

„Tavo sagte … er sagte, sie hätten geheime Informationen aus Isolacuori gestohlen, und er hatte einen Befehl, das Haus zu durchsuchen. Gia ließ sie nicht rein, also haben sie die Tür mit einer Kanonenkugel gesprengt und … und Riccio stand …" Ihre Stimme bricht. „Er ist tot. Und sie nahmen Gia fest, nachdem sie … nachdem sie die Kellertür geöffnet hatten."

„Wir werden Giana da rausholen, Syb. Es wird ihr gut gehen. Dante wird sie freilassen. Drogen mögen illegal sein, aber sie sind kaum ein Verbrechen gegen die Krone."

Ich bin mir nicht sicher, ob Syb mich hört, denn sie sagt: „Catriona ist diejenige, die Dargento von dem Staub erzählt hat. Wir hätten sie niemals in unser Haus lassen dürfen."

Ich seufze. Eine Tote zu beschuldigen, führt uns nirgendwohin. „Sie haben wahrscheinlich nur auf den richtigen Moment gewartet, um euch irgendeines Vergehens zu überführen."

Ihre Nasenflügel beben. „Ich werde der ganzen verdammten Welt erzählen, dass Dante den Mord an seinem Bruder angeordnet hat. Warte nur ab."

Mattia tritt herüber, die Hände tief in den Taschen seiner staubigen Hose vergraben, das Weiß seiner Augen so gerötet wie der Saum von Sybs Kleid. Wir haben vielleicht einen Freund verloren, aber er hat seinen Cousin verloren. Ich kann mir nicht einmal ansatzweise vorstellen, wie sehr sein Herz schmerzen muss.

Die kühle Brise, die mein Gefährte ist, streicht über meinen Nacken und meine Schultern, bevor sie sich in seine zweibeinige Gestalt verwandelt. „Cian ging, um über Gias Freilassung zu verhandeln."

„Wenn ihr etwas zustößt, werde ich sie alle töten. Zuerst Tavo. Dann Dargento. Und schließlich Dante. Alle!" Syb schlingt ihre Arme um Mattias Taille und lehnt sich an ihn.

Sein großer Körper ist so gebeugt, dass ich nicht sicher bin, wer wen stützt. Er drückt seine Lippen auf ihren Haarschopf. „Wie wäre es, wenn du das Töten" – er wirft einen Blick auf Lorcan, dann auf die anderen Crows, die in einiger Entfernung von uns stehen – „anderen überlässt, Sybille?"

Lore verschränkt seine Finger mit meinen und drückt meine Hand. „Es wird uns ein Vergnügen sein, Luce von diesen Fae zu befreien, Mattia."

Mein Atem stockt, als mir klar wird, was das bedeutet.

Der Krieg steht nicht mehr vor der Tür.

Der Krieg ist da.

KAPITEL 59

Ein Krieg, den wir gewinnen werden. Lores Knurren durchdringt mein Mark in dem Moment, als der Himmel explodiert.

Der Regen prasselt gegen die Kuppel, von der ich annahm, sie sei offen, doch offenbar ist sie es nicht.

Es sind Schutzzauber.

Ich blicke zu Lore auf, sprachlos angesichts seines Geständnisses. Mir war nicht bewusst, dass Crows Schutzzauber erschaffen konnten.

„Sie wurden von den Shabbins erschaffen", erklärt er.

Syb starrt so intensiv auf unsere verschränkten Hände, dass ihre Augen fast aus den Höhlen zu quellen scheinen.

„Wie wäre es, wenn wir uns alle setzen? Das Mittagessen ist serviert." Lore nickt zu einem der Gemeinschaftstische hinüber, der mit einer Fülle dampfender Gerichte gedeckt ist.

Mein Vater führt Gabriele, dessen Augen immer noch verbunden sind, und befiehlt ihm, *„Setz gefälligst deinen Fae-Hintern hin."*

Der Lucin-Kommandant gehorcht, tastet vorsichtig nach seinem Stuhl, bevor er sich darauf sinken lässt. „Ich verstehe, warum Ihr wollt, dass ich eine Augenbinde trage, Ríhbiadh, aber ich schwöre, ich werde Eure Geheimnisse nicht nach Hause tragen."

„Viele Männer haben mir Eide geschworen, Moriati." Lore führt uns zum Tisch. „Wenige haben sie gehalten, selbst wenn diese Versprechen in ihre Haut eingebrannt waren."

„Wie ist das möglich? Fae-Versprechen … ich meine *übernatürliche* Versprechen sind unauflösbar."

Lore zieht den Stuhl vor Gabriele heraus und deutet mir mit einem Kopfnicken an, mich zu setzen. „Die meisten zogen den Tod vor, anstatt ihre Schuld zu begleichen."

Gabriele holt scharf Luft, wahrscheinlich stellt er sich vor, wie sein Leben von einem eisernen Schnabel vorzeitig beendet wird.

„Wo ist Pheebs?", fragt Syb, im Begriff, sich neben mich zu setzen.

„Genau hier, *scazza.*" Sowohl Syb als auch ich wirbeln herum und sehen unseren Freund, der in dunklen Hosen und einem hauchzarten rosa Hemd dasteht, das das Blond seiner Haare betont. „Da das Frühstück nicht zu mir kam, musste ich eben zu ihm gehen."

Ich forme ein schnelles, *Tut mir leid*, mit den Lippen, gerade als Syb gegen seine Brust boxt und mit tränenerstickter Stimme murmelt: „*Scazza*, ernsthaft?", bevor sie ihre Arme um seinen Hals schlingt und seinen großen Körper an sich zieht.

Phoebus' Augenbrauen schnellen in die Höhe, als ein Schluchzen aus ihren Lippen bricht. „Hast du etwa erwartet, ich würde zu Fae-Trockenfleisch verarbeitet?"

Ein erneutes Schluchzen entfährt ihrer Kehle.

„Cauldron, das hast du wirklich gedacht ..." Er streichelt ihren Rücken. „Wie du siehst, lebe ich und bin in Bestform-"

„Riccio ist tot, Pheebs", weint sie. „Und Antoni ist verschwunden. Und Gia wurde verhaftet."

Phoebus' gute Laune verfliegt wie Fußspuren im nassen Sand und er blinzelt über Sybilles Kopf hinweg zu mir, bevor er seine Aufmerksamkeit Mattia zuwendet, der mit weißen Knöcheln die Rückenlehne eines Stuhls umklammert, den leeren Blick auf einen Teller geheftet.

Sobald Syb Phoebus loslässt, legt er seine Hand auf die Schulter des blonden Seemanns und drückt sie. „Mein Beileid."

Mattia schaut ihn nicht an, als er nickt. Die ruckartige Bewegung presst neue Tränen aus seinen geschwollenen Augen, die lautlos von seinem zitternden Kinn tropfen. Seine stille Trauer lässt mich die Haut über meinem Herzen kneten. Der einzige Muskel, der von den Aktivitäten der letzten Nacht unversehrt geblieben ist, schmerzt nun wie alles andere auch.

Phoebus' Blick gleitet über den Tisch, an dem verstreut Crows sitzen. Er lächelt Arin zu, die weiter hinten Platz genommen hat, da jeder Sitz in Lores Nähe von Mitgliedern der Siorkahd besetzt wird. Nun, außer dem, auf dem ich sitze.

Als Lore den Platz neben mir einnimmt, lässt sich mein Vater neben Gabriele nieder. Auf der anderen Seite des Kommandanten sitzt Erwin, ein Mann, ebenso riesig und furchteinflößend wie mein Vater. Der Fae wirkt wie eine Broschüre, eingeklemmt zwischen zwei wuchtigen Folianten. Mit seinen verbundenen Augen ist er sicher besser dran.

„Also, erzähl mir, Moriati", sagt Lore mit ruhiger Stimme, doch der Kommandant zuckt zusammen. „Warum hast du zwei Gesetzlosen zur Flucht verholfen? Was erhofftest du dir davon?"

„Nichts."

Lorcan reibt über die scharfe Kante seines Kinns. „Die Wahrheit."

„Das ist die Wahrheit. Glaubst du nicht, ich hätte mit ihnen verhandelt, wenn ich etwas gewollt hätte?" Nach einem tiefen Atemzug sagt Gabriele: „Gib mir Salz, wenn du mir nicht glaubst."

„Salz wirkt nicht mehr bei deinem König", entgegnet Lore, während Phoebus einen Stuhl zwischen meinen und Sybs zieht.

Gabrieles Adamsapfel hüpft. „Ich bin nicht Dante."

„Du hast also nicht dasselbe Gift zu dir genommen wie er?"

„Welches Gift?"

Lore beugt sich vor, sein Stuhl knarrt wie seine Lederrüstung. „Du bist sein Kommandant, oder etwa nicht?"

„Ich verstehe nicht …"

„Meine Kommandanten wissen alles, was ich tue."

Gabrieles Lippen pressen sich zusammen. „Dante und ich hatten in letzter Zeit einige Meinungsverschiedenheiten. Falls es dir entgangen ist, er hat erwogen, Dargento wieder einzusetzen."

„Das haben wir gehört." Lores feste Konturen verschwimmen und seine Schatten winden sich um mich, als wollten sie mich vor dem abscheulichen Kerl schützen. „Wo steckt dieser spitzohrige Dreckskerl eigentlich?"

„Bei Dante."

„Wo?"

„Mir wurde nicht gesagt, wo. Mir wurde nur aufgetragen, mit Tavo in Isolacuori zu bleiben, um die Stadt während der Abwesenheit des Königs zu schützen."

„Er muss großes Vertrauen in dich und Tavo haben, angesichts des Zustroms von Soldaten aus Nebba."

Gabrieles Wangen ziehen sich ein, als hätte er in etwas Saures gebissen. „Sie wurden hierher verlegt, um seine Verlobte zu beschützen."

Ich schnaube, was mir einige Blicke einbringt.

Mein Vater neigt den Kopf zur Seite. „Was ist los, *ínon*?"

„Roy schert sich keinen Deut um seine Tochter. Wahrscheinlich hat er sie hier stationiert, um einen Fuß in Luce zu behalten."

Gabriele fährt zusammen. „Fallon?"

„Hi, Gabriele."

„Du lebst?"

„Du hast mich *gerade* sprechen hören."

„Ich habe vergessen zu erwähnen" – Syb lehnt sich an Phoebus vorbei, um mich anzusehen – „dass die Bewohner von Lucin glauben, du seist umgekommen. Wir wussten dank Imogen, dass du es nicht bist." Ihr Blick wandert über den Tisch, bis er auf Aoife fällt, die neben Arin sitzt, mit steifem Rücken, steifem Nacken und steifem Kiefer.

„Glaubt Dante, dass ich tot bin?", frage ich, um die Aufmerksamkeit von ihrer verschwundenen Schwester abzulenken.

„Er ist derjenige, der die Meldung bekanntgegeben hat", erklärt Gabriele. „Er hat alle gewarnt, die Crows würden sich rächen. Darum hat Roy uns seine Truppen geliehen."

„Warum, glaubst du, ist mein Neffe untergetaucht, Fallon?", fragt Bronwen, als sie in die Markttaverne tritt. „Er mag vielleicht nicht den Befehl gegeben haben, dich zu töten, aber dein mutmaßlicher Tod geschah in seinem Teil des Reiches."

Mein Vater steht auf und geht an ihre Seite. Obwohl sie vielleicht nicht um Hilfe bittet oder meistens keine will, nimmt sie seinen angebotenen Arm an. Nachdem sie vor Mattia Platz genommen hat, kehrt Cathal zu seinem eigenen Stuhl zurück.

„Neffe?" Die Linie von Gabrieles Schultern ist so scharf wie die Spitzen seiner Ohren, die unter der Augenbinde hervorlugen. „Dante ist mit deinesgleichen verwandt?"

„Durch Heirat", antwortet Lore.

„Bist du eine der Schwestern seiner Mutter?"

„Ich war tatsächlich Auroras ältere Schwester. *Halb*schwester."

Gabriele holt tief Luft und stößt sie zusammen mit dem Namen aus: „Aurora? Ich dachte … ich dachte, sie wäre in den Flammen ihres Vaters umgekommen."

„Aurora ist in den Flammen ihres Vaters umgekommen; *ich* bin aus ihrer Asche auferstanden."

„Weiß Dante, dass du lebst?"

„Nein, und ich möchte, dass das so bleibt. Ich mag Costas uneheliche Tochter gewesen sein, aber ich war immer noch seine Tochter. Der Cauldron bewahre, dass Dante glaubt, ich begehre einen Thron, der ihm nicht einmal zusteht."

„Ich werde dein Geheimnis bewahren."

„Ich weiß, dass du das tun wirst. Ich habe dein Schicksal vorhergesehen."

Gabriele wird so blass wie Bronwens Augen. „Wie bitte?"

„Bronwen hat Visionen von der Zukunft." Lorcan fügt nicht hinzu, dass ihr das Wahrsagen von den Shabbins gewährt wurde.

„Was hast du vorhergesehen?", fragt Gabriele mit nervöser Stimme.

„Luce fällt dem rechtmäßigen König zu." Bronwens Blick gleitet über Lorcan, bevor er sich mir zuwendet.

Unsere Augen treffen sich, und obwohl Bronwen nicht in meinen Geist sprechen kann, höre ich die Gedanken, die sich hinter der wächsernen Haut ihrer Stirn zusammendrängen: Lores Zukunft hängt von mir ab, dem magielosen Mädchen, das einem unwürdigen Mann half, einen Thron an sich zu reißen, der ihm nicht zustand.

Ich richte mich auf. „Bronwen, kannst du sehen, wo Dante sich versteckt?"

Wenn sie es könnte, Behach Éan – Lores Rauch umschlingt meine geballten Finger, so glitschig und kalt wie die Schuppen von Minimus – ***würde sie es dir nicht sagen, denn sie und ich haben heute Morgen einen kleinen Handel abgeschlossen.***

Lore …

Habe ich einen Strich durch deine Pläne gemacht, meine Liebe?

Ich weiß, es kommt aus einem edlen Gefühl heraus, aber ja, die

Beschützerinstinkte meines Gefährten machen mir tatsächlich gewaltig einen Strich durch die Rechnung. ***Was, wenn das der einzige Weg ist, dich auf den Thron zu bringen?***

Seine Schatten ziehen sich zu einer Hand zurück, die meine Faust aufbiegt, um seine langen Finger mit meinen zu verschränken.

Ich würde lieber noch tausend Jahre ohne Thron leben als einen Tag ohne meine Gefährtin.

„Sie können miteinander sprechen, oder?“, höre ich Syb Phoebus zuflüstern, der wohl nickt, denn sie zischt: „Ich wusste es! Ich wusste es, verdammt noch mal.“

„Was hält die Zukunft für mich bereit, Bronwen?“, fragt Gabriele.

„Manchmal ist Unwissenheit ein Segen.“

„Sag es mir.“

„Nun gut.“ Sie seufzt. „Du wirst vor dem nächsten Vollmond sterben.“

Der Fae vor mir erstarrt, zusammen mit jedem Crow am Tisch. „Hast du dich jemals geirrt?“

„Nie.“

Als sich Gänsehaut über meine Haut ausbreitet, lockert Lore seinen Griff und beginnt, Kreise auf meine Handfläche zu zeichnen.

„Also werde ich diesen Berg in einem Leichensack verlassen?“ Gabrieles Stimme zieht meine Aufmerksamkeit auf sich. Die Aufmerksamkeit aller. „Ich nehme an, das stellt sicher, dass eure Geheimnisse sicher bleiben.“

Bronwen legt ihre Unterarme auf den Tisch, als wolle sie an Aoife vorbei einen besseren Blick auf Gabriele erhaschen. „Du wirst nicht durch unsere Hand sterben, Gabriele; du wirst durch die Hand deines Faegenerals sterben.“

KAPITEL 60

Gabriele hat seit Bronwens Ankündigung, Tavo würde sein Leben beenden, kein einziges Wort mehr gesprochen. Ich vermute, ich wäre auch nicht besonders gesprächig, wenn sie verkündet hätte, Syb oder Phoebus würden mir in den Rücken stechen und mich ins Jenseits … oder in die Unterwelt … schicken. Meine Seele ist schließlich auch nicht mehr ganz so rein. Sicher, ich habe Dargento noch nicht getötet, aber ich habe lange darüber nachgedacht.

„Was, wenn Gabriele hier im Himmelreich bleibt?", frage ich plötzlich.

Gabriele sieht auf – oder besser gesagt, er neigt den Kopf in meine Richtung. Er trägt immer noch eine Augenbinde.

Einige Crows zischen, als hätte ich vorgeschlagen, den Mann mit Obsidian zu bewaffnen.

„Du würdest seinen Tod nur hinauszögern", sagt Bronwen.

„Würde er willkommen sein, zu bleiben?", frage ich Lore.

Lore lässt seinen citringelben Blick über die Mitglieder seines Siorkahd schweifen. „Ich nehme an, eine Zelle" … ***eine echte*** … „könnte ihm zur Verfügung gestellt werden." ***Ich weiß, du vertraust dem Mann, aber er war Dantes rechte Hand. Bis ich herausgefunden habe, wo seine Loyalitäten liegen, werde ich ihn hinter Gittern halten.***

Gib ihm Salz.

Das werde ich. Irgendwann. Sobald ich sicher bin, dass keine Chemikalie mehr in seinem Blut ist.

Er sagte, er habe die Chemikalie nicht genommen.

Und warum sollte ich ihm glauben? Weil er dir ein einäugiges Pferd geschenkt hat?

Ich lasse das Thema fallen, weil ich seine Zurückhaltung verstehe, aber dann schießen meine Gedanken zu meinem Pferd Arina.

„Sie wird gefüttert", murmelt er leise. „Sybille ist auf ihr hier hoch geritten."

Meine Erleichterung, dass sie nicht zurückgelassen wurde, entfernt eine dünne Schicht des Lucin-Schmutzes, den die Ankunft meiner Freunde über meine Stimmung gespritzt hat. Ich beginne sogar zu lächeln, bis mir einfällt, dass Riccio es nicht geschafft hat, Gia in Fae-Gewahrsam ist, Antoni von diesen schwer ergründbaren Tunneln verschluckt wurde, über die ich immer noch nichts weiß, und Imogen zusammen mit dem menschlichen Rebellenführer verschwunden ist.

Die Kreise, die Lore auf der Innenseite meiner Hand zieht, werden enger. „Cathal, nimm ihm die Augenbinde ab, aber seine Handgelenke bleiben gefesselt."

Sobald das Tuch entfernt ist, blinzelt Gabriele und starrt dann.

„Nicht das, was du erwartet hast, Moriati, oder?", fragt Phoebus.

Gabrieles graue Augen treffen auf Phoebus. Als er den Kopf schüttelt, wandert seine Aufmerksamkeit zu mir. Ich lächle, bin mir aber nicht sicher, ob er es bemerkt, weil Lores Schatten sich vor mir verdichten.

Ich kämpfe mich durch sie hindurch, aber sie verweilen, ein Schleier legt sich zwischen Gabriele und mich. ***Was machst du da? Er weiß, dass ich lebe und es mir gut geht.***

Warum muss er dann starren?

Ich verenge meinen Blick auf die dunklen Schwaden. ***Er ist wahrscheinlich überrascht, mich an deiner Seite sitzen zu sehen. Genauso wie deine Leute überrascht waren, als du meine Hand genommen hast.***

Sein leises *Hmpf* lässt mich lächeln, bis er sagt, **Unsere *Leute*.** Nachdem er wieder zu Fleisch geworden ist, greift Lore nach einer Schüssel mit einer Mischung aus Gerste und grünem Gemüse und zieht sie zu uns herüber.

„Lass uns essen!" Er schöpft etwas auf meinen Teller, dann auf seinen, und häuft dann noch viele weitere Dinge auf die dunkle Keramik vor mir. „Bist du hungrig, Moriati?"

„Nicht hungrig genug, um mich füttern zu lassen."

„Ich könnte deine Hände vor dir fesseln, damit du sie benutzen kannst."

Gabriele seufzt. „Das wird nicht nötig sein. Die Nachricht von meinem Tod hat mich erledigt ..." Seine Stimme erstirbt, als sein Blick auf Bronwen fällt, die Frau, die vom Feuer gezeichnet wurde.

„Schön", murmelt Lore. „Das solltest du ihr sagen. Ihr wird die Metapher gefallen."

Ich bezweifle es. Meine Tante mag mich nicht besonders.

Lore wendet sich mir ganz zu. „Warum sagst du das?"

Ich hebe eine Augenbraue. ***Sie redet mit mir, als wäre ich ein Kleinkind.***

Gib ihr Zeit. Sie war seit fünf Jahrhunderten ohne ihren Gefährten. Das hinterlässt selbst in den gütigsten Herzen Spuren.

„Was würde geschehen, sollte der General sterben, Bronwen?", fragt Phoebus. „Würde das Gabrieles Schicksal ändern?"

Sie stellt ihr Wasserglas ab und schluckt. „Nein." Dann wandert ihr Blick zu Gabriele, der in seinem Stuhl zurückzuweichen scheint. „Du wirst einen heldenhaften Tod sterben. Ich stelle mir vor, das macht es nicht leichter, dein Schicksal zu akzeptieren, aber wisse, dein letzter Atemzug wird nicht umsonst sein."

Gabriele senkt den Blick auf ein Rad Käse mit einer so purpurnen Rinde, dass das cremige Innere ähnlich farbig erscheint. Hat Bronwens Prophezeiung begonnen, seine Meinung über Tavo und Dante zu färben, oder hatte er bereits den Glauben an ihre Menschlichkeit verloren, als sie an die Macht kamen und sich wie Despoten aufzuführen begannen?

Lore lehnt sich in seinem Stuhl zurück und überschlägt die langen Beine. „Ich verstehe deinen Schmerz, Moriati. Mein General, Costa Regio, hat mir vor fünf Jahrhunderten in den Rücken gestochen. Natürlich hatte er dabei Hilfe in Form seiner Shabbin-Geliebten. Dennoch hat sein Verrat einen furchtbaren Geschmack in meinem Mund hinterlassen."

Wenn Gabriele die Parallele als unfair empfindet, da Lore immer noch Atem in den Lungen hat, widerspricht er nicht, starrt nur den Käse vor sich an, als wäre es das Gesicht seines Henkers.

„Ich habe ein Angebot für dich. Eines, das es dir erlauben würde, so lange im Himmelreich zu bleiben, wie du möchtest."

„Was ist mit der Prophezeiung?"

„Auch wenn ich keine falschen Hoffnungen wecken möchte, sind wir doch immer noch Herren unseres Schicksals. Zumindest ist das meine Überzeugung."

Bronwens faltige Haut legt sich in noch mehr Falten. Offensichtlich teilt sie Lorcans Ansicht nicht.

„Du wirst mich also in einer Zelle lassen, bis ich beschließe, bereit zu sein, zurück in die Fae-Lande zu gehen, um meinen Heldentod zu sterben?" In Gabrieles Stimme hat sich ein bitterer Unterton eingeschlichen, den ich bei dem sonst so beherrschten Fae noch nie gehört habe.

„Diese Lande werden nicht mehr lange den Fae gehören. Sobald sie wieder unser sind, werde ich mich um die Auflösung von Dantes Herrschaft kümmern."

Ich vermute, dass ‚Auflösung' ein Euphemismus für Lorcans wahre Absicht ist, aber ich nehme an, seine wahren Pläne könnten einen Fae erschrecken.

„Was deine Unterbringung angeht, wird es zunächst eine Zelle sein, doch sobald du dich als Freund meines Volkes erwiesen hast" – Lore deutet auf die Fae neben mir – „wirst du frei unter ihnen wandeln können."

Gabrieles zinnfarbener Blick löst sich schließlich von dem leblosen Stück gereiften Ziegenkäses. „Was bietest du mir an, Lorcan?"

„Meinen Schutz als Gegenleistung für die Geheimnisse der Lucin-Krone. Alle."

Gabriele schließt die Augen.

„Du solltest dich nicht in Prophezeiungen einmischen, *Mórrgaht*." Bronwens Stimme ist leise, peitscht aber wie eine Gerte über den Tisch. „Du wirst den Großen Cauldron erzürnen, der mit einem grausameren Schicksal zurückschlagen wird."

„Wollte ich deine Meinung hören, wie ich mein Königreich regieren soll, Bronwen, hätte ich danach gefragt." Lores scharfe Erwiderung bringt Bronwen augenblicklich zum Schweigen.

„Wie du meinst." Sie erhebt sich vom Tisch und macht sich ohne jemandes Hilfe – vielleicht gerade weil ihr diesmal niemand Unterstützung anbietet – auf den Weg zum gigantischen Torbogen von *Murgadh'Thábhain.*

Ich beobachte sie, bis ihre Gestalt von den Schatten verschluckt wird. Ich verstehe, dass sie eine Gabe erhalten hat, die sie zum Wohle von Lores Volk einsetzt, doch als ernannte Seherin sollte man nicht das Recht haben, seinen König zu missachten, schon gar nicht in Gegenwart anderer.

Ich kaue auf meiner Lippe, als mir die vielen Male in den Sinn kommen, bei denen ich Lorcan vor seinem Volk respektlos behandelt habe. Ich schicke eine schnelle, aber aufrichtige Entschuldigung durch unsere Verbindung.

Obwohl er nicht mit Worten antwortet, ergreift er meine Hand von meinem Schoß und hüllt sie in seine ein. „Also, Gabriele? Wirst du mit uns zusammenarbeiten oder gegen uns?"

„Mit euch, Lorcan Ríhbiadh des Himmels."

KAPITEL 61

Lore entscheidet sich dafür, das Gespräch an einen privateren Ort des Königreichs zu verlegen – in seine Gemächer. Obwohl er mich einlädt, ihn zu begleiten, entscheide ich mich dafür, Zeit mit Sybille und Phoebus zu verbringen. Ich werde später alles hören, was Lorcan in Erfahrung gebracht hat, sobald er Gabrieles Geist wie eine Zitrone ausgepresst hat.

Ich rümpfe die Nase bei der Vorstellung.

„Ach komm schon, so *widerlich* ist das nun auch wieder nicht", sagt Phoebus, und ich denke, er muss Sybille meinen, da ich seit einigen Minuten nichts mehr gesagt habe, aber als ich bemerke, dass beide in meine Richtung schauen, wird mir klar, dass sie mein Stirnrunzeln fälschlicherweise als Reaktion auf eines ihrer vielen Gesprächsthemen deuten.

Mein Verstand ist durch die emotionalen Turbulenzen des Tages so durcheinander, dass es mir schwerfällt, alles im Blick zu behalten. Es hat nicht geholfen, mich zweimal in Lorcans Räume für Kriegsvorbereitungen zu projizieren, was mich mehr erschreckt hat als ihn. Nach schnellen Berührungen an meinem Gesicht und Hals, um meinen rasenden Puls zu beruhigen, und gemurmelten Versprechen, später alles zu erzählen, kehrte ich in meinen Körper zurück, der gegenwärtig zwischen Sybille und Phoebus auf meinem Bett eingekeilt ist.

Ein Bett, das so stark nach Lorcan riecht, dass mein Geist, wenn er sich nicht gerade in Lores Gemächer begibt, begonnen hat, den Abend Revue passieren zu lassen.

„Tut mir leid, aber was ist nicht so widerlich?", frage ich.

„Ein Finger im Hintern", sagt Syb.

Meine Wangen glühen so heiß, dass ich versucht bin, mich von den beiden Körpern wegzurollen, die mich einklemmen.

„Ich persönlich bin kein Fan davon", fügt sie hinzu, „aber Mattia schon."

Ich rümpfe die Nase. „Das hätte ich nicht wissen müssen."

„Doch, das musstest du, Picolina."

„Warum muss ich Mattias Vorliebe kennen, Pheebs?"

Er grinst. „Ich meinte den Teil mit dem *einen Mann am Hintern berühren.*"

Ich versuche, zwischen ihnen herauszurutschen, bevor ich vor lauter Erröten zu schwitzen beginne, aber die Matratze ist so weich, dass ich nur tiefer einsinke.

„Machen wir dich etwa heiß und verlegen?" Phoebus lacht beinahe.

„Nein", erwidere ich, während mein Gesicht glüht. „Dieses Bett ist riesig. Müsst ihr mich so bedrängen?"

Phoebus dreht sich auf die Seite, und Sybille ebenfalls. Beide legen einen Arm um meinen Oberkörper, strecken ihre Hände aus, um die Taille des jeweils anderen zu erreichen, bis wir so eng zusammengebunden sind wie der Crow-Wälzer auf meinem Nachttisch.

„Und manche Männer mögen mehr als nur einen Finger …"

„Phoebus", zische ich.

„Ich versuche nur, euch Damen den Weg zum …"

„… Hintern?", wirft Syb ein.

Er wirft ihr ein schiefes Grinsen zu. „Ich wollte *Herz eines Mannes* sagen."

„Sicher wolltest du das." Sybille lässt ein klappriges Lachen hören, das zu schnell verklingt und von einem herzzerreißenden Schluchzen abgelöst wird.

Obwohl das Gespräch über Sex ihre Idee war – eine Möglichkeit, nicht nur die Gedanken an ihre Schwester und Riccio zu verdrängen, sondern auch alles zu erfahren, was ich über meine aufkeimende Beziehung zu Lore zu erzählen bereit war – hat es ihren Kummer und ihre Angst nicht ausgerottet, sondern lediglich unter einer dünnen Schicht begraben.

„Götter, ich habe uns vermisst", krächzt sie.

„Ich habe uns noch mehr vermisst", werfe ich ein.

„Ich habe uns am allermeisten vermisst." Phoebus wirft mir einen Blick zu. „Schließlich war ich der Verbannte aus dem Hochland." Zweifellos will er verärgert wirken, aber seine Augen sind so feucht, dass sie nicht seinen Ärger, sondern nur seine Liebe widerspiegeln.

Obwohl ich mich kaum bewegen kann, beuge ich meine Arme und umklammere die Unterarme der beiden. „Auf dass wir nie wieder getrennt sein werden."

„Hört, hört", sagen sie wie aus einem Mund.

Unsere Umarmung wird fester, und obwohl ich weiß, dass das Leben uns dazwischenkommen wird, denn das Leben tut das immer, bete ich zum Cauldron, unsere Freundschaft möge noch Jahrhunderte überdauern.

Als Syb anfängt, still zu weinen, lasse ich Phoebus' Arm los, drehe mich auf die Seite und schlinge beide Arme um ihren zitternden Körper, um sie an mich zu ziehen. Dann zieht Phoebus uns beide an sich.

Wir müssen eingeschlafen sein, alle miteinander verschlungen, denn plötzlich schlagen meine Lider hoch, weil eine Bewegung in der Luft mich weckt.

Mondlicht umspielt die dunklen Konturen der Lederrüstung meines Gefährten und lässt seinen goldenen Blick aufleuchten, während er mit einem sanften Lächeln über meinem Bett steht und uns betrachtet.

Ich wollte dich nicht wecken, kleiner Vogel.

Meine Freunde müssen seine Anwesenheit spüren, denn beide regen sich. Phoebus lässt sich mit einem Stöhnen auf den Rücken fallen, während Syb sich die geschwollenen Lider reibt.

„Oh meine Götter" – sie richtet sich auf – „wie spät ist es?"

„Kurz vor zehn Uhr abends", antwortet Lore.

„Ugh. Ich bin die schlimmste Freundin. Ich hätte Mattia nicht so lange allein lassen sollen." Sie dreht sich zu mir um, beugt sich vor und drückt mir einen Kuss auf die Wange. „Hab dich lieb. Egal zu welcher Stunde, weck mich zum Frühstück, ja?" Sie wirft Phoebus einen Luftkuss zu, bevor sie in ihrem zerknitterten roten Kleid aus dem Bett springt und zur Tür geht. „*Mórrgaht*, gibt es schon Neuigkeiten von Cian?"

„Leider noch nicht. Sobald ich etwas höre, sage ich es dir."

„Egal, wie spät es ist." Ihre Stimme bebt vor Sorge.

„Egal, wie spät es ist, Sybille."

Seufzend murmelt sie: „Gute Nacht, Lore. Und danke, dass wir bleiben dürfen."

Lorcan nickt, aber seine Augen weichen nicht von mir. Sie bleiben auf mich gerichtet.

Phoebus fährt sich durchs Haar. „Nun, ich werde dann mal gehen." Er erhebt sich vom Bett, greift nach dem Buch auf meinem Nachttisch, zögert dann einen Moment und lässt seinen Blick zwischen Lore und mir hin- und herwandern, während er das Buch von einer Hand in die andere wechselt. „Ab in die Taverne mit mir." Und doch geht er nicht. „Du bleibst doch, oder, *Mórrgaht*?" Ich dachte, er hoffte, einen Blick auf Lore beim Entkleiden zu erhaschen, aber nein … mein wunderbarer Freund vergewissert sich, dass ich nicht allein bleibe.

„Ich bleibe. Wenn Fallon es erlaubt."

Ich verdrehe die Augen. Als ob ich ihn wegschicken würde. Selbst wenn er nur bliebe, um über Fae zu meckern, hätte ich es lieber, dass er es hier tut.

Meckern?

Ich lächle. ***Lass mich raten … echte Könige meckern nicht?***

Sein Lächeln wird breiter.

„Also gut, dann. Viel Spaß, Kinder." Phoebus schlägt sich die Hand vor den Mund. „Das habe ich jetzt nicht gesagt. Meine aufrichtige Entschuldigung."

„Dir sei verziehen." Lores Finger haben bereits begonnen, seine Rüstung zu öffnen. „Aber nur, wenn du dich auf der Stelle verziehst."

Phoebus verschwindet so schnell, dass seine Umrisse verschwimmen.

„Musst du wirklich meine Freunde erschrecken, Lore? Kannst du dich nicht damit begnügen, nur deine Feinde in Angst und Schrecken zu versetzen?"

„Ich habe einen Ruf zu wahren, *mo khrà*."

Ich schüttle den Kopf, doch ein Lächeln stiehlt sich auf meine Lippen. Ein Lächeln, das er erwidert. Als seine Kleidung fällt, senkt sich auch mein Blick und damit der Schwung meiner Lippen, denn ein Kunstwerk kann man nicht angrinsen. Man kann nur ehrfürchtig staunen.

Lore sieht aus, als wäre er aus dem sternenübersäten Fels seines Königreichs gemeißelt: seine silbernen Narben Schläge eines Meißels, sein Blut Adern kostbarer Mineralien, sein Haar Strähnen des Nachthimmels und seine Augen Goldnuggets. Selbst sein Duft scheint dem Berg und dem Himmel entsprungen zu sein, über die er gebietet.

Er kniet sich ans Fußende des Bettes, sein dicker Schwanz wippt zwischen seinen muskulösen Schenkeln, zerrt an der Luft, während er an meinem bekleideten Körper hinaufklettert. „Morrígan, wie ich dich vermisst habe“, raunt er, während er die scharfe Spitze seiner Nase von meinem Bauchnabel bis zur Kuhle meines Schlüsselbeins gleiten lässt. Er zieht eine Spur von Küssen meinen Hals entlang, jede sanfte Berührung seiner Lippen entlockt mir ein leises Stöhnen, das die dunkle Luft erzittern lässt.

Als er die Spitze meines Kinns erreicht und meine geöffneten Lippen berührt, brennen meine Lungen von der Geschwindigkeit meines Atems und mein Brustkorb schmerzt vom rasenden Schlag meines Herzens.

Als er seine Lippen auf meine legt, zerfließe ich zu einer Pfütze der Sehnsucht.

Ich hebe meine Hände und fahre mit den Nägeln um seine nackte Taille, genieße das Gefühl, wie sich seine Haut kräuselt. An der Basis seines geraden Rückgrats angelangt, kann ich mich nicht entscheiden, ob ich nach oben oder unten weiterwandern soll. Ich will ihn überall gleichzeitig berühren. Ich presse meine Handflächen auf seine Haut, teile meine Kräfte auf. Eine Hand gleitet nach oben, die andere nach unten. Seine Muskeln spannen sich unter meinen Fingerspitzen an und er stöhnt in meinen Mund, vertieft das Wirbeln seiner Zunge.

Sich mit einem Arm abstützend, greift er nach unten, öffnet meine Hose und schiebt seine Hand in meine Unterwäsche. Als er entdeckt, wie feucht der Stoff ist, entfährt ihm ein weiteres Stöhnen, das beinahe animalisch klingt.

Ohne den Kuss zu unterbrechen, taucht er einen Finger in meine Hitze und zieht ihn wieder heraus. ***Tut es weh?*** flüstert er in meinen Geist.

Nein, presse ich hervor.

Er versenkt einen weiteren Finger in mir und ein Schrei löst sich von meinen Lippen, durchbricht unseren Kuss. Er muss spüren, dass es ein Schrei der Lust ist, denn zu meiner absoluten Freude wiederholt er die Stöße noch mehrmals.

Sobald seine Finger von mir benetzt sind, fährt er mit ihnen über dieses magische Knötchen.

Öffne deine Augen, mo khrà, damit ich sehen kann, wie dein Herz für mich schlägt.

Durch meine … Augen? Ich bin irgendwie klar genug, um zu fragen, obwohl meine Gedanken so aufgewühlt sind wie die Gewässer von Monteluce.

Deine Pupillen weiten sich, wenn du mich begehrst.

Ich begehre ihn so sehr, dass meine Pupillen das Weiß meiner Augen überflutet haben müssen. Mein Gedanke, oder vielleicht der Umfang dieser schwarzen Punkte, lässt ein flüssiges Lächeln über Lores Mund und in seine Augen fließen.

Er verlangsamt seine Liebkosungen und ich schmolle. ***Lore, bitte …***

Lachend küsst er den Winkel meines Kiefers, taucht seine Finger wieder in mich ein, dann verteilt er die Feuchtigkeit auf meiner verhärteten Knospe, reibt und rollt, bis ein Orgasmus meine Wirbelsäule hinaufzuckt und einen lauten Atemzug aus meinen Lungen reißt. Es ist so intensiv, dass es sich anfühlt, als hätte ich meinen Körper verlassen und wäre zu den fernsten Weiten des Universums gereist.

Als er beginnt, mich wieder zu liebkosen, möchte ich fast sein Handgelenk festhalten. Mein Fleisch ist so wund, dass sich seine Finger wie mit Krallen besetzt anfühlen, aber dann verlangsamt er seine Berührungen und der oberflächliche Schmerz verwandelt sich in erneutes Verlangen. Meine Finger graben sich in seine Haut, gleichzeitig wie seine sich in mich graben, spielen mit meinem empfindlichen Fleisch mit solcher Geschicklichkeit, dass ich innerhalb von Sekunden wieder fortgerissen werde, an diesen Ort aus Zucker und Sonnenschein, wo nur Lore und ich existieren.

Der Mann küsst die Wölbung meines Halses, während er meine Hose packt und sie herunterzieht. Ich hebe mich an, damit er nicht das Bedürfnis verspürt, sie zu zerreißen. Sobald er sie und meine Unterwäsche abgerollt hat, nimmt er seine verhärtete Länge in die Hand und reibt sie gegen meine nassen Falten.

Ich stöhne, als seine seidige Spitze zwischen meinen Lippen pflügt und meinen Orgasmusschalter umlegt. Ich komme. Ich bin unsicher, wer von uns beiden mehr überrascht ist, dass ich gekommen bin, aber Lore blinzelt mich an, während ich versuche, mein Herz zu orten, das sich aufgelöst zu haben scheint, denn es schlägt überall.

Er presst seinen Mund auf meinen. ***Ich muss in dir sein, Behach Éan.***

Ich brauche dich in …

Mit einem Stoß seiner Hüften dringt er ganz ein – mit jedem dicken Zentimeter, und beim Heiligen Cauldron, davon gibt es viele, viele.

Ich liege einfach da, betäubt. Und voll. Wirklich, *wirklich* voll. „Warst du gestern auch so groß?"

„Ich bin ziemlich sicher, dass ich vor ein paar Jahrhunderten überall aufgehört habe zu wachsen."

„Na gut, dann …" Als er sich immer noch nicht bewegt, wahrscheinlich aus Angst, es könnte mein Inneres zum Bersten bringen, frage ich: „Hast du vor, den Toten zu spielen?"

Der Mann blinzelt mich an und dann lacht er, dieses schöne, dröhnende Lachen von ihm, das in jeder Ecke meines Schlafzimmers und meines Körpers widerhallt. Als er beginnt, seine Hüften zu bewegen, gleitet seine Länge so geschmeidig hinein und heraus, dass es sich anfühlt, als wäre er von Öl benetzt.

Ich bin von dir benetzt.

Das geschmeidige Gleiten unserer Haut lässt meine Wangen erglühen.

Er stützt sich auf einem Arm ab, während er eine Hand über meine Vorderseite gleiten lässt, über meine aufgerichteten Brustwarzen. Als er den Saum meines Shirts erreicht, schiebt er es hoch, um meine Brüste zu enthüllen, die er mit großer Zuneigung betrachtet. Ich kann sehen, wie sehr er sich danach sehnt, an ihnen zu saugen, und es kostet ihn alles, sie nicht in den Mund zu nehmen. ***Eines Tages, kleiner Vogel, werde ich an diesen hübschen rosa Nippeln schlemmen.*** Er wiegt seine Hüften stetig – weder schnell noch langsam – sondern eher wie ein Mann, der es nicht eilig hat, dass dies endet.

Seine Finger folgen der Linie meines Rippenbogens, bevor sie weiterwandern. Als er meine geschwollene Knospe erreicht, zwickt er sie, was mich um ihn herum enger werden lässt.

Focá. Er zwickt mich wieder und wieder, und mein Inneres umklammert seinen Schwanz.

Er knurrt eine Reihe unverständlicher Worte und beschleunigt das Tempo seines Daumens und seiner Hüften. Als meine Muskeln sich zusammenziehen und ich seinen Namen rufe, stöhnt er. Und dann gleitet er vollständig aus mir heraus und bewegt sich an meinem Körper hinab, ersetzt sein hartes Glied durch seine Zunge.

Mórrígan, wie ich den ganzen verdammten Tag danach gelechzt habe, deine süße Spalte zu küssen. Er spreizt meine Schenkel weit und leckt mich, schlingt meinen Geschmack gierig in sich hinein.

Mein Blut brennt so heiß, dass meine Venen sich verbrannt anfühlen und meine Lungen wie nutzlose Aschehaufen. Während er gegen mich stöhnt und das Durcheinander zwischen meinen Schenkeln genießt, verkrampft sich mein Inneres und füllt seinen Mund aufs Neue. Er leckt, bis er jeden letzten Tropfen aufgesogen hat, dann richtet er sich auf die Knie auf, packt meine Hüften und dreht mich auf den Bauch.

Er greift nach einem Kissen und schiebt es unter meinen Bauch, dann umfasst er meine Hüften und zieht die Spitze seines Schwanzes entlang der Furche meines Pos. Er sollte besser nicht darüber nachdenken, ihn *dort* hineinzustecken. Es ist mir egal, was meine Freunde behaupten. Ich bin nicht bereit, aufgespießt zu werden, besonders da Lores Schwanz eher einem Unterarm gleicht als einem zierlichen Finger.

Er lacht, der Klang tief und samtig. ***Ich verspreche, heute Nacht nicht in diese Öffnung einzudringen.***

Oder an irgendeinem anderen Abend. Ich versuche, den Hals zu drehen, um ihn besser sehen zu können. ***Oder Tag, was das betrifft.***

Ich schwöre, deinen Hintern nur mit deiner Zustimmung zu dehnen, mo khrà.

Anders als zuvor dringt er langsam in mein Inneres ein. Mein Körper beginnt zu summen, als er sich in trägen Stößen bewegt, denn dieser neue Winkel fühlt sich … himmlisch an. Seine Daumen drücken die Basis meiner Wirbelsäule und kneten, und Santo Caldrone, ich sehe Sterne, nicht aus meinem Fenster, sondern auf der Rückseite meiner Lider.

Lore, stöhne ich, während die imaginären Sterne durch meinen Verstand ziehen.

Komm mit mir, Behach Éan. Seine Hüften bewegen sich in einem schnellen Rhythmus, treffen mich immer wieder an dieser empfindlichen Stelle, bis sich mein Bauch zusammenzieht wie eine Faust und ich seinen Namen für sein gesamtes Königreich herausschreie.

Unser *Königreich,* knurrt Lore, ein dünner Schweißfilm auf seiner Stirn. „*Unser*", wiederholt er, diesmal laut, sein Timbre so rau wie sein Tempo.

Ich schlucke. Das Biest, das mich liebt, mag mein König sein, aber ich bin noch nicht seine Königin.

Heute, Behach Éan. Heute werden wir … Mit schwarz beschatteten Augen stößt er ein letztes Mal zu und verharrt. Nur der in mir vergrabene Teil von ihm bewegt sich, zuckt, während er sich in langen, feurigen Schüben in mich ergießt.

Ist es seltsam, dass ich sogar das Gefühl liebe, wie er meine inneren Wände mit seinem Samen bemalt?

Das werden wir heute beheben, raunt er, während seine Daumen weiterhin Bögen über die Basis meiner erschlafften Wirbelsäule ziehen.

Mein Gehirn muss zu Brei geworden sein, denn ich kann beim

besten Willen nicht herausfinden, was wir beide
beheben müssen.

Jeder Muskel spannt sich unter seiner perlmuttfarbenen Haut an, als er sich über mich beugt, um einen Kuss auf mein Schulterblatt zu drücken. ***Dich zu meiner Königin zu machen.***

KAPITEL 62

Nachdem Lorcan Ríhbiadh beschlossen hat, dass heute meine Krönung stattfinden soll, setzt mein Herz aus und hat nicht wieder zu schlagen begonnen. Er liegt immer noch über mir, sein Glied erschlafft, im Gegensatz zu seinem Entschluss, mir eine Krone aufs Haupt zu setzen.

Er fragt mich, wo ich die Zeremonie bevorzugen würde – entweder in der Markttaverne oder im Obstgarten, da dies die größten Räume im Königreich sind.

Meine Zunge muss mit meinem Gaumen und meine Gedanken mit meinem Schädel verschmolzen sein, denn ich schaffe es nicht, ihm zu antworten, weder laut noch über die Gedankenverbindung.

Lore hört plötzlich auf, hektisch zu planen, hört auf, meinen Rücken zu kneten, hört auf, meine Schulter mit Küssen zu bedecken. „Willst du nicht meine Königin sein, Behach Éan?“

Ich drehe mich um, entziehe mich ihm, um mich auf den Rücken zu rollen. Mein Schweigen hat die Maske der Zuversicht, die Lore ständig trägt, zerfetzt. Ich hebe meine Hand zu seiner Wange und streiche über die dort tätowierte Feder. „Ich möchte nichts mehr, aber ich möchte es nicht heute. Ich möchte, dass Nonna und meine Mutter – *Mütter* – anwesend sind. Ich möchte auch, dass Gia dabei ist. Ich möchte außerdem, dass Dante fort ist, damit Luce nur uns gehört, Lore. Und auch wenn dir das albern vorkommen mag …“

„Nichts, was du dir wünschst, erscheint mir jemals albern.“

Meine Kehle schnürt sich vor Rührung zu. Ich muss schlucken, um die Gründe für mein Zögern laut auszusprechen. „Ich möchte meine Magie freigesetzt haben. Ich möchte den Thron verdienen, nicht weil der Cauldron mich zu deiner Gefährtin gemacht hat, sondern weil ich mir meinen Platz an der Spitze verdient habe.“

„Du hast dir deinen Platz bereits verdient. Du hast mich wieder zum Leben erweckt.“ Die Ränder seines Selbstvertrauens festigen sich, wie die Konturen seines Körpers, die begonnen hatten sich aufzulösen, und ein anderer Teil von ihm. „Aber ich verstehe auch, warum du warten möchtest, meine Liebe.“ Er öffnet meine Lippen mit seinem Mund und dann meine Spalte mit seinem Glied.

Da sein Samen noch nicht aus mir herausgetropft ist, weil das Kissen unter meinen Hüften liegt, gleitet er direkt hinein. Mein Bauch spannt sich an, als er seine ganze Länge in mir versenkt, und verkrampft sich noch mehr, als er sich zurückzieht und mich mit der köstlichen Reibung verwöhnt, nach der er mich langsam süchtig macht.

Dieses Mal verlässt sein Mund meinen nicht, während er Liebe mit mir macht. Er küsst mich sanft, von einem Mundwinkel zum anderen. Er lässt keinen Millimeter Haut unberührt, weder in meinem Gesicht noch am Rest meines Körpers. Seine Fingerspitzen streichen über meine Rippen, folgen ihren Kurven, bevor sie sich zu jedem Teil von mir vorwagen, den er erreichen kann.

Sein Duft vertieft sich, als seine Haut sich erhitzt, und kleine Perlen aus kohlestaubgesprenkeltem Salz rollen in unsere verschmolzenen Münder. Ich schmecke jeden Schlag seines Herzens, während er mich mit langsamen, kostbaren Schwüngen seiner Zunge küsst. Ich kann mich nicht entscheiden, ob ich dieses bedächtige Tempo seinem rauen vorziehe. Beide treiben meinen Puls in den Wahnsinn. Er umkreist die runde Form meiner Brüste mit der kühlen Kuppe seines Fingers, seine Kreise ziehen sich zusammen wie mein Atem, als er das rosigere Fleisch erreicht, gekrönt von gehärteten Perlen.

Meine Lungen schnüren sich zusammen, als ein tiefer, heißer Druck sich sowohl in meinem Inneren als auch in meiner Brust aufbaut. Sein Name formt sich in meiner Kehle und klettert auf meine Zunge, aber er wischt ihn weg, bevor ich ihn aussprechen kann.

Obwohl mein Höhepunkt intensiv ist, entrollt er sich wie ein flüchtiges Wollknäuel, der immer weiter und weiter rollt, bis meine Glieder sich ganz weich anfühlen. Ich komme immer noch, als seine Hüften und sein Mund endlich stillhalten und er sich lautlos in mir ergießt.

Ich treibe dahin, berauscht von ihm und seinem wunderschönen Mund und seinen gleichmäßigen Atemzügen und seinen sinnlichen Händen und seinem wundervollen Schwanz. Götter, zu denken, dass ich das vielleicht für immer tun darf.

Er löst seinen Mund so plötzlich von meinem, dass es sich anfühlt, als hätte er eine Schicht meiner Haut abgezogen. „Es gibt kein *vielleicht*, Behach Éan."

Ich vergrabe meine Hand in seinem Haar, das so wild ist wie die Augen, die mich durchbohren, und ziehe seinen Kopf zurück zu mir, damit er das Aufflackern der Angst nicht bemerkt, das jedes Mal aufblitzt, wenn ich an die Zukunft denke.

So vieles könnte schiefgehen, denkt die Fallon, die verraten und zermalmt und mit einem vergifteten Pfeil beschossen wurde.

Ich sehne mich nach der optimistischen Version meiner selbst, aber sie starb an dem Tag, als Lorcan ins Leben zurückkehrte.

***

Stunden später, als wir im Dunkeln liegen, mein Kopf in seine Schulterbeuge gebettet, meine Beine mit seinen verschlungen, meine Finger über seiner vernarbten Brust verflochten, frage ich ihn schließlich, ob Gabriele etwas Neues auf den Tisch gebracht hat.

„Dante hat ihn im Dunkeln gelassen. Er wusste nicht einmal, dass Tunnel unter dem Königreich existieren."

„Glaubst du, er hat ihn im Dunkeln gelassen, weil er ihn für zu schwach und vertrauensunwürdig hielt?"

Obwohl mein Blick auf unsere verschränkten Finger geheftet bleibt, spüre ich, wie seiner über meine Stirn streift und verweilt. „Warum sonst?"

„Du hast mich einst im Dunkeln gelassen, um mich zu beschützen."

„Du verletzt mich, kleiner Vogel. Mich mit diesem rückgratlosen, hinterhältigen Kerl zu vergleichen, dem niemand außer sich selbst etwas bedeutet." Er fährt mit seinen Fingern durch meine feuchten Locken, die er zuvor gewaschen hatte, während wir in meiner Wanne badeten.

Es war himmlisch – sowohl das Bad als auch das Gefühl von Lores langen Fingern, die meine Kopfhaut massierten. Ich könnte mich daran gewöhnen, wie sehr er mich verwöhnt. „Er und Gabriele standen sich einst wirklich nahe, Lore. Es scheint, als wäre er immer noch dick mit Tavo befreundet."

„Und merk dir meine Worte, er würde Tavo wahrscheinlich im Handumdrehen beseitigen, würde sich der Feuer-Fae seinem Willen widersetzen." Er löst unsere Hände, um sich mit der Handfläche übers ungeschminkte Gesicht zu reiben. „Als Mórrígan mich erschuf, mir die Verantwortung für ein Königreich gab, brachte ich nicht nur meine Freunde mit, sondern hielt sie auch nah bei mir, weil sie Integrität und Loyalität im Überfluss besaßen und nie zögerten, mich auf den Boden der Tatsachen zurückzuholen, wenn mein Ego es nötig hatte. Besonders dein Vater." Greifbare Zuneigung färbt seinen Ton.

„Wie viele deiner Crows sitzen hinter den Schutzzaubern fest?", frage ich und fahre mit dem Finger über die silberne Narbe unter seiner dunkel verfärbten Brustwarze.

„Zu viele."

„Mehr als die Hälfte?"

„Weit mehr als die Hälfte. Bevor ich mich Marco ergab, damit er die Menschen in der Höhle verschont, drängte ich mein Volk, nach Shabbe zu fliehen. Nur die Sturköpfe blieben." Seine Haut ist wieder kalt, so klamm wie seine Stimme.

„Die Tunnel … Planst du, sie zu stürmen?"

„Wir haben es versucht." Er schluckt. „Wir können sie nicht betreten."

Ich hebe meinen Kopf von seinem Arm und drehe mich, um zu ihm hochzublicken. „Warum nicht?"

„Obsidiantüren. Antoni versuchte, sie zu sprengen, als er verschwand."

Die Information schwebt in meinem Schädel, bevor sie sich wie Sediment absetzt. „Glaubst du, dass er tot ist?"

„Ich weiß es nicht." Er drückt den Nasenrücken zusammen

und schließt für einen langen Moment die Augen, als befürchtete er, ich könnte versuchen, in seine Gedanken zu schleichen, um seine wahre Meinung über Antonis Zustand zu erhaschen.

„Du hast Sybille gesagt, du hättest keine Nachrichten von Cian. War das die Wahrheit?"

„Nein." Er starrt auf die Holzbalken über meinem Bett, seine Finger gleiten von seinem Gesicht.

„Du hast Nachrichten?"

„Die Verhandlungen gehen weiter."

„Kannst du noch vager sein? Was hast du Tavo angeboten?"

„Gold."

„Was will er?"

Schatten lösen sich von Lores Haut wie Körner von Selvatin-Sand während meines wütenden Galopps durch die Wüste mit Furia. „Nichts, was ich bereit bin zu geben."

Meine Finger verharren auf einer seiner vielen Narben, eine, die perfekt rund und leicht konkav ist, wahrscheinlich Folge eines Obsidiansplitters. „Sag es mir."

„Wir sollten schlafen. Falls dein Vater beschließt, morgen wieder mitten in der Nacht an deine Tür zu hämmern."

„Für jemanden, der so darauf besteht, dass ich nicht vulgär spreche, hast du ein ganz schön schmutziges Mundwerk, Eure Hoheit."

„Du liebst meinen Mund."

„Ich liebe deinen Mund, Lore, aber ich würde ihn noch mehr lieben, würde er mir eine Antwort auf meine Frage zu Gia geben."

„Fallon." Sein Seufzer hebt seine Brust und damit auch meine Hand.

„Hat er nach Gabriele gefragt? Ist es das?"

Lores Lippen pressen sich zusammen und seine Finger halten beim langsamen Gleiten durch mein dunkles Haar inne. „Er hat nach einem Pint deines Blutes verlangt."

„Ich dachte, er glaubt, ich sei tot?"

„Giana hat unter dem Einfluss von Salz ausgeplaudert, dass du es nicht bist."

Ah … „Weiß Dante von meinem *Untotsein*?"

„Ich nehme an, die Nachricht hat ihren Weg dorthin gefunden, wo immer er sich versteckt."

Ich rolle mich vollständig auf ihn. „Hat mein Blut einen besonderen Geruch oder Geschmack?"

„Wir werden Tavo – oder irgendeinem anderen verdammten Fae – nicht dein Blut geben."

„Ich wiederhole, du begriffsstutziger Mann, hat mein Blut einen besonderen Geruch oder Geschmack?" Ich erinnere mich daran, wie seine Krähe bei unserer ersten Begegnung ihre Zunge herausschnellen ließ, um ihre blutbefleckten Krallen abzulecken.

„Es enthält Eisen, daher schmeckt es metallisch, anders als Fae-Blut."

„Wie Crow-Blut also?"

„Irgendwie schon, aber salziger." Seine Nasenflügel zucken. „Ich musste einen vollen Kelch davon trinken, um Mórrigans Zauber zu aktivieren."

Ich rümpfe die Nase bei dem Gedanken, Blut zu trinken. „Hat Crow-Blut irgendwelche magischen Eigenschaften, sobald es den Körper verlassen hat?"

Seine Augenbrauen ziehen sich zusammen. „Nein."

„Dann geben wir ihm eben einen Pint von *meinem*" – ich mache Luftanführungszeichen um die Präposition – „Blut. Wir fügen einfach etwas Salz hinzu, dann probierst du es, und *voilà*."

„Du gerissene Frau."

„Wie konnte dir die Idee nicht kommen?"

„Mein Verstand war damit beschäftigt zu entscheiden, wie ich Tavo am besten ermorde, ohne meinen Schnabel oder meine Krallen zu benutzen."

„Oder deine Hand, da du dein Königreich nicht verlassen darfst." Ich küsse die Narbe auf seiner Brust, die auf seinem rechten Brustmuskel, und seine Brustwarze verhärtet sich, als meine Lippen die Haut berühren. „Richtig?"

Seine glühenden Augen sind auf meine gerichtet, auf den schmalen Raum zwischen seiner gerunzelten Haut und meinen geöffneten Lippen.

„Richtig?", wiederhole ich und fahre mit meinem Mund über

seine empfindliche Haut, bevor ich mit meiner Zunge über seine Brustwarze streiche.

Das Gold in seinen Augen lodert im Einklang mit seinem Puls auf.

„Lore?“ Mein heißer Atem streift die dunkle Hautperle und lässt sie noch mehr hervorstechen. „Du wirst diese Mauern nicht verlassen, richtig?“

Er starrt meine Lippen an, als würden sie ihn dazu verleiten, Schwüre abzulegen, die ihm nicht gefallen. In einem ungeheuer mürrischen Ton grunzt er: „Richtig.“

„Gut, denn wenn du es tätest, würde ich meinen Mund nie wieder auf deinen Körper legen.“

Sein Blick verengt sich. „Ist das so?“

„Ja. Wie du sagtest, ich bin gerissen.“ Ich schenke ihm ein dunkles kleines Lächeln. „Vielleicht sollte ich dich die Bedingungen mit einer Feder niederschreiben lassen, wie du-“

Er dreht uns herum. „Ich brauche keine Feder.“ Er fesselt meine Handgelenke mit seiner Faust und hält sie über meinem Kopf, dann beginnt er, sein Versprechen mit seiner Zunge auf meiner Brust zu verfassen.

Stöhnen und Kichern entweichen mir abwechselnd, während er seine unsichtbaren Worte schreibt. Als er meinen Bauchnabel erreicht, reckt er den Hals, um mein gerötetes Gesicht mit den weit aufgerissenen Augen zu betrachten. Ich lache nicht mehr.

„Mir ist der Platz ausgegangen, um meinen Schwur zu unterzeichnen“, murmelt er, sein kühler Atem streift die feuchten Spuren, die er hinterlassen hat.

Ich starre und starre, mein Verstand voller Lust, die sich in Erwartung verwandelt, als sich die Mundwinkel verheißungsvoll heben.

„Oh … warte.“ Er spreizt meine Beine und senkt den Kopf, seine Nase streift durch meine Locken. „Ich habe die perfekte Stelle gefunden.“

Dort, an der pochenden Schnittstelle zwischen meinen Schenkeln, schreibt er träge seinen vollen Namen mit der Zunge.

KAPITEL 63

Hungerkrämpfe wecken mich, was eine Premiere ist. Andererseits ist das angesichts meines nächtlichen Trainingsprogramms in letzter Zeit kaum verwunderlich. Als mein Magen erneut knurrt, strecke ich mich und stöhne. Dann drehe ich mich um, um Lore zu fragen, ob er Zeit hat, mit mir zu frühstücken. Doch auf seiner Bettseite entdecke ich nur ein einsames Blatt Papier.

Mo khrà,

Ich bin aufgebrochen, um die Welt zu erobern. Wie versprochen, von den Mauern meiner Burg aus, obwohl ich es viel lieber von der Stelle aus getan hätte, wo sich deine Schenkel treffen.

Dein Gefährte.

Ich fahre mit einem Finger über die Worte *dein Gefährte*, während ein Lächeln mein Gesicht in zwei Hälften teilt. Wie unglaublich, dass ausgerechnet ich, Fallon Báeinach, einen Gefährten habe. Und dann auch noch einen König.

Ich lese jedes seiner blumigen Worte noch einmal, bevor ich die Notiz andächtig falte und mein sonnendurchflutetes Schlafzimmer nach einem Platz zum Aufbewahren absuche. Mein Nachttisch hat keine Schubladen und der niedrige Tisch vor dem Kamin auch nicht. Ich überlege, sie in meinen Schrank zu legen, aber ich vermute, ab und zu kommt jemand herein, um die Kleidung zu ersetzen, die ich in die Wäsche gebe.

Ich frage mich, wer das sein könnte, und nehme mir vor, Lorcan danach zu fragen. Dann kann ich mich nicht nur bei der Person bedanken, sondern sie auch zum magischen Waschraum begleiten. Jetzt, da es mir wieder gut geht und ich mich eingelebt habe, wird es Zeit, mit anzupacken. Vielleicht kann ich ja mehr Zimmer als nur mein eigenes aufräumen. Oder ich kann Connor und Reid in der Taverne unter die Arme greifen, da ich mich in Küche und Bar auskenne.

Ich beschließe, dass die Unterwäscheschublade der sicherste Ort für meine Notiz ist, und schlüpfe aus dem Bett. Zumindest stelle ich mir vor, ich würde mich so bewegen. In Wirklichkeit pflücke ich mein schmerzendes Gerippe Knochen für Knochen aus dem zerwühlten Bettzeug und torkle zu meinem Schrank hinüber.

Nachdem ich das gefaltete Papier unter weißer Spitzenunterwäsche verstaut und eine für den Tag ausgewählt habe, mustere ich die aufgereihte Kleidung. Ich entscheide mich für braune Wildlederhosen und eine weiße Baumwollbluse, die am Hals und an den Handgelenken mit Seidenbändern geschnürt wird. Statt Seidenschuhen wähle ich robustere Schuhe – hohe Stiefel, auf Hochglanz poliert. Wie alles andere im Schrank wurden sie wohl noch nie getragen, denn sie haben nicht eine einzige Falte.

Als ich vor dem Spiegel stehe, der an der Schrankwand lehnt, schlägt mein Herz fröhliche Purzelbäume. Die Kleider, mit denen Sybille meinen Schrank in Antonis Haus gefüllt hatte, waren vermutlich auch ungetragen gewesen, aber ganz klar von der Stange gekauft. Diese hier wurden nur für mich handgefertigt. Sie haben noch nie einen anderen Körper geschmückt, nicht mal den einer Schaufensterpuppe oder einer Kundin.

Der Gedanke an Antonis Haus trübt meine Freude, denn ich kann nicht *daran* denken, ohne an *ihn* zu denken. Ich schließe die Augen, als ich ihn blutend in einem feuchten Tunnel vor mir sehe. Lebt er noch? Hätten die Fae nicht versucht, Lösegeld für ihn zu fordern, wäre er noch am Leben?

Ich blinzle die Trauer zurück, die in meine Augen kriecht. Antoni ist stark und gerissen. Wenn jemand das Unmögliche überleben kann, dann er. „Sei am Leben", flüstere ich, während ich auf mein Badezimmer zugehe.

Nachdem ich das Durcheinander auf meinem Kopf mit der Wildschweinborstenbürste neben meinem Waschbecken entwirrt habe, betrachte ich den Block aus schwarzer Kohle und nehme ihn zögerlich auf. Obwohl ich glaube, dass Lore es zu schätzen wüsste, mein geschminktes Gesicht zu sehen, befürchte ich, es würde unerwünschte Aufmerksamkeit und unfreundliches Getuschel anziehen.

Ich kann schon hören, wie seine Leute murmeln, dass das Mädchen, das die Beine für ihren Monarchen spreizt, keine Kriegerstreifen verdient. Mein Gesicht wird so heiß wie meine Brust. Götter, warum muss mir die Meinung anderer nur so wichtig sein?

Ich lege den Block weg und wische meine Handflächen an einem Handtuch ab, dann mache ich mich auf den Weg zu Sybilles und Mattias Schlafzimmer.

„Syb?“ Ich klopfe sanft an das Holz, um ihren Freund nicht zu stören.

Ich stehe und warte. Und warte. Dann versuche ich die Klinke herabzudrücken, aber sie gibt nicht nach.

„Syb?“, sage ich diesmal etwas lauter und höre Schritte.

Das Schloss klickt zweimal, bevor die Tür aufschwingt, und für einen Moment stockt mir der Atem und ich denke, Gia steht vor mir, weil die Frau, die mich begrüßt, einen Heiligenschein aus lockigen Haaren trägt.

Aber dann tritt sie ins Fackellicht und ich lasse meine Hoffnung ziehen, denn die Haut dieser Frau ist dunkler und die Form ihres Gesichts weicher.

Ich lächle, während Syb versucht, ihre zusammengekniffenen Augen aufzubekommen.

„Ist es schon Morgen?“

Ich nicke.

„Gibt es Neuigkeiten von Gia?“

Ich möchte die Hoffnungen meiner Freundin nicht wecken, bis die Übergabe abgeschlossen und ihre Schwester in Sicherheit ist, also schüttele ich den Kopf. „Ich erwarte, dass wir bald welche haben werden. Noch Lust auf Frühstück?“

Sie starrt auf ihre nackten, wohlgeformten Beine hinab, als müsste sie überprüfen, ob sie angemessene Kleidung trägt. „Wäre es sehr seltsam, würde ich zum Frühstück Mattias Hemd tragen? Ich will dieses rote Kleid wirklich nicht noch einmal anziehen.“

„Ich habe das schon mal gemacht. Es hat mir Blicke eingebracht.“

„Dann also sein Hemd. Lass mich nur noch Schuhe holen und …" Sie fährt sich mit den Fingern durch die Haare, oder versucht es zumindest; sie bleiben unverändert. „Oh. Meine. Götter." Sie verdreht die Augen, als wolle sie einen Blick auf ihr Haar erhaschen. „Verdammt … Ich habe mit nassen Haaren geschlafen. Verdammt." Sie zieht an den Strähnen, um sie gerade zu bekommen.

„Syb, ich weiß, du hasst deine Locken, daher ist dir meine Meinung vielleicht egal, aber ich sage sie dir trotzdem. Du siehst hinreißend aus."

Sie verengt die Augen, als erwarte sie, ich würde jeden Moment in Gelächter ausbrechen. Tue ich aber nicht, denn ich meine es ernst. „Ich bin froh, dass dir meine Locken gefallen, aber mir gefallen sie nicht."

„Syb …"

„Ist jemand in deinen Zimmern? So jemand wie ein schlummernder König?"

Ich lächle. „Nein."

„Fantastisch. Kann ich mir deine Dusche und ein Kleid ausleihen?"

„Natürlich." Mein Magen knurrt so laut, dass es Sybs Mundwinkel nach oben zieht.

„Geh zur Taverne. Ich treffe dich dort, sobald ich meine Giana-Haare gebändigt habe." Die Erwähnung des Namens ihrer Schwester lässt sie schlucken.

Ich ergreife ihre Hand und drücke sie. „Lore wird sie zurückholen. Das schwöre ich."

Sie nickt, dann blickt sie über die Schulter auf die große Gestalt, die sich unter ihrer Bettdecke zusammengerollt hat.

Ich senke meine Stimme. „Schläft er noch?"

„Ja. Ich vermute, er wird versuchen, seinen Kummer wegzuschlafen."

Ist das überhaupt möglich?

„Besser Apathie als Rache, oder?", murmelt sie.

Ich erinnere sie nicht an die verschiedenen Trauerphasen, dass auf die Niedergeschlagenheit unweigerlich Wut folgen wird. Sie braucht keine zusätzlichen Sorgen. Außerdem weiß sie tief im Inneren wahrscheinlich, dass ihr Freund eines Tages danach dürsten wird, den Tod seines Cousins zu rächen.

Wir trennen uns, nachdem sie ihre Tür geschlossen hat. Während sie nach Süden geht, gehe ich nach Norden zur Himmelstaverne, wo nur eine Person sitzt – Bronwen. Ich gebe zu, die Uhrzeit ist ungewöhnlich – längst nach dem Frühstück, aber viel zu früh fürs Mittagessen.

Ich schlendere zur Bar, wo Connor sorgfältig Knoblauchzehen und Rosmarinzweige in Gläser einsortiert. Man sieht, dass ihm diese Aufgabe Freude bereitet.

„Guten Morgen, Connor."

Er blickt auf und, siehe da, er lächelt. Mich an. Ich bin so überrascht, dass ich das Lächeln nicht sofort erwidere. Doch es scheint ihn nicht zu stören, seine Mundwinkel bleiben nach oben gezogen. Womit habe ich diesen freundlichen Blick verdient?

Schließlich bringe ich meinen Mund dazu, zurückzugrinsen. „Ich hätte gern alles, was auf der Frühstückskarte steht." Mir fällt ein, dass ich ihm noch nie Geld für das ganze Essen und die Getränke gegeben habe, die ich hier schon zu mir genommen habe. „Habe ich hier eine Rechnung offen?"

„Nein."

„Dann … ähm …" Ich spiele mit dem Band, das ich locker um meinen Hals gebunden habe. „Wie bezahle ich dich?"

„Im Himmelreich bezahlt niemand mit Geld, wir tauschen." Sein Akzent klingt rau, aber sein Tonfall ist freundlich.

Mein Entschluss steht fest. „Wenn es dir recht ist, würde ich gern hier aushelfen. Ich habe früher in einer Taverne gearbeitet, also weiß ich …" Seine Augen werden so groß, dass ich frage: „Habe ich etwas Falsches gesagt?"

Er zieht den schwarzen Kragen seines Langarmhemds so tief, dass eine Kette zum Vorschein kommt. „Tut mir leid, aber Lorcans Gefährtin bedient keine Tische."

Ich zucke zurück. „Warum beim ewig brodelnden Cauldron nicht?"

„Weil du die … du die…"

Bei seinem dritten „du die" murmle ich: „Die Gefährtin des

Königs bin?“

„Ja.“

Ich beiße mir auf die Unterlippe. Hätte ich Dante geheiratet, hätte ich meinen Job im *Bottom of the Jug* aufgeben und nach Isolacuori ziehen müssen. Lore ist zwar nicht Dante, aber er würde es wahrscheinlich auch nicht gutheißen, wenn ich seinem Volk Essen und Trinken serviere. Ich wünschte, ich hätte andere Fähigkeiten, die ich einbringen könnte. Jetzt ist vermutlich ein guter Zeitpunkt, um etwas Neues zu lernen.

Nonna hat mir beigebracht, Pflanzen zu pflegen. Ich könnte mit Arin gärtnern! So könnte ich sie besser kennenlernen und …

„Fallon?“ Bronwens Stimme lenkt meine Gedanken von Lorcans Mutter ab. „Komm und trink eine Tasse Tee mit mir.“

Obwohl am Ende dieser Aufforderung weder ein Fragezeichen steht noch ein Bitte ist, setzen die Manieren ein, die Nonna mir eingebläut hat. „Ich komme, *zia*.“

Als ich mich wieder umdrehe, um Connor nach einer Kanne Kaffee zu fragen, fängt die Sonne den Anhänger an dem Lederband ein und der Anblick raubt mir den Atem. Es ist ein Stein. Kein wertvoller, doch die Gravur ist kostbar. Für mich jedenfalls, denn es ist dieses geschwungene V, dasselbe, das auch Mammas Stein ziert. Ja, ich weiß, Vs sind keine besonders originellen Kunstwerke, aber statt gerade sind die auseinanderlaufenden Balken auf die gleiche Weise geschwungen wie bei meinem Stein.

Ich richte meinen Blick ruckartig auf Connors. „Was symbolisiert dein Anhänger?“

Er runzelt die Stirn.

Ich deute auf seine Halskette.

„Ah. Es ist ein Symbol von uns. Crows.“ Er lächelt zärtlich den flachen Stein an, der direkt unter seinem Schlüsselbein ruht. „Mein Sohn hat ihn gemacht.“

„Hat er auch einen für meine Mutter gemacht?“

Connor blinzelt, dann schüttelt er den Kopf. „Nein. Cathal wäre nicht erfreut gewesen, hätte Reid seiner Gefährtin einen Liebesstein geschenkt.“

„Ein Liebesstein?“

„So nennt er sie. Er macht sie für die Leute, die er liebt."

Ich starre ihn mit offenem Mund an.

„Was?"

Ein Schauer läuft mir über den Rücken. „Als ich Mutter sagte, meinte ich … ich meinte meine Fae-Mutter. Agrippina?"

„Fallon?" Bronwens Stimme schneidet durch meine aufgewühlten Gedanken.

„Ich komme gleich." Meine Stimme ist so dünn wie eine Gezeitenlinie, aber da Bronwen eine Fae ist, habe ich keinen Zweifel, dass sie mich laut und deutlich hört. „Hat Reid einmal Agrippina einen Liebesstein geschenkt?"

Connors Lippen werden schmal. „Frag meinen Sohn."

Aber er ist nicht hier und ich *muss* es wissen. „Bitte sag es mir."

Connor blickt zum Fenster, und obwohl er keinen direkten Blick auf Shabbe hat, spüre ich, dass sein Blick in diese Richtung geht. *„Tà"*, murmelt er schließlich und entwirrt damit eines der vielen Rätsel meiner Existenz.

Kein Wunder, dass Reid mich verabscheut. Ich habe sowohl den Verstand als auch den Körper der Frau zerstört, die er liebte.

KAPITEL 64

„Dein Tee ist kalt geworden." Bronwen schiebt ihn zu mir herüber, während ich mit steifem Rücken dasitze, mein Geist von Schuldgefühlen zerfressen.

„Wusstest du von Agrippina und Reid, Bronwen?"

„Ich weiß alles."

Wut reißt mich aus meinen Gedanken. „Warum hast du es mir dann nie gesagt?"

„Du hast nie gefragt."

Ich blinzele sie an, dann den milchigen Tee in der Tontasse. Sie hat recht. Ich habe nie gefragt. Dumm von mir.

Als ich nicht nach der Tasse greife, sagt sie: „Trink."

„Ich hätte lieber Kaffee."

„Tee ist besser für deine Verdauung."

Meine Augenbrauen ziehen sich zusammen. „Vielleicht, aber ich bevorzuge …"

„Fallon, beleidige mich nicht."

Ich beiße die Zähne zusammen. Diese Frau kann so frustrierend sein. Ich nehme die Tasse und trinke alles aus, um ihr einen Gefallen zu tun. Es schmeckt widerlich, wie eine gezuckerte Schlammpfütze mit einem Hauch von Verwesung, wie … Ich reiße meinen Blick von der leeren Tasse los und richte ihn auf ihre weißen Augen. „Er soll meinen Schoß leer halten, nicht wahr?"

Ohne zu zögern, sagt sie: „Ja."

Meine Wut erreicht eine ganz neue Dimension. „Du hättest mich fragen können, ob ich mein Inneres vergiften will."

„Jetzt ist nicht die Zeit, ein Kind in die Welt zu setzen."

Obwohl ich ihr zustimme, ärgert es mich trotzdem. Dass Nonna es tat, um mich davor zu bewahren, ein uneheliches Kind zu gebären, war eine Sache, aber Lore ist mein Gefährte. Das sollte *unsere* Entscheidung sein. *Nicht* Bronwens.

„Ich habe deine Zukunft gesehen, Fallon. Du wirst drei Kinder zur Welt bringen. *Irgendwann.*“

„Irgendwann, *nachdem* ich Dante ermordet habe?“, murmle ich.

Die Sonne spiegelt sich in ihren milchigen Augen wider. „Ja.“

„Hasst du mich, Bronwen?“

„Die einzigen Menschen, die ich je gehasst habe, waren mein Vater und Meriam. Den meisten anderen gegenüber bin ich gleichgültig und meine Liebe gehört nur wenigen.“

Seltsamerweise empfinde ich nach der Welle des Zorns Mitleid. Mitleid, dass die Flamme ihres Vaters ihren Brustkorb durchdrungen und ihr Herz versengt hat.

Mein Magen verkrampft sich. Götter, ich bin mir nicht sicher, ob ich warten kann, bis Syb hier ist. Ich bin am Verhungern. So sehr, dass mir etwas übel ist. Und heiß. Sehr heiß. Ich löse das Band um meinen Hals, damit mehr kühle Luft meine Haut berühren kann.

Sorge überkommt mich, denn Nonnas Trank hatte meine Adern nicht brennen lassen. „Was hast du mir gegeben?“

„Lazarus hat den Aufguss zubereitet. Vielleicht hast du eine allergische Reaktion. Es wird vorübergehen.“

„Versuchst du, mich zu vergiften?“

„Sei nicht albern, Fallon. Du bist der Grund, warum mein Gefährte wieder zu Hause ist. Du bist der Grund, warum die Crows aufgestiegen sind. Du bist der Schlüssel, um Lores Fluch zu brechen. Hier, gib mir deinen Becher.“

Noch immer nicht ganz beruhigt, reiche ich ihn ihr. „Er ist leer.“

Sie steckt ihre Finger hinein, um die letzten Tropfen herauszuholen, dann steckt sie sie in den Mund und saugt daran. „Siehst du?“

„Dass du nicht tot umgefallen bist, ja. Aber du hast nur einen Schluck genommen und ich einen ganzen Becher.“

„Gift ist Gift. Ein Tropfen und man ist tot. Sobald du etwas isst, wird es dir besser gehen.“ Sie schiebt mir einen Brotkorb zu. Als ich mir kein Brötchen herausnehme, seufzt sie und greift nach meiner Hand, als könnte sie genau spüren, wo sie liegt. „Fallon, ich weiß, dass ich nicht die Tante deiner Träume bin."

Das kann sie laut sagen.

„Aber ich respektiere und liebe sowohl Lore als auch Cathal wie Brüder. Ich würde dir *niemals* etwas antun, denn das würde ihnen schaden."

Obwohl mein Magen rebelliert und meine Körpertemperatur immer noch steigt, gebe ich nach und nehme mir ein dunkles, kleines Brot, das ich gierig verschlinge. Wie versprochen fühle ich mich langsam besser.

„Wirst du deine, ähm, *Gabe* zurückgeben, sobald das alles vorbei ist?"

Bronwens Mundwinkel heben sich zum Anflug eines Lächelns. „Ja. Ich werde sowohl den Schleier von meinen Augen als auch den Mantel von meiner Haut ablegen, um im Cauldron wiedergeboren zu werden. Dieses Mal mit Flügeln."

Mein Herz setzt einen Schlag aus. „Der Cauldron kann das wirklich?"

„Der Cauldron hat jedem Lebewesen auf dieser Erde das Leben geschenkt, Fallon."

Ein Hauch von Blumenduft steigt mir in die Nase, als Sybille, ihre schwarzen Locken zu glatten Wellen gebändigt, die ihre Schultern streifen, sich neben mich auf die Bank gleiten lässt. „Hallo, Bronwen."

„Sybille." Sie nickt ihr zu, während sie sich zum Aufstehen hochdrückt. „Wir sehen uns später, Fallon."

Welch ein Gedanke, dass sie mich eines Tages wirklich *sehen* wird.

Syb verfolgt Bronwen mit den Augen. Die Frau bewegt sich mit solcher Anmut, dass ich mich frage, wie ich sie je für einen Menschen halten konnte.

„Was habe ich verpasst?"

So viele Dinge, Syb. So viele Dinge.

Ich erzähle ihr, was Bronwen über den Cauldron gesagt hat.

Sybs Augen funkeln. „Also könnte ich ihn bitten, meine Ohren spitz zu machen?"

„Vielleicht." Ich versuche, Lorcan durch unser Band zu fragen, aber er muss beschäftigt sein, denn er antwortet nicht.

Irgendwann trifft Phoebus ein. Obwohl er sich an unseren Tisch setzt, weicht sein Blick kaum vom Barkeeper.

„Wie läuft's mit ihm?"

Mein Freund beißt sich auf die Lippe. „Ich versuche, ihn dazu zu bringen, mit in die Bäder zu kommen, aber der Mann zieht es vor, in seinem Zimmer zu duschen."

„Warum duschst du dann nicht in seinem Zimmer?", fragt Syb mit einem Lächeln, das ihre Augen nicht ganz erreicht.

„Ich …" Phoebus' Wangen färben sich rosa.

Syb beugt sich über den Tisch. „Weißt du nicht, wo seine Zimmer sind?"

„Doch." Er nickt in Richtung Küche.

Meine Augenbrauen wandern nach oben. „Er wohnt in der Küche?"

„Nein. Er wohnt weiter nördlich, im dritten Stock. Da ich keine Flügel habe, kann ich nicht einfach mal eben vorbeischauen."

„Ich verstehe, dass dies ein Problem sein kann." Ich blicke zwischen Connor, der gerade Käse schneidet, und Phoebus, der den Crow anstarrt, als wäre er ein Stück Käse, hin und her. „Wie wäre es, wenn du ihn einfach fragst, ob er Interesse hätte, in deinem Zimmer zu duschen, Pheebs?"

Mein Freund gibt ein würgendes Geräusch von sich. „Das könnte ich nie."

„Woher kommt auf einmal diese Schüchternheit? Du warst doch sonst nie der Schüchterne."

Phoebus starrt auf seinen leeren Teller. „Er mag keine Fae, Fal. Wie die meisten Crows. Ich fühle mich vielleicht nicht wie einer von meiner Art, aber meine Ohren sagen etwas anderes."

Nie im Leben hätte ich mir vorstellen können, jemand möchte keine Spitzen an den Ohren haben.

Wie ich mich verändert habe …

Wie wir uns alle verändert haben.

Ich greife nach Phoebus' Faust und umschließe sie mit meinen Handflächen. „Pheebs, du magst zwar ein Fae sein, aber im Grunde bist du ein Mann wie er, mit einem Herzen, wie seinem. Er sieht dich. Das tun wir alle. Jetzt reiß dich zusammen und frag ihn.“

Er blickt unter seinen gesenkten blonden Wimpern zu mir auf. „Was, wenn er nein sagt?“

„Was, wenn er ja sagt?“

***

Obwohl ich versuche, Lorcan zu erreichen, nachdem ich die Taverne verlassen habe, und dann wieder den ganzen Nachmittag über, antwortet er mir kein einziges Mal. Ich erwarte nicht, dass ein König auf meinen Wink hin zur Stelle ist, aber sein anhaltendes Schweigen ärgert mich.

Als die Sonne unter den Horizont sinkt und den Himmel in leuchtendes Rot und Gold taucht, verlasse ich schließlich meine Gemächer, um ihn zu suchen. Mein Weg zu seinen Zimmern wird durch den schrillen Klang meines Namens und das Rauschen von Flügeln unterbrochen.

„Fallon!“ Bronwens Augen leuchten so hell wie der Mond jenseits der magischen Kuppel über ihrem Kopf. „Du musst sofort mitkommen. Eine von Lorcans Krähen wurde abgeschossen.“

KAPITEL 65

Mein Herz hat keinen einzigen Schlag getan, seit ich hinter Bronwen auf Aoifes Rücken gestiegen bin. Eine von Lores Krähen wurde im Racoccin-Wald von einem Obsidianpfeil getroffen. Bronwen hat es gesehen, als es passierte. Sie schwört, dass kein Shabbin-Blut am geschnitzten Stein war, also besteht nicht die Gefahr, er könnte in eine Ewig-Krähe verwandelt werden, dennoch weigern sich meine Lungen, Luft zu holen.

Er versprach, sich nicht in Gefahr zu begeben.

Er schwor es mir.

Er malte sein Gelübde auf meinen Körper.

Aber er musste sich einfach *selbst* zur Rettung aufmachen.

Ich leite meinen Zorn durch die Gedankenverbindung. Er muss ihn hören. Schließlich braucht er nur eine Krähe, um mich zu hören. Um zu sprechen, benötigt er zwei. Da er mir nicht geantwortet hat, stelle ich mir vor, er hat es nicht gewagt, seine anderen Krähen wieder zusammenzusetzen. Ich würde das klug finden, hielte ich es nicht für unglaublich dumm, dass er die Mauern seiner Burg verlassen hat.

Als wir uns der Lichtung am Fuß des Berges nähern, kneife ich die Augen zusammen, um den Schimmer von Eisen auszumachen, aber Nebel bedeckt den Boden und macht es unmöglich, irgendetwas dahinter zu erkennen.

„Hier, Aoife", ruft Bronwen unserem geflügelten Reittier zu.

Sobald wir landen, springe ich von ihrem Rücken und umgehe ihren ausgestreckten Flügel.

„Wo?" Meine Stimme ist so scharf wie ein Dorn und durchsticht die betörende Stille. „Wo ist er?"

„In der Höhle." Bronwen nickt zu einer kleinen Vertiefung im hervorstehenden Fels des Berges.

Ich beginne zu sprinten, aber Aoife holt mich ein. „Langsam, Fallon. Und bleib leise."

Mit einem Herzen, das so heftig zittert wie meine Glieder, schleiche ich auf die Höhle zu. Gerade als ich eintreten will, zerreißt ein kehliges Keuchen die Stille. Ich wirbele herum, gerade als Aoifes Körper auf dem Boden aufschlägt.

Ich rufe ihren Namen und eile zurück zu ihr, aber Bronwen streckt ihre Handflächen aus und stößt mich zurück. „Geh in die Höhle, Fallon. Sofort!"

„Aber Aoife ..." Mein Herz fühlt sich an, als würde es meine Kehle zerquetschen, jede meiner Rippen zu Staub zermahlen.

„Lore wird sie zurückrufen, aber damit er das tun kann, musst du ihn retten. GEH!"

Ich starre auf die Befiederung, die aus Aoifes Taille ragt. „Lass mich sie herausziehen ..."

Bronwen murmelt etwas unter ihrem Atem. „Geh jetzt in diese Höhle."

Mir fällt auf, dass kein weiterer Pfeil unseren Weg gekreuzt hat. Wären wir angegriffen worden, hätte uns dann nicht längst ein Regiment von Fae attackiert?

Etwas stimmt nicht.

Lore! Als er mir nicht antwortet, schreie ich seinen Namen laut heraus.

„Sei still, Mädchen!", zischt Bronwen.

Aber ich schreie den Namen meines Gefährten aus voller Kehle.

Bronwen ohrfeigt mich. Ich weiche zurück und reibe mir die brennende Wange.

„Wenn du dich um ihn sorgst, Fallon ... wenn dir die Crows etwas bedeuten ... geh *jetzt* in diese Höhle."

„Wir werden nicht angegriffen, oder? *Du* hast Aoife niedergeschlagen?" Ich drehe meinen Kopf zum Himmel.

„LORCAN RÍHBIADH!"

„Er kann dich nicht hören, Fallon."

„Was hast du ihm angetan?" Meine Finger ballen sich zu Fäusten, während ich mich umsehe, um etwas als Waffe zu finden. Wenn ich nur Aoife erreichen und den Pfeil aus ihrem versteinerten Körper ziehen könnte.

Ich fixiere den gefiederten Griff, dann werfe ich mich auf meine machtlose Freundin. Gerade als meine Fingerspitzen die dürftige Befiederung berühren, schlägt ein Windstoß gegen meinen Körper und schleudert mich gegen die Höhlenwand. Mein Schädel prallt gegen den Fels und mein Blickfeld zersplittert.

Bronwen ist eine Erd-Fae, keine Luft-Fae, was bedeutet ... was bedeutet, dass andere Fae hier sind.

Für kostbare Sekunden liege ich benommen auf dem Bauch, doch dann durchströmt mich Adrenalin und mit zusammengebissenen Zähnen ziehe ich mich auf allen Vieren hoch.

„Ich übernehme ab hier." Die tiefe Stimme nagelt mein Herz an meine Rippen. „Hallo, Fal."

Ich drehe meinen Kopf zur Höhle, gerade als ein Mann in goldener Rüstung in ihrem dunklen Eingang erscheint, flankiert von vier spitzohrigen Soldaten. Obwohl Bronwen noch anwesend ist, hat Dante nur Augen für mich.

Ich bohre meinen Blick in Bronwen. „Du hast mich getäuscht." Meine Lungen befinden sich in einem so engen Schraubstock, dass jeder Atemzug brennt, als wäre die Luft aus Feuer.

Hufschläge lassen den Boden vibrieren und verstärken das dröhnende Pochen meines Herzens. Ich bete, der Reiter möge ein Freund ist, doch ich werde von einem einäugigen, reiterlosen Pferd begrüßt – Arina.

Ich denke, die süße Stute ist gekommen, um mich zu retten, aber Dante zerstört meine zerbrechliche Hoffnung. „Dargento, hilf meiner Tante, ihr Ross zu besteigen."

Bei dem Klang dieser Bezeichnung überzieht sich meine Haut mit Gänsehaut, aber auch ... *meine Tante*? Bronwen hat es ihm gesagt? Erst gestern bat sie Gabriele um sein Schweigen.

„Sofort, Maezza."

Ich spähe durch den Nebel auf das klingenscharfe Gesicht des Mannes, der mich seit Wochen tot sehen will.

„Ich brauche keine Hilfe." Bronwen ergreift Arinas Zügel und schwingt sich mit der Anmut einer erfahrenen Reiterin auf die Stute. Es ist offensichtlich, dass sie, wie Nonna, einst über einen Stall voller Pferde verfügt haben muss.

Mein Blick fällt auf Aoife. Obwohl sie aus Stein ist, dringt Schall zu ihr durch. Sobald sie erwacht, wird sie Lorcan alles erzählen.

Lorcan … „Wurde Lore überhaupt getroffen, Bronwen, oder war alles nur eine List?“

Arina zuckt mit dem Kopf beim Klang meiner Stimme, ihr Auge weitet sich. So sehr ich mir auch wünsche, dass sie näher kommt, Bronwen abwirft und mich wählt, fürchte ich, Dante oder einer seiner Schläger würde ihr etwas antun.

„Ich rede mit dir, Bronwen!“ Trotzdem antwortet sie mir nicht. „Hab wenigstens den Anstand, mir zu sagen, warum du mich Dante zum Fraß vorgeworfen hast!“

„Ich werde es meinen Neffen erklären lassen. Schließlich werdet ihr beiden in den kommenden Tagen genügend Zeit für Gespräche haben.“

Ein Paar glänzender schwarzer Stiefel mit blitzenden Sporen stoppt vor mir und versperrt mir die Sicht auf die doppelzüngige Seherin. „Wollen wir mit unserem Abend fortfahren?“ Dante hockt sich hin, seine kalten blauen Augen bohren sich in meine.

„Fick dich“, fauche ich. „Ich gehe nirgendwo mit dir hin.“

„So spricht man nicht mit seinem König.“

„Du bist nicht mein König! Du bist gar nichts für mich!“

LORE!!!, schreie ich durch unsere Verbindung.

Mein Herz macht einen Satz, als der Himmel grollt.

Hat er meinen Ruf endlich gehört? „LOOOR …“

Dante spreizt seine Finger und schickt einen dünnen Wasserstrahl in meinen Mund. Ich würge an dem eisigen Rinnsal.

„Beeile dich besser, Dante. Ich vermute, Lorcan hat ihre Abwesenheit bemerkt.“ Während Arina durch den Nebel streift, nickt Bronwen zu Aoife. „Und nimm die Krähe mit in die Tunnel, sonst wird Lorcan sie mit seinem Ruf wecken, und sie wird euren Aufenthaltsort preisgeben.“

Ich schnaube. Der einzige Grund, warum Bronwen will, dass Aoife außerhalb von Lores Reichweite ist, ist, dass sie fürchtet, ihre Beteiligung könnte aufgedeckt werden. „Lore und mein Vater werden euch zerfetzen, sobald sie von deinem Verrat erfahren, Bronwen. Und Cian … er wird dich verachten.“

„Nur wird keiner von ihnen jemals davon erfahren. Im Gegensatz zu dir, Kind, habe ich gelernt, meinen Geist abzuschirmen." Sie starrt mich mit ihren Mondaugen an, bevor sie in Arinas Flanken tritt und auf Lores Berg zusteuert.

Ich will, dass der Himmel sich mit Flügelschlägen füllt.

Ich will, dass dies ein genialer Trick war, um Dante aus seinem Versteck zu locken.

Ich will, dass Bronwen mich hier nicht allein zurückgelassen hat.

„BRON …" Wieder füllt Wasser meinen Mund und ich würge, denn diesmal ist es kein schwaches Rinnsal, sondern ein nicht enden wollender Schwall. Einer, der aus der erhobenen Handfläche des blauäugigen Soldaten neben Dante kommt.

„Bist du endlich fertig mit dem Geschrei, Fallon? Oder muss mein Wächter dir noch mehr Wasser einflößen?"

Ich presse meine Lippen zusammen und nutze die mentale Verbindung. Da meine Worte Lore nicht erreichen, stelle ich ihn mir vor und will, dass meine Seele zu ihm springt. Ja, ich würde meinen Körper schutzlos zurücklassen, aber es ist ja nicht so, als würde ich ihn im Moment sonderlich gut beschützen.

So sehr ich es auch versuche, das Tal verblasst nicht und Lores Gesicht überlagert nicht Dantes. Ich blinzle meine Frustration weg. Warum funktioniert die Verbindung nicht? Die Antwort trifft mich im selben Moment, als Ranken sich um Aoifes versteinerten Körper winden. Der Tee, den Bronwen mich hat trinken lassen, war nicht für meinen Schoß bestimmt, sondern um die Verbindung zu unterdrücken! Das muss es sein.

Ich habe die Seherin schon oft gehasst, aber nie mehr als in diesem Augenblick.

Als Aoife in die Höhle gezerrt wird, starre ich auf den Pfeil, der aus ihrer Hüfte ragt. Würde ich lossprinten, könnte ich sie erreichen und ihn herausziehen. Zumindest wäre sie dann gerettet.

Einer der Fae muss erahnen, in welche Richtung meine Gedanken gehen, denn in dem Moment, als ich auf die Füße springe, schlingen sich Ranken um meine Knöchel und ich lande mit dem Gesicht voran auf dem Boden.

Dargento hockt sich grinsend neben mich. „Sieht so aus, als hättest du dich in eine missliche Lage gebracht, Krähenbändigerin."

Meine Brust schlägt so heftig, dass ich mich auf den Rücken rolle und aus Leibeskräften schreie, in der Hoffnung, eine vorbeifliegende Krähe möge meinen Notruf hören.

„Bring sie zum Schweigen, Silvius", zischt Dante, gerade als der Regen beginnt, das Tal zu peitschen.

Der frühere – aktuelle? – Kommandant presst seine Hand auf meinen Mund. „Wenn du auch nur einen Mucks machst, verbrenne ich dein Gesicht."

Ich rolle mit meinen wilden Augen, um Dantes Ausdruck zu erkennen. Ist er damit einverstanden, mich zu verbrennen? Will er mich tot sehen? Warum bringt er mich in die Tunnel, wenn er mein Leben auslöschen will? Damit Lore meine Überreste nicht im Freien findet und jeden beteiligten Fae massakriert?

„Benutze *kein* Feuer an ihr, Silvius." Der Blick des Fae-Königs ist auf den heulenden Himmel geheftet. „Bring sie jetzt rein!"

Als Dargento mich über seine Schulter wirft, trommle ich mit meinen Fäusten auf seinen Rücken. Hätte ich doch nur Krallen …

„Kann einer von euch ihre verdammten Handgelenke fesseln?", knurrt er.

„Sofort, Kommandant", ruft einer der grünäugigen Fae.

Natürlich hat er seine Position zurückerlangt. Die Frage ist, geschah dies, bevor oder nachdem Gabriele im Himmelreich Zuflucht gesucht hat?

Während er mich zum Eingang der Höhle schleppt, streifen meine Fingerspitzen den juwelenbesetzten Griff des Schwertes, das am Gürtel des Mannes befestigt ist. Ich sollte mich glücklich schätzen, doch ich glaube nicht an Zufälle.

Ich recke meinen Kopf, um zu sehen, ob jemand in meine Richtung schaut, aber die wenigen Soldaten, die Dante begleitet haben, sind bereits in die Höhle eingedrungen. Nur er steht noch draußen, Blitze erhellen sein strenges Gesicht und prallen von seinem goldenen Brustpanzer. Sein Blick ist auf den Wald gerichtet, und obwohl mir der Regen in die Augen peitscht, entgeht mir nicht, wie sein Kopf zustimmend nickt.

Wem nickt er zu?

Ich kneife die Augen zusammen, als sich Schatten zwischen den dunklen Stämmen bewegen. Oh meine Götter, eine ganze Armee steht dort, in dunkle Uniformen gekleidet, um mit der Nacht zu verschmelzen.

Merda. Merda. Merda.

Mein Herz, das wegen meiner kartoffelsackartigen Lage zu sinken begonnen hat, schnürt meinen Hals zu. ***LORE!!,*** schreie ich in die Gedankenverbindung, gerade bevor Dargento in die Höhle schreitet und mir die Sicht auf die Welt draußen nimmt.

Als ich mich an Dargentos Schwert erinnere, strecke ich die Finger aus, umklammere den Griff, wölbe meinen Rücken, richte die Spitze auf seine Wirbelsäule und schwinge meinen Oberkörper, um den Stahl in das Monster zu treiben.

KAPITEL 66

Heißes Blut spritzt mir ins Gesicht.

Dargento erstarrt. Ich kann mir nur vorstellen, wie sein Kinn herabsinkt, um die Spitze zu betrachten, die aus seinem Nabel herausragt. Wenn mein Schlag doch nur sein Herz gestreift hätte …

Während ein ersticktes „*Maezza*“ von seinen Lippen rollt, umklammere ich den Rubingriff fester.

Ist Dante nahe genug, um Dargentos gurgelnde Stimme über das Krachen des Donners zu hören?

„Schiebt die Obsidiantür vor!“, höre ich den grausamen Monarchen bellen. „JETZT!“

Ich drücke meine Schulter gegen meine Lider, um mein Gesicht von Fae-Blut zu befreien, dann blinzle ich auf und sehe Dante, der den Eingang der Grotte ausfüllt, die Juwelen, die seine Zöpfe und Ohren durchbohren, glänzen wie die giftigen Pflanzen in Xema Rossis sagenumwobenem Hain.

Der Boden bebt heftig, Staub und kleine Steine prasseln von der Decke. Und dann erfüllt ein lautes Mahlen den geschwärzten Rumpf des Berges, als eine Steinplatte wie ein riesiges Maul über der Öffnung im Fels zu sinken beginnt.

Die einzige Öffnung.

„Beweg dich, Dargento!“, bellt Dante.

Mein Inneres wird zu Eis, während meine Lungen sich mit Feuer füllen. Ich kann mich nicht einmal freuen, als Dargentos Knie endlich nachgeben und er zur Seite kippt. Ich mache mich auf den Aufprall gefasst, pumpe meine Bizeps mit aller Kraft, die ich besitze, auf, nicht gewillt, den Griff am Schwert zu verlieren.

Der Schwung seines Zusammenbruchs reißt die Klinge aus seinem Bauch, aber nicht den Knauf aus meinen Fingern. Als wir zu Boden gehen, richtet sich mein Oberkörper auf und schlägt gegen etwas Scharfkantiges.

Wieder sehe ich Sterne.

Ich blinzle sie weg, dann trete ich mit meinen gefesselten Füßen gegen Dargentos schweren Körper, bis es mir gelingt, mich unter ihm hervorzuzwängen.

Mein Zorn brennt so heiß, dass ich beschließe, jeden letzten Fae in diesem kolossalen Sarg zu töten.

Du wirst Dante töten. Du wirst seinen Tod planen und vorbereiten.

Oh meine Götter … Hat Bronwen mich deshalb hierher gebracht? Weil sie vorausgesehen hat, dass ich den Fae-König unter diesem Berg in dieser dunklen Nacht ermorde?

Der Gedanke dämpft meinen Zorn nicht. Ja, es mag einen Grund für ihren Wahnsinn geben, aber sie ist immer noch verdammt *verrückt*. Sobald ich hier rauskomme, werde ich meiner Tante einen Schlag versetzen. Mitten ins Herz.

„Was zur Unterwelt?", murmelt Dante. „Dargento?"

Ich bin froh, dass seine ausgeprägten reinblütigen Sinne noch nicht arbeiten.

Leise, ganz leise schneide ich die Ranke an meinen Knöcheln mit der Stahlklinge durch. Bevor ich sie an dem Band an meinen Handgelenken ansetze, rolle ich mich auf die Knie und taste den Boden ab, bis ich den Klumpen finde, der Dargentos Kopf ist. Ich streiche mit meinen Handflächen über seinen Rücken, bis ich sein rechtes Schulterblatt ertaste. Ich bin dankbar für die Dunkelheit, denn so sehr ich auch danach lechze, das Leben aus Dargentos Augen weichen zu sehen, mag ich den Anblick von zerreißendem Fleisch und spritzendem Blut nicht.

„Maezza?", ruft jemand, wahrscheinlich einer der Fae, die Aoife hereingeschleppt haben.

Dante muss spüren, dass etwas vor sich geht, denn er antwortet nicht. Ich strenge mich an, Geräusche zu erfassen – Atemzüge, Herzschläge, irgendetwas, das seinen Standort verraten würde. Aber zwischen meinem schwachen Gehör, dem stürmischen Trommeln meines Pulses und dem Donnergrollen, das den Berg erschüttert, höre ich nichts.

Da ich spüre, dass mir nur noch Sekunden bleiben, positioniere ich die Stahlspitze unter den Rippen und Wirbeln von Dargentos

Rückgrat, dann erhebe ich mich auf die Füße, bete, dass ich die richtige Stelle erwischt habe, und lege mein ganzes Gewicht und meine Wut in den Stoß.

Das Schwert dringt gerade hindurch.

Ein feuchtes Rasseln durchbricht die Totenstille. *Merda.* Ich muss eine seiner Lungen statt sein Herz durchbohrt haben. Ich ziehe die Klinge heraus und ramme sie erneut hinab. Diesmal gibt Dargento nicht mal einen Laut von sich.

Arme packen meine Taille und reißen mich hoch, zerren meine Stiefel vom Boden.

Wie besessen werfe ich den Kopf zurück und mein Schädel kracht gegen das Gesicht eines meiner Entführer. Vom Adrenalin berauscht spüre ich keinen Schmerz, aber mein Kerkermeister muss welchen fühlen, denn er knurrt und sein Griff lockert sich.

Ich springe von ihm weg, wirble herum, das Schwert ausgestreckt. Als es auf eine Rüstung trifft, weiß ich, wer mich gepackt hat: Dante. Ich stöhne, als die Wucht meines Schlages in meinen Armen vibriert. Plötzlich wünsche ich mir, die Höhle würde von Licht durchflutet, damit er sehen kann, was sein Verrat mir angetan hat … zu was er mich gemacht hat.

Obwohl ich standhalte, das Schwert erhoben, zittern meine Arme so stark, dass ich fürchte, Dante könnte das Zucken des glänzenden Stahls bemerken oder mein hektisches Schlucken hören. Ich halte meine Lippen versiegelt, um keinen Laut von mir zu geben, und beginne rückwärtszugehen.

Mein Fuß knirscht gegen etwas und das Knacken hallt durch die lautlose Schwärze.

Wie Lore sagen würde, *focá*. Eine Welle der Qual schießt mein Rückgrat hinauf, als der Boden bebt. Ich bete, dass es sein Donner ist. Ich bete, dass es geschieht, weil er so zornig auf mich ist, dass ich das Schloss verlassen habe. Ich bete, dass es nicht die Hufschläge von Dantes Armee sind.

Die Stille wird dichter, bis ich denke, ich könnte daran ersticken.

Plötzlich lodert eine Flamme auf und frisst sich durch den Mantel der Nacht. Kalte Furcht lässt meine Haut feucht werden, denn der einzige bernsteinäugige Fae, den ich in Dantes Nähe gesehen habe, war Dargento. Hat er … hat er überlebt?

Als ich Flammen sehe, die von einer Fackel züngeln, und Dargentos reglosen Körper zu Dantes Füßen ausgestreckt, beginne ich erleichtert aufzuatmen, doch dann stockt mein Atem, denn …

Denn das Feuer beleuchtet zwei Gesichter, die ich seit Wochen nicht gesehen habe.

Eines, das ich verabscheue.

Eines, das ich vergöttere.

„Goccolina“, würgt Nonna hervor, während Justus‘ Arm sich um ihren langen, schlanken Hals zusammenzieht.

KAPITEL 67

„Nonna?“ Das Blut weicht so schnell aus meinen Wangen, dass mir schwindelig wird.

Lore sagte, sie sei in Shabbe.

Gia sagte …

Haben sie gelogen, um mich davon abzuhalten, nach Luce zu stürmen, um sie zu finden?

Tränen glänzen in ihren grünen Augen und rinnen über ihre blassen Wangen.

„Lass dein Schwert fallen“, sagt Justus ruhig, „oder Ceres stirbt.“

Das kann nicht wahr sein.

Das muss ein Trick sein.

Ich lasse meinen Blick durch die Höhle schweifen, er streift Dargentos schlaffen Körper, bevor er zu Dantes strengem Gesicht aufsteigt.

„Ich würde tun, was Justus verlangt, Fallon. Mein General ist ein rücksichtsloser Mann.“ Er steht mir am nächsten, aber nicht nah genug, dass mein Schwert seinen Kopf erreichen könnte, den einzigen Teil von ihm, der nicht von der Rüstung bedeckt ist.

„General? Du hast auch Tavo ersetzt?“

Er gibt sich keine Mühe, mir zu antworten.

„Du hättest den Frieden wählen können, Dante.“ Meine Stimme ist so stark und scharf wie das Schwert, das ich halte, obwohl alles in mir schmilzt wie sonnenbeschienener Schnee.

„*Frieden*? Komm schon, Fal. Frieden war nie eine Option. Der Dämon, den du geweckt hast, hätte sich nie mit der *Hälfte* eines Königreichs zufriedengegeben.“

„Der einzige Dämon, den ich geweckt habe, bist du, Dante“, spucke ich aus, gerade als sich die Ranke um meine Handgelenke strafft und Staubkörner von der Höhlendecke rieseln.

Die Soldaten, die Aoife gefesselt haben, starren erst an die niedrige Decke und dann zur riesigen Obsidianplatte, die gegen den

Eingang gelehnt ist.

In Dantes blauen Augen leuchtet schreckliche Freude. „Der heldenhafte Geier muss endlich zur Party dazu gestoßen sein. Ein bisschen spät." Seinen grünäugigen Soldaten befiehlt er: „Bringt die Krähe hinunter in die Tunnel!"

Sie springen auf, heben dort, wo Justus steht, Aoife hoch und kippen ihren schwarzen Körper in eine tiefe Grube. Stein schlägt auf Stein, als sie aus dem Blickfeld poltert und die beiden Soldaten ihr hinterher klettern.

Lore ist hier, sage ich mir. *Er ist hier.*

Obwohl ein Berg zwischen uns steht, möchte ich vor Erleichterung weinen. Wie lange wird es dauern, bis er die Steinwände durchbricht, wenn er sich in Rauch verwandelt?

Braucht er einen Spalt, um hindurchzugleiten, oder kann er eindringen …

Dante weiß, wie man Ewig-Krähen erschafft. Die Erinnerung gleitet durch meinen Kopf und zerplatzt meine zerbrechliche Hoffnung. Oh Götter, er darf nicht hereinkommen.

„Du hast zehn Sekunden, um mein Schwert wegzuwerfen, oder deine Großmutter stirbt, Fallon." Justus' Ultimatum reißt meine Aufmerksamkeit von meinem wütenden Gefährten. „Zehn."

Ich starre auf Nonnas nasse Wangen.

„Neun."

Ich schlucke schwer, aber der Kloß in meinem Hals ist so zackig, dass mein Speichel nicht daran vorbeirutscht.

„Acht."

Die grünen Augen meiner Großmutter lodern auf.

„Sieben."

„Aufhören! Tu ihr nicht weh!"

„Sechs."

„Lass sie gehen und ich werfe mein Schwert nieder."

„Erst das Schwert, Fallon. Fünf."

Ich starre Nonna an und lasse das Schwert los. Es scheppert auf den Boden und rollt, bis es auf … bis es auf…

Einen Schädel trifft.

Einen von Hunderten.

Überall liegen Knochen. Und zwischen den Knochen verstreut Tausende schwarzer Waffen – *Obsidian.*

„Braves Mädchen."

Ich beiße die Zähne zusammen. „Lass sie frei, oder ich komme keinen Schritt näher."

Er schleudert Nonna zur Seite, genauso wie ich mein Schwert weggeworfen habe.

Dante tritt vor, hebt das Stahlschwert auf und nickt dann zur Grube. „Jetzt, Fal."

Staub rieselt von der felsigen Decke, während Lores Wut weiter gegen den Berg hämmert.

„Beweg dich", sagt er, „oder ich jage ihr diese Klinge durchs Herz."

Ich springe vor. „Tu ihr nichts!" Ich halte großen Abstand zur geröteten Spitze von Dantes Schwert, als ich auf den furchterregenden Mann zugehe, der zwischen mir und meiner am Boden liegenden Großmutter steht. „Kann ich … kann ich nur eine Minute mit ihr haben?"

Justus' Mundwinkel verziehen sich. „Warum nicht … nur zu."

Ich runzle die Stirn, überrascht, dass er zustimmt, sogar lächelnd. Als ich meine Großmutter auf den Rücken drehe, sehe ich den Blick, der zwischen Dante und Justus hin- und hergeht. Meine Stirn legt sich in noch tiefere Falten, bis ich meine Augen auf Nonna richte.

Ich pralle zurück, wobei einer meiner Füße über einen Knochen rollt. Als ich hinfalle, starre ich den blonden Fae an, den ich gerade umarmen wollte.

Der Soldat lächelt und klopft seine makellose Uniform ab.

„Blutzauber sind unglaublich, nicht wahr?" Dante packt meine gefesselten Handgelenke und reißt mich auf die Füße, bevor er die Stahlklinge an meine hüpfende Kehle drückt. „Meriam ist eine Quelle des Wissens."

Ich dachte, er hält diese Frau gefangen, aber er arbeitet *mit* ihr zusammen?

Ich taumle vorwärts, als der Soldat, der eben noch wie Nonna aussah, sich aufrichtet, Justus die Fackel aus der Hand nimmt und sich Blut von der Stirn wischt.

Dante gibt meinem Großvater sein Schwert zurück, dann legt er seinen Arm um meinen Hals. „Ich will dir nicht wehtun, Fal, aber ich werde es tun, wenn du dich wehrst."

„Friss Kobold-Scheiße, du Arsch." Ich rucke mit dem Gesicht nach unten, in der Hoffnung, meine Zähne in sein Fleisch zu schlagen, aber er ahnt meinen Zug voraus, verstärkt seinen Griff und hindert mein Kinn daran, durch die Schlinge aus Muskeln und Knochen zu tauchen.

„Ich sagte, *benimm dich.*"

Keuchend führt er mich zu der Grube und zwingt mich eine Menge steiler Stufen hinunter. Als wir das Erdinnere erreichen, verschwimmt meine Sicht und ich schnappe nach Luft, als hätte ich die Selvatin-Wüste durchquert.

Fallon! Lores Stimme explodiert in meinem Kopf – oder ist es in meinen Ohren?

Ich versuche, mich aus Dantes Griff zu befreien, doch der Arm des Fae-Königs ist unnachgiebig. ***Lore?***

Justus und der Wächter, der sich als Nonna ausgab, gehen an uns vorbei, die Fackel vertreibt die Dunkelheit und beleuchtet eine weitere schwarze Steinplatte.

Justus packt meine gefesselten Hände. Während er seine Handfläche an die Wand – oder Tür? – hebt, starrt er den Soldaten an, der meine Großmutter gespielt hat. „Wasch die Sigillen ab, sobald wir durch sind. Das viele Obsidian wird sie schwächen und verhindern, dass sie zu Rauch werden. Schlag so viele nieder, wie du kannst, und vergiss nicht, deine Klinge in Hexenblut zu tränken." Er reicht dem Soldaten ein Glasfläschchen an einer Lederschnur, die dieser sich rasch um den Hals hängt.

Behach Éan? ruft Lorcan.

Tränen kleben wie Pailletten an meinen flatternden Wimpern. ***Lore, sie bringen mich in die Tunnel hinunter.*** Ich bete, dass meine Worte laut und deutlich in seinem Kopf widerhallen. ***Sie lassen nur einen Soldaten zurück, aber er hat Zugang zu Shabbin-Blut und weiß, wie man es einsetzt. Verschwinde vom Berg! Bitte! Und komm mir nicht nach.***

Mo khrà, wenn du nicht wolltest, dass ich dir folge, hättest du nicht weglaufen sollen.

Bin ich … Das Wort *nicht* verhallt, als Justus seine Handfläche gegen den schwarzen Stein presst und uns hindurchführt.

Durch eine Wand!

Eine Wand!

Ich keuche auf, als er meine Finger loslässt und mein Blick auf Aoifes reglosen Körper fällt, den Dantes Soldaten wie Arbeitspferde durch einen engen, fackelbeleuchteten Gang zerren.

„Bei den Göttern, du siehst aus wie sie." Justus' blaue Augen mustern jeden Millimeter meines Gesichts, während er seine Handfläche an seinem nachtfarbenen Samtmantel abwischt – ein Blau so dunkel, dass es mit dem allgegenwärtigen Obsidian verschmilzt. „Wie ich je glauben konnte, dass du mein Blut teilst, ist mir ein Rätsel."

Allerdings, du Monster. Allerdings.

Moment …

Hat er gerade „sie" gesagt? Ich krächze.

„Deine Mutter und Großmutter." Dantes Mund ist mir unangenehm nah am Ohr.

„Sie sind beide hier?" Meine Stimme hallt von den Tunnelwänden wider, verstärkt durch die endlose Fläche schwarzen Steins, die *jede* Oberfläche bedeckt.

Justus' Lächeln lässt mich bis ins Mark frösteln. „Ich sehe, Aurora war nicht sehr gesprächig."

Mein Herz macht einen Satz bei Bronwens Fae-Namen.

„Ich schätze, diese Frau hütet ihre Geheimnisse besser als meine Mutter ihre Juwelen", murmelt Justus.

Will er damit sagen, dass Bronwen die ganze Zeit wusste, wo meine Mutter war?

Lore?

Stille.

Lore?

Während Dante mich vorwärts stößt, starre ich über meine Schulter auf die Obsidianplatte, durch die wir gekommen sind. Als Lorcan nicht antwortet, schlucke ich. Hat der Tee wieder Einfluss auf mich genommen oder ist es der Stein, der unsere Verbindung verstummen lässt?

Oder hat dieser Soldat etwa…?

Nein.

Mein Gefährte mag nach Rache dürsten, aber er sorgt sich um sein Volk und würde es niemals opfern, nur um mich zu retten. Oder?

Ganz zu schweigen davon – aber ich erwähne es um meines Verstandes willen –, dass Bronwen vorausgesehen hat, dass er nur dann eine Ewig-Krähe bleibt, wenn ich sterbe. Solange mein Herz schlägt, wird auch sein menschliches weiterschlagen.

Ich richte mein Rückgrat auf und hebe mein Kinn. „Also, was ist der Plan, Fae?" Ich spreche das Wort so aus, wie man ‚meine Damen' sagen würde, mit souveräner Verachtung.

Justus wirft mir einen giftigen Blick zu und stürmt vor uns durch den Tunnel, um den Soldaten Befehle zuzubrüllen.

„Der Plan ist, dass ich gleich deinen Traum wahr werden lasse, Fal." Dantes schmierige Stimme kriecht in mein Ohr.

„Du und Justus werdet mir tot zu Füßen liegen?"

Sein Griff um meinen Hals verstärkt sich und er reißt mich nach hinten, bis mein Rücken fest an seiner Rüstung liegt und die Beule an meinem Schädel in seiner Halsbeuge pocht. „Du, Schlangenbeschwörerin, wirst Königin von Luce werden."

Da ich bezweifle, er würde mir erlauben, mit Justus' Schwert auf seine Kehle loszugehen, runzle ich die Stirn. „Und aus welchem Grund hast du mich in dieses Obsidianlabyrinth verschleppt? Um mir vor meiner Vermählung mit Lore eine spontane Krönungsfeier zu bereiten?"

Sein Griff wird fester, ebenso sein Tonfall. „Dieses Tier ist kein König, nur ein Bauer mit Federn. Ich bin der wahre König von Luce."

Als er mit seiner Nase an meiner Wange entlangfährt, knurre ich wie eine in die Enge getriebene Wildkatze. „Fass mich nicht an, Dante."

Seine Lippen verziehen sich an meinem Ohrläppchen. „Ein König hat jedes Recht, seine Königin zu berühren."

„Ich bin nicht deine Königin!“
„Noch nicht“, murmelt er.
„Niemals“, zische ich.

EPILOG

Wut ist mir nicht fremd, doch nie zuvor hat sie mein Herz so versengt wie heute Nacht.

Um mich herum ist das Tal übersät mit Leichen, die Erde getränkt mit Fae-Blut, der Himmel zerfetzt von den Überresten meines Zorns. Ich habe schon getötet, aber nie so viele.

Jeder letzte Soldat aus Nebba, der aus den Racoccin-Wäldern hervorsprang, um uns anzugreifen, ist gefallen. Einige auf diesem Schlachtfeld; andere im Wald, als sie hastig den Rückzug antraten, Gnadenrufe zitternd auf ihren Lippen.

Ich zeigte keine Gnade. Keiner meines Volkes tat es.

Schließlich haben die Fae mir meinen allerwertvollsten Besitz geraubt.

Während meine Stiefel durch den blutgetränkten Schlamm stapfen, stelle ich mir vor, wie Fallon murrt, dass sie niemandem gehört. Statt ein Lächeln auf meine Lippen zu zaubern, erfüllt mich der Gedanke mit solcher Heftigkeit, dass ich es an Himmel und Land auslasse.

Meine Crows schwenken um und tauchen ab, als ich den Berg mit meinem Unwetter peitsche. Der gewaltige Stamm, den sie gefällt haben, rutscht fast aus ihren Klauen. Irgendwie, vielleicht weil sie an meine Stürme gewöhnt sind, schaffen sie es, durch die nassen Böen zu fliegen.

Ich beobachte, wie sie die Höhle erreichen. Wie sie das Holz gegen die Obsidianwand rammen, die den Eingang blockiert. Der Lärm passt zu den wütenden Schlägen des scharlachroten Muskels, der kaum von meiner eisernen Rüstung zurückgehalten wird.

Cathal steht neben mir, schweigend in seiner Wut. Mir wird klar, dass auch ich nicht viele Worte geäußert habe. Die letzten, die ich in die Köpfe meines Volkes schleuderte, waren die Warnung, die Fallon schaffte, mir zukommen zu lassen, bevor unsere Gedankenverbindung erlosch.

Wieder.

Wenn ich sie nur früher gesucht hätte, als sie nicht auf meine Einladung zum Nickerchen antwortete.

Wenn Erwin nur nicht auf eine weitere Übungsrunde mit unseren Schwertern bestanden hätte.

Wenn ich nur nicht auf Cians Bitte gehört hätte, die Treppe für seine flügellose Gefährtin zu erhalten.

Wenn ich nur die Pferde freigelassen hätte, auf denen Fallons Freunde heraufgeritten waren.

Wenn ich nur auf Bronwens Rat gehört und mich nach Shabbe aufgemacht hätte, um den Fluch zu brechen.

Die Obsidianbarriere ächzt, als sie schließlich kippt und zu Boden kracht, in Stücke zerbricht, die wie ein Teppich aus Glasscherben glitzern.

Fallon! Die törichten Hoffnungsfäden, sie würde mich hören, sobald wir die Tür niedergerissen haben, lösen sich auf, als ihr Schweigen anhält. Mit ihrem Namen auf meinen kalten Lippen, bereit, ihn aus meinen Lungen zu schreien, mache ich einen Schritt nach vorn.

Cathal streckt seinen Arm aus, um mich aufzuhalten. „Wir warten, Lore."

Ich stoße seinen Arm weg und marschiere vorwärts. Ich bin fertig mit Warten.

Mein Freund drängt sich vor mich, mehr Rauch als Fleisch, und stellt sich breitbeinig hin. „Mach noch einen Schritt, Lorcan Ríhbiadh, und ich bringe dich noch heute Nacht nach Shabbe."

Ich starre ihn an, halte aber inne.

Wir besitzen nicht viele Waffen – wir haben nie mehr gebraucht als unsere Krallen und Schnäbel – aber dank Antoni und Vance haben wir begonnen, ein beachtliches Arsenal zusammenzutragen. Schusswaffen, die mit Eisenkugeln geladen werden, halluzinogenes Pulver, das sie „Staub" getauft haben, und flüssiges Salz, das in Adern oder Münder injiziert werden kann, je nach Bedarf.

Heute Nacht habe ich alles ins Tal bringen lassen.

Connor zündet einen Jutesack voller „Staub" an, den sein Sohn mit seinen Krallen schnappt und in die Höhle schleudert. Es gibt keine Explosion. Schließlich ist es keine Kanonenkugel. Aber es gibt Rauch.

Zuerst entweicht nur ein Lavendelschimmer, aber dieser Schimmer verdichtet sich schnell zu einer Wolke aus glitzerndem Violett.

Wenn Fallon in der Höhle ist, wird ihr das nicht schaden.

Behach Éan?, flüstere ich in die Leere, die sich zwischen uns erstreckt.

Meine Lider fallen zu, als ihre wunderschöne Stimme die sich sammelnde Dunkelheit zwischen meinen Schläfen nicht durchdringt. Doch dann ertönt ein dumpfes Husten und meine Lider schnellen auf.

Erhebt euch in den Himmel, befehle ich meinem Volk.

Jeder von ihnen löst sich in Federn auf und wird eins mit der sternenklaren Dunkelheit.

Ich teile mich in meine fünf Krähen, alle meine Augen fixiert auf den Eingang der Höhle und den schwachen Schimmer von Weiß, der gerade hinaustorkelt. Ein Lucin-Soldat stolpert über das zerbrochene Obsidian, richtet sich aber an der Höhlenwand wieder auf und blinzelt auf das Feld.

Die Hände des Fae sind frei von Waffen. Als er weiter hinauswankt, fülle ich seinen Geist mit dem Bild jedes Soldaten, den ich heute Nacht zerfetzt habe. Als ich ihm zeige, wie ich ihn töten werde, werden seine Hosen klebrig vor Urin.

Ich verschmelze zwei meiner Krähen, um ihm ins Gedächtnis zu flüstern, dass ich ihn verschonen werde, wenn er mir Fallon bringt.

Obwohl seine Augen durch die Drogen, die durch sein System pumpen, unfokussiert sind, stammelt er: „Ich h …habe die Sigillen von der T … Tür gewischt. K … kann nicht durchkommen ohne sie."

Was für ein Glück, dass du im Besitz von Shabbin-Blut bist.

„Rossi hat sie gezeichnet. Nur er …"

Das Blut, das er dir anvertraut hat. Wo ist es?

Er starrt auf seine Handflächen, dreht sie dann um und blinzelt auf seine Knöchel, dann berührt er seinen Hals. „Ich muss es …

muss es v … verloren haben."

Sollen wir ihn töten?, fragt Reid, Ungeduld färbt die Stimme des Jungen.

Noch nicht. Zu dem Soldaten sage ich: ***Wer ist noch in der Höhle?***

Er schüttelt den Kopf, sein blondes Haar flattert dabei. „Niemand. Außer … außer …" Die Haut zwischen seinen Brauen legt sich in Falten, als müsste er über meine Frage ernsthaft nachdenken. „Kommandant Dargento."

Der Name lässt den Schlag meiner Flügel stocken und lockt eine meiner Krähen näher an den Eingang der Höhle.

Als sich meine Augen an die umgebende Dunkelheit gewöhnen, sagt er: „Er ist t …tot. Die Schlangenbeschwörerin hat ihn getötet."

Cathal landet vor dem Mann und verwandelt sich in Fleisch und Blut. „Meine Tochter hat Silvius Dargento getötet?"

Die Augen des Fae quellen hervor beim Anblick meines Generals, der einen ganzen Kopf größer ist als er. Ein monströser Mann … aber kein Monster.

Ich bin das einzige Monster, das heute Abend anwesend ist.

„J … Ja." Die Luft ist erfüllt vom Gestank seiner beschmutzten Hose. „Ihre" – er schluckt – „Ihre T … Tochter h … h … hat ihn getötet."

„Wie?"

Mit vor Angst bebenden Nasenflügeln gibt uns der Fae einen detaillierten Bericht, der meinen Stolz schwellen lässt, gleichzeitig aber auch meine Wut nährt. „Das ist alles. Kann ich … bitte … werden Sie …"

Ich unterbreche sein embryonales Flehen. ***Hol mir Dargentos Leiche.***

„Und dann kann ich gehen?"

Eine meiner Krähen fliegt in die Höhle, aber meine Haut bläst sich auf und meine Augen brennen. Es gibt zu viel Obsidian. Um die zerbrochene Tür herum liegen schwarze Klingen und Spitzen wie Abfall auf dem Boden der Höhle, zwischen einem Wirrwarr aus alten Knochen … Relikte aus der Schlacht von Primanivi.

Hol. Seine. Verdammte. Leiche. Mein Ton lässt den Soldaten herumwirbeln.

Er rutscht im Schlamm aus, fügt braune Flecken seiner weißen Hose hinzu und stürzt in die Höhle.

„Worum hast du ihn gebeten?", murmelt Cathal.

Uns die Leiche von Justus' Arschloch-Schoßhündchen zu bringen.

Es dauert mehrere Minuten, bis der Soldat zurückkehrt, aber schließlich erscheint er mit der Leiche im Schlepptau.

Die Rückseite der weißen Jacke des Kommandanten ist blutrot und an drei Stellen zerrissen. Drei Stellen, die meine Fallon mit einer Klinge durchbohrt haben muss. Ich versuche, sie mir mit einem Schwert vorzustellen, aber das trägt nur dazu bei, meine Stimmung zu verschlechtern. Ich verabscheue es, dass sie sich in einer Situation wiederfand, in der sie um ihr Leben kämpfen musste.

„Was sind Regios Pläne für meine Tochter?"

Der Soldat öffnet und schließt mehrmals seine Lider. „P … Pläne?"

Cathals Nasenflügel beben. „Warum hat er sie in die verdammten Tunnel gebracht?"

„Oh." Der Mann fährt mit zitternden Fingern durch sein hüftlanges Haar, das ich am liebsten abschneiden würde, bevor ich ihm die Kehle durchschneide, nur um den Fae zu zeigen, was ich von ihrem albernen Statussymbol halte. „Ich w … weiß es nicht."

Falsche Antwort. Mein Körper löst sich auf, bis ich eins mit dem peitschenden Regen bin.

Der Mann streckt beide Handflächen aus, als könnten zwei zarte Gliedmaßen mich aufhalten. Ich hätte vielleicht gelächelt, wären mir meine Gefährtin … meine Fluchbrecherin … mein Ein und Alles nicht entrissen und an einen Ort gebracht worden, den ich nicht erreichen kann.

„Der K … König w .. will, dass M … Meriam zu … zu … zu …"

Zu …?

Cathals Geduld ist am Ende, und er packt die Kehle des Mannes. „Beende den verdammten Satz, Fae."

Ein Wimmern quillt aus dem Soldaten hervor.

„Was will dieser feige Mistkerl, dass Meriam tut?“ Cathals Gebrüll weht die blassen Strähnen des Mannes zurück.

„Ich h … habe Gerüchte über eine Ehe … Eheschließung gehört.“

Mein Blut gefriert.

Cathals Kopf schnellt zurück. „Eheschließung?“

„Zwischen der Sch … Schlangenbeschwörerin und unserem K … König.“

Cathals Aufmerksamkeit richtet sich auf die Öllache, zu der ich geworden bin.

Der Himmel grollt und erhellt sich.

Ich will, dass dieser Berg noch vor Sonnenaufgang ausgeweidet ist!, befehle ich meinem Volk, das mit eisernen Schnäbeln und Krallen auf das bröckelige graue Gestein einschlägt.

Mórrígan, wie ich Regio und alle, die ihm am Herzen liegen, ausweiden werde.

„K … Kann ich gehen?“

Cathal müssen Krallen gewachsen sein, denn im nächsten Moment hält er den Kopf des Mannes in der Hand, abgetrennt vom Rest des Körpers. „Ich werde ihn töten.“

Cian, der neben seinem Bruder gelandet ist, sagt: „Das hast du, glaube ich, bereits getan, Bruder.“

„Ich meinte …“

„Ich weiß, wen du meintest.“ Er hebt den Blick zu mir, und obwohl sich seine Augen nicht wie die seiner Gefährtin mit Prophezeiungen füllen, sehe ich Bronwens Worte über seine dunklen Iris laufen: *Fallon wird Dante töten.*

Der Himmel beruhigt sich, als hielte er den Atem an. Ist das der Grund, warum Fallon unsere Verbindung gekappt hat, durch die verborgene Treppe geschlichen ist und sich zu Pferd auf den Weg ins Tal gemacht hat? Um eine verfluchte Prophezeiung zu erfüllen?

Woher wusste sie überhaupt, wie man unsere Gefährtenbindung stumm schaltet? Hat Lazarus ihr einen Trank gebraut? Wenn er ihr geholfen hat, möge Mórrígan seiner Seele gnädig sein.

„Daya.“ Cathals Haut ist unter den Kohletropfen so fahl geworden, dass ich mich aus meinen Gedanken dränge und an seiner Seite lande.

„Was ist mit Daya?", fragt Cian.

„Ich habe vergessen zu fragen, ob sie in den Tunneln war. Ich habe vergessen zu fragen …" Er reibt über seinen eisernen Brustpanzer. „Ich habe vergessen zu fragen, ob sie am Leben ist."

Mitleid entlockt meinen Lippen eine Lüge. „Das ist sie."

Während Cians Brauen sich senken, heben sich Cathals.

„Der Fae hat es mir gesagt, bevor du ihm die Fähigkeit zu sprechen genommen hast." Macht mich die Täuschung meines treuesten Freundes mehr zum Monster?

Spielt das eine Rolle? Fakt ist, ich bin ein Geschöpf der Albträume. Eines, dessen Herz leblos in einem Käfig aus Knochen und Federn liegt.

„Du musst ihn über meinem Sturm nicht gehört haben." Ich behaupte, Cathals Qual zu verstehen, doch als ich auf einem Feld voller Leichen stehe, der Geist leer von Fallons Stimme, die Haut leer ihrer Berührungen, wird mir klar, dass ich bis heute Nacht nichts davon begriffen habe.

„Wir haben das Prinzlein unterschätzt", sagt Cian und durchbricht die lastende Stille. „Er hat es nicht nur geschafft, die Soldaten loszuwerden, die Roy zurückließ, um bei der Führung von Luce zu ‚helfen', sondern er hat auch noch uns zu ihren Henkern gemacht."

Ich rolle die Schultern zurück und strecke den Nacken. „Es ist nur eine Frage der Zeit, bis Nebba den Krieg erklärt."

Auf Krieg bin ich vorbereitet. Worauf ich nicht vorbereitet bin, ist ein Leben ohne meine Gefährtin. Wenn ich diese ganze Insel dem Erdboden gleichmachen muss, um sie zu finden, dann soll es so sein.

Kämpfe für uns, Behach Éan. Dein Monster naht.

DANKSAGUNGEN

Ich nehme an, viele von euch möchten mich am liebsten Dante übergeben und ihn auf seine mörderische Art mit mir verfahren lassen, wegen der Art und Weise, wie ich dieses Buch habe enden lassen. Ich entschuldige mich für den Cliffhanger. Ich hätte diesen Roman lieber an einer anderen Stelle abgeschlossen, aber ich habe so viel für Fallon in diesen Tunneln geplant. Zu viel, um es in diese Fortsetzung zu packen.

Welch ein Abenteuer mich meine Hexen, Fae und Crows haben erleben lassen. Ja, *mich*. Ich habe letztes Jahr eine Gliederung für diese Reihe geschrieben, und ich kann euch sagen, nichts läuft nach Plan. Meine Charaktere treffen ihre eigenen Entscheidungen und lenken ihr eigenes Schicksal.

Das ist normalerweise der Fall bei meinen Geschichten, daher bin ich keineswegs beunruhigt. In Wahrheit bin ich gespannt, wohin mich Fallon und die Bande führen werden.

Als Nächstes kommt das letzte Kapitel: *House of Striking Oaths*. Erwartet mehr Magie, mehr Romantik, mehr Geplänkel, mehr Überraschungen, mehr Weltenbau (ich nehme euch in diesem mit nach Shabbe).

Ich mache mich auf den Weg. Treffen wir uns dort, liebe Leser?

Bevor ich gehe, möchte ich meinem großartigen Streetteam für all die frühe Liebe und das Lob sowie das Aufspüren von Tippfehlern danken (ich schaue zu euch, Aimie, Kat, Julie, Traci, Jordan, Christina und Steff).

Jedes Mal, wenn ich eine neue Geschichte veröffentliche, habe ich Angst, meine Leser zu enttäuschen – besonders jene, die von Anfang an dabei waren; jedes Mal, wenn es mir gelingt, euch aufs Neue zu verzaubern, erfüllt es mich mit größter Freude.

Maria, meine erste Leserin, danke, dass du mich und meine Charaktere authentisch hältst. *House of Pounding Hearts* verdankt dir einen Großteil seines Herzpochens :)

Laetitia und Rachel, danke, dass ihr alle rauen Kanten meines Manuskripts geglättet und euch flexibel auf meine chaotischen Deadlines eingestellt habt <3

Meiner Familie danke ich dafür, dass sie mich bedingungslos liebt.

ÜBER DIE AUTORIN

Olivia ist das Ergebnis einer unhöflichen Begegnung in einer Pariser Diskothek, die sich zu einer epischen Liebesgeschichte über mehrere Jahrzehnte entwickelt hat. Das hat natürlich ihre Vorstellung von der Liebe geprägt.

Nachdem sie ausgerechnet in einer Pariser Diskothek ihren Traumprinzen kennengelernt hatte, beschloss sie, ihre Finger auf die Tastatur zu legen und mit Liebesgeschichten ihren Lebensunterhalt zu verdienen.

Keine ihrer Figuren hat sich jemals in einer Pariser Diskothek getroffen … bis jetzt.

http://oliviawildenstein.com
Instagram @olives21
TikTok @OWildWrites
Facebook-Lesergruppe Olivia's Darling Readers